GOEDE DOCHTER

Ander werk van Karin Slaughter

Nachtschade
Zoenoffer
Een lichte koude huivering
Onzichtbaar
Trouweloos
Triptiek
Onaantastbaar
Onbegrepen
Versplinterd
Genesis
Verbroken
Ongezien
Gevallen
Doorn in mijn vlees
Genadeloos
Stille zonde
Veroordeeld
Mooie meisjes
Verborgen
Laatste adem
Gespleten

Alleen als e-book verschenen

Kwijt
Gepakt
Koud hart
Diep

KARIN SLAUGHTER

GOEDE DOCHTER

Vertaling Ineke Lenting

HarperCollins

MIX
Papier van
verantwoorde herkomst
FSC® C083411

Voor dit boek is papier gebruikt dat onafhankelijk is gecertificeerd door FSC™
ten behoeve van verantwoord bosbeheer.
Kijk voor meer informatie op www.harpercollins.co.uk/green

HarperCollins is een imprint van Uitgeverij HarperCollins Holland, Amsterdam

Oorspronkelijke titel: *The Good Daughter*

Omslagontwerp: Marry van Baar
Omslagbeeld: Sarah Ann Loreth / Arcangel Images
Foto auteur: Alison Rosa
Zetwerk: Mat-Zet B.V., Soest
Druk: CPI Books GmbH, Germany

ISBN 978 94 027 0238 5 (paperback)
ISBN 978 94 027 5266 3 (e-book)
NUR 305
Eerste druk juni 2017
Achtste druk februari 2019

Originele uitgave verschenen bij HarperCollins Publishers LLC, New York, U.S.A.
Deze uitgave is uitgegeven in samenwerking met HarperCollins Publishers LLC HarperCollins Holland is een divisie van Harlequin Enterprises Limited ® en ™ zijn handelsmerken die eigendom zijn van en gebruikt worden door de eigenaar van het handelsmerk en/of de licentienemer. Handelsmerken met ® zijn geregistreerd bij het United States Patent & Trademark Office en/of in andere landen.

www.harpercollins.nl

'...wat wel mijn strijd om me te onderwerpen wordt genoemd... is geen strijd om onderwerping, maar een strijd om aanvaarding, en met overgave. Met vreugde, wellicht. Zie me met mijn kiezen op elkaar het geluk najagen, zwaarbewapend nog wel, want het is een uiterst gevaarlijke onderneming.' – Flannery O'Connor

DONDERDAG 16 MAART, 1989

Wat er met Samantha gebeurde

Het was alsof er duizend wespen in Samantha Quinns benen prikten toen ze over de lange, verlaten oprit naar de boerderij rende. Het roffelende geluid van haar gympen op de kale aarde ging gelijk op met het jachtige gebons van haar hart. Zweet had haar paardenstaart in een dik touw veranderd, dat ritmisch tegen haar schouders zwiepte. De tere botten in haar enkels stonden op knappen, zo voelde het.

Ze zette een tandje bij, zoog bijna stikkend de droge lucht op en sprintte rechtstreeks de pijn in.

Verderop stond Charlotte, in de schaduw van hun moeder. Ze stonden allemaal in de schaduw van hun moeder. Gamma Quinn was rijzig, met levendige blauwe ogen, kort donker haar, een huid zo bleek als een envelop en een scherpe tong die je pijnlijk kon raken. Al vanuit de verte zag Samantha de dunne streep van Gamma's afkeurende lippen toen ze naar de stopwatch in haar hand keek.

De wegtikkende seconden weergalmden in haar hoofd. Ze dwong zichzelf nog harder te rennen. De pezen die als strakke koorden door haar benen liepen, krijsten het uit. De wespen drongen haar longen binnen. Het kunststof stokje voelde glibberig in haar hand.

Twintig meter. Vijftien. Tien.

Charlotte ging in de starthouding staan, haar lichaam van Samantha afgewend en haar blik recht naar voren, en begon te rennen. Blindelings strekte ze haar rechterarm naar achteren in afwachting van de klap van het stokje in haar handpalm, klaar om de volgende afstand af te leggen.

Dit was de blinde wissel. Het doorgeven vereiste vertrouwen en coördinatie, maar net als alle vorige keren in het afgelopen uur schoten ze daarin allebei tekort. Charlotte aarzelde en keek achterom. Samantha wierp zich slingerend naar voren. De stok schoof langs Charlottes pols naar boven, langs het rode schaafspoor, zoals al twintig keer eerder.

Charlotte gilde. Samantha struikelde. De stok viel. Gamma vloekte luid.

'Ik ben er klaar mee.' Gamma schoof de stopwatch in de borstzak van haar overall. Met grote stappen liep ze naar het huis. Haar blote voetzolen waren rood van de aarde op het kale erf.

Charlotte wreef over haar pols. 'Stomme trut.'

'Idioot.' Samantha probeerde lucht in haar trillende longen te zuigen. 'Je moet niet achteromkijken.'

'En jij moet mijn arm niet openscheuren.'

'Het heet een blinde wissel, niet een gestoorde wissel.'

De keukendeur sloeg dicht. Ze keken allebei naar de honderd jaar oude boerderij, een rommelig, schots en scheef gebouw, een eerbetoon aan de tijd dat er nog geen gediplomeerde architecten en bouwvergunningen waren. Zelfs de ondergaande zon kon de scherpe contouren niet verzachten. In de loop der jaren was er niet meer dan het hoognodige laagje witte verf op aangebracht. Voor de vuile ramen hingen versleten kanten gordijnen. Na ruim een eeuw van zonsopkomsten boven North Georgia was de voordeur even grauw uitgebeten als drijfhout. Er zat een knik in het dak, een fysiek symbool van de last die het huis moest torsen nu de Quinns er waren komen wonen.

Tussen Samantha en haar dertienjarige zusje zaten twee jaar en een leven aan onmin, maar op dat moment hadden ze in elk geval dezelfde gedachte: ik wil naar huis.

Thuis was een roodstenen bungalow dichter bij de stad. Thuis waren de slaapkamers uit hun kindertijd, versierd met posters en stickers, en in Charlottes geval met groene viltstift. Thuis hadden ze een keurig vierkant gazon als voortuin, niet een kaal stuk door kippen opengekrabde aarde met een oprit van vijfenzeventig meter, zodat je iedereen kon zien aankomen.

Geen van allen hadden ze gezien wie er op het roodstenen huis afkwam.

Hoewel het nog maar acht dagen geleden was dat hun leven was verwoest, voelde het als een eeuwigheid. Die avond waren Gamma, Samantha en Charlotte naar de school gelopen voor een atletiekwedstrijd. Hun vader was aan het werk geweest, want Rusty was altijd aan het werk.

Later wist een buurman zich te herinneren dat een onbekende zwarte auto langzaam door de straat was gereden, maar niemand had de molotovcocktail door de erkerruit van het huis zien vliegen. Niemand had de rook uit de goten zien golven of de vlammen aan het dak zien likken. Tegen de tijd dat er alarm was geslagen, was het huis al een smeulend zwart gat geweest.

Kleren. Posters. Dagboeken. Knuffels. Huiswerk. Boeken. Twee goudvissen. Kwijtgeraakte melktandjes. Verjaardagsgeld. Gestolen lipsticks. Verstopte sigaretten. Trouwfoto's. Babyfoto's. Het leren jack van een jongen. Een liefdesbrief van dezelfde jongen. Mixtapes. Cd's, een computer, een tv, een thuis.

'Charlie!' Met haar handen in de zij stond Gamma op het stoepje bij de keukendeur. 'Kom, tafeldekken.'

Charlotte keerde zich naar Samantha toe en zei: 'Laatste woord!', voor ze op een drafje naar het huis liep.

'Sukkel,' mompelde Samantha. Alsof je het laatste woord kreeg door 'laatste woord' te zeggen.

Zelf liep ze langzaam op haar rubberen benen naar het huis, want zij was niet de debiel die niet eens naar achteren kon reiken in afwachting van een estafettestokje dat in haar hand werd geklapt. Ze snapte niet waarom Charlie dat simpele doorgeven niet onder de knie kreeg.

Ze zette haar schoenen met daarin haar sokken naast die van Charlotte op het keukenstoepje. Binnen was het bedompt en benauwd. 'Liefdeloos' was het eerste woord dat bij Samantha opkwam toen ze de deur door liep. De vorige bewoner, een alleenstaande man van zesennegentig, was vorig jaar gestorven in de slaapkamer op de begane grond. Van een vriend van hun vader mochten ze in het boerenhuis wonen tot er een akkoord was gesloten met de verzekering. Als er al een akkoord werd gesloten. Kennelijk was er een meningsverschil over de vraag of hun vaders handelwijze tot brandstichting had geleid.

De publieke opinie was eenduidig, wat waarschijnlijk de reden was waarom de eigenaar van het motel waar ze de afgelopen week hadden gebivakkeerd, hun had verzocht een ander onderkomen te zoeken.

Samantha sloeg de keukendeur dicht, anders bleef hij steken. Op het olijfgroene fornuis stond een pan koud water. Een pak spaghetti lag ongeopend op het bruine triplex keukenblad. Het was muf en vochtig in de keuken, het meest liefdeloze vertrek in het huis. Nog geen twee voorwerpen pasten bij elkaar. De ouderwetse koelkast liet een scheet telkens wanneer je de deur opende. Een emmer onder de spoelbak trilde geheel uit eigen beweging. Rond de hobbelige spaanplaten tafel stond een allegaartje aan stoelen. De bolle gipswanden vertoonden witte vlekken waar ooit foto's hadden gehangen.

Charlotte stak haar tong uit terwijl ze papieren borden op tafel wierp. Samantha pakte een plastic vork en floepte die tegen het gezicht van haar zus.

Charlotte hapte naar adem, maar niet uit boosheid. 'Jezus, dat was knap!' Na een sierlijke salto was de vork recht tussen haar lippen beland. Ze reikte Samantha het ding weer aan. 'Ik doe de afwas als het je twee keer achter elkaar lukt.'

'Als jij hem één keer in mijn mond krijgt, doe ik de hele week de afwas,' zei Samantha op haar beurt.

Charlotte kneep één oog dicht en richtte. Terwijl Samantha de gedachte van zich af probeerde te zetten dat het wel heel stom was om je zusje uit te nodigen een vork naar je gezicht te gooien, kwam Gamma binnen met een grote kartonnen doos in haar handen.

'Geen bestek naar je zus gooien, Charlie. Sam, help eens zoeken naar die koekenpan die ik laatst heb gekocht.' Gamma zette de doos met een klap op tafel. Op de buitenkant stond: ALLES $1 PER STUK. Door het hele huis stonden tientallen slechts gedeeltelijk uitgepakte dozen. Ze vormden een labyrint door kamers en gangen en waren allemaal gevuld met goedkope troep uit kringloopwinkels.

'Bedenk eens hoeveel geld we uitsparen!' had Gamma uitgeroepen terwijl ze een verschoten paars Church Lady-T-shirt omhoog had gehouden met de tekst WELL, ISN'T THAT SPE-CIAL?

Tenminste, Samantha dacht dat dat erop stond, want ze had zich snel samen met Charlotte in een hoek teruggetrokken, dodelijk beschaamd omdat ze van hun moeder kleren van vreemden moesten dragen. Sokken van vreemden. Zelfs ondergoed van vreemden, tot hun vader daar godzijdank zijn veto over had uitgesproken.

'Jezus!' had Rusty uitgeroepen. 'Waarom naai je ons niet meteen in jutezakken? Dan ben je gelijk klaar.'

'Dus nu moet ik ook al leren naaien?' had Gamma woedend geantwoord.

Hun ouders ruzieden tegenwoordig over nieuwe dingen, want er waren geen oude dingen meer om ruzie over te maken. Rusty's pijpenverzameling. Zijn petten. Zijn stoffige juridische boeken, die hij door het hele huis liet slingeren. Gamma's vakbladen en onderzoeksartikelen vol rode strepen en cirkels en aantekeningen. Haar Kedsgympen, die ze bij de voordeur uitschopte. Charlottes vliegers. Samantha's haarclips. De koekenpan van Rusty's moeder was er niet meer. De groene crockpot, een huwelijksgeschenk, was er niet meer. Het oventje met zijn aangebrande luchtje was er niet meer. De keukenklok in de vorm van een uil waarvan de ogen heen en weer gingen. De haakjes waaraan ze hun jassen hingen. De muur waaraan de haakjes bevestigd waren. Gamma's stationcar, die als een dinosauriërfossiel in de geblakerde grot stond die ooit hun garage was geweest.

In de boerderij stonden vijf gammele stoelen, die waren overgebleven na de boedelverkoop, een oude keukentafel, die te goedkoop was om voor antiek te kunnen doorgaan, en een grote kledingkast, die klem was gezet in een kleine inloopkast en die een of andere sjacheraar volgens hun moeder misschien voor een grijpstuiver uit elkaar wilde halen.

Er hing niets in de kledingkast. Er lag niets opgevouwen in de laden in de bijkeuken of op de hoge planken in de voorraadkamer.

Ze waren twee dagen geleden in de boerderij getrokken, maar er was nog nauwelijks een doos uitgepakt. De gang bij de keuken was een doolhof van foutief geëtiketteerde dozen en vlekkerige bruinpapieren zakken, die pas geleegd konden worden als de kasten schoon waren, en de kasten werden pas schoongemaakt als Gamma haar dochters daartoe dwong. Boven lagen de matrassen op kale vloeren. Op omgekeerde kisten stonden gebarsten lampen zodat ze konden lezen, en de boeken die ze lazen waren niet eens van henzelf, maar geleend van de openbare bibliotheek in Pikeville.

Elke avond deden Samantha en Charlotte een handwas: hun hardloopshorts, sport-bh's, enkelsokken en Lady Rebelsportshirts, want dat waren zo ongeveer de enige spullen die aan de vlammen ontsnapt waren.

'Sam.' Gamma wees naar de airco in het raam. 'Zet dat ding eens aan zodat er wat frisse lucht binnenkomt.'

Samantha bestudeerde de grote metalen doos tot ze de AAN-knop had gevonden. Een motor begon te draaien. Koele lucht met een vleugje vochtige gebraden kip siste door het ventilatiegat. Ze keek uit het raam naar de tuin naast het huis. Bij de vervallen schuur stond een roestige trekker. Ernaast stak een of ander landbouwwerktuig half omhoog uit de grond. De Chevette van haar vader zat vol aangekoekte modder, maar hij was in elk geval niet aan de garagevloer vastgesmolten, zoals de stationcar van haar moeder.

'Hoe laat moeten we papa van zijn werk halen?' vroeg Samantha.

'Die krijgt wel een lift van iemand van het gerechtsgebouw.' Gamma wierp een blik op Charlotte, die vrolijk fluitend een vliegtuigje vouwde van een papieren bord. 'Hij is met die zaak bezig.'

Die zaak.

De woorden stuiterden rond in Samantha's hoofd. Haar vader was altijd met een zaak bezig, en er waren altijd mensen die hem erom haatten. In heel Pikeville was niet één 'vermeende' crimineel te vinden, al was het nog zulk uitschot, die Rusty Quinn niet wilde verdedigen. Drugsdealers. Verkrachters. Moordenaars. Inbrekers. Autodieven. Pedo's. Ontvoerders. Bankrovers. Hun dossiers lazen als pulpromans, die altijd even slecht afliepen. In de stad werd Rusty de Advocaat van de Verdoemden genoemd, net als ooit Clarence Darrow, maar voor zover Samantha wist, had niemand destijds een brandbom naar het huis van Clarence Darrow gegooid omdat hij een onschuldige uit de dodencel had bevrijd.

Daar ging het namelijk om bij die brand.

Op dezelfde dag dat Ezekiel Whitaker, een zwarte man die ten onrechte was veroordeeld voor de moord op een blanke vrouw, de gevangenispoort uit was gelopen, was er een fles met brandende kerosine door het erkerraam van de Quinns gesmeten. Voor het geval de boodschap niet duidelijk genoeg was, had de brandstichter ook de woorden NIGGER LOVER over de ingang van de oprit gespoten.

En nu verdedigde Rusty een man die ervan werd beschuldigd een negentienjarig meisje te hebben ontvoerd en verkracht. Blanke man, blank meisje, maar evengoed liepen de gemoederen hoog op, want hij was een blanke man uit een asociale familie en zij een blank meisje uit een gegoede familie. Rusty en Gamma bespraken de zaak nooit openlijk, maar de bijzonderheden van de misdaad waren zo huiveringwekkend dat de geruchten vanuit de stad onder de voordeur door waren gesijpeld, zich met de lucht in de ventilatieroosters hadden vermengd en 's nachts, wanneer ze probeerden te slapen, hun oren binnengonsden.

Penetratie met vreemd voorwerp.

Wederrechtelijke vrijheidsberoving.

Tegennatuurlijke misdrijven.

In Rusty's dossiers zaten foto's die zelfs door de nieuwsgierige Charlotte werden gemeden. Op sommige was namelijk het meisje te zien dat zichzelf had opgehangen in de schuur bij haar woonhuis na de verschrikkelijke dingen die de man haar had aangedaan.

Samantha zat bij de broer van het dode meisje op school. Hij was twee jaar ouder, maar zoals iedereen wist hij wie haar vader was, en wanneer ze door de gang met de kluisjes liep, was het alsof ze door het roodstenen huis liep terwijl de vlammen aan haar huid likten.

De brand had haar niet alleen van haar slaapkamer, haar kleren en haar gestolen lipsticks beroofd. Ze was ook de jongen van het leren jack kwijtgeraakt, evenals de vriendinnen die haar altijd uitnodigden voor feestjes, films en slaappartijtjes. Zelfs haar geliefde atletiekcoach, die haar sinds groep acht had getraind, was opeens met het smoesje gekomen dat hij geen tijd meer had om haar te begeleiden.

Gamma had tegen de directeur gezegd dat ze de meisjes een paar dagen thuishield zodat ze konden helpen uitpakken, maar Samantha wist dat het was omdat Charlotte na de brand elke dag huilend uit school was thuisgekomen.

'Ah, shit.' Gamma maakte de kartonnen doos weer dicht en staakte de zoektocht naar de koekenpan. 'Hopelijk vinden jullie het niet erg om voor een avond vegetariër te zijn.'

Ze vonden het geen van beiden erg, want het maakte toch niets uit. Gamma was een schrikbarend slechte kok. Ze haatte recepten. Ze had kruiden de oorlog verklaard. Als bij een wilde kat die je probeert te temmen, gingen haar haren overeind staan bij het woord 'huishouden'.

Harriet Quinn werd niet Gamma genoemd omdat een vroegwijs kind niet in staat was het woord 'mama' uit te spreken, maar omdat ze twee doctorstitels bezat, één in natuurkunde en één in iets al even knaps waarvan Samantha de naam niet kon onthouden, maar als ze moest gokken, had het iets te maken met gammastralen. Haar moeder had voor de NASA gewerkt, was vervolgens naar Chicago gegaan om voor Fermilab te werken, waarna ze naar Pikeville was teruggekeerd om voor haar stervende ouders te zorgen. Als er al iets romantisch school in het feit dat Gamma een veelbelovende wetenschappelijke carrière had opgegeven om met een advocaat uit een klein stadje te trouwen, dan was dat Samantha ontgaan.

'Mam.' Charlotte plofte aan tafel neer en liet haar hoofd in haar handen rusten. 'Ik heb buikpijn.'

'Heb je geen huiswerk?' vroeg Gamma.

'Scheikunde.' Charlotte keek op. 'Wil jij me helpen?'

'Het is geen raketwetenschap.' Gamma dumpte de spaghetti in de pan koud water op het fornuis. Met een draai aan de knop opende ze het gas.

Charlotte sloeg haar armen om haar middel. 'Bedoel je dat het geen raketwetenschap is, dus dat ik het ook in mijn eentje kan, of bedoel je dat het geen raketwetenschap is en dat je me dus niet kunt helpen, aangezien dat de enige wetenschap is waar jij goed in bent?'

'Er zitten te veel voegwoorden in die zin.' Gamma hield een lucifer bij het gas. Een plotselinge 'woesj' verschroeide de lucht. 'Ga je handen wassen.'

'Dit was anders een heel normale vraag.'

'Nu.'

Theatraal kreunend stond Charlotte op van tafel, waarna ze met grote passen de lange gang door liep. Samantha hoorde een deur open- en weer dichtgaan, daarna een tweede deur open- en weer dichtgaan.

'Flut!' brulde Charlotte.

Op de lange gang kwamen vijf deuren uit, en er viel geen wijs uit te worden. Een deur voerde naar de enge kelder. Een tweede naar de kledingkast. Een van de middelste deuren leidde vreemd genoeg naar het slaapkamertje beneden, waar de oude man was gestorven. Een andere bracht je in de voorraadkamer. En dan was er de deur van de badkamer. Zelfs na twee dagen wisten ze nog steeds niet precies welke deur naar welke ruimte leidde.

'Gevonden!' riep Charlotte, alsof ze allemaal ademloos hadden zitten wachten.

'Ondanks haar taalgebruik wordt dat kind ooit een dijk van een advocaat,' zei Gamma. 'Dat hoop ik tenminste. Als ze geen geld kan verdienen met argumenteren, verdient ze het nergens mee.'

Samantha glimlachte bij het beeld van haar slordige, warrige zus in een blazer en met een diplomatenkoffertje. 'Wat ga ik later worden?'

'Wat je maar wilt, kind, zolang het maar niet hier is.'

Dat onderwerp kwam de laatste tijd vaker ter sprake: Gamma's wens dat Samantha vertrok, alles achter zich liet om te doen wat ze wilde, als het maar niet was wat vrouwen hier doorgaans deden.

Gamma had zich nooit thuis gevoeld tussen de moeders van Pikeville, ook niet toen Rusty's werk hen nog niet tot verschoppelingen had gemaakt. Buren, leraren, mensen op straat, ze hadden allemaal een mening over Gamma Quinn, en die mening was zelden positief. Ze was te slim. Ze was een moeilijke vrouw. Ze wist niet wanneer ze haar mond moest houden. Ze weigerde zich aan te passen.

Toen Samantha klein was, was Gamma gaan hardlopen. Ze was al een sportfreak voor iedereen het werd, zoals ze met alles een voorloopster was. In het weekend liep ze marathons, en voor de tv werkte ze haar Jane Fondatapes af. Het kwam niet alleen door haar sportieve prestaties dat mensen haar niet konden uitstaan. Ze was niet te verslaan, of het nu om schaken, Triviant of Monopoly ging. Bij Jeopardy! wist ze alle antwoorden. Ze wist wanneer je 'hun' of 'hen' moest gebruiken. Onjuiste informatie verdroeg ze niet. Ze keek neer op gangbare godsdiensten. In gezelschap had ze de bizarre gewoonte obscure feiten te spuien.

Wist je dat panda's vergrote polsbotten hebben?

Wist je dat kammosselen rijen ogen op hun mantel hebben?

Wist je dat het graniet in de Grand Central Terminal in New York meer straling afgeeft dan aanvaardbaar wordt geacht bij een kerncentrale?

Of Gamma gelukkig was, of ze genoot van haar leven, of ze blij was met haar kinderen, of ze van haar man hield, dat waren losse, niet bij elkaar passende brokjes informatie in de duizendstukkenpuzzel die hun moeder was.

'Waar blijft je zus?'

Samantha leunde achterover op haar stoel en keek de gang in. Alle vijf de deuren zaten dicht. 'Misschien heeft ze zichzelf doorgespoeld.'

'In een van die dozen zit een ontstopper.'

De telefoon ging, het scherpe gerinkel van een bel binnen in de ouderwetse draaitelefoon aan de muur. In het roodstenen huis hadden ze een draadloze telefoon gehad, en een antwoordapparaat om de binnenkomende telefoontjes te filteren. De eerste keer dat Samantha het woord 'fuck' had gehoord, was op het antwoordapparaat. Ze was samen met haar vriendin Gail van de overkant geweest. Toen ze binnen waren gekomen, was de telefoon gegaan, maar Samantha was te laat geweest om op te nemen en het apparaat had de honneurs waargenomen.

'*Rusty Quinn, vuile klootzak, ik sla je helemaal de tering in, man. Hoor je me? Ik vermoord je en verkracht je vrouw, en je dochters ga ik villen als een fucking stel herten. Laffe, gore tyfushond!*'

De telefoon ging voor de vierde keer. Voor de vijfde keer.

'Sam.' Gamma klonk streng. 'Charlie mag niet opnemen.'

Samantha stond op van tafel. En ik dan, zei ze in gedachten. Ze nam de hoorn van de haak en drukte die tegen haar oor. Automatisch trok ze haar kin in en spande haar kaak, in afwachting van een klap. 'Hallo?'

'Hé, Sammy-Sam. Geef me je moeder even.'

'Papa,' verzuchtte Samantha. Ze zag Gamma kort met haar hoofd schudden. 'Die is net naar boven gegaan en zit in bad.' Te laat besefte ze dat dit hetzelfde excuus was dat ze uren geleden had aangevoerd. 'Moet ze terugbellen?'

'Ik heb het gevoel dat onze Gamma de laatste tijd wel erg veel met hygiëne bezig is,' zei Rusty.

'Bedoel je sinds het huis is afgefikt?' Het was eruit voor Samantha het wist. De verzekeringsagent van Pikeville Fire and Casualty was niet de enige die de brand aan Rusty Quinn zelf weet.

Rusty grinnikte. 'Nou, toch fijn dat je dat zo lang hebt ingehouden.' Aan de andere kant van de lijn klikte zijn aansteker. Kennelijk was haar vader vergeten dat hij op een stapel bijbels had gezworen te zullen stoppen met roken. 'Hoor eens, schat, zeg tegen Gamma wanneer ze uit bad komt dat ik de sheriff vraag een patrouillewagen te sturen.'

'De sheriff?' Samantha probeerde haar paniek op Gamma over te brengen, maar die bleef met haar rug naar haar toe staan. 'Is er iets?'

'Nee, er is niks, snoes. Alleen hebben ze die gast die ons huis in brand heeft gestoken niet gepakt, en vandaag is er weer een onschuldige vrijgelaten, en ook dat vindt niet iedereen even geweldig.'

'Bedoel je de man die dat meisje heeft verkracht dat zich heeft opgehangen?'

'De enigen die weten wat er met dat meisje is gebeurd, zijn het meisje zelf, degene die het gedaan heeft en Onze-Lieve-Heer. Mij hoor je niet zeggen dat ik een van die drie ben, en dat zou ik jou ook niet aanraden.'

Samantha vond het vreselijk als haar vader een toon aansloeg als die van een districtsadvocaat die een betoog afrondde. 'Pap, ze heeft zichzelf in een schuur opgehangen. Dat is gewoon een feit.'

'Waarom is mijn leven vergeven van koppige vrouwen?' Rusty legde zijn hand op het mondstuk en zei iets tegen iemand.

Samantha hoorde de hese lach van een vrouw. Lenore, haar vaders secretaresse. Gamma mocht haar niet.

'Goed.' Rusty was weer aan de lijn. 'Ben je er nog, schat?'

'Waar zou ik anders zijn?'

'Ophangen,' zei Gamma.

'Liefje.' Rusty blies wat rook uit. 'Zeg maar wat ik moet doen om dit alles beter te maken, en ik doe het meteen.'

Een oude advocatentruc: je laat de ander de oplossing voor het probleem bedenken. 'Pap, ik –'

Gamma ramde haar vingers op de haak en verbrak de verbinding.

'Mama, we waren aan het praten.'

Gamma's vingers bleven rond de haak geklemd. In plaats van zich nader te verklaren zei ze: 'Denk maar eens na over de etymologie van de uitdrukking "de telefoon ophangen".' Ze pakte de hoorn van Samantha af en legde hem op de haak. 'Dan snap je ook wat er bedoeld wordt met "de telefoon opnemen" en dat dat soms niet in de haak is. En uiteraard weet je dat de haak een soort hefboom is, die een circuit opent zodra hij wordt ingedrukt, waardoor een oproep ontvangen kan worden.'

'De sheriff stuurt een patrouillewagen,' zei Samantha. 'Tenminste, dat gaat papa hem vragen.'

Gamma keek sceptisch. De sheriff was bepaald geen fan van de Quinns. 'Ga je handen wassen voor het eten.'

Samantha wist dat het zinloos was het gesprek gaande te houden. Tenzij ze wilde dat haar moeder een schroevendraaier pakte en de telefoon openmaakte om haar de werking van het schakelsysteem uit te leggen, wat in het verleden met ontelbaar veel kleine apparaten was gebeurd. Gamma was de enige moeder in de straat die zelf de olie van haar auto ververste.

Niet dat ze nog in een straat woonden.

Samantha struikelde over een doos in de gang. Ze greep naar haar tenen en klemde ze vast alsof ze de pijn eruit kon persen. Hinkend liep ze naar de badkamer. Op de gang kwam ze haar zus tegen. Charlotte gaf haar een stomp tegen haar arm, want dat was typisch Charlotte.

Het kreng had de deur dichtgedaan, en nu had Samantha een valse start, want het duurde even voor ze de badkamer had gevonden. De wc-pot was laag bij de grond en stamde nog uit de tijd dat mensen kleiner waren. De douche was een kunststof hoekcabine met zwarte schimmel tussen de naden. In de wasbak lag een bolhamertje. Zwart gietijzer brak door op de plekken waar het hamertje herhaaldelijk in de wasbak was gegooid. Gamma had uitgevogeld waarvoor het werd gebruikt. De kraan was zo oud en roestig dat je een klap tegen de knop moest geven om te voorkomen dat hij lekte.

'Die repareer ik dit weekend,' had Gamma gezegd, als om zichzelf een beloning te geven aan het eind van wat een zware week zou worden.

Zoals gewoonlijk had Charlotte er in de kleine badkamer een bende van gemaakt. Op de vloer lag een plas water, en de spiegel zat onder de druppels. Zelfs de wc-bril was nat. Samantha reikte al naar de rol keukenpapier aan de muur, maar bedacht zich. Vanaf het begin had het huis iets tijdelijks gehad, maar nu haar vader min of meer had gezegd dat hij de sheriff stuurde uit angst voor een brandbom, net als de vorige keer, leek het tijdverspilling om de boel hier schoon te maken.

'Eten!' riep Gamma vanuit de keuken.

Samantha gooide een plens water in haar gezicht. Haar haar voelde zanderig. Haar kuiten en armen zaten onder de rode vegen van de aarde, die zich had vermengd met haar zweet. Het liefst zou ze in een warm bad liggen weken, maar de enige badkuip in het huis was een geval op klauwpoten met een donkere, roestkleurige ring rond de rand, nog van de tientallen jaren dat de vorige bewoner er de aarde van zijn huid in had afgeweekt. Zelfs Charlotte wilde het bad niet in, en Charlotte was een varken.

'Het voelt zo treurig hierbinnen,' had haar zusje gezegd, terwijl ze langzaam achterwaarts de bovenste badkamer uit was gelopen.

De badkuip was niet het enige wat Charlotte naargeestig had gevonden. De enge, vochtige kelder. De creepy zolder vol vleermuizen. De krakende kastdeuren. De slaapkamer waar de oude boer was gestorven.

In de onderste la van de kledingkast lag een foto van de boer. Die hadden ze die ochtend gevonden toen ze zogenaamd aan het schoonmaken waren geweest. Geen van beiden had de foto durven aanraken. Ze hadden naar het eenzame, ronde gezicht van de man gekeken en werden bevangen door iets onheilspellends, ook al was het gewoon zo'n typische afbeelding uit de crisistijd, met een trekker en een muildier. Samantha had de rillingen gekregen bij het zien van de gele tanden van de boer, hoewel het een raadsel was hoe iets op een zwart-witfoto geel kon lijken.

'Sam?' Gamma stond in de deuropening van de badkamer en keek naar hen in de spiegel.

Ze waren nooit voor zussen aangezien, ze waren duidelijk moeder en dochter. Ze hadden dezelfde krachtige kaaklijn en hoge jukbeenderen, dezelfde boog in hun wenkbrauwen, die volgens anderen op gereserveerdheid duidde. Gamma was niet mooi, maar ze was een opvallende verschijning met haar donkere, bijna zwarte haren en lichtblauwe ogen, die fonkelden van verrukking als ze iets grappig of lachwekkend vond. Samantha was oud genoeg om zich de tijd te herinneren dat haar moeder het leven een stuk minder serieus had genomen.

'Je verspilt water,' zei Gamma.

Samantha sloeg de kraan dicht met het hamertje en liet het weer in de wasbak vallen. Ze hoorde een auto over de oprit naderen. Vast de patrouillewagen. Rusty die zijn belofte nakwam? Dat zou de verrassing van de dag zijn.

Gamma stond achter haar. 'Ben je nog verdrietig om Peter?'

De jongen van het leren jack dat bij de brand verloren was gegaan. De jongen die Samantha een liefdesbrief had geschreven, maar die haar nu niet meer aankeek als ze elkaar op school in de gang tegenkwamen.

'Je bent mooi,' zei Gamma. 'Weet je dat?'

Samantha zag zichzelf blozen in de spiegel.

'Mooier dan ik ooit geweest ben.' Gamma streek Samantha's haren naar achteren. 'Had mijn moeder je maar gekend.'

Samantha wist heel weinig over haar grootouders. Wel had ze begrepen dat ze het Gamma nooit hadden vergeven dat ze was gaan studeren. 'Wat was oma voor iemand?'

Gamma glimlachte, maar haar mond had er moeite mee. 'Mooi, net als Charlie. Heel intelligent. Meedogenloos gelukkig. Altijd vol enthousiasme om dingen te doen. Zo iemand die door iedereen aardig wordt gevonden.' Ze schudde haar hoofd. Ondanks al haar diploma's was Gamma er nog steeds niet in geslaagd zich de kunst van het aardig zijn eigen te maken. 'Nog voor haar dertigste werd ze grijs. Ze zei dat het kwam doordat haar hersens zo hard werkten, maar zoals je uiteraard weet, is al het haar oorspronkelijk wit. Het krijgt melanine via speciale cellen, genaamd melanocyten, die pigment in de haarfollikels pompen.'

Samantha leunde achterover, in haar moeders armen. Ze sloot haar ogen en gaf zich over aan Gamma's vertrouwde, melodieuze stem.

'Door stress en hormonen kan pigment weglekken, maar ze leidde destijds een vrij eenvoudig leven – ze was moeder en vrouw en gaf les op de zondagschool – dus we mogen ervan uitgaan dat het grijs veroorzaakt werd door een genetische eigenschap, wat betekent dat jij of Charlie, of jullie allebei, hetzelfde kan overkomen.'

Samantha opende haar ogen. 'Jouw haar is niet grijs.'

'Omdat ik het elke maand laat verven.' Haar lach stierf iets te snel weg. 'Beloof me dat je altijd voor Charlie zult zorgen.'

'Charlie kan heel goed voor zichzelf zorgen.'

'Ik meen het, Sam.'

Samantha's hart sloeg over toen ze Gamma's dringende toon hoorde. 'Hoezo dan?'

'Omdat jij haar grote zus bent en het je taak is.' Ze nam Samantha's handen in de hare. Haar blik was strak op de spiegel gericht. 'We hebben het zwaar gehad, kind. Ik zal niet liegen en zeggen dat het beter wordt. Charlie moet weten dat ze op jou kan rekenen. Je moet dat stokje altijd stevig in haar hand leggen, waar ze ook is. Jij zoekt haar. Verwacht niet dat ze jou zoekt.'

Samantha had het gevoel dat haar keel werd dichtgesnoerd. Gamma had het nu over iets anders, iets ernstigers dan een estafetteloop. 'Ga je weg?'

'Natuurlijk niet.' Gamma fronste haar voorhoofd. 'Ik zeg alleen dat anderen op je moeten kunnen rekenen, Sam. Ik dacht dat je dat dwaze, dramatische puberstadium nu wel achter de rug had.'

'Ik ben geen –'

'Mama!' riep Charlotte.

Gamma draaide Samantha naar zich toe en nam haar gezicht in haar eeltige handen. 'Ik ga nergens naartoe, meis. Zo makkelijk kom je niet van me af.' Ze drukte een kus op haar dochters neus. 'Geef die kraan nog een hengst voor je komt eten.'

'Mam!' schreeuwde Charlotte.

'Mijn hemel,' mopperde Gamma terwijl ze de badkamer uit liep. 'Charlie Quinn, schreeuw niet zo, je lijkt wel een straatmeid.'

Samantha pakte het hamertje. De dunne houten steel was altijd nat als een spons. De ronde kop was verroest en had dezelfde rode kleur als het voorerf. Ze gaf nog een tik tegen de kraan en wachtte tot ze er zeker van was dat er geen water meer uit kwam.

'Samantha?' riep Gamma.

Samantha fronste haar voorhoofd. Ze keerde zich naar de deuropening toe. Haar moeder noemde haar nooit bij haar volledige naam. Zelfs Charlotte moest eraan geloven en werd Charlie genoemd. Volgens Gamma zouden ze haar ooit dankbaar zijn omdat ze met hun afgekorte namen eerder voor vol werden aangezien. Zelf had ze door met Harry te ondertekenen meer artikelen gepubliceerd gekregen en fondsen geworven dan het geval zou zijn geweest als ze met Harriet had ondertekend.

'Samantha.' Gamma klonk kil, alsof ze haar waarschuwde. 'Zorg dat de kraan goed dicht zit en kom snel naar de keuken.'

Samantha keek achterom, alsof haar spiegelbeeld kon uitleggen wat er aan de hand was. Zo sprak hun moeder nooit tegen hen. Zelfs niet als ze het verschil uitlegde tussen de hendel van een Marcelkrultang en haar eigen krultang met veerklem.

Zonder nadenken reikte Samantha naar de wasbak en sloeg haar hand om het hamertje. Met het stuk gereedschap achter haar rug liep ze de lange gang door naar de keuken.

Alle lampen brandden. Buiten was het inmiddels donker. In gedachten zag ze haar hardloopschoenen naast die van Charlotte op het stoepje bij de keukendeur staan, en ook het estafettestokje dat ergens in de tuin moest liggen. De keukentafel met de papieren borden. Plastic vorken en messen.

Er klonk een diepe kuch, als van een man. Maar misschien was het Gamma, want die hoestte de laatste tijd ook zo, alsof de rook van de brand op de een of andere manier haar longen was binnengedrongen.

Weer die kuch.

Samantha's nekharen gingen overeind staan.

De achterdeur was aan de andere kant van de gang, en een kring van gedempt licht omgaf het matglas. Samantha keek even achterom terwijl ze door de gang liep. Ze zag de deurknop. Ze verbeeldde zich dat ze die omdraaide, ook al liep ze ervandaan. Bij elke stap die ze zette, vroeg ze zich af of ze zich dingen verbeeldde of zich zorgen moest maken, of misschien was het een grap, want vroeger hield haar moeder hen altijd graag voor de gek. Dan plakte ze wiebelogen op de melkkan in de koelkast of schreef ze 'Help! Ik zit vast in een toiletpapierfabriek!' op de binnenkant van de wc-rol.

Er was maar één telefoon in het huis: het kiesschijfapparaat in de keuken.

Haar vaders pistool lag in de keukenla.

De kogels zaten ergens in een kartonnen doos.

Charlotte zou haar uitlachen als ze de hamer zag. Samantha schoof hem achter in haar hardloopshorts. Het metaal voelde koud tegen haar rug, en de natte steel was net een omkrullende tong. Ze trok haar shirt over de hamer en liep de keuken in.

Haar hele lichaam verstijfde.

Het was geen grap.

In de keuken stonden twee mannen. Ze stonken naar zweet en bier en nicotine. Ze hadden zwarte handschoenen aan. Hun gezichten gingen schuil achter zwarte bivakmutsen.

Samantha opende haar mond. De lucht had zich als met watten verdicht en sloot haar keel af.

De een was een stuk langer dan de ander, die weer steviger gebouwd was. De kleine droeg een spijkerbroek en een zwart overhemd. De lange had een verschoten wit T-shirt aan, een spijkerbroek en hoge blauwe basketbalschoenen met losse rode veters. De kleine leek gevaarlijker, maar dat was slechts een gevoel, want het enige wat Samantha zag achter de bivakmutsen waren hun ogen en mond.

Niet dat ze naar hun ogen keek.

De Lange had een revolver.

Zwarthemd had een geweer, dat hij op Gamma's hoofd hield gericht.

Ze had haar handen in de lucht. 'Het komt goed,' zei ze tegen Samantha.

'Nee, echt niet.' Zwarthemds stem klonk gruizig als de staart van een ratelslang. 'Wie is er nog meer in het huis?'

Gamma schudde haar hoofd. 'Niemand.'

'Lieg niet, hoer.'

Er klonk getik. Charlotte zat aan tafel en trilde zo hevig dat de poten van haar stoel tegen de vloer roffelden, als een specht die tegen een boom tikte.

Samantha keek de gang weer in, naar de deur, naar de vage lichtkring.

'Kom.' De man met de blauwe basketbalschoenen gebaarde dat Samantha naast Charlotte moest gaan zitten. Ze zette zich langzaam in beweging, boog voorzichtig haar knieën en hield haar handen boven de tafel. De houten hamersteel sloeg tegen de zitting van haar stoel.

'Wat is dat?' Zwarthemds ogen schoten haar kant op.

'Sorry,' fluisterde Charlotte. Urine vormde een plas op de vloer. Met neergeslagen blik schommelde ze heen en weer. 'Sorry-sorry-sorry.'

Samantha pakte de hand van haar zusje.

'Zeg maar wat jullie willen,' zei Gamma. 'Dan geven we het en kunnen jullie vertrekken.'

'En als ik dat daar wil?' Zwarthemd richtte zijn kraalogen op Charlotte.

'Alsjeblieft,' zei Gamma. 'Ik doe alles wat jullie willen. Alles.'

'Alles?' Zwarthemds toon liet er geen twijfel over bestaan wat hij bedoelde.

'Nee,' zei de Lange. Hij klonk jonger, nerveus of misschien wel bang. 'Daarvoor zijn we niet gekomen.' Onder de bivakmuts wipte zijn adamsappel op en neer toen hij zijn keel probeerde te schrapen. 'Waar is je man?'

Er fonkelde iets in Gamma's ogen. Woede. 'Op zijn werk.'

'Waarom staat zijn auto dan buiten?'

Gamma zei: 'We hebben maar één auto omdat...'

'De sheriff...' Samantha zweeg, te laat beseffend dat ze het niet had moeten zeggen.

Zwarthemd keek haar weer aan. 'Wat zei je daar?'

Samantha liet haar hoofd hangen. Charlotte kneep in haar hand. De sheriff, zo was ze haar zin begonnen. De sheriff zou iemand sturen die elk moment kon arriveren. Rusty had gezegd dat er een patrouillewagen kwam, maar Rusty zei zoveel waar niets van klopte.

‘Ze is gewoon bang,’ zei Gamma. ‘Zullen we naar de zitkamer gaan? Dan kunnen we erover praten, horen wat jullie willen.’

Er sloeg iets hards tegen Samantha’s hoofd. Ze proefde de vullingen in haar kiezen. Haar oren galmden. Het geweer. Hij drukte de loop tegen de bovenkant van haar hoofd. ‘Je zei net iets over de sheriff. Ik heb je wel gehoord.’

‘Nee, niet waar,’ zei Gamma. ‘Ze bedoelde –’

‘Bek houden.’

‘Ze wilde alleen –’

‘Bek houden, zei ik!’

Samantha keek op toen het geweer met een zwaai op Gamma werd gericht.

Gamma stak haar handen uit, maar heel langzaam, alsof ze zand weg moest duwen. Opeens zaten ze allemaal in stop-motion gevangen, schokkerig bewegend en met lijven van klei. Samantha zag hoe de vingers van haar moeder zich een voor een om de afgezaagde loop van het geweer plooiden. Keurig bijgehouden nagels. Een dikke eeltplek op haar duim van het potlood waarmee ze altijd schreef.

Er klonk een bijna geruisloze klik.

De secondewijzer van een horloge.

Een deur die in het slot viel.

Een slagpin die tegen het slaghoedje van een patroon sloeg.

Misschien hoorde Samantha de klik, of misschien nam ze het geluid intuïtief waar, want ze staarde naar de vinger van Zwarthemd toen hij de trekker overhaalde.

Een rode explosie benevelde de lucht.

Bloed spoot tegen het plafond. Gutste op de vloer. Gloeiende, draderige rode slierten spatten over Charlottes hoofd en spetterden tegen de zijkant van Samantha’s hals en gezicht.

Gamma viel op de vloer.

Charlotte gilde.

Samantha opende haar mond, maar het geluid bleef in haar borst steken. Ze was verstijfd. Charlottes gegil werd een verre echo. Alle kleur verdween. Ze zaten vast in een zwart-witbeeld, zoals de foto van de oude boer. Zwart bloed was tegen het rooster van de witte airco gespoten. De vensterruit was zwart bespikkeld. Buiten was de avondhemel donkergrijs, met het eenzame speldenprikje licht van een kleine, verre ster.

Samantha bracht haar vingers naar haar hals. Gruis. Bot. Nog meer bloed, want alles zat onder het bloed. Ze voelde geklop in haar keel. Was het haar eigen hart dat klopte onder haar trillende vingers? Of waren het stukjes van haar moeders hart?

Charlottes kreten zwollen aan tot een snerpende sirene. Het zwarte bloed kleurde dieprood op Samantha's vingers. De grijze keuken bloeide weer open in felle, verblindende, razende tinten.

Dood. Gamma was dood. Nooit zou ze meer zeggen dat Samantha uit Pikeville moest vertrekken. Nooit zou ze meer kwaad op haar zijn omdat ze bij een proefwerk een simpele vraag fout had gehad, omdat ze niet beter haar best deed met hardlopen, omdat ze geen geduld had met Charlie, omdat ze niet meer van haar leven maakte.

Samantha wreef haar vingers samen. Ze had een stukje van Gamma's tand in haar hand. Braaksel vulde haar mond. Ze werd door tranen verblind. Verdriet trilde als een harpsnaar door haar lichaam.

In een oogwenk was de wereld op zijn kop gezet.

'Bek houden!' Zwarthemd sloeg Charlotte zo hard dat ze bijna van haar stoel viel. Samantha ving haar op en klemde zich aan haar vast. Ze snikten het allebei uit, beefden, gilden. Dit kon niet. Hun moeder kon niet dood zijn. Straks ging ze uitleggen hoe het hart en de bloedvaten werkten terwijl ze haar lichaam langzaam weer in elkaar zette.

Wist je dat het gemiddelde hart vijf liter bloed per minuut door het lichaam pompt?

'Gamma,' fluisterde Samantha. Het geweerschot had Gamma's borst opengereten, haar hals, haar gezicht. Het linkerdeel van haar kaak was weg. Een stuk van haar schedel. Haar prachtige, ingewikkelde brein. Haar gebogen, wat afstandelijke wenkbrauw. Niemand zou nog dingen aan Samantha uitleggen. Het zou niemand meer uitmaken of ze het snapte. 'Gamma.'

'Jezus!' Woedend sloeg de Lange tegen zijn borst in een poging de stukken bot en weefsel weg te vegen. 'Jezus christus, Zach!'

Met een ruk draaide Samantha haar hoofd om.

Zachariah Culpepper.

De naam flitste in neonkleuren voor haar geestesoog. Gevolgd door: *autodiefstal, dierenmishandeling, openbare zedenschennis, onoorbaar contact met een minderjarige.*

Charlotte was niet de enige die de dossiers van hun vader las. Jarenlang had Rusty Quinn Zach Culpepper voor zware straffen behoed. Zijn onbetaalde rekeningen leidden voortdurend tot spanningen tussen Gamma en Rusty, vooral sinds het huis was afgebrand. Hij was Rusty nog twintigduizend dollar schuldig, maar die weigerde er werk van te maken.

'Fuck!' Zach had Samantha's flits van herkenning gezien. 'Fuck!'

'Mama...' Het was nog niet tot Charlotte doorgedrongen dat alles was veranderd. Ze staarde en staarde naar Gamma en beefde zo hevig dat haar tanden klapperden. 'Mama, mama, mama...'

'Rustig maar.' Samantha wilde het haar van haar zusje strelen, maar haar vingers bleven steken in het samengeklitte bloed en bot.

'Niks rustig maar.' Zach rukte zijn bivakmuts af. Hij had een harde kop. Zijn huid zat vol kraters van de acne. Na het schot was het bloed in rode kringen om zijn mond en ogen gespoten. 'Godverdomme! Je had mijn naam toch niet hoeven noemen?'

'Ik... Ik... heb niet...' stamelde de Lange. 'Het spijt me.'

'We zullen het niet verder vertellen.' Samantha hield haar blik neergeslagen, alsof ze zijn gezicht niet had gezien. 'We zeggen niks. Dat beloof ik.'

'Meid, ik heb net je moeder aan flarden geschoten. Denk je echt dat jullie hier levend wegkomen?'

'Nee,' zei de Lange. 'Daarvoor zijn we hier niet.'

'Ik ben hier om een paar rekeningen te vereffenen.' Zachs staalgrijze blik schoot door de keuken als een machinegeweer. 'Ik dacht zo dat Rusty Quinn míj maar eens moest betalen.'

'Nee,' zei de Lange. 'Ik zei toch –'

Zach ramde het geweer in zijn gezicht. 'Je ziet het grotere plaatje niet.

We moeten de stad uit, en dat gaat bergen geld kosten. Iedereen weet dat Rusty Quinn geld in huis heeft.'

'Het huis is afgebrand.' Samantha hoorde de woorden nog voor ze besefte dat ze uit haar eigen mond kwamen. 'Alles is verbrand.'

'Fuck!' schreeuwde Zach. 'Fuck!' Hij greep de Lange bij zijn arm en sleurde hem mee de gang op. Hij hield het geweer op de zusjes gericht, met zijn vinger aan de trekker.

Samantha hoorde ze woedend met elkaar fluisteren, maar haar brein weigerde de woorden te verwerken.

'Nee!' Charlotte liet zich op de vloer vallen en reikte bevend naar de hand van hun moeder. 'Je mag niet dood zijn, mama. Alsjeblieft. Ik hou van je. Ik hou zoveel van je.'

Samantha keek naar het plafond. Rode strepen liepen als serpentinespray kriskras over het pleisterwerk. Tranen stroomden over haar gezicht en doordrenkten de boord van het enige shirt dat de brand had overleefd. Even liet ze zich door verdriet overmannen, maar toen raapte ze zichzelf weer bij elkaar. Gamma was er niet meer. Ze waren alleen in het huis met haar moordenaar, en er kwam geen patrouillewagen.

Beloof me dat je altijd voor Charlie zult zorgen...

'Charlie, opstaan.' Met afgewend gezicht trok Samantha aan de arm van haar zusje, want ze kon niet naar Gamma's opengereten borstkas kijken. Naar de gebroken ribben, die als tanden naar buiten staken.

Wist je dat haaientanden eigenlijk schubben zijn?

'Charlie, opstaan,' fluisterde Sam.

'Dat kan ik niet. Ik kan haar niet...'

Sam hees haar zusje weer op de stoel. Met haar mond vlak bij Charlies oor zei ze: 'Rennen, zodra je kan.' Haar stem was zo zacht dat hij in haar keel bleef steken. 'Niet achteromkijken. Gewoon rennen.'

'Wat zeggen jullie?' Zach ramde het geweer tegen Sams voorhoofd. Het metaal was warm. Flarden huid van Gamma zaten aan de loop vastgeschroeid. Ze rook het, als vlees op een rooster. 'Wat zei je tegen haar? Dat ze ervandoor moet gaan? Dat ze moet vluchten?'

Charlotte piepte. Ze sloeg haar hand voor haar mond.

'Wat moest je van haar doen, schatje?' vroeg Zach.

Zijn stem klonk zachter als hij tegen haar zusje sprak, en Sams maag keerde zich om.

'Kom op, liefje.' Zachs blik gleed naar Charlies smalle borst, naar haar dunne taille. 'Wij worden toch vriendjes?'

'S-Stop,' stamelde Sam. Ze zweette en beefde. Straks liet ze het daar beneden ook nog lopen, net als Charlie. De ronde mond van het geweer was als een boor tegen haar schedel. Toch zei ze: 'Laat haar met rust.'

'Had ik het tegen jou, bitch?' Zach drukte het geweer zo hard tegen Sams hoofd dat haar kin omhoogschoot. 'Nou?'

Sam balde haar vuisten. Ze moest hier een eind aan maken. Ze moest Charlotte beschermen. 'Laat ons met rust, Zachariah Culpepper.' Ze schrok van haar eigen lef. Ze was doodsbang, maar elk greintje angst was doortrokken van een overweldigende woede. Hij had haar moeder vermoord. Hij wierp geile blikken op haar zusje. Hij had gezegd dat ze hier geen van beiden levend weg zouden komen. Ze dacht aan de hamer die achter in haar shorts zat en in haar verbeelding zag ze zichzelf dat ding al in Zachs hersens rammen. 'Ik ken jou, vuile viezerik.'

Hij schrok van haar woorden. Woede verwrong zijn gezicht. Zijn handen klemden zich zo krachtig om het geweer dat zijn knokkels wit werden, maar op kalme toon zei hij: 'Ik pel je oogleden eraf, zodat je beter kunt zien hoe ik met mijn mes de poes van je zusje afsnij.'

Ze keek hem strak aan. De stilte die op zijn dreigement volgde was oorverdovend. Ze kon haar blik niet van hem losmaken. Angst sneed als een scherp scheermes door haar hart. Nog nooit had ze zo'n door en door verdorven, boosaardig mens gezien.

Charlie begon te jammeren.

'Zach,' zei de Lange. 'Kom op, man.' Hij wachtte. Ze wachtten allemaal. 'We hadden toch een deal?'

Zach verroerde zich niet. Ze verroerden zich geen van allen.

'We hadden een deal,' herhaalde de Lange.

'Zeker,' verbrak Zach de stilte. Hij liet de Lange het geweer uit zijn handen nemen. 'Een man een man, een woord een woord.'

Hij wilde zich al omdraaien, maar bedacht zich. Zijn hand schoot als een zweep naar voren. Hij greep Sams hoofd, sloeg zijn vingers om haar schedel alsof die een bal was en ramde haar zo hard naar achteren dat haar stoel omviel en ze met haar hoofd tegen de spoelbak beukte.

'Vind je me nog steeds een viezerik?' Zijn handpalm plette haar neus. Zijn vingers staken als hete naalden in haar ogen. 'Had je verder nog iets over me te zeggen?'

Samantha deed haar mond open, maar had niet genoeg lucht om het uit te schreeuwen. Pijn scheurde door haar gezicht toen zijn nagels in haar oogleden sneden. Ze greep zijn dikke pols, trapte blindelings in zijn richting, probeerde hem te krabben en te stompen om de pijn te stoppen. Bloed stroomde over haar wangen. Zachs vingers trilden toen hij zo hard drukte dat Sam haar oogbollen tegen haar hersens voelde duwen. Met gekromde vingers probeerde hij haar oogleden eraf te rukken. Ze voelde zijn nagels over haar blote oogbollen schrapen.

'Stop!' schreeuwde Charlie. 'Stop!'

Opeens was de druk weg.

'Sammy!' Charlies adem was heet van paniek. Ze tastte naar Sams gezicht. 'Sam? Kijk me aan. Kun je nog zien? Kijk me aan, alsjeblieft!'

Voorzichtig probeerde Sam haar ogen te openen. Haar oogleden waren gescheurd, lagen bijna aan flarden. Het was alsof ze door een stuk oud kant keek.

'What the fuck is dat?' zei Zach.

De hamer. Hij was achter uit haar shorts gevallen.

Zach raapte hem op. Hij bekeek de houten steel en schonk Charlie een veelbetekenende blik. 'Weet jij wel wat ik hiermee kan?'

'Genoeg!' De Lange greep de hamer en smeet hem de gang in. Ze hoorden de metalen kop over de hardhouten vloer stuiteren.

'Was maar een geintje, brother,' zei Zach.

'Staan jullie,' beval de Lange. 'Laten we hier een eind aan maken.'

Charlie bleef op de vloer zitten. Sam knipperde bloed weg. Ze zag te weinig om zich te kunnen bewegen. Het licht uit de plafondlamp was als hete olie op haar ogen.

'Help haar overeind,' zei de Lange tegen Zach. 'Dat heb je beloofd, man. Maak het niet erger dan het al is.'

Zach gaf zo'n harde ruk aan Sams arm dat die bijna uit de kom schoot. Met moeite kwam ze overeind, steun zoekend tegen de tafel. Zach duwde haar naar de deur. Ze stootte tegen een stoel. Charlie pakte haar hand.

De Lange deed de deur open. 'Lopen.'

Ze hadden geen keuze. Charlie ging voorop, zijwaarts schuifelend om Sam het trapje af te helpen. Nu het felle keukenlicht er niet meer op scheen, nam de kloppende pijn in haar ogen iets af. Maar ze konden zich niet aan het donker aanpassen. Schaduwen trokken haar blikveld in en uit.

Ze hadden op school moeten zijn, op hardlooptraining. Voor het eerst in hun leven hadden ze Gamma gesmeekt of ze die mochten overslaan, en nu was hun moeder dood en werden ze het huis uit gedreven door een man die met een geweer zijn rekeningen kwam vereffenen.

'Kun je zien?' vroeg Charlie. 'Sam, kun je zien?'

'Ja,' loog Sam. Haar zicht wervelde als een discobal, maar in plaats van lichtflitsen zag ze grijs en zwart geflakker.

'Deze kant op,' zei de Lange, en hij voerde hen mee, niet naar de oude pick-up op de oprit, maar het veld in dat achter de boerderij lag. Kool. Gierst. Watermeloen. Gewassen die de oude boer had verbouwd. Op de bovenverdieping hadden ze in een verder lege kast zijn zaailogboek gevonden. Zijn honderdtwintig hectare grond was verpacht aan de boerderij iets verderop, een bedrijf van vierhonderd hectare, die aan het begin van het voorjaar beplant waren.

Sam voelde de pas bewerkte grond onder haar blote voeten. Ze leunde tegen Charlie aan, die haar hand stevig vasthield. Met haar andere hand tastte Sam blindelings om zich heen, redeloos bang dat ze ergens tegenaan zou lopen op het open land. Elke stap die haar verder van de boerderij, verder van het licht verwijderde, legde een nieuwe laag duisternis over haar gezichtsveld. Charlie was een grijze vlek. De Lange was groot en mager, net een houtskoolpotlood. Zach Culpepper was een dreigend zwart vlak vol haat.

'Waar gaan we naartoe?' vroeg Charlie.

Sam voelde het geweer in haar rug.

'Doorlopen,' zei Zach.

'Ik snap het niet,' zei Charlie.' Waarom doe je dit?'

Ze richtte zich tot de Lange. Evenals Sam begreep ze dat de jongere man het zwakst was, maar dat hij ergens ook de leiding had.

'Wat hebben we jullie aangedaan?' vroeg Charlie. 'We zijn nog maar kinderen. Dit verdienen we niet.'

'Bek dicht,' waarschuwde Zach. 'Allebei.'

Sam klemde Charlies hand nog steviger vast. Ze was nu bijna volledig blind. Ze zou altijd blind blijven, ook al duurde altijd niet heel veel langer. Tenminste niet voor haar. Ze verslapte haar greep om Charlies hand. Stilzwijgend dwong ze haar zusje de omgeving in zich op te nemen, alert te zijn op een kans om ervandoor te gaan.

Twee dagen geleden, op de dag van de verhuizing, had Gamma hun een topografische kaart van het gebied laten zien. Ze had geprobeerd hen enthousiast te maken voor het buitenleven en hun alle plekken aangewezen die ze konden gaan verkennen. Nu nam Sam in gedachten de opvallendste herkenningspunten door, op zoek naar een vluchtroute. Het land van de buurman verdween achter de horizon, een vrije, open vlakte die garant stond voor een kogel in Charlies rug als ze die kant op rende. Rechts werd het veld door bomen begrensd. Daar was een dicht bos, en Gamma had gewaarschuwd dat het er waarschijnlijk stikte van de teken. Aan de andere kant van het bos was een riviertje, dat door een tunnel stroomde, die zich onder een weertoren door slingerde om vervolgens naar een verharde maar zelden gebruikte weg te voeren. Driekwart kilometer naar het noorden was een verlaten schuur. Drieënhalve kilometer naar het oosten was een derde boerderij. Er was een moerassige visvijver, ongetwijfeld vol kikkers. En hier had je vlinders. Met een beetje geduld zouden ze herten kunnen zien in dat veld daar. Blijf uit de buurt van de weg. Drieblad is gevaar. Vijfblad geeft een blaar.

Vlucht alsjeblieft, smeekte Sam Charlie in gedachten. *Niet achteromkijken om te zien of ik je volg.*

'Wat is dat?' vroeg Zach.

Ze draaiden zich alle vier om.

'Een auto,' zei Charlie, maar Sam zag alleen de fonkelende koplampen die langzaam over de lange oprit op de boerderij afkwamen.

De patrouillewagen? Hun vader die thuisgebracht werd?

'Shit, nog even en ze zien mijn pick-up.' Zach duwde hen naar het bos, en met het geweer als een veeprikker dwong hij hen nog sneller te lopen. 'Doorlopen, jullie, of ik schiet jullie hier neer.'

Hier.

Charlie verstijfde bij dat woord. Haar tanden begonnen weer te klapperen. Eindelijk drong het tot haar door. Ze begreep dat ze hun dood tegemoet gingen.

'We kunnen dit ook anders oplossen,' zei Sam.

Ze had het tegen de Lange, maar Zach snoof.

'Ik doe alles wat jullie willen,' zei ze. Ze hoorde Gamma, die de woorden met haar mee sprak. 'Alles.'

'Shit,' zei Zach. 'Denk je dat ik niet pak wat ik toch al wil hebben, stomme hoer?'

Sam deed een nieuwe poging. 'We zullen niet zeggen dat jullie het waren. We zeggen dat jullie de hele tijd bivakmutsen droegen en –'

'Met mijn pick-up op de oprit, zeker? En met jullie moeder die dood in dat huis ligt?' Weer snoof Zach. 'Jullie Quinns vinden jezelf zo allejezus slim, dat jullie denken dat je je overal uit kunt lullen.'

'Luister nou,' smeekte Sam. 'Jullie moeten evengoed de stad uit. Waarom zouden jullie ook ons doden?' Ze draaide haar hoofd naar de Lange toe. 'Denk erover na, alsjeblieft. Jullie hoeven ons alleen maar vast te binden. En dan laten jullie ons ergens achter waar ze ons niet kunnen vinden. Jullie moeten hier hoe dan ook weg. Jullie willen toch niet nog meer bloed aan jullie handen?'

Sam wachtte op een reactie. Ze wachtten allemaal.

De Lange kuchte. 'Het spijt me,' zei hij uiteindelijk.

Zachs lach had iets triomfantelijks.

Sam gaf niet op. 'Laat mijn zusje dan gaan.' Ze stopte even om speeksel weg te slikken. 'Ze is nog maar dertien. Nog maar een kind.'

'Zo ziet ze er anders niet uit,' zei Zach. 'Met van die lekkere hoge tietjes.'

'Hou je bek,' zei de Lange. 'Ik meen het.'

Zach zoog lucht tussen zijn tanden door.

'Ze vertelt het aan niemand.' Sam bleef het proberen. 'Ze zal zeggen dat jullie onbekenden waren. Toch, Charlie?'

'Een zwarte, misschien?' vroeg Zach. 'Zoals die moordenaar die je vader vrij heeft weten te krijgen?'

'Net zoals hij jou vrij heeft gekregen, nadat je je piemel aan een stel kleine meisjes had laten zien,' gooide Charlie eruit.

'Charlie,' smeekte Sam. 'Stil nou, alsjeblieft.'

'Laat haar maar,' zei Zach. 'Ik vind het wel lekker als er een beetje pit in zit.'

Charlie zweeg. Ze bleef zwijgen toen ze het bos in liepen.

Sam volgde haar op de hielen en pijnigde haar hersens op zoek naar een argument waarmee ze die kerels ervan kon overtuigen dat ze dit niet hoefden te doen. Maar Zach Culpepper had gelijk. Zijn pick-up stond bij het huis, en dat veranderde alles.

'Nee,' fluisterde Charlie in zichzelf. Dat deed ze altijd: uiting geven aan een innerlijk debat.

Ren nou weg, smeekte Sam in gedachten. *Ga maar, zonder mij.*

'Lopen.' Zach spoorde haar weer aan met zijn geweer in haar rug.

Dennennaalden prikten in haar voeten. Ze drongen steeds dieper het bos in. Het werd koeler. Sam sloot haar ogen, want ze zag toch niets. Ze liet zich door Charlie meevoeren. Bladeren ritselden. Ze stapten over omgevallen bomen en liepen door een smalle beek, waarschijnlijk een zijtak die van de boerderij naar het riviertje stroomde.

Rennen, rennen, rennen, smeekte Sam in stilte. *Ren dan.*

'Sam...' Charlie bleef staan. Ze sloeg haar arm om Charlies middel. 'Ik zie een schop. Een schop.'

Sam snapte het niet. Ze raakte haar oogleden aan. Ze zaten dichtgeplakt door het opgedroogde bloed. Zachtjes duwend dwong ze haar ogen open.

Zwak maanlicht wierp een blauwe gloed over de open plek vóór hen. Ze zag niet alleen een schop. Naast een gat in de grond lag een berg verse aarde.

Een gat.

Een graf.

Haar zicht werd de gapende, zwarte leegte in gezogen, en opeens was alles duidelijk. Dit was geen overval of een poging door intimidatie een paar advocatenrekeningen te laten verdwijnen. Iedereen wist dat de Quinns financieel aan de grond zaten nu hun huis was afgebrand. Het conflict met de verzekering. Het gedwongen vertrek uit het hotel. De bezoekjes aan de kringloopwinkel. Zachariah Culpepper was er ongetwijfeld van uitgegaan dat Rusty zijn bankrekening ging spekken door achterstallige rekeningen te innen. Zo ver zat hij er niet naast. De vorige avond had Gamma Rusty ingewreven dat de twintigduizend dollar die Culpepper hem schuldig was het gezin er weer bovenop zou helpen.

Wat betekende dat dit alles op geld was terug te voeren.

En, erger nog, op domheid, want de uitstaande rekeningen zouden niet zijn verdwenen door de dood van haar vader.

Sam voelde haar woede van even daarvoor nog natrillen. Ze beet zo hard op haar tong dat ze bloed proefde. Het was niet zonder reden dat Zachariah Culpepper zijn halve leven in de gevangenis had doorgebracht. Net als zijn andere misdaden was ook dit een slecht en erbarmelijk uitgevoerd plan. Elke blunder die hij ooit begaan had, had hen naar deze plek gevoerd. Ze hadden een graf voor Rusty gedolven, maar omdat Rusty zoals altijd te laat was, en omdat ze uitgerekend vandaag hardlooptraining hadden mogen overslaan, was het graf nu voor Charlie en Sam bestemd.

'Oké, grote jongen. Nu ben jij aan de beurt.' Zach liet de kolf van het geweer op zijn heup rusten. Hij trok een stiletto uit zijn zak en klikte deze met één hand open. 'De vuurwapens maken te veel lawaai. Gebruik dit maar. Recht over de keel, net als bij een varken.'

De Lange pakte het mes niet.

'Kom op,' zei Zach. 'Dat was de afspraak. Jij pakt haar. Ik neem de kleine voor mijn rekening.'

De Lange verroerde zich nog steeds niet. 'Ze heeft gelijk. We hoeven dit niet te doen. We zouden die vrouwen niks doen. Die zouden er niet eens zijn.'

'Pardon?'

Sam greep Charlies hand. De mannen waren afgeleid. Nu kon ze wegrennen.

'Wat gebeurd is, is gebeurd,' zei de Lange. 'We hoeven het niet erger te maken door nog meer mensen te vermoorden.'

'Jezus christus.' Zach klikte het mes dicht en schoof het weer in zijn zak. 'We hebben dit in de keuken besproken, man. Alsof we een keuze hebben.'

'We kunnen onszelf aangeven.'

Zach greep het geweer. 'Bull. Shit.'

'Ik geef mezelf wel aan. Ik neem alle schuld op me.'

Sam gaf Charlie een duw ten teken dat ze in beweging moest komen. Maar Charlie verroerde zich niet. Ze bleef Sam stevig vasthouden.

'Vergeet het maar.' Zach gaf de Lange een stomp tegen zijn borst. 'Je denkt toch niet dat ik me voor moord laat pakken omdat jij opeens een fucking geweten hebt gekregen?'

Sam liet de hand van haar zusje los. 'Lopen, Charlie,' fluisterde ze.

'Ik zal niks zeggen,' zei de Lange. 'Ik zeg gewoon dat ik het gedaan heb.'

'Met die pick-up van mij zeker?'

Charlie probeerde Sams hand weer te pakken, maar Sam trok hem terug en fluisterde: 'Rennen!'

'Klootzak.' Zach hief zijn geweer en richtte het op de borst van de Lange. 'Ik zal je vertellen wat er gaat gebeuren, jongen. Jij pakt mijn mes, en daarmee snij je de keel van die bitch open, of anders schiet ik een gat in je borst zo groot als Texas.' Hij stampvoette. 'Nu meteen.'

Met een zwaai richtte de Lange zijn revolver op Zachs hoofd. 'We gaan onszelf aangeven.'

'Weg met dat kloteding, laffe klootzak.'

Sam gaf Charlie een duwtje. Ze moest in actie komen. Ze moest hier weg. Dit was haar enige kans. 'Lopen,' smeekte ze.

'Ik schiet jou nog eerder dood dan dat ik hen vermoord,' zei de Lange.

'Je hebt de ballen niet om die trekker over te halen.'

'O nee? Wacht maar.'

Charlie stond nog steeds roerloos. Haar tanden klapperden weer.

‘Ga dan,’ smeekte Sam. ‘Je moet ervandoor.’

‘Stuk stront.’ Zach spuugde op de grond. Hij deed alsof hij zijn mond wilde afvegen, maar dat was een afleidingsmanoeuvre. Zijn hand ging naar de revolver. De Lange had hem door. Hij sloeg het geweer naar achteren, waardoor Zach zijn evenwicht verloor, uitgleed en zwaaiend met zijn armen achteroverviel.

‘Rennen!’ Sam duwde haar zus weg. ‘Wég, Charlie!’

Als een wazige veeg schoot Charlie uit haar blikveld. Sam wilde achter haar aan, hief haar been, boog haar arm…

Een explosie.

Licht flitste op uit de revolver.

Opeens trilde de lucht.

Sams hoofd sloeg met zo’n klap naar voren dat ze haar nek voelde kraken. Haar lichaam volgde in een woeste draai. Ze tolde rond en viel het donker in, net als Alice in het konijnenhol.

Weet je wel hoe mooi je bent?

Sams voeten raakten de grond. Ze voelde de schok door haar knieën gaan.

Ze keek naar beneden.

Haar tenen stonden wijduit en plat op een drijfnatte hardhouten vloer.

Toen ze opkeek, staarde haar spiegelbeeld haar aan.

Op onverklaarbare wijze was ze weer in de boerderij en stond ze voor de wasbak in de badkamer.

Gamma stond achter haar, met haar sterke armen om Sams middel geslagen. In de spiegel leek haar moeder jonger, milder. Ze had een wenkbrauw opgetrokken alsof ze iets vreemds had gehoord. Dit was de vrouw die aan een onbekende in de supermarkt het verschil tussen splijting en fusie had uitgelegd. Die met Pasen ingewikkelde speurtochten uitzette, waar ze een hele vakantie over deden.

Wat waren nu de aanwijzingen?

‘Zeg het dan,’ zei Sam tegen haar moeders spiegelbeeld. ‘Zeg dan wat ik doen moet.’

Gamma deed haar mond open, maar ze zei niets. Haar gezicht begon te verouderen. Sam voelde een diep verlangen naar de moeder die ze niet oud zou zien worden. Vanaf Gamma's mond verspreidden zich dunne rimpels. Bij haar ogen verschenen kraaienpootjes. De rimpels werden dieper. Grijze vegen kleurden haar haar peper-en-zout. Haar kaaklijn werd voller.

Haar huid raakte los.

Witte tanden werden zichtbaar door een open gat in haar wang. Haar haar werd vettig grijs draad. Haar ogen droogden uit. Ze werd niet ouder.

Ze was aan het ontbinden.

Sam worstelde om weg te komen. De geur van de dood omhulde haar: vochtige aarde, verse maden die zich ingroeven in haar huid. Gamma sloeg haar handen om haar gezicht. Ze dwong Sam zich om te draaien. Vingers die in droog bot waren veranderd. Zwarte, tot scheermessen geslepen tanden toen Gamma haar mond opende en schreeuwde: *Ik zei toch dat je weg moest gaan!*

Happend naar adem schrok Sam wakker.

Haar ogen kierden open in diepe duisternis.

Aarde vulde haar mond. Vochtige grond. Dennennaalden. Ze had haar handen voor haar gezicht. Warme adem stuitte tegen haar handpalmen. Er klonk een geluid...

Sjjj. Sjjj. Sjjj.

Een vegende bezem.

Een zwaaiende bijl.

Een schop die aarde in een graf schepte.

In háár graf.

Ze werd levend begraven. De aarde drukte op haar als een metalen plaat.

'Het... spijt... me.' De stem van de Lange haperde. 'Alstublieft, God, vergeef me alstublieft.'

De aarde bleef komen. Het gewicht was als een bankschroef die de lucht uit haar longen dreigde te persen.

Wist je dat Giles Corey de enige aangeklaagde in de heksenprocessen van Salem was die werd doodgedrukt?

Tranen vulden Sams ogen en gleden over haar gezicht. Een kreet stokte in haar keel. Ze mocht niet in paniek raken. Ze mocht niet schreeuwen of om zich heen slaan, want ze hielpen haar toch niet. Ze zouden haar opnieuw neerschieten. Als ze smeekte om haar leven, zou ze haar dood alleen maar bespoedigen.

Doe niet zo raar, zei Gamma. *Ik dacht dat je dat puberstadium al achter de rug had.*

Sam haalde bevend adem.

Ze schrok toen ze besefte dat lucht haar longen binnendrong.

Ze kon ademen!

Haar handen vormden een kom voor haar gezicht, waardoor er een met lucht gevulde holte in de aarde was ontstaan. Ze drukte haar handen zo dicht mogelijk tegen elkaar. Ze dwong zichzelf langzamer te ademen om de kostbare zuurstof zo lang mogelijk te bewaren.

Dat had ze van Charlie geleerd, jaren geleden. Sam zag haar zusje voor zich in haar scoutinguniform. Armen en benen als dunne stokjes. Haar gekreukelde gele overhemd en het bruine vest met alle insignes die ze had verworven. Aan de ontbijttafel had ze hardop voorgelezen uit het survivalhandboek.

'"Als je door een lawine wordt overvallen, roep dan niet en hou je mond stijf dicht,"' had Charlie gelezen. '"Wanneer je tot stilstand komt, hou je je handen voor je gezicht en probeer je ruimte te maken voor lucht."'

Sam stak haar tong uit om te voelen hoe ver haar handen van haar gezicht verwijderd waren. Een centimeter, schatte ze. Ze boog en strekte haar vingers in een poging de luchtholte op te rekken. Maar ze kon geen kant op. De aarde zat als cement om haar handen gepakt.

Ze probeerde de houding van haar lichaam vast te stellen. Ze lag niet plat op haar rug. Haar linkerschouder drukte naar beneden, maar ze lag ook niet helemaal op haar zij. Haar heupen stonden haaks op haar schouders. Kou drong door de achterkant van haar hardloopshorts naar binnen. Haar rechterknie was gebogen, haar linkerbeen lag recht.

Gedraaide torso.

De stretchhouding van een hardloper. Haar lichaam had een vertrouwde positie aangenomen.

Ze probeerde haar gewicht te verplaatsen. Ze kon haar benen niet bewegen. Ze probeerde haar tenen. Haar kuitspieren. Haar hamstrings.

Niets.

Ze sloot haar ogen. Ze was verlamd. Nooit zou ze meer zonder hulp kunnen lopen, rennen, bewegen. Paniek drong als een zwerm muggen haar borst binnen. Hardlopen was alles wat ze had. Wat ze wás. Wat had het voor zin om te overleven als ze haar benen nooit meer kon bewegen?

Ze duwde haar gezicht in haar handen om het niet uit te schreeuwen.

Charlie kon nog rennen. Sam had haar zusje het bos in zien vluchten. Het was het laatste wat ze gezien had, voor de revolver af was gegaan. Ze probeerde het beeld op te roepen van Charlie die wegsprintte, die op haar sprietige benen met een onmogelijke vaart naar voren vloog, weg van deze plek, zonder te aarzelen, zonder ook maar één keer achterom te kijken.

Niet aan mij denken, smeekte Sam haar, zoals ze duizend keer eerder had gedaan. *Concentreer je op jezelf en blijf rennen.*

Had Charlie het gered? Had ze hulp gevonden? Of had ze achteromgekeken om te zien of Sam haar volgde en had Zachariah Culpepper zijn geweer toen in haar gezicht geramd?

Of erger?

Sam weigerde de gedachte toe te laten. Ze zag Charlie vrijuit rennen, hulp halen en de politie meenemen naar het graf, want ze bezat het oriëntatievermogen van hun moeder. Ze verdwaalde nooit en wist ongetwijfeld nog waar haar zus was begraven.

Sam telde haar hartslag, tot die op een minder uitzinnig tempo overging.

En toen voelde ze een kriebel in haar keel.

Alles zat vol aarde: haar oren, haar neus, haar mond en haar longen. Ze kon de hoest niet tegenhouden die zich uit haar mond wilde losmaken. Haar lippen openden zich. In een reflex haalde ze adem, waarbij ze nog meer aarde in haar neus zoog. Weer hoestte ze, en nog een keer. De derde keer hoestte ze zo hard dat ze haar maag voelde verkrampen toen haar lichaam zich tot een bal wilde oprollen.

Sams hart miste een slag.

Haar benen hadden bewogen.

Paniek en angst hadden de vitale verbindingen tussen haar hersens en haar spierstelsel afgesneden. Ze was niet verlamd; ze was doodsbang geweest, en een oeroud vecht-of-vluchtmechanisme had haar uit haar lichaam gedreven tot ze in staat was te begrijpen wat er aan de hand was. Tot haar vreugde merkte Sam dat het gevoel in haar onderlichaam terugkeerde. Het was alsof ze een poel water in liep. Eerst voelde ze haar tenen, die zich spreidden in de dichte aarde. Vervolgens voelde ze minieme beweging in haar enkels.

Als ze haar voeten kon bewegen, wat kon ze dan nog meer bewegen?

Sam spande haar kuitspieren om ze op te warmen. Er kwam weer leven in haar dijspieren. Ze voelde haar knieën. Ze concentreerde zich op haar benen, zei tegen zichzelf dat die konden bewegen, tot haar lichaam haar het bericht stuurde dat haar benen inderdáád konden bewegen.

Ze was niet verlamd. Ze had nog een kans.

Gamma zei altijd dat Sam kon rennen nog voor ze kon lopen. Haar benen waren het sterkste deel van haar lichaam.

Ze kon zichzelf hieruit schoppen.

Sam richtte zich op haar benen, maakte oneindig kleine heen-en-weerbewegingen in een poging zich een weg te banen door de zware laag aarde. Haar adem voelde heet tegen haar handen. Een dichte nevel vertroebelde de paniek in haar hoofd. Verbruikte ze te veel zuurstof? Maakte dat iets uit? Ze had eigenlijk geen idee waar ze mee bezig was. Haar onderlijf bewoog heen en weer, en ze betrapte zichzelf op de gedachte dat ze op het dek van een kleine boot lag, deinend op zee, maar vervolgens kwam ze weer bij zinnen en besefte ze dat ze vastzat in de aarde, waarna ze nog sneller en krachtiger probeerde te bewegen om uiteindelijk weer weg te dromen naar het bootje.

Ze probeerde te tellen: *eenentwintig, tweeëntwintig, drieëntwintig…*

Haar benen verkrampten. Haar maag verkrampte. Alles verkrampte. Ze dwong zichzelf te stoppen, al was het maar een paar tellen. Rust was bijna even pijnlijk als inspanning. Melkzuur kolkte uit haar uitgeputte spieren, en haar maag begon te borrelen. Haar wervels waren verdraaid tot strak aangespannen bouten die de zenuwen afknepen en pijnschokken naar haar hals en benen zonden. Elke ademtocht bleef als een gevangen vogel in haar handen steken.

'"Er is vijftig procent kans op overleving,"' had Charlie uit haar survivalboek voorgelezen. '"Maar dan moet het slachtoffer wel binnen een uur gevonden worden."'

Sam wist niet hoelang ze al in het graf lag. Het was als met het verlies van het roodstenen huis en de moord op haar moeder, die ook een eeuwigheid geleden leken.

Ze trok haar buikspieren aan en probeerde een zijwaartse push-up. Ze spande haar arm. Haar hals verstrakte. De aarde duwde terug en perste haar schouder in de vochtige aarde.

Ze had meer ruimte nodig.

Ze probeerde haar heupen te draaien. Eerst was er maar een paar centimeter ruimte, toen vijf centimeter, en toen kon ze haar middel bewegen, haar schouder, haar hals en haar hoofd.

Was er opeens meer ruimte tussen haar mond en haar handen?

Weer stak ze haar tong uit. Ze voelde de punt langs de spleet tussen haar handen strijken. Dat was minstens anderhalve centimeter.

Vooruitgang.

Nu ging ze met haar armen aan de slag, bewoog ze op en neer, op en neer. Dit ging moeizamer. De aarde verschoof met centimeters en toen met millimeters. Ze moest haar handen voor haar gezicht houden om te kunnen ademen, tot ze besefte dat ze kon graven met haar handen.

Een uur. Meer had Charlie haar niet gegeven. Haar tijd raakte op. Haar handpalmen gloeiden, waren nat van de condens. Duizeligheid golfde door haar hoofd.

Sam ademde nog één keer diep in.

Ze duwde haar handen weg van haar gezicht. Haar polsen stonden op breken toen ze haar handen in het rond wrong. Ze perste haar lippen samen, klemde haar kiezen op elkaar en klauwde naar de grond in een wanhopige poging die te verplaatsen.

Maar de grond bleef terugduwen.

Pijn vlamde op in haar schouders. In haar handbeentjes. In haar schouderspieren. In haar schouderbladen. Hete poken doorstaken haar biceps. Haar vingers leken te breken. Haar nagels brokkelden af. Het vel op haar knokkels werd weggepeld. Haar longen konden het elk moment begeven. Ze kon haar adem niet blijven inhouden. Ze kon niet blijven vechten. Ze was moe. Ze was alleen. Haar moeder was dood. Haar zusje was weg. Ze begon te schreeuwen, eerst in gedachten, toen met haar mond. Ze was razend, woedend op haar moeder omdat ze naar het geweer had gegrepen, des duivels op haar vader die deze nachtmerrie over hen had afgeroepen, woest op Charlie omdat ze niet sterker was, en godverdomme ziedend omdat ze ging sterven in dit tyfusgraf.

In dit ondiepe graf.

Koele lucht wikkelde zich om haar vingers.

Ze was door de grond heen gebroken. Zo'n halve meter scheidde haar van leven of dood.

Voor blijdschap had ze geen tijd. Ze had geen lucht meer in haar longen, geen hoop meer, tenzij ze bleef graven.

Met haar vingers veegde ze troep aan de kant. Bladeren. Dennenappels. Haar moordenaar had geprobeerd de vers gedolven aarde te verbergen, maar hij had er niet op gerekend dat het meisje zich het graf uit zou werken. Ze pakte een handvol aarde, en nog een handvol, en bleef daarmee doorgaan tot ze in staat was haar onderbuikspieren nog één keer aan te spannen en zichzelf overeind te hijsen.

Sam kokhalsde van de plotselinge stroom frisse lucht. Ze spuwde aarde en bloed uit. Haar haar klitte samen. Ze tastte naar de zijkant van haar hoofd. Haar pink verdween in een gaatje. Het bot aan de binnenkant voelde glad. Hier was de kogel binnengedrongen. Ze was in haar hoofd geschoten.

Ze was in haar hoofd geschoten.

Ze trok haar hand weg. Ze durfde haar ogen niet schoon te wrijven. Ze tuurde in de verte. Het bos was een wazige veeg. Ze zag twee dikke lichtvlekken als luie hommels voor haar gezicht zweven.

Ze hoorde water sijpelen, weergalmen, alsof het door een tunnel stroomde die onder een weertoren door slingerde en naar een verharde weg voerde.

Weer zweefden er twee lichten langs.

Geen hommels.

Koplampen.

ACHTENTWINTIG JAAR LATER

EEN

Met een knagend gevoel van onzekerheid liep Charlie Quinn door de donkere gangen van de onderbouwlocatie van Pikevilles middelbare school. Dit was geen boetetocht op de vroege ochtend. Ze ging eerder gebukt onder diepe spijt. Toepasselijk ook, want de eerste keer dat ze seks had gehad met een jongen met wie ze beter geen seks had kunnen hebben, was in ditzelfde gebouw geweest. In de sportzaal om precies te zijn, wat maar weer bewees dat haar vader gelijk had gehad met zijn bewering dat het gevaarlijk was om tot 's avonds laat rond te zwerven.

Met de mobiele telefoon in haar hand geklemd liep ze de hoek om. De verkeerde jongen. De verkeerde man. De verkeerde telefoon. En de verkeerde kant, want ze had geen idee waar ze naartoe ging. Ze draaide zich om en liep dezelfde weg terug. Alles in dit stomme gebouw leek bekend, maar niets was waar het in haar herinnering hoorde te zijn.

Ze sloeg links af en stond opeens voor het administratiekantoor. Lege stoelen wachtten op opstandige leerlingen die naar de directeur zouden worden gestuurd. De plastic zittingen leken dezelfde als die waarop zij haar jonge jaren had verlummeld. Een grote mond. Brutaal gedrag. Ruzie met leraren, medeleerlingen en levenloze voorwerpen. Als volwassene zou ze zichzelf als puber een lel hebben gegeven omdat ze zo'n lastpak was.

Ze maakte van haar hand een kommetje boven haar ogen en tuurde door het raam het donkere kantoor in. Eindelijk iets wat eruitzag zoals het hoorde. De hoge balie, die het domein was geweest van Mrs. Jenkins, de schoolsecretaresse. Vaandels die van het plafond vol lekkageplekken naar beneden hingen. Kunstwerken van leerlingen aan de muren. Achterin brandde een eenzame lamp. Charlie was niet van plan om directeur Pinkman de weg te vragen naar haar booty call. Niet dat dit een booty call was, trouwens. Het was meer een gevalletje 'hé, chick, je hebt de verkeerde iPhone meegenomen nadat ik je gisteravond een beurt heb gegeven in mijn pick-up bij Shady Ray's'.

Charlie vroeg zich maar niet af wat ze in vredesnaam had gedacht, want ze was juist naar Shady Ray's Bar gegaan om niet te hoeven denken.

De telefoon in haar hand ging over. Charlie zag de onbekende screensaver: een Duitse herder met een Kongspeeltje in zijn bek. De nummerweergave meldde: SCHOOL.

Ze nam op. 'Hallo?'

'Waar ben je?' Hij klonk gespannen, en ze dacht aan alle verborgen gevaren die voortvloeiden uit het neuken van een onbekende die ze in een bar had ontmoet: ongeneeslijke geslachtsziekten, een jaloerse echtgenote, de moordlustige moeder van zijn kind, banden met een dubieuze organisatie in Alabama.

'Ik sta voor het kantoor van Pink,' zei ze.

'Omdraaien en de tweede gang rechts.'

'Yep.' Charlie verbrak de verbinding. Ze voelde behoefte zijn toon te analyseren, maar toen zei ze tegen zichzelf dat het er niet toe deed, want ze zou hem toch nooit meer zien.

Ze nam dezelfde weg terug, waarbij haar gympen over de geboende vloer van de donkere gang piepten. Achter zich hoorde ze een klik. In het kantoor waren de lampen aangegaan. Een wat kromme oudere vrouw die verdacht veel op de geest van Mrs. Jenkins leek schuifelde naar haar plek achter de balie. Ergens in de verte gingen zware metalen deuren open en dicht. Het gezoem en gepiep van de metaalpoortjes kringelde haar oren in. Iemand rinkelde met een sleutelbos.

Met elk nieuw geluid leek de lucht samen te ballen, alsof de school zich schrap zette voor het ochtendgeweld. Charlie keek op de grote klok aan de muur. Als de lestijden niet waren gewijzigd, zou algauw de eerste bel voor het mentoruur klinken, en de leerlingen die vroeg waren afgezet en zolang in de kantine werden vastgehouden, zouden het gebouw binnenstromen.

Charlie was ook zo'n leerling geweest. Heel lang had ze bij de gedachte aan haar vader het beeld voor zich gezien van zijn arm die uit het raampje van de Chevette hing, met een pas opgestoken sigaret tussen zijn vingers, terwijl hij het parkeerterrein van de school af reed.

Ze bleef staan.

Eindelijk viel haar blik op de lokaalnummers, en ze wist meteen waar ze was. Ze bracht haar hand naar een gesloten houten deur. Lokaal drie, haar veilige haven. Ms. Picks was eeuwen geleden met pensioen gegaan, maar de stem van de oudere vrouw klonk nog in Charlies oren: 'Ze krijgen je alleen op de kast als je ze de huissleutel geeft.'

Charlie wist nog steeds niet precies wat ze daarmee bedoelde. Je kon er alleen uit afleiden dat het iets te maken had met de uitgebreide Culpepperclan, die Charlie meedogenloos gepest had toen ze eindelijk weer naar school was gegaan.

En misschien wist Etta Picks, als basketbalcoach van de meiden, maar al te goed hoe het voelde om getreiterd te worden.

Niemand die Charlie advies kon geven over hoe ze de huidige situatie moest aanpakken. Voor het eerst sinds de universiteit had ze een onenightstand gehad. Of eigenlijk een onenightsit, als het om de exacte positie ging. Charlie was niet het type dat dergelijke dingen deed. Ze ging niet naar bars. Ze dronk nooit te veel. Eigenlijk beging ze nooit grote vergissingen waar ze later spijt van kreeg. In elk geval niet tot voor kort.

Ergens in augustus van het afgelopen jaar was haar leven gaan rafelen. Sindsdien had ze vrijwel dagelijks de ene fout op de andere gestapeld. Het was nu mei, maar van verbetering was geen sprake. De stomme dingen begonnen nu al voor ze haar bed uit was. Die ochtend had ze klaarwakker op haar rug naar het plafond liggen staren en zichzelf proberen wijs te maken dat wat er de vorige avond was gebeurd helemaal niet was gebeurd, toen er een onbekende ringtoon uit haar tas had geklonken.

Ze had opgenomen, want het idee om de telefoon in aluminiumfolie te wikkelen, in de vuilcontainer achter haar kantoor te dumpen en een nieuwe te kopen waarop ze de back-up van haar oude telefoon kon installeren was pas bij haar opgekomen nadat ze 'hallo' had gezegd.

Het korte gesprek dat volgde was van het soort dat je zou verwachten van twee volslagen onbekenden: *Hallo, persoon van wie ik de naam ongetwijfeld heb gevraagd maar die ik me niet meer kan herinneren. Volgens mij heb ik jouw telefoon.*

Charlie had aangeboden de man op zijn werk te bezoeken, want ze wilde niet dat hij wist waar ze woonde. Of werkte. Of in wat voor auto ze reed. Afgaande op zijn pick-up en zijn zonder meer fantastische lijf was ze ervan uitgegaan dat hij automonteur of boer was. Toen hij had gezegd dat hij leraar was, had ze onmiddellijk een soort *Dead Poets Society*-toestand voor zich gezien. En toen hij vervolgens had gezegd dat hij lesgaf in de onderbouw had ze daaruit de ongefundeerde conclusie getrokken dat hij pedofiel was.

'Hier.' Hij stond in een deuropening helemaal aan het eind van de gang.

Alsof het zo was afgesproken, floepten de tl-buizen aan en baadde Charlie in het meest onflatteuze licht dat ze kon bedenken. Meteen had ze spijt van haar kledingkeuze: een afgedragen spijkerbroek en een verschoten Duke Blue Devilsbasketbalshirt met lange mouwen.

'O mijn god,' mompelde ze, want aan het eind van de gang stond iemand die van dergelijke problemen geen last had.

Mr. Ik-Ben-Je-Naam-Vergeten was nog aantrekkelijker dan in haar herinnering. Het standaardlerarenuniform van overhemd met kakibroek verhulde niet dat hij spieren had op plekken waar mannen van veertig doorgaans bier en gebraden vlees opsloegen. Hij had een wat slordig stoppelbaardje. Het grijs aan zijn slapen gaf hem iets verweerds en geheimzinnigs. Met het kuiltje in zijn kin zou je een fles kunnen openen.

Dit was niet het type waar Charlie mee datete. Integendeel: dit was het type dat ze angstvallig uit de weg ging. Hij leek haar te intens, te sterk, te ondoorgrondelijk. Alsof je met een geladen pistool speelde.

'Dit ben ik.' Hij wees naar het mededelingenbord naast zijn lokaal. Op wit vetvrij papier waren kleine handafdrukken nagetrokken. Paarse uitknipletters vormden de naam MR. HUCKLEBERRY.

'Huckleberry?' zei Charlie.

'Eigenlijk is het Huckabee.' Hij stak haar zijn hand toe. 'Huck.'

Charlie schudde zijn hand en besefte te laat dat hij om zijn iPhone vroeg. 'Sorry.' Snel overhandigde ze hem de telefoon.

Hij schonk haar een scheef lachje, waarmee hij ongetwijfeld hordes jonge meisjes de puberteit in had gejaagd. 'De jouwe ligt binnen.'

Charlie volgde hem het lokaal in. De muren hingen vol kaarten, wat niet vreemd was, want kennelijk was hij geschiedenisleraar. Tenminste, als je het bordje moest geloven met de tekst MR. HUCKLEBERRY IS GEK OP WERELDGESCHIEDENIS.

Opeens herinnerde Charlie zich iets wat hij de vorige avond gezegd had. 'Ik dacht dat je bij de mariniers had gezeten.'

'Niet meer, maar het klinkt sexyer dan leraar.' Hij lachte wat verontschuldigend. 'Op mijn zeventiende ben ik in dienst gegaan en zes jaar geleden ben ik afgezwaaid.' Hij leunde tegen zijn bureau. 'Ik zocht naar een manier om me nuttig te blijven maken, dus ben ik gaan studeren met een beurs van het leger. Dit is het resultaat.'

'Je krijgt op Valentijnsdag vast heel veel door tranen bevlekte kaartjes.' Charlie zou de ene na de andere onvoldoende voor geschiedenis hebben gescoord als haar leraar op Mr. Huckleberry had geleken.

'Heb je kinderen?' vroeg hij.

'Niet dat ik weet.' Charlie stelde geen wedervraag. Ze ging ervan uit dat iemand met kinderen geen foto van zijn hond als screensaver zou kiezen. 'Ben je getrouwd?'

Hij schudde zijn hoofd. 'Dat leek me niks.'

'Mij wel,' zei ze, en ze voegde eraan toe: 'We zijn nu al negen maanden officieel uit elkaar.'

'Heb je hem bedrogen?'

'Dat zou je denken, maar nee.' Charlie streek met haar vinger over de boeken op de plank bij zijn bureau. Homerus. Euripides. Voltaire. Brontë. 'Je lijkt me niet het *Wuthering Heights*-type.'

Hij grijnsde. 'We hebben dan ook niet echt gepraat in de pick-up.'

Charlie wilde zijn grijns al beantwoorden, maar spijt trok aan haar mondhoeken. In zekere zin voelde dit plagerige geflirt fouter dan de eigenlijke seks. Dit soort gesprekken voerde ze met haar man. Onbenullige vragen stelde ze aan haar man.

En gisteravond had ze haar man voor het eerst in haar huwelijk bedrogen.

Huck leek de omslag in haar stemming aan te voelen. 'Het gaat me natuurlijk niets aan, maar hij is gek dat hij jou laat gaan.'

'Ik ben niet zo makkelijk.' Charlie bestudeerde een kaart. In het grootste deel van Europa en sommige plekken in het Midden-Oosten staken blauwe spelden. 'Ben je op al die plekken geweest?'

Hij knikte, maar ging er verder niet op in.

'De mariniers,' zei ze. 'Was je een Navy SEAL?'

'Mariniers zijn soms SEALS, maar niet alle SEALS zijn mariniers.'

Charlie wilde net zeggen dat hij haar vraag niet had beantwoord, maar Huck was haar voor.

'Je telefoon ging midden in de nacht.'

Haar hart sloeg over. 'Je hebt toch niet opgenomen?'

'Nee, het is veel leuker om via je nummerweergave uit te vogelen wie je bent.' Hij ging op het bureau zitten. 'Rond vijf uur vanochtend heeft B2 gebeld. Ik neem aan dat dat je scharrel van de vitaminewinkel is.'

Weer miste Charlies hart een slag. 'Dat is Riboflavin, mijn spinninginstructeur.'

Hij kneep zijn ogen tot spleetjes, maar vroeg niet door. 'Het volgende telefoontje, wat rond kwart over vijf binnenkwam, was van iemand die zich Daddy noemde, en omdat er geen "sugar" voor stond, ga ik ervan uit dat het je vader is.'

Ze knikte, ook al hoorde ze in gedachten haar moeder zeggen dat het 'dat' was in plaats van 'wat'. 'Nog meer aanwijzingen?'

Hij deed alsof hij over een lange baard streek. 'Vanaf een uur of halfzes kwam er een reeks telefoontjes binnen uit de gevangenis. Minstens zes, met tussenpozen van zo'n vijf minuten.'

'Nu heb je me te pakken, Sherlock.' Charlie gaf zich gewonnen en stak haar handen in de lucht. 'Ik ben drugsdealer. Een paar van mijn koeriers zijn dit weekend opgepakt.'

Hij moest lachen. 'Ik zou je bijna geloven.'

'Ik ben advocaat,' bekende ze. 'Maar de meeste mensen vinden drugsdealer interessanter.'

Huck lachte niet meer. Weer kneep hij zijn ogen samen, maar de speelsheid was eruit verdwenen. 'Hoe heet je eigenlijk?'

'Charlie Quinn.'

Ze had durven zweren dat hij ineenkromp. 'Is daar iets mee?'

Zijn kaak stond zo strak dat het bot uitstak. 'Die naam staat niet op je creditcard.'

Charlie zweeg even, want er was veel mis met die uitspraak. 'Daar staat de naam van mijn man op. Waarom heb je trouwens op mijn creditcard gekeken?'

'Niet met opzet. Mijn blik viel erop toen je hem op de bar legde.' Hij veerde op van zijn bureau. 'Tijd om me op mijn lessen voor te bereiden.'

'Heb ik soms iets verkeerds gezegd?' Ze probeerde het als een grapje af te doen, want natuurlijk had ze iets verkeerds gezegd. 'Weet je, iedereen heeft de pest aan advocaten, tot ze er een nodig hebben.'

'Ik ben in Pikeville opgegroeid.'

'Je zegt het alsof je daarmee iets verklaart.'

Hij opende en sloot wat bureauladen. 'Het mentoruur begint zo. Ik moet me op mijn eerste les voorbereiden.'

Charlie sloeg haar armen over elkaar. Dit was niet de eerste keer dat ze een dergelijk gesprek voerde met mensen die al heel lang in Pikeville woonden. 'Ik kan twee redenen bedenken voor je gedrag.'

Hij negeerde haar en opende en sloot weer een la.

Ze telde de mogelijkheden af op haar vingers. 'Je hebt de pest aan mijn vader, wat geen punt is, want heel veel mensen hebben de pest aan hem, of...' Nu stak ze haar vinger omhoog, want ze had een betere reden bedacht, namelijk dezelfde waarom ze achtentwintig jaar geleden, toen ze weer naar school was gegaan, opeens het pispaaltje was geworden en waarom ze nog steeds vuile blikken kreeg van mensen in de stad die de kant hadden gekozen van de uitgebreide, van inteelt vergeven Culpepper-clan. '...je vindt me een verwend nest dat Zachariah Culpepper en zijn onschuldige broertje erbij heeft gelapt zodat mijn vader beslag kon laten leggen op hun miezerige levensverzekering en dat klotetrailertje van ze. Wat hij trouwens nooit heeft gedaan. Hij had ze kunnen aanklagen vanwege de twintigduizend dollar die ze hem nog schuldig waren, maar dat heeft hij ook niet gedaan. En dan heb ik het er niet eens over dat ik die klootzakken blind uit een line-up kon pikken.'

Nog voor ze was uitgesproken, schudde hij zijn hoofd. 'Niets van dat alles.'

'Echt niet?' Toen hij zei dat hij in Pikeville was opgegroeid, had ze hem meteen bij het Culpepperkamp ingedeeld.

Aan de andere kant snapte Charlie wel dat een beroepsmarinier een grondige afkeer had van Rusty's manier van werken, een afkeer die doorgaans verdween als diezelfde marinier werd betrapt met iets te veel oxy op zak of iets te veel hoeren. Zoals haar vader altijd zei: een democraat is een republikein die met de rechter in aanraking is geweest.

'Hoor eens,' zei ze, 'ik hou van mijn vader, maar ik doe heel ander werk dan hij. De helft van mijn zaken komt voor de kinderrechter en de andere helft betreft drugs. Ik werk met domme mensen die domme dingen doen en die een advocaat nodig hebben om ervoor te zorgen dat de aanklager ze niet te hard aanpakt.' Gelaten haalde ze haar schouders op. 'Ik zorg er alleen maar voor dat het speelveld in evenwicht is.'

Huck keek haar dreigend aan. In een oogwenk was zijn aanvankelijke geïrriteerde stemming in woede omgeslagen. 'Ik wil dat je mijn lokaal uit gaat. Nu.'

Zijn toon was zo scherp dat Charlie een stap naar achteren deed. Nu pas besefte ze dat niemand wist dat ze in de school was en dat Mr. Huckleberry waarschijnlijk met één hand haar nek kon breken.

'Oké.' Ze griste de telefoon van zijn bureau en liep naar de deur. Maar terwijl ze tegen zichzelf zei dat ze haar mond moest houden en moest gaan, draaide ze zich weer met een ruk om. 'Wat heeft mijn vader jou eigenlijk aangedaan?'

Huck antwoordde niet. Met een rode pen in zijn hand zat hij aan zijn bureau over een stapel papieren gebogen.

Charlie wachtte.

Hij tikte met zijn pen op het bureaublad, alsof hij haar met tromgeroffel de deur wees.

Net toen ze op het punt stond hem te vertellen waar hij zijn pen in mocht steken, weergalmde er een luide knal door de gang.

Gevolgd door nog drie knallen, snel achter elkaar.

Geen uitlaat.

Geen vuurwerk.

Wie van dichtbij iemand neergeschoten heeft zien worden, zal het geluid van een schot nooit met iets anders verwarren.

Huck trok Charlie op de vloer en smeet haar achter een archiefkast, waarbij hij haar met zijn lichaam afschermde.

Hij zei iets – ze zag zijn mond bewegen – maar het enige wat ze hoorde, was de nagalm van de schoten in haar hoofd. Vier schoten, elk een onmiskenbare, afschrikwekkende echo uit het verleden. Net als toen werd haar mond droog. Net als toen stond haar hart stil. Het was alsof haar keel werd dichtgeknepen. Haar blik vernauwde zich. Alles leek klein, werd teruggebracht tot één enkel puntje.

Hucks stem drong weer tot haar door. 'Schutter in actie in de onderbouwlocatie,' fluisterde hij kalm in zijn telefoon. 'Zo te horen bevindt hij zich in de buurt van de directeursk–'

Weer een knal.

Weer een kogel.

En nog één.

De bel voor het mentoruur klonk.

'Jezus,' zei Huck. 'Er zitten minstens vijftig kinderen in de kantine. Ik moet –'

De rest van zijn zin werd afgesneden door een bloedstollende kreet.

'Help!' gilde een vrouw. 'Help ons, alsjeblieft!'

Charlie knipperde met haar ogen.

Gamma's borst die werd opengereten.

Weer knipperde ze.

Een nevel van bloed uit Sams hoofd.

Rennen, Charlie!

Voor Huck haar kon tegenhouden, was ze de deur al uit. Haar benen pompten op en neer. Haar hart bonkte. Haar gympen zochten grip op de geboende vloer, maar in gedachten voelde ze de aarde onder haar blote voeten, takken die in haar gezicht sneden, angst die een stuk prikkeldraad om haar borst snoerde.

‘Help ons!’ riep de vrouw. ‘Alsjeblieft!’

Bij de hoek haalde Huck Charlie in. Hij was slechts een wazige veeg, want haar zicht vernauwde zich weer toen ze de drie mensen aan het eind van de gang zag.

Een man met zijn voeten naar het plafond gericht.

Rechts achter hem een paar kleinere voeten, wijd uit elkaar.

Roze schoenen. Witte sterren op de zolen. Lampjes die onder het lopen zouden opflitsen.

Een oudere vrouw zat geknield naast het meisje en wiegde jammerend heen en weer.

Charlie wilde het uitschreeuwen.

Bloed was over de plastic stoelen bij het kantoor gespat en tegen de muren, tegen het plafond en over de vloer gespoten.

De slachtpartij had iets bekends, iets wat zich als een verdoving door Charlies lichaam verspreidde. Ze ging op een drafje over, toen op een snelle pas. Ze had dit eerder gezien. Ze wist dat je het allemaal in een doosje kon stoppen dat je later dichtdeed. Dat je verder kon met je leven, zolang je niet te veel sliep, te veel ademde en te veel leefde, want anders dook de dood weer op en werd je willoos meegevoerd.

Ergens klapten een paar deuren open. Luide voetstappen dreunden door de gangen. Stemmen verhieven zich. Er werd geschreeuwd. Gehuild. Er werden woorden geroepen, maar Charlie verstond ze niet. Ze bevond zich onder water. Haar lichaam bewoog zich langzaam voort, armen en benen dreven tegen een overdreven sterke zwaartekracht in. Haar brein stelde een lijst op van alles wat ze niet wilde zien.

Mr. Pinkman lag op zijn rug, met zijn blauwe stropdas over zijn schouder. Bloed waaierde uit vanaf het midden van zijn witte overhemd. De linkerkant van zijn hoofd lag open, en de huid hing als gescheurd papier rond het wit van zijn schedel. Waar zijn rechteroog hoorde te zijn zat een diep zwart gat.

Mrs. Pinkman was niet bij haar man. Zij was de gillende vrouw die opeens gestopt was met gillen. Ze koesterde het hoofd van het kind op haar schoot en drukte een pastelblauwe trui tegen de hals van het meisje.

De kogel had een dodelijk gat geslagen. De handen van Mrs. Pinkman waren felrood. De diamant in haar trouwring had de kleur van een kersenpit aangenomen.

Charlies knieën begaven het.

Nu zat ze op de vloer, naast het meisje.

Ze zag zichzelf op de grond in het bos liggen.

Twaalf? Dertien?

Spillebeentjes. Kort zwart haar, net als Gamma. Lange wimpers, net als Sam.

'Help,' klonk het hese gefluister van Mrs. Pinkman. 'Alsjeblieft.'

Charlie stak haar handen uit, maar wist niet waar ze ze moest laten. De ogen van het meisje draaiden omhoog, maar opeens richtte ze haar blik op Charlie.

'Rustig maar,' zei Charlie. 'Alles komt goed.'

'Ga dit lam voor, o Heer,' bad Mrs. Pinkman. 'Verlaat haar niet. Haast U haar te helpen.'

Niet doodgaan, smeekte Charlies brein. *Niet opgeven. Je maakt je school af. Je gaat studeren. Je gaat trouwen. Je laat geen gapend gat in je familie achter, dat ooit gevuld was met je liefde.*

'Haast U mij te leiden, o mijn Heer en redding.'

'Kijk me aan,' zei Charlie tegen het meisje. 'Alles komt goed.'

Maar het kwam niet goed.

Haar oogleden begonnen te trillen. Haar blauwe lippen weken van elkaar. Kleine tanden. Wit tandvlees. De lichtroze punt van haar tong.

Langzaam verdween de kleur uit haar gezicht. Charlie moest denken aan hoe de winter langs de berghelling naar beneden trok, hoe de vrolijke rode, oranje en gele bladeren tot brons verkleurden en dan tot donkerbruin, waarna ze begonnen te vallen zodat alles dood was tegen de tijd dat de kou zijn ijzige vingers naar de uitlopers aan de rand van de stad uitstrekte.

'O god,' snikte Mrs. Pinkman. 'Klein engeltje. Arm klein engeltje.'

Charlie kon zich niet meer herinneren dat ze de hand van het kind had gepakt, maar haar vingertjes waren verstrengeld met haar eigen, grotere vingers. Zo klein en koud, als een verloren handschoentje op het speelplein. Charlie zag de vingers langzaam verslappen tot de hand van het meisje losjes op de vloer gleed.

Weg.

'Code zwart!'

Charlie schrok op.

'Code zwart!' Een agent kwam de gang op rennen. In zijn ene hand had hij zijn portofoon, in de andere een geweer. Zijn stem sloeg over van paniek. 'Kom naar de school! Kom naar de school!'

Heel even maakte de man oogcontact met Charlie. In een flits herkende hij haar, maar toen zag hij het lichaam van het dode kind. Zijn gezicht werd grauw van afschuw. Afschuw maakte plaats voor verdriet. De punt van zijn schoen raakte een veeg bloed. Zijn voeten gleden onder hem vandaan, en hij smakte op de grond. Zijn adem pufte uit zijn open mond. Het geweer viel uit zijn hand en vloog over de vloer.

Charlie keek naar haar eigen hand, de hand waarmee ze die van het kind had vastgehouden. Ze wreef haar vingers samen. Het bloed was plakkerig, anders dan dat van Gamma, dat glad als olie had aangevoeld.

Helderwit bot. Stukjes hart en long. Strengen pees, slagaderen, aderen en leven stroomden uit haar gapende wonden.

Ze wist nog dat ze, toen alles voorbij was, was teruggegaan naar de boerderij. Rusty had iemand ingehuurd om schoon te maken, maar die was niet grondig genoeg geweest. Maanden later, toen Charlie achter in een kastje naar een kom had gezocht, had ze een stukje van Gamma's tand gevonden.

'Niet doen!' riep Huck.

Charlie keek op en schrok hevig van wat ze zag. Van wat ze over het hoofd had gezien. Van wat ze eerst niet begreep, hoewel het op nog geen vijftien meter vóór haar plaatsvond.

Een tienermeisje zat op de vloer, met haar rug naar de kluisjes. In Charlies hoofd flitste een beeld op van kort daarvoor, van het meisje dat haar vernauwde gezichtsveld binnensloop terwijl zij de gang door rende naar de slachtpartij. Charlie had haar type meteen herkend: zwarte kleren, zwarte eyeliner. Een goth. Geen bloed. Een rond, geschokt gezicht, maar ze had geen pijn. *Die is oké*, had Charlie gedacht, en ze was langs haar gerend, naar Mrs. Pinkman, naar het kind. Maar het gothmeisje was niet oké.

Zij was de schutter.

Ze had een revolver in haar hand. In plaats van nog meer slachtoffers te maken richtte ze het wapen op haar eigen borst.

'Leg neer!' De agent stond een paar meter verderop, met zijn geweer tegen zijn schouder. Elke beweging was van doodsangst doortrokken, zoals hij op de ballen van zijn voeten stond te wippen en zijn wapen vastklemde. 'Leg neer, zei ik, godverdomme!'

'Dat doet ze ook.' Huck knielde met zijn rug naar het meisje, haar met zijn lijf afschermend. Hij had zijn handen opgestoken. Hij klonk kalm. 'Rustig, agent. Laten we allemaal rustig blijven.'

'Aan de kant!' De agent was niet rustig. Hij was opgefokt, klaar om de trekker over te halen zodra hij kon richten. 'Aan de kant godverdomme!'

'Ze heet Kelly,' zei Huck. 'Kelly Wilson.'

'Moven, klootzak!'

Charlie keek niet naar de mannen. Ze keek naar de wapens.

Revolver en geweer.

Geweer en revolver.

Er trok een golf door haar lichaam, het soort verdoving dat haar al zo vaak gevoelloos had gemaakt.

'Uit de weg, nú!' schreeuwde de agent. Hij zwaaide zijn geweer eerst de ene en toen de andere kant op, in een poging het wapen om Huck heen te richten. 'Ga godverdomme aan de kant!'

'Nee!' Huck bleef geknield met zijn rug naar Kelly zitten, zijn handen nog steeds in de lucht. 'Niet doen, man. Ze is nog maar zestien. Je doodt toch geen –'

'Aan de kant!' De angst van de agent knetterde als een elektrische stroomstoot door de ruimte. 'Ga liggen!'

'Stoppen, man.' Huck bewoog met het geweer mee om de agent te blokkeren. 'Ze wil alleen zichzelf doodschieten.'

Het meisje opende haar mond. Charlie kon haar niet verstaan, maar de agent kennelijk wel.

'Heb je die vuile bitch gehoord?' schreeuwde hij. 'Laat haar haar gang gaan, of ga aan de kant!'

'Alsjeblieft,' fluisterde Mrs. Pinkman. Charlie was haar al bijna vergeten. De vrouw van de directeur hield haar hoofd in haar handen, met haar ogen bedekt zodat ze het niet hoefde te zien. 'Stop alsjeblieft.'

'Kelly.' Huck klonk rustig. Hij reikte over zijn schouder, met zijn handpalm omhoog. 'Kelly, geef dat wapen maar aan mij, schat. Je hoeft dit niet te doen.' Hij wachtte een paar tellen en zei toen: 'Kelly. Kijk me eens aan.'

Langzaam keek het meisje op. Haar mond hing slap naar beneden. Haar ogen stonden glazig.

'Voorste gang! Voorste gang!' Een tweede agent rende langs Charlie. Hij liet zich op zijn knie vallen, gleed een eind over de vloer en riep met beide handen aan zijn Glock: 'Leg neer!'

'Alstublieft, God,' snikte Mrs. Pinkman in haar handen. 'Vergeef deze zonde.'

'Kelly,' zei Huck. 'Geef die revolver aan mij. Dan hoeft er verder niemand gewond te raken.'

'Liggen!' bulderde de tweede agent. Zijn stem was schel van hysterie. Charlie zag hoe hij zijn vinger om de trekker spande. 'Op de grond!'

'Kelly.' Nu klonk Huck streng, als een boze ouder. 'Ik vraag het niet nog eens. Geef me het wapen, nu.' Hij schudde met zijn open hand om zijn bevel kracht bij te zetten. 'Ik meen het.'

Kelly Wilson begon te knikken. Charlie zag dat de ogen van de tiener geleidelijk aan weer focusten toen Hucks woorden tot haar doordrongen. Iemand zei wat ze doen moest, bood haar een uitweg. Haar schouders ontspanden. Haar mond ging dicht. Ze knipperde een paar keer met haar ogen. Charlie begreep met heel haar wezen wat er door het meisje heen ging. De tijd had stilgestaan, maar toen had iemand op de een of andere manier een sleutel gevonden om diezelfde tijd weer mee op te winden.

Langzaam maakte Kelly aanstalten om de revolver in Hucks hand te leggen.

Toch haalde de agent de trekker over.

TWEE

Charlie zag Hucks schouder wegklappen toen de kogel zich een weg door zijn arm baande. Hij sperde zijn neusgaten open. Zijn mond hapte naar lucht. Bloed werd als een rode iris door de vezels van zijn overhemd opgezogen, maar hij bleef de revolver vasthouden die Kelly in zijn hand had gelegd.

'Jezus christus,' fluisterde iemand.

'Niks aan de hand,' zei Huck tegen de agent die op hem had geschoten. 'Doe je wapen maar weg, oké?'

De handen van de agent trilden zo hevig dat hij zijn pistool nauwelijks vast kon houden.

'Agent Rodgers,' zei Huck. 'Doe je wapen weg en pak deze revolver.'

In plaats van ze te zien voelde Charlie een zwerm agenten langsrennen. De lucht golfde om hen heen, als kringelende wolken in strips, niet meer dan dunne, gebogen lijnen die beweging moesten voorstellen.

Opeens klemde een ambulancebroeder haar arm vast. Iemand anders scheen met een zaklamp in haar ogen, vroeg of ze gewond was, in shock, of ze naar het ziekenhuis wilde.

'Nee,' zei Mrs. Pinkman. Een tweede hulpverlener onderzocht haar op verwondingen. Haar rode blouse was met bloed doordrenkt. 'Alstublieft. Ik heb niks.'

Niemand onderzocht Mr. Pinkman.

Niemand onderzocht het kleine meisje.

Charlie keek naar haar handen. De botjes in haar vingertoppen vibreerden. De gewaarwording verspreidde zich langzaam, tot het voelde alsof ze een paar centimeter buiten haar lichaam stond, alsof elke ademtocht de natrilling van een eerdere ademtocht was.

Mrs. Pinkman legde haar hand tegen Charlies wang. Met haar duim veegde ze tranen weg. Pijn stond in de diepe rimpels van haar gezicht gegrift. Als ze iemand anders was geweest, zou Charlie zich hebben teruggetrokken, maar nu vlijde ze zich tegen het warme lichaam van de vrouw aan.

Ze hadden dit eerder meegemaakt.

Achtentwintig jaar geleden heette Mrs. Pinkman nog Miss Heller en woonde ze met haar ouders op ruim drie kilometer afstand van de boerderij. Zij had opengedaan toen er aarzelend op de deur was geklopt en de dertienjarige Charlie op de stoep had gestaan en bezweet en onder het bloed om ijs had gevraagd.

Dat vormde altijd de kern van het verhaal als anderen het vertelden, niet dat Gamma vermoord was of dat Sam levend was begraven, maar dat Charlie twee kommen ijs had gegeten voor ze Miss Heller had verteld dat er iets ergs was gebeurd.

'Charlotte.' Huck greep haar schouder. Ze zag zijn lippen bewegen toen hij de naam herhaalde die haar naam niet meer was. Zijn das hing los. Ze zag rode vlekken op het witte verband om zijn arm.

'Charlotte.' Weer schudde hij haar heen en weer. 'Je moet je vader bellen. Nu.'

Charlie keek om zich heen. De tijd was zonder haar doorgegaan. Mrs. Pinkman was weg. Het ambulancepersoneel was verdwenen. Het enige wat hetzelfde was gebleven, waren de lichamen. Ze lagen er nog, slechts een paar meter verderop. Mr. Pinkman met zijn stropdas over zijn schouder. Het meisje met haar roze, bebloede jasje.

'Bel hem,' zei Huck.

Charlie tastte naar de telefoon in haar achterzak. Hij had gelijk. Rusty zou zich zorgen maken. Ze moest hem laten weten dat ze in orde was.

'Zeg dat hij de pers meeneemt, de hoofdcommissaris, wie hij ook maar te pakken kan krijgen,' zei Huck, zijn blik afwendend. 'Ik kan ze niet in mijn eentje tegenhouden.'

Charlie voelde een druk op haar borst: haar lichaam dat zei dat ze nog steeds in gevaar was. Ze volgde Hucks blik, de gang in.

Hij maakte zich geen zorgen om haar.

Hij maakte zich zorgen om Kelly Wilson.

Het meisje lag op haar buik op de vloer, met beide armen strak geboeid achter haar rug. Ze was tenger, niet groter dan Charlie, maar ze werd als een gewelddadige crimineel tegen de grond gehouden. Eén agent drukte zijn knie in haar rug, een tweede knielde neer op haar benen, en een derde wreef met zijn zool over de zijkant van haar gezicht.

Deze handelingen konden nog bezien worden door de brede lens van geoorloofd politiegeweld, maar dat was niet de reden waarom Huck haar had gevraagd Rusty te bellen. Vijf andere agenten stonden in een kring om het meisje heen. Ze had ze nog niet eerder opgemerkt, maar nu hoorde ze hen duidelijk. Ze schreeuwden, vloekten, zwaaiden met hun armen. Charlie kende er een paar, van school of de rechtszaal of beide. Hun gezichten stonden allemaal even woedend. Ze waren des duivels vanwege de doden, razend vanwege hun eigen machteloosheid. Dit was hun stad. Hun school. Ze hadden hier kinderen en vrienden, kenden hier leraren.

Eén agent sloeg zo hard tegen een kluisje dat het scharnier van het metalen deurtje brak. Anderen balden hun vuisten. Een paar agenten liepen als gekooide dieren door de korte gang heen en weer. Misschien wáren ze dieren. Eén verkeerd woord kon een schop uitlokken, een stomp, en vervolgens werden wapenstokken getrokken, pistolen, en zouden ze zich als jakhalzen op Kelly Wilson storten.

'Ik heb een dochter van die leeftijd,' siste iemand tussen opeengeklemde tanden door. 'Ze zaten bij elkaar in de klas.'

Weer werd een vuist tegen een kluisje geramd.

'Pink was mijn trainer,' zei een ander.

'Die zal nooit meer iemand trainen.'

En opnieuw werd een kluisdeurtje van zijn scharnieren geschopt.

'Jullie...' Charlies stem stokte voor ze haar zin kon afmaken. Dit was gevaarlijk. Te gevaarlijk. 'Stop,' zei ze, en toen smekend: 'Stop alsjeblieft.'

Ze hoorden haar niet of het boeide hen niet.

'Charlotte,' zei Huck. 'Hou je erbuiten. Wees –'

'Kutwijf.' De agent die zijn knie tegen Kelly's rug gedrukt hield, greep een vuistvol haar en gaf er een ruk aan. 'Waarom deed je dit? Waarom moest je ze vermoorden?'

'Stop!' zei Charlie. Huck legde zijn hand op haar arm, maar toch stond ze op. 'Stop!' herhaalde ze.

Niemand luisterde. Haar stem was te timide, doordat elke spier in haar lijf zei dat ze zich niet in deze cirkelzaag van mannelijke woede moest storten. Alsof je vechtende honden uit elkaar wilde halen, alleen hadden deze honden geladen wapens.

'Hé,' zei Charlie. Van angst stikte ze bijna in het woord. 'Breng haar naar het bureau. Sluit haar op.'

Jonah Vickery, een domme lul die ze nog kende van school, zwiepte zijn metalen wapenstok tevoorschijn.

'Jonah.' Charlies knieën waren zo slap dat ze steun zocht bij de muur om niet op de vloer te zakken. 'Je moet haar op haar rechten wijzen en –'

'Charlotte.' Huck gebaarde dat ze weer moest gaan zitten. 'Hou je hierbuiten. Bel je vader. Hij kan hier een eind aan maken.'

Hij had gelijk. De politie was bang voor haar vader. Ze kenden de processen die hij had gevoerd, zijn bekendheid bij het publiek. Ze probeerde de homeknop van de telefoon in te drukken. Haar vingers waren te lomp. Zweet had het opgedroogde bloed in een dikke brij veranderd.

'Snel,' zei Huck. 'Straks vermoorden ze haar.'

Charlie zag een voet die Kelly zo hard van opzij raakte dat haar heupen van de grond kwamen.

Een tweede metalen wapenstok werd getrokken.

Eindelijk lukte het Charlie de homeknop in te drukken. Een foto van Hucks hond vulde het scherm. Ze vroeg Huck niet om de toegangscode. Het was te laat om Rusty te bellen. Hij kon de school niet meer op tijd bereiken. Ze tikte op het camera-icoontje, waarvoor ze het scherm niet hoefde te ontsluiten. Twee keer swipen en de filmcamera kwam in actie. Ze zoomde in op het gezicht van het meisje. 'Kelly Wilson. Kijk me aan. Kun je ademen?'

Kelly knipperde met haar ogen. Vergeleken met de zwarte politielaars die op de zijkant van haar gezicht drukte, leek haar hoofd niet groter dan dat van een pop.

'Kelly,' zei Charlie. 'Kijk eens in de camera.'

'Verdomme,' vloekte Huck. 'Ik zei dat je –'

'Jullie moeten hiermee ophouden.' Charlie sleepte zich langs de kluisjes en stapte op de leeuwenkuil af. 'Breng haar naar het bureau. Maak een foto. Neem haar vingerafdrukken. Zorg dat dit geen gevolgen voor –'

'Ze filmt ons,' zei een agent. Greg Brenner. Weer zo'n domme lul. 'Doe weg, Quinn.'

'Ze is nog maar zestien.' Charlie bleef filmen. 'Ik ga wel bij haar achter in de auto zitten. Arresteren jullic haar maar en –'

'Hou haar tegen,' zei Jonah. Hij was de man met zijn voet tegen Kelly's gezicht . 'Ze is goddomme nog erger dan haar pa.'

'Geef haar een bak ijs,' stelde Al Larrisy voor.

'Jonah, haal die laars van haar hoofd.' Ze richtte de camera op hun gezichten. 'Er is een betere manier om dit aan te pakken. Dat weten jullie allemaal. Zorg dat deze zaak niet vanwege jullie verworpen wordt.'

Jonah drukte zijn voet zo hard neer dat Kelly's kaken open werden gewrongen. De slotjes van haar beugel sneden in haar wang, en bloed sijpelde naar buiten. 'Zie je dat dooie kind daar?' Hij wees de gang in. 'Heb je gezien hoe haar hals aan flarden is geschoten?'

'Wat dacht je?' vroeg Charlie, die het bloed van het meisje aan haar handen had.

'Volgens mij maak jij je drukker om een vuile moordenares dan om twee onschuldige slachtoffers.'

'Genoeg.' Greg probeerde de telefoon te pakken. 'Uitzetten nu.'

Charlie draaide zich van hem weg zodat ze kon blijven filmen. 'Zet ons allebei in de auto,' zei ze. 'Breng ons naar het bureau en –'

'Geef hier.' Weer reikte Greg naar de telefoon.

Charlie maakte een schijnbeweging, maar Greg was te snel. Hij griste de telefoon uit haar hand en smeet hem op de grond.

Charlie bukte zich om hem te pakken.

'Laat liggen,' beval hij.

Nogmaals reikte Charlie naar de telefoon.

Zonder te waarschuwen ramde Greg de punt van zijn elleboog tegen de brug van haar neus. Haar hoofd vloog naar achteren en sloeg tegen een kluisje. Alsof er een bom in haar hoofd was ontploft, zo fel was de pijn. Ze opende haar mond en hoestte bloed op.

Niemand verroerde zich.

Niemand zei een woord.

Charlie sloeg haar handen voor haar gezicht. Bloed stroomde uit haar neus, alsof er een kraan was opengedraaid. Ze voelde zich versuft. Greg leek met stomheid geslagen. Hij stak zijn handen op, alsof hij wilde zeggen dat dit niet zijn bedoeling was geweest. Maar de schade was al aangericht. Charlie wankelde opzij, struikelde over haar eigen voeten. Greg wilde haar opvangen, maar hij was te laat.

Het laatste wat ze zag was het plafond, dat rondtolde boven haar hoofd op het moment dat ze tegen de grond sloeg.

DRIE

Charlie zat op de vloer van de verhoorkamer, weggedrukt in de hoek. Ze had geen idee hoeveel tijd er was verstreken sinds ze was afgevoerd naar het politiebureau. Een uur, op zijn minst. Haar polsen waren nog steeds geboeid. Er zat nog steeds toiletpapier in haar gebroken neus. Haar achterhoofd jeukte waar het gehecht was. Ze had knallende koppijn. Ze zag wazig. Haar maag speelde op. Ze was gefotografeerd. Haar vingerafdrukken waren afgenomen. Ze had dezelfde kleren nog aan. Haar spijkerbroek zat onder de donkerrode vlekken. Haar Duke Blue Devilsshirt vertoonde eenzelfde patroon. Aan haar handen koekte opgedroogd bloed, want in de cel waar ze van het toilet gebruik had mogen maken, was er slechts een dun straaltje koud, bruin water uit de kraan boven de smerige, stinkende wasbak gekomen.

Achtentwintig jaar geleden had Charlie de verpleegkundigen in het ziekenhuis gesmeekt om een bad. Gamma's bloed zat aan haar huid geschroeid. Alles kleefde. Ze had geen fatsoenlijk bad meer genomen sinds het roodstenen huis was afgebrand. Ze had zich met warmte willen omhullen, het bloed en het bot willen zien wegdrijven, als een nachtmerrie die vervaagde in haar geheugen.

Er was niets wat ooit helemaal vervaagde. De tijd nam alleen de scherpe kantjes weg.

Charlie ademde langzaam uit. Ze leunde met de zijkant van haar hoofd tegen de muur en sloot haar ogen. Ze zag het dode meisje in de schoolgang, zag hoe haar huid de kleur van de winter had aangenomen, hoe de hand van het meisje uit de hare was gegleden, net als ooit die van Gamma.

Het meisje lag ongetwijfeld nog steeds in de koude gang, in elk geval haar lichaam, samen met dat van Mr. Pinkman. Ze waren allebei nog steeds dood. Moesten allebei nog steeds een laatste onrecht ondergaan. Ze zouden daar open en bloot blijven liggen, onbedekt en onbeschermd, terwijl om hen heen mensen af en aan liepen. Zo ging dat met moord. Niets werd verplaatst, ook een kind niet, ook een geliefde trainer niet, tot elke vierkante centimeter van de plaats delict was gefotografeerd, gecatalogiseerd, opgemeten, in kaart gebracht, onderzocht.

Charlie opende haar ogen.

Dat alles was treurig vertrouwd terrein: de beelden die ze niet uit haar hoofd kreeg, de duistere oorden waar haar hersenen telkens naar terugkeerden, als autobanden die sporen trokken over een grindweg.

Ze ademde door haar mond. Haar neus klopte pijnlijk. Volgens de ambulancebroeder was hij niet gebroken, maar ze vertrouwde die lui niet. Terwijl haar hoofd werd gehecht, hadden de agenten zich in bochten gewrongen om elkaar uit de wind te houden. Ze hadden hun rapporten hardop aan elkaar voorgelezen en waren het met elkaar eens geweest over het feit dat Charlie zich vijandig had opgesteld, dat ze zelf tegen Gregs elleboog was opgelopen, dat de telefoon kapot was gegaan toen ze er per ongeluk op was gaan staan.

Hucks telefoon.

Mr. Huckleberry had bij herhaling gezegd dat de telefoon en de inhoud ervan hem toebehoorden. Hij had hun zelfs het schermpje voorgehouden zodat ze konden zien dat hij het filmpje wiste.

Op dat moment had Charlie te veel pijn gehad om ook maar haar hoofd te kunnen schudden, maar dat deed ze nu wel. Ze hadden zonder aanleiding op Huck geschoten, en toch nam hij het voor hen op. Dat soort gedrag kende ze van zo ongeveer elk politiekorps waar ze ooit mee te maken had gehad.

Wat er ook speelde, dat soort kerels nam elkaar altijd in bescherming.

De deur ging open. Jonah kwam binnen. Hij had twee klapstoelen bij zich, in elke hand een. Hij knipoogde naar Charlie, want nu ze in hechtenis was genomen, vond hij haar opeens een stuk aardiger. Op school was hij ook al zo'n sadist geweest. Het uniform maakte het alleen officieel.

'Ik wil mijn vader,' zei ze, net zoals ze tegen alle anderen had gezegd die de kamer waren binnengekomen.

Weer knipoogde Jonah, waarna hij de stoelen uitklapte en tegenover elkaar aan de tafel zette.

'Ik heb recht op een advocaat.'

'Ik had hem net aan de lijn.' Dit kwam niet van Jonah, maar van Ben Bernard, assistent-officier van justitie. Terwijl hij Charlie nauwelijks een blik waardig keurde, wierp hij een map op tafel en ging zitten. 'Maak haar boeien los.'

'Zal ik haar riem aan de tafel vastmaken?' vroeg Jonah.

Ben streek zijn das glad en keek Jonah aan. 'Maak die kloteboeien los, zei ik. Nú.'

Hij verhief zijn stem, maar zonder te schreeuwen. Hij had nog nooit geschreeuwd, tenminste niet in de achttien jaar dat Charlie hem kende.

Jonah draaide zijn sleutelbos rond zijn vinger om duidelijk te maken dat hij er alle tijd voor zou nemen en het alleen zou doen wanneer het hem uitkwam. Uiteindelijk klikte hij ruw de boeien los en trok ze van Charlies polsen, maar zonder het gewenste effect, want Charlie was zo verdoofd dat ze er niets van voelde.

Bij het weggaan sloeg Jonah de deur dicht.

Charlie hoorde de klap weergalmen tegen de betonnen muren. Ze bleef op de vloer zitten. Ze verwachtte dat Ben iets grappigs zou zeggen, zoiets als '*Nobody puts Baby in the corner*', maar hij had twee moordslachtoffers in de school, een jonge, suïcidale moordenares in hechtenis, en zijn vrouw zat bebloed in een hoek. Daarom troostte ze zich met het gebaar waarmee hij zijn kin hief om aan te geven dat ze in de stoel tegenover hem mocht plaatsnemen.

'Is alles goed met Kelly?' vroeg ze.

'Ze is suïcidaal en staat onder permanente bewaking. Twee vrouwelijke agenten, dag en nacht.'

'Ze is nog maar zestien,' zei Charlie, hoewel ze allebei wisten dat Kelly Wilson als een volwassene zou worden berecht. Het enige positieve was dat minderjarigen niet meer voor de doodstraf in aanmerking kwamen. 'Als ze om een ouder heeft gevraagd, kan dat worden uitgelegd als vragen om een advocaat.'

'Hangt van de rechter af.'

'Je weet dat mijn vader om een ander gerechtshof gaat vragen.' Charlie wist dat haar vader de enige advocaat in de stad was die deze zaak zou aannemen.

Het plafondlicht weerkaatste tegen Bens bril toen hij weer naar de stoel knikte.

Charlie duwde zich langs de muur omhoog. Duizeligheid golfde door haar heen, en ze sloot haar ogen.

'Moet er een dokter naar je kijken?' vroeg Ben.

'Dat is me al gevraagd.' Charlie wilde niet naar een ziekenhuis. Waarschijnlijk had ze een hersenschudding, maar ze kon nog lopen zolang een deel van haar lichaam contact hield met iets stevigs. 'Niks aan de hand.'

Hij zweeg, maar het stilzwijgende 'natuurlijk niet, er is nooit iets met je aan de hand' echode door de kamer.

'Zie je?' Ze raakte de muur met haar vingertoppen aan, als een acrobaat op een koord.

Zonder op te kijken zette Ben zijn bril recht en sloeg de dossiermap open die voor hem lag. Er zat maar één formulier in.

Charlies ogen weigerden op de woorden te focussen, ook niet toen hij begon te schrijven in zijn grote, vierkante handschrift. 'Van welk misdrijf word ik beschuldigd?' vroeg ze.

'Belemmering van de rechtsgang.'

'Handig, daar valt zo'n beetje alles onder.'

Hij schreef door. Hij keek haar nog steeds niet aan.

'Je hebt al gezien wat ze met me gedaan hebben, hè?' vroeg ze.

Het enige geluid dat Ben maakte was het gekras van zijn pen over het papier.

'Daarom kijk je me nu niet aan, want je hebt al naar me gekeken. Door dat raam daar.' Ze knikte naar de doorkijkspiegel. 'Wie is hier nog meer? Coin?' Officier van justitie Ken Coin was Bens baas, een onuitstaanbare droplul, die alles in zwart-wit zag en de laatste tijd ook in bruin, sinds de explosieve groei van de huizenmarkt voor een stroom Mexicaanse immigranten uit Atlanta had gezorgd.

Charlie zag haar geheven hand in de spiegel en stak haar middelvinger op, als een saluut aan Coin.

'Ik heb negen getuigenverklaringen, en in alle negen staat dat je ontroostbaar op de plaats delict werd aangetroffen en dat je met je neus tegen agent Brenners elleboog stootte toen hij je wilde bijstaan.'

Als hij als een advocaat tegen haar ging praten, kon hij een koekje van eigen deeg krijgen. 'Stond dat ook op dat filmpje op de telefoon, of moet ik via een rechterlijk bevel forensisch onderzoek laten doen naar gewiste bestanden?'

Ben haalde zijn schouders op. 'Moet je vooral doen.'

'Oké.' Met haar handen steunend op tafel ging Charlie zitten. 'En ga je nu zeggen dat je die nepaanklacht wegens belemmering van de rechtsgang intrekt als ik geen klacht indien wegens buitensporig geweld?'

'Ik heb die nepaanklacht al ingetrokken.' Zijn pen ging naar de volgende regel. 'Je mag net zoveel klachten indienen als je wilt.'

'Ik wil alleen excuses.'

Ze hoorde een geluid achter de spiegel, iets wat verdacht veel op het stokken van iemands adem leek. De afgelopen twaalf jaar had Charlie namens haar cliënten twee buitengewoon succesvolle processen tegen het politiekorps van Pikeville gewonnen. Ken Coin ging er waarschijnlijk van uit dat ze het geld al zat te tellen dat ze aan het stadsbestuur zou verdienen in plaats van dat ze treurde om het kind dat in haar armen was gestorven, of rouwde om het verlies van de directeur die haar ooit had laten nablijven in plaats van haar van school te trappen, terwijl ze allebei hadden geweten dat ze dat laatste had verdiend.

Ben hield zijn hoofd gebogen. Hij tikte met zijn pen tegen de tafel.

Ze probeerde niet aan Huck te denken, die ook al tegen zijn bureau had zitten tikken.

'Weet je het zeker?' vroeg hij.

Charlie zwaaide naar de spiegel, in de hoop dat Coin er stond. 'Als jullie je fouten nu eens gewoon toegaven, dan geloven de mensen het ook als jullie beweren iets goed te hebben gedaan.'

Eindelijk keek Ben haar aan. Met zijn blik tastte hij haar gezicht af en nam de schade op. Ze zag de fijne rimpels rond zijn mond als hij fronste, de diepe groef in zijn voorhoofd, en vroeg zich af of dezelfde verouderingsverschijnselen hem weleens bij haar waren opgevallen.

Ze hadden elkaar ontmoet tijdens hun rechtenstudie. Om bij haar te kunnen zijn was hij naar Pikeville verhuisd. Het plan was geweest om de rest van hun leven met elkaar te delen.

Ze zei: 'Kelly Wilson heeft recht op –'

Ben stak zijn hand op. 'Je weet dat ik het eens ben met alles wat je gaat zeggen.'

Charlie leunde achterover op haar stoel. Ze bedacht dat Ben evenmin als zij iets ophad met de zij-tegen-onsmentaliteit die Rusty en Ken Coin met elkaar gemeen hadden.

'Ik wil schriftelijke excuses van Greg Brenner,' zei ze. 'Gemeende excuses, geen bullshit als "vervelend dat je je zo voelt", alsof ik een hysterisch wijf ben en hij zich niet als een of andere nazi heeft gedragen.'

Ben knikte. 'Komt in orde.'

Charlie reikte naar het formulier. Ze pakte de pen. De woorden waren wazig, maar ze had genoeg getuigenverklaringen gelezen om te weten waar ze moest tekenen. Ze krabbelde haar handtekening ergens onderaan en schoof het formulier terug naar Ben. 'Ik ga ervan uit dat jij je aan de afspraak houdt. Vul de verklaring maar in zoals jij dat wilt.'

Ben staarde naar het document. Zijn vingers zweefden boven de rand. Hij keek niet naar haar handtekening, maar naar de bloederige, bruine vingerafdrukken die ze op het witte papier had achtergelaten.

Charlie knipperde met haar ogen tot ze weer scherp zag. Voor het eerst in negen maanden hadden ze elkaar bijna weer aangeraakt.

'Oké.' Hij sloeg de map dicht en wilde gaan staan.

'Het waren alleen die twee?' vroeg Charlie. 'Mr. Pink en het...'

'Ja.' Even aarzelde hij, toen ging hij weer zitten. 'Een conciërge heeft de kantine afgesloten. De adjunct-directeur heeft de bussen op straat tegengehouden.'

Charlie weigerde te denken aan het bloedbad dat Kelly Wilson had kunnen aanrichten als ze haar wapen een paar tellen nadat de bel was gegaan had afgevuurd, in plaats van vlak ervoor.

'Ze moeten allemaal verhoord worden,' zei Ben. 'De leerlingen. De leraren. De rest van het personeel.'

Charlie wist dat het de stad aan capaciteit ontbrak om zoveel verhoren te coördineren, laat staan om zonder hulp zo'n groot proces voor te bereiden. Het politiekorps van Pikeville had zeventien man fulltime in dienst. Ben behoorde tot de zes juristen op het bureau van de officier van justitie.

'Gaat Ken om hulp vragen?' vroeg ze.

'Die heeft hij al,' zei Ben. 'Iedereen is komen opdagen. Motoragenten. De staatspolitie. De mensen van de sheriff. We hoefden ze niet eens te bellen.'

'Mooi.'

'Ja.' Hij peuterde aan een hoekje van de map. Hij vertrok zijn lippen, zoals altijd als hij op het puntje van zijn tong kauwde. Het was een oude gewoonte die hij niet kon afleren. Ooit had Charlie zijn moeder over de eettafel heen zien reiken om hem een tik op zijn vingers te geven.

'Heb je de lichamen gezien?' vroeg ze.

Hij antwoordde niet, maar dat was ook niet nodig. Charlie wist dat Ben op de plaats delict was geweest. Dat merkte ze aan zijn sombere toon, aan zijn hangende schouders. Pikeville was de afgelopen twintig jaar gegroeid, maar het was nog steeds een kleine stad, het soort oord waar heroïne een veel groter probleem vormde dan moord.

'Je weet dat het even duurt, maar ik heb gezegd dat ze de lichamen zo snel mogelijk moeten weghalen,' zei hij.

Charlie keek naar het plafond om haar tranen binnen te houden. Tientallen keren had hij haar uit haar ergste nachtmerrie wakker gemaakt: een doodgewone dag, Charlie en Rusty die allerlei routineklusjes deden op de oude boerderij – koken, wassen, afwassen – terwijl Gamma's lijk wegrotte tegen de keukenkastjes omdat de politie vergeten was haar weg te halen.

Het kwam waarschijnlijk door het stukje tand dat Charlie achter in een kast had gevonden. De vraag wat ze verder nog over het hoofd hadden gezien, was altijd door haar hoofd blijven spoken.

'Je auto staat achter je kantoor geparkeerd,' zei Ben. 'De school is afgesloten. Waarschijnlijk blijft hij de rest van de week dicht. Er staat al een nieuwsbus uit Atlanta.'

'En zit mijn vader daar zijn haren te kammen?'

Heel even glimlachten ze, want ze wisten allebei dat haar vader niets liever deed dan op tv verschijnen.

'Hij heeft gezegd dat je geduld moest hebben,' zei Ben. 'Toen ik hem belde. Zo zei hij het: "Zeg tegen die meid dat ze geduld moet hebben."'

Wat betekende dat Rusty haar niet te hulp kwam schieten. Dat hij ervan uitging dat zijn stoere dochter het best alleen afkon in een kamer vol Keystone Cops, terwijl hij zich naar het huis van Kelly Wilson spoedde om haar ouders een honorariumovereenkomst te laten ondertekenen.

Als mensen zeiden dat ze de pest hadden aan advocaten, was Rusty de eerste aan wie ze dachten.

'Ik kan je door een patrouillewagen naar je kantoor laten brengen,' zei Ben.

'Ik ga echt niet bij die klootzakken in een auto zitten.'

Ben streek door zijn haar. Hij moest nodig naar de kapper. Zijn overhemd zat vol kreukels. Er ontbrak een knoop aan zijn jasje. Ze maakte zichzelf graag wijs dat hij zich verwaarloosde zonder haar, maar in werkelijkheid had hij er altijd al wat shabby uitgezien, en in plaats van naald en draad te pakken was Charlie eerder geneigd geweest hem te plagen met zijn dakloze-hipsterlook.

'Ze hadden Kelly Wilson al in hechtenis genomen,' zei ze. 'Ze verzette zich niet. Zodra ze haar in de boeien hadden geslagen, waren zij verantwoordelijk voor haar veiligheid.'

'Gregs dochter zit op die school.'

'Kelly ook.' Charlie boog zich naar hem toe. 'We zitten hier niet in Abu Ghraib, oké? Volgens de wet heeft Kelly Wilson recht op een eerlijk proces. Daarover gaan een rechter en een jury, niet een stel smerissen met een stijve pik die het recht in eigen hand nemen en een tienermeisje in elkaar stampen.'

'Begrepen. We begrijpen het allemaal.' Ben dacht dat ze een show opvoerde voor de Tovenaar van Oz achter de spiegel. ' "Een rechtvaardige maatschappij houdt zich aan de wet. Je kunt geen goodguy zijn als je je als een badguy gedraagt."'

Nu citeerde hij Rusty.

'Ze zouden haar helemaal verrot hebben geslagen,' zei ze. 'Of nog erger.'

'Dus heb je jezelf maar aangeboden?'

Charlies handen begonnen te branden. Gedachteloos krabde ze aan het opgedroogde bloed, dat ze tot kleine balletjes rolde. Haar nagels waren tien zwarte halvemaantjes.

Ze keek haar man aan. 'Zei je dat je negen getuigenverklaringen had?'

Ben knikte kort, aarzelend. Hij wist waarom ze dat vroeg.

Acht agenten. Mrs. Pinkman was er niet bij geweest toen Charlies neus werd gebroken, wat betekende dat de negende verklaring van Huck afkomstig was, en dat betekende dat Ben al met hem gepraat had.

'Ben je op de hoogte?' vroeg ze. Dat was het enige wat op dat moment telde: of Ben wist waarom ze die ochtend in de school was geweest. Want als Ben het wist, wist iedereen het, en dat betekende dat ze weer eens een uitzonderlijk wrede manier had bedacht om haar man te vernederen. 'Ben?' drong ze aan.

Hij woelde met zijn vingers door zijn haar. Hij streek zijn das glad. Hij verried zichzelf altijd op zoveel manieren dat ze nooit samen konden kaarten, zelfs niet kwartetten.

'Het spijt me, schat,' fluisterde ze. 'Het spijt me verschrikkelijk.'

Na een vluchtige klop ging de deur open. Charlie hoopte nog even dat het haar vader was, maar een oudere zwarte vrouw in een marineblauw broekpak met witte blouse liep de kamer in. Ze had grijze plukjes in haar korte zwarte haar. Aan haar arm hing een grote, gehavende tas, van bijna hetzelfde formaat als de tas die Charlie altijd mee naar haar werk nam. Een geplastificeerd ID-kaartje hing aan een koord om haar hals, maar Charlie kon het niet lezen.

De vrouw zei: 'Ik ben Delia Wofford, special agent bij het Georgia Bureau of Investigation. U bent Charlotte Quinn?' Ze stak haar hand al uit, maar bedacht zich toen ze het opgedroogde bloed op Charlies hand zag. 'Is er al een foto van u genomen?'

Charlie knikte.

'Mijn god.' Ze opende haar tas en haalde er een pak vochtige doekjes uit. 'Neem maar zoveel u nodig hebt. Ik haal wel nieuwe.'

Jonah keerde terug met een derde stoel. Delia wees naar het hoofd van de tafel, want daar wilde ze zitten. 'En jij bent de eikel van wie deze vrouw zich niet eens even op mocht knappen?' vroeg ze hem.

Jonah wist niet wat hij moest zeggen. Waarschijnlijk had hij zich nog nooit tegenover een vrouw hoeven verantwoorden, met uitzondering van zijn moeder, en dat was al heel lang geleden.

'Doe de deur achter je dicht.' Delia wuifde Jonah de kamer uit en ging zitten. 'Ms. Quinn, we zullen dit zo snel mogelijk afhandelen. Vindt u het goed als ik het gesprek opneem?'

Charlie knikte. 'U doet maar.'

Delia tikte wat toetsen in op haar telefoon om de voicerecorder te activeren en pakte haar tas uit. Notitieblokken, boeken en papieren werden op tafel gedumpt.

Door haar hersenschudding kon Charlie niets van dat alles lezen, dus opende ze het pak vochtige doekjes en ging aan de slag. Eerst boende ze tussen haar vingers. Schilfertjes zwart raakten los en dwarrelden als asdeeltjes naar beneden. Het bloed had zich in haar poriën genesteld. Haar handen leken op die van een oude vrouw. Opeens was ze dodelijk vermoeid. Ze wilde naar huis. Ze wilde een warm bad. Ze wilde nadenken over wat er die dag gebeurd was, ze wilde alle puzzelstukjes onderzoeken om ze daarna bijeen te vegen, in een doos te stoppen en die op een hoge plank te zetten, waarna ze er nooit meer naar zou kijken.

'Ms. Quinn?' Delia Wofford hield haar een flesje water voor.

Charlie griste het bijna uit haar hand. Nu pas besefte ze hoeveel dorst ze had. Het flesje was al halfleeg toen het denkende deel van haar brein haar eraan herinnerde dat het geen goed idee was om zo snel te drinken met een opspelende maag. 'Sorry.' Ze hield haar hand voor haar mond om de ranzige boer te dempen.

De agent had ongetwijfeld erger meegemaakt. 'Klaar?'

'Neemt u dit op?'

'Ja.'

Charlie peuterde weer een doekje uit het pak. 'Ik wil allereerst informatie over Kelly Wilson.'

Delia Wofford had inmiddels genoeg dienstjaren op haar naam staan om haar ergernis niet te laten blijken. ‘Ze is door een arts onderzocht. Ze staat onder vierentwintiguursbewaking.’

Dat was niet wat Charlie bedoelde, en de agent wist het maar al te goed. ‘U moet met negen factoren rekening houden voor u vaststelt of de verklaring van een minderjarige –’

‘Ms. Quinn,’ onderbrak Delia haar. ‘Maakt u zich niet langer druk om Kelly Wilson, maar denk eerder aan uzelf. Ik weet zeker dat u hier geen seconde langer wilt blijven dan strikt noodzakelijk is.’

Charlie zou met haar ogen hebben gerold als ze niet bang was geweest duizelig te worden. ‘Ze is zestien. Nog niet oud genoeg om –’

‘Achttien.’

Charlie staakte haar geboen. Ze keek naar Ben, niet naar Delia Wofford, want al heel vroeg in hun huwelijk waren ze overeengekomen dat iets verzwijgen ook liegen was.

Ben keek terug, maar zijn gezicht stond onbewogen.

‘Volgens haar geboortebewijs is Kelly Wilson twee dagen geleden achttien geworden,’ zei Delia.

‘Hebt u…’ Charlie wendde haar blik van Ben af, want een doodvonnis was belangrijker dan hun gebroken huwelijk. ‘Hebt u haar geboortebewijs gezien?’

Delia rommelde in een stapel mappen tot ze gevonden had wat ze zocht. Ze legde een vel papier voor Charlie neer. Het enige wat Charlie zag, was een rond, officieel uitziend zegel.

‘Het wordt bevestigd door het schoolarchief, maar een uur geleden heeft het ministerie van Volksgezondheid dit officiële document gefaxt.’ Ze wees naar wat Kelly’s geboortedatum moest zijn. ‘Zaterdagochtend om zeven minuten voor halfzeven is ze achttien geworden, maar u weet dat de wet haar pas om middernacht als volwassen erkent.’

Charlie werd onpasselijk. Twee dagen. Achtenveertig uur die het verschil maakten tussen een leven met kans op voorwaardelijke vrijlating en de dood door middel van een injectie.

‘Ze is een keer blijven zitten. Waarschijnlijk verklaart dat de verwarring.’

'Wat deed ze in de onderbouw?'

'Er zijn nog heel veel onbeantwoorde vragen.' Delia rommelde weer in haar tas, op zoek naar een pen. 'Oké, Ms. Quinn, voor de goede orde: bent u bereid een verklaring af te leggen? Zoals u weet, hebt u het recht te weigeren.'

Charlie kon de woorden van de agent nauwelijks volgen. Ze drukte haar hand plat op haar maag in een poging die tot rust te brengen. Zelfs als Kelly Wilson er door een wonder in slaagde de doodstraf te ontlopen, zou ze als gevolg van de in Georgia geldende wet op de zeven dodelijke zonden levenslang de gevangenis in moeten.

Zou dat heel erg zijn?

Van enige twijfel was hier geen sprake. Kelly was betrapt met het moordwapen in haar handen.

Charlie keek naar haar eigen handen, nog vol bloed van het meisje dat in haar armen was gestorven. Dat was gestorven doordat Kelly Wilson op haar had geschoten. Ze had haar vermoord. Zoals ze ook Mr. Pinkman had vermoord.

'Ms. Quinn?' Delia keek op haar horloge, maar Charlie wist dat ze nergens anders hoefde te zijn dan waar ze op dat moment was.

Charlie wist ook hoe het rechtssysteem werkte. Iedereen die verslag zou uitbrengen over wat er die ochtend was gebeurd, zou dat doen met de bedoeling Kelly Wilson aan het kruis te nagelen. De acht agenten die erbij waren geweest. Huck Huckabee. En ook Mrs. Pinkman, wier man op nog geen tien meter van de deur van haar lokaal was vermoord.

'Ik ben bereid een verklaring af te leggen,' zei Charlie.

Delia had al een blocnote paraat. Ze draaide haar pen open. 'Ms. Quinn, ik wil allereerst kwijt dat ik het heel erg voor u vind dat u hierbij betrokken bent geraakt. Ik ben op de hoogte van uw familiegeschiedenis. Het was ongetwijfeld heel moeilijk om getuige te zijn van –'

Charlie maakte een ongeduldig gebaar.

'Goed,' zei Delia. 'Dan moet ik nog iets zeggen. U moet namelijk weten dat de deur achter me niet op slot zit. U staat niet onder arrest. U wordt niet in hechtenis gehouden. Zoals ik al eerder zei, staat het u vrij om op elk gewenst moment te vertrekken, maar aangezien u een van de weinige getuigen bent van de tragedie die vandaag heeft plaatsgevonden, zou uw vrijwillige verklaring voor ons weleens van groot belang kunnen zijn bij het reconstrueren van wat er gebeurd is.'

Het viel Charlie op dat de vrouw niet vermeldde dat ze in de gevangenis kon belanden als ze loog tegen een GBI-agent. 'U wilt dat ik u help uw zaak tegen Kelly Wilson voor te bereiden.'

'Het enige wat ik van u wil is de waarheid.'

'En die kan ik alleen naar beste weten geven.' Charlie besefte pas hoe vijandig ze zich voelde toen ze haar blik neersloeg en zag dat ze haar armen had gekruist.

Delia legde haar pen neer, maar de voicerecorder stond nog aan. 'Ms. Quinn, laten we simpelweg stellen dat dit voor ons allemaal een zeer pijnlijke situatie is.'

Charlie zweeg.

'Denkt u dat u vrijer kunt praten als uw man de kamer verlaat?' vroeg Delia.

Charlie perste haar lippen op elkaar. 'Ben weet waarom ik vanochtend in het schoolgebouw was.'

Als Delia al teleurgesteld was dat haar troefkaart was uitgespeeld, liet ze dat niet merken. Ze pakte haar pen. 'Laten we daar dan mee beginnen. Ik weet dat uw auto op het personeelsterrein stond geparkeerd, ten oosten van de hoofdingang. Waar bent u het gebouw binnengegaan?'

'Via de zijdeur. Die stond open.'

'Zag u dat de deur openstond toen u uw auto parkeerde?'

'Die staat altijd open.' Charlotte schudde haar hoofd. 'Tenminste, dat was zo toen ik hier op school zat. Dat is de snelste route van het parkeerterrein naar de kantine. Ik ging vroeger altijd...' Haar stem stierf weg, want het was niet relevant. 'Ik parkeerde mijn auto aan de zijkant van het gebouw en ging via de zijdeur naar binnen, vanuit de veronderstelling dat die open zou zijn, net als vroeger toen ik hier nog op school zat.'

Delia's pen vloog over het papier. Zonder op te kijken vroeg ze: 'Ging u rechtstreeks naar het lokaal van Mr. Huckabee?'

'Ik ben één keer verkeerd gelopen. Ik passeerde het administratiekantoor voor in het gebouw. Het was donker binnen, alleen de lamp van Mr. Pinkman brandde, helemaal achteraan.'

'Hebt u iemand gezien?'

'Ik heb Mr. Pinkman niet gezien, ik zag alleen zijn licht branden.'

'En anderen?'

'Mrs. Jenkins, de secretaresse. Ik meen dat ik haar het kantoor heb zien binnengaan, maar toen was ik al een heel eind verderop in de gang. De lampen gingen aan. Ik draaide me om. Inmiddels was ik zo'n dertig meter verderop.' Op de plek waar Kelly Wilson had gestaan toen ze Mr. Pinkman en het meisje had gedood. 'Ik weet niet zeker of het Mrs. Jenkins was die het kantoor binnenging, wel dat het een oudere vrouw was die op haar leek.'

'En zij is de enige die u hebt gezien, een oudere vrouw die het kantoor binnenging?'

'Ja. De lokaaldeuren waren dicht. In sommige lokalen zaten al docenten, dus die zal ik ook wel hebben gezien.' Charlie beet op haar lip in een poging haar gedachten te ordenen. Geen wonder dat haar cliënten zichzelf in de problemen kletsten. Charlie was slechts getuige, geen verdachte, maar nú al liet ze details achterwege. 'Ik herkende geen van de docenten achter de deuren. Ik weet niet of ze mij hebben gezien, maar dat is heel goed mogelijk.'

'Oké. Dus toen ging u naar het lokaal van Mr. Huckabee?'

'Ja. Ik was in zijn lokaal toen ik het schot hoorde.'

'Eén schot?'

Charlie propte de vochtige doekjes tot een bal en legde die op tafel. 'Vier schoten.'

'Snel achter elkaar?'

'Ja. Nee.' Ze sloot haar ogen en deed haar best het zich te herinneren. Er waren nog maar een paar uur verstreken. Waarom voelde het alsof dit alles een eeuwigheid geleden was gebeurd? 'Ik hoorde twee schoten en toen nog twee. Of drie en toen nog één?'

Delia's pen hing afwachtend in de lucht.

'Ik kan me de volgorde niet meer herinneren,' moest Charlie toegeven, en weer zei ze tegen zichzelf dat dit een verklaring onder ede was. 'Voor zover ik me herinner, waren er in totaal vier schoten. Ik weet nog dat ik ze geteld heb. En toen trok Huck me naar beneden.' Charlie kuchte. Ze onderdrukte de neiging naar Ben te kijken om te peilen hoe hij dit verwerkte. 'Mr. Huckabee trok me achter de archiefkast. Om dekking te zoeken, veronderstel ik.'

'Nog meer schoten?'

'Ik...' Ze schudde haar hoofd, want ze wist het niet. 'Geen idee.'

'We gaan nog even terug,' zei Delia. 'Alleen u en Mr. Huckabee waren in het lokaal?'

'Ja. Ik heb ook niemand op de gang gezien.'

'Hoelang was u al in Mr. Huckabees lokaal toen u de schoten hoorde?'

Weer schudde Charlie haar hoofd. 'Twee à drie minuten?'

'Dus u gaat zijn lokaal binnen, er verstrijken twee à drie minuten, u hoort die vier schoten, Mr. Huckabee trekt u achter de archiefkast, en dan?'

Charlie haalde haar schouders op. 'Ik begon te rennen.'

'Naar de uitgang?'

Charlies blik schoot naar Ben. 'In de richting van de knallen.'

Zwijgend krabde Ben aan zijn kin. Dit was een van hun twistpunten, dat Charlie altijd op gevaar afrende wanneer ieder ander ervandoor ging.

'Goed,' zei Delia al schrijvend. 'Was Mr. Huckabee bij u toen u op de schoten afrende?'

'Hij was achter me.' Charlie herinnerde zich dat ze langs Kelly was gesprint en over haar gestrekte benen was gesprongen. Ook herinnerde ze zich dat Huck naast het meisje was neergeknield. Dat was logisch. Hij had het wapen in Kelly's hand gezien. Terwijl Charlie het kleine meisje voor haar ogen had zien sterven, had hij geprobeerd de tiener over te halen de revolver aan hem te geven.

'Kunt u zeggen hoe ze heet?' vroeg ze aan Delia. 'Het kleine meisje?'

'Lucy Alexander. Haar moeder geeft les op de school.'

Nu zag Charlie het kind weer scherp voor zich. Haar roze jas. De bijpassende rugzak. Waren haar initialen aan de binnenkant van haar jas geborduurd, of was dat een detail dat ze er zelf bij verzon?

'We hebben haar naam nog niet aan de pers vrijgegeven,' zei Delia. 'Maar haar ouders zijn op de hoogte gebracht.'

'Ze heeft niet geleden. Tenminste, dat denk ik. Ze heeft niet geweten dat ze werd...' Opnieuw schudde Charlie haar hoofd, zich ervan bewust dat ze de lacunes vulde met wat ze graag wilde geloven.

'Dus u rende op de schoten af, in de richting van het administratiekantoor,' zei Delia. Ze sloeg een lege bladzij in haar blocnote op. 'Mr. Huckabee bevond zich achter u. Wie hebt u verder nog gezien?'

'Ik kan me niet herinneren dat ik Kelly Wilson heb gezien. Of eigenlijk herinner ik me wel dat ik haar later heb gezien, toen ik de agenten hoorde schreeuwen, maar toen ik rende, daarvoor eigenlijk, haalde Huck me in. Bij de hoek passeerde hij me en even later passeerde ik hem...' Charlie beet weer op haar lip. Als ze met haar cliënten sprak, ergerde ze zich altijd vreselijk aan dergelijke verhalen die alle kanten op gingen. 'Ik rende langs Kelly. Ik dacht dat ze zomaar een meisje was. Gewoon een leerling.' Kelly Wilson was allebei geweest. Voor iemand van achttien was ze heel tenger, het soort meisje dat altijd iets kinderlijks zou houden, ook wanneer ze volwassen was en zelf kinderen had.

'Ik zie het tijdpad niet meer zo duidelijk voor me,' bekende Delia.

'Sorry.' Charlie probeerde het uit te leggen. 'Je raakt totaal in de war als je midden in zoiets zit. De tijd verandert van een rechte lijn in een bol, en pas later hou je die in je hand en bekijk je hem van alle kanten, en dan denk je: o, nu weet ik het weer, eerst gebeurde dit en toen dat en toen... Pas na afloop kun je er weer een rechte lijn van maken die ergens op slaat.'

Ben bekeek haar aandachtig. Ze wist wat hij dacht, want ze wist beter wat er in zíjn hoofd omging dan in het hare. Met die paar zinnen had ze meer prijsgegeven over wat ze had gevoeld op het moment dat Gamma en Sam werden neergeschoten dan ze tijdens zestien jaar huwelijk had gedaan.

Charlie hield haar blik op Delia Wofford gericht. 'Wat ik bedoel is dat ik me pas herinnerde dat ik Kelly eerder had gezien toen ik haar voor de tweede keer zag. Een soort déjà vu, maar dan in het echt.'

'Ik snap het.' Delia knikte en begon weer te schrijven. 'Ga door.'

Het duurde even voor Charlie de draad weer had opgepakt. 'Kelly was niet van haar plaats gekomen in de tijd tussen de twee keren dat ik haar zag. Ze zat met haar rug naar de muur en haar benen recht voor zich uit. Ik herinner me dat ik de eerste keer, toen ik de gang door rende, even naar haar heb gekeken om te zien of alles in orde was met haar. Of ze geen slachtoffer was. Ik heb het wapen toen niet gezien. Ze was in het zwart, als een goth, maar ik heb niet naar haar handen gekeken.' Charlie zweeg en haalde diep adem. 'Het geweld leek zich tot het eind van de gang te beperken, bij het kantoor. Mr. Pinkman lag op de vloer. Hij leek dood. Eigenlijk had ik zijn pols moeten voelen, maar ik ging naar het meisje, naar Lucy. Miss Heller was er ook.'

Delia's pen stopte. 'Heller?'

'Wat?'

Ze keken elkaar verward aan.

Ben verbrak de stilte. 'Heller is de meisjesnaam van Judith Pinkman.'

Charlie schudde haar pijnlijke hoofd. Misschien had ze toch naar het ziekenhuis moeten gaan.

'Oké.' Delia sloeg een nieuw blad op. 'Wat deed Mrs. Pinkman toen u haar zag aan het eind van de gang?'

Weer kostte het Charlie moeite om de draad van het verhaal op te pakken. 'Ze gilde,' wist ze zich te herinneren. 'Niet op dat moment, maar eerder. Sorry. Dat heb ik weggelaten. Daarvóór, toen ik in Hucks lokaal was, nadat hij me achter de archiefkast had getrokken, hoorden we een vrouw gillen. Ik weet niet of het voor of na de bel was, maar ze gilde: "Help ons!"'

'Help óns,' benadrukte Delia.

'Ja,' zei Charlie. Daarom was ze gaan rennen, want ze kende de gekmakende wanhoop die je voelde wanneer je op iemand, wie dan ook, wachtte die de wereld weer heel kon maken.

'En?' zei Delia. 'Waar op de gang was Mrs. Pinkman precies?'

'Ze knielde naast Lucy neer en hield haar hand vast. Ze was aan het bidden. Ik had Lucy's andere hand vast. Ik keek in haar ogen. Toen leefde ze nog. Haar ogen bewogen, haar mond ging open.' Charlie probeerde het verdriet weg te slikken. De afgelopen paar uur had ze het meisje telkens weer dood zien gaan, maar ze kon het niet hardop uitspreken. 'Miss Heller zei weer een gebed. Lucy's hand gleed uit de mijne en...'

'Ze overleed?' hielp Delia haar.

Charlie kneep haar hand dicht. Na al die jaren wist ze nog steeds hoe Sams trillende vingers hadden gevoeld.

Ze wist niet wat erger was om mee te maken: een plotselinge, schokkende dood of de trage, behoedzame manier waarop Lucy Alexander in het niets was opgelost.

Beide bestonden in hun eigen ondraaglijke domein.

'Wilt u even pauze?' vroeg Delia.

Bij wijze van antwoord zweeg Charlie. Ze keek langs Bens schouder in de spiegel. Voor het eerst sinds ze haar in de kamer hadden opgesloten, bestudeerde ze haar spiegelbeeld. Ze had bewust simpele kleren aangetrokken toen ze naar de school was gegaan, om niet de verkeerde boodschap over te brengen. Spijkerbroek, gympen, een te wijd T-shirt met lange mouwen. Het verschoten Duke Devilslogo zat onder de bloedspatten. Haar gezicht was er niet veel beter aan toe. De rode verkleuring rond haar rechteroog werd al behoorlijk blauw. Ze trok de proppen wc-papier uit haar neus. Alsof ze een korst lostrok. De tranen sprongen haar in de ogen.

'Neem de tijd,' zei Delia.

Charlie wilde de tijd niet nemen. 'Ik hoorde Huck tegen de agent zeggen dat hij zijn geweer weg moest leggen. Hij had een geweer. Even daarvoor struikelde hij,' herinnerde ze zich hardop. 'De agent met het geweer. Hij stapte in een plas bloed en...' Ze schudde haar hoofd. Nog steeds zag ze de paniek op het gezicht van de man, zijn nerveuze plichtsbesef. Hij was doodsbang geweest, maar net als zij was hij op het gevaar afgerend in plaats van te vluchten.

'Zou u naar deze foto's willen kijken?' Delia zocht weer in haar tas. Ze legde drie foto's op tafel. Gezichten. Drie blanke mannen. Drie gemillimeterde koppen. Drie dikke halzen. Als ze geen agenten waren geweest, hadden ze voor criminelen kunnen doorgaan.

Charlie wees naar de middelste foto. 'Die had het geweer.'

'Agent Carlson,' zei Delia.

Ed Carlson. Op school had hij een klas boven haar gezeten. 'Carlson richtte zijn geweer op Huck. Huck zei dat hij rustig aan moest doen of iets van die strekking.' Ze wees naar een andere foto. Er stond RODGERS onder, maar Charlie kende hem niet. 'Rodgers was er ook,' zei ze.' Hij had een pistool.'

'Een pistool?'

'Een Glock 19,' zei Charlie.

'Hebt u verstand van wapens?'

'Ja.' De afgelopen achtentwintig jaar had Charlie alles geleerd wat er te leren viel over elk wapen dat ooit gemaakt was.

'Op wie richtten agenten Carlson en Rodgers hun wapens?' vroeg Delia.

'Op Kelly Wilson, maar Mr. Huckabee zat op zijn knieën voor haar om haar te beschermen, dus theoretisch hadden ze hun wapens op hem gericht.'

'En wat deed Kelly Wilson ondertussen?'

Charlie besefte dat ze niets over dat wapen had gezegd. 'Ze had een revolver.'

'Vijfschots? Zes?'

'Dan moet ik raden. Het zag er wat ouder uit. Niet met zo'n stompe neus, maar...' Charlie zweeg. 'Was er nog een wapen? Nog een schutter?'

'Waarom vraagt u dat?'

'Omdat u vroeg hoeveel schoten er waren afgevuurd, en u vroeg ook hoeveel kogels er in de revolver gingen.'

'Ik zou maar geen conclusies trekken uit mijn vragen, Ms. Quinn. Op dit punt in het onderzoek kunnen we met een hoge mate van zekerheid zeggen dat er geen ander wapen was en ook geen andere schutter.'

Charlie perste haar lippen op elkaar. Had ze in het begin meer dan vier schoten gehoord? Had ze er meer dan zes gehoord?

Opeens was ze nergens meer zeker van.

'U zei dat Kelly Wilson een revolver had,' zei Delia. 'Wat deed ze daarmee?'

Charlie sloot haar ogen om haar brein in de gelegenheid te stellen terug te keren naar de gang. 'Zoals ik zei, zat Kelly op de vloer. Met haar rug naar de muur. Ze had de revolver op haar borst gericht, zo.' Charlie sloeg haar handen in elkaar en deed na hoe het meisje het wapen met beide handen had vastgeklemd, met haar duim in de trekkerbeugel. 'Het zag ernaar uit dat ze zichzelf van kant wilde maken.'

‘Had ze haar linkerduim in de trekkerbeugel?’

Charlie keek naar haar handen. ‘Sorry, ik raad maar wat. Zelf ben ik links. Ik weet niet welke duim ze in de trekkerbeugel had, maar het was een duim.’

Delia bleef schrijven. ‘En?’

‘Carlson en Rodgers schreeuwden dat Kelly het wapen neer moest leggen. Ze gingen helemaal door het lint. We zaten er allemaal doorheen. Behalve Huck. Het zal wel komen doordat hij in de oorlog heeft gevochten of...’ Ze besloot niet te speculeren. ‘Huck had zijn hand uitgestoken. Hij zei tegen Kelly dat ze hem de revolver moest geven.’

‘Heeft Kelly Wilson op enig moment iets gezegd?’

Charlie was niet van plan te bevestigen dat Kelly Wilson had gesproken, want ze vertrouwde er niet op dat de twee mannen die het gehoord hadden haar woorden naar waarheid zouden overbrengen.

‘Huck was met Kelly aan het onderhandelen zodat ze zich zou overgeven,’ zei ze. ‘Ze werkte mee.’ Haar blik ging weer naar de spiegel, en ze hoopte van harte dat Ken Coin nu in zijn broek piste. ‘Kelly legde de revolver in Hucks hand. Ze deed er volledig afstand van. Op dat moment loste agent Rodgers een schot op Mr. Huckabee.’

Ben wilde iets zeggen, maar Delia stak haar hand op.

‘Waar werd hij geraakt?’ vroeg de GBI-agent.

‘Hier.’ Charlie wees op haar biceps.

‘Wat maakte Kelly Wilson voor indruk toen dit gebeurde?’

‘Ze leek versuft.’ Inwendig verweet Charlie zichzelf dat ze de vraag had beantwoord. ‘Dat is maar een vermoeden. Ik ken haar niet. Ik ben ook geen deskundige. Over haar geestestoestand kan ik niets zeggen.’

‘Duidelijk,’ zei Delia. ‘Was Mr. Huckabee ongewapend toen er op hem werd geschoten?’

‘Tja, hij had die revolver in zijn hand, maar hij hield hem opzij, precies zoals Kelly hem had aangereikt.’

‘Doe eens voor.’ Delia haalde een Glock 45 uit haar tas. Ze liet het magazijn eruit vallen, haalde de slede naar achteren om de kogel te verwijderen en legde het wapen op tafel.

Charlie raakte de Glock liever niet aan. Ze haatte wapens, ook al oefende ze twee keer per maand op de schietbaan. Ze wilde nooit meer in een situatie verzeild raken waarin ze niet wist hoe ze een wapen moest hanteren.

Delia zei: 'Ms. Quinn, u hoeft het niet te doen, maar het zou nuttig zijn als u me de positie van de revolver kon laten zien toen die in de hand van Mr. Huckabee werd gelegd.'

'O.' Het was of er boven Charlies hoofd opeens een gigantische lamp aanfloepte. Ze was zo in de ban geweest van de moorden, dat het nog niet tot haar was doorgedrongen dat er een tweede onderzoek liep naar wapengebruik door een politieman. Als Rodgers zijn wapen enkele centimeters de verkeerde kant op had gericht, had Huck het derde lijk kunnen zijn in de gang bij het administratiekantoor.

'Het ging zo.' Charlie pakte de Glock. Het zwarte metaal voelde koud tegen haar huid. Ze nam het wapen in haar linkerhand, maar dat was fout. Huck had met zijn rechterhand naar achteren gereikt. Nu legde ze het in haar open rechterhand, opzij gedraaid en met de loop naar achteren gericht, precies zoals Kelly met de revolver had gedaan.

Delia had haar mobiel al gepakt. Ze nam een aantal foto's. 'Geen bezwaar?' vroeg ze, hoewel ze maar al te goed wist dat het te laat was voor bezwaren. 'Wat is er met de revolver gebeurd?'

Charlie legde de Glock op tafel, met de loop naar de muur. 'Dat weet ik niet. Huck bewoog eigenlijk niet. Hij dook wel ineen, waarschijnlijk van pijn omdat zijn arm aan flarden was geschoten, maar hij viel niet of zo. Hij zei tegen Rodgers dat hij de revolver moest pakken, maar ik kan me niet herinneren of Rodgers of iemand anders dat heeft gedaan.'

Delia hield haar pen stil. 'Dus nadat er op Mr. Huckabee was geschoten, zei hij dat Rodgers de revolver moest pakken?'

'Ja. Hij bleef er heel kalm onder, maar de spanning was groot, want niemand wist of Rodgers nog een keer op hem zou schieten. Hij had zijn Glock nog steeds op Huck gericht. Carlson had nog steeds zijn geweer.'

'Maar er werd geen schot meer gelost?'

'Nee.'

'Hebt u gezien of iemand zijn vinger aan de trekker had?'

'Nee.'

'En u hebt niet gezien dat Mr. Huckabee de revolver aan iemand anders gaf?'

'Nee.'

'Hebt u gezien of hij het wapen misschien bij zich stak? Of op de vloer legde?'

'Ik weet het niet...' Charlie schudde haar hoofd. 'Ik maakte me er drukker om dat hij gewond was.'

'Oké.' Ze schreef nog een paar dingen op en keek Charlie weer aan. 'Wat herinnert u zich van daarna?'

Charlie wist niet wat ze zich van daarna herinnerde. Had ze naar haar handen gekeken, net zoals ze nu deed? Ze herinnerde zich dat ze Carlson en Rodgers hijgend had horen ademen. Beide mannen hadden al even doodsbang gekeken als Charlie zich had gevoeld; ze hadden gebaad in het zweet, en hun borstkas had op en neer gedeind onder het gewicht van hun kogelwerende vest.

Ik heb een dochter van die leeftijd.

Pink was mijn trainer.

Carlson had zijn kogelwerende vest niet vastgegespt. De zijkanten hadden geflapperd toen hij met zijn geweer de school in was gerend. Hij had geen idee gehad wat hij zou aantreffen als hij de hoek omging: lijken, een bloedbad, een kogel door zijn hoofd.

Als je nog nooit zoiets gezien hebt, kan het je breken.

'Ms. Quinn, wilt u even pauzeren?' vroeg Delia.

Charlie dacht aan de ontzette blik in Carlsons ogen toen hij was uitgegleden in de bloedplas. Hadden er tranen in zijn ogen gestaan? Had hij zich afgevraagd of het dode meisje een paar meter verderop zijn eigen kind was?

'Ik wil graag weg.' Charlie besefte pas wat ze zei toen ze de woorden uit haar mond hoorde komen. 'Ik ga weg.'

'U moet uw verklaring afmaken.' Delia glimlachte. 'Nog maar een paar minuten.'

'Die maak ik liever later af.' Charlie klemde zich aan de tafel vast om te kunnen opstaan. 'U zei dat het me vrijstond te vertrekken.'

'Inderdaad.' Weer was Delia Wofford onverstoorbaar. Ze gaf Charlie een visitekaartje. 'Ik kijk ernaar uit u binnenkort weer te spreken.'

Charlie pakte het kaartje. Ze zag nog steeds niet helemaal helder. Haar maag speelde zurig op.

'Ik loop met je mee naar de uitgang achter,' zei Ben. 'Weet je zeker dat je zelf naar je kantoor kunt lopen?'

Charlie was nergens meer zeker van, behalve dat ze hier weg moest. De muren kwamen op haar af. Ze kon niet door haar neus ademen. Ze zou stikken als ze niet snel deze kamer verliet.

Ben stopte haar waterflesje in zijn jaszak en deed de deur open. Charlie tuimelde bijna de gang in. Ze leunde tegen de muur aan de overkant. Na alle verflagen van de afgelopen veertig jaar voelden de betonblokken glad aan. Ze drukte haar wang tegen het koude oppervlak, haalde een paar keer diep adem en wachtte tot de misselijkheid wegtrok.

'Charlie?' zei Ben.

Ze draaide zich om. Opeens werden ze gescheiden door een stroom mensen. Het wemelde in het gebouw van de politie. Gespierde mannen en vrouwen met grote geweren om hun brede borst gegespt snelden heen en weer. Motoragenten. Hulpsheriffs. Verkeerspolitie. Ben had gelijk: ze waren allemaal op komen dagen. Ze zag letters achter op hun shirts. GBI. FBI. ATF. SWAT. ICE. BOMB SQUAD.

Toen de gang eindelijk leeg was, had Ben zijn telefoon in zijn handen. Zwijgend liet hij zijn duimen over het scherm gaan.

Ze leunde nog steeds tegen de muur en wachtte tot hij klaar was met zijn bericht, aan wie het ook gericht was. Misschien wel aan die zesentwintigjarige van zijn kantoor. Kaylee Collins. Ze was helemaal Bens type. Dat wist Charlie omdat zij op die leeftijd ook helemaal zijn type was geweest.

'Shit.' Ben swipete over het scherm. 'Eén seconde.'

Charlie had zelf ook naar de uitgang kunnen gaan. Ze kon makkelijk die zes straten naar haar kantoor lopen.

Maar ze deed het niet.

Ze bestudeerde de bovenkant van Bens hoofd, hoe zijn haar in een spiraal vanuit zijn kruin groeide. Ze wilde zich tegen hem aan vlijen. Ze wilde in hem wegduiken.

In plaats daarvan herhaalde ze in gedachten de zinnen die ze had geoefend, in haar auto, in de keuken en soms voor de spiegel in de badkamer.

Ik kan niet leven zonder jou.

De afgelopen negen maanden waren de eenzaamste van mijn leven.

Kom alsjeblieft weer thuis, want ik red het niet.

Het spijt me.

Het spijt me.

Het spijt me.

'De onderhandelingen over een schuldbekentenis in een andere zaak zijn vastgelopen.' Ben liet de telefoon in zijn jaszak glijden. Het ding tikte tegen Charlies halflege waterflesje aan. 'Klaar?'

Ze had geen andere keus dan door te lopen. Ze streek met haar vingertoppen over de muur en ging opzij toen agenten in zwart gevechtstenue haar passeerden. Hun gezichten stonden koel en ondoorgrondelijk. Ze gingen ergens naartoe of kwamen ergens vandaan en traden de wereld met strakke kaken tegemoet.

Dit was een schietpartij op een school.

Charlie had zich zo op het 'wat' geconcentreerd dat ze het 'waar' was vergeten.

Ze was geen deskundige, maar ze wist voldoende over dit soort onderzoek om te begrijpen dat elke schietpartij op een school lessen opleverde voor de volgende. Columbine, Virginia Tech, Sandy Hook. Politiekorpsen bestudeerden deze tragedies in een poging de volgende te kunnen voorkomen of in elk geval te kunnen begrijpen.

Het ATF zou het schoolgebouw uitkammen op zoek naar bommen, want er waren in het verleden bommen gebruikt. Het GBI zou naar handlangers zoeken, want soms waren er handlangers. De hondenbrigade zou op jacht gaan naar verdachte rugzakken op de gangen. Ze zouden elk kluisje, elk lerarenbureau, elke kast op explosieven doorzoeken. Rechercheurs zouden op zoek gaan naar Kelly's dagboek of naar een lijst met beoogde slachtoffers, plattegronden van de school, wapenvoorraden, een aanvalsplan. Het forensisch onderzoeksteam zou computers, telefoons, Facebookpagina's en Snapchataccounts doorspitten. Iedereen zou naar een motief zoeken, maar wat voor motief konden ze vinden? Wat voor antwoord had een achttienjarige op de vraag waarom ze tot een koelbloedige moordpartij had besloten?

Dat was nu Rusty's probleem. Voor dat soort moreel en juridisch lastige kwesties kwam hij 's ochtends zijn bed uit.

Het was het soort recht dat Charlie nooit had willen beoefenen.

'Kom.' Ben ging haar voor. Hij liep met lange, soepele passen en plaatste altijd te veel gewicht op de ballen van zijn voeten.

Was Kelly Wilson het slachtoffer van misbruik of pesterijen? Dat zou Rusty het eerst onderzoeken. Was er sprake van verzachtende omstandigheden waardoor de doodstraf haar bespaard zou blijven? Ze was minstens één keer blijven zitten. Duidde dat op een laag IQ? Op verminderd beoordelingsvermogen? Kon Kelly Wilson goed van kwaad onderscheiden? Kon ze worden betrokken bij haar eigen verdediging, zoals de wet voorschreef?

Ben duwde de buitendeur open.

Was Kelly Wilson een rotte appel? Was de werkelijke verklaring voor haar daad de enige die voor niemand te bevatten zou zijn? Zou Delia Wofford tegen de ouders van Lucy Alexander en tegen Mrs. Pinkman zeggen dat ze hun geliefden waren verloren omdat Kelly Wilson simpelweg slecht was?

'Charlie,' zei Ben. Hij hield de deur open. Hij had zijn iPhone weer tevoorschijn gehaald.

Met haar hand boven haar ogen liep Charlie naar buiten. Het zonlicht was scherp als een mes. Tranen rolden over haar wangen.

'Alsjeblieft.' Ben reikte haar een zonnebril aan. De hare. Hij had hem uit haar auto gepakt.

Charlie nam de bril aan, maar ze kon hem niet opzetten, want haar neus was te gevoelig. Ze opende haar mond om te ademen. De plotselinge hitte overviel haar. Ze boog zich voorover, steunend met haar hand op haar knie.

'Moet je overgeven?'

'Nee,' antwoordde ze. Toen: 'Misschien.' En vervolgens spuugde ze er een paar spatjes uit.

Ben deed geen stap terug. Hij slaagde erin haar haren uit haar gezicht te houden zonder haar huid aan te raken. 'Gaat het weer?' vroeg hij, nadat ze nog twee keer had gekokhalsd.

'Misschien.' Charlie opende haar mond en wachtte op meer. Een straaltje speeksel droop naar buiten, maar dat was alles. 'Oké.'

Hij liet haar haren weer rond haar schouders vallen. 'Volgens de ambulancebroeder heb je een hersenschudding.'

Zonder haar hoofd op te tillen antwoordde ze: 'Daar kan toch niks aan gedaan worden.'

'Ze kunnen je op allerlei symptomen onderzoeken, zoals misselijkheid, wazig zicht en hoofdpijn, en of je namen vergeet en simpele vragen niet kunt beantwoorden.'

'Hoe weten ze nou welke namen ik vergeet?' zei ze. 'Ik wil vannacht niet in een ziekenhuis slapen.'

'Slaap dan in de Schots en Scheef.' Sams bijnaam voor de wanordelijke boerderij was blijven hangen. 'Rusty houdt je wel in de gaten,' zei Ben.

'En dan doodgaan aan meeroken in plaats van aan een hersenaneurysma?'

'Dat is niet grappig.'

Met haar hoofd nog steeds gebogen tastte Charlie naar de muur achter zich. Het massieve beton bood haar zoveel houvast dat ze rechtop durfde te gaan staan. Ze hield haar hand boven haar ogen en herinnerde zich dat ze haar hand die ochtend op dezelfde manier tegen het raam van het administratiekantoor had gehouden.

Ben reikte haar de waterfles aan. De dop had hij er al afgedraaid. Ze nam een paar voorzichtige slokjes en probeerde niet te veel conclusies aan zijn zorgzaamheid te verbinden. Haar man was altijd zorgzaam, voor iedereen.

'Waar was Mrs. Jenkins toen het schieten begon?' vroeg ze.

'In het archief.'

'Heeft ze iets gezien?'

'Dat alles komt Rusty te weten wanneer hij inzage krijgt in de stukken.'

'Dat alles,' herhaalde Charlie. De komende maanden zou Ken Coin volgens de wet inzage moeten geven in al het onderzoeksmateriaal dat redelijkerwijs als bewijs kon worden uitgelegd. Coins definitie van 'redelijkerwijs' was net zo stevig als een spinnenweb.

'Hoe gaat het met Mrs. Pinkman?' vroeg ze.

Ben herinnerde haar er niet aan dat ze zich eerder had versproken en haar 'Heller' had genoemd, want zo was hij niet. 'Ze ligt in het ziekenhuis. Ze moest gesedeerd worden.'

Eigenlijk moest Charlie bij haar op bezoek, maar ze wist dat ze een smoes zou verzinnen om eronderuit te komen. 'Jij hebt me in de waan gelaten dat Kelly Wilson zestien was.'

'Ik dacht dat je er zelf wel achter zou komen door een bol in je hand te houden en de tijd uit elkaar te trekken.'

Charlie lachte. 'Wat heb ik daar een bullshit zitten verkopen, zeg.'

'Hier anders ook.'

Charlie veegde met haar mouw langs haar mond. Weer rook ze opgedroogd bloed. Net als al het andere herinnerde ze zich de geur van vroeger. Ze herinnerde zich de donkere schilfers die als as uit haar haren waren gedwarreld. Ze herinnerde zich dat de geur van de dood nog lang om haar heen was blijven hangen, zelfs nadat ze in bad was geweest, nadat ze zichzelf helemaal rauw had geboend.

'Je hebt me vanochtend gebeld,' zei ze.

Onverschillig haalde Ben zijn schouders op.

Charlie goot het laatste restje water over haar handen om ze schoon te maken. 'Heb je je moeder en je zussen al gesproken? Die maken zich vast zorgen.'

'Die heb ik gesproken, ja.' Weer dat schoudergebaar. 'Ik ga maar weer naar binnen.'

Charlie wachtte, maar hij ging nog niet naar binnen. Wanhopig zocht ze naar een reden om hem hier te houden. 'Hoe is het met Barkzilla?'

'Barky.' Ben pakte de lege fles, draaide de dop erop en stopte hem weer in zijn jaszak. 'Hoe is het met Eleanor Roosevelt?'

'Rustig.'

Hij richtte zijn blik naar de grond en zweeg weer. Dat was niets nieuws. Haar doorgaans welbespraakte echtgenoot had de afgelopen negen maanden niet veel tegen haar gezegd.

Maar hij ging nog steeds niet weg. Hij stuurde haar niet met een knikje op pad. Hij zei niet dat hij niet had gevraagd hoe het met haar ging omdat ze toch wel zou zeggen dat het goed ging, ook als het niet goed ging. Vooral als het niet goed ging.

'Waarom heb je vanmorgen gebeld?' vroeg ze.

Ben kreunde. Hij liet zijn achterhoofd tegen de muur rusten.

Charlie volgde zijn voorbeeld.

Ze keek naar de scherpe lijn van zijn kaak. Hij was helemaal haar type: een slungelige, relaxte nerd die Monthy Python even moeiteloos kon citeren als de Amerikaanse grondwet. Hij las graphic novels. Elke avond voor hij ging slapen,.dronk hij een glas melk. Hij was dol op aardappelsalade, *Lord of the Rings* en modeltreintjes. Hij had meer met footballgames dan met het echte spel. Zelfs als je hem volpropte met boter, kwam hij geen grammetje aan. Als hij rechtop stond, was hij één meter tachtig, maar dat gebeurde niet vaak.

Ze hield zo veel van hem dat haar hart pijn deed bij de gedachte dat ze hem nooit meer in haar armen zou houden.

'Toen Peggy veertien was, had ze een vriendin,' zei Ben. 'Ze heette Violet.'

Peggy was de bazigste van zijn drie oudere zussen.

'Ze kwam om bij een auto-ongeluk. Ze was aan het fietsen. We gingen naar de begrafenis. Ik weet niet wat mijn moeder bezielde om me mee te nemen. Ik was te jong om zoiets te zien. De kist was open. Carla tilde me op zodat ik erin kon kijken.' Hij slikte krampachtig. 'Ik, eh... Ik raakte helemaal overstuur. Mijn moeder moest met me naar buiten, naar het parkeerterrein. Ik kreeg nachtmerries. Ik dacht dat dat het ergste was wat ik ooit zou zien. Een dood meisje. Maar ze hadden haar helemaal opgelapt. Je kon niet zien wat er met haar was gebeurd, dat de auto haar in haar rug had geraakt. Dat ze was doodgebloed, maar dan vanbinnen. Niet zoals dat meisje vandaag. Niet zoals wat ik in de school heb gezien.'

Er stonden tranen in zijn ogen. Elk woord dat over zijn lippen kwam, brak Charlies hart een beetje meer. Ze balde haar vuisten om haar handen maar niet naar hem uit te strekken.

'Moord is moord,' zei Ben. 'Daar kan ik mee omgaan. Dealers. Gangbangers. Zelfs huiselijk geweld. Maar een tiener? Een jong meisje?' Hij bleef zijn hoofd schudden. 'Ze zag er niet uit alsof ze sliep, hè?'

'Nee.'

'Ze zag er vermoord uit. Alsof iemand een wapen op haar keel had afgeschoten en met één kogel de hele zaak had opengereten. Alsof ze een vreselijke, gewelddadige dood was gestorven.'

Charlie keek recht in de zon, want ze wilde Lucy Alexander niet opnieuw zien sterven.

'Die vent is een oorlogsheld,' zei Ben. 'Wist je dat?'

Nu had hij het over Huck.

'Hij heeft een heel peloton gered of iets dergelijks, maar hij wil er niet over praten, omdat hij fucking Batman is of zo.' Ben duwde zich van de muur af, weg van Charlie. 'En vanochtend heeft hij een kogel in zijn arm opgevangen. Om een moordenares te redden, om te voorkomen dat ze gedood werd. En toen heeft hij vervolgens ook de man in bescherming genomen die hem bijna gedood had. Hij heeft onder ede gelogen om ervoor te zorgen dat een ander niet in de problemen kwam. En dan is hij ook nog allejezus knap, hè?' Ondanks zijn woede klonk zijn stem nu zacht van vernedering door wat zijn sletterige vrouw hem geflikt had. 'Zo'n vent, hè, als je die over straat ziet lopen, weet je niet of je hem wilt neuken of een biertje met hem wilt drinken.'

Charlie keek naar de grond. Ze wisten dat ze het allebei had gedaan.

'Daar heb je Lenore.'

Rusty's secretaresse had haar rode Mazda bij de poort geparkeerd.

'Ben, het spijt me,' zei Charlie. 'Het was een vergissing. Een vreselijke, afschuwelijke vergissing.'

'Mocht hij bovenop van jou?'

'Natuurlijk niet. Doe niet zo belachelijk.'

Lenore drukte op de claxon. Ze deed haar raampje naar beneden en zwaaide. Charlie zwaaide terug, met haar vingers gespreid ten teken dat Lenore nog een minuutje moest wachten.

'Ben–'

Te laat. Ben trok de deur al achter zich dicht.

VIER

Terwijl Charlie naar Lenores auto liep, rook ze aan haar zonnebril. Ze voelde zich net een dwaze verliefde tiener, maar ze wilde Ben ruiken. Het enige wat ze kreeg, was een zweem eigen zweet met een vleugje braaksel.

Lenore boog zich over de voorbank om het portier open te duwen. 'Die hoort op je neus, schat, niet ervoor.'

Charlie verdroeg niets op haar neus. Bij het instappen gooide ze de goedkope bril op het dashboard. 'Heeft mijn vader je gestuurd?'

'Ben stuurde een bericht, maar luister, je vader wil dat we de Wilsons ophalen en naar zijn kantoor brengen. Coin heeft om een huiszoekingsbevel verzocht. Ik heb je rechtbankkleren meegenomen, dan kun je je omkleden.'

Bij de woorden 'je vader wil' begon Charlie haar hoofd al te schudden. 'Waar is Rusty?' vroeg ze.

'In het ziekenhuis, bij het meisje Wilson.'

Charlie lachte schamper. Het was een slimme truc. 'Hoelang duurde het voor mijn vader doorkreeg dat ze niet op het politiebureau werd vastgehouden?'

'Ruim een uur.'

Charlie klikte haar veiligheidsriem vast. 'Die Coin is wel erg gek op spelletjes.' Ze twijfelde er niet aan of de officier van justitie had Kelly Wilson achter in een ambulance gezet om haar naar het ziekenhuis te laten brengen. Door de illusie te wekken dat ze nog niet in hechtenis was genomen, kon hij volhouden dat elke uitspraak die ze buiten een advocaat om deed vrijwillig was. 'Ze is achttien.'

'Dat hoorde ik al van Rusty. Het kind zat helemaal in een kramp daar in het ziekenhuis. Hij heeft met moeite het telefoonnummer van haar moeder uit haar gekregen.'

'Zo trof ik haar ook aan. Verdwaasd bijna.' Charlie hoopte dat Kelly Wilson snel bij haar positieven kwam. Op dit moment was ze Rusty's belangrijkste bron van informatie. Tot hij inzage kreeg in het bewijsmateriaal – lijsten van getuigen, politieverklaringen, aantekeningen van rechercheurs en van het forensisch team – tastte hij in het duister.

Lenore bracht haar hand naar de versnelling. 'Waar moet ik je naartoe brengen?'

In gedachten zag Charlie zichzelf al in haar huis, onder een hete douche, in bed met allemaal kussens om zich heen. Maar toen bedacht ze dat Ben er niet zou zijn. 'Naar de Wilsons,' zei ze.

'Die wonen helemaal achter in de Holler.' Lenore schakelde en reed met een wijde u-bocht de straat op. 'Een straatnaam is er niet. Je vader heeft me van die typische plattelandsaanwijzingen gegeven, zo van "links bij de oude witte hond en rechts bij de kromme eik".'

'Dat is dan goed nieuws voor Kelly.' Rusty kon een huiszoekingsbevel ongeldig verklaren als het juiste adres of tenminste een correcte beschrijving van het huis ontbrak. Naar alle waarschijnlijkheid had Ken Coin geen van beide paraat. Er stonden honderden huurhuizen en trailers in de Holler. Niemand wist hoeveel mensen er precies woonden, hoe ze heetten en of hun kinderen naar school gingen. De huisjesmelkers hadden geen belang bij contracten of achtergrondonderzoek, zolang het juiste bedrag elke week maar op tafel kwam.

'Hoeveel tijd denk je dat we hebben voor Ken het huis heeft gevonden?' vroeg Charlie.

'Geen idee. Een uur geleden is er een helikopter uit Atlanta gearriveerd, maar voor zover ik weet, bevindt die zich nog aan de andere kant van de berg.'

Charlie twijfelde er niet aan dat zij het huis van de Wilsons kon vinden. Ze kwam minstens twee keer per maand in de Holler om achterstallige rekeningen te innen. Ben was verbijsterd geweest toen hij hoorde waar ze 's avonds uithing. Zestig procent van alle misdaden in Pikeville werd in of nabij Sadie's Holler gepleegd.

'Ik heb een broodje voor je meegenomen,' zei Lenore.

'Ik heb geen trek.' Charlie keek op het dashboardklokje. 11.52 uur. Nog geen vijf uur geleden had ze op school door het raam van het donkere administratiekantoor getuurd. Nog geen tien minuten later waren er twee mensen dood, had een derde een schotwond en kon haar neus elk moment gebroken worden.

'Je moet eten,' zei Lenore.

'Later.' Charlie staarde uit het raampje. De zon wierp haar stralen tussen de hoge bomen achter de gebouwen door. Als een ouderwetse diashow riep het flakkerende licht allerlei beelden bij haar op. Bij wijze van uitzondering stond ze even stil bij die vlak voor de dood van Gamma en Sam: zij en Sam rennend over de lange oprit naar de boerderij, lachend om een plastic vork waarmee ze hadden gegooid. Ze wist wat daarna kwam en spoelde snel door, tot Sam en Gamma door het verleden waren opgeslokt en alleen de nasleep van die ochtend overbleef.

Lucy Alexander. Mr. Pinkman.

Een jong meisje. Een schooldirecteur.

De slachtoffers hadden niet veel met elkaar gemeen, behalve dat ze op het verkeerde moment op de verkeerde plek waren. Als Charlie moest raden, ging ze ervan uit dat Kelly Wilson zich midden in de gang had willen opstellen en met de revolver in de aanslag op de bel had willen wachten.

Toen kwam de kleine Lucy Alexander de hoek om.

Beng.

Vervolgens snelde Mr. Pinkman zijn kantoor uit.

Beng-beng-beng.

De bel was gegaan, en als een paar personeelsleden niet heel snel in actie waren gekomen, zou een verse golf slachtoffers door diezelfde gang zijn gespoeld.

Een goth. Een eenling. Een zittenblijver.

Kelly Wilson was het prototype van het gepeste meisje. Ze zat in haar eentje in de kantine, werd als laatste gekozen bij gym, ging naar het schoolbal met een jongen die maar op één ding uit was.

Waarom had Kelly wel een wapen opgepakt en Charlie destijds niet?

'Drink dan in elk geval die cola in de koelbox,' zei Lenore. 'Dat is goed tegen shock.'

'Ik ben niet in shock.'

'En je neus is vast ook niet gebroken.'

'Volgens mij wel.' Doordat Lenore bleef hameren op haar fysieke toestand, ging Charlie eindelijk beseffen dat ze er niet al te best aan toe was. Haar hoofd zat in een klem. Haar neus had een heel eigen hartslag. Haar oogleden voelden alsof er honing aan kleefde. Ze gaf er heel even aan toe, sloot haar ogen en verwelkomde het niets.

Boven het geronk van de motor uit hoorde ze Lenore al schakelend de pedalen bedienen. Ze reed altijd met blote voeten en met haar hoge hakken naast zich op de vloer. Ze had een voorkeur voor korte rokjes en gekleurde panty's. Ze kleedde zich te jong voor iemand van zeventig, maar aangezien Charlies benen op dat moment behaarder waren dan die van Lenore, had ze geen recht van spreken.

'Drink nou wat cola,' drong Lenore aan.

Charlie opende haar ogen. De wereld was er nog.

'Nu.'

Ze was te moe om tegen te sputteren. De koelbox zat klem tussen de voor- en achterbank. Ze pakte de cola, maar liet het broodje liggen. In plaats van het flesje te openen, drukte ze het tegen haar hals. 'Mag ik een aspirientje?'

'Nee. Verhoogt de kans op een bloeding.'

Charlie had de pijn graag voor een coma ingeruild. Door de felle zon was haar hoofd in een reusachtige galmende klok veranderd. 'Hoe heet dat wat je weleens in je oren hebt?'

'Tinnitus,' zei Lenore. 'En als je niet onmiddellijk die cola opdrinkt, zet ik de auto aan de kant.'

'Zodat de politie eerder bij het huis van de Wilsons is dan wij?'

'Ten eerste moet ze dan hier afslaan. Ten tweede: zelfs als ze erin zou slagen het huis te vinden en ook nog een rechter paraat te hebben, duurt het minstens een halfuur voor het huiszoekingsbevel is opgesteld. En ten derde: bek houden en doen wat ik zeg, want anders kun je een schop tegen je been krijgen.'

Met behulp van haar T-shirt draaide Charlie de dop eraf. Ze nam een paar slokjes terwijl ze in de zijspiegel het stadscentrum zag wegglijden.

'Heb je overgegeven?' vroeg Lenore.

'Laat maar.' Charlie voelde haar maag zich weer samenknijpen. De buitenwereld was te verwarrend. Ze sloot haar ogen om haar evenwicht te hervinden.

De diashow in haar hoofd sprong weer aan: Lucy Alexander, Mr. Pinkman, Gamma, Sam. Ze klikte snel door de beelden, alsof ze naar een bestand op haar computer zocht.

Had ze iets tegen special agent Delia Wofford gezegd waarmee ze de verdediging van Kelly Wilson had geschaad? Dat zou Rusty willen weten. Ook zou hij willen weten hoeveel schoten er gelost waren en in welke volgorde, wat de capaciteit van de revolver was en wat Kelly had gefluisterd toen Huck haar had gesmeekt het wapen aan hem te geven.

Dat laatste zou cruciaal zijn voor Kelly's verdediging. Als ze had bekend, als ze een lichtvaardige opmerking had gemaakt of een kil motief voor haar wandaad had gegeven, kon Rusty nog zo welbespraakt en bloemrijk zijn, hij zou haar niet voor de naald kunnen behoeden. Ken Coin zou een dergelijk geruchtmakend proces nooit aan de staat overdragen. Hij had al twee keer eerder voor de doodstraf gepleit. Geen jury in Pikeville zou zijn pleidooi voor een dodelijke injectie afwijzen. Coin sprak met een zeker gezag. In zijn tijd bij de politie had hij eens eigenhandig een man geëxecuteerd.

Achtentwintig jaar geleden had Daniel Culpepper, de broer van Zachariah Culpepper, in zijn trailer tv zitten kijken toen agent Ken Coin in zijn patrouillewagen kwam aanrijden. Het was halfnegen 's avonds. Gamma's lichaam was al gevonden in de boerderij. Sam lag dood te bloeden in het ondiepe riviertje dat onder de weertoren door stroomde. De dertienjarige Charlie zat achter in een ambulance en smeekte de hulpverleners haar naar huis te laten gaan. Agent Coin had de voordeur van Daniel Culpeppers trailer ingetrapt. Voordat de verdachte naar zijn wapen had kunnen grijpen, had Coin hem zeven keer in zijn borst geschoten.

Tot op de dag van vandaag hield de meerderheid van de Culpepperclan vol dat Daniel onschuldig was geweest, maar het bewijs tegen de jongen was onweerlegbaar. De revolver in zijn hand was later geïdentificeerd als hetzelfde wapen waarmee Sam in haar hoofd was geschoten. Daniels met bloed doordrenkte spijkerbroek en zijn opvallende blauwe basketbalschoenen werden smeulend in een vuurton achter de trailer aangetroffen. Zelfs zijn eigen broer zei dat ze samen naar de Schots en Scheef waren gegaan om Rusty te doden. Ze waren bang geweest om hun huis kwijt te raken vanwege een stomme advocatenrekening die ze ongetwijfeld binnen niet al te lange tijd moesten voldoen nu de Quinns hun hele bezit in vlammen hadden zien opgaan. Charlie had de ramp overleefd in het besef dat het leven van hun gezin was gereduceerd tot de prijs van een tweedehands trailer.

'We rijden nu langs de school,' zei Lenore.

Charlie deed haar ogen open. De onderbouwlocatie was in de loop der jaren uitgebreid; er waren in grote haast lokalen aan toegevoegd om ruimte te bieden aan de twaalfhonderd leerlingen uit naburige gemeenten. De bovenbouw was nog groter en bood onderdak aan bijna tweeduizend leerlingen.

Ze zag de lege plek waar haar auto had gestaan. Het parkeerterrein was met politielint afgezet. De auto's van de leraren stonden her en der tussen de patrouillewagens, overheidsauto's, ambulances, brandweerwagens, forensische busjes en de bus van de patholoog. Een pershelikopter hing laag boven de gymzaal. Het tafereel leek onwerkelijk, alsof een regisseur elk moment 'cut!' kon roepen, waarna iedereen ging lunchen.

'Mrs. Pinkman moest gesedeerd worden,' zei Charlie.

'Ze is een goed mens. Dit verdient ze niet. Dit verdient niemand.'

Charlie knikte, want ze kreeg opeens geen woord langs de glasscherven in haar keel. In al die jaren was Judith Heller Pinkman een merkwaardig soort ijkpunt voor haar geweest. Toen Charlie eindelijk weer naar school was gegaan, waren ze elkaar regelmatig op de gang tegengekomen. Miss Heller had altijd naar haar geglimlacht, maar ze had geen druk op Charlie uitgeoefend, haar niet gedwongen te praten over de tragedie die hen verbond. Ze had afstand gehouden, wat achteraf gezien het soort discipline vereiste dat de meeste mensen misten.

'Ik ben benieuwd hoelang al die media-aandacht gaat duren,' zei Lenore. Ze keek op naar de helikopter. 'Twee slachtoffers. Nogal magertjes vergeleken met de meeste massaschietpartijen.'

'Meiden doden niet. In elk geval niet op deze manier.'

'I Don't Like Mondays.'

'In het algemeen, of bedoel je dat nummer van de Boomtown Rats?'

'Dat nummer,' zei Lenore. 'Dat is gebaseerd op een schietpartij. 1979. Een meisje van zestien ging met een snipergeweer naar een schoolplein. Ik weet niet meer hoeveel mensen ze gedood heeft. Toen de politie haar vroeg waarom ze het gedaan had, zei ze: "I don't like Mondays."'

'Jezus,' fluisterde Charlie, met heel haar hart hopend dat Kelly Wilson zich niet zo kil had uitgelaten toen ze iets had gefluisterd daar op de gang.

Vervolgens vroeg ze zich af waarom ze zich druk maakte om Kelly Wilson, want het meisje was een moordenares.

Met een schok zag ze het opeens scherp voor zich.

Als ze vrijwel alles wat er die ochtend was gebeurd buiten beschouwing liet – de angst, de doden, de herinneringen, het diepe verdriet – bleef er één simpele waarheid over: *Kelly Wilson had in koelen bloede twee mensen vermoord.*

Rusty's stem onderbrak ongevraagd haar gedachten: *en wat dan nog?*

Kelly had nog steeds recht op een proces. Ze had nog steeds recht op de beste advocaat die ze kon vinden. Dat had Charlie met zoveel woorden tegen het groepje razende agenten gezegd dat het meisje het liefst had doodgeslagen, maar nu ze hier bij Lenore in de auto zat, vroeg ze zich af of ze misschien alleen maar voor haar in de bres was gesprongen omdat niemand anders het deed.

Weer zo'n verkeerde karaktereigenschap die tot een gevoelig punt in hun huwelijk was uitgegroeid.

Ze reikte naar de achterbank, deze keer om haar rechtbankkleren te pakken. Haar overhemd, dat Ben altijd haar Amishblouse noemde maar dat voor haar veel meer weg had van een boerka. De rechters in Pikeville, stuk voor stuk chagrijnige oude mannen, waren ontzettend behoudend. Vrouwelijke advocaten konden kiezen: als ze niet gekleed gingen in een lange rok of een zedige blouse, werd elk bezwaar, elk verzoek en elk woord uit hun mond terzijde geschoven.

'Gaat het?' vroeg Lenore.

'Niet echt, nee.' Nu ze de waarheid bekende, nam de druk op haar borst iets af. Ze had Lenore altijd dingen verteld die ze nooit aan iemand anders zou toegeven. Lenore kende Rusty al meer dan vijftig jaar. Ze was als een zwart gat waarin alle familiegeheimen van de Quinns verdwenen. 'Ik heb knallende koppijn. Mijn neus is gebroken. Het voelt alsof ik een long heb uitgekotst. Ik kan niet eens lezen, maar dat doet er allemaal niet toe, want ik heb gisteravond Ben bedrogen.'

Lenore schakelde zwijgend door naar een volgende versnelling en reed de tweebaansweg op.

'Zolang het duurde, was het wel lekker. Hij kreeg het voor elkaar, bedoel ik.' Voorzichtig, om niet tegen haar neus te stoten, trok ze haar Duke-T-shirt uit. 'Vanochtend werd ik huilend wakker. Ik kon niet stoppen. Ik heb wel een halfuur naar het plafond liggen staren en had er het liefst een eind aan gemaakt. En toen ging de telefoon.'

Weer schakelde Lenore. Ze lieten de stadsgrens van Pikeville achter zich. De wind uit de bergen beukte tegen de compacte auto.

'Ik had die stomme telefoon niet moeten opnemen. Ik wist niet eens meer hoe hij heette. Hij wist ook niet meer hoe ik heette. Tenminste, zo deed hij het voorkomen. Het was gênant en smerig, en nu weet Ben het ook. Het GBI weet het. Zijn hele kantoor weet het. Daarom was ik vanochtend in het schoolgebouw. Ik had met die vent afgesproken omdat hij per ongeluk mijn telefoon had meegenomen, en hij belde, en...' Ze trok haar rechtbankblouse aan, een gesteven knoopjesgeval met ruches aan de voorkant, dat de rechters ervan moest overtuigen dat ze haar vrouwelijkheid serieus nam. 'Ik weet niet wat me bezielde.'

Lenore schakelde naar de zesde versnelling. 'Je was eenzaam.'

Charlie moest lachen, hoewel de waarheid bepaald niet grappig was. Ze keek naar haar vingers terwijl ze haar blouse dichtknoopte. Opeens waren de knopen te klein. Of misschien kwam het door haar bezwete handen. Of door haar vingers die weer trilden, door het vibreren van het bot, alsof er met een stemvork tegen haar borst was getikt.

'Liefje,' zei Lenore. 'Gooi het er maar uit.'

Charlie schudde haar hoofd. Ze wilde het er niet uitgooien. Ze wilde alles tegenhouden, alle vreselijke beelden weer in hun doos stoppen en die op een plank schuiven om hem nooit meer te openen.

Maar toen viel er een traan.

En nog een.

Voor ze het wist, barstte ze in tranen uit, snikte ze zo hard dat ze zich met haar hoofd in haar handen vooroverboog, omdat het verdriet te zwaar was om te dragen.

Lucy Alexander. Mr. Pinkman. Miss Heller. Gamma. Sam. Ben.

De auto minderde vaart. De banden hobbelden over grind toen Lenore de berm in reed. Ze wreef over Charlies rug. 'Het komt goed, schat.'

Het kwam niet goed. Ze verlangde naar haar man. Ze verlangde naar haar nutteloze klootzak van een vader. Waar was Rusty? Waarom was hij er nooit als ze hem nodig had?

'Het komt goed.' Lenore bleef over Charlies rug wrijven, en Charlie bleef huilen, want het zou nooit meer goed komen.

Op het moment dat Charlie in Hucks lokaal die eerste schoten had gehoord, was het gewelddadigste uur uit haar leven met een klap en in volle hevigheid teruggekeerd in haar geheugen. Telkens weer hoorde ze dezelfde woorden. *Blijf rennen. Niet achteromkijken. Het bos in. Naar het huis van Miss Heller.* De schoolgang door. Naar de schoten. Maar ze was te laat. Ze was godverdomme altijd te laat.

Lenore streelde haar haar. 'Diep inademen, schat.'

Charlie voelde dat ze ging hyperventileren. Een waas trok voor haar ogen. Zweet parelde op haar voorhoofd. Ze dwong zichzelf te ademen tot haar longen weer meer dan een theelepeltje lucht per keer aankonden.

'Neem er de tijd voor,' zei Lenore.

Weer ademde Charlie een paar keer diep in. Haar zicht werd iets helderder. Nog een paar ademteugen. Ditmaal hield ze de lucht een seconde, misschien twee seconden vast om aan zichzelf te bewijzen dat ze het kon.

'Gaat het weer?'

'Was dat een paniekaanval?' fluisterde Charlie.

'Misschien is het dat nog steeds.'

'Help me eens overeind.' Charlie reikte naar Lenores hand. Het bloed stroomde terug uit haar hoofd. Onwillekeurig raakte ze haar zere neus aan, waardoor de pijn nog feller werd.

'Je hebt een lelijke klap gehad, schat,' zei Lenore.

'Je had die ander moeten zien. Geen schrammetje.'

Lenore kon er niet om lachen.

'Sorry,' zei Charlie. 'Ik weet niet wat me bezielde.'

'Doe niet zo dom. Dat weet je best.'

'Ja, oké,' zei Charlie, de twee woorden waarmee ze altijd aangaf dat ze ergens niet over wilde praten.

In plaats van verder te rijden vlocht Lenore haar lange vingers door de kleinere van Charlie. Ondanks haar minirokjes had ze nog altijd mannenhanden: breed, met knokige knokkels en de laatste tijd ook met ouderdomsvlekken. In de loop der jaren was ze steeds meer als een moeder voor Charlie geworden. Zij was degene die haar had geleerd hoe ze make-up moest aanbrengen, die haar mee naar de winkel had genomen om haar eerste doosje tampons te kopen, en die haar had gewaarschuwd anticonceptie nooit aan een man over te laten.

'Ben heeft je dus gevraagd me op te pikken,' zei Charlie. 'Dat is tenminste iets, hè?'

'Inderdaad.'

Charlie opende het dashboardkastje en haalde er een pak zakdoekjes uit. Ze kon haar neus niet snuiten, maar depte de onderkant. Ze tuurde uit het raampje, opgelucht dat ze weer dingen in plaats van vage vormen zag. Helaas had het uitzicht niet slechter kunnen zijn. Ze bevonden zich op zo'n driehonderd meter afstand van de plek waar Daniel Culpepper in zijn trailer was doodgeschoten.

'Het lullige is dat ik niet eens kan zeggen dat vandaag de ergste dag van mijn leven is,' zei Charlie.

Nu moest Lenore wel lachen, diep vanuit haar keel, een hese bevestiging van Charlies gelijk. Ze reed de weg weer op. Het wegdek was glad, tot ze vaart minderde voor de afslag naar Culpepper Road. Diepe kuilen maakten plaats voor grind, dat uiteindelijk overging in samengepakte rode klei. De temperatuur daalde iets, misschien een paar graden, toen ze het bergpad af reden. Charlie probeerde niet te rillen. Haar huiver was bijna tastbaar. Haar nekhaartjes gingen overeind staan. Zo ging het altijd wanneer ze de Holler bezocht. Niet alleen doordat ze er niet thuishoorde, maar ook door het besef dat één verkeerde afslag, naar de verkeerde Culpepper, zou betekenen dat fysiek gevaar niet langer een abstract begrip was.

'Shit!' Lenore schrok van een troep honden die op een draadhek afstormde. Hun razende geblaf klonk als duizend hamers die op de auto inbeukten.

'Boerenalarm,' zei Charlie. Je kon geen stap in de Holler zetten zonder dat honderd huilende honden je komst aankondigden. Hoe dieper je het gebied in trok, hoe meer jonge blanke mannen je op hun veranda zag staan, hun mobiel in de ene hand en de andere hand onder hun T-shirt om ongegeneerd over hun buik te kunnen krabben. Jonge mannen die heel goed tot werken in staat waren, maar de zware banen meden waarvoor ze in aanmerking kwamen. Ze rookten de hele dag dope, speelden videogames, gingen uit stelen als ze geld nodig hadden, sloegen hun vriendinnen als ze oxy wilden, stuurden hun kinderen naar het postkantoor om hun uitkeringscheques op te halen, en vormden met hun fantastische levenskeuzen het fundament van Charlies advocatenpraktijk.

Even voelde ze zich schuldig omdat ze de hele Holler op één hoop gooide met de Culpepperclan. Ze wist dat er ook goede mensen woonden. Hardwerkende mannen en vrouwen, die hun best deden en die niet slecht maar simpelweg arm waren, maar ze kon een instinctieve reactie niet onderdrukken nu ze zich in het hol van de leeuw bevond.

Zes Culpeppermeiden van uiteenlopende leeftijd hadden Charlies leven tot een hel gemaakt toen ze weer naar school was gegaan. Het waren vieze kutwijven met vlooien, lange laknagels en een indrukwekkend arsenaal aan scheldwoorden. Ze pestten Charlie. Ze stalen haar lunchgeld. Ze verscheurden haar schoolboeken. Een van hen had zelfs in haar gymtas gekakt.

Tot op de dag van vandaag beweerde de familie dat Charlie had gelogen toen ze had gezegd dat ze Zachariah met het geweer had gezien. Ze geloofden dat ze zich had laten leiden door een fantastisch plan van Rusty, die de hand had willen leggen op het povere levensverzekeringsgeld en op de driekamertrailer, die in de verkoop was gegaan nadat Daniel was gestorven en Zachariah naar de gevangenis was gestuurd. Alsof een man die het nastreven van gerechtigheid tot zijn levenstaak had gemaakt voor een paar zilverlingen zijn moraal zou verpatsen.

Het feit dat Rusty nooit een stuiver van de familie had opgeëist kon hun woeste complottheorieën niet temperen. Ze waren er nog steeds heilig van overtuigd dat Ken Coin zelf de overdaad aan bewijsmateriaal in de trailer en op Daniels lichaam had geplant. Dat Coin Daniel had vermoord om zijn politieke carrière een kickstart te geven. Dat Coins broer, Keith, in het staatslab met bewijsmateriaal had geknoeid.

Niettemin was het Charlie op wie ze hun woede grotendeels hadden gekoeld. Zij had de broers geïdentificeerd. De leugens waren niet alleen bij haar begonnen, maar ze hield steeds vol dat ze de waarheid sprak. De moord op de ene Culpepperbroer en het verblijf van de andere in de dodencel werden Charlie in de schoenen geschoven.

Ze hadden het niet eens heel erg mis, tenminste niet wat Zachariah betrof. Ondanks Rusty's scherpe afkeuring had Charlie ten overstaan van een afgeladen rechtszaal aan de rechter gevraagd om Zachariah Culpepper ter dood te veroordelen. Ze zou in het proces tegen Daniel hetzelfde hebben gedaan als Ken Coin haar niet van dat genoegen had beroofd.

'Wat is dat voor lawaai?' vroeg Lenore.

Charlie hoorde het harde gewiek van een helikopter boven haar hoofd. Ze herkende het logo van een nieuwsstation in Atlanta.

Lenore reikte Charlie haar telefoon aan. 'Lees eens voor hoe we moeten rijden.'

Charlie toetste de code in, haar eigen geboortedatum, en zocht Rusty's bericht op. Haar vader was afgestudeerd aan de rechtenfaculteit van de University of Georgia en behoorde tot de bekendste strafpleiters in de staat, maar spellen kon hij voor geen meter. 'Hier links,' zei ze, wijzend naar een pad dat gemarkeerd werd door een witte vlaggenmast met een grote confederatievlag. 'En dan bij die trailer rechts.'

Vluchtig nam Charlie de aanwijzingen door. Ze herkende de route, want ze had hem eerder gereden, op weg naar een cliënt met een methverslaving die hij financierde door te dealen aan andere junkies met methproblemen. Ooit had hij haar in crystal meth willen uitbetalen. Zo te zien woonde hij twee huizen verder dan de Wilsons. 'Hier rechts,' zei ze. 'Dan onder aan de heuvel weer rechts.'

'Ik heb je honorariumcontract in je tas gestopt.'

De vraag 'hoezo?' lag op het puntje van Charlies tong, maar in plaats van die hardop uit te spreken beantwoordde ze hem zelf. 'Van mijn vader moet ik dus de Wilsons vertegenwoordigen, zodat ik gediskwalificeerd word als getuige tegen Kelly.'

Lenore keek haar aan en toen nog eens. 'Waarom had je dat twintig minuten geleden niet door?'

'Weet ik niet,' zei Charlie, maar ze wist het wel. Omdat ze getraumatiseerd was. Omdat ze smachtte naar haar man. Omdat ze zo dom was telkens weer van haar vader te verwachten dat hij zich even druk maakte om zijn dochter als om pooiers, verkrachters en moordenaars. 'Ik kan het niet. Een rechter die het zout in de pap waard is zou me zo hard met een wraking om de oren slaan dat ik in China ben tegen de tijd dat mijn licentie wordt ingetrokken.'

'Zodra je je proces hebt gewonnen, hoef je nooit meer achter dat tuig in de Holler aan te zitten.' Ze knikte naar haar telefoon. 'Maak eens een paar foto's van je gezicht nu die blauwe plekken nog vers zijn.'

'Ik heb tegen Ben gezegd dat ik geen aanklacht indien.'

Lenores voet gleed van het gaspedaal.

'Ik wil alleen excuses. Welgemeend en op schrift.'

'Met excuses verander je niks.' Inmiddels waren ze onder aan de heuvel. Lenore nam een scherpe bocht naar rechts. Charlie hoefde niet lang te wachten op de preek die al een tijdje broeide. 'Klootzakken als Ken Coin hebben altijd hun mond vol van minimale overheidsbemoeienis, maar uiteindelijk zijn ze twee keer zoveel geld kwijt aan processen als aan wat een goede politietraining zou kosten.'

'Vertel mij wat.'

'Je verandert ze alleen door ze in hun portemonnee te raken.'

Het liefst had Charlie haar vingers in haar oren gestoken. 'Dat hele verhaal krijg ik straks ook van mijn vader over me heen. Ik hoef het niet van jou te horen. Hier is het.'

Lenore trapte op de rem. De auto kwam met een schuiver tot stilstand. Ze reed een paar meter achteruit en sloeg het zoveelste zandpad in. Tussen de bandensporen schoot onkruid op. Ze passeerden een gele schoolbus die onder een treurwilg stond geparkeerd. Nadat de Mazda over een richel was gehobbeld, kwam er een groepje kleine huizen in het zicht. Het waren er vier, slordig verspreid rond een breed ovaal. Charlie keek weer even naar Rusty's bericht. Het nummer was van het huis rechts, het achterste. Het stond aan het einde van het bandenspoor, en een oprit ontbrak. Het was opgetrokken uit geverfde spaanplaat. Aan de voorkant stulpte een groot erkerraam naar buiten, als een puist die op springen stond. De stoep was van betonblokken.

'Ava Wilson rijdt op een schoolbus,' zei Lenore. 'Ze was vanochtend bij de school toen het gebouw werd afgesloten.'

'Hebben ze haar verteld dat Kelly de schutter was?'

'Dat hoorde ze pas toen Rusty haar belde op haar mobiel.'

Charlie was blij dat Rusty háár niet met dat telefoontje had opgescheept. 'Is de vader in beeld?'

'Ely Wilson. Hij is dagloner in Ellijay, zo iemand die elke ochtend voor de houthandel staat om te zien of er werk voor hem is.'

'Heeft de politie hem al opgespoord?'

'Niet dat we weten. Het gezin heeft maar één mobiel, en die heeft de vrouw bij zich.'

Charlie keek naar het troosteloze huis. 'Dus ze zit daar alleen.'

'Niet lang meer.' Lenore keek op, want weer hing er een helikopter boven hun hoofd. Deze was beschilderd met de bekende blauwe en zilveren strepen van de Georgia State Patrol. 'Ze nieten een Googlekaart aan het huiszoekingsbevel en binnen een halfuur zijn ze hier.'

'Ik zal snel zijn.' Charlie wilde uitstappen, maar Lenore hield haar tegen.

'Alsjeblieft.' Lenore pakte Charlies tas van de achterbank. 'Deze kreeg ik van Ben toen hij je auto terugbracht.'

Charlie sloeg haar hand om de riem en vroeg zich af of ze de tas net zo vasthield als Ben had gedaan. 'Dat is tenminste iets, hè?'

'Jazeker.'

Charlie stapte uit en liep naar het huis. Ze zocht in haar tas naar pepermuntjes, maar moest genoegen nemen met wat pluizige tictacs die als luizen aan de zomen van het voorvak kleefden.

Door schade en schande had ze geleerd dat de bewoners van de Holler doorgaans met een wapen in hun hand de deur opendeden, dus in plaats van het betonnen stoepje te nemen, liep ze naar het erkerraam. Gordijnen ontbraken. Op de grond stonden drie potten met geraniums. Een lege glazen asbak was op de potgrond gezet.

Binnen zag Charlie een tengere vrouw met donker haar op de bank zitten, haar ogen gebiologeerd op de tv gericht. De Holler stond vol gigantische flatscreens, die allemaal van dezelfde vrachtwagen leken te zijn gevallen. Ava Wilson keek naar het nieuws. Het geluid stond zo hard dat de verslaggever buiten te verstaan was.

'*...nieuwe informatie van onze redactie in Atlanta...*'

Charlie liep naar de voordeur en klopte drie keer hard aan.

Ze wachtte. Ze luisterde. Ze klopte nog eens. En nog eens.

'Hallo?' riep ze.

Eindelijk werd het geluid zachter gezet. Ze hoorde geschuifel. Een slot klikte naar achteren. Een ketting werd verschoven. Een tweede slot werd ontgrendeld. De extra beveiliging was een lachertje als je bedacht dat een inbreker moeiteloos met één hand een gat in de dunne muur kon slaan.

Ava Wilson keek knipperend naar de onbekende op haar stoep. Ze was even klein als haar dochter, met dezelfde haast kinderlijke uitstraling. Ze droeg een lichtblauwe pyjama met stripolifantjes op de broek. Haar ogen waren bloeddoorlopen. Hoewel ze jonger was dan Charlie, liepen er grijze strepen door haar donkerbruine haar.

'Ik ben Charlie Quinn,' zei Charlie. 'Mijn vader, Rusty Quinn, is de advocaat van uw dochter. Hij heeft me gevraagd u op te halen en naar zijn kantoor te brengen.'

De vrouw verroerde zich niet. Ze zei niets. Zo zag iemand in shock eruit.

'Heeft de politie al met u gesproken?' vroeg Charlie.

'Nee, *ma'am*,' zei ze, met dat typische Holleraccent waarbij de woorden aan elkaar werden gesmolten. 'Uw vader zei dat ik de telefoon niet mocht opnemen als ik het nummer niet kende.'

'Daar heeft hij gelijk in.' Charlie schuifelde heen en weer. In de verte hoorde ze honden blaffen. De zon brandde op haar hoofd. 'Ik weet dat u kapot bent vanwege uw dochter, maar ik moet u voorbereiden op wat u te wachten staat. De politie is al op weg hiernaartoe.'

'Brengen ze Kelly thuis?'

De hoopvolle toon waarop Ava Wilson dit vroeg, bracht Charlie even van haar stuk. 'Nee. Ze gaan uw huis doorzoeken. Waarschijnlijk beginnen ze in Kelly's kamer, en dan –'

'Gaan ze haar schone kleren brengen?'

Weer was Charlie overrompeld. 'Nee, ze gaan het huis op wapens doorzoeken, op briefjes, computers...'

'We hebben geeneens een computer.'

'Oké, mooi. Maakte Kelly haar huiswerk in de bibliotheek?'

'Ze heeft niks gedaan,' zei Ava. ' Ze heeft niemand verm...' Haar stem stierf weg. Haar ogen glinsterden. '*Ma'am*, luister nou naar me. Wat ze zeggen, dat heeft mijn kind niet gedaan.'

Charlie had in haar carrière de nodige moeders meegemaakt die ervan overtuigd waren dat hun kinderen erbij gelapt waren, maar ze had geen tijd voor haar preek over goede mensen die soms slechte dingen deden. 'Hoor eens, Ava. De politie komt binnen, of je het goed vindt of niet. Ze halen je uit dit huis. Ze doorzoeken alles grondig. Misschien maken ze spullen kapot of vinden ze dingen die je liever verborgen had gehouden. Ik betwijfel of ze je in hechtenis zullen nemen, maar als ze denken dat je met bewijsmateriaal gaat knoeien, arresteren ze je misschien toch, dus doe dat alsjeblieft niet. Je mag niets, luister goed, je mag helemaal niets over Kelly zeggen of waarom ze dit gedaan zou hebben of wat er gebeurd zou kunnen zijn. Ze zijn niet van plan haar te helpen, en het zijn niet haar vrienden. Begrepen?'

De informatie leek niet tot Ava door te dringen. Ze stond daar maar.

De helikopter was inmiddels lager gaan vliegen. Charlie zag het gezicht van de piloot achter het bolle glas. Hij sprak in de microfoon, waarschijnlijk om de coördinaten door te geven voor het huiszoekingsbevel.

'Zullen we naar binnen gaan?' vroeg ze.

De vrouw verroerde zich niet, dus pakte Charlie haar bij haar arm en nam haar mee naar binnen. 'Heb je al iets van je man gehoord?'

'Ely belt pas wanneer hij klaar is met zijn werk, vanuit de telefooncel bij de houthandel.'

Wat betekende dat Kelly's vader pas over de wandaden van zijn dochter zou horen als hij zijn autoradio aanzette. 'Heb je een koffer of een tas waarin je wat kleren kunt meenemen?'

Ava antwoordde niet. Ze liet zich weer op de bank zakken en staarde naar de tv met zijn gedempte geluid.

De school was op het nieuws. Een luchtopname toonde de bovenkant van de gymzaal, die waarschijnlijk als commandocentrum werd gebruikt. De tekstbalk onder aan het scherm meldde: EXPLOSIEVENBRIGADE DOORZOCHT GEBOUW OP VERDACHTE VOORWERPEN. TWEE DODEN: 8-JARIGE LEERLINGE, HELDHAFTIGE DIRECTEUR DIE REDDINGSPOGING DEED.

Lucy Alexander was nog maar acht.

'Ze heeft het niet gedaan,' zei Ava. 'Echt niet.'

Lucy's koude hand.

Sams trillende vingers.

Gamma's huid, plotseling wit en wasachtig.

Charlie streek langs haar ogen. Vechtend tegen de horrorfilm die weer in haar hoofd verscheen, keek ze de kamer rond. Het huis van de Wilsons was armoedig maar netjes. Een Jezusbeeld hing aan een kruis naast de voordeur. Het keukentje grensde aan de krappe woonkamer. Borden stonden te drogen op het rek, en over de rand van de spoelbak hingen slappe gele handschoenen. Het aanrecht stond vol, maar wel ordelijk vol.

'Je mag een tijdlang niet in dit huis komen,' zei ze tegen Ava. 'Neem maar wat extra kleren mee, en toiletspullen.'

'Het toilet is achter u.'

Charlie deed een nieuwe poging. 'Je moet wat spullen pakken.' Ze keek of Ava het begreep. 'Kleren, tandenborstels. Meer niet.'

Ava knikte, maar ze was niet in staat of niet bereid haar blik van het tvscherm los te maken.

Buiten steeg de helikopter op en vloog weg. De tijd glipte door Charlies vingers. Coin had het ondertekende huiszoekingsbevel waarschijnlijk al te pakken. Het zoekteam was nu vanuit de stad op weg hiernaartoe, met zwaailichten en sirenes.

'Zal ik wat spullen voor je inpakken?' vroeg ze aan Ava. Ze verwachtte weer een knikje, maar dat bleef uit. 'Ava, ik ga nu kleren voor je inpakken, en daarna wachten we buiten op de politie.'

Met de afstandsbediening in haar hand geklemd bleef Ava op de rand van de bank zitten.

Charlie opende een paar keukenkastjes tot ze een plastic boodschappentas had gevonden. Ze trok een gele handschoen aan haar ene hand, waarna ze langs de badkamer de korte, gelambriseerde gang in liep. Er waren twee slaapkamers, elk aan een uiteinde van het huis. In plaats van een deur had Kelly een paars gordijn dat haar privacy moest waarborgen. Er was een velletje schriftpapier aan vastgespeld met de tekst VERBOODE VOOR VOLWASSENE.

Charlie was niet zo dom om de kamer van een moordverdachte te betreden, maar maakte met Lenores telefoon een foto van het opschrift.

De slaapkamer van het echtpaar Wilson was rechts en keek uit op een steile heuvelhelling achter het huis. Ze sliepen in een groot waterbed, dat bijna de hele ruimte besloeg. De deur kon niet helemaal open door een hoge ladekast. Toen Charlie de laden opentrok, was ze blij dat ze zo verstandig was geweest de gele handschoen aan te trekken, hoewel ze moest toegeven dat de Wilsons netter waren dan zij. Ze pakte wat damesondergoed, een paar boxershorts en een spijkerbroek, die op de kinderafdeling leek te zijn gekocht. Na nog twee T-shirts te hebben uitgekozen, stopte ze de kleren in de plastic boodschappentas. Ken Coin stond erom bekend dat hij zijn huiszoekingen nodeloos rekte. De Wilsons mochten blij zijn als ze tegen het weekend hun huis weer in mochten.

Charlie draaide zich om en wilde naar de badkamer gaan, maar iets hield haar tegen.

VERBOODE.

Hoe was het mogelijk dat Kelly Wilson op haar achttiende zo'n eenvoudig woord niet kon spellen?

Even aarzelde ze, toen trok ze het gordijn opzij. Ze was niet van plan de kamer binnen te gaan. Ze zou vanuit de gang een paar foto's maken. Makkelijker gezegd dan gedaan. De slaapkamer had de afmetingen van een ruime inloopkast.

Of van een cel.

Licht viel schuin naar binnen door het smalle horizontale raam hoog boven het tweepersoonsbed. De lambrisering aan de muren was lichtpaars geverfd. Er lag hoogpolig oranje tapijt. Het dekbed had een afbeelding van Hello Kitty die met een grote koptelefoon over haar oren naar een walkman luisterde.

Dit was niet de kamer van een gothicmeisje. De muren waren niet zwart en niet volgehangen met heavymetalposters. De kastdeur stond open. Stapels keurig gevouwen T-shirts lagen op de vloer. Een paar langere kledingstukken hingen aan een doorbuigende roede. Kelly's kleren waren lichtgekleurd en getooid met pony's, konijnen en andere prints die je bij een tienjarig meisje zou verwachten, niet bij een jonge vrouw van achttien.

Charlie probeerde alles te fotograferen: het dekbed, de poezenposters, de zuurstokroze lipgloss boven op de ladekast. Ondertussen dacht ze aan alles wat er ontbrak. Achttienjarigen hadden bergen make-up. Ze hadden foto's waarop ze samen met hun vriendinnen stonden, briefjes van mogelijke toekomstige vriendjes en geheimen die ze niemand toevertrouwden.

Haar hart sloeg over bij het geluid van banden over het zandpad. Ze ging op het bed staan en keek uit het raam. Een busje met SWAT op de zijkant kwam voor de gele schoolbus tot stilstand. Twee mannen met het geweer in de aanslag sprongen eruit en gingen de bus in.

'Hoe...' begon Charlie, maar het maakte niet uit hoe ze hier zo snel gekomen waren, want zodra ze de bus hadden doorzocht, zouden ze het huis waarin zij zich bevond binnenstebuiten keren.

En Charlie bevond zich niet zomaar in het huis. Ze stond op het bed van Kelly Wilson, in de slaapkamer van Kelly Wilson.

'O, fuck,' fluisterde ze, want ze had er geen ander woord voor. Ze sprong van het bed. Met haar in rubber gestoken hand veegde ze het vuil van haar gympen. Op de donkerpaarse stof was het profiel moeilijk terug te vinden, maar een forensisch rechercheur met een scherp oog had voor het einde van de dag maat, merk en modelnummer gevonden.

Ze moest wegwezen, nu meteen. Ze moest Ava mee naar buiten nemen, met haar handen omhoog. Ze moest het zwaarbewapende SWAT-team laten weten dat ze meewerkten.

'Fuck,' herhaalde Charlie. Hoeveel tijd had ze nog? Ze ging op haar tenen staan en keek uit het raam. De twee agenten waren de bus aan het doorzoeken. De anderen waren in de politiebus gebleven. Ze dachten dat ze het verrassingselement aan hun kant hadden, of anders zochten ze naar explosieven.

Vlak bij het huis zag Charlie iets bewegen.

Lenore stond naast haar auto. Met grote ogen staarde ze haar aan, want iedere gek snapte dat het smalle raampje waardoor Charlie naar buiten keek van een slaapkamer was.

Met een ruk van haar hoofd wees Lenore naar de voordeur. *Naar buiten!* mimede ze.

Charlie propte de zak met kleren in haar tas en wilde weggaan.

De paarse muren. Hello Kitty. De poezenposters.

Dertig, misschien veertig seconden. Langer zouden ze er niet over doen om de schoolbus uit te kammen, weer in hun eigen busje te stappen en naar de voordeur te rijden.

Met haar gehandschoende hand trok ze de laden open. Kleren. Ondergoed. Pennen. Geen dagboek. Geen schriften. Ze ging op haar knieën zitten en voelde met haar hand tussen de matras en de boxspring. Daarna keek ze onder het bed. Niets. Net toen ze de stapeltjes kleren op de kastvloer doorzocht, hoorde ze de portieren van het SWAT-busje dichtslaan, waarna het knerpend over het pad naar het huis reed.

Tienerkamers waren nooit zo netjes. Met één hand haalde Charlie de inhoud van de kleine kledingkast overhoop. Ze nam er twee schoenendozen met speelgoed uit, trok kleren van hangers en gooide ze op het bed. Ze beklopte zakken, keerde mutsen binnenstebuiten. Ze ging op haar tenen staan en tastte blindelings over de plank.

De rubberen handschoen stuitte op iets plats en hards.

Een fotolijst?

'Agenten.' Lenores diepe stem drong door de dunne muren. 'Er zijn twee vrouwen in het huis, beiden ongewapend.'

Dat boeide de mannen niet. 'Terug naar uw auto! Nu!'

Charlies hart explodeerde bijna in haar borstkas. Ze graaide naar het voorwerp op de kastplank. Het was zwaarder dan ze had gedacht. De scherpe rand stootte tegen de bovenkant van haar hoofd.

Een jaarboek.

Pikeville, lichting 2012.

Er werd keihard op de voordeur gebonsd. De muren trilden. 'Politie!' bulderde een mannenstem. 'Ik heb opdracht het huis te doorzoeken. Doe open!'

'Kom eraan!' Charlie schoof het jaarboek in haar tas. Net toen ze bij de keuken was, versplinterde de voordeur en vloog open.

Ava gilde alsof ze in brand stond.

'Zitten! Zitten!' Laserstralen streken door de kamer. Het huis schudde op zijn grondvesten. Ramen gingen aan diggelen. Deuren werden ingetrapt. Mannen riepen bevelen. Ava bleef maar gillen. Charlie zat op haar knieën, met haar handen omhoog en haar ogen wijd opengesperd zodat ze kon zien wie haar uiteindelijk zou neerschieten.

Niemand schoot op haar.

Niemand verroerde zich.

Ava's gegil stopte abrupt.

Zes kolossale agenten in volledig gevechtstenue namen elke beschikbare centimeter ruimte in beslag. Ze klemden hun AR-15's met zoveel kracht vast dat Charlie de spierbundels kon zien waarmee ze hun vingers bij de trekker vandaan hielden.

Langzaam ging Charlies blik naar beneden.

Bij haar hart zat een rode stip.

Ze keek naar Ava.

Op haar borst zag ze vijf rode stippen.

De vrouw stond met gebogen knieën op de bank. Ze had haar mond geopend, maar haar stembanden waren verlamd van angst. Vreemd genoeg hield ze een tandenborstel in elk van haar geheven handen.

De man die het dichtst bij Ava stond liet zijn geweer zakken. 'Tandenborstels.'

Een tweede man liet zijn geweer zakken. 'Shit, dat leek net een ontsteker.'

'Ja, precies.'

De rest van de geweren ging ook omlaag. Iemand grinnikte.

De spanning nam geleidelijk af.

Buiten klonk een vrouwenstem: 'Heren!'

'Alles veilig!' riep de eerste man terug. Hij greep Ava bij haar arm en duwde haar de deur door. Hij keerde zich al naar Charlie om, maar die liep zelf naar buiten, met haar handen omhoog.

Pas toen ze in de voortuin stond, liet ze haar armen zakken. Ze ademde de frisse lucht diep in en probeerde de gedachte van zich af te zetten dat ze eraan zou zijn gegaan als een van die mannen zichzelf niet de tijd had gegund om het verschil op te merken tussen een tandenborstel en de ontsteker van een bomgordel.

In Pikeville.

'Jezus christus,' zei ze, in de hoop dat het voor een gebed kon doorgaan.

Lenore was bij de auto blijven staan. Woedend keek ze Charlie aan, en terecht, maar ze hief alleen haar kin en vroeg geluidloos: 'Alles goed?'

Charlie knikte, hoewel ze zich verre van goed voelde. Ze was razend: omdat Rusty haar hiernaartoe had gestuurd, omdat ze zo'n dom risico had genomen, omdat ze de wet had overtreden om redenen die haarzelf volslagen onduidelijk waren. Omdat ze een schot door haar hart had geriskeerd met hoogstwaarschijnlijk een razendsnel fragmenterende hollow- pointkogel.

En dat allemaal voor een stom jaarboek.

'Wat gebeurt er?' fluisterde Ava.

Charlie keek achterom naar het huis, dat nog stond te trillen van al die zware mannen die erdoorheen stampten. 'Ze zoeken naar spullen die tijdens het proces tegen Kelly gebruikt kunnen worden.'

'Zoals wat?'

Charlie somde de dingen op waarnaar ze zelf had gezocht. 'Een bekentenis. Een verklaring. Een plattegrond van de school. Een lijstje namen van mensen op wie Kelly kwaad was.'

‘Ze is nog nooit kwaad op iemand geweest.’

‘Ava Wilson?’ Een grote vrouw in volumineus gevechtstenue stapte op hen af. Haar geweer hing opzij. In haar hand klemde ze een opgerold stuk papier. Dus daarom hadden ze het huis zo snel gevonden. Het huiszoekingsbevel was naar het busje gefaxt. ‘Bent u Ava Wilson, de moeder van Kelly Rene Wilson?’

Ava verstijfde bij zoveel gezag. *‘Yes, sir. Ma’am.’*

‘Is dit uw huis?’

‘We huren het, *ma’am. Sir.*’

‘Mrs. Wilson.’ De politievrouw scheen zich niet om aanspreekvormen te bekommeren. ‘Ik ben hoofdinspecteur Isaac van de staatspolitie. Ik ben gemachtigd uw huis te doorzoeken.’

‘U bent het al aan het doorzoeken,’ merkte Charlie op.

‘We hadden redenen om aan te nemen dat er met bewijsmateriaal was gerommeld.’ Isaac keek naar Charlies blauwe oog. ‘Bent u tijdens de huiszoeking per ongeluk gewond geraakt, *ma’am*?’

‘Nee. Ik ben gisteren geslagen door een lid van een ander politiekorps.’

Isaac wierp een blik op Lenore, van wie de woede nog afspatte, en keek toen weer naar Charlie. ‘Horen jullie tweeën bij elkaar?’

‘Ja,’ antwoordde Charlie. ‘Mrs. Wilson wil graag een kopie van het huiszoekingsbevel zien.’

Isaac keek nadrukkelijk naar Charlies gele handschoen.

‘Die is voor de afwas,’ zei Charlie, wat theoretisch klopte. ‘Mrs. Wilson wil graag een kopie van het huiszoekingsbevel zien.’

‘Bent u de advocaat van Mrs. Wilson?’

‘Ik ben inderdaad advocaat,’ zei Charlie. ‘Maar ik ben hier omdat ik bevriend ben met het gezin.’

Tegen Ava zei Isaac: ‘Mrs. Wilson, op verzoek van uw vriendin geef ik u een kopie van het huiszoekingsbevel.’

Charlie moest Ava’s arm optillen zodat ze het document kon aannemen.

‘Mrs. Wilson,’ vervolgde Isaac, ‘zijn er wapens in het huis?’

Ava schudde haar hoofd. ‘Nee, *sir.*’

'Naalden waar we voor uit moeten kijken? Andere dingen waaraan we ons kunnen verwonden?'

Weer schudde Ava haar hoofd, hoewel ze moeite met de vraag scheen te hebben.

'Explosieven?'

Ava sloeg haar hand voor haar mond. 'Is er een gaslek?'

Isaac keek Charlie vragend aan. Charlie haalde haar schouders op. Het hele leven van die moeder was op z'n kop gezet. Logica was wel het laatste wat ze van haar konden verwachten.

'Hebt u er bezwaar tegen, *ma'am*, als ik u fouilleer?' vroeg Isaac.

'N-Nee...'

'Ja,' kwam Charlie tussenbeide. 'Buiten het bestek van het huiszoekingsbevel bent u niet gerechtigd om wat dan ook te doorzoeken of wie dan ook te fouilleren.'

Isaac keek even naar Charlies tas, die ruwweg de vorm had aangenomen van een rechthoekig jaarboek. 'Moet ik uw tas doorzoeken?'

Charlies hart sloeg over. 'Hebt u daar aanleiding toe?'

'Als u bewijsmateriaal hebt verborgen of iets uit het huis hebt verwijderd met de bedoeling het te verbergen, dan –'

'Dat is tegen de wet,' zei Charlie. 'Net als een schoolbus doorzoeken als dat niet expliciet in het huiszoekingsbevel staat en de bus geen deel uitmaakt van het terrein.'

Isaac knikte kort. 'Dat is correct, tenzij er aanleiding is.'

Charlie trok de gele handschoen van haar hand. 'Deze heb ik uit het huis meegenomen, maar niet met opzet.'

'Fijn dat u meewerkt.' Isaac richtte zich tot Ava. Ze moest zich aan het scenario houden. '*Ma'am*, u mag buiten blijven staan, u mag ook vertrekken, maar u mag het huis pas weer in nadat wij het hebben vrijgegeven. Begrijpt u dat?'

Ava schudde haar hoofd.

'Ze begrijpt het,' zei Charlie.

Isaac liep de voortuin door en voegde zich bij de mannen in het huis. Naast de deur stonden plastic bakken opgestapeld. Lijsten voor bewijsmateriaal. Tiewraps. Plastic zakken. Ava tuurde door het erkerraam. De tv stond nog aan. Het scherm was zo groot dat Charlie de tekstbalk aan de onderkant kon lezen: BRON POLITIE PIKEVILLE: BEELDEN BEVEILIGINGSCAMERA'S NIET VRIJGEGEVEN.

Beveiligingscamera's. Die ochtend had Charlie ze niet bewust gezien, maar nu herinnerde ze zich dat er aan het eind van elke gang een camera hing.

De moordpartij was op film vastgelegd.

'Wat gaan we nu doen?' vroeg Ava.

Toekijken hoe je dochter aan een brancard wordt vastgebonden en wordt geëxecuteerd, had Charlie bijna gezegd.

'Mijn vader legt alles uit zodra je op zijn kantoor bent,' zei ze. Ze nam het opgerolde stuk papier uit Ava's zweterige hand. 'Binnen achtenveertig uur moet Kelly worden voorgeleid. Waarschijnlijk wordt ze vastgehouden in de districtsgevangenis, maar daarna wordt ze naar een andere plek overgebracht. Ze zal regelmatig voor de rechter moeten verschijnen, en je zult haar dus vaak genoeg kunnen zien. Dit alles gaat bepaald niet snel. Het neemt veel tijd in beslag.' Charlie liet haar blik over het huiszoekingsbevel gaan, in wezen een liefdesbrief van de rechter waarin hij de politie toestond alles te doen waar die zin in had. 'Is dit je adres?' vroeg ze.

Ava bekeek het document. 'Ja, *ma'am*, dat is het nummer.'

Door de deuropening zag Charlie dat Isaac laden uit de keukenkastjes trok. Er klonk gekletter van bestek. Tapijt werd losgerukt. Zachtzinnig was anders. De agenten liepen stampend door het huis, alert op holle geluiden onder de vloerplanken. Ze porden tegen de bevlekte plafondtegels.

Ava greep Charlies arm. 'Wanneer komt Kelly thuis?'

'Dat moet je mijn vader vragen.'

'Maar we kunnen dit helemaal niet betalen,' zei Ava. 'We hebben geen geld, als u daarvoor gekomen bent.'

Geld had Rusty nog nooit geïnteresseerd. 'De staat betaalt haar advocaat. Het is niet veel, maar ik garandeer je dat mijn vader zich voor je dochter het vuur uit de sloffen zal lopen.'

Ava knipperde met haar ogen. Blijkbaar volgde ze het niet. 'Ze moet nog wat karweitjes doen.'

Charlie keek haar in de ogen. Ze had kleine pupillen, maar dat kon aan de felle zon liggen. 'Heb je iets geslikt?'

Ava sloeg haar blik neer. 'Nee, ik krijg geen hap naar binnen.'

Charlie wachtte op een lachje, maar de vrouw meende het. 'Heb je soms medicijnen gebruikt? Of een joint gerookt tegen de spanning?'

'Nee, *ma'am*. Ik rijd op een bus. Ik mag geen drugs gebruiken. Er zijn kinderen afhankelijk van me.'

Weer keek Charlie haar in de ogen, nu op zoek naar een zweempje gezond verstand. 'Heeft mijn vader uitgelegd wat er met Kelly gebeurt?'

'Hij zei dat hij voor haar werkte, maar meer weet ik niet.' Ze fluisterde: 'Mijn neef zegt dat Rusty Quinn een slechte man is, dat hij werkt voor uitschot, verkrachters en moordenaars.'

Charlie voelde haar mond droog worden. De vrouw scheen niet te beseffen dat Rusty Quinn bij uitstek de man was die haar dochter nodig had.

'Daar heb je Kelly.' Ava keek weer naar de tv.

Het gezicht van Kelly Wilson vulde het scherm. Blijkbaar had iemand een schoolfoto naar de pers gestuurd. In plaats van de gothic make-up en zwarte kleren droeg Kelly een Rainbow Pony-T-shirt uit de kast.

De foto verdween en ervoor in de plaats verscheen een filmpje van Charlies vader die het Derrick County Hospital verliet. Rusty keek nors naar de verslaggever die een microfoon voor zijn gezicht hield, maar het was niet zonder reden dat hij de hoofdingang had genomen. Met iets te nadrukkelijke tegenzin bleef hij staan om zich te laten interviewen. Aan de manier waarop hij zijn mond bewoog, zag ze dat hij er met zijn zuidelijke accent een hele reeks soundbites uit gooide die door de nationale nieuwszenders eindeloos zou worden herhaald. Zo ging het nu eenmaal bij dit soort zaken die veel publiciteit trokken. Rusty moest zich aan de media vertonen om Kelly Wilson af te schilderen als een getroebleerde tiener die de zwaarste straf te wachten stond in plaats van als een monster dat een kind en haar schooldirecteur had vermoord.

'Is een revolver een wapen?' fluisterde Ava.

De moed zonk Charlie in de schoenen. Ze leidde Ava weg van het huis, naar het midden van het pad. 'Hebben jullie een revolver?'

Ava knikte. 'Die heeft Ely in het handschoenenvakje van de auto.'

'De auto waarmee hij vandaag naar zijn werk is gereden?'

Weer knikte ze.

'Heeft hij een vergunning voor wapenbezit?'

'We stelen niet, *ma'am*. We werken voor onze spullen.'

'Sorry, wat ik bedoelde is of je man ooit veroordeeld is.'

'Nee, *ma'am*. Het is een eerlijke man.'

'Weet je hoeveel kogels er in dat pistool gaan?'

'Zes.' Ava klonk zeker van zichzelf, maar zei niettemin: 'Dat denk ik. Ik heb dat ding wel duizend keer gezien, maar ik heb er nooit op gelet. Sorry dat ik het niet meer zeker weet.'

'Geeft niet.' Charlie herkende het gevoel van toen Delia Wofford haar had ondervraagd. *Hoeveel schoten hebt u gehoord? Wat was de volgorde? Was Mr. Huckabee bij u? Wat is er met de revolver gebeurd?*

Charlie had er middenin gestaan, maar angst had haar geheugen aangetast.

'Wanneer heb je de revolver voor het laatst gezien?' vroeg ze aan Ava.

'Weet ik niet... O!' Ava's telefoon ging, in de voorzak van haar pyjama. Ze haalde een goedkope klaptelefoon tevoorschijn, zo'n prepaidding waarvoor je belminuten koopt. 'Ik ken dat nummer niet.'

Charlie kende het wel. Het was van haar iPhone, die Huck kennelijk nog had. 'Stap maar in de auto,' zei ze tegen Ava, naar Lenore gebarend dat ze moest helpen. 'Ik neem wel op.'

Ava schonk Lenore een argwanende blik. 'Ik weet niet of –'

'Instappen.' Charlie duwde Ava praktisch van zich af. Toen de telefoon voor de vijfde keer overging, nam ze op. 'Hallo?'

'Mrs. Wilson, met Huckabee, Kelly's leraar.'

'Hoe wist je de code van mijn telefoon?'

Het duurde even voor Huck antwoordde. 'Tijd dat je een betere code kiest dan 1-2-3-4.'

Dat had Charlie ook al ontelbare keren van Ben gehoord. Ze liep het pad een eind op om ongestoord te kunnen praten. 'Waarom bel je Ava Wilson?'

Weer die aarzeling. 'Ik heb Kelly twee jaar in de klas gehad. Ik heb haar een paar maanden bijles gegeven toen ze naar de bovenbouw ging.'

'Dat is geen antwoord op mijn vraag.'

'Ik heb vier uur lang vragen moeten beantwoorden van twee hufters van het GBI, en in het ziekenhuis ben ik ook een uur ondervraagd.'

'Wie waren die hufters?'

'Atkins. Avery. Een of ander ventje met een spuuglok en een wat oudere donkere griet bleven me maar op de huid zitten.'

'Shit,' mompelde Charlie. Waarschijnlijk doelde hij op Louis Avery, van de FBI in North Georgia. 'Heeft hij je zijn kaartje gegeven?'

'Heb ik weggegooid,' zei Huck. 'Met mijn arm gaat het trouwens goed. De kogel is er dwars doorheen gegaan.'

'Ik heb een gebroken neus en een hersenschudding,' zei Charlie. 'Waarom belde je Ava?'

Hij zuchtte berustend. 'Omdat ik om mijn leerlingen geef. Ik wilde helpen. Vragen of ze een advocaat heeft. Of er voor haar gezorgd wordt door mensen die geen misbruik van haar maken of haar nog dieper in de problemen drukken.' Opeens was het afgelopen met zijn bravoure. 'Kelly is niet al te slim, Charlotte. Ze is geen moordenares.'

'Je hoeft niet slim te zijn om iemand te vermoorden. Vaak is het tegenovergestelde het geval.' Charlie keek achterom, naar het huis van de Wilsons. Hoofdinspecteur Isaac droeg een plastic doos met Kelly's kleren naar buiten.

'Als je Kelly echt wilt helpen,' zei ze tegen Huck, 'blijf dan uit de buurt van alle verslaggevers, ontwijk de camera's, zorg dat ze geen goede foto van je kunnen nemen, en praat zelfs niet met je vrienden over wat er gebeurd is, want die praten misschien wel met de pers, en je hebt geen enkele controle over wat er uit hun mond komt.'

'Goed advies.' Hij zuchtte even en zei: 'Hé, ik wilde nog zeggen dat het me spijt.'

'Wat?'

'B2. Ben Bernard. Je man belde je vanochtend. Ik had bijna opgenomen.'

Charlies wangen gloeiden.

'Ik had het pas door toen een van de agenten het vertelde,' zei hij. 'Dat was nadat ik met hem gepraat had, hem had verteld wat we hadden uitgespookt en waarom je in het schoolgebouw was.'

Charlie liet haar hoofd in haar hand rusten. Ze wist hoe bepaalde mannen over vrouwen spraken, vooral over de vrouwen die ze buiten bij een bar in hun pick-up hadden geneukt.

'Je had me kunnen waarschuwen,' zei Huck. 'Nu zitten we nog dieper in de ellende.'

'Jij biedt je verontschuldigingen aan, maar eigenlijk is het mijn schuld?' Het was werkelijk niet te geloven. 'Wanneer had ik het je moeten vertellen? Voor Greg Brenner me knock-out sloeg? Of nadat je dat filmpje had gewist? Of misschien toen je tijdens je getuigenverklaring loog over hoe ik aan een gebroken neus kwam, wat trouwens een misdrijf is: liegen om een agent uit de wind te houden, in tegenstelling tot maar een beetje uit je neus staan te vreten terwijl een vrouw een dreun tegen haar hoofd krijgt. Dat is volkomen legaal.'

Weer zuchtte Huck. 'Je weet niet hoe het is om in iets dergelijks verzeild te raken. Dan maken mensen fouten.'

'Zou ík nou werkelijk niet weten hoe dat is?' Charlie trilde opeens van woede. 'Ik was er geloof ik ook bij, Huck. Ik was er geloof ik eerder dan jij, dus ik weet heel goed hoe het is om in iets dergelijks verzeild te raken. Maar als je echt in Pikeville bent opgegroeid, zou je moeten weten dat ik het inmiddels al twee keer heb meegemaakt, dus rot op met je "je weet niet hoe het is".'

'Oké, je hebt gelijk. Sorry.'

Charlie was nog niet klaar. 'Je hebt gelogen over Kelly's leeftijd.'

'Zestien, zeventien.'

Ze zag voor zich hoe hij zijn hoofd schudde.

'Ze zit in de vijfde. Wat is het verschil?'

'Ze is achttien, en het verschil is de doodstraf.'

Daar schrok hij van, want ze hoorde hem naar adem happen.

In afwachting van zijn reactie keek Charlie zwijgend naar de oplaadstreepjes op de telefoon. 'Hallo?'

Hij kuchte. 'Geef me even een minuutje.'

Zelf kon Charlie ook wel een minuutje gebruiken. Ze zag iets groots over het hoofd. Waarom was Huck vier uur lang verhoord? Het gemiddelde verhoor duurde tussen een halfuur en twee uur. Dat van Charlie had hooguit drie kwartier geduurd. Samen waren Huck en zij nog geen tien minuten bij het misdrijf betrokken geweest. Waarom had Delia Wofford de FBI erbij gehaald voor een spelletje *good cop/bad cop* met Huck? Als getuige had hij zich bepaald niet vijandig opgesteld. Hij was in zijn arm geschoten. Maar hij had gezegd dat hij verhoord was voor hij naar het ziekenhuis ging. Delia Wofford was niet het soort agent dat de procedureregels aan haar laars lapte. En de FBI maakte er al helemaal geen rommeltje van.

Waarom hadden ze hun belangrijkste getuige vier uur op het politiebureau vastgehouden? Zo ging je niet met een getuige om. Zo ging je met een verdachte om die niet mee wilde werken.

'Oké, daar ben ik weer,' zei Huck. 'Kelly is... Hoe wordt dat tegenwoordig genoemd? Verstandelijk beperkt? Geestelijk gehandicapt? Ze volgt de lessen op het laagste niveau. Ze heeft moeite met abstracte begrippen.'

'Als iemand de verstandelijke vermogens mist die nodig zijn voor het plegen van een misdrijf, wordt dat volgens de wet "verminderd toerekeningsvatbaar" genoemd, maar dat is moeilijk als argument aan te voeren,' zei Charlie. 'Een door de overheid bestuurd schoolsysteem stelt andere prioriteiten dan een door de overheid georganiseerd moordproces. Het ene systeem probeert haar te helpen en het andere probeert haar te doden.'

Hij was zo stil dat ze alleen zijn ademhaling hoorde.

Charlie vroeg: 'Hebben die twee agenten, Wofford en Avery, vier uur achter elkaar met je gepraat, of waren er ook pauzes?'

'Wat?' De vraag leek hem te overrompelen. 'Ja, er bleef altijd een van hen in de kamer. En soms je man. En die vent, hoe heet hij ook alweer? Met zo'n glimmend pak?'

'Ken Coin. Hij is de officier van justitie.' Charlie wisselde van tactiek. 'Werd Kelly gepest?'

'Niet in mijn les.' Hij voegde eraan toe: 'Wat er buiten school en op social media gebeurt, daar hebben we geen vat op.'

'Dus volgens jou werd ze gepest?'

'Ik zeg alleen dat ze anders was, en dat is nooit goed als je jong bent.'

'Je bent Kelly's leraar geweest. Waarom wist je niet dat ze een keer is blijven zitten?'

'Ik heb elk jaar ruim honderdtwintig leerlingen. Ik neem hun dossier pas door als daar aanleiding toe is.'

'Traag van begrip is geen aanleiding?'

'Ik heb veel leerlingen die traag van begrip zijn. Ze is altijd een zesjesleerling geweest. Er waren nooit problemen met haar.' Charlie hoorde getik, een pen die tegen de rand van een tafel sloeg. 'Hoor eens,' zei Huck, 'Kelly is een prima meid. Niet slim, maar lief. Ze doet wat haar wordt aangereikt. Zoiets als dat van vandaag, dat doet ze niet. Zo is ze niet.'

'Was je intiem met haar?'

'Jezus, wat moet dat –'

'Neuken. Naaien. Je weet best wat ik bedoel.'

'Natuurlijk niet.' De walging droop van zijn stem. 'Ze was een leerling van me. Jezus.'

'Had iemand anders seks met haar?'

'Nee. Dan zou ik het gemeld hebben.'

'Mr. Pinkman?'

'Het idee alleen...'

'Een medeleerling?'

'Hoe moet ik –'

'Wat is er met die revolver gebeurd?'

Als ze er niet alert op was geweest, had ze het lichte stokken van zijn adem gemist.

'Welke revolver?' vroeg hij ten slotte.

Charlie schudde haar hoofd, kwaad op zichzelf omdat ze iets wat zo voor de hand lag over het hoofd had gezien.

Tijdens haar eigen gesprek met Delia Wofford was ze te verward geweest om één en één bij elkaar op te tellen, maar nu besefte ze dat de vrouw het haar praktisch had voorgetekend. *En u hebt niet gezien dat Mr. Huckabee de revolver aan iemand anders gaf? Hebt u gezien of hij het wapen misschien bij zich stak? Of op de vloer legde?*

‘Wat heb je ermee gedaan?’ drong Charlie aan.

Weer zweeg hij even, zoals steeds wanneer hij op het punt stond te liegen. ‘Ik weet niet waar je het over hebt.’

‘Heb je dat ook tegen die twee agenten gezegd?’

‘Ik heb tegen ze gezegd wat ik jou zonet heb verteld. Ik weet het niet. Er gebeurde van alles.’

Charlie schudde haar hoofd om zoveel domheid. ‘Heeft Kelly iets tegen je gezegd op de gang?’

‘Ik heb niks gehoord.’ Voor de zoveelste keer zweeg hij even. ‘Zoals ik al zei, gebeurde er heel veel tegelijk.’

Er was op die man geschoten, maar hij had nauwelijks een spier vertrokken. Angst had zijn geheugen niet aangetast.

‘Aan wiens kant sta je?’ vroeg ze.

‘Er zijn geen kanten. Het gaat erom dat je het juiste doet.’

‘Vervelend dat ik je filosofie moet ontkrachten, Horatio, maar tegenover iets goeds staat altijd iets kwaads. Als iemand die rechten heeft gestudeerd, kan ik je vertellen dat het verduisteren van het wapen op de plek van een dubbele moord, en vervolgens het liegen tegen een FBI-agent, je op een gevangenisstraf kan komen te staan. En een lange ook.’

Nog twee tellen hield hij zijn zwijgact vol, toen zei hij: ‘Ik weet niet of wij op die plek zaten, maar er is een blinde hoek die de beveiligingscamera’s niet bestrijken.’

‘Mond houden.’

‘Maar als –’

‘Stop,’ waarschuwde Charlie. ‘Ik ben getuige. Ik kan je advocaat niet zijn. Wat je me vertelt, is niet vertrouwelijk.’

‘Charlotte, ik –’

Ze beëindigde het gesprek voor hij zich nog dieper in de nesten kon werken.

VIJF

Rusty's oude Mercedes stond nog niet op het parkeerterrein toen Lenore haar eigen plek achter het gebouw op reed. Charlie had haar vader live op tv het ziekenhuis zien verlaten. Dat was op een halfuur rijden van zijn kantoor, ongeveer even ver als het huis van de Wilsons, dus waarschijnlijk had hij een omweg gemaakt.

'Rusty is onderweg,' zei Lenore tegen Ava, een leugentje dat ze ontelbare keren per dag aan ontelbare cliënten verkocht.

Het interesseerde Ava kennelijk niet waar Rusty uithing. Met open mond keek ze naar het veiligheidshek dat achter hen dichtrolde. De besloten ruimte met de beveiligingslampen en camera's, de ijzeren tralies voor de ramen en de vier meter hoge, met prikkeldraad afgezette omheining deed denken aan de verzamelplaats van een extra beveiligde gevangenis.

In de loop der jaren had Rusty de nodige doodsbedreigingen ontvangen, omdat hij criminele motorbendes, drugsdealers en kindermoordenaars bleef verdedigen. Daarbovenop kwamen dan nog de vakbonden, de ongeregistreerde arbeiders en de abortusklinieken, dus het was niet verwonderlijk dat hij zo ongeveer de hele staat tegen zich in het harnas had gejaagd. Zelf was Charlie ervan overtuigd dat de meeste doodsbedreigingen op het conto van de Culpeppers konden worden geschreven. Slechts een klein deel was afkomstig van de brave, rechtschapen burgers die vonden dat Rusty Quinn de rechterhand van Satan was.

Het was niet te voorspellen wat er zou gebeuren als bekend werd dat hij de verdachte van een schoolschietpartij vertegenwoordigde.

Lenore parkeerde haar auto naast Charlies Subaru. Ze keerde zich naar Ava toe. 'Ik zal je laten zien waar je je kunt opfrissen.'

'Hebben jullie een tv?' vroeg Ava.

'Misschien moet je maar niet –' begon Charlie.

'Ik wil het zien.'

Charlie kon een volwassen vrouw haar recht op televisiekijken niet ontnemen. Ze stapte uit en opende het portier voor Ava. Eerst verroerde de moeder zich niet. Met haar handen op haar knieën staarde ze naar de stoel vóór haar.

'Dit is echt, hè?' vroeg ze.

'Helaas wel,' zei Charlie.

Langzaam draaide de vrouw zich om. Haar benen in de pyjamabroek leken net twee twijgen. Haar huid was zo bleek dat hij in het harde daglicht bijna doorschijnend werd.

Lenore deed haar portier zachtjes dicht, maar naar haar gezicht te oordelen had ze het het liefst zo hard dichtgeslagen dat het uit zijn scharnieren schoot. Vanaf het moment waarop ze Charlie in de voorste slaapkamer van de Wilsons had gezien, was ze laaiend op haar geweest. Als Ava er niet bij was geweest, zou ze op de terugrit Charlies hoofd van haar romp hebben gerukt en uit het raam hebben gesmeten.

'Je bent nog niet van me af,' mompelde ze.

'Super!' zei Charlie met een stralende glimlach, want er kon altijd meer olie op het vuur, toch? Wat Lenore ook te melden had over haar dwaze acties, ze had het allemaal al een keer tegen zichzelf gezegd. Als ze ergens talent voor had, dan was het voor zelfhaat.

Ze gaf Ava Wilson de tas met kleren zodat ze haar sleutels kon pakken.

'Laat maar.' Lenore deed het stalen harmonicascherm van het slot en schoof het naar achteren. Voor de zware metalen deur was een code nodig en een tweede sleutel voor het balkslot, dat dwars door de binnenkant van de deur liep en aan beide kanten in de stalen deurpost zat verankerd. Lenore moest kracht zetten om de klink om te draaien. Er klonk een zwaar 'da-doenk', waarna ze de deur open kon duwen.

'Bewaren jullie hier geld of zo?' vroeg Ava.

Charlie huiverde bij de vraag. Ze liet Lenore en Ava voorgaan.

Een vertrouwde sigarettenlucht drong tot in Charlies gebroken neus door. Ze had Rusty verboden in het gebouw te roken, maar het verbod was dertig jaar te laat gekomen. Als Pig Pen uit *The Peanuts* nam hij de stank mee naar binnen. Het maakte niet uit hoe vaak ze de muren reinigde of verfde of het tapijt verving, de geur bleef hangen.

'Deze kant op.' Weer keek Lenore Charlie even doordringend aan, waarna ze Ava meevoerde naar de receptie, een deprimerend donkere ruimte, met een metalen rolluik dat het uitzicht op de straat benam.

Charlie liep naar haar kantoor. Het eerste wat ze wilde doen, was haar vader bellen en zeggen dat hij als de bliksem hiernaartoe moest komen. Ava Wilson mocht niet aan haar lot worden overgelaten en vanaf een hobbelige bank alle informatie over haar dochter via de kabel toegediend krijgen.

Voor alle zekerheid koos Charlie de lange weg, langs Rusty's kamer, om zich ervan te verzekeren dat hij zijn auto niet aan de voorkant had geparkeerd. De witte verf op zijn deur zag geel van de nicotine. Nicotinevlekken waren in de gipsplaat getrokken en vormden een waas op het plafond. Zelfs op de deurknop zat een laagje. Ze trok de mouw van haar blouse over haar hand en voelde of de deur op slot zat.

Hij was er niet.

Met een diepe zucht liep Charlie naar haar kamer. Ze had met opzet de andere kant van het gebouw geclaimd, dat in een vorig leven de administratie van een winkelketen in kantoorartikelen had gehuisvest. De architectuur van het lage gebouw deed in schots-en-scheefheid niet onder voor de boerderij. Ze deelde de receptie met haar vader, maar haar praktijk was volledig gescheiden van die van hem. Verder was het er een komen en gaan van andere advocaten, die per maand ruimtes huurden. De University of Georgia, Georgia State University, Morehouse College en Emory University stuurden af en toe stagiairs, die ook een bureau en een telefoon nodig hadden. Rusty's detective, Jimmy Jack Little, had zich geïnstalleerd in een voormalige voorraadkast. Voor zover Charlie wist, gebruikte hij die als bergruimte voor zijn dossiers, waarschijnlijk in de hoop dat de politie zich wel twee keer zou bedenken voor ze een kantoor vol advocaten binnenviel.

Aan Charlies kant was het tapijt dikker en de inrichting mooier. Rusty had een bord boven haar deur gehangen met de tekst PLEITER & DOORBIJTER, wat sloeg op het feit dat de meesten van haar cliënten de binnenkant van de rechtszaal nooit te zien kregen. Charlie vond het beslist niet erg om een pleidooi te houden, maar haar cliënten waren doorgaans te arm om zich een proces te kunnen veroorloven en te bekend met de rechters in Pikeville om hun tijd te verspillen aan een verloren strijd tegen het systeem.

Rusty, daarentegen, zou in het Hooggerechtshof nog pleiten tegen een parkeerboete, als hij daar de kans toe kreeg.

Charlie zocht in haar tas naar de sleutels van haar kamer. De tas gleed van haar schouder en gaapte open. Het jaarboek van Kelly Wilson had een karikatuur van generaal Lee op de voorkant, want de school had de Rebel als mascotte.

Een advocaat die een voorwerp in bezit heeft onder omstandigheden die verband houden met een cliënt naar wie een strafrechtelijk onderzoek loopt, moet de locatie van het voorwerp bekendmaken of het voorwerp overdragen aan de politie.

Charlie was zich ervan bewust dat ze Huck een preek had gegeven omdat hij bewijs achterhield, terwijl ze zelf het jaarboek van Kelly Wilson onder haar arm had, hoewel natuurlijk aangevoerd kon worden dat Charlie verstrikt zat in het juridische equivalent van Schrödingers kat. Ze wist pas of het jaarboek bewijs bevatte als ze het opende. Ze zocht weer naar haar sleutels. Het simpelste was om het boek op Rusty's bureau te dumpen en het aan hem over te laten.

'Kom.' Lenore was terug, klaar om haar zegje te doen.

Charlie wees naar het toilet aan de andere kant van de gang. Op een volle blaas ging dit niet.

Lenore liep mee naar binnen en trok de deur achter zich dicht. 'Aan de ene kant vraag ik me af of het de moeite loont je op je kop te geven, want je bent nog te dom om te snappen hoe dom je bent.'

'Luister dan maar naar die kant.'

Lenore priemde met haar vinger naar Charlie. 'En niet zo bijdehand, hè!'

Een stroom aan bijdehante opmerkingen drong zich aan Charlie op, maar ze hield zich in. Ze knoopte haar spijkerbroek los en ging op het toilet zitten. Lenore had Charlie in bad gestopt toen ze te overmand was door verdriet om voor zichzelf te zorgen. Ze mocht haar ook zien pissen.

'Je denkt nooit na, Charlotte. Je dóét maar wat.' Lenore liep op en neer door het krappe vertrek.

'Je hebt gelijk,' zei Charlie. 'En ik weet dat je gelijk hebt, maar je kunt me niet een nog kloteriger gevoel bezorgen dan ik nu al heb.'

'Zo makkelijk kom je er niet af.'

'Noem je dit makkelijk?' Charlie spreidde haar armen om de grootte van de schade aan te geven. 'Ik ben vanochtend in een slagveld verzeild geraakt. Ik kreeg het met een smeris aan de stok, en daar heb ik dit aan te danken.' Ze wees naar haar gezicht. 'Ik heb mijn man vernederd. Voor de zoveelste keer. Ik heb een vent geneukt die een martelaar is, een pedo of een psychopaat. En jij wilt niet eens weten wat ik aan het doen was toen het SWAT-team binnenkwam. Serieus, je wílt het niet weten, want je wilt je op plausibele ontkenning kunnen beroepen.'

Lenore sperde haar neusgaten open. 'Ik zag dat ze hun geweren op je borst hadden gericht, Charlotte. Zes mannen, allemaal met het geweer in de aanslag. Het ontbrak er alleen nog aan dat ze de trekker overhaalden, en ondertussen stond ik buiten als een hulpeloze oude vrouw mijn handen te wringen.'

Charlie besefte dat Lenore niet kwaad was. Ze was bang.

'Wat bezielde je in godsnaam?' wilde Lenore weten. 'Waarom zette je je leven op het spel? Wat was er zo vreselijk belangrijk?'

'Niets.' Charlie schaamde zich nog dieper toen ze de tranen zag die over Lenores wangen gleden. 'Het spijt me. Je hebt gelijk. Ik had het niet moeten doen. Niets van dat alles. Ik ben echt een stomme idioot.'

'Wat je zegt.' Lenore trok toiletpapier van de rol om haar neus te snuiten.

'Scheld me maar uit,' smeekte Charlie. 'Ik kan er niet tegen als je overstuur bent.'

Lenore wendde haar blik af, en het liefst had Charlie zich verdronken in een plas zelfhaat. Hoe vaak had ze ditzelfde gesprek niet met Ben gevoerd? Die keer in de supermarkt toen ze een man een duw had gegeven omdat hij zijn vrouw een klap had verkocht. Of die keer dat ze bijna door een auto werd geschept toen ze een automobilist met pech wilde helpen. Hij verafschuwde het dat ze de Culpeppers op de kast joeg wanneer ze ze in de stad tegenkwam, midden in de nacht naar de Holler ging en haar dagen vulde met het verdedigen van waardeloze methgebruikers en gewelddadige criminelen. Hij beweerde dat ze onder de juiste omstandigheden nog met haar kop in een kettingzaag zou rennen.

'We mogen niet allebei huilen,' zei Lenore.

'Ik huil niet,' loog Charlie.

Lenore reikte haar de rol toiletpapier aan. 'Waarom denk je dat die vent een psychopaat is?'

'Kan ik niet zeggen.' Charlie knoopte haar spijkerbroek dicht en liep naar de wasbak om haar handen te wassen.

'Moet ik me zorgen maken dat je weer een terugval krijgt?'

Charlie wilde niet aan vroeger denken. 'De beveiligingscamera's hebben een blinde hoek.'

'Heeft Ben dat gezegd?'

'Je weet best dat Ben en ik niet over zaken praten.' Charlie veegde met een vochtig papieren handdoekje onder haar oksels. 'Die psychopaat heeft mijn telefoon. Die moet ik zien uit te schakelen en door een andere vervangen. Ik heb vandaag twee zittingen gemist.'

'Het gerechtsgebouw is dichtgegaan zodra het nieuws over de schietpartij bekend werd.'

Charlie wist dat dit de vaste procedure was. Er was één keer eerder vals alarm geweest. Evenals Ava Wilson vond ze het moeilijk te geloven dat dit alles echt was.

'Er staat een tupperwarebakje met twee broodjes op je bureau,' zei Lenore. 'Als je die opeet, ga ik voor jou naar de telefoonwinkel.'

'Afgesproken. Luister, het spijt me van vandaag. Ik zal mijn leven proberen te beteren.'

Lenore rolde met haar ogen. 'Je doet maar.'

Nadat de deur was dichtgedaan, maakte Charlie haar hoerenbadje af. Ondertussen bekeek ze haar gezicht in de spiegel. Het werd met het uur erger. Ze had nu twee blauwe ogen, waardoor ze net een slachtoffer van huiselijk geweld leek. De brug van haar neus was donkerrood, en er zat een bult boven op de oude bult van de vorige keer dat ze haar neus had gebroken.

'En niet langer de idioot uithangen,' gebood ze haar spiegelbeeld.

Haar spiegelbeeld keek al even sceptisch terug als Lenore had gedaan.

Charlie liep weer naar haar kamer. Ze schudde haar tas leeg op de vloer op zoek naar haar sleutels. Het was nog een hele toer om alles er weer in te krijgen. Toen pas besefte ze dat Lenore de deur al van het slot had gedaan, want Lenore was haar altijd twee stappen voor. Ze liet de tas op de bank naast de deur vallen en knipte het licht aan. Haar bureau. Haar computer. Haar stoel. Het voelde goed om tussen vertrouwde dingen te zijn. Het kantoor was niet haar thuis, maar ze bracht hier wel meer tijd door, vooral sinds Ben was vertrokken, en het nam een goede tweede plaats in.

Ze propte een van de broodjes pindakaas-met-jam naar binnen die Lenore op het bureau had gezet. Ze nam vluchtig haar mail door en beantwoordde de berichten van mensen die bezorgd om haar waren. Eigenlijk moest ze haar voicemail beluisteren, cliënten bellen en contact opnemen met het gerechtsgebouw om te vragen naar welke datum haar zittingen waren verplaatst, maar ze was te gespannen om zich te kunnen concentreren.

Huck had praktisch toegegeven dat hij het moordwapen van de plaats delict had verwijderd.

Waarom?

Of liever gezegd: hoe?

Zo klein was een revolver nu ook weer niet, en aangezien het om het moordwapen ging, had de politie er ongetwijfeld vrijwel meteen naar gezocht. Hoe had Huck het ding het gebouw uit gesmokkeld? In zijn broek? Had hij het stiekem in een tas van een nietsvermoedende ambulancebroeder gestopt? Charlie vermoedde dat de politie van Pikeville met een grote boog om Huck heen was gelopen. Een onschuldige burger op wie je net per ongeluk had geschoten, fouilleerde je niet. Huck had ook het filmpje gewist dat Charlie gemaakt had, en daarmee bewees hij dat hij aan hun kant stond, voor zover Mr. Huckleberry al partij koos.

Maar agenten Delia Wofford en Louis Avery waren niet zo loyaal aan Mr. Huckabee. Geen wonder dat ze hem vier uur lang het vuur na aan de schenen hadden gelegd terwijl het bloed nog uit de kogelwond in zijn arm had gedropen. Waarschijnlijk verdachten ze hem ervan het wapen te hebben meegenomen en vonden ze de plaatselijke politieagenten een stelletje sukkels omdat ze hem hadden laten lopen zonder hem grondig te fouilleren.

Liegen tegen een FBI-agent kwam je op vijf jaar cel en een boete van tweehonderdvijftigduizend dollar te staan. Tel daarbij op het vernietigen van bewijsmateriaal, liegen om een onderzoek te dwarsbomen en de mogelijkheid dat hij als medeplichtige aan een dubbele moord werd aangeklaagd, en de kans dat hij ooit nog op een school of waar dan ook werd aangesteld was nihil.

Dat alles maakte het Charlie bijzonder lastig. Als ze Hucks leven niet wilde ruïneren, moest ze een manier bedenken om haar vader over het wapen te vertellen zonder de man in kwestie erbij te betrekken. Ze wist wat Rusty zou doen als hij bloed rook. Huck was zo'n knappe, keurige braverik die een jury rauw lustte. Zijn oorlogsverleden, zijn sympathieke beroepskeuze, dat alles deed er niet toe als hij moest getuigen in een oranje gevangenispak.

Ze keek op de klok boven de bank. 14.16 uur.

Deze dag was als een tijdbol waar geen eind aan kwam.

Ze opende een nieuw Worddocument. Eigenlijk moest ze alles wat ze wist uittypen en aan Rusty geven. Waarschijnlijk had hij Kelly Wilsons verhaal al gehoord, maar ze kon hem in elk geval vertellen wat de aanklager had gehoord.

Haar handen zweefden boven het toetsenbord, maar ze begon nog niet te typen. Ze keek naar de knipperende cursor en wist niet waar ze moest beginnen. Bij het begin, dat was duidelijk, maar het begin was nu juist het moeilijke gedeelte.

Haar dagindeling was normaal gesproken in graniet gebeiteld. Om vijf uur stond ze op. Ze voerde al haar dieren. Ze ging hardlopen. Ze nam een douche. Ze ontbeet. Ze ging naar haar werk. Ze ging naar huis. Nu Ben weg was, vulde ze haar avonden met dossiers lezen, naar stomme tv-programma's kijken en de klok in de gaten houden tot het laat genoeg was om naar bed te kunnen zonder zich te hoeven schamen.

Deze dag was totaal anders verlopen, en Rusty moest weten waarom.

Het minste wat ze kon doen was Hucks voornaam opsporen.

Ze opende de browser en zocht naar 'Pikeville onderbouw'.

Het regenboogwieltje begon te draaien. Even later verscheen het bericht: Website reageert niet.

Ze probeerde de homepage te omzeilen, typte de namen in van verschillende secties, namen van leraren, zelfs die van de schoolkrant. Telkens verscheen dezelfde melding. De servers van de afdeling Onderwijs van de gemeente Pikeville konden de honderdduizenden nieuwsgierigen niet aan die op de website probeerden te komen.

Charlie opende een nieuwe zoekpagina en typte 'Huckabee Pikeville'.

'Shit,' mompelde ze. Google vroeg: Bedoelt u Huckleberry?

Bovenaan stond een wikipagina die meldde dat de 'huckleberry' de symboolvrucht was van Idaho. Ook waren er verschillende verhalen over schoolbesturen die *Huckleberry Finn* uit de schoolbibliotheek wilden verbannen. Onderaan stond een lemma uit de Urban Dictionary, waarin beweerd werd dat 'I'm your huckleberry' negentiende-eeuws slang was voor 'mij moet je hebben'.

Charlie tikte met haar vinger op de muis. Eigenlijk hoorde ze naar CNN of MSNBC te kijken, of misschien zelfs naar Fox, maar ze bracht het niet op de namen van de nieuwssites in te typen. Er was een heel uur verstreken zonder dat de diashow weer in haar hoofd was verschenen. Het laatste wat ze wilde was de stroom aan slechte herinneringen toelaten.

Bovendien was dit Rusty's zaak. Waarschijnlijk zou de aanklager haar als getuige oproepen. Ze zou Hucks verhaal bevestigen, maar daarmee gaf ze de jury slechts een klein stukje van de puzzel.

Als er iemand was die meer wist, was het Mrs. Pinkman. Haar lokaal was recht tegenover de plek vanwaar Kelly hoogstwaarschijnlijk met schieten was begonnen. Judith Pinkman was als eerste aanwezig geweest. Ze had haar man dood aangetroffen. En een stervende Lucy.

Help ons, alsjeblieft!

De kreten van de vrouw galmden nog na in Charlies oren. De vier schoten waren al gelost. Huck had haar achter de archiefkast gesleurd. Hij was de politie aan het bellen toen ze nog twee schoten had gehoord.

Tot Charlies verbazing kwam de herinnering opeens haarscherp boven.

Zes schoten. Zes kogels in de revolver.

Anders zou Judith Pinkman een kogel door haar hoofd hebben gekregen toen ze de deur van haar lokaal opende.

Charlie keek op naar het plafond. Die gedachte had een beeld uit het verleden opgeroepen dat ze niet wilde zien.

Ze moest hier weg.

Ze pakte de plastic bak met het tweede broodje pindakaas-met-jam en ging Ava Wilson opzoeken. Charlie wist dat Lenore Ava al eten had aangeboden – ze bezat die typisch zuidelijke neiging om iedereen die ze tegenkwam van een hap te voorzien – en hoewel ze vermoedde dat Ava te gespannen was om te kunnen eten, wilde ze haar niet te lang alleen laten.

Bij de receptie trof ze een inmiddels vertrouwd beeld aan: Ava Wilson op de bank voor de tv, met het geluid veel te hard.

'Wil je mijn broodje?' vroeg ze aan Ava.

Ava antwoordde niet. Net toen Charlie haar vraag wilde herhalen, besefte ze dat Ava's ogen gesloten waren. Haar lippen stonden iets open, en door een gat waar ze een tand miste, klonk zacht gefluit.

Charlie liet haar slapen. Als de spanning te groot werd, ging het lichaam soms op non-actief. Dit zou weleens het enige moment van rust kunnen zijn dat Ava Wilson die dag gegund was.

De afstandsbediening lag op de salontafel. Charlie vroeg zich nooit af waarom het ding altijd plakte. De meeste knoppen deden het niet meer. De overige zaten vast. De aan-en-uitknop reageerde niet. De volumeknop was in het luchtledige opgelost; er zat alleen nog een open rechthoek. Ze liep naar het toestel om te kijken of er een andere manier was om het uit te schakelen.

Het nieuws op het scherm bevond zich in de luwte die ontstond bij gebrek aan echte informatie, dus was er een panel van deskundigen en psychiaters opgetrommeld die mochten speculeren over wat er wellícht was gebeurd, wat Kelly mógelijk had bezield, waarom ze misschíén had gedaan wat ze had gedaan.

‘Er ís een precedent,’ zei een mooie blondine. ‘Denk maar aan dat nummer van de Boomtown Rats uit –’

Charlie stond op het punt het snoer uit de muur te rukken toen de presentator de psychiater onderbrak. ‘Er is belangrijk nieuws. We gaan live naar een persconferentie die op dit moment in Pikeville plaatsvindt.’

Het beeld versprong naar een spreekgestoelte in een ruimte die er bekend uitzag. De kantine van het politiebureau. De tafels waren aan de kant geschoven, en aan de muur hing een blauwe vlag met het logo van de City of Pikeville.

Een dikkige man in een wit overhemd en een geperste lichtbruine Dockersbroek stond achter het spreekgestoelte. Hij keek naar links, en de camera draaide mee naar Ken Coin, die geërgerd gebaarde dat de man moest beginnen.

Het was duidelijk dat Coin het liefst als eerste het podium had betreden.

De man draaide de microfoon naar beneden, weer naar boven en toen weer naar beneden. Hij boog zich naar voren, met zijn lippen te dichtbij, en zei: ‘Ik ben Rick Fahey. Ik ben de oom van Lucy Alex...’ Zijn stem stokte. ‘...van Lucy Alexander.’ Met de rug van zijn hand veegde hij zijn tranen weg. Zijn gezicht was rood, zijn lippen waren te roze. ‘De familie heeft mij gevraagd om... O.’ Hij haalde een opgevouwen blocnoteblaadje uit zijn achterzak. Zijn handen trilden zo hevig dat het blaadje wapperde alsof er een windvlaag langstrok. Ten slotte streek hij het papier glad op het spreekgestoelte en zei: ‘De familie heeft me gevraagd de volgende verklaring voor te lezen.’

Charlie keek achterom naar Ava. Ze sliep nog steeds.

‘“Lucy was een prachtig kind,”’ las Fahey. ‘“Ze was creatief. Ze hield van zingen en speelde graag met haar hond, Shaggy. Ze zat in de Bijbelklas van Ms. Dillard in de Mountain Baptist Church en hield van de verhalen uit het Nieuwe Testament. ’s Zomers was ze op de boerderij van haar grootouders in Ellijay en hielp met appels p-plukken...”’ Hij haalde een zakdoek tevoorschijn en depte het zweet en de tranen van zijn ronde gezicht. ‘“De familie heeft haar vertrouwen in God gesteld. Hij zal ons helpen in deze zware tijd. We vragen de gemeenschap aan ons te denken en voor ons te bidden. Ook willen we onze waardering uitspreken voor het politiekorps van Pikeville en de officier van justitie van Dickerson County – Mr. Ken Coin – die alles in het werk stellen om Lucy's moord…"' Weer stokte zijn stem. '"…moordenares…"' Hij keek naar de pers. '"…voor het gerecht te brengen. Want dat is wat Kelly Wilson is. Een gewetenloze moordenares."'

Na deze woorden richtte Fahey zich tot Ken Coin. Het tweetal wisselde een plechtige knik, waarschijnlijk ter bekrachtiging van een gedane belofte.

Fahey vervolgde zijn verhaal. 'Ondertussen verzoekt de familie de media en anderen om onze privacy te respecteren. Er zijn nog geen voorbereidingen getroffen voor de begrafenis.' Nu richtte hij zijn blik op de verte, voorbij de massa microfoons, voorbij de camera's. Dacht hij aan Lucy's begrafenis, aan Lucy's ouders die een kindermaatje kist moesten kiezen om hun dochter in te begraven?

Ze was zo klein geweest. Charlie wist nog hoe teer de hand van het meisje had gevoeld toen ze die had vastgeklemd.

'Mr. Fahey?' vroeg een verslaggever. 'Kunt u ons vertellen –'

'Dank u.' Fahey verliet het podium. In het voorbijgaan klopte Ken Coin hem stevig op zijn arm.

Charlie zag hoe de baas van haar man de zijkanten van het spreekgestoelte vastgreep alsof hij op het punt stond sodomie met het meubelstuk te bedrijven. 'Ik ben Ken Coin, districtsofficier van justitie,' liet hij zijn gehoor weten. 'Ik ben hier om uw vragen te beantwoorden over de rechtsgang bij deze weerzinwekkende moord. Vergist u zich niet, dames en heren. We eisen oog om oog in dit monsterlijke –'

Charlie trok de stekker eruit. Snel keek ze naar Ava, om zich ervan te verzekeren dat ze niet wakker was geworden. De vrouw zat nog in dezelfde houding, in haar pyjama. De tas met kleren stond naast haar voeten op de vloer. Net toen Charlie zich afvroeg of ze ergens een deken hadden, werd de achterdeur met een klap open- en weer dichtgegooid.

Alleen Rusty maakte zoveel kabaal wanneer hij het gebouw binnenkwam.

Gelukkig was Ava niet wakker geworden. Wel ging ze verzitten op de bank, waarbij haar hoofd opzij zakte.

Charlie liet het broodje op de salontafel liggen en zocht haar vader op.

'Charlotte?' bulderde Rusty. Ze hoorde de deur van zijn kamer openzwaaien. De deurknop had al een gat in de muur geslagen. Hij liet geen kans voorbijgaan om lawaai te kunnen maken. 'Charlotte?'

'Hier, pap.' Ze stopte voor de deuropening. Het was zo'n zooi op zijn kamer dat er niet eens plek was om te staan. 'Ava Wilson zit bij de receptie.'

'Goed werk.' Hij keek niet op van de papieren in zijn handen. Rusty was een zenuwpees die alles maar half deed en niet in staat was zich op één ding tegelijk te concentreren. Ook nu tikte hij met zijn voet, was aan het lezen, begon spontaan te neuriën en voerde ondertussen ook nog een soort gesprek. 'Hoe is het met haar?'

'Niet zo best. Ze is een tijdje geleden in slaap gevallen.' Charlie sprak tegen zijn kruin. Hij was vierenzeventig, maar had nog steeds dik, peper-en-zoutkleurig haar, dat te lang was aan de zijkant. 'Je moet voorzichtig met haar zijn. Ik weet niet hoeveel ze meekrijgt.'

'Akkoord.' Hij maakte een aantekening. Zijn knokige vingers hielden de pen vast alsof het een sigaret was. Iemand die hem alleen van de telefoon kende, verwachtte een kruising tussen Colonel Sanders en Foghorn Leghorn. Dat was hij niet. Rusty Quinn was een lange slungel, maar anders dan Ben, want Charlie zou zichzelf eerder in een ravijn hebben gestort dan te trouwen met iemand die op haar vader leek.

Behalve dat ze allebei lang waren en niet in staat om versleten ondergoed weg te gooien, leken de twee mannen in haar leven in niets op elkaar. Ben was een betrouwbare, sportieve minibus. Rusty was een industriële bulldozer. Ondanks twee hartaanvallen en een dubbele bypass ging hij zich vol hartstocht te buiten aan zijn ondeugden: Bourbon, *fried chicken*, Camels zonder filter, schreeuwende ruzies. Ben was meer een man van diepzinnige discussies, IPA-bier en ambachtelijke kazen.

Niettemin ontdekte Charlie een nieuwe overeenkomst: die dag vonden beide mannen het moeilijk om naar haar te kijken.

'Wat is ze voor iemand?' vroeg ze.

'Het meisje?' Weer krabbelde Rusty iets op papier, erbij neuriënd alsof de pen een eigen ritme had. 'Tenger dingetje. Coin doet het vast in zijn broek. De jury valt voor haar.'

'Dat vindt de familie van Lucy Alexander misschien minder leuk.'

'Ik ben helemaal klaar voor de strijd.'

Charlie stootte met de punt van haar schoen tegen het tapijt. Hij maakte overal een wedstrijd van. 'Als je nu eens een deal sloot met Ken, zodat de doodstraf van tafel gaat.'

'Ha,' was zijn antwoord, want ze wisten allebei dat er met Ken geen dealtjes te sluiten vielen. 'Volgens mij hebben we hier met een eenhoorn te maken.'

Charlies hoofd schoot omhoog. 'Eenhoorn' was hun codewoord voor een onschuldige cliënt: een zeldzaam, mythisch wezen dat weinigen ooit hadden gezien. 'Dat meen je niet,' zei ze.

'Tuurlijk meen ik het. Waarom zou ik het niet menen?'

'Ik was erbij, pap.' Ze kon hem wel door elkaar schudden. 'Ik stond er middenin.'

'Ben heeft me bijgepraat.' Hij hoestte in de binnenkant van zijn elleboog. 'Zo te horen heb je het zwaar te verduren gehad.'

'Wat een geweldig understatement.'

'Ik sta bekend om mijn subtiele aanpak.' Hij rommelde in zijn papieren. Het geneurie begon weer. Ze telde tot dertig, en toen pas keek hij haar over zijn leesbril heen aan. Nog bijna tien seconden lang bleef het heerlijk stil, waarna er een glimlach doorbrak op zijn gezicht. 'Zo, dat zijn een stel joekels van blauwe ogen, stoere meid. Je lijkt wel een *bandito*.'

'Ik kreeg een elleboog in mijn gezicht.'

'Ik heb al tegen Coin gezegd dat hij zijn chequeboek bij de hand moet houden.'

'Ik heb anders geen klacht ingediend.'

De glimlach week niet van zijn gezicht. 'Goed idee, schat. Hou je kaarten tegen de borst tot de zaak wat gesust is. Anders heb je voor je het weet de schapen aan het schijten.'

Charlie sloeg haar hand voor haar ogen. Ze was te moe voor dit spel. 'Pap, ik moet je iets vertellen.'

Er kwam geen reactie. Ze liet haar hand zakken.

'Gaat dit over de reden waarom je vanochtend in die school was?' vroeg Rusty ten slotte. Ditmaal kostte het hem geen moeite Charlie aan te kijken. Een ongemakkelijke seconde lang hielden ze elkaars blik vast. Zij keek als eerste weg.

'Nu weet je dus dat ik het weet,' zei hij.

'Heeft Ben het je verteld?'

Hij schudde zijn hoofd. 'Onze Kenny Coin had het genoegen.'

Charlie was niet van plan hem haar excuses aan te bieden. 'Ik zal alles opschrijven wat ik me van vandaag kan herinneren en wat ik tegen de GBI-agent heb gezegd. Delia Wofford, een leidinggevende. Ik heb haar kaartje. Ze heeft de andere getuige ook verhoord, samen met een agent die Avery of Atkins heet. Ben was erbij toen ik verhoord werd. Volgens mij stond Coin bijna de hele tijd achter de spiegel in de andere kamer.'

Pas toen ze helemaal uitgesproken was, zei Rusty: 'Charlotte, ik ga ervan uit dat je het zegt als het niet goed met je gaat.'

'Russell, ik ga ervan uit dat je slim genoeg bent om dergelijke informatie uit de ruwe data af te leiden.'

'Hallo, vertrouwde impasse.' Hij liet de papieren op zijn bureau vallen. 'De laatste keer dat ik je stemming probeerde te peilen, kostte een postzegel nog negenentwintig cent en weigerde je zestien en driekwart dag lang met me te praten.'

Charlie had het allang opgegeven iets van medeleven bij hem op te wekken. 'Ik heb gehoord dat er een gat zit dat niet door de beveiligingscamera's op school wordt bestreken.'

'Hoe kom je daarbij?'

'Dat weet ik nou eenmaal.'

'Nog iets anders gehoord terwijl je bezig was?'

'Er zijn problemen met het moordwapen. Ze schijnen niet precies te weten waar het gebleven is.'

Zijn wenkbrauwen schoten omhoog. 'Da's niet zo best.'

'Het is maar een vermoeden,' zei Charlie, die hem niet op het spoor van Huck wilde zetten. 'Die GBI-agent stelde me allerlei vragen over waar het was, wanneer ik het voor het laatst had gezien, wie het wanneer en waar in handen had. Een revolver. Honderd procent zeker weet ik het niet, maar ik denk een zesschots.'

Rusty kneep zijn ogen tot spleetjes. 'Er is nog iets, hè? Als ik zo vrij mag zijn conclusies te trekken.'

In de wetenschap dat hij haar zou volgen, draaide Charlie zich om. Ze was halverwege het gebouw toen ze zijn zware voetstappen achter zich hoorde. Hij nam lange, snelle passen, want hij was van mening dat hardlopen gelijkstond aan cardio. Ze hoorde zijn vingers tegen de muur tikken. Hij neuriede iets wat op 'Happy Birthday' leek. De enige plek waar Charlies vader volkomen rustig was, was de rechtszaal.

Haar tas lag nog op de bank in haar kamer. Ze haalde het jaarboek tevoorschijn.

Buiten adem bleef Rusty staan. 'Wat is dat?'

'Een jaarboek.'

Hij sloeg zijn armen over elkaar. 'Je moet iets specifieker zijn tegenover je oude vader.'

'Je koopt het op school aan het eind van het jaar. Er staan klassenfoto's en clubfoto's in en iedereen schrijft er iets in, zoals: "Ik zal je nooit vergeten" of "Bedankt dat je me met biologie hebt geholpen." ' Ze haalde haar schouders op. 'Het is stom. Hoe meer mensen erin schrijven, hoe populairder je bent.'

'Dus daarom ben jij nooit met zo'n ding thuisgekomen.'

'Haha.'

'En was ons meisje populair?' vroeg hij. 'Of juist niet?'

'Ik heb er niet in gekeken.' Charlie zwaaide het boek voor Rusty's gezicht heen en weer, ten teken dat hij het moest pakken.

Hij hield zijn armen over elkaar geslagen, maar ze zag dat er een knop bij hem omging, net als in de rechtszaal.

'Waar heb je dit gevonden?' vroeg hij.

'Bij Kelly Wilson thuis, in haar kledingkast.'

'Voor de huiszoeking plaatsvond?'

'Ja.'

'Had iemand van de politie tegen je gezegd dat er een huiszoekingsbevel was aangevraagd?'

'Nee.'

'Heeft de moeder –'

'Ava Wilson.'

'Heeft Ava Wilson je dit in bewaring gegeven?'

'Nee.'

'Is ze jouw cliënte?'

'Nee, en nog bedankt dat ik door jou bijna mijn licentie ben kwijtgeraakt.'

'De beste advocaat van het land zou in dat geval zorgen dat je die mocht houden. Sla eens open.' Rusty knikte naar het jaarboek.

'Pak aan of ik laat het op de vloer vallen.'

'Jezus, je weet niet half hoe ik je moeder mis als ik jou zie.' Vreemd genoeg trilde Rusty's stem een beetje. Hij had het zelden over Gamma, en als hij dat deed, was het om een niet altijd even gunstige vergelijking met Charlie te maken. Hij pakte het jaarboek en bracht haar een saluut. 'Hartelijk bedankt.'

Charlie keek hem na terwijl hij met overdreven pas de gang door marcheerde.

'Hé, eikel!' riep ze.

Rusty keerde zich weer om en marcheerde met een grote grijns al even overdreven terug. Met een zwaai sloeg hij het jaarboek open. De binnenflap stond vol handgeschreven berichten, sommige in zwarte inkt, andere in het blauw, en er stonden ook een paar roze bij. Verschillende handschriften. Verschillende handtekeningen. Rusty sloeg de eerste pagina om. Nog meer kleuren inkt. Nog meer haastige krabbels.

Als Kelly Wilson een eenling was, was ze de populairste eenling op school.

'Neemt u me niet kwalijk, *ma'am*,' zei Rusty, 'maar ik doe uw geweten toch geen geweld aan als ik vraag of u iets aan me voor wilt lezen?' Hij tikte tegen zijn hoofd. 'Ik heb mijn bril niet bij me, namelijk.'

Charlie gebaarde dat hij het boek moest omdraaien. Ze las de eerste regel die in het oog sprong: vierkante blokletters, zo te zien van een jongen. '"Hé, schatje, bedankt voor de fantastische pijpbeurt. Je zuigt."' Ze keek op naar haar vader. 'Zo.'

'Zo, wat je zegt.' Rusty viel niet te choqueren. Jaren geleden had Charlie elke poging daartoe opgegeven. 'Ga door.'

'"Ik ga je verkrachten, bitch."' Geen ondertekening.' Ze liet haar blik over de pagina gaan. 'Weer een bedreiging met verkrachting: "Ik neuk je in je kond, bitch." Met een "d".'

'Kont of bitch?'

'Kont.' Ze zocht naar een bericht in roze schuinschrift, in de hoop dat de meiden minder boosaardig waren. '"Je bent een vieze kuthoer, ik haat je en wou dat je dood was." Zes uitroeptekens. K-I-T, Mindy Zowada.'

'K-I-T?' herhaalde Rusty.

'*Keep in touch.*'

'Aandoenlijk.'

Charlie nam vluchtig de overige berichten door, die al even wreed waren als de eerste. 'Zo zijn ze allemaal, pap. Ze schelden haar uit voor hoer, verwijzen naar seks, vragen om seks of zeggen dat ze haar gaan verkrachten.'

Hij ging naar de volgende pagina. Hier geen geschreven berichten, maar een paginavullende tekening van een reusachtige pik met ballen. Bovenaan was een meisje getekend met pluizig haar en grote ogen. Haar mond stond open. Een pijl met de naam KELLY wees naar haar hoofd.

'Er begint zich geleidelijk aan een beeld af te tekenen,' zei Rusty.

'Ga door.'

Hij sloeg weer een paar bladzijden om. Nog meer tekeningen. Nog meer keiharde teksten. Een paar bedreigingen met verkrachting. Kelly's klassenfoto was beklad; deze keer was de spuitende pik met ballen op haar mond gericht. 'Dit is de hele school door gegaan,' zei Charlie. 'Er hebben honderden leerlingen aan meegedaan.'

'Hoe oud denk je dat ze toen was?'

'Twaalf, dertien?'

'En ze heeft het ál die tijd bewaard.' Hij beklemtoonde het woord, alsof hij uitprobeerde hoe het in de oren van een jury zou klinken. Charlie kon het hem niet kwalijk nemen. In zijn handen hield hij een schoolvoorbeeld van een verzachtende omstandigheid.

Kelly Wilson was niet alleen gepest op school. De seksuele agressie in de berichten van haar schoolgenoten wees op iets veel duisterders.

'Heeft de moeder soms gezegd dat haar dochter was aangerand?' vroeg Rusty.

'De moeder vindt haar dochter zo zuiver als sneeuw.'

'Oké,' zei Rusty. 'Dus als er iets gebeurd is, staat het misschien in haar dossier op school of is er iemand op het kantoor van de officier van justitie aan wie je het kunt vragen –'

'Nee,' zei Charlie beslist. 'Je kunt Ava vragen om een kopie van haar schooldossier op te eisen en je kunt ook bij de kinderrechter een eventueel dossier opvragen.'

'Precies wat ik van plan ben.'

'Verder moet je een heel goede computerjongen inschakelen, iemand die forensisch onderzoek naar social media-accounts kan doen. Als er voldoende leerlingen bij dit jaarboekproject betrokken waren, bestaat er misschien wel een aparte Facebookpagina.'

'Daar heb ik geen computerjongen voor nodig. Ik heb CNN.' Hij had gelijk. De pers had vast al experts aan het werk gezet op het web. Verslaggevers spraken al met Kelly's klasgenoten en leraren en waren op zoek naar vrienden of zogenaamde vrienden die bereid waren voor de camera over Kelly Wilson te vertellen, ongeacht of hun verhalen klopten.

'Heb je nog kans gezien te kijken hoe het met Mrs. Pinkman is?' vroeg Charlie.

'Ik wilde bij haar op bezoek, maar ze was zwaar gesedeerd.' Hij ademde schraperig uit. 'Het is al erg genoeg om je partner te verliezen, maar op deze manier is het wel erg wreed.'

Charlie keek hem eens goed aan en probeerde zijn toon te peilen. Hij had het al twee keer over Gamma gehad. Ze vermoedde dat het door haar kwam, door haar betrokkenheid bij wat er die ochtend op de school was gebeurd. De zoveelste pijl die ze op haar vader had afgeschoten. 'Waar ben je na het ziekenhuis naartoe gegaan?'

'Ik heb een ommetje gemaakt naar Kennesaw, voor een interview op satelliet-tv. Vanavond zullen alle tv-stations je op het knappe gelaat van je vader onthalen.'

Als het aan Charlie lag, bleef ze zo ver mogelijk uit de buurt van een tv. 'Je moet voorzichtig zijn met Ava, pap. Ze begrijpt er niet veel van. Volgens mij is het niet alleen shock. Ze spoort niet helemaal.'

'Haar dochter heeft hetzelfde probleem. Ik schat haar IQ ergens onder in de zeventig.' Hij tikte op het jaarboek. 'Bedankt voor je hulp, schat. Heeft Ben vanochtend nog contact met je opgenomen?'

Haar hart sloeg weer over, net als die ochtend toen ze hoorde dat Ben had gebeld. 'Nee. Weet je waarom hij me gebeld heeft?'

'Ja.'

De telefoon op haar bureau ging over. Rusty maakte aanstalten te vertrekken.

'Pap?'

'Vergeet morgen je paraplu niet. Drieënzestig procent kans op regen in de ochtend.' Hij neuriede opnieuw een niet onverdienstelijk 'Happy Birthday' en salueerde naar haar terwijl hij achterwaarts en met opgetrokken knieën de gang op liep, als ware hij de leider van een fanfarekorps.

'Je bezorgt jezelf weer een hartaanval,' zei ze.

'Mocht je willen!'

Charlie rolde met haar ogen. Zoals gewoonlijk moest hij weer met veel tamtam de aftocht blazen. Ze nam de telefoon op. 'Met Charlie Quinn.'

'Eigenlijk mag ik niet met je praten.' Het was Terri, de jongste van Bens oudere zussen. 'Maar ik wilde weten of het goed met je ging.'

'Met mij gaat het prima.' Charlie hoorde Terri's tweeling krijsen op de achtergrond. Ben noemde ze 'Denise' en 'Denephew'. 'Ben zei dat hij jullie vanochtend had gebeld.'

'Hij was behoorlijk aangeslagen.'

'Dóór mij of vanwege mij?'

'Tja, zoals je weet is dat al negen maanden lang een groot mysterie.'

Dat was het niet, maar Charlie wist dat alles wat ze tegen Terri zei doorgebriefd zou worden aan Carla en Peggy, die het op hun beurt weer aan

Bens moeder zouden vertellen, en daarom hield ze haar mond stevig dicht.

'Ben je er nog?' vroeg Terri.

'Sorry. Ik ben aan het werk.'

De hint ontging Terri. 'Toen Ben belde, bedacht ik hoe moeilijk hij het vindt om over dingen te praten. Je moet eindeloos trekken, en dan vertelt hij je uiteindelijk heel misschien dat je ergens in 1998 een patatje van zijn bord hebt gepikt en dat je hem toen vreselijk gekwetst hebt.'

Ze praatte door, maar Charlie haakte af en luisterde in plaats daarvan naar Terri's kinderen, die elkaar naar het leven stonden. Ooit had Charlie zich argeloos door Bens bitchy zussen laten inpalmen, terwijl ze had moeten beseffen dat Ben er een goede reden voor had hen alleen op Thanksgiving te willen zien. Het waren bazige, onnadenkende vrouwen, die Ben met ijzeren vuist probeerden te sturen. Pas toen hij was gaan studeren, had hij ontdekt dat mannen ook staand mochten plassen.

'Ik had het er nog met Carla over wat er aan de hand was met jullie tweeën,' zei Terri. 'Het slaat echt nergens op. Je weet dat hij van je houdt. Maar er zit hem iets dwars, en hij wil niet zeggen wat.' Ze stopte even om tegen haar kinderen uit te vallen en pakte de draad van het gesprek daarna weer op. 'Heeft Benny al iets tegen jou gezegd? Heeft hij een reden genoemd?'

'Nee,' loog Charlie. Als ze Ben enigszins kenden, dacht ze, zouden ze weten dat hij nooit zonder reden weg zou lopen.

'Blijf aandringen. Ik wil wedden dat het niks voorstelt.'

Het stelde wel degelijk iets voor.

'Hij is gewoon gevoeliger dan goed voor hem is. Heb ik weleens verteld over die keer in Disneyland toen –'

'We werken eraan, meer kunnen we niet doen.'

'Dan moeten jullie harder werken,' zei ze. 'Negen maanden is te lang, Charlie. Peggy zei laatst nog dat ze in negen maanden een complete baby had geproduceerd, dus waarom kunnen jullie niet proberen uit te vinden... Shit.'

Charlies hand verstrakte om de telefoon.

‘Shit,’ herhaalde Terri. ‘Je weet dat ik nooit nadenk voor ik iets zeg. Zo ben ik nou eenmaal.’

‘Geeft niet, echt niet. Maak je niet druk. Maar hoor eens, ik heb een cliënt op de andere lijn.’ Charlie sprak zo snel dat Terri er geen woord tussen kreeg. ‘Reuze bedankt dat je gebeld hebt. Doe de groeten aan de anderen, en dan spreken we elkaar later wel weer.’

Charlie smeet de hoorn op de haak en liet haar hoofd in haar handen rusten. Het ergste aan het telefoontje was dat ze die avond niet naast Ben in bed kon kruipen om haar hoofd op zijn borst te leggen en hem te vertellen wat een klotewijf zijn zus was.

Terwijl ze onderuitzakte op haar stoel, zag ze dat Lenore zich aan haar afspraak had gehouden. Er zat een splinternieuwe iPhone achter in haar computer geplugd. Ze drukte op de homeknop. Eerst probeerde ze 1-2-3-4 als code, maar dat werkte niet. Toen ze haar geboortedatum intikte, werd de telefoon wel ontgrendeld.

Het eerste wat ze aantikte, waren de voicemails. Een bericht van Rusty van die ochtend. Verschillende berichten van vrienden na de schietpartij.

Niets van Ben.

Rusty’s markante bromstem weergalmde door het gebouw. Hij nam Ava Wilson mee naar zijn kamer. Aan zijn intonatie kon Charlie horen wat hij zei. Het was zijn gebruikelijke riedeltje: ‘Je hoeft me niet de héle waarheid te vertellen, maar je moet me wel de waarheid vertellen.’

Charlie vroeg zich af of Ava de nuance meekreeg en hoopte van harte dat Rusty zijn eenhoorntheorie niet op de vrouw losliet. Ava verdronk toch al in haar eigen versie van valse hoop. Ze had Rusty niet nodig om er nog een schepje bovenop te doen.

Ondertussen tikte Charlie haar computer tot leven. De browser stond nog open bij ‘huckleberries’. Ze gaf een nieuwe zoekopdracht: ‘Mindy Zowada Pikeville.’

Het meisje dat Kelly Wilson in haar jaarboek voor ‘vieze kuthoer’ had uitgemaakt, had een Facebookpagina. Haar privacy-instelling stond op ‘alleen vrienden’, en naar de omslagfoto te oordelen was ze weg van Justin Bieber. Op haar profielfoto stond ze als Rebelcheerleader afgebeeld. Ze zag er precies zo uit als Charlie had verwacht: mooi, vals en zelfingenomen.

Vluchtig nam Charlie Mindy's lijst van *likes* en *dislikes* door, maar tot haar grote ergernis was ze te oud en snapte ze de helft van de dingen niet waar de tiener zich voor interesseerde.

Weer tikte ze op de muis.

Zelf had Charlie twee Facebookpagina's: één onder haar eigen naam en de tweede onder een valse naam. De tweede pagina was eigenlijk een soort grap. Tenminste, dat had ze zichzelf aanvankelijk wijsgemaakt. Nadat ze voor de pagina een e-mailadres had aangemaakt en als profielfoto een plaatje van een varken met een vlinderstrik had gekozen, had ze uiteindelijk aan zichzelf toegegeven dat ze het account ging gebruiken om de Culpeppermeiden te bespioneren die haar op school het leven zuur hadden gemaakt. Dat ze allemaal een vriendschapsverzoek hadden aanvaard van een zekere Iona Trayler bevestigde een hele reeks vooroordelen die Charlie er over hun intelligentie op na hield. Het bizarre was dat ze ook vriendschapsverzoeken had ontvangen van leden van een familie Trayler, die haar feliciteerden op haar verzonnen verjaardag en vroegen of ze wilde bidden voor zieke tantes en verre neven en nichten.

Charlie logde in op haar Traylerpagina en stuurde een vriendschapsverzoek naar Mindy Zowada. Het was een gok, maar ze wilde weten wat het meisje dat Kelly Wilson zo getreiterd had nu over haar zei. Dat Charlie niet alleen de Culpeppers maar ook de kwelgeesten van een ander meisje onder valse voorwendselen benaderde, was een afwijking die ze op een later tijdstip zou moeten analyseren.

Charlie minimaliseerde de browser. Het lege Worddocument stond nog op haar scherm. Omdat ze niets meer kon verzinnen om het werk nog langer uit te stellen, begon ze haar verklaring voor Rusty te tikken. Zo neutraal mogelijk deed ze verslag van de gebeurtenissen, daarbij terugdenkend aan de ochtend alsof het een verhaal was dat ze in de krant had gelezen. Eerst gebeurde dit, toen dat, toen dat.

Verschrikkelijke gebeurtenissen lieten zich stukken makkelijker verwerken als je de emotie eruit filterde.

Het gedeelte over de school week niet af van wat ze tegen Delia Wofford had gezegd. Wellicht werd het Worddocument als bewijsmateriaal gevorderd, en voor zover Charlie wist, verschilde het niet veel van de verklaring die ze tegenover de GBI-agent had afgelegd. Het enige verschil was dat ze het nu zeker wist. Vier schoten vóór ze Mrs. Pinkman had horen gillen. Twee schoten daarna.

Charlie stopte met typen. Ze staarde naar het scherm tot de woorden wazig werden. Had Mrs. Pinkman de deur geopend toen ze de eerste vier schoten hoorde? Had ze gegild toen ze haar man en een kind op de grond had zien liggen? Had Kelly Wilson de overgebleven kogels in de revolver afgevuurd in een poging haar de mond te snoeren?

Als Kelly geen open kaart speelde tegenover Rusty, kon het weken, zo niet maanden duren voor hij de forensische rapporten en getuigenverklaringen in bezit kreeg en ze eindelijk de waarheid te weten kwamen.

Ze knipperde met haar ogen om haar zicht weer helder te krijgen. Ze drukte op ENTER voor een nieuwe alinea, sloeg haar gesprek met Ben op het politiebureau over en begon meteen aan het verhoor door Delia Wofford. Ook al was haar tijd-als-een-boltheorie pure bullshit, het klopte dat het verstrijken van de tijd het perspectief aanscherpte. Weer was ze deze keer zeker van haar zaak. Ze zou bepaalde delen van de verklaring die ze tegenover het GBI had afgelegd, moeten wijzigen voor ze er haar handtekening onder zette.

Haar computer liet een piepje horen.

TraylerLvr483@gmail.com: Mindy Zowada heeft uw vriendschapsverzoek geaccepteerd!

Charlie vergrootte de Facebookpagina van het meisje. Mindy's omslagfoto was nu een brandende kaars die flakkerde in de wind.

'O, jezus nog aan toe,' mompelde Charlie, naar de berichten scrollend.

Zes minuten daarvoor had Mindy Zowada geschreven:

wat moet ik nou zo treurig die kelly was een lieve meid we kunnen alleen nog bidden?

Bizar, in aanmerking genomen wat het kind vijf jaar eerder van Kelly Wilson had gevonden.

Charlie scrolde door de reacties. De eerste drie reageerders hadden het net als Mindy over hoe geschokt – geschokt! – ze waren geweest toen het meisje dat door de hele school gepest was door het lint was gegaan. De vierde reactie kwam van de klootzak van het stel, want bij Facebook draaide het erom dat er altijd een klootzak was die overal op scheet, of het nu om een onschuldig poezenplaatje ging of om het filmpje van het verjaardagsfeestje van je kind.

Nate Marcus schreef:

ik weet wat haar mankeerde ze was een vuile kuthoer die het hele footballteam neukte dus daarom heeft ze het misschien gedaan omdat ze aids heeft

Chase Lovette antwoordde:

o man, die bitch gaat hangen heeft me pik dur zowat afgezogen misschien kwam het door me supersperma

Alicia Todd deed ook een duit in het zakje:

brand in de hel kelly wilson bitch sorry uuuu!

Pas nadat Charlie de zin hardop had gelezen, vermoedde ze dat de vier u's voor '*for you*' stonden.

Ze schreef alle namen op, want Rusty wilde ze ongetwijfeld spreken. Als ze bij Kelly in de klas zaten, waren er allicht een paar van boven de achttien bij, wat betekende dat hij zonder toestemming van hun ouders met hen in gesprek kon gaan.

'Lenore heeft Ava Wilson naar haar man gebracht.'

Ze schrok op van Rusty's stem. De lawaaiigste man ter wereld was erin geslaagd haar te besluipen.

'Ze willen even alleen zijn, dit samen bespreken.' Rusty liet zich op de bank tegenover haar bureau vallen. Hij tikte met zijn handen tegen zijn benen. 'Ik betwijfel of ze een hotel kunnen betalen. Ze zullen wel in hun auto slapen. Die revolver ligt trouwens niet in het handschoenenkastje.'

Charlie keek op de klok. 18.38 uur. Eerst was de tijd voortgekropen, nu raasde hij voorbij.

'Je hebt toch niks tegen haar over onschuld gezegd, hè?' vroeg ze.

'Nee.' Met één hand op de kussens leunde hij achterover, terwijl hij met de andere nog steeds tegen zijn been tikte. 'Eigenlijk heb ik helemaal niet zoveel tegen haar gezegd. Ik heb wat dingen opgeschreven die ze aan haar man moest laten lezen, bijvoorbeeld wat ze de komende weken kunnen verwachten. Ze denkt dat haar dochter thuiskomt.'

'Als een brave kleine eenhoorn?'

'Tja, Charlie Bear, je hebt onschuldig en je hebt niet schuldig en daartussen ligt een grijs gebied.' Hij knipoogde. 'Als jij je oude vader nu eens een lift naar huis gaf?'

Charlie vond het vreselijk om naar de boerderij te gaan, zelfs om hem alleen maar af te zetten. Al jaren had ze geen voet in de Schots en Scheef gezet. 'Waar is je auto?'

'Die krijgt een beurt.' Hij tikte iets harder op zijn knie. Er zat nu ritme in het getik. 'Ben je er al achter waarom Ben je vanmorgen gebeld heeft?'

Charlie schudde haar hoofd. 'Weet jij het?'

Hij opende zijn mond, maar een grijns was alles wat ze kreeg.

'Ik kan dat gekloot van jou er momenteel niet bij hebben, Rusty. Vertel het nou maar.'

Kreunend kwam hij overeind. '"Zelden gaat wat een mens zegt met de zuivere waarheid gepaard."'

Hij was al verdwenen voor Charlie hem iets naar zijn hoofd kon slingeren.

Ze haastte zich niet naar de auto, want ondanks zijn drukdoenerij was Rusty altijd te laat. In plaats daarvan printte ze haar verklaring uit, mailde een kopie naar zichzelf voor het geval ze er thuis nog even naar wilde kijken, griste een stapel dossiers mee waaraan ze moest werken en checkte de Facebookpagina om te zien of er nieuwe berichten waren. Ten slotte verzamelde ze haar spullen, sloot haar kamer af en liep naar buiten, waar haar vader bij de achterdeur een sigaret stond te roken.

'Wat een frons op zo'n mooi gezichtje.' Hij wreef zijn sigaret uit met de hak van zijn schoen en stopte de peuk in zijn jaszak. 'Je krijgt net zulke rimpels rond je mond als je grootmoeder had.'

Charlie gooide haar tas op de achterbank en stapte in. Ze wachtte tot Rusty het gebouw had afgesloten. Hij voerde een sliert sigarettenrook mee naar binnen, en tegen de tijd dat ze de weg op reed had ze evengoed in een Camelfabriek kunnen zitten.

Vol ergernis over het feit dat ze naar de boerderij moest, deed ze haar raampje naar beneden. 'Ik zeg maar niet hoe stom het is om te blijven roken na twee hartaanvallen en een openhartoperatie.'

'Dat heet paraleipsis of in het Grieks apophasis,' liet Rusty haar weten. 'Een stijlmiddel waarbij je een onderwerp benadrukt door te beweren dat je er weinig of niets over gaat zeggen.' Opgetogen tikte hij met zijn voet. 'Als stijlmiddel is het verwant aan ironie, waar je volgens mij maar al te bekend mee bent.'

Charlie reikte naar de achterbank en pakte haar uitgeprinte verklaring. 'Lees maar. Geen woord tot we bij de Schots en Scheef zijn.'

'Tot uw dienst.' Rusty haalde zijn leesbril uit zijn zak en knipte het plafondlicht aan. Tikkend met zijn voet las hij de eerste alinea. En toen stopte het getik.

Aan het gloeien van haar wang merkte ze dat hij naar haar keek.

'Oké,' zei Charlie. 'Ik geef het toe. Ik weet niet eens wat zijn voornaam is.'

Een paar A4-tjes dwarrelden op de grond toen Rusty zijn hand op zijn schoot liet vallen.

Ze keek naar hem. Hij had zijn leesbril afgezet. Er werd niet getikt, geklapt of gewipt. Zwijgend staarde hij uit het raam, met zijn blik op de verte gericht.

'Wat is er?' vroeg ze.

'Koppijn.'

Haar vader klaagde nooit over fysiek ongemak. 'Gaat het over die man?' Rusty zweeg, dus vroeg ze: 'Ben je kwaad vanwege die man?'

'Natuurlijk niet.'

Nu sloeg bij Charlie de spanning toe. Ondanks al haar grootspraak verdroeg ze haar vaders teleurstelling niet. 'Ik zal morgen zijn naam vragen.'

'Zou ik niet doen.' Rusty stak zijn bril in zijn overhemdzak. 'Of ben je van plan weer met hem af te spreken?'

Charlie bespeurde een vreemd soort gewicht achter zijn vraag. 'Doet dat er iets toe?'

Hij antwoordde niet, maar keek weer uit het raam.

'Ga nou neuriën of maak voor mijn part stomme grapjes, want anders breng ik je naar het ziekenhuis om te kijken of er niks mis is met je hart.'

'Om mijn eigen hart maak ik me geen zorgen.' De uitspraak klonk nogal gespeeld, maar ging niet gepaard met zijn gebruikelijke gebaren. 'Wat is er tussen jou en Ben voorgevallen?' vroeg hij.

Charlies voet schoot bijna van het gaspedaal.

Negen maanden lang had Rusty haar niet één keer deze vraag gesteld. Ze had vijf dagen gewacht voor ze hem had verteld dat Ben haar had verlaten. Charlie had in de deuropening van zijn kamer gestaan. Ze had zich voorgenomen haar vader alleen over het vertrek van Ben te vertellen en verder niets, en dat had ze gedaan. Maar toen had Rusty kort geknikt, alsof ze had gezegd dat hij nodig naar de kapper moest, en zijn daaropvolgende zwijgen had een soort verbale diarree aan Charlie ontlokt die ze sinds haar veertiende niet meer gehad had. Haar mond had geen moment stilgestaan. Ze had tegen Rusty gezegd dat ze hoopte dat Ben tegen het weekend weer thuis zou komen. Dat ze hoopte dat hij haar telefoontjes zou beantwoorden, haar sms'jes, haar voicemails, het briefje dat ze op de voorruit van zijn auto had achtergelaten.

Waarschijnlijk om de woordenstroom te stuiten had Rusty uiteindelijk het eerste couplet opgezegd van *Hoop is het ding met veren* van Emily Dickinson.

'Pap,' zei Charlie nu, maar verder kwam ze niet. De koplampen van een naderende auto schenen fel in haar ogen. Even later zag ze de rode achterlichten in het spiegeltje verdwijnen. Ze wilde het niet zeggen, maar toch zei ze het. 'Het was niet één ding. Het waren een heleboel dingen.'

'Misschien gaat het erom hoe je het wilt herstellen,' zei hij.

Ze besefte dat het een vergissing was geweest om erover te beginnen. 'Waarom ga je ervan uit dat ik de enige ben die het kan herstellen?'

'Omdat Ben je nooit zou bedriegen of opzettelijk iets zou doen om je te kwetsen, dus het moet wel iets zijn wat jij hebt gedaan of hebt nagelaten.'

Charlie beet te hard op haar lip.

'Die man met wie je iets hebt –'

'Ik heb niks met hem,' snauwde ze. 'Het is één keer gebeurd, en dat was meteen de laatste keer, en ik zit niet te wachten op –'

'Komt het door die miskraam?'

Charlies adem stokte. 'Dat was drie jaar geleden.' En zes. En dertien. 'En daarbij, zo wreed zou Ben nooit zijn.'

'Dat is waar. Ben is niet wreed.'

Ze verbaasde zich over zijn opmerking. Suggereerde hij nu dat zij wel wreed kon zijn?

Rusty zuchtte. Hij rolde de papieren in zijn hand op. Hij tikte tweemaal met zijn voet op de vloer. 'Weet je,' zei hij. 'Ik heb hier heel lang over na kunnen denken, en wat ik geloof ik het mooiste vond aan je moeder was dat je het haar heel moeilijk naar de zin kon maken.'

De stilzwijgende vergelijking stak Charlie.

'Ze had maar één probleem, als je het vraagt aan de man die haar heeft aanbeden, namelijk dat ze veel te slim was.' Hij beklemtoonde de laatste woorden door vier keer met zijn voet te tikken. 'Gamma wist alles, en ze had altijd meteen een antwoord paraat, zonder dat ze erover na hoefde te denken. De wortel uit drie bijvoorbeeld. Dan zei ze zo uit haar hoofd, eh... Nou ja, weet ik veel, maar dan zei ze...'

'Eén komma drieënzeventig.'

'Ja, precies,' zei hij. 'Of iemand vroeg bijvoorbeeld welke vogel het meest voorkwam op aarde.'

Charlie zuchtte. 'De kip.'

'Het dodelijkste ding op aarde.'

'De mug.'

'Het grootste exportproduct van Australië.'

'Eh... ijzererts?' Ze fronste haar voorhoofd. 'Pap, waar wil je heen met die vragen?'

'Laat ik het zo stellen: wat was mijn bijdrage aan het gesprekje dat we net voerden?'

Charlie volgde het niet meer. 'Pap, ik ben te moe voor raadsels.'

'Ik geef je een visuele hint...' Hij speelde met de knop van zijn raampje, liet het een klein eindje zakken, deed het weer een stukje omhoog, weer omlaag en weer omhoog.

'Oké, jouw bijdrage is dat je me irriteert en dat je mijn auto molt.'

'Ik zal je het antwoord geven, Charlotte.'

'Oké.'

'Nee, schat, luister nou even. Soms moet je de ander een kans geven, ook al weet je het antwoord. Als de ander het gevoel heeft dat hij het altijd fout heeft, krijgt hij nooit de kans om zich goed te voelen.'

Weer beet ze op haar lip.

'We keren terug naar onze visuele hint.' Weer drukte Rusty op de knop, maar deze keer hield hij hem ingedrukt. Het glas gleed helemaal naar beneden. Toen drukte hij de andere kant op en het raam ging weer omhoog. 'Makkelijk zat. Heen en weer. Als een bal op de tennisbaan, met dit verschil dat ik nu niet over een tennisbaan hoef te rennen om het je te laten zien.'

Charlie hoorde zijn voet tikken op het ritme van de richtingaanwijzer toen ze rechts afsloeg, naar de oprit van de boerderij. 'Eigenlijk had je huwelijkstherapeut moeten worden.'

'Heb ik geprobeerd, maar om de een of andere reden wilde geen van de vrouwen bij mij in de auto stappen.'

Hij gaf haar een por met zijn elleboog, tot ze tegen wil en dank glimlachte.

'Ik weet nog dat je moeder op een keer tegen me zei: "Russell, voor ik doodga, wil ik weten wat ik het liefst wil: gelukkig zijn of gelijk hebben."'

Er ging een steek door Charlies hart, want dat was het soort uitspraak waar Gamma om bekendstond. 'En was ze gelukkig?'

'Ik geloof dat ze al een aardig eind op weg was.' Hij ademde piepend uit. 'Ze was ondoorgrondelijk. Ze was mooi. Ze was...'

'Geiten neuker?' De lampen van de Subaru verlichtten de zijkant van de boerderij. Iemand had met reuzeletters GEITEN NEUKER op de witte potdekselplanken gespoten.

'Weet je wat nou zo grappig is,' zei Rusty. 'Die geiten, die stonden er al een week of twee. De neuker is er vandaag bij gekomen.' Hij sloeg op zijn knie. 'Verdomd efficiënt, vind je niet? De geiten zijn er al. Nu hoef je de verzamelde werken van Shakespeare niet tevoorschijn te halen.'

'Je moet de politie bellen.'

'Schat, waarschijnlijk heeft de politie het zelf gedaan.'

Charlie parkeerde de auto voor de keukendeur. De schijnwerpers floepten aan. Ze waren zo fel dat ze elk stuk onkruid in de overwoekerde tuin kon zien.

Ondanks haar tegenzin zei ze: 'Ik ga wel even met je mee naar binnen om te kijken of er niemand is.'

'Nee.' Hij gooide het portier open en sprong naar buiten. 'Vergeet je paraplu morgen niet. Ik weet honderd procent zeker dat het gaat regenen.'

Ze keek hem na toen hij met zwierige pas naar het huis liep. Hij bleef staan op de veranda, waar Charlie en Sam al die jaren geleden hun sokken en gympen hadden achtergelaten. Rusty ontgrendelde de deur en wierp hem open. In plaats van naar binnen te gaan draaide hij zich om en salueerde, zich er maar al te zeer van bewust dat hij tussen GEITEN en NEUKER in stond.

'"Wat gedaan is blijft gedaan!"' riep hij uit. 'Naar bed, naar bed, naar...'

Charlie zette de auto in zijn achteruit.

De verzamelde werken van Shakespeare had ze hierbij niet nodig.

ZES

Charlie zat in de garage, haar handen om het stuur geklemd.

Ze vond het vreselijk om haar lege huis binnen te gaan.

Hún lege huis.

Ze vond het vreselijk om haar sleutels aan het haakje naast de deur te hangen, want Bens haakje was altijd leeg. Ze vond het vreselijk om op de bank te gaan zitten, want Ben zat niet aan het andere eind, met zijn lange tenen om de koffietafel gehaakt. Ze kon niet eens aan de keukenbar zitten, want ze werd al depressief van Bens lege kruk. 's Avonds nam ze meestal genoegen met een bak cornflakes, die ze boven de spoelbak at, terwijl ze door het raam de duisternis in staarde.

Na bijna twintig jaar huwelijk had je zulke gevoelens niet meer voor je man, maar nu de hare weg was, ervoer Charlie het soort liefdesverdriet dat ze sinds de middelbare school niet meer gekend had.

Ze had Bens kussensloop niet gewassen. Zijn lievelingsbier nam nog steeds ruimte in beslag in de deur van de koelkast. Ze had zijn vuile sokken naast het bed laten liggen, want als ze ze opraapte, zou het opeens heel definitief zijn, alsof ze daarmee zou onderstrepen dat hij nooit meer een nieuw paar vuile sokken zou achterlaten.

Tijdens hun eerste huwelijksjaar was Bens gewoonte om elke avond zijn uitgetrokken sokken op de vloer van de slaapkamer te laten slingeren aanleiding geweest voor flinke ruzies. Op zeker moment had Charlie ze onder het bed geschopt als hij niet keek, en op een dag had Ben ontdekt dat hij helemaal geen sokken meer had, waarop Charlie in lachen was uitgebarsten, hij haar had uitgescholden, zij had teruggescholden en ze – omdat ze allebei vijfentwintig waren – uiteindelijk vrijend op de vloer waren beland. Wonderbaarlijk genoeg was de woede die ze ooit bij het zien van zijn sokken had gevoeld in milde irritatie overgegaan, als het staartje van een schimmelinfectie.

Die eerste maand zonder Ben, toen het eindelijk tot Charlie was doorgedrongen dat zijn vertrek geen korte onderbreking was, maar dat hij misschien nooit meer terugkwam, was ze op de vloer naast zijn sokken gaan zitten en had gejankt als een baby.

Dat was de laatste en enige keer geweest dat ze zich aan haar verdriet had overgegeven. Na die lange nacht vol tranen had ze zichzelf gedwongen op tijd haar bed uit te komen, minstens twee keer per dag haar tanden te poetsen, zich regelmatig te douchen en al die andere dingen te doen waaraan de wereld kon zien dat ze een normaal functionerend mens was. Ze kende dit van vroeger: zodra ze even niet op haar hoede was, raakte de wereld in een neerwaartse spiraal en dook een diepe maar vertrouwde afgrond in.

Haar eerste vier jaar op de universiteit had ze zich ondergedompeld in een bacchanaal van het soort waar ze zich op de middelbare school amper een voorstelling van had kunnen maken. Zonder Lenore om haar achter de broek te zitten had ze zich helemaal laten gaan. Te veel drank. Te veel jongens. Een vervaging van grenzen die er pas de volgende ochtend toe deed, als ze de jongen in haar bed niet herkende, niet wist in wiens bed ze lag en geen idee had of ze ja of nee had gezegd of totaal van de wereld was geraakt door de sloten bier die ze naar binnen had gegoten.

Wonderbaarlijk genoeg had ze zich lang genoeg weten te gedragen om met schitterende cijfers tot de rechtenfaculteit te worden toegelaten. Ze had zich alleen bij Duke University aangemeld. Ze had een nieuwe start willen maken. Een nieuwe universiteit. Een nieuwe stad. Na een lange periode van mislukkingen bleek ze goed gegokt te hebben. Ze had Ben ontmoet bij het college *Introductie tot het schrijven van een juridisch betoog.* Tijdens hun derde date hadden ze geconcludeerd dat ze uiteindelijk toch wel met elkaar zouden trouwen, dus waarom niet meteen?

Een luid geschraap deed haar opschrikken. De buurman sleepte zijn vuilnisbak naar de stoeprand. Dat was altijd Bens klusje geweest. Sinds zijn vertrek had Charlie zo weinig afval geproduceerd dat ze meestal één enkele vuilniszak aan het begin van de oprit hoefde te zetten.

Ze bekeek zichzelf in het spiegeltje. De kneuzingen onder haar ogen waren inmiddels zwart, als bij een footballspeler. Alles deed pijn. Haar neus klopte. Ze verlangde naar soep met crackers en hete thee, maar er was niemand die het voor haar maakte.

Ze schudde haar hoofd. 'Shit, wat een sneue kop,' zei ze tegen haar spiegelbeeld, in de hoop dat de misprijzende opmerking haar uit de put zou helpen.

Dat gebeurde niet.

Charlie hees zich uit de auto voor ze in de verleiding kwam de garagedeur dicht te doen en de motor aan te zetten.

Ze keek niet naar de lege plek waar Bens pick-up altijd had gestaan. Of naar de planken met de keurig geëtiketteerde dozen en sportspullen die hij nog niet had opgehaald. In plaats daarvan pakte ze een zak kattenvoer uit de metalen kast die Ben de vorige zomer in elkaar had gezet.

Ze hadden altijd heimelijk gelachen om anderen van wie de garage zo vol troep stond dat ze geen plek meer hadden om hun auto te parkeren. Netheid was één ding dat ze gemeen hadden. Elke zaterdag maakten ze samen het huis schoon. Charlie deed de was, Ben vouwde hem op. Charlie deed de keuken, Ben stofzuigde de kleden en stofte de meubels af. Ze lazen dezelfde boeken zodat ze erover konden praten. Ze keken samen urenlang Netflix of Hulu. Ze kropen knus tegen elkaar aan op de bank en praatten over hun werkdag, hun families en wat ze in het weekend gingen doen.

Haar wangen gloeiden toen ze bedacht hoe blij ze waren geweest met hun fantastische huwelijk. Ze waren het over zoveel dingen eens: over de juiste manier om de wc-rol op te hangen, over het aanvaardbare aantal katten dat je per persoon kon houden, over het aantal jaren dat je geacht werd te rouwen om een op zee verdronken partner. Als hun vrienden het in het openbaar luidkeels met elkaar aan de stok kregen of elkaar tijdens een etentje verbaal afmaakten, keek Charlie altijd naar Ben, of Ben keek naar Charlie, en dan glimlachten ze omdat hun relatie stond als een huis.

Ze had hem gekleineerd.

Daarom was hij weggegaan.

Van zijn steun en toeverlaat was ze veranderd in een tierende harpij, en dat was niet geleidelijk gegaan. Het was alsof ze van de ene op de andere dag niet meer tot compromissen in staat was. Ze kon dingen niet laten rusten. Alles wat Ben deed irriteerde haar. Dit was anders dan het sokkengedoe. Hier konden ze zich niet overheen neuken. Charlie was zich bewust van haar gezeik, maar ze kon er niets tegen doen. Ze wílde er niets tegen doen. Het kwaadst was ze als ze een sarcastisch soort belangstelling veinsde voor zaken die haar vroeger altijd oprecht hadden geïnteresseerd: de intriges bij Ben op het werk, de karakterkronkels van hun vele huisdieren, of die rare bult die een collega van Ben op zijn nek had zitten.

Ze was naar de dokter gegaan. Het was niets hormonaals. Haar schildklier was in orde. Het probleem was niet medisch. Ze was gewoon een bazige, bitchy vrouw.

Bens zussen waren opgetogen geweest. Ze herinnerde zich hoe ze met hun ogen hadden zitten knipperen toen Charlie Ben tijdens Thanksgiving voor het eerst had aangevallen alsof ze net uit het oerwoud waren opgedoken.

Nu hoort ze erbij.

Vanaf dat moment werd ze steevast elke dag door een van hen gebeld, en ze had vol overgave stoom afgeblazen. Zijn hangende schouders. Zijn slungelige pas. Zoals hij op het puntje van zijn tong beet. Of neuriede als hij zijn tanden poetste. Waarom kocht hij altijd magere melk in plaats van halfvolle? Waarom zette hij de vuilniszak altijd naast de achterdeur in plaats van hem naar de afvalbak te brengen, terwijl hij toch wist dat de wasberen erbij konden?

Vervolgens had ze de zussen allerlei persoonlijke dingen verteld. Die keer dat Ben contact had proberen te krijgen met zijn al jaren afwezige vader. Waarom hij een halfjaar lang niet met Peggy had gepraat toen ze was gaan studeren. Wat er was gebeurd met dat meisje dat ze allemaal zo aardig hadden gevonden – hoewel niet aardiger dan Charlie – en met wie hij het volgens eigen zeggen had uitgemaakt, hoewel ze vermoedden dat ze zíjn hart had gebroken.

Ze maakte in het openbaar ruzie met hem. Tijdens etentjes liet ze niets van hem heel.

Dit was niet alleen kleineren. Na bijna twee jaar van voortdurende wrijving was er van Ben niet veel overgebleven. De wrok in zijn ogen, zijn herhaalde verzoek aan haar om niet op alle slakken zout te leggen, het had niets uitgehaald. Beide keren dat hij haar had meegesleept naar relatietherapie, had ze zo vals tegen hem gedaan, dat de therapeute had voorgesteld ieder apart te behandelen.

Het was een wonder dat Ben nog energie over had gehad om zijn koffers te pakken en de deur uit te lopen.

'Fu-u-uck!' zei Charlie uit de grond van haar hart. Ze had over de hele achterveranda kattenvoer gemorst. Ben had gelijk gehad wat het aanvaardbare aantal katten per persoon betrof. Op een gegeven moment had Charlie de gewoonte ontwikkeld zwerfdieren te voeren. Geleidelijk aan waren het er steeds meer geworden, met als gevolg dat ze nu zelfs eekhoorns en grondeekhoorns hadden en tot haar ontzetting ook een buidelrat ter grootte van een kleine hond, die elke avond de veranda op kwam schuifelen en haar dan door de glazen deur aankeek, met rode kraalogen die schitterden in het licht van de tv.

Met haar handen veegde Charlie het voer bij elkaar. Ze vervloekte Ben, omdat hij deze week de hond had. Barkzilla, hun vraatzuchtige jack russell, zou alle brokken in een mum van tijd hebben weggewerkt. Die ochtend had ze haar vaste klusjes niet gedaan, waardoor ze het nu des te drukker had. Ze deed voer en water in de verschillende bakken, en met de hooivork schudde ze het hooi op dat als slaapplek diende. Ze vulde de vogelvoederbakken bij en schrobde de veranda. Met de buitenbezem veegde ze een paar spinnenwebben weg. Ze probeerde zo lang mogelijk buiten te blijven, tot het donker en de kou haar uiteindelijk naar binnen dreven.

Daar werd ze begroet door Bens lege sleutelhaak naast de deur. Door de lege barkruk. De lege bank. De leegte achtervolgde haar de trap op, naar de slaapkamer, tot onder de douche. Bens haar kleefde niet aan de zeep, zijn tandenborstel ontbrak op de wastafel, zijn scheerapparaat lag niet aan haar kant van de kaptafel.

Charlies zelfmedelijden had zulke giftige proporties aangenomen dat ze het ditmaal niet eens opbracht om een kom met cornflakes te vullen toen ze in haar pyjama naar beneden sjokte.

Ze liet zich op de bank ploffen. In lezen had ze geen zin. Ze wilde niet kreunend naar het plafond liggen staren. Ze deed wat ze de hele dag had gemeden en zette de tv aan.

Het toestel was al op CNN afgestemd. Een knappe blonde tiener stond voor het schoolgebouw. Ze had een kaars in haar hand, want blijkbaar werd er een soort wake gehouden. De tekstbalk onder aan het scherm vermeldde: CANDICE BELMONT, NORTH GEORGIA.

Het meisje zei: 'Mrs. Alexander had het in de klas altijd over haar dochter. Ze noemde haar "de Baby", want ze was zo lief, net een klein popje. Je wist gewoon dat ze heel veel van haar hield.'

Charlie zette het geluid zachter. De pers molk de tragedie uit, net zoals zij haar zelfmedelijden met betrekking tot Ben uitmolk. Ze had geweld van binnenuit meegemaakt, had met de nasleep moeten leven, en ze werd altijd misselijk van dit soort reportages. De kille cijfers. De klaaglijke muziek. De montages van verdrietige mensen. De tv-stations aasden op kijkers, en de gemakkelijkste manier om ze binnen te halen was door verslag te doen van alles wat ze oppikten en er pas later de waarheid uit te destilleren.

De camera draaide weg van het blonde meisje op de wake en richtte zich op de knappe verslaggever. Hij had zijn mouwen tot onder zijn ellebogen opgerold, en op de achtergrond gloeide zacht kaarslicht. Charlie bestudeerde zijn gespeelde verdriet toen hij het verhaal door de studio liet overnemen. De presentator zat met al net zo'n plechtige uitdrukking op zijn gezicht achter zijn bureau en deed verslag van wat geen nieuws was. Charlie las de tekst die onder in het beeld voorbijkroop, een citaat van de familie Alexander: OOM: KELLY RENE WILSON 'EEN KOELBLOEDIGE MOORDENARES'.

Kelly had inmiddels drie namen. Charlie vermoedde dat een producer in New York dat dreigender vond klinken.

De tekst stopte. De presentator verdween. Ze maakten plaats voor de tekening van een gang met aan weerszijden kluisjes. De afbeelding was driedimensionaal, maar had iets merkwaardig vlaks, waarschijnlijk om duidelijk te maken dat het niet echt was. Kennelijk was een advocaat over de grofheid ervan gevallen. Rechtsboven in het scherm flitste het woord RECONSTRUCTIE rood op.

De afbeelding kwam tot leven. Een hoekig getekende gestalde wandelde stijfjes de gang op. Het lange haar en de donkere kleren wezen maar al te duidelijk op Kelly Wilson.

Charlie zette het geluid harder.

'...rond zes uur vijfenvijftig liep de vermoedelijke schutter, Kelly Rene Wilson, de gang in.' Midden in het scherm bleef de tekenfilm-Kelly staan. Ze had een wapen in haar hand, maar het leek meer op een 9-millimeter dan op een revolver. 'Wilson zou op deze plek hebben gestaan toen Judith Pinkman de deur van haar lokaal opende.'

Charlie schoof naar voren op de bank.

Een hoekige Mrs. Pinkman opende haar deur. Om de een of andere reden had de animator haar grijsblonde haar zilvergrijs gemaakt en het opgestoken in een knot in plaats van het om haar schouders te laten vallen.

'Wilson zag Pinkman en loste twee schoten,' vervolgde de presentator. Uit het wapen in Kelly's hand kwamen twee rookwolkjes. De kogels werden aangegeven door rechte lijnen, waardoor ze net pijlen leken. 'Beide schoten misten doel, maar directeur Douglas Pinkman, al vierentwintig jaar getrouwd met Judith Pinkman, rende zijn kamer uit toen hij de schoten hoorde.'

De virtuele Mr. Pinkman zweefde zijn kamer uit, met zo'n vaart dat zijn benen het niet bij konden houden.

'Wilson zag haar directeur en vuurde nog twee schoten af.' Weer kwamen er wolkjes uit het wapen. De kogelpijlen wezen naar Mr. Pinkmans borst. 'Douglas Pinkman was op slag dood.'

Charlie zag de virtuele Mr. Pinkman op zijn zij vallen, met zijn hand op zijn borst. Midden op zijn blauwe overhemd met korte mouwen verschenen twee inktvisachtige rode vlekken.

Ook dat klopte niet, want Mr. Pinkman had een wit overhemd met lange mouwen aangehad. En zijn haar was niet kortgeschoren geweest.

Het was alsof de animator vond dat een onderbouwdirecteur eruit moest zien als een FBI-agent uit de jaren zeventig, en een docente Engels als een oud wijf met een knot op haar hoofd.

'Op dat moment,' zei de presentator, 'liep Lucy Alexander de gang in.'

Charlie kneep haar ogen dicht.

'Lucy was vergeten lunchgeld te vragen aan haar moeder, een docente biologie die op het moment van de schietpartij op een sectievergadering was aan de overkant van de straat.' Even was het stil, en in gedachten zag Charlie Lucy Alexander voor zich – niet de hoekige animatietekening waar niets van klopte, maar het echte meisje – toen ze glimlachend en zwaaiend met haar armen de hoek om was gekomen. 'Ten slotte werden er twee kogels afgevuurd op het achtjarige meisje. De eerste drong in het bovenste gedeelte van haar romp. De tweede kogel ging door het raam van het kantoor achter haar.'

Er werd drie keer hard op de deur geklopt.

Charlie opende haar ogen. Ze zette de tv weer zachter.

Opnieuw werd er geklopt, twee keer ditmaal.

Er ging een steek van paniek door haar hart heen. Altijd als er onverwacht werd aangeklopt, laaide de angst weer op.

Ze stond op van de bank. Terwijl ze door het voorraam naar buiten keek, dacht ze aan het pistool in haar nachtkastje.

Met een glimlach deed ze open.

De hele dag had ze zich afgevraagd of alles nog erger kon worden, maar ze had niet één keer stilgestaan bij de mogelijkheid dat het ook beter kon worden.

'Hoi.' Ben stond op de veranda, met zijn handen in zijn zakken. 'Sorry dat ik je zo laat nog stoor, maar ik kom een dossier halen dat in de kast ligt.'

'O.' Meer kreeg ze er niet uit, want de golf van verlangen die haar overspoelde, benam haar de adem. Niet dat hij er moeite voor had gedaan. Hij droeg een trainingsbroek en een T-shirt dat ze niet kende, waardoor ze zich onwillekeurig afvroeg of Kaylee Collins, zesentwintig en werkzaam op zijn kantoor, het soms voor hem had gekocht. Wat had die meid verder nog veranderd? Charlie wilde aan zijn haar ruiken, ze wilde weten of hij hun shampoo nog gebruikte. Ze wilde zijn ondergoed zien om te kijken of het nog hetzelfde merk was.

'Mag ik binnenkomen?' vroeg Ben.

'Het is nog altijd jouw huis,' zei Charlie, die opeens besefte dat ze in beweging moest komen omdat hij anders niet naar binnen kon. Ze deed een stap naar achteren en hield de deur open.

Voor de televisie bleef Ben staan. Het animatiefilmpje was afgelopen. De presentator was weer in beeld. 'Iemand lekt informatie,' zei Ben, 'maar het is de verkeerde informatie.'

'Weet ik,' zei Charlie. Ze hadden niet alleen het hoe en wanneer mis, maar ook hoe de mensen eruit hadden gezien, waar ze hadden gestaan, hoe ze zich hadden verplaatst. Degene die lekte was waarschijnlijk geen insider, maar zat dicht genoeg bij het vuur om geld te vangen voor elk misleidend detail dat hij aandroeg.

'Dus.' Ben krabde aan zijn arm. Hij keek naar de vloer. Hij keek weer op, naar Charlie. 'Terri heeft gebeld.'

Ze knikte, want natuurlijk had zijn zus hem gebeld. Wat had het voor zin om een rotopmerking tegen Charlie te maken als Ben er niet van op de hoogte was?

'Vervelend dat ze erover is begonnen,' zei hij.

Ze haalde haar schouder op. 'Maakt niet uit.'

Negen maanden geleden zou hij gezegd hebben dat het wel iets uitmaakte, maar nu deed hij het zelf ook af met een schouderophalen. 'Goed, dan ga ik maar naar boven, oké?'

Charlie gebaarde als een ware maître d' naar de trap.

Ze luisterde naar de lichte tred waarmee hij de trap op rende en was verbaasd omdat ze was vergeten hoe dat klonk. Zijn hand streek piepend langs de leuning toen hij de overloop passeerde. De glans was van het hout verdwenen van alle keren dat hij dit gedaan had.

Hoe was het mogelijk dat dit niet in haar zwelgboek voorkwam?

Charlie was op dezelfde plek blijven staan. Ze staarde wezenloos naar de flatscreen-tv. Het ding was gigantisch, zo groot zag je ze zelfs in de Holler niet. Ben had er de hele dag over gedaan om alle onderdelen aan te sluiten. Rond middernacht had hij gevraagd: 'Wil je het nieuws zien?'

Toen Charlie ja had gezegd, had hij wat knoppen op zijn computer ingedrukt en opeens had ze naar een film over een kudde gnoes gekeken.

Boven ging een deur open. Ze hield haar armen gekruist voor haar maag. Wat werd er van een vrouw verwacht wanneer haar vervreemde echtgenoot, die al negen maanden geen voet over de drempel had gezet, opeens in hun huis was?

Ze trof Ben in de logeerkamer, die eigenlijk meer een vergaarbak was vol extra boeken, archiefkasten en op maat gemaakte schappen waarop hij vroeger zijn Star Trekverzameling had uitgestald.

Pas op het moment dat Charlie had gezien dat de Star Trekspullen verdwenen waren, had ze beseft dat het Ben ernst was.

'Hoi,' zei ze.

Hij stond in de inloopkast en rommelde in archiefdozen.

'Hulp nodig?' vroeg ze.

'Nee.'

Charlie stootte haar been tegen het bed. Moest ze weggaan? Eigenlijk moest ze weggaan.

'Het gaat om die schikking van vandaag,' zei Ben, dus ze vermoedde dat hij zocht naar oude aantekeningen over de zaak. 'De man heeft gelogen over zijn medeplichtige.'

'Vervelend.' Charlie ging op het bed zitten. 'Vergeet het piepspeeltje van Barkzilla niet. Dat vond ik naast de –'

'Ik heb een nieuwe voor hem gekocht.'

Charlie keek naar de vloer. Ze probeerde het beeld te verdringen van Ben in de dierenwinkel, die zonder haar een speeltje voor hun hond uitzocht. Of met iemand anders. 'Ik vraag me af of degene die dat foute tijdpad heeft gelekt dat heeft gedaan om aandacht te krijgen of om de pers op een vals spoor te zetten.'

'De sheriff van Dickerson County bekijkt de beveiligingsbeelden uit het ziekenhuis.'

Charlie zag het verband niet. 'Mooi.'

'Degene die de banden van je vader kapot heeft gesneden was waarschijnlijk een gek die een geintje uithaalde, maar het wordt wel serieus genomen.'

'Eikel,' mompelde Charlie, omdat Rusty had gelogen over de reden waarom hij een lift moest hebben.

'Wat?' Ben stak zijn hoofd uit de kast.

'Niks,' zei ze. 'Zijn huis is ook al ondergespoten. Er is "geiten neuker" op geklad. Of eigenlijk alleen "neuker", want die geiten stonden er al.'

'Ja, die heb ik vorige week gezien.'

'Wat had jij vorig weekend in de Schots en Scheef te zoeken?'

Hij stapte de kast uit, met een archiefdoos in zijn handen. 'Ik ga elke laatste zondag van de maand bij je vader op bezoek. Dat weet je best.'

Rusty en Ben hadden altijd een merkwaardig soort vriendschap onderhouden. Ondanks het leeftijdsverschil behandelden ze elkaar als generatiegenoten. 'Ik wist niet dat je dat nog steeds deed.'

'Tja.' Hij zette de doos op het bed. De matras zakte door onder het gewicht. 'Ik zal dat "neuker" aan Keith doorgeven.' Hij bedoelde Keith Coin, de commissaris van politie en de oudere broer van Ken Coin. 'Hij heeft gezegd dat hij iemand zou sturen vanwege die geiten, maar met het oog op wat er vandaag is gebeurd...' Zijn stem stierf weg toen hij het deksel van de doos nam.

'Ben.' Charlie keek toe terwijl hij de dossiers doorzocht. 'Heb je het gevoel dat ik je nooit een vraag laat beantwoorden?'

'Dat laat je me nu toch doen?'

Ze glimlachte. 'Weet je, mijn vader deed vandaag iets ingewikkelds met het autoraampje en... Nou ja, dat gedeelte doet er niet toe. Waar het op neerkwam was dat hij zei dat je moet kiezen tussen gelijk hebben en gelukkig zijn. Hij zei dat Gamma daarover tot een besluit wilde komen voor ze stierf, of ze liever gelijk wilde hebben dan gelukkig zijn.'

Hij keek op van de doos. 'Het kan toch ook beide?'

'Ik denk dat je als je te vaak gelijk hebt, bijvoorbeeld als je te veel weet of te slim bent en dat aan anderen laat merken...' Ze wist niet goed hoe ze het moest uitleggen. 'Gamma wist bijna overal het antwoord op. Op alles eigenlijk.'

'Dus je vader zei dat ze gelukkiger zou zijn geweest als ze zich minder slim had voorgedaan dan ze was?'

Onwillekeurig verdedigde ze haar vader. 'Dat zei Gamma, niet mijn vader.'

'Dat klinkt als een probleem in hún huwelijk, niet in dat van ons.' Hij liet zijn hand op de doos rusten. 'Charlie, als je bang bent op je moeder te lijken, dan is dat helemaal niet erg. Van wat ik heb begrepen, was ze een geweldig mens.'

Hij was zo verdomd sympathiek dat ze het er benauwd van kreeg. 'Jij bent ook geweldig.'

Hij liet een scherp, sarcastisch lachje horen. Dat had ze vaker gedaan, haar bitcherigheid overgecompenseerd en hem behandeld als een peuter die bemoedigd moest worden.

'Ik meen het, Ben,' zei ze. 'Je bent slim en grappig en...' Hij keek zo verbaasd dat ze haar loftuitingen staakte. 'Wat is er?'

'Moet je huilen?'

'Shit.' De enige die Charlies tranen mocht zien, was Lenore. 'Sorry. Zo ben ik de hele dag al.'

Hij verroerde zich niet. 'Bedoel je sinds wat er op de school is gebeurd?'

Charlie wreef haar lippen over elkaar. 'Daarvóór ook al.'

'Ken je die vent eigenlijk wel?'

Ze werd doodziek van die vraag. 'De enige reden waarom je iets met een onbekende doet, is omdat het een onbekende is en omdat je hem in een volmaakte wereld nooit meer zult zien.'

'Goed om te weten.' Hij haalde een dossier uit de doos en bladerde het door.

Charlie duwde zich met haar handen wat omhoog zodat ze hem kon aankijken. 'Het is nooit eerder gebeurd. Geen enkele keer. Niet eens bijna.'

Ben schudde zijn hoofd.

'Ik heb nooit naar een andere man gekeken toen ik nog bij jou was.'

Hij stopte het dossier weer in de doos en pakte een ander. 'Ben je klaargekomen bij hem?'

'Nee,' antwoordde ze, maar dat was een leugen. 'Ja, maar ik moest mijn hand gebruiken en het stelde niets voor. Een soort nies.'

'Een soort nies,' herhaalde hij. 'Fantastisch, elke keer als ik nu moet niezen, denk ik aan jou terwijl je klaarkomt bij die klote-Batman.'

'Ik was eenzaam.'

'Eenzaam,' echode hij.

'Wat wil je dat ik zeg, Ben? Ik wil bij jóú klaarkomen. Ik wil bij jóú zijn.' Ze reikte naar zijn hand, maar hij trok hem weg. 'Ik wil alles doen wat nodig is om het weer goed te maken. Je hoeft het maar te zeggen.'

'Je weet wat ik wil.'

Weer die relatietherapeut. 'We hoeven echt niet van zo'n maatschappelijk-werktrut met een diploma en een slecht kapsel te horen dat ík het probleem ben. Ik weet dat ik het probleem ben. Dat probeer ik te verhelpen.'

'Je vroeg wat ik wilde, en dat heb ik gezegd.'

'Wat heeft het voor zin om in iets te peuren wat dertig jaar geleden gebeurd is?' Charlie zuchtte geërgerd. 'Ik weet best dat ik er kwaad om ben. Jezus, ik ben razend. En dat probeer ik niet te verbergen. Ik doe niet alsof er niks gebeurd is. Als ik erdoor bezeten was en er niet over op kon houden, zou ze dat ook niet goed vinden.'

'Je weet dat ze dat niet gezegd heeft.'

'God, Ben, wat heeft dit voor zin? Wil je me eigenlijk nog wel?'

'Natuurlijk.' Hij keek gespannen, alsof hij zijn antwoord weer in wilde slikken. 'Maar waarom snap je niet dat dat er niet toe doet?'

'Het doet er wel toe.' Ze schoof dichter naar hem toe. 'Ik mis je, liefje. Mis je mij ook?'

Weer schudde hij zijn hoofd. 'Charlie, daar schieten we niks mee op.'

'Misschien een beetje.' Ze streek zijn haar naar achteren. 'Ik verlang naar je, Ben.'

Hoewel hij zijn hoofd bleef schudden, duwde hij haar niet weg.

'Ik doe alles wat je wilt.' Charlie schoof nog dichter naar hem toe. Het ontbrak er alleen nog aan dat ze zich op hem wierp. 'Zeg het maar en ik doe het.'

'Stop,' zei hij, maar hij hield haar niet tegen.

'Ik wil je.' Ze kuste zijn hals. Ze kon wel janken toen ze voelde hoe zijn huid reageerde op haar mond. Ze bewoog haar lippen over zijn kaak, tot aan zijn oor. 'Ik wil je in me voelen.'

Toen haar handen over zijn borst naar beneden gleden, kreunde hij zachtjes.

Ze bleef hem maar kussen, likken. 'Ik wil je pijpen.'

Huiverend haalde hij adem.

'Je mag alles hebben wat je wilt, schat. Mijn mond. Mijn handen. Mijn kont.'

'Chuck.' Hij klonk schor. 'We kunnen niet –'

Ze kuste hem op zijn lippen en bleef hem maar kussen tot hij haar eindelijk terug kuste. Zijn mond was als zijde. Op het moment dat ze zijn tong voelde, werd het warm tussen haar benen. Elke zenuw in haar lijf stond in brand. Zijn hand ging naar haar borst. Ze voelde dat hij stijf werd en reikte naar beneden om hem nog stijver te maken.

Ben sloeg zijn hand over die van haar. Eerst dacht ze dat hij haar hielp, maar toen besefte ze dat hij haar tegenhield.

'O, god.' Ze schoot naar achteren, sprong van het bed en ging met haar rug tegen de muur staan, beschaamd, vernederd, uitzinnig. 'Het spijt me. Het spijt me zo verschrikkelijk.'

'Charlie –'

'Nee!' Als een verkeersagent stak ze haar hand op. 'Als je nu iets zegt, is dat het einde, en het mag niet het einde van alles zijn, Ben. Dat kan gewoon niet. Het is te veel na...'

Charlie zweeg, maar haar woorden galmden na, als een waarschuwing.

Ben keek haar aan. Zijn keel bewoog toen hij slikte. 'Na wat?'

Het bloed bonkte in haar oren. Alles aan haar was gespannen, alsof haar tenen boven de rand van een bodemloos ravijn hingen.

Bens telefoon ging, de openingstune van *Cops*, een beltoon die hij had ingesteld voor het politiebureau van Pikeville.

Bad boys, bad boys, whatchu gonna do...

'Dat is van je werk,' zei ze. 'Je moet opnemen.'

'Nee, niet nodig.' Afwachtend hief hij zijn kin.

Bad boys, bad boys...

'Vertel wat er vandaag gebeurd is,' zei hij.

'Je was erbij toen ik mijn verklaring aflegde.'

'Je bent op de schoten afgerend. Waarom? Wat bezielde je?'

'Ik ben niet op de schoten afgerend. Ik ben op Mrs. Pinkman afgerend, want ze gilde om hulp.'

'Bedoel je Heller?'

'Dat is precies het soort Oprahbullshit dat je van een therapeut kunt verwachten.' Ze verhief haar stem om boven het geluid van zijn stomme telefoon uit te komen. 'Dat ik het gevaar opzoek omdat ik dertig jaar geleden, toen iemand me echt nodig had, ben weggerend.'

'En kijk wat er gebeurd is!' Bens plotselinge uitval echode door de ruimte.

De beltoon was gestopt.

De stilte rommelde als de donder.

'What the fúck bedoel je daarmee?' vroeg ze.

Ben had zijn kaken zo strak op elkaar geklemd dat ze zijn kiezen bijna hoorde knarsen. Hij greep de doos en smeet hem de kast weer in.

'Waar heb je het over, Ben?' Charlie beefde, alsof iets onherstelbaar uiteen was gescheurd. 'Bedoel je: kijk wat er toen gebeurd is, of kijk wat er vandaag gebeurd is?'

Zwijgend schoof hij dozen over de planken heen en weer.

Ze ging in de deuropening van de kast staan, zodat hij geen kant op kon. 'Je kunt niet zomaar zo'n bak stront over me heen gooien en me dan de rug toekeren.'

Hij zei niets.

Beneden hoorde Charlie haar eigen telefoon overgaan, diep weggestopt in haar tas. Ze telde vijf lange beltonen en hield haar adem in tot de voicemail het overnam.

Ben bleef met dozen schuiven.

De stilte vrat aan haar. Straks ging ze weer huilen, want huilen was die dag zo ongeveer het enige wat ze kon.

Uiteindelijk verbrak ze de stilte. 'Ben,' zei ze smekend. 'Zeg alsjeblieft wat je bedoelde.'

Hij nam het deksel van een doos. Met zijn vinger streek hij over de geëtiketteerde dossiers. Net toen ze dacht dat hij haar bleef negeren, zei hij: 'Vandaag is het de derde.'

Charlie wendde haar blik af. Dus daarom had Ben haar die ochtend gebeld. Daarom had Rusty 'Happy Birthday' geneuried, terwijl ze er als een imbeciel bij had gestaan en hem telkens weer had gevraagd wat hij wist.

'Ik heb vorige week op de kalender gezien wat voor dag het was,' zei ze, 'maar –'

Weer ging Bens telefoon. Deze keer was het niet de politie, maar een normale beltoon. Eén keer. Twee keer. Bij de derde keer nam hij op. Ze hoorde zijn korte antwoorden. 'Wanneer?' En toen: 'Hoe erg is het?' En ten slotte, nu met lagere stem: 'Heeft de dokter gezegd...'

Charlie leunde met haar schouder tegen de deurpost. Ze had ontelbare variaties op dit telefoontje gehoord. Iemand in de Holler had zijn vrouw te hard geslagen of met een mes een ruzie beslecht, waarop iemand anders een geweer had gepakt, en nu moest de onderofficier van justitie naar het bureau om tot een schikking te komen met de eerste die zijn mond opendeed.

'Haalt hij het?' vroeg Ben. Hij knikte. 'Ja. Dat regel ik wel. Bedankt.'

Charlie keek toe terwijl hij het gesprek beëindigde en zijn telefoon in zijn zak liet glijden. 'Laat me raden: ze hebben een Culpepper gearresteerd.'

Hij draaide zich niet om, maar klemde in plaats daarvan de randen van de plank vast alsof hij naar houvast zocht.

'Ben?' vroeg ze. 'Wat is er?'

Ben snifte. Hoewel hij geen volslagen ijskonijn was, kon Charlie op de vingers van één hand de keren tellen dat ze haar man had zien huilen. Alleen huilde hij nu niet zomaar. Zijn schouders schokten. Hij leek verscheurd door verdriet.

Charlie begon ook te huilen. Zijn zussen? Zijn moeder? Zijn egoïstische vader die ervandoor was gegaan toen Ben zes was? Ze legde haar hand op zijn schouder. Hij beefde nog steeds. 'Liefje, wat is er? Je maakt me bang.'

Hij veegde langs zijn neus en draaide zich om. Tranen stroomden uit zijn ogen. 'Sorry.'

'Wat?' Nu fluisterde ze bijna. 'Ben, wat is er?'

'Je vader.' Hij slikte zijn verdriet weg. 'Hij is met de traumaheli naar het ziekenhuis gebracht. Hij...'

Charlies knieën begaven het. Ben ving haar op voor ze op de vloer viel.

Haalt hij het?

'Jullie buurman heeft hem gevonden,' zei Ben. 'Hij lag aan het begin van de oprit.'

In gedachten zag Charlie Rusty naar de brievenbus lopen: in marstempo, neuriënd en knippend met zijn vingers, maar opeens greep hij naar zijn hart en stortte op de grond.

Ze zei: 'Hij is ook zo...' *Dom. Koppig. Zelfdestructief.* 'We waren vandaag op mijn kamer en ik zei nog dat hij weer een hartaanval zou krijgen, en nu –'

'Het was zijn hart niet.'

'Maar...'

'Je vader heeft geen hartaanval gehad. Iemand heeft hem neergestoken.'

Charlies mond bewoog, maar het duurde even voor ze iets kon zeggen. 'Neergestoken?' Ze moest het herhalen, want het sloeg nergens op. 'Neergestoken?'

'Chuck, je moet je zus bellen.'

Wat er met Charlotte gebeurde

Charlotte draaide zich om naar haar zus en riep: 'Laatste woord!'

Ze rende naar de Schots en Scheef voordat Samantha een gevatte reactie kon bedenken. Rode klei stoof omhoog en bleef aan haar bezwete benen plakken. Ze sprong de verandatrap op, schopte haar schoenen uit, stroopte haar sokken van haar voeten en duwde de deur open, en net op dat moment zei Gamma: 'Fuck!'

Haar moeder stond voorovergebogen, met één hand steunend op het keukenblad en de andere voor haar mond, alsof ze net had gehoest.

'Mam,' zei Charlotte, 'dat is een lelijk woord.'

Gamma kwam weer overeind. Ze haalde een tissue uit haar zak om haar mond af te vegen. 'Ik zei "flut", Charlie. Wat dacht jij dat ik zei?'

'Je zei...' Net op tijd had Charlotte het door. 'Als ik dat lelijke woord zeg, weet jij dat ik het ken.'

'Laat je niet in de kaart kijken, schat.' Ze stopte de tissue weer in haar zak en liep naar de gang. 'Zorg dat de tafel is gedekt wanneer ik terugkom.'

'Waar ga je naartoe?'

'Zeg ik niet.'

'Hoe weet ik nou hoe snel ik de tafel moet dekken als ik niet eens weet wanneer je terugkomt?' Ze wachtte op antwoord, maar het enige wat ze hoorde was Gamma's scherpe, weergalmende hoest.

Charlotte pakte de papieren borden. Met een klap zette ze de doos met plastic vorken op tafel. Gamma had in de kringloopwinkel echt bestek en echte borden gekocht, maar de doos was onvindbaar. Charlotte wist dat hij in Rusty's werkkamer stond. De volgende dag zouden ze daar dozen uitpakken, wat betekende dat iemand de volgende avond zou moeten afwassen.

Samantha smeet de keukendeur zo hard dicht dat de muur ervan trilde.

Charlotte negeerde haar. Ze mikte de papieren borden op hun plek.

Opeens, zonder waarschuwing, wierp Samantha een vork naar haar gezicht.

Charlotte deed haar mond al open om Gamma te roepen, toen ze de tanden van de vork tegen haar onderlip voelde stoten. Instinctief sloot ze haar mond.

De vork bleef hangen, een trillende pijl, recht in de roos.

'Jezus, dat was knap!' zei Charlotte.

Samantha haalde haar schouders op, alsof het niks voorstelde om een rondtollende vork tussen je lippen te vangen.

'Ik doe de afwas als het je twee keer achter elkaar lukt,' zei Charlotte.

'Als jij hem één keer in mijn mond krijgt, doe ik de hele week de afwas.'

'Deal.' Charlotte richtte en woog haar opties af: Samantha met opzet in haar gezicht raken of proberen de vork in haar mond te krijgen.

Gamma was terug. 'Geen bestek naar je zus gooien, Charlie. Sam, help eens zoeken naar die koekenpan die ik laatst heb gekocht.'

De tafel was al gedekt, maar Charlotte had geen zin zich voor de zoekpartij te laten strikken. De dozen stonken naar mottenballen en hondenpoten. Ze zette de borden recht. Ze legde de vorken er keurig naast. Die avond aten ze spaghetti, dus ze moesten ook messen hebben, want Gamma kookte de pasta altijd veel te kort zodat het spul in pezige slierten aan elkaar klonterde.

'Sam.' Gamma hoestte weer. Ze wees naar de airco. 'Zet dat ding eens aan zodat er wat frisse lucht binnenkomt.'

Samantha keek naar de reusachtige doos in het raam alsof ze nog nooit een airco had gezien. Sinds het roodstenen huis was afgebrand, had ze al lopen mokken. Charlotte had ook lopen mokken, maar stilletjes, want Rusty voelde zich al rot genoeg zonder dat zij het hem ook nog eens inwreven.

Ze pakte een extra papieren bord en probeerde er een vliegtuigje van te vouwen dat ze aan haar vader wilde geven.

'Hoe laat moeten we papa van zijn werk halen?' vroeg Samantha.

'Die krijgt wel een lift van iemand uit het gerechtsgebouw,' zei Gamma.

Charlotte hoopte dat Lenore hem een lift zou geven. Rusty's secretaresse had haar een boek genaamd *Lace* geleend. Het ging over vier vriendinnen. Een van hen werd verkracht door een sjeik, alleen wist je niet wie van de vier, en raakte zwanger. Haar dochter kreeg pas te horen wat er was gebeurd toen ze volwassen was, en schatrijk, en aan de vrouwen vroeg: 'Wie van jullie krengen is mijn moeder?'

'Ah, shit.' Gamma stond op. 'Hopelijk vinden jullie het niet erg om voor een avond vegetariër te zijn.'

'Mam.' Charlotte liet zich op haar stoel vallen. Ze nam haar hoofd in haar handen en deed alsof ze misselijk was, in de hoop dan een blik soep te krijgen als avondeten. 'Ik heb buikpijn.'

'Heb je geen huiswerk?' vroeg Gamma.

'Scheikunde.' Charlotte keek op. 'Wil jij me helpen?'

'Het is geen raketwetenschap.'

'Bedoel je dat het geen raketwetenschap is, dus dat ik het ook in mijn eentje kan, of bedoel je dat het geen raketwetenschap is en dat je me dus niet kunt helpen, aangezien dat de enige wetenschap is waar jij goed in bent?'

'Er zitten te veel voegwoorden in die zin,' zei Gamma. 'Ga je handen wassen.'

'Dit was anders een heel normale vraag.'

'Nu.'

Charlotte rende de gang op. Die was zo lang dat je hem vanuit de keuken als bowlingbaan kon gebruiken. Tenminste, dat had Gamma gezegd, en dat ging Charlotte doen zodra ze een bal had.

Ze opende de eerste van de vijf deuren en zag de trap naar de smerige kelder. Ze opende een tweede deur. Die kwam uit op het gangetje naar de enge slaapkamer van de oude boer.

'Flut!' riep Charlotte, om Gamma een plezier te doen.

Ze opende een derde deur. De inloopkast. Charlotte grijnsde bij de gedachte aan het geintje dat ze met Samantha uithaalde, of misschien geen geintje, maar hoe het ook heette als je iemand de stuipen op het lijf joeg.

Ze probeerde haar zus wijs te maken dat het spookte in de Schots en Scheef.

De vorige dag had Charlotte een merkwaardige zwart-witfoto gevonden in een doos uit de kringloopwinkel. Eerst was ze hem gaan inkleuren, maar toen ze alleen nog maar de tanden geel had gemaakt, besloot ze de foto in de onderste la van de inloopkast te leggen, zodat Samantha hem zou vinden.

Haar zus was zich rot geschrokken, waarschijnlijk omdat Charlotte de avond ervoor de vloerplanken op de gang bij haar kamer had laten kraken om Samantha naar de enge slaapkamer te lokken waar de oude boer was gestorven. Daar had ze de mogelijkheid geopperd dat het lichaam van de oude knar het huis had verlaten, maar zijn geest niet. Dat hij nog rondspookte.

Charlotte opende weer een deur. 'Gevonden!'

Ze gaf een ruk aan het lichtkoord. Ze trok haar korte broek al naar beneden, maar verstijfde toen ze bloedspetters op de wc-bril zag.

Dit was niet het soort bloed dat Samantha soms achterliet als ze ongesteld was. Dit was eroverheen gesproeid, zoals wanneer je te hard hoestte en er bloed uit je mond kwam.

Gamma hoestte de laatste tijd veel te hard.

Charlotte trok haar broek weer op, draaide de kraan open en hield haar handen als een kommetje onder de straal. Ze goot het water over de wc-bril om de rode spetters weg te spoelen. Toen zag ze de rode spatten op de vloer. Ook daar goot ze water overheen, en over de spiegel, want daar zat het ook al. Zelfs de beschimmelde rand van de douchecabine was ondergespetterd.

In de keuken ging de telefoon. Nadat hij een paar keer was overgegaan, vroeg Charlotte zich af of er nog werd opgenomen. Van Gamma mochten zij soms niet opnemen, want het zou Rusty kunnen zijn. Gamma was nog steeds kwaad vanwege de brand, maar ze liep niet te mokken zoals Samantha. Wat zij vooral deed, was schreeuwen. En huilen, maar dat wist alleen Charlotte.

Het handvat van de bolhamer was doorweekt tegen de tijd dat Charlotte de kraan had dichtgeslagen. Ze kreeg een natte kont toen ze op de wc ging zitten. Ze had er een bende van gemaakt. Hier en daar kleurde het water roze. Ze trok haar broekje omhoog en depte het water op met een prop toiletpapier. Toen het papier uit elkaar viel, maakte ze een nieuwe prop. En daarna nog een. Papier werd geacht vocht te absorberen, maar wat zij deed was een enorme klont nat papier produceren die het toilet zou verstoppen als ze hem probeerde door te spoelen.

Charlotte kwam overeind. Ze keek om zich heen. Er was geen roze meer te zien, maar er lag nog wel veel water. De badkamer was toch al aan de vochtige kant. De doucheschimmel was net iets uit een film over een lagune waar een moerasmonster uit kruipt.

Op de gang rammelde er iets in een doos. Sam maakte een gesmoord geluid, alsof ze haar teen had gestoten.

'Flut,' zei Charlotte, maar deze keer meende ze het. De prop toiletpapier was roze van het bloed. Ze duwde hem in de voorzak van haar broekje. Ze had geen tijd om te plassen en trok de deur van de badkamer achter zich dicht. Drie meter verderop stond Samantha. Charlotte stompte haar zus tegen haar arm om haar aandacht af te leiden van de natte prop in haar broekje en galoppeerde verder de gang door, want paarden waren sneller.

'Eten!' riep Gamma. Ze stond bij het fornuis toen Charlotte de keuken binnen denderde.

'Ik ben er al,' zei Charlotte.

'Maar je zus is er nog niet.'

Charlotte zag de dikke pasta die Gamma met een tang uit de pot viste. 'Mam, hoeven we dat alsjeblieft niet te eten?'

'Ik laat jullie niet verhongeren.'

'Dan eet ik wel ijs.'

'Wil je soms explosieve diarree?'

Charlotte werd ziek van alles waar melk in zat, maar ze wist zeker dat de draderige spaghetti hetzelfde effect zou hebben. 'Mama, wat gebeurt er als ik twee kommen ijs opeet? Heel grote kommen?'

'Dan barsten je darmen en ga je dood.'

Charlotte keek naar haar moeders rug. Soms wist ze met geen mogelijkheid of Gamma iets meende of niet.

De telefoon begon te rinkelen en Charlotte had de hoorn al te pakken voor Gamma het haar kon verbieden.

'Hallo?' zei ze.

'Hoi, Charlie Bear.' Rusty grinnikte, alsof dit niet de duizendste keer was dat hij haar zo noemde. 'Eigenlijk wilde ik mijn lieve Gamma spreken.'

Gamma kon Rusty vanaf de andere kant van de keuken verstaan, want hij praatte altijd veel te hard in de telefoon. Ze schudde haar hoofd en mimede voor alle duidelijkheid 'nee'.

'Ze is haar tanden aan het poetsen,' zei Charlotte. 'Of zou ze nu aan het flossen zijn? Ik hoorde iets piepen, maar ik dacht dat het een muis was, alleen –'

Gamma griste de telefoon uit haar hand. '"Hoop is het ding met veren – Dat in de ziel neerstrijkt – Het lied zonder de woorden zingt – En 't zingen – nooit meer staakt,"' zei ze tegen Rusty.

Ze legde de hoorn weer op de haak. 'Wist je dat van alle vogels de kip het meest voorkomt op aarde?'

Charlotte schudde haar hoofd. Dat wist ze niet.

'Ik help je na het eten wel met je scheikunde, en het is trouwens geen ijs.'

'Is scheikunde geen ijs? Of het eten?'

'Slimmerik.' Ze nam Charlottes gezicht in haar hand. 'Op een dag ontmoet je een man die hopeloos valt voor dat stel hersens van je.'

Charlotte zag een struikelende man voor zich die net als de plastic vork over de kop sloeg. 'Stel dat hij zijn nek breekt als hij valt?'

Gamma kuste haar op haar hoofd en liep de keuken uit.

Charlotte liet zich op de stoel zakken. Achteroverleunend zag ze dat haar moeder naar de voorraadkast liep. Of naar de keldertrap. Of de inloopkast. Of de slaapkamer. Of de badkamer.

Ze liet de stoel weer op zijn poten zakken en plantte haar ellebogen op tafel.

Ze wist niet of ze wel een man wilde die voor haar viel. Een jongen op school was verliefd op Samantha. Peter Alexander. Hij speelde jazzgitaar, en na het eindexamen wilde hij naar Atlanta om in een band te spelen. Dat schreef hij tenminste in de lange, saaie brieven die Samantha vroeger tussen haar matras en de boxspring verstopte.

Over het kwijtraken van Peter liep Samantha nog het meest te mokken. Charlotte had gezien dat ze hem onder haar shirt liet voelen, wat betekende dat ze hem echt heel aardig vond, want anders deed je dat niet. Hij had een cool leren jack dat Samantha had mogen lenen en dat bij de brand verloren was gegaan. Daarvoor had hij vreselijk van zijn ouders op zijn kop gekregen, en nu praatte hij niet meer met Samantha.

Charlotte had een heel stel vriendinnen die ook niet meer met haar praatten, maar volgens Rusty kwam dat doordat hun ouders idioten waren die het niet erg vonden dat een zwarte man de doodstraf kreeg, ook al was hij onschuldig.

Fluitend tussen haar tanden vouwde ze de flappen van het papieren bord terug en probeerde er opnieuw een vliegtuig van te maken. Rusty had ook gezegd dat door die brand alles tijdelijk was omgedraaid. Gamma en Samantha, die normaal altijd heel verstandig waren, hadden geruild met Rusty en Charlotte, normaal gesproken de emotionele helft van het gezin. Het was net *Freaky Friday*, alleen kregen zij geen basset, omdat Samantha allergisch was.

Charlotte likte aan de vouwen van het vliegtuigje, in de hoop dat het door haar spuug zijn vorm behield. Ze had niet tegen Rusty gezegd dat er bij haar niet echt een knop was omgezet. Ze deed alsof alles in orde was, maar het was helemaal niet in orde. Ook zij had spullen verloren, zoals al haar *Nancy Drew*-boeken, haar goudvis – nota bene een levend wezen – haar scoutinginsignes en zes dode insecten die ze alvast had bewaard voor het volgende jaar, want ze wist dat je bij biologie voor gevorderden al bij een van de eerste opdrachten insecten op een stuk karton moest prikken om ze daarna te benoemen.

Charlotte had verschillende pogingen gedaan met Samantha over haar verdriet te praten, maar het enige wat Samantha dan deed was alle spullen opsommen die ze zelf was kwijtgeraakt, alsof het een wedstrijdje was. Waarop Charlotte over andere dingen was begonnen, zoals school, tv-series en het boek dat ze van de bibliotheek had geleend, maar dan keek Samantha haar alleen maar aan, tot ze de boodschap doorhad en wegging.

Het enige moment waarop haar zus haar als een normaal mens behandelde, was 's avonds, wanneer ze hun shirts, shorts en sport-bh's in de wasbak op de badkamer wasten. Hun hardloopkleren en gympen waren de enige spullen die ze na de brand nog hadden, maar daarover sprak Samantha niet. Ze gidste Charlotte langzaam en geduldig door de blinde wissel, alsof dat het enige in hun leven was wat ertoe deed. *Buig je voorste been, steek je hand recht naar achteren, leun naar voren, naar de baan toe, maar zet pas af wanneer ik bij mijn markeringsteken ben. Zodra je het stokje tegen je hand voelt slaan, ga je ervandoor.*

'Niet achteromkijken,' zei Samantha dan. 'Vertrouw erop dat ik er ben. Hou je hoofd laag en ren.'

Samantha was altijd al gek op hardlopen geweest. Ze hoopte op een sportbeurs, zodat ze het hele eind naar de universiteit rennend af zou kunnen leggen en nooit meer naar Pikeville terug zou hoeven keren, wat betekende dat ze misschien over een jaar al weg was, want Gamma liet haar een klas overslaan als ze tienen haalde op het toelatingsexamen.

Verslagen gaf Charlotte haar pogingen om een vliegtuigje te vouwen op. Het bord weigerde zijn nieuwe vorm te behouden. Het wilde een bord blijven. Ze kon beter een blaadje uit een schrift nemen, zoals het hoorde. Ze wilde het vliegtuigje van de oude weertoren gooien. Rusty had beloofd haar daar mee naartoe te nemen, want hij werkte aan een verrassing voor Gamma.

De oude boer had als vrijwilliger meegedaan aan het burgerobservatieprogramma van de National Weather Service. Rusty had in de schuur dozen vol dataformulieren van het weerjournaal gevonden waarop de man vanaf 1948 vrijwel elke dag de temperatuur, barometerstand, neerslag, wind en luchtvochtigheid had bijgehouden.

In het hele land waren duizenden vrijwilligers zoals hij, die hun gegevens naar de National Oceanic and Atmospheric Administration stuurden om wetenschappers te helpen de stormen en tornado's te voorspellen. Er kwam veel rekenwerk bij kijken, en als je Gamma met één ding gelukkig kon maken, was het met een dagelijkse portie rekenwerk.

De weertoren zou de grootste verrassing van haar leven worden.

Charlotte hoorde een auto op de oprit. Snel pakte ze het mislukte vliegtuigje en scheurde het in stukken, zodat Rusty niet zou zien wat ze aan het doen was, want hij had al gezegd dat ze niet in de metalen toren mocht klimmen om een papieren vliegtuigje naar beneden te gooien. Bij de afvalbak stak ze haar hand in haar broekzak en haalde er de ranzige proppen nat wc-papier uit. Ze veegde haar handen af aan haar shirt en rende naar de deur om haar vader te begroeten.

'Mama!' riep Charlotte, zonder te melden dat Rusty was thuisgekomen.

De lach waarmee ze de deur opende, week snel van haar gezicht. Op de veranda stonden twee mannen.

Een van hen deed een paar stappen terug, het trapje weer af. Hij zette grote ogen op, alsof hij niet had verwacht dat de deur open zou gaan, en toen pas zag Charlotte dat hij een zwarte bivakmuts droeg, een zwart T-shirt en leren handschoenen, en het volgende wat ze zag was de loop van een geweer dat op haar gezicht was gericht.

'Mam!' gilde ze.

'Bek dicht,' siste Zwarthemd, Charlotte de keuken in duwend. Zijn zware laarzen sleepten rode klei uit de tuin mee naar binnen. Eigenlijk had Charlie doodsbang moeten zijn, moeten schreeuwen, maar het enige waaraan ze dacht was dat Gamma woest zou zijn omdat ze nu de vloer weer moest dweilen.

'Charlie Quinn!' riep Gamma vanuit de badkamer. 'Schreeuw niet zo, je lijkt wel een straatmeid.'

'Waar is je vader?' vroeg Zwarthemd.

'A-Alsjeblieft,' stotterde Charlotte. Ze had het tegen de tweede man. Hij droeg ook een bivakmuts en handschoenen, maar hij had een wit Bon Jovi-T-shirt aan, waardoor hij er minder dreigend uitzag, ook al had hij een wapen. 'Doe ons alsjeblieft geen pijn.'

Bon Jovi keek langs Charlotte de gang in. Ze hoorde de trage voetstappen van haar moeder. Gamma had hem vast al gezien toen ze de badkamer uit kwam. Ze wist dat er iets aan de hand was, dat Charlotte niet alleen in de keuken was.

'Hé.' Zwarthemd knipte in zijn vingers om Charlottes aandacht te trekken. 'Zeg op, waar is je vader?'

Ze schudde haar hoofd. Wat wilden ze van Rusty?

'Wie is er nog meer in het huis?' vroeg Zwarthemd.

'Mijn zusje is in –' zei ze.

Op hetzelfde moment voelde ze Gamma's hand voor haar mond. Haar vingers drongen in haar schouder. 'Er zit vijftig dollar in mijn tas en tweehonderd in een weckfles in de schuur,' zei ze tegen de mannen.

'Flikker toch op,' zei Zwarthemd. 'Roep je andere dochter. En geen geintjes, begrepen?'

'Nee.' Bon Jovi leek nerveus. 'Ze zouden toch op hardlooptraining zijn? Laten we maar...'

Charlotte werd met een harde ruk uit Gamma's armen getrokken. Zwarthemd greep haar bij haar hals, met vingers als klemmen. Haar achterhoofd werd tegen zijn borst gedrukt. Ze voelde hoe zijn vingers zich rond haar slokdarm sloten en eraan trokken, als aan een handvat.

'Roep haar dan, hoer,' zei hij tegen Gamma.

'Sa...' Gamma was zo bang dat ze nauwelijks haar stem kon verheffen. 'Samantha?'

Ze luisterden. Ze wachtten.

'Laat toch, man,' zei Bon Jovi. 'Hij is hier niet. Laten we maar doen wat ze zei, het geld pakken en wegwezen.'

'Waar zitten je kloten, mietje?' Zwarthemd verstevigde zijn greep om Charlottes keel. Het brandde als vuur. Ze kreeg geen adem. Ze ging op haar tenen staan en sloeg haar vingers om zijn pols, maar hij was te sterk.

Tegen Gamma zei hij: 'Zorg dat ze hier komt voor ik –'

'Samantha!' Gamma's toon was scherp. 'Zorg dat de kraan goed dicht zit en kom snel naar de keuken.'

Bon Jovi stapte weg van de deur naar de gang zodat Samantha hem niet kon zien. 'Kom op, man,' zei hij tegen Zwarthemd. 'Ze heeft gedaan wat je vroeg. Laat haar gaan.'

Langzaam liet Zwarthemd zijn greep om Charlottes hals verslappen. Ze stikte bijna in de lucht die naar binnen stroomde. Ze wilde naar haar moeder lopen, maar hij drukte haar plat tegen zijn borst, klemde haar tegen zijn lijf.

'Je hoeft dit niet te doen,' zei Gamma. Ze had het tegen Bon Jovi. 'We weten niet wie jullie zijn. We weten jullie namen niet. Als jullie nu weggaan, zeggen we het tegen niemand.'

'Bek dicht, godverdomme!' Zwarthemd zwaaide heen en weer. 'Je denkt toch niet dat ik ook maar een woord geloof van wat je zegt?'

'Jullie kunnen niet...' Gamma hoestte in haar hand. 'Alsjeblieft. Laat mijn dochters gaan, dan zal ik...' Weer hoestte ze. 'Neem me maar mee naar de bank. De auto mogen jullie houden. Ik geef jullie alles wat we hebben, tot op de laatste cent.'

'Ik bepaal zelf wel wat ik neem.' Zwarthemd liet zijn hand over Charlies borst glijden. Hij drukte hard tegen haar borstbeen en wreef tegen haar rug. Ze voelde het duwen van zijn geslacht. Opeens werd ze misselijk. Ze moest plassen. Haar gezicht werd rood.

'Stoppen.' Bon Jovi greep Charlottes arm. Hij trok, en trok nog wat harder, tot hij haar uiteindelijk wist los te rukken.

'Schatje.' Gamma omvatte Charlotte, sloeg haar armen stevig om haar schouders, kuste haar hoofd, toen haar oor. Ze fluisterde: 'Rennen zodra...' Zonder te waarschuwen liet ze Charlotte los. Ze duwde haar bijna van zich af. Toen zette ze twee stappen naar achteren, tot ze tegen het aanrecht stond, met haar handen in de lucht.

Zwarthemd richtte het geweer op haar borst.

'Alsjeblieft.' Gamma's lippen trilden. 'Alsjeblieft. Ik smeek je.' Haar stem was zacht, alsof alleen zij en Zwarthemd in de keuken waren. 'Doe alles met mij wat je wilt, maar laat mijn kindje met rust.'

'Rustig maar.' Zwarthemd fluisterde nu ook. 'Alleen de eerste twintig keer doet het zeer.'

Charlotte begon te beven. Ze wist wat hij bedoelde. De duistere blik in zijn ogen. Zijn tong die tussen zijn natte lippen door schoot. Zijn ding, dat tegen haar rug had gedrukt.

Haar knieën begaven het. Ze strompelde terug naar de stoel. Haar gezicht glom van het zweet. Zweet stroomde over haar rug. Ze keek naar haar handen, maar die waren anders dan haar normale handen. Binnenin trilden de botjes, alsof er met een stemvork tegen haar borst was geslagen.

'Het komt goed,' zei Gamma.

'Nee, echt niet,' zei Zwarthemd.

Nu spraken ze niet meer tegen elkaar. Samantha stond in de deuropening, verstijfd als een angstig konijn.

'Wie is er nog meer in het huis?' vroeg Zwarthemd.

Gamma schudde haar hoofd. 'Niemand.'

'Lieg niet, hoer.'

Charlotte hoorde alles gedempt. Haar vaders naam werd genoemd, ze zag de boze blik in Gamma's ogen.

Rusty. Ze moesten Rusty hebben.

Ze begon heen en weer te schommelen, kon er niet mee stoppen, met deze intuïtieve poging om kalm te worden. Dit was geen film. Er waren twee mannen in het huis. Ze hadden wapens. Ze waren niet op geld uit. Ze waren voor Rusty gekomen, maar nu Rusty niet thuis bleek te zijn, had Zwarthemd het op iets anders voorzien. Ze wist wat het was. Ze had erover gelezen in Lenores boek. En Gamma was in de keuken omdat Charlotte haar geroepen had, en Samantha was hier omdat Charlotte tegen de mannen gezegd had dat haar zus ook thuis was.

'Sorry,' fluisterde Charlotte. Ze had geen controle meer over haar blaas. Ze voelde het warme vocht langs haar been sijpelen. Ze sloot haar ogen en schommelde heen en weer. 'Sorry-sorry-sorry.'

Samantha kneep zo hard in Charlottes hand dat ze de botten voelde bewegen.

Straks moest ze nog overgeven. Haar maag kneep samen, draaide om alsof ze op een boot op een kolkende zee zat. Ze kneep haar ogen dicht. Ze dacht aan rennen. Haar schoenzolen die tegen de grond sloegen. Haar benen die in brand stonden. Haar borst die snakte naar lucht. Samantha liep naast haar, haar paardenstaart flapperde in de wind, ze lachte en zei tegen Charlotte wat ze moest doen.

Erdoorheen ademen. Langzaam en gelijkmatig. Wacht tot de pijn wegtrekt.

'Bek houden, zei ik!' schreeuwde Zwarthemd.

Charlotte hief haar hoofd, maar het was alsof ze door dikke olie heen moest.

Er klonk een explosie, een straal warm vocht striemde zo hard tegen haar gezicht en hals dat ze tegen Samantha aan viel.

Nog voor ze wist waarom, begon Charlotte te schreeuwen.

Overal was bloed, alsof er een tuinslang was opengedraaid. Het was warm en stroperig en het zat op haar gezicht, op haar handen, op haar hele lichaam.

'Bek houden!' Zwarthemd gaf Charlotte een klap in haar gezicht.

Samantha greep haar. Ze snikte het uit, ze beefde, gilde.

'Gamma,' fluisterde Samantha.

Charlie klampte zich aan haar zus vast. Ze draaide haar hoofd om. Ze dwong zichzelf naar haar moeder te kijken, want ze wilde nooit vergeten wat deze klootzakken hadden gedaan.

Helderwit bot. Stukken hart en long. Strengen pees, slagaderen en aderen, die samen met het leven uit haar gapende wonden stulpten.

'Jezus christus, Zach!' riep Bon Jovi.

Charlie hield zich roerloos, reageerde niet. Ze zou zichzelf nooit meer verraden.

Zachariah Culpepper.

Ze had zijn rechtbankdossiers gelezen. Rusty had hem minstens vier keer vertegenwoordigd. De vorige avond nog had Gamma gezegd dat als Zach Culpepper zijn rekeningen betaalde, haar gezin niet in deze boerderij hoefde te wonen.

'Fuck!' Zach keek Samantha aan. Zij had de dossiers ook gelezen. 'Fuck!'

'Mama...' zei Charlie in een poging hen af te leiden, Zach ervan te overtuigen dat ze niets wist. 'Mama, mama, mama...'

'Rustig maar,' suste Samantha.

'Niks rustig maar.' Zach smeet zijn bivakmuts op de vloer. Door het bloed van Gamma had hij ogen als een wasbeer. Hij leek op zijn politiefoto, alleen nog lelijker. 'Godverdomme! Je had mijn naam toch niet hoeven noemen?'

'Ik... Ik... heb niet...' stamelde Bon Jovi. 'Het spijt me.'

'We zullen het niet verder vertellen.' Samantha keek naar de vloer alsof het nog niet te laat was. 'We zeggen niks. Dat beloof ik.'

'Meid, ik heb net je moeder aan flarden geschoten. Denk je echt dat jullie hier levend wegkomen?'

'Nee,' zei Bon Jovi. 'Daarvoor zijn we hier niet.'

'Ik ben hier om een paar rekeningen te vereffenen,' zei Zach. 'Ik dacht zo dat Rusty Quinn míj maar eens moest betalen.'

'Nee,' herhaalde Bon Jovi. 'Ik zei toch...'

Zach richtte het geweer op zijn gezicht en snoerde hem de mond. 'Je ziet het grote plaatje niet. We moeten de stad uit, en dat gaat bergen geld kosten. Iedereen weet dat Rusty Quinn geld in huis heeft.'

'Het huis is afgebrand,' zei Samantha. 'Alles is verbrand.'

'Fuck!' riep Zach. 'Fuck!' Hij duwde Bon Jovi de gang op, maar hield het geweer op Samantha gericht, met zijn vinger aan de trekker.

'Nee!' Charlie trok haar zus op de vloer, weg van het geweer. Ze voelde iets korreligs onder haar knieën. De vloer lag bezaaid met verbrijzeld bot. Ze keek naar Gamma en pakte haar wasachtig bleke hand. Alle warmte was al uit haar lichaam getrokken. 'Je mag niet dood zijn, mama,' fluisterde ze. 'Alsjeblieft. Ik hou van je. Ik hou zoveel van je.'

Ze hoorde Zach zeggen: 'Waarom doe je alsof je niet weet hoe dit gaat aflopen?'

Sam gaf een ruk aan Charlies arm. 'Charlie, opstaan.'

Zach zei: 'Voor we hier weggaan, heb jij ook bloed aan je handen.'

'Charlie, opstaan,' herhaalde Sam.

'Dat kan ik niet.' Ze probeerde te verstaan wat Bon Jovi zei. 'Ik kan haar niet...'

Samantha hees haar overeind en zette haar weer op de stoel. 'Rennen zodra je kan,' fluisterde ze, hetzelfde wat Gamma tegen haar had willen zeggen. 'Niet achteromkijken. Gewoon rennen.'

'Wat zeggen jullie?' Zach liep terug naar de tafel. Zijn laarzen knerpten over iets op de vloer. Hij drukte het geweer tegen Sams voorhoofd. Charlie zag stukjes van Gamma aan de loop kleven.

'Wat zei je tegen haar?' vroeg hij aan Sam. 'Dat ze ervandoor moet gaan? Dat ze moet vluchten?'

Charlie maakte een keelgeluidje om zijn aandacht af te leiden.

Zach hield het geweer op Sam gericht, maar glimlachte naar Charlie, en ze zag een rij scheve, bruine tanden. 'Wat moest je van haar doen, schatje?'

Zijn stem werd anders wanneer hij tegen haar praatte, maar daar wilde Charlie niet aan denken.

'Kom op, liefje.' Zach keek naar haar borst. Weer likte hij zijn lippen af. 'Wij worden toch vriendjes?'

'S-Stop,' zei Sam. Het geweer drukte zo hard tegen haar voorhoofd dat er een straaltje bloed naar beneden sijpelde. 'Laat haar met rust.'

'Had ik het tegen jou, bitch?' Zach leunde met zijn hele gewicht tegen het geweer, waardoor Sams hoofd schuin naar achteren ging. 'Nou?'

Sams kaak verstrakte. Ze balde haar vuisten. Alsof een pan langzaam aan de kook raakte, alleen was het bij haar opborrelende woede. Ze riep: 'Laat ons met rust, Zachariah Culpepper!'

Daar had Zach niet van terug en hij verplaatste zijn gewicht naar zijn hielen.

'Ik ken jou, vuile viezerik.'

Hij klemde het geweer vast en trok zijn lip op. 'Ik pel je oogleden eraf, zodat je beter kunt zien hoe ik met mijn mes de poes van je zusje afsnij.'

Ze keken elkaar woedend aan. Sam bond niet in. Charlie had haar eerder zo meegemaakt; ze kende die blik in haar ogen als ze naar niemand meer luisterde. Alleen ging het nu niet om Rusty, of om de valse meiden op school. Dit was een man met een geweer, een driftkop, die vorig jaar bijna iemand had doodgeslagen.

Charlie had de foto's gezien in Rusty's dossiers. Ze had het politierapport gelezen. Zachariah had met zijn blote handen de schedel van de man kapotgeslagen.

Ze begon zachtjes te jammeren.

'Zach,' zei Bon Jovi. 'Kom op, man.'

Charlie wachtte tot Sam haar blik zou afwenden, maar dat deed ze niet. Dat wilde ze niet. Kon ze niet.

'We hadden toch een deal?' zei Bon Jovi.

Zach verroerde zich niet. Niemand verroerde zich.

'We hadden een deal,' herhaalde Bon Jovi.

'Zeker.' Zach wierp Bon Jovi het geweer toe. 'Een man een man, een woord een woord.'

Hij deed alsof hij weg wilde lopen, maar zijn hand sloeg razendsnel toe, als een ratelslang in de aanval. Hij greep Sams gezicht en smakte haar zo hard tegen de spoelbak dat het gietijzer galmde.

'Nee!' gilde Charlie.

'Vind je me nog steeds een viezerik?' Zach hing zo dicht boven Sam dat zijn speeksel op haar gezicht droop. 'Had je verder nog iets over me te zeggen?'

Sams mond ging open, maar gillen kon ze niet. Krabbend en klauwend graaide ze naar zijn arm, maar Zach sloeg zijn nagels in haar oogbollen. Ze huilde tranen van bloed. Ze schopte naar hem, hapte naar adem.

'Stop!' Charlie sprong op Zachs rug, bewerkte hem met haar vuisten. 'Stop!'

Hij smeet haar de keuken door. Als een rinkelende bel knalde Charlies hoofd tegen de muur. Ze zag dubbel, maar toen focuste ze weer op Sam. Zach had haar op de vloer laten liggen. Bloed stroomde over haar wangen en verzamelde zich in de boord van haar shirt.

'Sammy!' riep Charlie. Ze probeerde naar Sams ogen te kijken, naar de schade die hij had aangericht. 'Sam? Kijk me aan. Kun je nog zien? Kijk me aan, alsjeblieft!'

Voorzichtig probeerde Sam haar ogen te openen. Haar oogleden waren gescheurd, als stukjes nat papier.

'What the fuck is dat?' zei Zach.

De hamer voor de badkamerkraan. Hij raapte hem op van de vloer. Met een knipoog naar Charlie zei hij: 'Weet jij wel wat ik hiermee kan?'

'Genoeg!' Bon Jovi griste de hamer weg en gooide hem de gang op.

Zach haalde zijn schouders op. 'Was maar een geintje, brother.'

'Staan jullie,' zei Bon Jovi. 'Laten we hier een eind aan maken.'

Charlie verroerde zich niet. Sam knipperde bloed weg.

'Help haar overeind,' zei Bon Jovi tegen Zach. 'Dat heb je beloofd, man. Maak het niet erger dan het al is.'

Zach rukte Sam zo hard overeind dat haar schouder knakte. Ze stootte tegen de tafel toen hij haar naar de deur duwde. Ze bonkte tegen een stoel. Snel greep Charlie haar hand om te voorkomen dat ze viel.

Bon Jovi deed de deur open. 'Lopen.'

Charlie ging voorop, zijwaarts schuifelend om Sam het trapje af te helpen. Sam hield haar vrije hand voor zich uit, alsof ze blind was. Charlie zag hun schoenen en sokken. Als ze die aan konden trekken, konden ze wegrennen. Maar alleen als Sam zag waar ze rende.

'Kun je zien?' vroeg Charlie. 'Sam, kun je zien?'

'Ja,' zei Sam, maar dat moest een leugen zijn. Ze kreeg haar oogleden niet eens helemaal open.

'Deze kant op.' Bon Jovi wees naar het veld achter de Schots en Scheef. Het was pas beplant. Eigenlijk mochten ze er niet op lopen, maar Charlie gehoorzaamde en trok Sam met zich mee, hielp haar over de diepe voren.

'Waar gaan we naartoe?' vroeg ze aan Bon Jovi.

Zach duwde het geweer in Sams rug. 'Doorlopen.'

'Ik snap het niet,' zei Charlie tegen Bon Jovi. 'Waarom doe je dit?'

Hij schudde zijn hoofd.

'Wat hebben we jullie aangedaan?' vroeg ze. 'We zijn nog zo jong. Dit verdienen we niet.'

'Bek dicht,' waarschuwde Zach. 'Allebei.'

Sam kneep nog harder in Charlies hand. Ze hield haar hoofd omhoog, als een hond die een geur probeert op te vangen. Intuïtief wist Charlie wat haar zus deed. Twee dagen geleden had Gamma hun een topografische kaart van het gebied laten zien. Sam probeerde zich de ligging van het land te herinneren zodat ze zich kon oriënteren.

Charlie deed ook een poging.

Het land van de buurman liep tot achter de horizon, maar die kant op was alles volledig vlak. Ook als zij erin slaagde zigzaggend weg te rennen, dan nog zou Sam struikelen en vallen. Rechts grensde het land aan een bos. Als ze Sam meenam die kant op, konden ze zich misschien ergens verstoppen. Aan de andere kant van het bos liep een riviertje onder de watertoren door. Verderop was een verharde weg, maar die werd nooit gebruikt. Een kleine kilometer naar het noorden stond een lege schuur. Drieënhalve kilometer naar het oosten was een tweede boerderij. Dat was de beste gok. Als ze Sam naar de tweede boerderij bracht, konden ze Rusty bellen en dan kwam hij hen redden.

'Wat is dat?' zei Zach.

Charlie keek achterom, naar de boerderij. Ze zag koplampen, twee zwevende stippen in de verte. Het was niet het busje van Lenore. 'Een auto.'

'Shit, nog even en ze zien mijn pick-up.' Zach ramde het geweer in Samantha's rug, als een roer waarmee hij haar stuurde. 'Doorlopen, jullie, of ik schiet jullie hier neer.'

Hier.

Charlie verstijfde bij dat woord. Ze hoopte met heel haar hart dat Sam het niet gehoord had, dat het niet tot haar was doorgedrongen.

'We kunnen dit ook anders oplossen.' Sam draaide haar hoofd naar Bon Jovi toe, ook al kon ze hem niet zien.

Zach snoof.

'Ik doe alles wat jullie willen,' zei Sam. Ze kuchte. 'Alles.'

'Shit,' zei Zach. 'Denk je dat ik niet pak wat ik toch al wil hebben, stomme hoer?'

Charlie slikte een golf gal weg. Verderop zag ze een open plek. Daar kon ze met Sam naartoe rennen en dan gingen ze zich ergens verstoppen.

'We zullen niet zeggen dat jullie het waren,' zei Sam. 'We zeggen dat jullie de hele tijd bivakmutsen ophadden en –'

'Met mijn pick-up op de oprit, zeker? En met jullie moeder die dood in dat huis ligt?' Weer snoof Zach. 'Jullie Quinns vinden jezelf zo allejezus slim, dat jullie denken dat je je overal uit kunnen lullen.'

Charlie wist niet waar ze zich konden verstoppen in het bos. Sinds ze hier waren komen wonen, had ze dozen moeten uitpakken en had ze geen tijd gehad om op onderzoek uit te gaan. Sam en zij maakten de meeste kans als ze terugrenden naar de Schots en Scheef, naar de politieman. Zij zou Sam dan wel het veld over loodsen. Haar zus moest dan op haar vertrouwen, net zoals zij op Sam moest vertrouwen bij de blinde wissel. Sam kon hard rennen, harder dan Charlie. Zolang ze niet struikelde...

'Luister nou,' zei Sam. 'Jullie moeten evengoed de stad uit. Waarom zouden jullie ons ook doden?' Ze richtte zich tot Bon Jovi. 'Denk erover na, alsjeblieft. Jullie hoeven ons alleen maar vast te binden. En dan laten jullie ons ergens achter waar ze ons niet kunnen vinden. Jullie moeten hier hoe dan ook weg. Jullie willen toch niet nog meer bloed aan jullie handen?'

Maar Bon Jovi schudde zijn hoofd. 'Het spijt me.'

Charlie voelde een vinger over haar rug glijden. Ze huiverde, en Zach lachte.

'Laat mijn zusje dan gaan,' zei Sam. 'Ze is nog maar dertien. Nog maar een kind.'

'Zo ziet ze er anders niet uit.' Zach maakte knijpbewegingen over Charlies borst. 'Met van die lekkere hoge tietjes.'

'Hou je bek,' waarschuwde Bon Jovi. 'Ik meen het.'

Sam deed een nieuwe poging. 'Ze vertelt het aan niemand. Ze zal zeggen dat jullie onbekenden waren. Toch, Charlie?'

'Een zwarte, misschien?' vroeg Zach. 'Zoals die moordenaar die je vader vrij heeft weten te krijgen?'

Charlie voelde zijn vingers over haar borst strijken. Ze keerde zich naar hem toe en schreeuwde: 'Net zoals hij jou vrij heeft gekregen zeker, toen je je piemel aan een stel kleine meisjes had laten zien.'

'Charlie,' smeekte Sam. 'Stil nou, alsjeblieft.'

'Laat haar maar,' zei Zach. 'Ik vind het wel lekker als er een beetje pit in zit.'

Charlie keek hem woedend aan. Met Sam achter zich aan stampte ze het bos door. Ze probeerde niet te snel te lopen, maar ook niet te langzaam omdat ze Zach niet naast zich wilde hebben.

'Nee,' fluisterde ze. Waarom liep ze zo snel? Ze moest juist langzamer lopen. Hoe verder ze van de Schots en Scheef af raakten, hoe gevaarlijker het werd om ervandoor te gaan en terug te rennen. Ze bleef staan en draaide zich om. Het licht in de keuken was nauwelijks meer te zien.

Zach porde weer met zijn geweer in Sams rug. 'Lopen.'

Dennennaalden prikten in Charlies blote voetzolen toen ze dieper het bos in ploeterde. Het werd koeler. Haar broekje was stijf van de opgedroogde urine, en het schuurde aan de binnenkant van haar dijen. Bij elke stap was het alsof er een nieuw laagje huid werd afgeschaafd.

Ze keek even achterom, naar Sam. Die had haar ogen gesloten en hield haar hand voor zich uit. Bladeren ritselden onder hun voeten. Charlie bleef staan om Sam over een gevallen boom heen te helpen. Nu liepen ze door de beek. Het water was als ijs aan hun voeten. De wolken verschoven en lieten een straaltje maanlicht door. In de verte zag ze het silhouet van de watertoren, het roestige stalen bouwsel dat zich als een skelet tegen de donkere lucht aftekende.

Opeens nam Charlies richtinggevoel het over. Als de toren links van haar was, liepen ze nu naar het oosten. Dan was de tweede boerderij ruim drieënhalve kilometer rechts van haar, naar het noorden.

Drieënhalve kilometer.

Charlies snelste tijd op de 1000 meter was 4,36 minuten. Sam liep hem in 3,56 minuten, op vlak terrein. Het bos was niet vlak. Het maanlicht was onvoorspelbaar. Sam zag niets. Als Charlie zich concentreerde, als ze recht vooruitkeek in plaats van achterom, konden ze de kilometer misschien in vijf minuten lopen.

Ze verkende het terrein dat voor haar lag, zocht naar het beste pad, de duidelijkste route.

Maar het was te laat.

'Sam.' Charlie kwam struikelend tot stilstand. Weer sijpelde er een straaltje urine langs haar been. Ze greep haar zus bij haar middel. 'Ik zie een schop. Een schop.'

Sam tastte haar gezicht af en schoof haar oogleden omhoog. Bij het zien van het tafereel voor hen hapte ze naar adem.

Op nog geen twee meter afstand had de donkere, vochtige aarde zich als een gapende wond geopend.

Charlies tanden klapperden weer. Ze hoorde ze klakken. Zach en Bon Jovi hadden een graf gedolven voor Rusty, en nu gingen ze Sam en haar erin begraven.

Ze moesten ervandoor.

Nu wist Charlie het zeker. Ze voelde het tot diep in haar wezen. Sam kon zien, in elk geval genoeg om het graf te onderscheiden. Dus misschien zag ze ook genoeg om te kunnen rennen. Ze hadden geen keuze. Ze konden hier niet beleefd op hun eigen dood blijven wachten.

En op wat Zachariah Culpepper nog meer van plan was.

Charlie kneep in Sams hand. Sam kneep terug ten teken dat ze er klaar voor was. Ze hoefden alleen nog het juiste moment af te wachten.

'Oké, grote jongen. Nu ben jij aan de beurt.' Zach liet de kolf van het geweer op zijn heup rusten. Met zijn andere hand klapte hij een stiletto open. 'De vuurwapens maken te veel lawaai. Gebruik dit maar. Recht over de keel, net als bij een varken.'

Bon Jovi bleef roerloos staan.

'Kom op,' zei Zach. 'Dat was de afspraak. Jij pakt haar. Ik neem de kleine voor mijn rekening.'

'Ze heeft gelijk,' zei Bon Jovi. 'We hoeven dit niet te doen. We zouden die vrouwen niks doen. Die zouden er niet eens zijn.'

'Pardon?'

Sam kneep nog harder in Charlies hand. Ze keken toe, wachtten af.

'Wat gebeurd is, is gebeurd,' zei Bon Jovi. 'We hoeven het niet erger te maken door nog meer mensen te vermoorden. Onschuldige mensen.'

'Jezus christus.' Zach klapte het mes dicht en schoof het weer in zijn zak. 'We hebben dit in de keuken besproken, man. Alsof we een keuze hebben.'

'We kunnen onszelf aangeven.'

'Bull. Shit.'

Sam leunde tegen Charlie aan en duwde haar een paar stappen naar rechts, zodat ze ervandoor kon gaan.

'Ik geef mezelf wel aan,' zei Bon Jovi. 'Ik neem alle schuld op me.'

'Vergeet het maar.' Zach gaf Bon Jovi een duw tegen zijn borst. 'Je denkt toch niet dat ik me voor moord laat pakken omdat jij opeens een fucking geweten hebt gekregen?'

Sam liet Charlies hand los.

Charlies hart maakte een salto.

'Lopen, Charlie,' fluisterde Sam.

'Ik zal niks zeggen,' zei Bon Jovi. 'Ik zeg gewoon dat ik het gedaan heb.'

Charlie probeerde Sams hand weer te pakken. Ze moesten dicht bij elkaar blijven zodat zij Sam de weg kon wijzen.

'Met die pick-up van mij zeker?'

Sam gebaarde dat ze weg moest. 'Rennen,' fluisterde ze.

Charlie schudde haar hoofd. Wat bedoelde ze? Ze kon toch niet zonder Sam op de vlucht slaan? Ze kon haar zus hier niet achterlaten.

'Klootzak.' Zach richtte zijn geweer op Bon Jovi's borst. 'Ik zal je vertellen wat er gaat gebeuren, jongen. Jij pakt mijn mes, en daarmee snij je de keel van die bitch open, of anders schiet ik een gat in je borst zo groot als Texas.' Hij stampvoette. 'Nu meteen.'

Bon Jovi richtte zijn pistool op Zachs hoofd. 'We gaan onszelf aangeven.'

'Weg met dat kloteding, laffe klootzak.'

Sam gaf Charlie een por. 'Lopen!'

Maar ze verroerde zich niet. Ze liet haar zus niet in de steek.

'Ik schiet jou nog eerder dood dan dat ik hen vermoord,' zei Bon Jovi.

'Je hebt de ballen niet om die trekker over te halen.'

'O nee? Wacht maar.'

Charlies tanden begonnen weer te klapperen. Moest ze vluchten? Zou Sam haar volgen? Bedoelde ze dat?

'Ga dan,' smeekte Sam. 'Je moet ervandoor.'

Niet achteromkijken. Vertrouw erop dat ik er ben.

'Stuk stront.' Zachs vrije hand schoot naar voren.

Bon Jovi duwde het geweer weg.

'Rennen!' Sam gaf haar een harde duw. 'Wég, Charlie!'

Charlie smakte op haar kont. Ze zag de felle flits uit het pistool, hoorde de plotselinge explosie toen de kogel de loop verliet, waarna een nevel opwolkte uit de zijkant van Sams hoofd.

Sam tolde door de lucht, maakte bijna net zo'n salto als de vork en viel in het gapende gat van het graf.

Doink.

Charlie staarde naar de open aarde, wachtte, smeekte, bad dat Sam zou gaan zitten, om zich heen keek, iets zei, wat dan ook, ten teken dat ze nog leefde.

'Shit,' zei Bon Jovi. 'Godver. Jezus christus.' Hij liet zijn pistool vallen alsof er gif aan zat.

Charlie zag de glans van metaal toen het wapen de grond raakte. De schok die opflitste in Bon Jovi's ogen. De plotselinge grijns op Zachs gezicht.

Hij grijnsde naar haar.

Als een krab schoot ze er op handen en voeten vandoor.

Zach wilde achter haar aan gaan, maar Bon Jovi greep hem bij zijn shirt. 'Fuck, wat moeten we nou?'

Charlie sloeg met haar rug tegen een boom. Ze duwde zichzelf overeind. Haar knieën knikten. Haar handen trilden. Haar hele lichaam schokte. Ze keek naar het graf. Haar zus lag in een graf. Sam was door haar hoofd geschoten. Charlie zag haar niet, wist niet of ze dood was of nog leefde, of ze hulp nodig had, of…

'Rustig maar, popje,' zei Zach. 'Blijf daar maar op me wachten.'

'Ik… Ik heb…' stamelde Bon Jovi. 'Ik heb haar net… vermoord..'

Vermoord.

Het was onmogelijk dat hij Sam vermoord had. De kogel uit het pistool was klein, anders dan een geweerkogel. Misschien was ze niet echt gewond. Misschien was alles in orde met Sam, verstopte ze zich in het graf, klaar om eruit te springen en weg te rennen.

Maar ze sprong er niet uit. Ze bewoog zich niet, zei niks, riep niks, was niet de hele boel aan het commanderen.

Haar zus moest iets zeggen, haar vertellen wat ze moest doen. Wat zou Sam zeggen? Wat zou ze nu tegen Charlie zeggen?

'Als jij die bitch begraaft,' zei Zach, 'dan hou ik me even met het kleintje bezig.'

'Jezus.'

Sam zou nu niet gewoon gepraat hebben, ze zou geschreeuwd hebben, woedend omdat Charlie daar zomaar bleef staan, omdat ze deze kans liet schieten, omdat ze niet deed waarvoor Sam haar getraind had.

Niet achteromkijken… vertrouw erop dat ik er ben… hoofd laag houden en…

Charlie ging ervandoor.

Haar armen zwaaiden wild heen en weer. Haar voeten zochten houvast. Takken zwiepten in haar gezicht. Ze kreeg geen lucht. Het was alsof er naalden in haar longen staken.

Erdoorheen ademen. Langzaam en gelijkmatig. Wacht tot de pijn wegtrekt.

Vroeger waren ze elkaars beste vriendinnen. Vroeger deden ze alles samen. En toen ging Sam naar de middelbare school en bleef Charlie alleen achter. De enige manier om aandacht van haar zus te krijgen, was door te vragen of ze haar wilde leren hardlopen.

De spanning niet vasthouden. Inademen bij twee stappen. Uitademen bij één.

Charlie haatte hardlopen. Het was stom, het deed pijn, je voelde je hele lijf, maar ze wilde bij Sam zijn, hetzelfde doen wat haar zus deed, en misschien zou ze er op een dag nog beter in zijn dan zij. En daarom ging ze met haar zus naar de atletiekbaan, werd ze lid van het schoolhardloopteam en nam ze elke dag haar tijd op, want elke dag werd ze iets sneller.

'Kom terug!' brulde Zach.

Drie kilometer naar de volgende boerderij. Twaalf, hooguit dertien minuten. Charlie rende niet sneller dan de jongens, maar ze hield het wel langer vol. Ze had uithoudingsvermogen, ze was getraind. Ze wist hoe ze de pijn in haar lichaam kon negeren. Hoe ze met de schok in haar longen mee moest ademen als de lucht er als een scheermes doorheen sneed.

Ze was niet voorbereid op de paniek die ze voelde toen ze achter zich de zware laarzen over de bosgrond hoorde stampen, op het *bonk-bonk-bonk* dat natrilde in haar borst.

Zachariah Culpepper kwam achter haar aan.

Charlie rende nog sneller. Ze trok haar armen in. Ze dwong de spanning uit haar schouders. In haar verbeelding waren haar benen zuigers in een razende machine. Ze lette niet op de dennenappels en scherpe stenen die haar blote voeten opensneden. Ze dacht aan de spieren die haar vooruithielpen...

Kuitspieren, dijspieren, hamstrings, versterk je core, bescherm je rug.

Zachariah kwam steeds dichterbij. Hij klonk als een stoommachine die over haar heen ging walsen.

Charlie sprong over een omgevallen boom. Ze keek links en rechts, in het besef dat ze niet in een rechte lijn moest rennen. Ze moest weten waar de weertoren was zodat ze in de goede richting liep, maar als ze achteromkeek, zou ze Zachariah Culpepper zien en nog meer in paniek raken, en als ze nog meer in paniek raakte, zou ze struikelen, en als ze struikelde, zou ze vallen.

En dan zou hij haar verkrachten.

Charlie zwenkte naar rechts, en haar tenen klauwden in de aarde toen ze van richting veranderde. Op het laatste moment zag ze een tweede omgevallen boom. Ze wierp zich eroverheen, maar kwam verkeerd terecht en verdraaide haar voet. Haar enkelgewricht raakte de aarde. Pijn schoot door haar been omhoog.

Ze bleef doorlopen.

En doorlopen.

En doorlopen.

Haar voeten plakten van het bloed. Zweet droop langs haar lichaam. Haar longen stonden in brand, maar minder erg in brand dan als Zachariah weer in haar borst zou knijpen. Haar buik verkrampte, haar darmen waren vloeibaar geworden, maar dat was niets vergeleken met hoe het zou voelen als Zachariah zijn ding in haar propte.

Charlie zocht in de verte naar licht, naar enig teken van beschaving.

Hoeveel tijd was er voorbijgegaan?

Hoelang hield hij het nog vol?

Hou de eindstreep in gedachten. Daar moet je nog harder naar verlangen dan degene achter je.

Zachariah wilde iets. Charlie wilde ook iets, verlangde er nog harder naar: ontsnappen, hulp halen voor haar zus, Rusty zoeken zodat hij een manier kon bedenken om het allemaal op te lossen.

Opeens ging Charlies hoofd met zo'n harde ruk naar achteren, dat het voelde alsof ze werd onthoofd.

Haar voeten vlogen vóór haar de lucht in.

Haar rug smakte tegen de grond.

Ze zag haar adem bijna tastbaar uit haar mond puffen.

Zachariah lag boven op haar. Zijn handen waren overal. Hij greep naar haar borsten. Trok haar broekje naar beneden. Zijn tanden botsten tegen haar gesloten mond. Ze krabde naar zijn ogen. Ze probeerde hem een knietje te geven, maar ze kon haar been niet buigen.

Zachariah ging schrijlings op haar zitten.

Charlie bleef naar hem uithalen, probeerde vergeefs zijn loodzware lijf van zich af te bokken.

Hij gespte zijn riem los.

Haar mond ging open, maar ze had geen adem meer om te kunnen gillen. Ze was duizelig. Braaksel brandde in haar keel. Ze sloot haar ogen en zag Sam door de lucht tollen. Ze hoorde de klap waarmee het lichaam van haar zus in het graf viel, alsof het helemaal opnieuw gebeurde. En toen zag ze Gamma. Op de keukenvloer. Met haar rug tegen de kast.

Helderwit bot. Stukjes hart en long. Strengen pees, slagaderen en aderen die samen met het leven uit haar gapende wonden naar buiten stulpten.

'Nee!' gilde ze, en ze balde haar vuisten. Ze stompte Zachariah tegen zijn borst, sloeg zo hard tegen zijn kaak dat zijn hoofd opzij zwiepte. Bloed sproeide zijn mond uit, met grote kwakken tegelijk, heel anders dan de spettertjes van Gamma.

'Vuile teef.' Hij zwaaide zijn hand naar achteren om haar te slaan.

Op dat moment zag Charlie iets vaags vanuit haar ooghoek.

'Ga van d'r af!'

Bon Jovi vloog door de lucht en werkte Zachariah tegen de grond. Zijn vuisten maaiden van achteren naar voren. Hij ging schrijlings op Zachariah zitten, precies zoals Zachariah op haar had gezeten. Zijn armen wiekten in het rond terwijl hij zijn maat verrot sloeg.

'Klootzak!' brulde hij. 'Ik vermoord je, godverdomme!'

Charlie week terug. Haar handen drukten diep in de aarde toen ze zich met moeite overeind hees. Ze struikelde. Ze veegde langs haar ogen. Door het zweet was het opgedroogde bloed op haar gezicht en hals weer vloeibaar geworden. Ze draaide rond, even blind als Sam. Ze kon zich niet oriënteren. Ze wist niet welke kant ze op moest rennen, maar wist dat ze in beweging moest blijven.

Ze verging van de pijn in haar enkel toen ze het bos weer in rende. Ze keek niet meer uit naar de weertoren. Ze luisterde niet of ze de beek kon horen, zocht niet naar Sam, rende niet terug naar de Schots en Scheef. Ze rende, daarna liep ze en toen was ze zo uitgeput dat ze alleen nog maar wilde kruipen.

Ten slotte gaf ze eraan toe en liet zich op haar handen en knieën vallen.

Ze luisterde of ze achter zich voetstappen hoorde, maar ze hoorde alleen haar eigen zwoegende adem.

Ze moest overgeven. Gal plensde tegen de grond en spatte terug in haar gezicht. Ze wilde gaan liggen, haar ogen sluiten, slapen en dan over een week wakker worden, wanneer dit alles voorbij was.

Sam.

In het graf.

Met een kogel in haar hoofd.

Gamma.

In de keuken.

Helderwit bot.

Stukken hart en long.

Strengen pees, aderen en slagaderen, en haar leven dat oploste in de flits uit een geweer, en dat alles vanwege Zachariah Culpepper.

Charlie kende zijn naam. Ze herinnerde zich het postuur van Bon Jovi, zijn stem, de manier waarop hij zwijgend had toegekeken toen Gamma werd vermoord, de manier waarop zijn hand een boog door de lucht had beschreven toen hij Sam door het hoofd had geschoten, en dat Zachariah hem 'brother' had genoemd.

Brother.

Ze moesten allebei dood. Ze zou toekijken als de beul hen aan de houten stoel vastbond en de metalen hoed op hun hoofd zette met een spons aan de onderkant zodat ze niet in brand vlogen, en ze zou tussen Zachariah Culpeppers benen kijken als hij zijn plas liet lopen op het moment dat hij besefte dat hij geëlektrocuteerd werd.

Charlie stond op.

Eerst strompelde ze, toen liep ze, vervolgens ging ze op een drafje over, tot ze eindelijk, na een eeuwigheid, het licht op de veranda van de tweede boerderij zag.

ZEVEN

Wisselend van arm, links, rechts en dan weer links, doorkliefde Sam Quinn het koele water van het zwembad. Bij elke derde slag draaide ze haar hoofd en haalde diep adem. Haar voeten bewogen op en neer. Ze telde tot ze weer mocht ademen.

Links-rechts-links-ademen.

Ze had de rust en de eenvoud van de borstcrawl altijd al heel prettig gevonden. Ook fijn was dat het zwemmen net genoeg concentratie vergde om haar alle gedachten aan de buitenwereld te doen vergeten. Onder water gingen geen telefoons, pingelden geen laptops om een belangrijke vergadering aan te kondigen. In het zwembad kon je je mail niet lezen.

Ze zag de tweemeterstreep vóór het einde van de baan en liet zich uitdrijven tot haar vingers de muur raakten.

Hijgend knielde ze op de bodem van het zwembad neer en keek op haar zwemhorloge: 2,4 kilometer in 150 seconden per 100 meter, dus 37,5 seconden per 25 meter.

Even voelde ze teleurstelling bij het zien van de cijfers, die enkele seconden boven die van de vorige dag bleven, want haar prestatiedrang stond in schril contrast met haar fysieke beperkingen. Ze keek naar de overkant van het bad en vroeg zich af of ze nog één keer kon knallen.

Nee.

Vandaag was ze jarig. Ze was niet van plan zich zo af te matten dat ze haar stok nodig had om naar kantoor te lopen.

Ze hees zich op de rand van het bad. Snel spoelde ze onder de douche het zoute water af. Haar vingertoppen voelden ruw en gegroefd tegen het Egyptische katoen van haar handdoek. Ergens in haar achterhoofd hoorde ze haar moeder zeggen dat het lichaam reageerde op langdurige onderdompeling door de kussentjes van vingers en tenen te rimpelen voor een betere grip.

Gamma was vierenveertig geweest toen ze stierf, even oud als Sam nu.

Of in elk geval over drieënhalf uur.

Sam hield haar zwembril op toen ze met de lift naar haar appartement ging. In het chroom op de achterkant van de deuren zag ze haar golvende spiegelbeeld. Slank. Zwart badpak. Ze streek door haar haar zodat het sneller zou drogen. Achtentwintig jaar geleden was ze met ravenzwart haar het bos achter de boerderij in gelopen. Bijna een maand later was ze wakker geworden in het ziekenhuis met grijze stoppels op haar kaalgeschoren hoofd.

Sam was gewend geraakt aan de geschokte reacties en verbaasde blikken als onbekenden beseften dat de grijze oude vrouw achter in de klas, bij het wijnschap in de supermarkt of wandelend in het park in werkelijkheid een jonge vrouw was.

Hoewel dat de laatste tijd eerlijk gezegd steeds minder vaak gebeurde. Haar man had haar gewaarschuwd dat haar gezicht op een dag eindelijk zou samenvallen met haar haar.

De liftdeuren gleden open.

Zonlicht twinkelde door de plafondhoge ramen van haar appartement. Beneden in de diepte was het Financial District klaarwakker, maar het lawaai van claxons en bouwkranen en het overige straatrumoer werden gedempt door het driedubbele glas.

Sam liep naar de keuken en deed onderweg de lampen uit. Ze verruilde haar zwembril voor haar gewone bril. Ze pakte voer voor de kat. Ze vulde de ketel en zette het thee-ei, de beker en de lepel klaar, maar voor ze het water aan de kook bracht, liep ze naar de yogamat in de woonkamer.

Ze zette haar bril af. Om haar spieren soepel te houden deed ze eerst een reeks strekoefeningen. Daarna nam ze in kleermakerszit op de mat plaats. Ze liet haar handen met de rug op haar knieën rusten. Met haar middelvingers raakte ze haar duimen aan, waarna ze zachtjes kneep. Ze sloot haar ogen, ademde diep in en concentreerde zich op haar hersenen.

Jaren nadat ze was neergeschoten, had een psychiater haar een afbeelding van haar motorische hersenschors laten zien. De man had haar willen wijzen op het pad dat de kogel had afgelegd, zodat ze inzicht kreeg in de structuren die waren beschadigd. Ze moest van hem zo vaak mogelijk, maar minstens één keer per dag, over die structuren nadenken, waarbij ze moest proberen de plooien en gleuven te visualiseren en zich een samenwerking tussen haar brein en haar lichaam voor te stellen die even perfect verliep als vóór het schot.

Sam had zich verzet. De oefening leek haar deels wishful thinking, maar vooral voodoo.

Nu was het het enige wat haar hoofdpijn in toom en haar evenwicht in orde hield.

Als gevolg daarvan was ze zich steeds meer in het brein gaan verdiepen. Ze had MRI's bekeken en dikke boekdelen over neurologie bestudeerd, maar die allereerste tekening was altijd haar gids gebleven tijdens het mediteren. Voor haar geestesoog bleven de dwarsdoorsneden van de linker motorische en sensorische schors altijd uitgelicht in felgeel en -groen. Op elk segment was aangegeven welk deel van haar anatomie erdoor gestuurd werd. Tenen. Enkel. Knie. Heup. Romp. Arm. Pols. Vingers.

Sam voelde een tinteling in de verschillende lichaamsdelen als ze in stilte de corresponderende hersensecties bestudeerde die samen het geheel vormden.

De kogel was links, vlak boven haar oor, haar schedel binnengedrongen. De linkerkant van de hersenen stuurt de rechterkant van het lichaam aan, en de rechterkant doet hetzelfde met de linkerkant van het lichaam. In medische termen heette het dat het letsel in een oppervlakkiger deel van haar hersenen was ontstaan. Sam had het woord 'oppervlakkig' altijd misleidend gevonden. Het was waar dat het projectiel de middenhersenen had gemist en niet diep in het limbisch systeem was blijven steken, maar het centrum van Broca, dat over de spraak gaat, het centrum van Wernicke, dat een belangrijke rol speelt bij het begrijpen van taal, en de verschillende gebieden die de motoriek van de rechterkant van haar lichaam aanstuurden, waren onomkeerbaar veranderd.

Oppervlakkig – op.per.vlak.kig, *zich aan de oppervlakte bevindend, vluchtig, terloops, zonder diepgang.*

Er zat een metalen plaat in haar hoofd. Het litteken boven haar oor had de afmetingen van haar wijsvinger.

Sams herinneringen aan die dag bleven fragmentarisch. Slechts een paar dingen wist ze zeker. Ze wist nog dat Charlie er in de badkamer een bende van had gemaakt. Ze herinnerde zich de broers Culpepper, hun geur, de bijna tastbare dreiging die van hen uitging. Ze herinnerde zich niets over Gamma's dood. Ze wist niet meer hoe ze erin geslaagd was uit het graf te kruipen. Wel wist ze nog dat Charlie in haar broek had geplast. Ze wist nog dat ze tegen Zachariah Culpepper tekeer was gegaan. Ze herinnerde zich haar rauwe, schrijnende wens dat Charlie ervandoor zou gaan, zichzelf in veiligheid bracht, in leven bleef. Ongeacht de prijs die Sam zou moeten betalen.

Fysiotherapie. Ergotherapie. Spraaktherapie. Praattherapie. Aquatherapie. Ze moest weer leren praten. Denken. Verbindingen leggen. Converseren. Schrijven. Lezen. Begrijpen. Zichzelf weer leren aankleden. Accepteren wat er met haar gebeurd was. Erkennen dat alles nu anders was. Ze moest weer leren studeren. Ze moest weer naar school. Leren haar gedachteprocessen weer onder woorden te brengen. Ze moest weer inzicht krijgen in retoriek, logica en beweging, in functie en vorm.

Vaak vergeleek Sam haar eerste jaar van herstel met een grammofoonplaat op een oude draaitafel. Ze was wakker geworden in het ziekenhuis met het gevoel alsof alles op de verkeerde snelheid werd afgespeeld. Haar woorden kwamen er brabbelend uit. Het was alsof haar gedachten zich door cakedeeg bewogen. Het leek onmogelijk om weer het niveau van een 33-toerenplaat te bereiken. Niemand geloofde erin. Alleen haar leeftijd, zo dacht men, zou weleens de magische component kunnen zijn. Zoals een chirurg tegen haar zei: als je dan toch een kogel door je hoofd krijgt, kun je die maar het beste op je vijftiende krijgen.

Sam voelde een zacht stootje tegen haar arm. Count Fosco, de kat, had zijn ontbijt op en wilde aandacht. Ze krabbelde hem achter zijn oren, luisterde naar zijn troostende gespin en vroeg zich af of ze in plaats van al dat gemediteer niet beter meer katten in huis kon halen.

Ze zette haar bril op, liep terug naar de keuken en stak het gas aan onder de ketel. De zon stond schuin boven de zuidpunt van Manhattan. Ze sloot haar ogen en laafde zich aan de warmte. Toen ze haar ogen weer opende, zag ze dat Fosco haar nadeed. Hij genoot van de vloerverwarming in de keuken. Sam kon maar niet wennen aan de plotselinge warmte aan haar blote voeten als ze 's ochtends opstond. Het nieuwe appartement was voorzien van allerlei moderne toeters en bellen waar het haar vorige flat aan had ontbroken.

Juist daarom had ze dit appartement genomen: omdat niets haar herinnerde aan het vorige.

De ketel begon te fluiten. Ze schonk water in haar theebeker en zette de kookwekker op drieënhalve minuut zodat de theeblaadjes goed konden trekken. Ze pakte yoghurt uit de koelkast en schepte er met een lepel uit de bestekla muesli in. Ze nam haar gewone bril af en zette haar leesbril op. Haar ogen hadden nooit kunnen wennen aan multifocale lenzen.

Vervolgens zette ze haar telefoon aan.

Ze had verschillende werkberichten en een paar felicitaties van vrienden, maar ze scrolde net zolang naar beneden tot ze het verjaarsbericht had gevonden dat Ben Bernard, de man van haar zus, haar steevast stuurde. Ze hadden elkaar één keer ontmoet, heel lang geleden. Waarschijnlijk zouden ze elkaar op straat niet herkennen, maar uit een ontroerend soort verantwoordelijkheidsgevoel voor zijn vrouw deed Ben dingen voor Charlie waartoe ze zelf niet in staat was.

Sam glimlachte toen ze Bens bericht zag: een foto van Mr. Spock die de Vulkaanse groet bracht, met daaronder de woorden: De logica schrijft voor dat ik je van harte moet feliciteren met je verjaardag.

Sam had maar één keer een mail van Ben beantwoord, op 9/11, om te laten weten dat ze veilig was.

De kookwekker begon te zoemen. Ze schonk een scheut melk in haar thee en ging weer aan de keukenbar zitten.

Ze haalde een blocnote en een pen uit haar koffertje. Eerst handelde ze de werkmails af, beantwoordde er een paar, stuurde andere door en maakte aantekeningen. Ze hield pas op toen haar thee koud en de muesli op was.

Fosco sprong op de bar om de kom te inspecteren.

Een blik op de klok vertelde haar dat ze zich moest douchen en dan naar kantoor moest gaan.

Weer keek ze op haar telefoon, met haar vingers op het werkblad trommelend.

Ze swipete over het scherm naar de voicemails.

Een tweede niet onverwachte verjaardagswens.

Sam had haar vader al ruim twintig jaar niet gezien. Ze waren opgehouden met elkaar te praten toen Sam rechten was gaan studeren. Ze hadden geen ruzie gehad, hadden niet officieel met elkaar gebroken, maar de ene dag was Sam de goede dochter, die haar vader één of twee keer per maand belde, en de volgende dag was ze het opeens niet meer.

In het begin had Rusty geprobeerd contact met haar te krijgen, maar toen Sam niet op zijn pogingen had gereageerd, was hij begonnen haar in haar studentenhuis te bellen wanneer ze college had en dan liet hij een telefonische boodschap achter. Niet dat hij zich opdrong. Als Sam toevallig thuis was, vroeg hij niet of hij haar kon spreken. Hij vroeg nooit of ze hem terug wilde bellen. De berichten die hij doorgaf kwamen erop neer dat ze altijd op hem kon rekenen, of dat hij aan haar had gedacht, of dat hij wilde vragen hoe het met haar was. De daaropvolgende jaren had hij steevast elke tweede vrijdag van de maand gebeld, en op haar verjaardag.

Toen Sam naar Portland was verhuisd om op het kantoor van de officier van justitie te gaan werken, had hij elke tweede vrijdag van de maand en op haar verjaardag een bericht achtergelaten op haar werktelefoon.

Toen ze naar New York was verhuisd voor een carrière in het octrooirecht, had hij elke tweede vrijdag van de maand en op haar verjaardag een bericht op haar kantoor achtergelaten.

En toen had iedereen opeens een mobiele telefoon gehad. Vanaf dat moment had Rusty op elke tweede vrijdag van de maand en op Sams verjaardag een voicemail op haar mobiel ingesproken, eerst op haar klaptelefoon, vervolgens op haar Razr, toen op haar Nokia, haar Blackberry, en nu zag Sam op haar iPhone dat haar vader die ochtend om 05.32 uur had gebeld, op haar verjaardag.

Sam wist wel zo'n beetje hoe zo'n telefoontje verliep, ook al was de precieze inhoud haar onbekend. In de loop der jaren had Rusty een merkwaardige formule ontwikkeld. Hij begon met de gebruikelijke uitbundige begroeting, gevolgd door het weerbericht, want om onbekende redenen vond hij het weer in Pikeville belangrijk. Daarna kwam hij met een of ander vreemd detail over de aanleiding van zijn telefoontje – iets over de dag waarop ze geboren was, of over de tweede vrijdag in kwestie – en in plaats van met een afscheidsgroet eindigde hij steevast met een uitspraak die werkelijk nergens op sloeg.

Een tijdlang was Sam boos geworden als ze Rusty's naam op een roze je-bent-gebeld-briefje zag staan. Ze had zijn voicemails achteloos gewist of net zo lang gewacht met beluisteren tot ze vanzelf uit het systeem verdwenen.

Nu luisterde ze naar het bericht.

'Goeiemorgen, Sammy-Sam!' bulderde haar vader. 'Dit is Russell T. Quinn, tot je dienst. Het is momenteel zes graden, en de wind komt uit de zuidwesthoek met een snelheid van drieënhalve kilometer per uur. De luchtvochtigheidsgraad is negenendertig procent. De luchtdruk blijft steken op dertig.' Vertwijfeld schudde Sam haar hoofd. 'De reden waarom ik je bel – tussen haakjes, in 1536 werd Anne Boleyn op deze dag gearresteerd en naar de Tower of London afgevoerd – is om je op het hart te drukken, lieve Samantha, je hoofd niet te verliezen op je vierenveertigste verjaardag.' Hij lachte, want hij lachte altijd om zijn eigen grapjes. Ze wachtte op de afronding. '"Exit, achtervolgd door een beer."'

Sam glimlachte. Ze stond op het punt het bericht te wissen toen Rusty er tegen zijn gewoonte in iets nieuws aan toevoegde.

'Liefs van je zus.'

Sam trok haar wenkbrauw op. Ze spoelde de voicemail een stukje terug om het laatste gedeelte opnieuw te beluisteren.

'...een beer,' zei Rusty, en toen, na een korte pauze: 'Liefs van je zus.'

Sam betwijfelde ten zeerste of Charlie dat had gezegd.

De laatste keer dat ze met Charlie had gepraat – en dat was ook de laatste keer dat ze samen in één ruimte waren geweest – was er een plotseling en definitief einde aan hun relatie gekomen, en het was meteen duidelijk geweest dat ze geen van beiden de noodzaak of het verlangen voelden elkaar ooit weer te spreken.

Het was Charlies laatste jaar aan Duke University geweest. Ze was naar

New York gevlogen om Sam te bezoeken en om op gesprek te gaan bij verschillende chique advocatenkantoren. Sam was zich ervan bewust dat haar zus niet zozeer bij haar op bezoek kwam, maar haar appartement vooral beschouwde als gratis onderdak in een van de duurste steden op aarde. Ze had er geen punt van gemaakt, want er waren bijna tien jaar verstreken sinds ze haar zusje voor het laatst had gezien, en Sam had zich erop verheugd de banden weer aan te halen nu ze volwassen waren.

De eerste schok was niet dat Charlie een onbekende man bij zich had, maar dat de onbekende man haar echtgenoot bleek te zijn. Na nog geen maand met Ben Bernard gedatet te hebben had Charlie zich in de echt laten verbinden met iemand van wie ze helemaal niets wist. Het was een onverantwoordelijk en gevaarlijk besluit, en als Ben niet zo ongeveer de aardigste, sympathiekste man op de planeet was geweest – en bovendien stapelverliefd op Charlie – zou Sam razend op haar zus zijn geweest vanwege zoiets doms en impulsiefs.

De tweede schok was dat Charlie al haar sollicitatiegesprekken had afgezegd. Van het geld dat Sam haar had gestuurd om nette zakelijke kleren te kopen, had ze tickets besteld voor een optreden van Prince in Madison Square Garden.

En toen kwam de derde, cruciale schok.

Charlie was van plan met Rusty te gaan samenwerken.

Ze had met klem beweerd dat ze alleen hetzelfde gebouw zou delen met haar vader en zich niet met Rusty's praktijken zou inlaten, maar Sam zag het verschil niet.

Rusty nam in zijn werk risico's die hem achtervolgden wanneer hij naar huis ging. De mensen die zijn kantoor bezochten, het kantoor waar Charlie binnenkort ook zou werken, waren van het slag dat je huis in brand stak, dat je thuis opzocht en, als ze je daar niet aantroffen, je moeder vermoordden, je zus neerschoten en je met een geweer door het bos achtervolgden om je te verkrachten.

De laatste woordenwisseling tussen Sam en Charlie had niet meteen plaatsgevonden. Tijdens de eerste drie lange dagen van Charlies geplande vijfdaagse bezoek had het bij vlagen gebotst tussen hen tweeën.

Op de vierde dag was Sam eindelijk ontploft.

Ze had altijd al een onderhuids sudderend temperament gehad. Daarom was ze destijds in de keuken uitgevallen tegen Zachariah Culpepper terwijl haar moeder een paar meter verderop dood op de vloer had gelegen, haar zus zich had ondergeplast en er een met bloed besmeurd geweer op haar gezicht was gericht.

Als gevolg van Sams hersenletsel waren haar stemmingen bijna onbeheersbaar geworden. Talloze studies toonden aan dat bepaalde vormen van letsel aan de voorhoofds- en slaapkwab konden leiden tot impulsieve en zelfs gewelddadige woede, maar voor een verklaring van de felheid van Sams uitbarstingen schoot zelfs de wetenschap tekort.

Ze had nooit iemand geslagen, wat een schamele troost was, maar ze smeet wel met spullen, brak dingen, botvierde haar woede zelfs op geliefde bezittingen, alsof ze door waanzin werd gedreven. Maar haar fysieke vernielingsdrang verbleekte naast de schade die ze met haar scherpe tong aanrichtte. Als Sam in de greep van razernij haar mond opendeed, spuwde ze haat, als bijtend zuur.

Tegenwoordig hield ze met meditatie haar emoties in bedwang.

De baantjes in het zwembad hielpen haar de spanning tot iets positiefs om te buigen.

Destijds was niets in staat geweest haar giftige woede te temperen.

Charlie was verwend. Ze was egoïstisch. Ze was een kind. Ze was een hoer. Ze wilde het haar vader te zeer naar de zin maken. Ze had nooit van Gamma gehouden. Ze had nooit van Sam gehouden. Het was haar schuld dat ze alle drie in de keuken waren geweest. Het was haar schuld dat Gamma vermoord was. Ze had Sam laten creperen. Ze was er destijds vandoor gegaan, zoals ze er nu ook weer vandoor ging.

Dat laatste had in elk geval geklopt.

Charlie en Ben waren midden in de nacht naar Durham teruggekeerd. Ze waren niet eens gebleven om hun schamele spullen te pakken.

Sam had haar excuses aangeboden. Natuurlijk had ze dat gedaan. In die tijd hadden studenten geen voicemail of e-mail, dus had Sam een aangetekende brief gestuurd naar Charlies flat, samen met de zorgvuldig ingepakte doos spullen die ze in New York hadden achtergelaten.

Het schrijven van die brief was een van de moeilijkste dingen geweest die Sam ooit in haar leven gedaan had. Ze had haar zus geschreven dat ze van haar hield, dat ze altijd van haar had gehouden, dat ze heel bijzonder was, dat hun relatie veel voor haar betekende. Dat Gamma haar had aanbeden, haar had gekoesterd. Dat ze begreep dat Rusty Charlie nodig had. Dat Charlie niet buiten de liefde van hun vader kon. Dat Charlie het verdiende gelukkig te zijn, van haar huwelijk te genieten, kinderen te krijgen, heel veel kinderen. Dat ze oud genoeg was om zelf te beslissen. Dat iedereen apetrots op haar was, heel blij voor haar was. Dat Sam alles wilde doen zolang Charlie haar maar vergaf.

'Alsjeblieft,' had Sam aan het eind van de brief geschreven. 'Je moet me geloven. Het enige wat me door maanden van marteling, jaren van herstel, een leven vol chronische pijn heeft geholpen, is het feit dat mijn offer, en ook Gamma's offer, jou de kans heeft geboden om te vluchten, de veiligheid tegemoet.'

Pas na zes weken had Sam een reactie ontvangen.

Charlie had gereageerd met één eerlijke, samengestelde, complexe zin. 'Ik hou van je, ik weet dat jij van mij houdt, maar elke keer wanneer we elkaar zien, zien we wat er gebeurd is, en geen van ons tweeën zal ooit verder kunnen als we altijd achterom blijven kijken.'

Haar zusje was een stuk slimmer dan Sam ooit voor mogelijk had gehouden.

Ze zette haar bril af en wreef voorzichtig in haar ogen. De littekens op haar oogleden voelden als braille onder haar vingertoppen. Al gaf ze nog zo hard af op 'oppervlakkig', ze deed haar uiterste best haar verwondingen te verbergen. Niet omdat ze zich ervoor schaamde, maar omdat anderen zo nieuwsgierig waren. 'Ik ben door mijn hoofd geschoten,' zei ze dan, en daar had niemand van terug.

Een laag make-up bedekte de roze richels op haar gescheurde oogleden. Een kapsel van driehonderd dollar onttrok het litteken aan de zijkant van haar hoofd aan het zicht. Ze droeg meestal wijde zwarte broeken en blouses om haar aarzelende pas te verhullen. Als ze sprak, sprak ze duidelijk, en als ze door uitputting haar greep op de taal dreigde te verliezen, hield ze wijselijk haar mond. Op sommige dagen kon ze niet zonder wandelstok, maar in de loop der jaren had ze geleerd dat de enige beloning voor zware fysieke inspanning nóg meer zware fysieke inspanning was. Als ze moest overwerken en 's avonds liever een taxi nam voor de zes blokken naar haar huis, nam ze een taxi.

Maar die dag legde ze de zes blokken naar haar werk relatief soepel af. Ter ere van haar verjaardag had ze een kleurige sjaal omgedaan, die haar zwarte plunje wat opvrolijkte. Toen ze links afsloeg naar Wall Street, liep ze recht in een felle windvlaag die van de East River kwam. De sjaal wapperde als een cape achter haar aan. Ze worstelde lachend met het ding. Ze wikkelde hem om haar hals, en met de uiteinden losjes in haar hand vervolgde ze haar weg door haar nieuwe buurt.

Sam woonde nog niet lang in dit deel van de stad, maar de geschiedenis ervan had haar altijd aangesproken: dat Wall Street oorspronkelijk een aarden wal was geweest die de noordgrens van Nieuw-Amsterdam afbakende; dat Pearl Street, Beaver Street en Stone Street naar de handelswaar waren vernoemd die Hollandse kooplieden langs de modderige paden verkochten die uitwaaierden van de plek waar ooit hoge houten zeilschepen hadden afgemeerd.

Toen Sam zeventien jaar geleden naar New York was verhuisd, had ze de advocatenkantoren voor het uitkiezen gehad. In de wereld van het octrooirecht had haar master Werktuigbouwkunde aan Stanford University beduidend meer gewicht in de schaal gelegd dan haar juridische master aan Northwestern University. Sam was in één keer geslaagd voor zowel het examen dat haar toegang bood tot de New Yorkse balie als voor het examen octrooirecht. Ze was een vrouw in een mannenwereld die schreeuwde om diversiteit. De advocatenkantoren hadden zo ongeveer om haar gunsten gesmeekt.

Ze was bij de eerste firma gaan werken waarvan de bonus bij ondertekening van het contract hoog genoeg was om een aanbetaling te kunnen doen op een koopappartement in een gebouw met een lift en een verwarmd zwembad.

Het stond in Chelsea, een prachtig vooroorlogs gebouw met hoge plafonds en een zwembad in het souterrain dat deed denken aan een victoriaans natatorium. Hoewel Sams salaris in de loop der jaren een hoge vlucht had genomen, had ze altijd naar volle tevredenheid in het driekamerappartement gewoond, tot haar man was overleden.

'Van harte gefeliciteerd!' Eldrin, haar assistent, stond haar bij de lift op te wachten toen de deuren opengingen. Sam hield er zo'n vast schema op na dat hij haar komen en gaan tot op de seconde kon voorspellen.

'Dank je.' Ze reikte hem haar koffertje aan, maar haar tas hield ze zelf.

Hij begeleidde haar langs de verschillende kantoorvertrekken en nam zoals gewoonlijk de dag met haar door. 'Je hebt om halfelf die UXH-bijeenkomst in vergaderzaal zes. Om drie uur krijg je een telefoontje uit Atlanta, maar ik heb tegen Laurens gezegd dat je tot hooguit vijf uur hebt, omdat je dan naar een heel belangrijke vergadering moet.'

Ze glimlachte. Ze ging iets drinken met een vriendin ter ere van haar verjaardag.

'Verder is er een onderdeel van die partnerbespreking van volgende week dat dringend om je aandacht vraagt. Een bepaald punt dat je moet verhelderen. Ik heb het hele pakket op je bureau gelegd.'

'Dank je.' Bij de deur naar het keukentje bleef Sam staan. Ze verwachtte niet van Eldrin dat hij elke ochtend thee voor haar haalde, maar vanwege hun vaste schema moest hij nu toezien hoe ze zelf thee zette.

'Ik kreeg vanmorgen een mail van Curtis,' zei ze, terwijl ze een theezakje uit het blik op het keukenblad nam. 'Ik wil volgende week naar Atlanta voor die Coca-Coladepositie.' Stehlik, Elton, Mallory and Sanders had onder andere een filiaal in Atlanta. Sam vloog elke maand naar de stad, verbleef dan in het Four Seasons Hotel, liep de twee blokken naar het kantoor aan Peach Street en verdrong het feit dat Pikeville maar twee uur rijden was.

'Ik geef het door aan de reisafdeling.' Eldrin haalde een pak melk uit de koelkast. 'Ik zal ook vragen of Grainger... O nee!' Hij keek naar de tv in de hoek. Het geluid stond uit, maar op het scherm verscheen een tekst die weinig goeds voorspelde. SCHIETPARTIJ OP SCHOOL.

Als slachtoffer van wapengeweld voelde Sam altijd een huivering door zich heen gaan wanneer ze over grootschalige schietpartijen hoorde, maar zoals de meeste Amerikanen was ze er enigszins aan gewend geraakt nu die zich bijna maandelijks voordeden.

Het scherm vertoonde de foto van een meisje, zo te zien uit een schooljaarboek. Eronder stond haar naam: LUCY ALEXANDER.

Sam schonk melk in haar thee. 'Op school had ik verkering met een jongen die Peter Alexander heette.'

Met opgetrokken wenkbrauw liep Eldrin achter haar aan de keuken uit. Gewoonlijk was ze niet zo scheutig met bijzonderheden over haar privéleven.

Sam liep naar haar kamer. Eldrin nam de rest van het dagprogramma met haar door, maar ze luisterde slechts met een half oor. Al heel lang had ze niet meer aan Peter Alexander gedacht. Hij was een humeurige jongen geweest, geneigd tot lange, saaie verhandelingen over de kwellingen van het kunstenaarschap. Ze had hem aan haar borsten laten voelen, maar alleen omdat ze wilde weten hoe dat was.

Eerlijk gezegd was het nogal zweterig geweest, want Peter had geen idee gehad wat hij aan het doen was.

Sam dumpte haar tas naast haar bureau – een brok glas en staal dat het middelpunt vormde van haar zonnige hoekkamer. Haar werkplek keek uit op het gebouw aan de overkant van de straat, maar dat gold voor alle kantoren in het Financial District. Er waren nog geen voorschriften geweest met betrekking tot terugspringende gevels toen de zogenoemde Canyons of Wall Street werden gebouwd. Zes meter trottoir was alles wat de meeste gebouwen van de straat scheidde.

Terwijl Sam haar thee op een viltje naast haar computer zette, rondde Eldrin zijn verhaal af.

Ze wachtte tot hij was vertrokken voor ze op haar stoel ging zitten en haar leesbril uit haar koffertje haalde. Daarna nam ze haar aantekeningen door voor de vergadering van halfelf.

Toen Sam voor een carrière in het octrooirecht koos, wist ze dat het werk voornamelijk draaide om het verplaatsen van grote sommen geld:

het ene onmetelijk rijke bedrijf klaagde het andere onmetelijk rijke bedrijf aan omdat het dezelfde strepen had gebruikt op zijn nieuwe sportschoenen of een bepaalde merkkleur had overgenomen, en buitengewoon dure advocaten voerden pleidooien tegenover buitengewoon verveelde rechters over het percentage cyaan in een kleurenwaaier.

De dagen dat Newton en Leibnitz hadden gestreden om de titel van uitvinder van de calculus behoorden tot het verre verleden. Sam wijdde het grootste deel van haar tijd aan het doorspitten van ontwerptekeningen en het verwijzen naar octrooiaanvragen, die soms teruggingen tot de begintijd van de industriële revolutie.

Ze genoot van elke seconde.

Ze genoot van de samensmelting van wetenschap en recht, vond het prachtig dat ze erin geslaagd was uit de beste eigenschappen van haar moeder en de beste eigenschappen van haar vader een bevredigend leven te destilleren.

Eldrin klopte op haar glazen deur. 'Nog even over die schietpartij. Kennelijk gaat het over een school in North Georgia.'

Sam knikte. 'North Georgia' was een vage verzamelnaam voor elk gebied dat niet bij Atlanta hoorde. 'Is het bekend hoeveel slachtoffers er zijn?'

'Maar twee.'

'Bedankt.' Sam ging niet in op dat 'maar', want Eldrin had gelijk: twee doden stelden niet zoveel voor. Waarschijnlijk was het verhaal de volgende dag alweer uit het nieuws verdwenen.

Ze draaide zich naar haar computer toe. Ze klikte een kladversie aan van een instructie waarin ze zich wilde verdiepen voor de bespreking om half-elf. Een junior partner had een poging gedaan een antwoord te formuleren op een verzoek om uitspraak in de zaak *SaniLady, dochteronderneming van* UXH *Financial Holdings, Ltd versus LadyMate Corp, dochteronderneming van Nippon Development Resources, Inc.*

Na zes jaar van gehakketak, twee mislukte bemiddelingspogingen en een scheldpartij die hoofdzakelijk in het Japans was gevoerd, kwam de zaak voor de rechter.

Het ging om het ontwerp van een scharnier dat het mechaniek regelde van het zelfsluitende deksel van een aan de tussenwand bevestigde sanitaire afvalbak voor openbare toiletten. LadyMate Corporation had verschillende uitvoeringen van deze alomtegenwoordige afvalbak geproduceerd, van de *FemyGeni* en de oorspronkelijke *LadyMate* tot de merkwaardig genaamde *Tough Guy*.

Sam was de enige bij de zaak betrokken persoon die weleens een dergelijke afvalbak had gebruikt. Als ze inspraak had gehad tijdens de ontwerpfase, zou ze voor waarheidsgetrouwe publiciteit hebben gekozen en ze allemaal *Motherfucker* hebben genoemd, want dat was het eerste wat bij vrouwen opkwam als ze op zo'n ding waren aangewezen.

Zelf zou Sam hebben gekozen voor een tweedelige, met een veer uitgeruste pianoscharnier met een meerprijs van 0,03 cent aan productiekosten in plaats van voor een eendelig geïntegreerd scharnier dat een proces wegens schending van het octrooirecht uitlokte en miljoenen dollars aan advocatenhonoraria kostte, om nog maar te zwijgen van de schadeloosstelling als Nippon de zaak verloor.

Als het aan de instructie op haar computer lag, zou UXH die schadeloosstelling mislopen. Octrooirecht was niet het meest barokke onderdeel van de rechtspleging, maar de junior partner die het document had opgesteld schreef met de soepelheid van een stuk schuurpapier.

Om die reden had Sam een drie jaar durende omweg via het kantoor van de officier van justitie in Portland gemaakt. Ze had de taal van de rechtszaal willen leren spreken.

Ze scrolde door het document, maakte aantekeningen, herschreef een lange passage in een benadering van eenvoudig Engels en eindigde met een korte maar bloemrijke frase, want ze wist dat ze daarmee de advocaat van de tegenpartij in verwarring bracht, een man die haar bij hun eerste ontmoeting had opgedragen een kop koffie met twee suikerklontjes voor hem te halen en tegen haar baas te zeggen dat hij niet van wachten hield.

Gamma had op zoveel punten gelijk gekregen. Sam Quinn kon op veel meer respect rekenen dan waarop Samantha Quinn ooit had durven hopen.

Om vier minuten over halfelf betrad Sam als laatste de vergaderruimte. Dat deed ze met opzet. Ze hield er niet van laatkomers te berispen.

Ze nam plaats aan het hoofd van de tafel. Voor zich zag ze een zee van jonge, blanke mannen die met hun masters van Michigan, Harvard en MIT aan een ernstige vorm van eigendunk leden. Of misschien was hun eigendunk gerechtvaardigd. Ze zaten in het glanzende, uit glas opgetrokken kantoor van een van de belangrijkste octrooifirma's ter wereld. Als ze zich captains of industry waanden, kwam dat waarschijnlijk doordat ze dat spoedig zouden zijn.

Maar voorlopig moesten ze zich tegenover Sam bewijzen. Ze luisterde naar hun updates, gaf commentaar op de door hen voorgestelde strategieën en liet ze doorgaans met hun ideeën spelen tot ze de indruk kreeg dat ze in hun eigen staart beten. Sam stond erom bekend dat ze vergaderingen strak leidde. Ze verzocht hun de jurisprudentie te bestuderen, instructies voor de volgende dag te herschrijven en een bepaalde octrooiaanvraag uit de jaren zestig in hun werk op te nemen.

Ze stond op van haar stoel, en iedereen volgde haar voorbeeld. Na de geruststellende opmerking dat ze uitkeek naar hun resultaten verliet ze de vergaderzaal.

Ze volgden haar op gepaste afstand, want ze werkten allemaal aan dezelfde kant van het gebouw. Tijdens de lange wandeling terug naar haar kamer had Sam vaak het gevoel dat ze gestalkt werd door een koppel ganzen. Je kon er vergif op innemen dat een van hen zich naar voren drong in de hoop zich aan haar bekend te kunnen maken of aan de anderen te kunnen laten zien dat hij niet bang voor haar was. Een paar haakten af voor andere besprekingen en wensten haar een fijne verjaardag. Iemand vroeg of ze het leuk had gehad op haar recente reis naar Europa. Weer een andere jongeman, iets te gretig sinds bekend was geworden dat Sams naam spoedig bij het rijtje partners zou staan, liep helemaal tot aan haar kamer met haar mee en vertelde een lang verhaal dat eindigde met de uitspraak dat zijn grootmoeder in Denemarken was geboren.

Sams man was in Denemarken geboren.

Anton Mikkelsen was eenentwintig jaar ouder geweest dan Sam. Hij had lesgegeven aan Stanford University, en ze had een college technologie en maatschappij bij hem gevolgd met als titel *Constructieontwerp van het Romeinse Rijk*. Antons passie voor het onderwerp had haar geraakt. Ze had zich altijd aangetrokken gevoeld tot mensen die verrukt waren over de wereld, die naar buiten keken in plaats van naar binnen.

Wat Anton betrof, die had afstand bewaard zolang Sam zijn student was geweest. Hij had zich zelfs zeer gereserveerd opgesteld, zodat ze ervan overtuigd was geraakt dat ze iets verkeerds had gedaan. Pas na haar afstuderen, in haar tweede jaar aan Northwestern, had hij contact met haar gezocht.

Aan Stanford was Sam een van de weinige vrouwen geweest op een door mannen gedomineerd terrein. Af en toe had ze mail ontvangen van docenten. De onderwerpregel had vaak een mengeling van wanhoop en een nogal tekortschietend inzicht in het gebruik van weglatingspuntjes vertoond: Ik kan je niet vergeten... of ... Je moet me... helpen..., alsof ze gek werden van verlangen en alleen Sam de pijn kon verlichten. Hun collectieve onzekerheid had ertoe bijgedragen dat ze zich had aangemeld bij de rechtenfaculteit in plaats van promotieonderzoek te gaan doen. De gedachte dat ze zich bij haar proefschrift door een van deze trieste donjuans zou moeten laten begeleiden was onverdraaglijk geweest.

Anton was zich zeer bewust geweest van de reputatie van zijn collega's toen hij Sam voor het eerst had gemaild.

Neem het me niet kwalijk als je dit contact ongewenst vindt, had hij geschreven. Ik heb drie jaar gewacht om er zeker van te zijn dat mijn beroepsmatige gezag het door jou gekozen terrein niet overlapte en er geen invloed op had.

Hij was met vervroegd pensioen van Stanford vertrokken en was als consultant gaan werken voor een buitenlands ingenieursbureau. Hij had New York als thuisbasis gekozen om dichter bij haar te kunnen zijn. Vier jaar nadat Sam partner op het advocatenbureau was geworden, waren ze getrouwd.

Anton had Sams leven verrijkt zoals ze nooit had kunnen dromen.

Hun eerste buitenlandse reis was magisch geweest. Afgezien van een onbezonnen uitstapje naar Tijuana tijdens haar eerste studiejaar was ze de Verenigde Staten nooit uit geweest. Anton had haar meegenomen naar Ierland, waar hij als jongen zijn zomervakanties had doorgebracht bij de familie van zijn moeder. Naar Denemarken, waar hij zijn liefde voor design had opgevat. Naar Rome om haar de ruïnes te laten zien, naar Florence om haar de Duomo te tonen, en naar Venetië voor de liefde.

Tijdens hun huwelijk hadden ze veel gereisd. Een reden waarom Anton soms ergens een klus had aangenomen of Sam een bepaalde conferentie had bijgewoond, was dat het hen in de gelegenheid stelde een bezoek aan een onbekend oord te brengen: Dubai, Australië, Brazilië, Singapore, Bora Bora. In elk nieuw land, in elke onbekende stad waar Sam was neergestreken, had ze aan Gamma gedacht en aan hoe haar moeder er bij haar op had aangedrongen weg te gaan, de wereld te zien, te gaan wonen waar ze maar wilde, zolang het maar niet in Pikeville was.

Dat Sam dit alles had gedaan met een man die ze aanbad, had het des te mooier gemaakt.

Haar kantoortelefoon ging.

Ze leunde achterover op haar stoel en keek op de klok. Het was drie uur: het telefoontje uit Atlanta. Ze was weer helemaal opgegaan in haar werk en had haar lunch overgeslagen, zo verdiept was ze geweest in de ontwerpaanvraag voor het octrooi op een smal, geplateerd penscharnier.

Laurens van Loon was een Nederlander die in Atlanta woonde en hun specialist was op het gebied van internationaal octrooirecht. Hij belde over die UXH-zaak, maar evenals Sam was hij een hartstochtelijk reiziger. Voor ze het over het werk zouden hebben, wilde hij alles weten over de trip die ze een paar weken eerder had gemaakt, een tiendaagse rondreis door Italië en Ierland.

Ooit had Sam het over de cultuur, de architectuur en de mensen gehad als ze over buitenlandse steden sprak, maar dankzij geld en het verstrijken van de jaren was ze nu eerder geneigd het over de hotels te hebben.

Ze vertelde Laurens over haar verblijf in het Merrion in Dublin. Dat de tuinsuite geen uitzicht bood op een tuin, maar op een achterafsteegje. Dat het Aman aan het Grand Canal adembenemend was en de service onberispelijk, en dat het binnenpleintje waar ze elke ochtend haar thee had gedronken tot de rustigste plekken in de stad behoorde. In Florence had ze in het Westin Excelsior gelogeerd, met schitterend uitzicht over de Arno, maar het lawaai van de bar op het dak was soms tot in haar suite doorgedrongen. In Rome, zo vertelde ze hem, had ze in het Cavalieri gelogeerd, vanwege de baden en prachtige zwembaden.

Dat laatste was een leugen.

Sam had een kamer geboekt in het budgethotel Raffaello, omdat dat het hotel was geweest dat Anton en zij zich hadden kunnen veroorloven tijdens die eerste magische reis naar Rome.

Om Laurens een plezier te doen rekte Sam het gesprek, beval restaurants en musea aan die ze op vorige reizen had bezocht. Ze vertelde hem niet dat ze in Dublin in de Long Room van de Old Library in Trinity College had gestaan en met tranen in haar ogen had opgekeken naar het prachtige tongewelf. Ook verzweeg ze dat ze in Florence op een van de vele banken in de Galleria dell'Accademia had gezeten, bij de *David* van Michelangelo, en alleen maar had gesnikt.

Rome was een mengeling geweest van nostalgie en verdriet. De Trevifontein, de Spaanse Trappen, het Pantheon, het Colosseum, de Piazza Navona waar Anton haar ten huwelijk had gevraagd en ze wijn hadden gedronken in het maanlicht.

Sam had al die prachtige plekken voor het eerst met haar man gezien, en nu hij dood was, zou ze er nooit meer zo van genieten.

'Wat een fantastische reis,' zei Laurens. 'Ierland en Italië. De landen met een 'I', hoewel je er eigenlijk ook India bij moet doen.'

'Indonesië, Israël...' Sam glimlachte om zijn lach. 'Laten we maar niet langer over hotels praten, maar ons richten op de spannende wereld van de hygiënische afvalbak.'

'Ja, inderdaad,' zei Laurens. 'Maar mag ik je iets vragen, en hopelijk is het niet te opdringerig?'

Sam bereidde zich al voor op een vraag over Anton, want zelfs na een jaar bleven mensen naar hem vragen.

'De schietpartij op die school,' zei Laurens.

Tot haar schande had Sam daar helemaal niet meer aan gedacht. 'Kan ik er beter niet naar vragen?'

'Nee, geeft niet. Het is natuurlijk verschrikkelijk. Maar ik zag een man op tv. Russell Quinn, de advocaat van de verdachte.'

Sam klemde de telefoon zo stevig vast dat haar duim begon te trillen. Ze had één en één nog niet bij elkaar opgeteld, maar dat Rusty zich had aangeboden om iemand te verdedigen die op een school twee mensen had doodgeschoten, had haar niet hoeven verbazen.

'Ik weet dat je uit Georgia komt,' zei Laurens, 'dus ik vroeg me af of het misschien familie was. Kennelijk is die man nogal een progressieve held.'

Sam wist niet wat ze moest zeggen. 'Het is een heel gewone naam,' zei ze ten slotte.

'O ja?' Laurens wilde altijd alles weten over zijn adoptiefstad.

'Ja. Al van vóór de Burgeroorlog.' Sam schudde haar hoofd, want ze had een beter leugentje moeten bedenken. Ze besloot op een ander onderwerp over te gaan. 'Ik heb trouwens van de mensen van UXH gehoord dat de boel wordt opgeschud in de directiekamers van Nippon.'

Laurens aarzelde even voor hij meeging met de wending van het gesprek. Sam luisterde naar de roddels die hij had opgepikt, maar haar aandacht dwaalde af naar haar computer.

Ze opende de website van de *New York Times.* Lucy Alexander. De schietpartij had plaatsgevonden in de onderbouwlocatie.

Van Sams oude school in Pikeville.

Ze bestudeerde het gezicht van het meisje, zocht naar iets bekends in de vorm van haar oog, de welving van haar lip, iets wat haar aan Peter Alexander deed denken, maar ze vond niets. Toch was Pikeville een klein stadje. De kans was groot dat het meisje familie was van haar oude vriendje.

Ze doorzocht het artikel op bijzonderheden over de schietpartij. Een achttienjarig meisje was met een wapen de school binnengegaan. Vlak voor de eerste bel was ze met schieten begonnen. Het wapen was haar afhandig gemaakt door een niet bij naam genoemde leraar, een ex-marinier met hoge onderscheidingen, die tegenwoordig geschiedenis gaf aan pubers.

Sam scrolde verder, naar een andere foto, van het tweede slachtoffer.

Douglas Pinkman.

De telefoon gleed uit haar hand, en ze raapte hem weer op van de vloer. 'Sorry,' zei ze tegen Laurens, met een wat onvaste stem. 'Zullen we hier morgen verder over praten?'

Sam kreeg zijn antwoord nauwelijks mee, omdat ze alleen maar naar de foto kon staren.

Toen zij nog op school had gezeten, had Douglas Pinkman het football- en het atletiekteam gecoacht. Hij was de eerste geweest die Sams talent had onderkend, en hij was ervan overtuigd geweest dat ze, als ze maar hard genoeg trainde en doorzette, kans maakte op een sportbeurs voor een universiteit naar keuze. Sam had altijd geweten dat ze met haar verstand even ver en misschien zelfs verder kon komen, maar de gedachte dat haar lichaam al even efficiënt functioneerde als haar brein had haar geïntrigeerd. Bovendien had ze van hardlopen gehouden. De buitenlucht. Het zweet. De endorfine die vrijkwam. Het alleen-zijn.

En nu was Sam op slechte dagen tot een wandelstok veroordeeld en was Mr. Pinkman bij zijn werkkamer op school vermoord.

Ze scrolde verder naar beneden, op zoek naar nog meer bijzonderheden. Twee keer in zijn borst geschoten met hollow-pointkogels. Volgens anonieme bronnen was Pinkman op slag dood geweest.

Sam klikte de *Huffington Post* open, die waarschijnlijk meer aandacht aan het verhaal besteedde dan de *New York Times*. De hele voorpagina was aan de schietpartij gewijd. De kop vermeldde: DRAMA IN NORTH GEORGIA, met naast elkaar foto's van Lucy Alexander en Douglas Pinkman.

Sam nam vluchtig de hyperlinks door:

OORLOGSHELD BLIJFT LIEVER ANONIEM

ADVOCAAT VAN VERDACHTE KOMT MET VERKLARING

WAT EN WANNEER: EEN TIJDPAD VAN DE SCHIETPARTIJ

ECHTGENOTE PINKMAN ZAG HAAR MAN STERVEN

Sam hoefde de advocaat van de verdachte niet te zien. Ze klikte de laatste link aan.

Haar mond viel open van verbazing.

Mr. Pinkman was met Judith Heller getrouwd.

Wat een vreemde wereld.

Sam had Miss Heller nooit persoonlijk ontmoet, maar natuurlijk kende ze haar naam. Nadat Daniel Culpepper Sam had neergeschoten, nadat Zachariah een mislukte poging had gedaan om Charlie te verkrachten, was Charlie naar de boerderij van Heller gevlucht om hulp te zoeken. Terwijl Miss Heller het meisje onder haar hoede had genomen, had haar bejaarde vader zich tot de tanden gewapend op de veranda verschanst voor het geval de Culpeppers zich eerder lieten zien dan de politie.

Uiteraard had Sam deze bijzonderheden pas veel later gehoord. Tijdens de eerste maanden van haar herstel was ze niet eens in staat geweest het verloop van de gebeurtenissen terug te halen. Ze herinnerde zich vaag dat Charlie op haar ziekenhuisbed had gezeten en het verhaal van hun redding eindeloos had herhaald, want Sams kortetermijngeheugen was een zeef geweest. Ze had nog steeds verband voor haar ogen gehad. Blind en hulpeloos als ze was geweest had ze naar Charlies hand gereikt, geprobeerd haar stem te herkennen en steeds weer dezelfde vragen gesteld.

Waar ben ik? Wat is er gebeurd? Waarom is Gamma er niet?

En telkens had Charlie geantwoord, tientallen, misschien wel honderden keren.

Je bent in het ziekenhuis. Je bent in je hoofd geschoten. Gamma is vermoord.

Vervolgens was Sam meestal in slaap gevallen. Of anders had ze na enkele minuten opnieuw naar Charlies hand gereikt en opnieuw gevraagd...

Waar ben ik? Wat is er gebeurd? Waarom is Gamma hier niet?

Gamma is dood. Jij leeft nog. Alles komt goed.

Jarenlang had Sam er niet bij stilgestaan hoe confronterend het voor haar dertienjarig zusje moest zijn geweest om hun verhaal eindeloos opnieuw te vertellen. Wel wist ze dat Charlie na enige tijd gestopt was met huilen. De emotie was afgevlakt, of had zich in elk geval weten te verschuilen. Hoewel Charlie zonder de minste aarzeling over de gebeurtenissen had gepraat, was het alsof ze er een zekere afstand van had genomen. Niet alsof het iemand anders was overkomen, maar alsof ze wilde benadrukken dat het drama niet langer greep op haar had.

Dat was het duidelijkst gebleken uit de rechtbankverslagen. Op verschillende momenten in haar leven had Sam het 1258 pagina's dikke document gelezen, als een soort geheugenoefening. Dít is er toen met me gebeurd, daarna gebeurde dát, en zó heb ik het er levend afgebracht.

Charlies getuigenis tijdens het verhoor door de aanklager was droog geweest, als van een verslaggever die een verhaal vertelde. Dít is er met Gamma gebeurd. Dát is er met Sam gebeurd. Dít probeerde Zachariah Culpepper te doen. Dít zei Miss Heller toen ze de achterdeur opendeed.

Gelukkig had de getuigenis van Judith Heller Charlies grimmige verhaal van wat kleur voorzien. Vanaf het getuigenbankje had de vrouw beschreven hoe geschokt ze was geweest toen ze het bebloede, doodsbange meisje op haar veranda had zien staan. Charlie had aanvankelijk zo gebeefd dat ze er geen woord uit had gekregen. Toen ze eindelijk binnen was gekomen, eindelijk in staat was geweest woorden te vormen, had ze bizar genoeg om een kom ijs gevraagd.

Terwijl haar vader de politie had gebeld, had Miss Heller uit pure onmacht aan haar verzoek voldaan. Ze kon niet weten dat Charlie ziek zou worden van het ijs. Na twee kommen te hebben leeggegeten was het meisje naar het toilet gerend. Pas door de gesloten wc-deur heen had ze verteld dat ze bang was dat haar moeder en zusje dood waren.

Er klonk een luid gesnerp, en Sam schrok op uit haar gedachten.

Hoewel Laurens minuten geleden had opgehangen, hield Sam de telefoon nog steeds vast. Nu legde ze de hoorn neer, maar haar hand bleef er nog even boven hangen.

Denk maar eens na over de etymologie van de uitdrukking 'de telefoon ophangen'.

De *Huffington Post* werd automatisch herladen. De familie Alexander gaf live een persconferentie.

Sam zette het geluid wat zachter en keek naar het filmpje. Een zekere Rick Fahey sprak namens de familie. Ze luisterde naar zijn verzoek om privacy, in de wetenschap dat het aan dovemansoren gericht was. Het positieve van haar coma, bedacht Sam, was dat ze niet naar eindeloos gespeculeer over haar zaak op het nieuws had hoeven luisteren.

Op het filmpje keek Fahey recht in de camera. Hij zei: 'Want dat is Kelly Wilson. Een koelbloedige moordenares.'

Hij draaide zijn hoofd en wisselde een blik met een man die niemand anders dan Ken Coin kon zijn. In plaats van zijn slecht zittende politie-uniform droeg hij een glanzend, marineblauw pak. Sam wist dat hij de huidige officier van justitie van Pikeville was, maar hoe ze aan die informatie kwam, was ze vergeten.

Hoe dan ook, de blik die de twee mannen wisselden bevestigde het onmiskenbare feit dat dit alles met de doodstraf zou eindigen. Dat verklaarde waarom Rusty erbij betrokken was. Zijn hele leven was hij een fervent tegenstander van de doodstraf geweest. Als advocaat, als iemand die een grote rol had gespeeld bij de vrijspraak van veroordeelden, was hij de overtuiging toegedaan dat de kans op fouten te groot was.

Uit de rechtbankverslagen in de zaak-Culpepper had Sam begrepen dat haar vader bijna een uur het woord had gevoerd en een ontroerend, gloedvol pleidooi had gehouden om het leven van Zachariah Culpepper te sparen, op grond van het feit dat de staat het morele gezag miste om iemand het leven te ontnemen.

Charlie had al even krachtig vóór de doodstraf gepleit.

Sam had zich er ergens tussenin bevonden. Destijds was ze niet in staat geweest haar gedachten helder onder woorden te brengen. In haar brief aan de rechtbank had ze om levenslang verzocht voor Zachariah Culpepper. Dat was niet uit medeleven. Sam verbleef destijds in het Shepherd Spinal Center in Atlanta. De mensen die haar door de zware maanden van herstel heen hadden geholpen waren professioneel en met haar begaan, maar Sam had zich net een gestrikt konijn gevoeld.

Ze kon niet zonder hulp in of uit bed stappen.

Ze kon niet zonder hulp naar het toilet.

Ze kon niet zonder hulp haar kamer uit.

Ze kon niet eten wanneer ze daar zin in had, mocht niet eens kiezen wat ze at.

Doordat haar vingers niet met knopen of ritsen overweg konden, kon ze niet zelf haar kleren kiezen.

Doordat ze haar gympen niet kon strikken, was ze veroordeeld tot lelijke orthopedische schoenen met klittenband.

Wassen, tandenpoetsen, haren kammen, wandelen, naar buiten gaan wanneer de zon scheen of wanneer het regende, dat alles kon alleen als het iemand anders uitkwam.

Uitgaande van zijn hoogstaande morele principes had Rusty de rechter verzocht Zachariah Culpepper levenslang te geven. Charlie, vol wraakgevoelens, had om de doodstraf gevraagd. Sam had gevraagd Zachariah Culpepper te veroordelen tot een lang en ellendig bestaan, zonder enig recht op zelfbeschikking, want ze had aan den lijve ondervonden hoe het was om een gevangene te zijn.

Misschien hadden ze allemaal hun wens in vervulling zien gaan. Door beroepsprocedures, tijdelijk respijt en juridische kunstgrepen was Zachariah Culpepper tegenwoordig een van de langstzittende terdoodveroordeelden van Georgia.

Tegenover iedereen die het maar wilde horen, bleef hij beweren onschuldig te zijn. Hij bleef beweren dat Charlie en Sam hadden samengespannen om hem en zijn broer erbij te lappen, omdat hij Rusty duizenden dollars aan honorarium schuldig was geweest.

Achteraf gezien had Sam voor de doodstraf moeten pleiten.

Ze sloot de browser, opende een leeg e-mailbericht en verontschuldigde zich tegenover haar vriendin, want ze moest haar verjaardagsafspraak afzeggen. Tegen Eldrin zei ze dat ze voorlopig geen telefoontjes aannam. Ze zette haar leesbril op en richtte haar aandacht weer op het smalle, geplateerde penscharnier.

Toen Sam opkeek van haar computer, was het donker aan de andere kant van de ramen. Eldrin was vertrokken. Het was stil in het kantoor. Niet voor het eerst was ze als enige op haar verdieping achtergebleven.

Ook had ze te lang stilgezeten. Vanaf haar stoel deed ze een paar strekoefeningen. Haar hele lichaam was stijf, maar uiteindelijk lukte het haar op wilskracht overeind te komen. Ze klapte de opvouwbare stok open die ze in de onderste la van haar bureau bewaarde en sloeg haar sjaal om haar hals. Even overwoog ze een taxi te bestellen, maar tegen de tijd dat die zou arriveren, had zij allang de zes straten naar huis afgelegd.

Zodra ze de deur uit stapte, had ze spijt van haar beslissing.

Vanaf de rivier kwam een snijdende wind. Sam klemde haar sjaal in haar ene hand. Haar andere hand sloeg ze stevig om de stok. Haar koffertje en tas hingen zwaar aan de kromming van haar elleboog. Ze had op de taxi moeten wachten. Ze had iets moeten gaan drinken met haar vriendin. Ze had die dag heel veel dingen anders moeten doen.

De nachtportier feliciteerde Sam toen ze haar gebouw binnenging. Ze bleef even staan om hem te bedanken en naar zijn kinderen te vragen, maar haar been was te pijnlijk om het staan lang vol te houden.

Ze stond alleen in de lift naar boven en staarde naar haar spiegelbeeld op de achterkant van de deuren.

Een eenzame, grijze gestalte staarde terug.

De deuren schoven open. Fosco rolde over de vloer en rekte zich uit toen Sam de keuken binnenliep. Ze dwong zichzelf de restjes Thais te eten die waren overgebleven van het verjaardagsetentje op zaterdagavond. De barkruk zat niet lekker. Ze installeerde zich op de rand, met beide voeten op de vloer. Pijn verspreidde zich over de zijkant van haar been, alsof een heet mes haar spieren openlegde.

Ze keek op de klok. Te vroeg om naar bed te gaan. Ze was te moe om zich op haar werk te concentreren. Te uitgeput om het nieuwe boek te pakken dat ze voor haar verjaardag had gekregen.

In haar oude appartement in Chelsea hadden Anton en zij zo weinig mogelijk tv-gekeken. Sam tuurde toch al de hele dag naar schermen. Haar ogen verdroogen slechts een bepaalde hoeveelheid blauw licht, waarna een knagende hoofdpijn kwam opzetten.

In het nieuwe appartement was al een groot tv-scherm ingebouwd in de hobbykamer. Vaak trok Sam zich terug in het donkere vertrek, zo'n raamloze doos die door aannemers 'bonusruimte' werd genoemd, omdat ze het officieel niet als slaapkamer mochten verkopen.

Sam ging op de bank zitten. Ze zette een leeg wijnglas op de salontafel en ernaast een fles Tenuta Poggio San Nicolò uit 2011.

Antons lievelingswijn.

Fosco sprong op haar schoot. Verstrooid krabbelde Sam tussen zijn oren. Ze keek naar het elegante etiket op de wijnfles, de sierlijke krullen langs de rand, het eenvoudige rode waszegel in het midden.

De vloeistof in de fles had evengoed gif kunnen zijn.

Sam was ervan overtuigd dat wijnen zoals de San Nicolò de dood van haar man hadden veroorzaakt.

Naarmate Antons consultancy zich had uitgebreid en Sams praktijk was gegroeid, hadden ze zich steeds luxere zaken kunnen veroorloven. Vijfsterrenhotels. Businessclassvluchten. Suites. Privétours. Exquise diners. Anton had zijn hele leven al een passie gekoesterd voor wijn. Hij dronk graag een glas bij de lunch, en één of twee glazen bij het diner. Hij had een voorkeur voor droge rode wijnen. Af en toe, als Sam niet thuis was, stak hij er een sigaar bij op.

Antons artsen weten het aan het lot en wellicht aan de sigaren, maar Sam dacht dat hij het slachtoffer was geworden van het hoge tanninegehalte in de wijn.

Slokdarmkanker.

Slechts twee procent van alle kankerpatiënten had het.

Tannine, een natuurlijke stof met een samentrekkende werking, biedt bepaalde planten bescherming tegen insecten en predatoren. De chemische verbinding komt voor in veel vruchten, bessen en groenten. Ze wordt ook door de mens bij verschillende processen toegepast. Plantaardige en synthetische tanninen worden gebruikt bij het looien van leer. De farmaceutische industrie maakt regelmatig gebruik van tanninezuur bij de productie van antihistamine- en antihoestmedicijnen.

In rode wijn fungeert tannine als een structurele component, als reactie van de druivenschil op de pitjes. Wijnen met een hoog tanninegehalte zijn langer houdbaar dan wijnen met een laag tanninegehalte, dus hoe rijper en duurder de fles, hoe hoger de concentratie tannine.

Tannine komt van nature ook in thee voor, maar de stremmende werking wordt geneutraliseerd door de eiwitten in melk.

Volgens Sam vormden eiwitten en tannine de sleutel tot Antons ziekte, en dan met name histatinen, de eiwitten in het speeksel die worden afgescheiden door klieren achter op de tong. De vloeistof bezit antimicrobiële en schimmelwerende eigenschappen, maar speelt ook een cruciale rol bij wondgenezing.

Dat laatste is wellicht het belangrijkste. Kanker is per slot van rekening het resultaat van abnormale celgroei. Als histatinen het weefsel in de slokdarmwand niet beschermen en herstellen, kan het DNA van de cellen veranderen en leiden tot abnormale groei.

Van tanninen is bekend dat ze de productie van histatine in de mond onderdrukken.

Elke toost die Anton uitbracht, elk *salut*, had bijgedragen aan de kwaadaardige kankergroei in het weefsel in zijn slokdarmwand, dat zich had uitgezaaid tot in zijn lymfeklieren en uiteindelijk tot in zijn organen.

Althans, dat was Sams theorie. Terwijl ze haar prachtige, vitale echtgenoot in de loop van twee lange jaren had zien wegkwijnen, had ze zich vastgeklampt aan wat een steekhoudende verklaring leek: een *x* die tot een *y* had geleid. Anton had negatief getest op orale HPV, een virusinfectie die in verband werd gebracht met ruwweg zeventig procent van alle tumoren in het hoofd en de hals. Hij rookte slechts sporadisch. Hij was geen alcoholist. In zijn directe familie kwam geen kanker voor.

Tanninen dus.

Accepteren dat het lot een rol had gespeeld bij zijn ziekte, dat de bliksem Sam niet twee maar drie keer had getroffen, ging haar intellectuele en emotionele vermogens te boven.

Fosco duwde met zijn kop tegen haar arm. Hij was Antons kat geweest. Waarschijnlijk lokte de geur van de wijn een soort pavlovreactie bij hem uit.

Sam zette hem voorzichtig van haar schoot en schoof naar de rand van de bank. Ze schonk een glas wijn in dat ze niet zou drinken, voor haar man die ze niet kon zien.

En toen deed ze wat ze vanaf drie uur die middag had vermeden.

Ze zette de tv aan.

De vrouw die voor Sam altijd Miss Heller zou blijven, stond bij de hoofdingang van het Dickerson County Hospital. Ze leek kapot, wat maar al te begrijpelijk was. Haar lange, grijsblonde lokken waaiden woest alle kanten op. Haar ogen waren bloeddoorlopen. De dunne streep van haar lippen had bijna dezelfde kleur als haar huid.

Ze zei: 'Het drama van vandaag kan niet uitgewist worden door de dood van nóg een jonge vrouw.' Ze zweeg en perste haar lippen op elkaar. Sam hoorde camera's klikken, verslaggevers die hun keel schraapten. Met vaste stem vervolgde Mrs. Pinkman: 'Ik bid voor de familie Alexander. Ik bid voor de ziel van mijn man. Voor mijn eigen zielenrust.' Weer perste ze haar lippen op elkaar. Tranen glinsterden in haar ogen. 'Maar ik bid ook voor de familie Wilson. Want het leed heeft hen vandaag even hard getroffen als ons.' Ze rechtte haar schouders en keek in de camera. 'Ik vergeef Kelly Wilson. Ik vergeef haar deze verschrikkelijke tragedie. Of om met Mattheüs te spreken: "Maar indien gij den mensen hun misdaden niet vergeeft, zo zal ook uw Vader uw misdaden niet vergeven."'

De vrouw draaide zich om en liep het ziekenhuis weer in. Bewakers stelden zich voor de deuren op om de verslaggevers tegen te houden.

Sam slaakte een zucht die van diep uit haar borst kwam.

De presentator verscheen weer op het scherm. Hij zat aan een bureau, met een panel van zogenoemde deskundigen. Hun woorden zweefden over Sams hoofd toen ze Fosco weer op schoot trok.

Een Britse kennis van Sam had beweerd dat Engeland zijn '*stiff upper lip*' was kwijtgeraakt op de dag dat prinses Diana was gestorven. Van de ene op de andere dag was een samenleving die ironie verkoos boven emotie veranderd in een jankerige bende. De kennis noemde dit verschijnsel het zoveelste ongewenste teken van veramerikanisering – de Britten klaagden altijd en eeuwig over Amerika, ook al waren ze gek op Amerikaanse producten en de Amerikaanse cultuur – en beweerde dat het zo openbaar beleden verdriet over de dood van Diana voor altijd een einde had gemaakt aan de beschaafde manier waarop zijn volk op tragedies reageerde.

Waarschijnlijk zat er wel een kern van waarheid in, zelfs in het gedeelte waar hij beschuldigend naar Amerika wees, maar Sam was van mening dat er als negatief gevolg van de niet-aflatende reeks nationale rampen een soort verwerkingsformule was ontstaan. De aanslag tijdens de marathon van Boston. San Bernardino. De nachtclub Pulse.

Mensen waren razend. Ze waren niet voor hun tv's, websites en Facebookpagina's weg te slaan. Ze gaven luidkeels uiting aan hun verdriet, hun afschuw, hun woede en hun pijn. Ze riepen om verandering. Ze brachten geld bijeen. Ze eisten actie.

En dan pakten ze de draad van hun leven weer op, tot het volgende drama zich aandiende.

Sam richtte zich op de tv. De presentator zei: 'We laten het eerder vertoonde filmpje opnieuw zien. Voor kijkers die pas hebben ingeschakeld: dit is een reconstructie van de gebeurtenissen die vanochtend hebben plaatsgevonden in Pikeville, op ruwweg twee uur rijden ten noorden van Atlanta.'

Sam zag de grof getekende figuurtjes schokkerig over het scherm bewegen. Het was eerder een simulatie dan een reconstructie.

'Rond zes uur vijfenvijftig vanochtend liep de vermoedelijke schutter, Kelly Rene Wilson, de gang in,' vervolgde de presentator.

Sam zag het figuurtje zich naar het midden van de gang verplaatsen.

Een deur ging open. Een oudere vrouw dook ineen toen er twee schoten werden gelost.

Sam sloot haar ogen, maar bleef luisteren.

Mr. Pinkman wordt neergeschoten. Lucy Alexander wordt neergeschoten. Twee nieuwe figuren komen in beeld. Ze worden niet bij naam genoemd. De ene is een man, de andere een vrouw. De vrouw rent op Lucy Alexander af. De man probeert Kelly Wilson het wapen afhandig te maken.

Sam deed haar ogen weer open. Een zweetdruppel parelde op haar voorhoofd. Ze klemde haar handen zo stijf samen dat er halvemaantjes in haar handpalmen stonden.

Haar mobiel ging. In de keuken. In haar tas.

Sam verroerde zich niet. Ze bleef naar de tv kijken. De presentator interviewde een kale man, die naar zijn vlinderstrik te oordelen waarschijnlijk in de psychiatrie werkzaam was.

Hij zei: 'Doorgaans is dit soort schutter een eenling die zich vervreemd voelt, onbemind. Vaak wordt zo iemand gepest.'

Haar telefoon zweeg.

Vlinderstrik vervolgde: 'Het feit dat de moordenaar in dit geval een vrouw is...'

Sam schakelde de tv uit. De kamer hulde zich in duisternis, maar ze was eraan gewend haar weg in het donker te vinden. Ze voelde of Fosco nog naast haar lag te slapen. Voorzichtig reikte ze naar de wijnfles en het glas. Ze bracht ze naar de keuken, waar ze de inhoud van beide door de gootsteen spoelde.

Sam keek op haar telefoon. Iemand met een onbekend nummer had haar gebeld. Waarschijnlijk een telemarketeer, hoewel ze zich bij het bel-me-nietregister had aangemeld. Met haar duim doorliep ze de schermpjes en blokkeerde het nummer.

Nu begon de telefoon te trillen ten teken dat er een mail binnenkwam. Ze keek hoe laat het was. In Hong Kong werd weer gehandeld. Als er één constante was in Sams leven, was het de voortdurende, onverbiddelijke stroom werk die op haar afkwam.

Ze had geen zin haar leesbril te pakken, tenzij het voor een dringend bericht was. Turend nam ze de lijst met nieuwe e-mails door.

Ze liet ze allemaal ongeopend.

Ze legde de telefoon op het keukenblad en begon aan haar vaste avondritueel. Ze vulde Fosco's waterbakjes. Ze deed het licht uit, drukte op de juiste knoppen om de jaloezieën te sluiten en controleerde of ze de wekker had gezet.

Ze ging naar de badkamer en poetste haar tanden. Ze slikte haar verzameling pillen voor de nacht. In de inloopkast trok ze haar pyjama aan. Op haar nachtkastje lag een fijne roman, maar ze wilde slapen, de dag achter zich laten en de volgende dag met frisse zin wakker worden.

Ze stapte in bed. Fosco verscheen uit het niets. Hij installeerde zich naast haar hoofd op het kussen. Ze zette haar bril af, deed het licht uit en sloot haar ogen.

Ze ademde zachtjes en gestaag uit.

Langzaam werkte ze haar avondoefeningen af, spande en ontspande elke spier in haar lichaam, van de korte teenbuigspier tot de galea aponeurorica onder haar schedel.

Ze wachtte tot haar lichaam ontspande, tot de slaap kwam, maar van enige medewerking was geen sprake. Het was te stil in de kamer. Zelfs het gebruikelijke gezucht, gelik en gesnurk van Fosco bleef uit.

Sam deed haar ogen weer open.

Starend naar het plafond wachtte ze tot het donker weer grijs kleurde, het grijs overging in de schaduwen die werden geworpen door het randje licht dat altijd tussen de jaloezieën door kierde.

'Kun je zien?' had Charlie gevraagd. 'Sam, kun je zien?'

'Ja,' had Sam gelogen. Ze voelde de pas bewerkte grond onder haar blote voeten. Elke stap die haar verder van de boerderij, verder van het licht weg voerde, maakte de duisternis des te dieper. Charlie was een grijze vlek. Daniel was groot en mager, net een houtskoolpotlood. Zach Culpepper was een dreigend zwart vierkant vol haat.

Sam ging weer zitten en zwaaide haar benen over de rand van het bed. Ze duwde met haar handen over haar dijbenen om de stijve spieren te activeren. De warmte uit de vloer trok in haar voetzolen.

Ze voelde haar hart slaan, langzaam en regelmatig. De sinoatriale knoop, de atrioventriculaire knoop, het His-Purkinje-netwerk van vezels, die prikkels naar de spierwanden van de hartkamers zonden, waardoor ze afwisselend samentrokken en ontspanden.

Uiteindelijk stond ze op en liep terug naar de keuken. Ze pakte haar leesbril uit haar koffertje, hield haar telefoon in haar hand en opende de nieuwe e-mail van Ben.

Charlie heeft je nodig.

ACHT

Sam zat met haar hand om haar telefoon geklemd op de achterbank van de zwarte Mercedes terwijl de chauffeur invoegde op de Interstate 575.

Twintig jaar vooruitgang had z'n sporen achtergelaten op het landschap van North Georgia. Niets was onaangeroerd gebleven. Winkelcentra waren als onkruid omhooggeschoten; het landschap was bezaaid met reclameborden, en zelfs de ooit met wilde bloemen begroeide tussenbermen waren verdwenen. Een gigantische reversibele tolweg sneed door het midden van de snelweg en was speciaal bedoeld voor alle rednecks die elke dag in hun pick-ups naar Atlanta reden om geld te verdienen, 's avonds terugreden en hun mond vol hadden van de goddeloze linkse zakkenvullers, die ondertussen wel hun voorzieningen, hun gezondheidszorg, hun scholen en de lunches van hun kinderen subsidieerden.

'Nog een uur rijden, ongeveer,' zei Stanislav, de chauffeur, met zijn vette Kroatische accent. 'Deze werkzaam...' Hij maakte een breed schoudergebaar. 'Wie zal het zeggen?'

'Geeft niet.' Sam keek uit het raampje. Ze vroeg altijd om Stanislav wanneer ze in Atlanta was. Hij was een zeldzaamheid, zo'n chauffeur die haar behoefte aan stilte begreep. Of misschien dacht hij dat ze nerveus was. Hij kon niet weten dat ze zo gewend was aan de achterbank van zwarte personenwagens dat ze zelden op de weg lette.

Sam had nooit goed leren autorijden. Op haar vijftiende had Rusty haar meegenomen in Gamma's stationcar, maar zoals met alle gezinstaken had hij haar al spoedig bedolven onder werksmoezen die definitief een streep hadden gezet door Sams lessen. Gamma had het van hem proberen over te nemen, maar als automobilist was ze oeverloos pietluttig geweest en als passagier ronduit giftig. Voeg daarbij de felheid en het venijn waarmee ze elkaar keer op keer in de haren waren gevlogen, en het was niet verwonderlijk dat ze het allebei een beter idee hadden gevonden als Sam in de herfstvakantie bij een rijschool begon.

Maar toen waren de gebroeders Culpepper in hun keuken verschenen.

Terwijl andere meiden van Sams leeftijd zich op hun rijexamen hadden voorbereid, had zij geprobeerd de verbindingen te herstellen tussen haar tenen, voeten, enkels, kuiten, knieën, dijen, billen en heupen, in de hoop ooit weer te kunnen lopen.

Mobiliteit was trouwens niet haar enige obstakel. De schade die Zachariah Culpepper aan haar ogen had toegebracht was, om het beruchte woord weer te gebruiken, grotendeels oppervlakkig. Aan haar blijvende gevoeligheid voor licht was gemakkelijk iets te doen. Een plastisch chirurg had haar gehavende oogleden weer aan elkaar genaaid. Zachariahs korte, rafelige nagels hadden de harde oogrok geraakt, maar niet het vaatvlies, de oogzenuw, het netvlies of het hoornvlies.

Wat haar van haar zicht had beroofd was een hersenbloeding, een aangeboren cerebraal aneurysma dat tijdens de operatie was gescheurd en bepaalde vezels had beschadigd die verantwoordelijk waren voor het doorgeven van visuele informatie van haar ogen naar haar hersenen. Haar zicht had zich hersteld tot 20/40, in de meeste staten de ondergrens om nog te mogen autorijden, maar het perifere zicht in haar rechteroog bleef beneden de twintig procent.

Juridisch gezien was Sam blind.

Gelukkig deed de noodzaak om zelf te rijden zich nooit voor. Sam nam taxi's van en naar het vliegveld. Ze liep naar haar werk, naar de markt of naar haar afspraken en sociale aangelegenheden in haar directe omgeving. Als ze verder de stad in moest, hield ze een taxi aan of liet Eldrin er een bellen. Ze had nooit tot de New Yorkers behoord die beweerden dol te zijn op de stad, maar die wegvluchtten naar de Hamptons of Martha's Vineyard zodra ze zich een tweede huis konden veroorloven. Sam en Anton hadden de mogelijkheid zelfs nooit overwogen. Als ze open water wilden zien, verkozen ze Paleochori of Korcula boven het benauwende equivalent van een Disneylandachtige strandvakantie aan Manhattan Beach.

Sams telefoon trilde. Ze merkte pas hoe stevig ze het apparaat vastklemde toen ze haar zweterige vingerafdrukken zag langs de randen van het scherm.

Ben had haar een paar updates gestuurd sinds ze de vorige avond had teruggemaild. Eerst was Rusty in de operatiekamer, daarna was hij op de ICU, toen was hij weer terug in de operatiekamer vanwege een bloeding die over het hoofd was gezien, en ten slotte was hij weer op de ICU.

De laatste update verschilde niet van het bericht dat ze gelezen had voor het vliegtuig was opgestegen:

Geen verandering.

Sam keek hoe laat het was. Ben had de Deltavlucht gevolgd via het vluchtnummer dat zij hem gestuurd had. Zijn mail arriveerde tien minuten na het verwachte tijdstip van landing. Hij kon niet weten dat Sam over het vluchtnummer had gelogen, en ook over de vlucht zelf. Stehlik, Elton, Mallory & Sanders had een bedrijfsvliegtuig dat beschikbaar was voor partners met een bepaalde senioriteit. Sams naam stond nog niet op het roestvrijstalen bord tegenover de liftdeuren, maar de contracten waren getekend, haar inkoopsom was overgemaakt, en het vliegtuig was gereedgemaakt zodra ze het Eldrin had laten reserveren.

Maar Sam was de vorige avond niet vertrokken.

Ze had het nummer van de vroege Deltavlucht opgezocht en dat aan Ben gestuurd. Ze had een koffer gepakt, de kattenoppas gemaild en was aan de keukenbar gaan zitten. Ze had naar het gesnurk en geronk van Fosco geluisterd, die zich op de stoel naast haar had geïnstalleerd, en ze had gehuild.

Wat offerde ze op nu ze naar Pikeville terugkeerde?

Ze had Gamma beloofd nooit te zullen terugkeren.

Hoewel, als haar moeder nog geleefd had, als Gamma nog in die schots en scheve boerderij had gewoond, was Sam vast teruggekeerd voor kerst en misschien ook voor andere hoogtijdagen. Gamma zou naar Atlanta zijn gereden voor een etentje als Sam in de stad moest zijn. Sam zou haar moeder hebben meegenomen naar Brazilië of Nieuw-Zeeland of waar ze ook naartoe wilde. Ze zou niet met Charlie hebben gebroken. Ze zou een echte zus, een echte schoonzus en misschien wel een echte tante zijn geweest.

Haar relatie met Rusty zou dezelfde zijn gebleven en misschien zijn verslechterd, omdat ze elkaar vaker zouden zien, hoewel Rusty gedijde bij dat soort trammelant. Misschien had dat ook voor haar gegolden... in dat andere leven. Als ze niet door haar hoofd was geschoten.

Ze zou gezond van lijf en leden zijn geweest.

Dan had ze elke morgen hardgelopen in plaats van slome baantjes in het zwembad te trekken. Dan had ze zonder pijn kunnen lopen. Ze had haar hand omhoog kunnen steken zonder zich af te vragen hoe ver ze die dag zou kunnen reiken. Ze had erop kunnen vertrouwen dat haar mond de woorden in haar hoofd duidelijk zou articuleren. Ze had zelf over de snelweg kunnen rijden. Ze had kunnen genieten van de vrijheid die haar ongeschonden lichaam, geest en hersenen haar schonken.

Sam dwong het verdriet terug dat zich in haar keel opkropte. Sinds ze uit het Shepherd Spinal Center was vertrokken, had ze niet meer toegegeven aan dat soort stel-dat-scenario's. Als ze zichzelf nu de luxe van verdriet permitteerde, raakte ze verlamd.

Ze keek naar haar telefoon en zocht Bens eerste mail op.

Charlie heeft je nodig.

De enige zin waarop Sam gegarandeerd zou reageren.

Maar niet overhaast. Niet zonder de nodige twijfel.

Toen ze die nacht eindelijk het bericht had gelezen, had ze eerst geaarzeld. Ze had door haar appartement geijsbeerd, tot haar been zo zwak was dat ze begon te strompelen. Ze had een warme douche genomen, thee gezet, strekoefeningen geprobeerd en gemediteerd, maar al dat uitstel was vergezeld gegaan van een knagende nieuwsgierigheid.

Charlie had Sam nog nooit nodig gehad.

In plaats van de voor de hand liggende vragen te stellen – *Waarom? Wat is er mis?* – had Sam het nieuws aangezet. Pas na een halfuur was MSNBC met een verslag over de steekpartij gekomen. Er was maar weinig informatie. Rusty was door een buurman gevonden. Hij had languit aan het begin van de oprit gelegen, met de post om zich heen. De buurman had de politie gebeld; de politie had een ambulance gebeld; de ambulance had een helikopter besteld, en nu keerde Sam terug naar de plek waarvan ze haar moeder had beloofd er nooit naar terug te zullen keren.

Officieel was ze straks niet ín Pikeville, zo hield ze zichzelf voor. Het Dickerson County Hospital was een halfuur rijden verderop, in een stadje genaamd Bridge Gap. Toen Sam een puber was, was Bridge Gap de grote stad, de plek waar je naartoe ging als je vriendje of een van je vriendinnen een auto had en je ouders in een toegeeflijke bui waren.

Misschien was Charlie vroeger ook met een jongen of een stel vriendinnen naar Bridge Gap gegaan. Rusty was zonder meer toegeeflijk geweest, in tegenstelling tot de strenge Gamma. Sam wist dat Charlie zonder Gamma's wakende oog volledig was losgeslagen. Het ergst was haar studententijd geweest. Sam had laat op de avond menig telefoontje ontvangen uit Athens, waar Charlie aan de University of Georgia studeerde. Ze had geld nodig gehad voor eten, voor de huur, voor de dokter en één keer voor wat uiteindelijk geen zwangerschap bleek te zijn.

Ga je me helpen of niet? vroeg Charlie dan, op die agressieve toon waarmee ze Sams onuitgesproken bedenkingen in de kiem smoorde.

Naar Ben te oordelen had Charlie het rechte pad teruggevonden. In plaats van een radicale verandering was het waarschijnlijk een terugkeer naar een oud patroon geweest. Charlie was nooit een rebel geweest. Ze was populair en gemakkelijk in de omgang, werd overal voor uitgenodigd en mengde zich moeiteloos onder de mensen. Ze bezat het soort aangeboren innemendheid dat Sam miste, ook voordat de ramp hen had getroffen.

Hoe zag Charlies leven er tegenwoordig uit?

Sam wist niet eens of haar zus kinderen had. Ze nam aan van wel. Charlie was vroeger dol geweest op kleine kinderen. Vóór het roodstenen huis was afgebrand, was ze de babysit van de halve buurt geweest. Ze ontfermde zich altijd over zwerfdieren, zette buiten pecannoten klaar voor de eekhoorns, timmerde op scouting vogelvoedertafels in elkaar en had ooit een konijnenhok voor in de achtertuin gemaakt, hoewel de konijnen tot haar grote teleurstelling de voorkeur gaven aan het lege hondenhok van de buren.

Hoe zag Charlie er tegenwoordig uit? Was ze grijs, zoals zijzelf? Was ze slank en gespierd doordat ze altijd in beweging was? Zou Sam haar eigen zus herkennen als ze haar zag?

Wannéér ze haar zag.

Aan de andere kant van het raampje schoot een bord voorbij dat hen verwelkomde in Dickerson County.

Ze had Stanislav moeten vragen om wat langzamer te rijden.

Met haar duim swipete ze naar de browser op haar telefoon. Ze herlaadde de homepage van MSNBC en vond het laatste nieuws over Rusty. Toestand twijfelachtig. Zelfs na een half leven in ziekenhuizen had Sam geen idee wat dat betekende. Was het beter dan kritisch? Slechter dan stabiel?

Aan het eind van Antons leven, toen hij uiteindelijk in het ziekenhuis was beland, waren er geen updates meer gekomen over zijn toestand. Er werd alleen nog gezegd dat hij de ene dag rustig was, de andere dag onrustig, en ten slotte kwam het stilzwijgende besef dat er voor hem geen morgen meer zou zijn.

Sam swipete naar de *Huffington Post* op zoek naar meer bijzonderheden. Haar adem stokte toen er een recente foto van Rusty verscheen.

Altijd wanneer ze haar vaders voicemails beluisterde, zag ze om onduidelijke redenen een beeld van Burl Ives uit de commercials voor Luzianne Tea voor zich: een forse, wat gezette man in een wit pak met een witte hoed en een zwarte veterdas die door een opzichtige zilveren penning bijeen werd gehouden.

Haar vader leek er totaal niet op. Vroeger niet, en tegenwoordig al helemaal niet.

Rusty's dikke zwarte haren waren grotendeels grijs. Zijn gezicht had de structuur van gedroogd vlees, maar zonder de kleur. Hij had nog steeds dat magere, alsof hij na jaren uit de jungle was opgedoken. Zijn wangen waren ingevallen, zijn ogen hol. Op foto's kwam hij nooit echt tot zijn recht. In het echt was hij een en al beweging, altijd onrustig en gebarend als de Grote Oz, opdat je de zwakke, oude man achter het gordijn niet zag.

Sam vroeg zich af of Lenore nog in beeld was. Als puber had Sam al begrepen waarom Gamma zo'n hekel had aan de vrouw met wie Rusty bijna al zijn tijd doorbracht. Was hij geheel volgens het cliché na de voorgeschreven rouwperiode met zijn secretaresse getrouwd? Lenore was een jonge vrouw geweest toen Gamma werd vermoord. Zou er in het ziekenhuis een halfbroer of -zus op haar wachten?

Sam liet de telefoon weer in haar tas vallen.

'Oké,' zei Stanislav. 'Nog anderhalve kilometer, volgens de Wave.' Hij wees naar zijn iPad. 'Twee uur, zegt u, dan terug?'

'Zo ongeveer,' antwoordde Sam. 'Misschien minder.'

'Ik ga lunchen in een restaurant. Ziekenhuiskantine, da's niks.' Hij gaf haar zijn visitekaartje. 'Stuur maar bericht. Dan ben ik over vijf minuten bij de ingang.'

Sam bedwong de neiging om hem te vragen in de auto te blijven wachten, met draaiende motor en de neus in de richting van Atlanta. 'Oké,' zei ze.

Stanislav zette zijn richtingaanwijzer aan, streek met de muis van zijn hand over het stuur en nam met een grote boog de slingerende oprit naar het ziekenhuis.

Sams maag kromp samen.

Het Dickerson County Hospital was veel groter dan ze zich herinnerde, of misschien was het ziekenhuis de afgelopen dertig jaar uitgebreid. Vóór de Culpeppers in hun leven waren verschenen, waren de Quinns maar één keer op de Spoedeisende Hulp geweest. Charlie was uit een boom gevallen en had haar arm gebroken. De aanleiding was weer typisch Charlie: ze had een kat willen redden. Sam herinnerde zich het lesje nog dat Gamma hun had geleerd tijdens de rit naar het ziekenhuis: niet over hoe idioot het was om een beest te willen redden dat tot in al zijn zenuwen en pezen over het vermogen beschikte zelf uit bomen te klimmen, maar over anatomische structuren.

Het bot dat van de schouder naar de elleboog loopt, heet het opperarmbeen en vormt de bovenarm. Het opperarmbeen is bij de elleboog verbonden met twee andere beenderen: het spaakbeen en de ellepijp, die samen de onderarm vormen.

Niet dat deze informatie Charlies gekrijs ook maar enigszins had getemperd. Die keer had Sam Charlie niet van overdrijving kunnen beschuldigen. Haar gebroken opperarmbeen had als een haaientand uit haar gescheurde huid gestoken.

Stanislav parkeerde de Mercedes onder de brede betonnen overkapping bij de hoofdingang. Hij was fors, en de auto schudde toen hij zich achter het stuur vandaan hees. Hij liep om de auto heen en deed het portier voor Sam open. Ze tilde haar rechterbeen op om te kunnen uitstappen. Die dag gebruikte ze haar stok, want iedereen die ze zou ontmoeten, wist toch al wat er gebeurd was.

'Stuur maar bericht, ik kom in vijf minuten.' Stanislav stapte weer in.

Met een brok in haar keel keek Sam hem na. Ze zei tegen zichzelf dat ze zijn nummer in haar tas had, dat ze hem terug kon roepen, dat ze een creditcard zonder limiet en zelfs een vliegtuig tot haar beschikking had, dat ze kon vluchten wanneer ze maar wilde.

En toch was het alsof er een dwangbuis om haar armen werd gesnoerd toen de auto uit het zicht verdween.

Ze draaide zich om en keek naar het ziekenhuis. Op een bank naast de deur zaten twee verslaggevers, met hun perskaart aan een koord om hun hals en hun camera's aan hun voeten. Ze keken even naar Sam en toen weer naar hun telefoons op het moment dat zij het gebouw in liep.

Ze speurde de hal af om te zien of Ben misschien op haar stond te wachten, maar ze zag alleen wat patiënten en rondhangende bezoekers. Er was een informatiebalie, maar de kleurenpijlen op de grond waren duidelijk genoeg. Ze volgde de groene streep naar de liften. Ze streek met haar vinger over het naambord tot ze ICU VOLWASSENEN had gevonden.

Ze was alleen in de lift. Ze had het gevoel dat ze zich het grootste deel van haar leven in liften had verplaatst terwijl anderen de trap namen. Bij elke verdieping tingelde de intercom. De cabine was schoon, maar rook vaag naar ziekte.

Ze keek strak voor zich uit en dwong zichzelf de verdiepingen niet te tellen. De achterkant van de liftdeuren was van satijn-gepolijst RVS om vingerafdrukken te verbergen, maar ze zag wel de vertekende contouren van haar eenzame gestalte: gereserveerde houding, levendige blauwe ogen, kort grijs haar, huid zo bleek als een envelop, en een scherpe tong die je pijnlijk kon raken. Ondanks de vervorming herkende Sam de dunne streep van haar afkeurende lippen. Dit was de boze, verbitterde vrouw die nooit uit Pikeville was vertrokken.

De deuren gingen open.

Over de vloer liep een zwarte streep, die leek op de streep op de bodem van het zwembad en die naar de gesloten deuren van de Intensive Care Unit voerde.

Naar Rusty.

Naar haar zus.

Naar haar zwager.

Naar het onbekende.

Wel duizend wespen staken in Sams been toen ze de lange, verlaten gang door liep. Het geroffel van haar schoenen over de ziekenhuistegels ging gelijk op met het trage kloppen van haar hart. Haar haren plakten aan haar nek van het zweet. De tere botten in haar pols stonden op knappen, zo voelde het.

Sam liep door, dwars door haar pijn heen, en ademde met moeite de antiseptische lucht in.

Al op enige afstand gingen de automatische deuren open.

Een vrouw versperde haar de doorgang. Ze was groot, atletisch, met lang donker haar en lichtblauwe ogen. Haar neus leek onlangs te zijn gebroken. Onder haar ogen had ze donkere kneuzingen.

Sam probeerde sneller te lopen. De pezen die als koorden door haar been liepen, krijsten het uit. De wespen drongen haar borst binnen. Het handvat van haar stok voelde glibberig in haar hand.

Ze was bloednerveus. Waarom was ze zo nerveus?

'Je lijkt op mama,' zei Charlie.

'Echt?' Haar stem trilde in haar borst.

'Alleen had zij zwart haar.'

'Omdat ze het liet verven.' Sam streek door haar haar. Haar vingertoppen stokten even bij de richel waar de kogel naar binnen was gegaan. 'Een onderzoek in Latijns-Amerika onder leiding van University College in Londen heeft het gen geïsoleerd dat grijs haar veroorzaakt. IRF4.'

'Fascinerend,' zei Charlie. Ze had haar armen over elkaar geslagen.

Moesten ze elkaar omhelzen? De hand schudden? Of elkaar aan blijven staren tot Sams been het begaf?

'Wat is er met je gezicht gebeurd?' vroeg Sam.

'Goeie vraag.'

Sam wachtte tot Charlie iets over haar blauwe ogen ging zeggen, over de lelijke bult op haar neus, maar zoals gewoonlijk weigerde haar zus zich nader te verklaren.

'Sam?' Ben verbrak de pijnlijke stilte. Hij sloeg zijn armen om Sam heen, met zijn handen stevig tegen haar rug. Sinds Antons dood had niemand haar meer zo vastgehouden.

Tranen sprongen in haar ogen. Ze zag Charlie kijken en wendde haar blik af.

'Rusty's toestand is stabiel,' zei Charlie. 'De hele morgen komt hij af en toe even bij, maar ze denken dat hij binnenkort echt wakker wordt.'

Ben hield zijn hand tegen Sams rug. 'Je bent geen spat veranderd,' zei hij.

'Dank je,' mompelde Sam wat opgelaten.

'De sheriff zou langskomen,' zei Charlie. 'Keith Coin. Kun je je die lul nog herinneren?'

Sam knikte.

'Ze hebben een of andere bullshitverklaring doen uitgaan waarin ze beweren dat ze met man en macht achter degene aan gaan die Rusty heeft neergestoken, maar reken maar nergens op.' Ze hield haar armen nog steeds stijf over elkaar. Nog altijd dezelfde kregelige, arrogante Charlie. 'Het zou me niks verbazen als het een van zijn eigen agenten is geweest.'

'Hij vertegenwoordigt dat meisje,' zei Sam. 'De schutter.'

'Kelly Wilson,' zei Charlie. 'Ik zal je het lange, saaie verhaal besparen.'

Sam verbaasde zich over de bijvoeglijke naamwoorden die haar zus koos. Twee mensen waren doodgeschoten. Rusty was neergestoken. Niets aan het verhaal was te lang of in enig opzicht saai, maar Sam zei tegen zichzelf dat ze hier niet was gekomen om alle details uit te pluizen.

Ze was hier vanwege het e-mailbericht.

'Kun je ons even alleen laten?' vroeg ze aan Ben.

'Uiteraard.' Ben liet zijn hand nog een paar tellen tegen haar rug rusten, en ze besefte dat ze dat gebaar aan haar handicap had te danken, dat het geen teken van affectie was.

'Ik red me wel, dank je,' zei ze stijfjes.

'Dat weet ik.' Hij wreef over haar rug. 'Ik moet aan het werk. Ik ben in de buurt als jullie me nodig hebben.'

Charlie wilde zijn hand pakken, maar Ben had zich al omgedraaid.

De automatische deuren zwaaiden achter hem dicht. Door het glas heen zag Sam hem weglopen met zijn soepele, wat slungelige pas. Ze wachtte tot hij de hoek om was. Met de stok aan haar arm gehaakt wenkte ze Charlie mee naar een rij plastic stoelen verderop in de gang.

Charlie ging voorop. De afzet van haar voeten was nog net zo krachtig en gedecideerd als vroeger. Sams passen waren een stuk minder beslist. Zonder stok was het alsof ze over de scheve vloer van een spiegeldoolhof liep. Maar uiteindelijk wist ze de stoel te bereiken. Met haar hand plat op de zitting liet ze zich erop zakken.

'Wat Rusty hierdoor...' zei ze.

Ze sloot haar ogen bij het horen van haar warrige woorden.

'Ik bedoel...' zei ze.

'Ze vermoeden dat het vanwege zijn verdediging van Kelly Wilson is,' zei Charlie. 'Iemand in de stad is er niet blij mee. We kunnen Judith Heller wegstrepen. Ze is de hele avond hier geweest. Ze is vijfentwintig jaar geleden met Mr. Pinkman getrouwd. Raar, toch?'

Sam knikte alleen maar.

'Dan blijft de familie Alexander over.' Zachtjes tikte Charlie met haar voet op de vloer. Sam was vergeten dat haar zus soms net zo rusteloos was als Rusty. 'Geen familie van Peter. Peter van school, dat weet je nog wel, toch?'

Weer knikte Sam, en ze probeerde Charlie niet terecht te wijzen omdat ze verviel in haar oude gewoonte elke zin te eindigen met 'toch', alsof ze Sam de moeite wilde besparen antwoord te geven en haar de gelegenheid bood alleen maar te knikken of haar hoofd te schudden.

'Peter is naar Atlanta verhuisd,' zei Charlie, 'maar een paar jaar geleden is hij door een auto doodgereden. Ik las het bij iemand op Facebook. Treurig, toch?'

Voor de derde keer knikte Sam, en er ging een onverwachte steek van verlies door haar heen.

'Papa werkte ook aan een andere zaak,' vervolgde Charlie. 'Ik weet niet om wie het gaat, maar hij werkt de laatste tijd langer door. Lenore wil er niks over zeggen. Ze vindt hem ook behoorlijk irritant, maar bewaart wel zijn geheimen.'

Sams wenkbrauwen schoten omhoog.

'Onbegrijpelijk, toch? Dat ze zo lang voor hem gewerkt heeft zonder hem te vermoorden.' Opeens moest ze lachen. 'Voor het geval je het je afvraagt, ze was thuis toen papa werd neergestoken.'

'Waar?' Sam bedoelde waar Lenores thuis was, maar Charlie vatte de vraag anders op.

'Mr. Thomas, van een paar huizen verderop, vond hem aan het begin van de oprit. Er was niet veel bloed te zien, behalve uit een snee in zijn been, en er zaten wat spatten op zijn overhemd. Het meeste bloed zat in zijn onderbuik. Zo gaat dat blijkbaar met dat soort wonden.' Ze wees naar haar eigen buik. 'Hier, hier en hier. Net als in de gevangenis – *pop-pop-pop* – en daarom denk ik dat het misschien met die andere zaak te maken heeft. Echt iets voor papa om boeven op de kast te jagen.'

'Altijd hetzelfde gezeik,' was Sams botte commentaar.

'Als jij haar nu eens probeert uit te horen?' Charlie stond op toen de deuren opengingen. Blijkbaar had ze Lenore door het raam al zien aankomen.

Sam zag haar ook. Haar mond viel open.

'Samantha,' zei Lenore met die hese stem die even vertrouwd was als het gerinkel van de keukentelefoon als ze weer eens meldde dat Rusty laat thuiskwam. 'Wat zal je vader het fijn vinden dat je er bent. Heb je een goede vlucht gehad?'

Weer kon Sam alleen maar knikken, deze keer van schrik.

'Jullie tweeën praten zeker weer alsof er niets gebeurd is en alles oké is?' Lenore wachtte niet op antwoord. 'Ik ga bij jullie vader kijken.'

Voor ze doorliep, kneep ze even in Charlies schouder. Sam keek haar na toen ze met een donkerblauwe damestas onder haar arm op de verpleegpost af stapte. Ze droeg marineblauwe hoge hakken en een bijpassende rok, die tot veel te hoog boven haar knie reikte.

'Je wist het niet, hè?' zei Charlie.

'Dat ze...' Sam zocht naar de juiste woorden. 'Dat... Ik bedoel, dat ze...'

Charlie sloeg haar hand voor haar mond en schudde van het lachen.

'Het is niet grappig,' zei Sam.

Charlie proestte het uit.

'Ophouden. Dat is respectloos.'

'Vind jij,' zei Charlie.

'Ik kan niet geloven...' Sam maakte haar gedachte niet af.

'Je was altijd al te slim om te beseffen hoe dom je bent.' Charlie bleef maar lachen. 'Heb je echt nooit doorgehad dat Lenore transgender is?'

Weer kon Sam alleen maar haar hoofd schudden. Ze had in Pikeville een beschut leven geleid, maar Lenores genderidentiteit lag er duimendik bovenop. Ongelooflijk dat ze nooit had gemerkt dat Lenore als man was geboren. Ze was tegen de één meter negentig en had een lagere stem dan Rusty.

'Leonard,' zei Charlie. 'Pa's beste vriend toen ze studeerden.'

'Gamma haatte haar.' Geschrokken keerde Sam zich naar Charlie toe. 'Was mama een transfoob?'

'Nee. Tenminste, ik denk het niet. Ze heeft eerst nog met Lenny gedatet. Ze waren bijna getrouwd. Ik denk dat ze kwaad was vanwege de...' Charlies stem stierf weg, want de hiaten waren te vanzelfsprekend. 'Gamma ontdekte dat Lenore kleren van haar aantrok,' zei ze. 'Ze wilde niet zeggen welke, maar je snapt dat ik meteen aan haar ondergoed moest denken toen ze het vertelde. Toen Lenore het vertelde, bedoel ik. Gamma heeft het er nooit met me over gehad. Had je het echt niet door?'

Opnieuw schudde Sam haar hoofd. 'Ik dacht dat Gamma dacht dat ze een affaire hadden.'

'Dat wens ik niemand toe,' zei Charlie. 'Met Rusty, bedoel ik. Ik zou niemand –'

'Meiden?' Lenore kwam weer aanlopen, klakkend over de tegels. 'Hij is helder, voor Rusty's doen tenminste. Hij mag maar twee bezoekers tegelijk.'

Charlie stond snel op en bood Sam haar arm, maar die hees zich met behulp van haar stok zelf overeind. Ze liet zich door deze mensen niet als een invalide behandelen. 'Wanneer kunnen we zijn artsen spreken?'

'Over een uur doen ze hun ronde,' zei Lenore. 'Herinner je je Melissa LaMarche nog, uit de klas van Mr. Pendleton?'

'Ja,' zei Sam, hoewel het haar niet duidelijk was waarom Lenore de namen van een oude vriendin en van een leraar had onthouden.

'Ze heet tegenwoordig dokter LaMarche. Ze heeft Rusty gisteravond geopereerd.'

Sam dacht terug aan Melissa en hoe ze had moeten huilen telkens wanneer ze minder dan een tien scoorde. Zo'n type moest je hebben als je vader geopereerd werd.

Vader.

Dat woord had ze al jaren niet met Rusty geassocieerd.

'Ga jij maar eerst,' zei Charlie tegen Lenore. Haar verlangen om Rusty te zien was zichtbaar vervlogen. Voor een rij grote ramen bleef ze staan. 'Sam en ik gaan wel na jou.'

Zwijgend keken ze Lenore na.

Aanvankelijk liet Charlie de stilte voortduren. Ze keek naar beneden, naar het parkeerterrein. 'Dit is je kans.'

Om te vertrekken, bedoelde ze. Vóór Rusty haar had gezien. Vóór ze zich weer deze wereld in liet zuigen.

'Wilde je echt graag dat ik kwam?' vroeg Sam. 'Of was het Bens idee?'

'Het was mijn idee, en Ben was zo aardig om contact met je op te nemen, want ik kon het niet, of ik kon mezelf er niet toe zetten, maar ik dacht dat papa doodging.' Ze leunde met haar voorhoofd tegen het glas. 'Twee jaar geleden heeft hij een hartaanval gehad. Daarvóór ooit een lichte, maar deze keer kreeg hij een bypassoperatie, en er traden complicaties op.'

Sam zweeg. Ze had niets meegekregen over Rusty's slechte hart. Hij had geen telefoontje overgeslagen. Voor zover Sam wist, was hij al die jaren kerngezond geweest.

'Ik moest een besluit nemen,' zei Charlie. 'Op zeker moment kon hij niet meer zelfstandig ademen, en ik moest beslissen of hij zou worden beademd.'

'Heeft hij geen niet-reanimerenverklaring?' vroeg Sam. Een dergelijke verklaring, waarop iemand aangaf dat hij een natuurlijke dood wilde sterven in plaats van aan de beademing en hartbewaking te worden gelegd, werd meestal tegelijk met een testament opgesteld.

Nog voor Charlie kon antwoorden, zag Sam het probleem. 'Rusty heeft geen testament.'

'Nee, dat heeft hij niet.' Charlie draaide zich om en stond nu met haar rug tegen het raam. 'Blijkbaar heb ik de juiste keuze gemaakt. Toen was het duidelijk, want hij bleef leven en hij maakte het goed, maar deze keer, toen Melissa uit de operatiekamer kwam en zei dat ze de bloeding met moeite onder controle kregen, dat zijn hartslag onregelmatig was en dat ik misschien moest besluiten of ze al of niet levensreddende –'

'Ik moest dus komen om hem te doden.'

Charlie keek geschrokken, maar niet vanwege Sams botheid. Het was haar toon, die zweem van woede die rond haar woorden opborrelde. 'Als je kwaad wordt, kunnen we beter naar buiten gaan,' zei ze.

'Zodat de pers het hoort?'

'Sam.' Charlie leek gespannen, alsof ze naar de tikkende klok van een atoomkop keek. 'Kom, we gaan naar buiten.'

Sam balde haar vuisten. Het duistere dat haar al lange tijd niet meer had overvallen, kwam weer tot leven. Ze ademde diep in, en nog een keer en nog een keer, tot het gevoel zich weer terugtrok tot een strakke bal in haar borst.

'Je hebt geen idee, Charlotte, hoe je je vergist wat mijn bereidheid of mijn vermogen betreft om iemands leven te beëindigen,' zei ze tegen haar zus.

Zwaar leunend op haar stok liep ze naar de verpleegpost. Ze keek op het whiteboard achter de verlaten balie en zocht Rusty's kamer op. Ze hief haar hand al om te kloppen, maar voordat haar knokkels de deur raakten, deed Lenore open.

'Ik heb gezegd dat je hier bent,' zei Lenore. 'We zitten niet op een hartaanval te wachten.'

'Op nog een, zul je bedoelen,' zei Sam. Zonder Lenore de kans te geven te reageren, liep ze de kamer van haar vader binnen.

De lucht leek te ijl.

De lampen waren te fel.

Ze knipperde de hoofdpijn weg die aan de achterkant van haar ogen knaagde.

Rusty's kamer op de ICU was een vertrouwde, zij het iets goedkopere versie van de privésuite in het ziekenhuis waar Anton was gestorven. Er was geen lambrisering, diepe bank, flatscreen-tv of bureau waaraan Sam kon werken, maar de apparaten waren allemaal hetzelfde: de piepende hartmonitor, het sissende zuurstofapparaat, het malende geluid van de bloeddrukmanchet elke keer wanneer hij zich opblies rond Rusty's arm.

Hij leek erg op zijn foto, alleen was alle kleur uit zijn gezicht verdwenen. De camera was er nog nooit in geslaagd de diabolische schittering in zijn ogen te vangen, of de kuiltjes in zijn rubberachtige wangen.

'Sammy-Sam!' bulderde hij, eindigend met een rauwe hoest. 'Kom eens hier, meid. Laat me je eens van dichtbij bekijken.'

Sam kwam niet dichterbij. Ze trok haar neus op. Hij stonk naar sigarettenrook en Old Spice, twee geuren die godzijdank aan haar huidige leven ontbraken.

'Wat lijk jij verdomd veel op je moeder.' Hij lachte opgetogen. 'En waaraan heeft je oude vader dit genoegen te danken?'

Opeens dook Charlie rechts van Sam op. Ze wist dat dit Sams blinde kant was. Het was niet duidelijk hoelang ze al in de kamer was. 'Pap,' zei ze, 'we dachten dat je doodging.'

'Ik blijf de vrouwen in mijn leven maar teleurstellen.' Rusty krabde over zijn kin. Onder de deken tikte zijn voet een geluidloos ritme. 'Blij te zien dat er geen nieuw handgemeen heeft plaatsgevonden.'

'Weet jij veel, je bent er niet bij geweest. ' Charlie liep met haar armen gekruist om het bed heen. Ze nam zijn hand niet in de hare. 'Gaat het?'

'Tja.' Daar moest Rusty kennelijk over nadenken. 'Ik ben neergestoken. Of, zoals het in straattaal heet, opengelegd.'

'Niet best.'

'Drie keer in mijn buik, één keer in mijn been.'

'Dat meen je.'

Sam luisterde al niet meer naar het geklets. Ze was toch al nooit een toegewijd toeschouwer van de Rusty-en-Charlieshow geweest. Haar vader, daarentegen, genoot ervan, want zijn blik lichtte op toen Charlie hem uitdaagde. Ze was duidelijk nog altijd zijn oogappel.

Sam keek op haar horloge. Ze kon bijna niet geloven dat er maar zestien minuten waren verstreken sinds ze uit de auto was gestapt. In een poging boven het rumoer uit te komen vroeg ze op luide toon: 'Rusty, wat is er gebeurd?'

'Hoezo wat is er...' Hij keek naar zijn buik. Aan weerskanten hingen er drains uit zijn lijf. Zogenaamd geschokt keek hij Sam weer aan. 'O, ik ben dodelijk gewond!'

Deze keer speelde Charlie er niet op in. 'Papa, Sam vliegt vanmiddag weer terug.'

Sam schrok van haar woorden. Om de een of andere reden was ze vergeten dat ze weer kon vertrekken.

'Kom op, pap,' zei Charlie. 'Vertel eens wat er gebeurd is.'

'Oké, oké.' Zacht kreunend probeerde Rusty overeind te gaan zitten. Voor het eerst liet hij merken dat hij gewond was, besefte Sam.

'Nou...' Hij hoestte, een vochtig geratel dat zijn borst deed schudden. Hij vertrok zijn gezicht van inspanning, hoestte nog eens, vertrok weer zijn gezicht en wachtte tot het voorbij was.

Toen hij eindelijk kon praten, richtte hij zich tot Charlie, zijn ontvankelijkste gehoor. 'Nadat je me had afgezet bij de oude hofstede, ging ik een hapje eten, misschien dronk ik er wat bij, en toen besefte ik dat ik niet in de brievenbus had gekeken.'

Sam kon zich niet herinneren wanneer ze voor het laatst thuis post had ontvangen. Het leek een ritueel uit een andere eeuw.

'Ik trok mijn stappers aan en ging naar buiten,' vervolgde Rusty.

'Prachtige avond gisteren. Deels bewolkt, met kans op regen in de ochtend. O...' Blijkbaar besefte hij dat de ochtend al voorbij was. 'Heeft het geregend?'

'Ja.' Charlie maakte een handgebaar ten teken dat hij vaart achter zijn verhaal moest zetten. 'Heb je gezien wie het gedaan heeft?'

Weer hoestte Rusty. 'Dat is een ingewikkelde vraag met een al even ingewikkeld antwoord.'

Charlie zweeg. Ze zwegen allebei.

'Goed,' zei Rusty. 'Ik liep dus naar de brievenbus om te kijken of ik post had. Prachtige avond. De maan hoog aan de hemel. De oprit gaf nog warmte af van de zon. Je ziet het voor je, hè?'

Sam knikte al even hard als Charlie, alsof er geen dertig jaar verstreken waren en ze nog twee kleine meisjes waren die luisterden naar een verhaal van hun vader.

Hij leek te genieten van hun aandacht. Op zijn wangen verscheen weer wat kleur. 'Ik ging de bocht om en hoorde iets boven me, dus ik keek omhoog om te zien wat voor vogel het was. Weet je nog dat ik je over die roofvogel heb verteld, Charlotte?'

Charlie knikte.

'Ik dacht dat-ie weer een aardeekhoorn te pakken had, maar toen... tadam!' Hij klapte in zijn handen. 'Opeens voel ik een scherpe pijn in mijn been.'

Sam voelde haar wangen rood worden. Evenals Charlie was ze geschrokken van de klap.

'Ik kijk naar beneden,' vervolgde Rusty, 'en ik moet me helemaal omdraaien om te zien wat er mis is, en op dat moment zie ik het. Er steekt een kanjer van een jachtmes uit mijn dijbeen.'

Sam sloeg haar hand voor haar mond.

'Dus ik smak op de grond als een kei die in het water valt, want reken maar dat het pijn doet, zo'n mes in je dij. Ik zie een vent op me afkomen, en die begint me te schoppen. Hij schopt en schopt... tegen mijn arm, mijn ribben, mijn hoofd. En overal ligt post, maar ondertussen probeer ik op te krabbelen, nog steeds met dat mes in mijn dij. Dus die vent, die schopt nog een laatste keer naar mijn hoofd, en ik grijp met beide armen zijn been en stomp hem in zijn klokkenspel.'

Het hart klopte Sam in de keel. Ze wist hoe het was om voor je leven te vechten.

'We worstelen nog een tijdje, hij hupt in de rondte, want ik heb hem bij zijn been. Zelf probeer ik overeind te blijven, en dan bedenkt die gast opeens dat er een mes uit mijn been steekt. Hij grijpt het vast, rukt het eruit en begint me in mijn buik te steken.' Rusty maakte een stekend, draaiend handgebaar. 'Opeens zijn we allebei moe. Afgepeigerd. Ik strompel bij hem weg en prop mijn darmen naar binnen. Hij blijft staan. Ik vraag me net af of ik het huis nog haal om de politie te bellen als ik hem een wapen zie trekken.'

'Een wapen?' vroeg Sam. Was er ook al op hem geschoten?

'Een pistool,' beaamde Rusty. 'Zo'n buitenlands model.'

'Godverkut, pa,' mompelde Charlie. 'En heb je toen een scheepscontainer op zijn hoofd gedumpt?'

'Eh...'

'Zo eindigt *Lethal Weapon 2* namelijk. Laatst zei je nog dat je die had gezien.'

'O, echt?' Rusty leek de vermoorde onschuld, wat betekende dat hij de boel weer eens bedonderde.

En dat Sam een idioot was.

'Zak.' Charlie zette haar hand in haar zij. 'Wat is er echt gebeurd?'

Sam wilde iets zeggen, maar ze kreeg er geen woord uit.

'Ik ben neergestoken,' zei Rusty. 'Het was donker. Ik heb hem niet gezien.' Hij haalde zijn schouders op. 'Vergeef het een man als hij de karige aandacht van zijn twee veeleisende dochters probeert te misbruiken.'

'Dus het was allemaal gelogen?' Sam klemde haar tas tussen haar handen. 'Het hele verhaal komt uit een of andere stomme film?' Voor ze besefte wat ze deed, zwaaide ze de tas naar haar vaders hoofd. 'Zak,' siste ze in navolging van Charlie. 'Waarom doe je zoiets?'

Lachend stak Rusty zijn armen op om de klap af te weren.

'Zak,' herhaalde ze, hem opnieuw slaand.

Rusty kromp ineen. Zijn hand ging naar zijn buik. 'Snap je dat nou: als je je armen omhoogsteekt, doet je buik zeer.'

'Je onderbuikspieren zijn doorgesneden, stomme leugenaar,' zei Sam. 'Ze worden je core genoemd, omdat ze de centrale, inwendige basis voor je hele spierstelsel zijn.'

'Mijn god,' zei hij. 'Alsof ik Gamma hoor.'

Voor Sam weer naar hem kon uithalen, liet ze haar tas op de vloer vallen. Haar handen trilden. Ze werd overmand door bitterheid, cynisme, verontwaardiging en al die andere opstandige gevoelens waardoor ze haar familie zo lang had gemeden. 'Jezus christus!' Ze schreeuwde het bijna uit. 'Wat mankeert je in godsnaam?'

Rusty telde het af op zijn vingers: 'Ik ben verschillende keren gestoken. Ik heb het aan mijn hart. Ik ben nogal grof in de mond en heb dat blijkbaar doorgegeven aan mijn dochters. Roken en drinken zullen wel twee verschillende dingen zijn, maar –'

'Hou je kop,' onderbrak Charlie hem, met een woede die door Sams uitbarsting leek te zijn aangewakkerd. 'Besef je wel wat voor nacht we achter de rug hebben? Ik heb verdomme op een stoel geslapen. Lenore heeft zich bijna de haren uit het hoofd gerukt. Ben is... Nou ja, Ben zegt vast dat het goed met hem gaat, maar dat is niet zo, pap. Hij was vreselijk aangeslagen, en toen moest hij mij vertellen dat je gewond was, en je weet hoe rot zoiets is, en toen moest hij Sam mailen, en Sam wil hier al helemaal niet zijn, nooit dus.' Ze stopte om op adem te komen. Tranen sprongen in haar ogen. 'We dachten dat je doodging, egoïstische ouwe lul.'

Het leek Rusty niet te raken. 'De dood grinnikt om ons allen, schat. De eeuwige lakei staat niet voor altijd met mijn jas gereed.'

'Zak er lekker in met je Prufrock.' Charlie veegde langs haar ogen en wendde zich tot Sam. 'Zal ik je vlucht omboeken zodat je eerder kunt vertrekken?' Tegen Rusty zei ze: 'Je moet nog minstens een week in het ziekenhuis blijven. Ik zal Lenore vragen het aan je cliënten door te geven. Ik kan verdaging regelen voor –'

'Nee.' Rusty ging rechtop zitten. Met zijn grapjes was het gedaan. 'Jij moet morgen de voorgeleiding van Kelly Wilson regelen.'

'Wat...' Verontwaardigd wierp Charlie haar handen in de lucht. 'Rusty, daar hebben we het al over gehad. Ik kan niet –'

'Hij bedoelt mij,' zei Sam, want Rusty had haar al die tijd aangekeken. 'Hij wil dat ík de voorgeleiding doe.'

Heel even fonkelden Charlies ogen van jaloezie, ook al had ze de klus zelf geweigerd.

Rusty keek Sam schouderophalend aan. 'Morgen om negen uur. Eitje. Je staat binnen tien minuten weer buiten.'

'Ze heeft geen baliebevoegdheid voor deze staat,' benadrukte Charlie. 'Ze mag niet –'

'Ze is bevoegd.' Rusty knipoogde naar Sam. 'Vertel het haar maar.'

Sam vroeg hem niet hoe hij wist dat ze was toegelaten tot de balie van Georgia. Ze keek op haar horloge. 'Ik heb voor later vandaag al een vlucht geboekt.'

'Plannen kunnen altijd gewijzigd worden.'

'Dan legt Delta me een boete op en –'

'Leen het geld maar van mij.'

Sam veegde denkbeeldige pluisjes van de mouw van haar blouse, die zeshonderd dollar had gekost.

Ze wisten alle drie dat dit niet om geld ging.

'Ik heb een paar dagen nodig om te herstellen,' zei Rusty, 'daarna duik ik weer in die zaak. En het is een diepe duik, meisje. Er speelt van alles. Wat vind je ervan: als jij je oude vader nu eens helpt de raderen draaiende te houden?'

Sam schudde haar hoofd, ook al wist ze dat Kelly Wilson alleen dankzij Rusty op een toegewijde verdediging kon rekenen. Zelfs als ze aangewezen zou zijn op een pro Deo-advocaat, was het waarschijnlijk onmogelijk om iemand te vinden die de zaak op zo korte termijn kon overnemen, al helemaal nu haar huidige advocaat was neergestoken.

Niettemin was dat Rusty's probleem.

'Ik heb werk te doen in New York,' zei Sam. 'Ik heb mijn eigen zaken. Niet de geringste. Binnen drie weken komt een van mijn zaken voor.'

Geen van beiden zei iets. Ze keken haar alleen maar aan.

'Wat?'

'Sam, ga eens zitten,' zei Charlie zachtjes.

'Ik hoef niet te zitten.'

'Je slikt je woorden in.'

Sam wist dat ze gelijk had. Maar ze peinsde er niet over te gaan zitten vanwege een simpele, door vermoeidheid veroorzaakte spraakstoornis.

Ze moest alleen even tot zichzelf komen.

Ze nam haar bril af en trok een tissue uit de doos naast Rusty's bed. Ze poetste de glazen schoon, alsof het probleem een vlekje was dat je makkelijk weg kon vegen.

'Schat,' zei Rusty, 'als je nu eens met je zus naar beneden gaat en wat eet, dan praten we verder wanneer je je wat beter voelt.'

Sam schudde haar hoofd. 'Ik ben...'

'Ho ho,' zei Charlie. 'Dit is niet mijn pakkie-an, *mister*. Vertel haar eens over je eenhoorn.'

'Rustig maar,' suste hij. 'Dat gedeelte hoeft ze nog niet te weten.'

'Ze is niet gek, Rusty. Uiteindelijk vraagt ze ernaar, en ik ben niet degene die het haar gaat vertellen.'

'Ik ben hier, hoor.' Sam zette haar bril op. 'Hou eens op met praten alsof ik er niet bij sta.'

Charlie liet zich tegen de muur zakken. Ze had haar armen weer over elkaar geslagen. 'Als jij die voorgeleiding doet, moet je aanvoeren dat ze niet schuldig is.'

'En?' vroeg Sam. Tijdens een voorgeleiding werd zelden betoogd dat de verdachte schuldig of onschuldig was.

'Ik bedoel niet pro-forma. Papa denkt echt dat Kelly Wilson onschuldig is.'

'Onschuldig?' Nu was Sams gehoor definitief naar de knoppen. Eindelijk waren ze erin geslaagd kortsluiting te veroorzaken in het laatste nog functionerende gedeelte van haar brein. 'Natuurlijk is ze schuldig.'

'Vertel dat maar aan advocaat Foghorn Leghorn daar. Hij denkt dat Kelly onschuldig is.'

'Maar –'

Charlie gaf zich gewonnen en stak haar handen op. 'Vechten tegen de bierkaai.'

Sam richtte zich tot Rusty. Als ze niet in staat was de voor de hand liggende vraag te stellen, kwam dat niet door haar handicap. Haar vader was eindelijk gek geworden.

'Ga zelf maar met Kelly Wilson praten,' zei hij. 'Ga naar het politiebureau nadat je gegeten hebt. Zeg maar dat je mijn coadvocaat bent. Probeer Kelly alleen in een kamer te krijgen en praat met haar. Vijf minuten, hooguit. Dan snap je wat ik bedoel.'

'Wat valt er te snappen?' vroeg Charlie. 'Ze heeft in koelen bloede een volwassen man en een klein meisje vermoord. Hoezo snappen? Ik was er nog geen minuut nadat het gebeurd was. Ik heb Kelly gezien met het moordwapen in haar handen. Ik heb dat kleine meisje zien sterven. Maar Ironside hier denkt dat ze onschuldig is.'

Het duurde even voor Sam de schok had verwerkt nu Charlie er ook bij betrokken bleek. Toen vroeg ze: 'Wat deed jij daar? Bij die schietpartij? Hoe kwam je –'

'Doet er niet toe.' Charlie hield haar blik op Rusty gericht. 'Bedenk eens wat je vraagt, pap. Wat het voor haar betekent om hierbij betrokken te raken. Moet Sam nu ook nog door een wraakzuchtige maniak worden aangevallen?' Ze snoof spottend. 'Voor de tweede keer?'

Rusty was immuun voor klappen onder de gordel. 'Sammy-Sam, ga maar eens met het kind praten. Ik kan sowieso wel een second opinion gebruiken. Zelfs de grote man die je voor je ziet is niet onfeilbaar. Ik stel je inbreng als collega zeer op prijs.'

Zijn gevlei irriteerde haar alleen maar. 'Vallen massaschietpartijen binnen het kader van het intellectueel eigendomsrecht?' vroeg ze. 'Of ben je vergeten wat mijn specialisme is?'

Rusty knipoogde. 'Het bureau van de officier van justitie in Portland was zeker een broeinest van octrooischenders?'

'Portland is al heel lang geleden.'

'En nu heb je het te druk met Bullshit Incorporated versus Bullshit Limited over een of ander bullshitgeding?'

'Iedereen heeft recht op zijn eigen bullshit.' Sam liet zich niet van de wijs brengen. 'Ik ben niet het soort advocaat dat Kelly Wilson nodig heeft. Niet meer. Ik ben het trouwens nooit geweest. En bovendien zou ik me nuttiger kunnen maken voor de aanklager, want aan die kant heb ik altijd gestaan.'

'Aanklager, verdediger... Wat telt is dat je het klappen van de zweep in de rechtszaal kent, dat zit in je genen.' Weer duwde Rusty zichzelf overeind. Hij hoestte in zijn hand. 'Liefje, ik weet dat je hiernaartoe bent gekomen in de verwachting dat ik op mijn sterfbed lag, en ik beloof je met mijn hand op mijn hart dat dat er uiteindelijk van zal komen, maar nu ga ik iets tegen je zeggen wat ik nog nooit in al je vierenveertig prachtige levensjaren tegen je gezegd heb: je moet dit voor me doen.'

Sam schudde haar hoofd, maar eerder uit frustratie dan uit verzet. Ze wilde hier niet zijn. Haar brein was uitgeput. Ze hoorde de sisklanken als slangen uit haar mond glibberen.

'Ik ga weg,' zei ze.

'Uiteraard, maar morgen pas,' zei Rusty. 'Schat, er is verder niemand die zich om Kelly Wilson bekommert. Ze is helemaal alleen op de wereld. Haar ouders zijn niet in staat te begrijpen hoe diep ze in de problemen zit. Ze kan zichzelf niet helpen. Ze kan niets bijdragen aan haar eigen verdediging, en er is niemand die het ook maar iets kan schelen. De politie niet. De rechercheurs niet. Ken Coin niet.' Rusty stak zijn hand naar Sam uit. Zijn nicotinevingers streken over de mouw van haar blouse. 'Ze gaan haar doden. Ze steken een naald in haar arm en maken zo een einde aan het leven van dat achttienjarige meisje.'

'Haar leven was voorbij op het moment dat ze met een geladen wapen de school binnenging en twee mensen vermoordde,' zei Sam.

'Samantha, niet dat je ongelijk hebt,' zei Rusty. 'Maar wil je alsjeblieft naar het meisje luisteren? Geef haar de kans gehoord te worden. Wees haar stem. Nu ik hier lig, ben jij de enige op deze wereld die ik haar als advocaat toevertrouw.'

Sam sloot haar ogen. Haar hoofd bonkte. Het geluid van de apparaten was buitengewoon irritant. De plafondlampen waren te fel.

'Ga met haar praten,' smeekte Rusty. 'Ik meen het als ik zeg dat ik haar aan jou toevertrouw. Als je het niet eens bent met het pleidooi dat ze onschuldig is, gooi het dan tijdens de voorgeleiding op verminderd toerekeningsvatbaar. Daar kunnen we het in elk geval over eens zijn.'

'Dat is een valse keuze, Sam,' zei Charlie. 'Linksom of rechtsom krijgt hij jou in die rechtszaal.'

'Ja, Charlie, over drogredenen hoef je me niets te vertellen.' Haar maag speelde op. Ze had al vijftien uur niets gegeten. En al langer niet geslapen. Ze slikte haar woorden in, tenminste, als ze in staat was volledige zinnen te formuleren. Zonder haar stok kwam ze niet vooruit. Ze was kwaad, zo kwaad als ze in jaren niet geweest was. En ze luisterde naar Rusty alsof hij haar vader was in plaats van een man die alles zou doen, iedereen zou opofferen, in het belang van een cliënt.

Zelfs zijn gezin.

Ze raapte haar tas op.

'Waar ga je naartoe?' vroeg Charlie.

'Naar huis,' zei Sam. 'Nog liever een tweede gat in mijn kop dan dit soort shit.'

Rusty's bulderende lach achtervolgde haar de gang op.

NEGEN

Sam zat op een houten bank in een grote tuin achter het ziekenhuis. Ze nam haar bril af en sloot haar ogen. Vervolgens hief ze haar hoofd schuin naar de zon en ademde de frisse lucht in. De bank stond in een ommuurd gedeelte, met een sijpelende fontein bij het toegangshek en een bord met de tekst RUSTTUIN – IEDEREEN WELKOM pal boven een ander bord waarop een mobiele telefoon met een rode streep erdoor was afgebeeld.

Kennelijk was het tweede bord de reden waarom er niemand in de tuin was. Sam zat in haar eentje, in alle rust, althans, die probeerde ze te hervinden.

Er waren maar zesendertig minuten verstreken tussen het moment dat Stanislav haar bij de hoofdingang had afgezet en het moment waarop ze Rusty in zijn kamer had achtergelaten. En nu zat ze alweer een halfuur in de Rusttuin. Niet dat ze haar chauffeur niet tijdens zijn lunch wilde storen, maar ze had tijd nodig om tot zichzelf te komen. Haar handen trilden. Ze vertrouwde haar spraakvermogen niet. Haar hoofd had in jaren niet zo'n pijn gedaan.

Ze had haar migrainepillen thuis laten liggen.

Thuis.

Ze dacht aan Fosco, die languit met zijn rug in een omgekeerde C op de vloer lag te rollen. Het zonlicht dat door de ramen stroomde. De warmte van het zwembad. Haar behaaglijke bed.

En Anton.

Even mocht ze van zichzelf aan haar man denken. Aan zijn grote, sterke handen. Zijn lach. Zijn liefde voor onbekend eten, nieuwe ervaringen en onbekende culturen.

Ze had hem niet kunnen loslaten.

Niet toen het erop aan was gekomen. Niet toen hij haar had gevraagd, had gesmeekt hem te helpen een einde te maken aan zijn ellendige bestaan.

Aanvankelijk waren ze samen de strijd aangegaan. Ze hadden het MD Anderson Cancer Center in Houston bezocht, de Mayo Clinic in Rochester, en weer terug in New York het Sloan Kettering Cancer Center. Iedere specialist, iedere wereldvermaarde deskundige had Anton een overlevingskans van tussen de zeventien en twintig procent gegeven.

Sam was vastbesloten geweest dat hij niets van die percentage's heel zou laten.

Fotodynamische therapie. Chemotherapie. Bestraling. Slokdarmdilatatie. Endoscopie voor het plaatsen van een stent. Elektrocoagulatie. Antiangiogene therapie. Zijn slokdarm werd verwijderd, zijn maag werd omhooggetrokken en aan de bovenkant van zijn keel bevestigd. Lymfeklieren werden verwijderd. Hij kreeg plastische chirurgie. Er werd een sonde aangebracht. Een colostomiezak. Er waren medische proeven. Experimentele behandelingen. Voedseladvies. Palliatieve operaties. En nog meer experimentele behandelingen.

Op welk moment had Anton het opgegeven?

Toen hij zijn stem was kwijtgeraakt, niet meer kon praten? Toen zijn mobiliteit zo was verslechterd dat hij de kracht niet meer bezat om zijn breekbare benen te verleggen in het ziekenhuisbed? Sam kon zich het moment van zijn overgave niet herinneren, had de verandering niet waargenomen. Ooit had hij gezegd dat hij verliefd op haar was geworden omdat ze zo strijdbaar was, maar uiteindelijk had haar onvermogen om op te geven zijn lijden gerekt.

Sam deed haar ogen open. Ze zette haar bril weer op. Een golf blauw en wit schemerde net naast de rand van haar versmalde rechterblikveld.

'Hou daar eens mee op,' zei ze.

Charlie stapte tevoorschijn. Weer met die over elkaar geslagen armen. 'Waarom zit je hierbuiten?'

'Waarom zou ik binnen gaan zitten?'

'Goeie vraag.' Charlie nam plaats op de bank tegenover haar. Ze keek op naar de bomen, waar een briesje door de bladeren ruiste.

Sam had altijd geweten dat ze Gamma's markante trekken had geërfd, haar ondoorgrondelijke koelte die zoveel mensen had afgeschrikt. Charlies vriendelijke gezicht stond haaks op de lijn van hun moeder. Zelfs met al die blauwe plekken was ze nog mooi. Met haar intelligentie stootte ze anderen niet af, maar nam ze ze juist voor zich in. *Genadeloos gelukkig*, had Gamma gezegd. *Zo iemand van wie iedereen houdt.*

Maar vandaag niet. Er was iets veranderd aan Charlie. Er ging een bijna tastbare melancholie van haar uit die niets met Rusty's toestand te maken leek te hebben.

Waarom had ze Ben eigenlijk gevraagd haar te mailen?

Charlie leunde achterover op de bank. 'Wat kijk je me aan?'

'Weet je nog, die keer dat mama je hiernaartoe bracht? Je had je arm gebroken omdat je een kat wilde redden.'

'Het kwam niet door een kat,' zei Charlie. 'Ik wilde mijn luchtbuks van het dak halen.'

'Die had Gamma erop gegooid zodat jij er niet meer mee kon spelen.'

'Precies.' Rollend met haar ogen liet Charlie zich onderuitzakken. Ze was eenenveertig, maar had voor dertien kunnen doorgaan. 'Laat je niet door hem overhalen hier te blijven.'

'Dat was ik ook niet van plan.' Sam keek op van haar beker. In het ziekenhuisrestaurant had ze warm water gehaald en een broodje dat ze niet op kreeg. Ze nam een Ziploczakje met theebuiltjes uit haar tas.

'We hebben hier ook thee,' zei Charlie.

'Ik heb liever deze.' Sam dompelde het builtje in het water. Even ging er een steek van paniek door haar heen bij het zien van haar kale ringvinger, maar toen herinnerde ze zich dat ze haar trouwring thuis had gelaten.

Er ontging Charlie niet veel. 'Wat is er?'

Sam schudde haar hoofd. 'Hebben jullie kinderen?'

'Nee.' Charlie stelde geen wedervraag. 'Ik heb je hier niet laten komen om Rusty te doden. Dat doet hij uiteindelijk zelf wel. Zijn hart is niet in orde. Waar het volgens de cardioloog op neerkomt, is dat hij één zware stoelgang van de dood is verwijderd. Maar hij weigert te stoppen met roken. Hij weigert minder te drinken. Je weet toch wat een koppige ouwe bok het is? Hij luistert naar niemand.'

'Ik kan niet geloven dat hij je straks zonder testament laat zitten.'

'Ben je gelukkig?'

Sam vond de vraag zowel vreemd als abrupt. 'Sommige dagen zijn beter dan andere.'

Charlie tikte zachtjes met haar voet op de grond. 'Soms denk ik aan jou zoals je in je eentje in die waardeloze kleine flat zit, en dan word ik heel verdrietig.'

Sam verzweeg dat de waardeloze flat 3,2 miljoen dollar had opgebracht. In plaats daarvan zei ze: '"Zie mij met mijn kiezen op elkaar het geluk najagen."'

'Flannery O'Connor.' Charlie was altijd goed in citaten geweest. 'Gamma las *The Habit of Being*, toch? Dat was ik helemaal vergeten.'

Sam wist het nog goed. Ze wist nog hoe verbaasd ze was geweest toen haar moeder de verzameling essays van de bibliotheek had geleend. Gamma had openlijk haar minachting beleden voor religieus symbolisme en zo het grootste deel van de Engelstalige canon uitgesloten.

'Volgens papa probeerde ze gelukkig te worden voor ze stierf,' zei Charlie. 'Misschien omdat ze wist dat ze ziek was.'

Sam keek naar haar thee. Tijdens de autopsie had de patholoog ontdekt dat Gamma's longen vergeven waren van kanker. Als ze niet vermoord was, zou ze waarschijnlijk binnen een jaar zijn gestorven.

Dat gegeven had Zachariah Culpepper tijdens zijn proces aangevoerd, alsof een paar kostbare extra maanden met Gamma niets voorstelden.

'Ze zei dat ik voor jou moest zorgen,' zei Sam. 'Die dag, in de badkamer. Ze klonk heel uitgesproken.'

'Ze klonk altijd uitgesproken.'

'Tja.' Sam liet het touwtje van het theebuiltje over de rand van de beker hangen.

'Ik weet nog hoe jullie altijd aan het ruziën waren' zei Charlie. 'Ik kon nauwelijks volgen waar het over ging.' Ze maakte praatgebaren met haar handen. 'Papa zei dat jullie net twee magneten waren die zich altijd aan elkaar oplaadden.'

'Magneten laden zich niet aan elkaar op. Ze trekken elkaar aan of stoten elkaar af, afhankelijk van hun polen, noord of zuid. Noord-zuid en zuidnoord trekken elkaar aan, terwijl noord-noord en zuid-zuid elkaar afstoten. Met "opladen" bedoelt hij waarschijnlijk: met een soort elektrische stroom,' legde ze uit, 'maar dan versterk je alleen maar de polariteit van de magneet.'

'Wauw, heb jij mooi je gelijk bewezen.'

'Je hoeft niet zo pienter te doen.'

'Jij hoeft niet zo dom te doen.'

Sam ving haar blik. Ze glimlachten allebei.

'Fermilab werkt aan een protocol voor neutronentherapie bij kankerpatiënten,' zei Charlie.

Het verbaasde Sam dat haar zus iets dergelijks volgde. 'Ik heb nog wat papers van haar. Artikelen, bedoel ik. Ze zijn ooit gepubliceerd.'

'Artikelen die zij heeft geschreven?'

'Ze zijn heel oud, uit de jaren zestig. Ik heb ook verwijzingen naar haar werk gevonden in voetnoten, maar niet het oorspronkelijke materiaal. Twee ervan heb ik kunnen downloaden van de internationale databank voor moderne natuurwetenschappen.' Ze opende haar tas en haalde er een dikke stapel papier uit die ze die ochtend op Teterboro Airport had uitgeprint. 'Ik weet eigenlijk niet waarom ik deze heb meegenomen,' vervolgde ze. Sinds haar aankomst had ze zich nog niet zo eerlijk tegenover haar zus uitgelaten. 'Ik dacht dat jij ze misschien wilde hebben, omdat...' Ze zweeg. Ze wisten allebei dat al het andere bij de brand verloren was gegaan. Oude familiefilmpjes. Rapporten van lang geleden. Plakboeken. Melktandjes. Vakantiefoto's.

Eén foto van Gamma had de brand overleefd, een niet-geposeerde opname van haar in een veld. Ze keek over haar schouder, niet in de camera, maar naar iemand die iets opzij stond. Driekwart van haar gezicht was te zien. Een donkere, opgetrokken wenkbrauw. Haar lippen weken iets uiteen. De foto had op Rusty's bureau gestaan in zijn kantoor in de stad toen het roodstenen huis in vlammen was opgegaan.

Charlie las de titel van het eerste artikel: '*Photo-transmutative Enrichment of the Interstellar Medium: Observational Studies of the Tarantula Nebula.*' Ze snoof en bladerde door naar het tweede artikel: '*Dominant P-Process Pathways in Supernova Envelopes.*'

Sam zag haar vergissing in. 'Misschien begrijp je het niet, maar het is fijn om ze te hebben.'

'Inderdaad. Bedankt.' Charlie liet haar blik over de tekst gaan in een poging er enige betekenis uit te destilleren. 'Ik voel me pas echt dom als ik besef hoe intelligent ze was.'

Opeens herinnerde Sam zich weer dat zij zich haar hele jeugd zo had gevoeld. Misschien waren ze magneten geweest, maar van ongelijke kracht. Alles wat Sam wist, wist Gamma beter.

'Ha,' lachte Charlie, waarschijnlijk om een buitengewoon onbegrijpelijke zin.

Sam lachte ook.

Had ze dit al die jaren gemist? Deze herinneringen? Deze verhalen? Dit ongedwongen contact met Charlie waarvan ze altijd had gedacht dat het samen met Gamma was verdwenen?

'Je lijkt echt veel op haar,' zei Charlie. Ze vouwde de papieren dubbel en legde ze naast zich op de bank. 'Papa heeft die foto nog steeds op zijn bureau.'

Die foto.

Sam had er altijd een afdruk van willen hebben, maar ze was te trots geweest om Rusty om een gunst te vragen.

'Denkt hij echt dat ik iemand ga verdedigen die twee mensen heeft neergeschoten?' vroeg ze.

'Ja, maar Rusty denkt dat hij iedereen kan overhalen.'

'Vind jij dat ik het moet doen?'

Charlie dacht even na. 'Zou de Sam met wie ik ben opgegroeid het doen? Misschien, maar niet uit sympathie voor Rusty. Ze zou verontwaardigd zijn, zoals ik dat ook ben als iets niet eerlijk is. En het is ook niet eerlijk, want er is in de wijde omtrek geen advocaat te vinden die Kelly Wilson als een mens in plaats van als een last zou behandelen. Maar wat doet de Sam van nu?' Ze haalde haar schouders op. 'Het punt is dat ik je niet meer ken. Zoals je mij ook niet meer kent.'

Het was waar, maar toch stak het. 'Dat klinkt redelijk,' zei Sam.

'Was het redelijk om je te vragen hiernaartoe te komen?'

Bij wijze van uitzondering had Sam haar antwoord niet klaar. 'Waarom wilde je me eigenlijk hier hebben?'

Charlie schudde haar hoofd, maar reageerde niet meteen. Ze trok aan een losse draad van haar spijkerbroek en slaakte een diepe zucht, die fluitend door haar gebroken neus naar buiten kwam. Toen zei ze: 'Gisteravond vroeg Melissa of ik het goedvond als ze drastische maatregelen nam. In feite bedoelde ze: "Laat ik hem sterven? Laat ik hem niet sterven? Ik wil het nu graag horen." Ik raakte in paniek, niet uit angst of besluiteloosheid, maar omdat ik vond dat ik daar niet in mijn eentje over kon beslissen.' Ze keek Sam aan. 'Die hartaanvallen, daarvan vond ik dat ik ertegen moest vechten. Ik weet dat hij het zichzelf heeft aangedaan met zijn gerook en gedrink, maar ik had het gevoel dat het om een innerlijke strijd ging, om iets organisch vanbinnen, en dat ik hem moest helpen ertegen te vechten.'

Sam had hetzelfde ervaren met Anton. 'Ik begrijp het geloof ik wel.'

Charlie schonk haar een afgemeten, ongelovig lachje. 'Weet je, als het er weer op aankomt, sluit ik je op in zijn kamer zodat je hem met je tas uit zijn lijden kunt verlossen.'

Sam was niet trots op dat voorval. 'Ik heb mezelf altijd getroost met de gedachte dat ik met mijn opvliegende karakter nog nooit iemand heb geslagen.'

'Het is papa maar. Ik sla hem altijd. Hij kan ertegen.'

'Ik meen het.'

'Je hebt mij bijna geslagen.' Charlies stem ging de hoogte in, ten teken dat ze iets duisters probeerde te verlichten. Ze verwees naar de laatste keer dat ze elkaar hadden gezien.

Sam herinnerde zich de afschuw in Bens ogen toen hij tussen haar en Charlie in was gaan staan. 'Daar heb ik spijt van,' zei ze. 'Ik ging compleet door het lint. Als je was gebleven, had ik je misschien geslagen. Dat was op dat moment echt niet ondenkbaar, en het spijt me.'

'Ik weet dat het je spijt.' Charlies toon bevatte geen spoortje wreedheid, wat haar woorden nog pijnlijker maakte.

'Zo ben ik niet meer,' zei Sam. 'Ik weet dat het moeilijk te geloven is gezien mijn eerdere gedrag, maar er hangt hier iets in de lucht wat het valse in me naar boven brengt.'

'Dan moet je teruggaan naar New York.'

Sam wist dat haar zus gelijk had, maar nu, op dit moment, tijdens deze schaarse minuten met Charlie, wilde ze niet weg.

Ze nam een slokje thee. Die was afgekoeld. Ze goot de beker leeg op het gras achter de bank. 'Vertel eens waarom je gisterochtend op die school was toen het schieten begon.'

Charlie perste haar lippen op elkaar. 'Blijf je of ga je weg?'

'Dat maakt voor jouw verhaal niets uit. Er is maar één waarheid.'

'Er zijn geen kanten. Er is alleen goed en fout.'

'Geen speld tussen te krijgen.'

'Precies.'

'Ga je me nog vertellen hoe je aan die blauwe ogen komt?'

'Zal ik dat doen?' De vraag klonk als een filosofische oefening. Weer sloeg ze haar armen over elkaar. Ze keek op naar de bomen. Haar kaak verstrakte. Sam zag hoe de spieren in haar hals zich spanden. Haar zus straalde op dat moment iets zo ontzettend treurigs uit, dat Sam het liefst op de bank naast haar was gaan zitten om haar vast te houden tot ze zei wat er aan de hand was.

Maar dan had Charlie haar ongetwijfeld weggeduwd.

Sam herhaalde haar eerdere vraag. 'Waarom was je gisterochtend op die school?' Charlie had geen kinderen. Ze hoefde daar niet te zijn, en al helemaal niet voor acht uur 's ochtends. 'Charlie?'

Charlie haalde halfslachtig een schouder op. 'Ik werk hoofdzakelijk voor de jeugdrechtbank. Ik was in de onderbouwlocatie voor een aanbevelingsbrief van een leraar.'

Echt iets wat Charlie zou doen voor een cliënt, maar er was iets bedrieglijks in haar stem geslopen.

'We waren in zijn lokaal toen we schoten hoorden,' vervolgde Charlie, 'en meteen daarna hoorden we een vrouw om hulp schreeuwen, dus ik rende eropaf.'

'Wie was die vrouw?'

'Miss Heller, geloof het of niet. Tegen de tijd dat ik daar aankwam, zat ze bij het kleine meisje. We hebben haar zien sterven. Lucy Alexander. Ik hield haar hand vast. Die was koud. Niet toen ik daar kwam, maar toen ze stierf. Je weet hoe snel dat gaat.'

Dat wist Sam inderdaad.

'Goed.' Charlie hield haar adem even vast. 'Huck wist Kelly het wapen afhandig te maken. Een revolver. Hij haalde haar over het ding aan hem te geven.'

Onwillekeurig gingen Sams nekhaartjes overeind staan. 'Wie is Huck?'

'Mr. Huckabee. De leraar met wie ik had afgesproken. In verband met die cliënt. Hij gaf Kelly les...'

'Mason Huckabee?'

'Ik heb zijn voornaam niet meegekregen. Hoezo?'

Er ging een huivering door Sam heen. 'Hoe ziet hij eruit?'

Nietsvermoedend schudde Charlie haar hoofd. 'Doet dat er iets toe?'

'Ongeveer jouw lengte, lichtbruin haar, iets ouder dan ik, komt uit Pikeville?' Naar Charlies gezicht te oordelen zat Sam goed. 'O, Charlie. Blijf alsjeblieft bij hem uit de buurt. Weet je het dan niet?'

'Weet ik wat niet?'

'Masons zusje was Mary-Lynne Huckabee. Ze werd verkracht door die vent... Hoe heette hij ook alweer?' Sam dacht diep na. 'Een of andere Mitchell uit Bridge Gap. Kevin Mitchell?'

Charlie schudde nog steeds haar hoofd. 'Waarom ben ik de enige die dit niet weet?'

'Hij heeft haar verkracht en toen heeft ze zich opgehangen in hun schuur. Papa heeft hem vrij gekregen.'

Met een schok drong het tot Charlie door. 'Hij zei dat ik papa moest bellen. Huck, Mason, of hoe hij ook heet. Toen Kelly werd gearresteerd, deed de politie... Nou ja, je weet hoe de politie is. En Huck zei dat ik papa moest bellen om Kelly bij te staan.'

'Mason Huckabee weet ongetwijfeld wat voor soort advocaat Rusty is.'

Charlie was zichtbaar aangeslagen. 'Ik was die zaak helemaal vergeten. Zijn zus studeerde.'

'Ze was thuis voor de zomervakantie. Ze reed met een stel vrienden naar Bridge Gap om naar de film te gaan. Toen ze naar het toilet ging, viel Kevin Mitchell haar aan.'

Charlie keek naar haar handen. 'Ik heb de foto's gezien in papa's dossiers.'

Sam had ze ook gezien. 'Heeft Mason je herkend? Toen je hem om hulp vroeg voor die minderjarige delinquent, bedoel ik?'

'We hebben niet veel gepraat.' Weer dat halfslachtige schouderophalen. 'Er gebeurde zoveel tegelijk. Het ging allemaal heel snel.'

'Wat rot dat je het moest zien. Dat kleine meisje. En met Miss Heller erbij kwamen er natuurlijk herinneringen boven.'

Charlie bleef naar haar handen kijken, met de ene duim over de knokkel van de andere wrijvend. 'Ja het was moeilijk.'

'Ik ben blij dat je op Ben kunt steunen.' Sam zweeg in de veronderstelling dat ze nu wel iets over Ben zou zeggen, en over het wat stroeve moment van zo-even.

Charlie streek nog steeds over haar knokkel. 'Grappig wat je tegen papa zei, over dat gat in je hoofd.'

Onderzoekend keek Sam haar zus aan. Als geen ander wist Charlie hoe ze een onderwerp moest omzeilen. 'Meestal druk ik me minder bot uit, maar de stemming leek erom te vragen.'

'Je klinkt precies zoals zij. Je lijkt op haar. Je hebt zelfs dezelfde houding.' Charlies stem werd zachter. 'Ik kreeg een heel raar gevoel in mijn borst toen ik je op de gang zag. Heel even dacht ik dat je Gamma was.'

'Dat heb ik zelf soms ook,' bekende Sam. 'Dan zie ik mezelf in de spiegel en...' Ze keek zelden in de spiegel, en niet zonder reden. 'Ik ben nu even oud als zij.'

'O ja. Van harte.'

'Dank je.'

Nog steeds keek Charlie naar haar onrustige handen.

Als volwassenen waren ze misschien vreemden voor elkaar, maar bepaalde dingen lieten zich niet wegslijten door de tijd, hoe listig die ook was. Charlies afhangende schouders. Haar zachte stem. Haar trillende lip als ze tegen haar emoties vocht. Haar neus was gebroken. Ze had twee blauwe ogen. Er wrong iets in haar vroeger zo ongedwongen relatie met Ben. Ze verborg iets, misschien meer dan iets, maar ze leek er haar redenen voor te hebben.

De vorige ochtend had Charlie een stervend meisje in haar armen gehad, en vóór het einde van de dag had ze gehoord dat haar vader misschien doodging – niet voor het eerst en ongetwijfeld niet voor het laatst. Maar deze keer, deze ene keer had ze Ben gevraagd Sam te mailen.

Het was duidelijk dat Charlie haar niet had gevraagd hierheen te komen om haar te helpen met een besluit dat ze al eens eerder had genomen.

En ze had niet zelf contact met Sam op willen nemen, want zelfs als kind had ze nooit rechtstreeks om de dingen gevraagd die ze nodig had.

Sam keerde haar gezicht weer naar de zon. Ze sloot haar ogen. Ze zag zichzelf voor de spiegel staan, beneden in de badkamer van de boerderij. Gamma stond achter haar. De spiegel kaatste hun gezichten terug.

Je moet dat stokje altijd stevig in haar hand leggen, waar ze ook is. Jij zoekt haar. Verwacht niet dat ze jou zoekt.

'Je kunt maar beter gaan,' zei Charlie.

Sam opende haar ogen.

'Je mag je vlucht niet missen.'

'Heb jij met dat meisje Wilson gepraat?' vroeg Sam.

'Nee.' Charlie ging rechtop zitten. Ze veegde langs haar ogen. 'Huck zei dat ze zwakbegaafd is. Rusty schat haar IQ ergens laag in de zeventig.' Met haar ellebogen op haar knieën boog ze zich naar Sam toe. 'Ik heb haar moeder ontmoet. Die is ook niet al te slim. Gewoon brave plattelandslui, nu we toch op de Flannery O'Connortoer zijn. Lenore heeft ze gisteren in een hotel geïnstalleerd. Arrestanten mogen pas op bezoek na de voorgeleiding. Ze zijn vast doodongerust en willen haar zien.'

'Dus in elk geval zwakbegaafd,' zei Sam. 'Een punt voor de verdediging, bedoel ik.'

Weer haalde Charlie een schouder op. 'Bij dat soort zaken, schietpartijen dus, is dat eigenlijk de enige strategie. Waarom zou iemand dat doen tenzij hij gestoord is?'

'Waar wordt ze vastgehouden?'

'Ik denk in een politiecel in Pikeville.'

Pikeville.

De naam was als een glasscherf in haar borst.

'Ik kan de voorgeleiding niet doen omdat ik getuige ben,' zei Charlie. 'Niet dat papa daar ethische bezwaren tegen had, maar...' Ze schudde haar hoofd. 'Hoe dan ook, papa kent een docent van toen hij rechten studeerde, een zekere Carter Grail. Die is hier een paar jaar geleden komen wonen, na zijn pensioen. Moet al negentig zijn, hij is aan de drank en heeft de pest aan iedereen. Die kan morgen voor hem invallen.'

Moeizaam hees Sam zich overeind. 'Ik doe het.'

Charlie stond ook op. 'Nee, geen denken aan.'

Sam haalde Stanislavs kaartje uit haar tas, pakte haar telefoon en stuurde hem een bericht: Ik sta bij de hoofdingang.

'Sam, dat moet je niet doen.' Charlie draaide als een puppy om haar heen. 'Je mag het niet doen. Ga naar huis. Pak je leven weer op. Wees weer die andere Sam, minder vals.'

Sam keek haar zus aan. 'Charlotte, denk je echt dat ik zo veranderd ben dat ik me door mijn zusje laat vertellen wat ik doen moet?'

Charlie kreunde om haar koppigheid. 'Luister dan niet naar mij, luister naar je intuïtie. Je mag Rusty niet laten winnen.'

Stanislav had een bericht gestuurd: vijf minuten.

'Dit gaat niet over Rusty.' Sam hing haar tas aan haar arm en pakte haar stok.

'Wat ga je doen?'

'Mijn koffer ligt in de taxi.' Sam was van plan geweest in het Four Seasons te logeren en de volgende ochtend naar het kantoor in Atlanta te gaan, waarna ze weer zou terugvliegen naar New York. 'Ik kan me door mijn chauffeur naar het politiebureau laten rijden, of door jou. Zeg het maar.'

'Wat heeft dit voor zin?' Charlie volgde haar naar het hek. 'Ik bedoel, serieus. Waarom zou je iets voor die domme zak doen?'

'Dat heb je zelf al gezegd. Het is niet eerlijk dat Kelly Wilson niemand aan haar kant heeft staan.' Sam maakte het hek open. 'Ik kan er nog steeds niet tegen als de dingen niet eerlijk gaan.'

'Ophouden, Sam. Alsjeblieft.'

Sam keerde zich naar haar zus toe.

'Ik weet dat dit moeilijk voor je is, dat het is alsof je in drijfzand wegzinkt nu je terug bent,' zei Charlie.

'Dat heb ik niet gezegd.'

'Dat hoef je ook niet te zeggen.' Charlie legde haar hand op Sams arm. 'Als ik had geweten hoe dit alles je zou raken, had ik Ben nooit die e-mail laten versturen.'

'Vanwege een paar gebrabbelde woorden, bedoel je?' vroeg Sam, haar ogen gericht op het slingerende klinkerpad dat terugvoerde naar het ziekenhuis. 'Als ik naar de artsen had geluisterd toen ze het over mijn beperkingen hadden, zou ik in dat ziekenhuisbed zijn doodgegaan.'

'Ik zeg niet dat je het niet mag doen. Ik vraag alleen of je het wel móét doen.'

'Maakt niet uit. Ik heb mijn besluit al genomen.' Sam kon maar één manier bedenken om het gesprek te beëindigen. Ze sloot het hek voor Charlies neus en zei: 'Laatste woord.'

TIEN

Nu Sam bij Charlie in de auto zat, besefte ze dat ze nooit eerder een nerveuze passagier was geweest omdat ze zich nog nooit door haar zusje had laten rijden. Charlie wierp slechts een zeer vluchtige blik in de spiegels wanneer ze van rijbaan wisselde. Ze toeterde te pas en te onpas. Ze mompelde verwensingen aan het adres van andere weggebruikers, die sneller moesten, langzamer, of haar de ruimte moesten geven.

Sam kreeg een hevige niesbui. Haar ogen traanden. Charlies auto was een soort stationcar/SUV-hybride en stonk naar dieren en vochtig hooi. 'Hebben jullie een hond?'

'Die is tijdelijk uitgeleend aan het Guggenheim.'

Toen Charlie een andere baan op zwenkte, klemde Sam het dashboard vast. 'Zou je niet iets langer richting aangeven?'

'Volgens mij heb je weer last van verbale parafasie,' zei Charlie. 'Je zei "Zou je niet" terwijl je "Je moet" had willen zeggen.'

Sam moest lachen, wat ongepast leek, aangezien ze op weg waren naar een politiecel.

De verdediging van Kelly Wilson was minder belangrijk dan achterhalen wat er met Charlie aan de hand was, zowel fysiek vanwege de blauwe ogen als emotioneel vanwege al het andere. Toch nam Sam haar taak als advocaat van de schutter niet lichtvaardig op. Voor het eerst in jaren zag ze tegen een gesprek met een cliënt op, en nog meer tegen de onbekende rechtszaal.

'In Portland deed ik alleen familierecht,' zei ze. 'Ik heb nog nooit tegenover een moordverdachte gezeten.'

Charlie keek Sam aandachtig aan, alsof er iets mis was met haar. 'Dat hebben we wel. Sammy.'

Sam maakte een achteloos gebaar. Ze had geen zin om uit te leggen dat ze haar leven altijd in categorieën had verdeeld. De Sam die tegenover de gebroeders Culpepper aan de keukentafel had gezeten, was niet dezelfde Sam die als advocaat in Portland had gewerkt.

'Het is lang geleden dat ik bij een criminele zaak was betrokken,' zei ze.

'Het is maar een voorgeleiding. Je zult zien dat het allemaal terugkomt.'

'Ik heb nog nooit aan de andere kant gestaan.'

'Nou, het eerste wat je opvalt, is dat de rechter je kont niet likt.'

'Dat gebeurde ook niet in Portland. Zelfs de politie had antioverheidsbumperstickers.'

Charlie schudde haar hoofd. Dit moest voor haar een onbekende wereld zijn. 'Meestal krijg ik vijf minuten met mijn cliënt voor we de rechtszaal in gaan. Veel valt er dan niet te zeggen. Doorgaans hebben ze gedaan waarvan ze beschuldigd worden: drugs gekocht, drugs gedeald, drugs gebruikt, spullen gestolen of geheeld om aan meer drugs te komen. Ik kijk naar hun strafblad om te zien of ze voor de afkickkliniek of een vervangende straf in aanmerking komen, en ik vertel ze wat er gaat gebeuren. Meestal willen ze dat weten. Ook al hebben ze al duizend keer voor de rechter gestaan, toch willen ze het verloop van de gebeurtenissen weten. Wat komt er daarna? En daarna? En dan? Ik vertel het ze wel honderd keer, en elke keer vragen ze het opnieuw.'

Dat leek verdomd veel op Charlies rol tijdens het begin van haar genezing, vond Sam. 'Is dat niet saai?'

'Ik hou mezelf altijd voor dat ze in hun broek schijten van angst. Door te weten hoe de dingen gaan, krijgen ze weer wat grip op zichzelf. Waarom ben je in Georgia tot de balie toegelaten?' vroeg ze.

Die vraag had Sam al verwacht. 'Mijn firma heeft een filiaal in Atlanta.'

'Kom op. Jullie hebben hier een mannetje zitten dat de plaatselijke zaken regelt. Jij bent de mierenneukende shitpartner, die elke paar maanden het vliegtuig pakt om over zijn schouder mee te kijken.'

Weer moest Sam lachen. Charlie had de dynamiek aardig goed door. In theorie had Laurens van Loon het in Atlanta voor het zeggen, maar Sam wilde het graag van hem kunnen overnemen als het moest. En ze had het ook heerlijk gevonden het toelatingsexamen voor de balie af te leggen in de wetenschap dat ze zou slagen zonder een studieboek te hebben opengeslagen.

Charlie zei: 'De ledenlijst van de Orde van Advocaten in Georgia staat online. Ik sta pal boven Rusty en hij staat boven jou.'

Sam dacht aan hun drie gekoppelde namen. 'Werkt Ben ook met papa samen?'

'Laat dat "ook" maar weg, want ik werk niet met papa samen, en nee, Ben is onderofficier van justitie onder Ken Coin.'

Sam negeerde haar vijandige toon. 'Leidt dat niet tot conflicten?'

'Criminelen genoeg voor ons allemaal.' Charlie wees uit het raampje. 'Hier verkopen ze lekkere vistaco's.'

Sams wenkbrauw kroop omhoog. Aan de kant van de weg stond een tacobus, zoals je die ook in New York of Los Angeles had. Er stond een rij van wel twintig mensen voor. Andere bussen hadden nog langere rijen: Korean Barbecue, Peri-Peri Chicken, en een wagen met de naam Fusion Obtrusion.

'Waar zijn we?' vroeg ze.

'We zijn een minuut geleden de stadsgrens van Pikeville gepasseerd.'

Als vanzelf ging Sams hand naar haar hart. Het was haar niet opgevallen. Ze had de verwachte fysieke schok niet gevoeld, of de angst en de vertwijfeling die haar terugkeer hadden moeten aankondigen.

'Ben is gek op die tent, maar ik vind het er vreselijk.' Charlie wees naar een gebouw dat rechtstreeks uit de Alpen had kunnen komen, met de toepasselijke naam Biergarten.

Het chalet was niet de enige nieuwe aanwinst. Het centrum van de stad was onherkenbaar. Er waren stenen gebouwen van twee of drie verdiepingen, met boven lofts en beneden winkels waar kleding, antiek, olijfolie en ambachtelijke kazen werden verkocht.

'Is er iemand in Pikeville die zoveel geld voor kaas neertelt?' vroeg Sam.

'Eerst alleen de weekendgasten. Daarna kwam er een trek op gang vanuit Atlanta. Gepensioneerde babyboomers. Rijke techtypes. Wat homo's en lesbo's. We staan niet langer droog. Vijf of zes jaar geleden is er een drankverordening aangenomen.'

'Wat vond de oude garde daarvan?'

'De districtsbestuurders zagen alleen de inkomstenbelasting en de goede restaurants die je krijgt als er alcohol verkocht mag worden. De godsdienstfanaten waren woedend. Je kon op elke straathoek aan meth komen, maar voor een aangelengd biertje moest je helemaal naar Ducktown.' Charlie stopte voor rood. 'Toch geloof ik dat de fanaten gelijk hebben gekregen. Drank heeft alles veranderd. Vanaf die tijd rees de nieuwbouw pas echt de pan uit. Mexicanen uit Atlanta komen hier voor het werk. Bij de Apple Shack is het een komen en gaan van tourbussen. In de jachthaven worden boten verhuurd en bedrijfsfeesten gehouden. Het Ritz Carlton legt een golfpark aan. Of je dat goed of slecht vindt, is afhankelijk van de reden waarom je hier woont.'

'Wie heeft je neus gebroken?'

'Ze zeggen dat hij niet echt gebroken is.' Zonder richting aan te geven sloeg Charlie rechts af.

'Geef je geen antwoord omdat ik het niet mag weten of geef je geen antwoord om me te ergeren?'

'Dat is een ingewikkelde vraag met een al even ingewikkeld antwoord.'

'Als je papa begint te citeren, spring ik uit de auto.'

Charlie minderde vaart.

'Dat was een grapje.'

'Weet ik.' Ze parkeerde de auto aan de kant van de weg en keerde zich naar Sam toe. 'Hoor eens, ik ben blij dat je gekomen bent. Ik weet dat de aanleiding moeilijk en naar is, maar het is fijn om je te zien, en ik ben blij dat we hebben kunnen praten.'

'Maar?'

'Je moet dit niet voor mij doen.'

Sam keek naar de blauwe ogen van haar zus, naar haar scheve neus met het ongetwijfeld gebroken kraakbeen. 'Wat heeft de voorgeleiding van Kelly Wilson met jou te maken?'

'Ze is een excuus,' zei Charlie. 'Je hoeft niet voor me te zorgen, Sam.'

'Wie heeft je neus gebroken?'

Charlie sloeg haar blik vertwijfeld ten hemel. 'Weet je nog dat je me de blinde wissel probeerde te leren?'

'Hoe kan ik dat ooit vergeten?' zei Sam. 'Je was een vreselijke leerling. Je wilde niet luisteren. Je bleef maar aarzelen, telkens weer.'

'Ik keek voortdurend achterom,' zei Charlie. 'Jij dacht dat dat het probleem was, dat ik niet kon rennen omdat ik achteromkeek.'

Sam hoorde de echo van de brief die Charlie haar jaren geleden had gestuurd.

Geen van ons tweeën zal ooit verder kunnen als we altijd achterom blijven kijken.

Charlie stak haar hand op. 'Ik ben links.'

'Net als Rusty,' zei Sam. 'Hoewel rechts- of linkshandigheid polygeen is: de kans is nog geen vijfentwintig procent dat je van pa een van de veertig loci hebt geërfd die...'

Charlie begon luid te snurken tot Sam zweeg. 'Wat ik wou zeggen,' zei ze, 'is dat je me leerde het stokje met mijn rechterhand aan te nemen.'

'Maar jij was de tweede wisselloper. Dat is de regel: het stokje gaat van de rechterhand naar de linkerhand, van de linkerhand naar de rechterhand.'

'Maar het kwam nooit bij je op naar het probleem te vragen.'

'Het kwam nooit bij jou op het te vertellen.' Sam snapte niet wat er nieuw was aan het excuus. 'Je zou bij de eerste of derde wissel ook in de fout zijn gegaan. Je bent een onverbeterlijke valse starter. Je bent een ramp als het op de bochten aankomt. Je had de snelheid van een finisher, maar de instelling van een starter.'

'Je bedoelt dat ik altijd zo hard liep als nodig was om als eerste te eindigen.'

'Ja, dat is de definitie van een "starter".' Sam voelde dat ze geïrriteerd raakte. 'Die tweede wissel deed een beroep op al je talenten: je bent een explosieve sprinter, je was de snelste van het team. Alleen die wissel moest je onder de knie krijgen, en met voldoende oefening kon zelfs een chimpansee de wissel in de twintigmeterzone leren. Ik snap niet waar je mee zat. Je wilde toch winnen?'

Charlie klemde het stuur vast. Haar neus produceerde weer dat piepje bij het in- en uitademen. 'Ik probeer geloof ik ruzie met je uit te lokken.'

'Dat lukt je dan aardig.'

'Sorry.' Charlie ging weer recht zitten, zette de auto in de eerste versnelling en reed de straat op.

'Is dit afgesloten?' vroeg Sam.

'Ja.'

'Hebben we ruzie?'

'Nee.'

In gedachten nam Sam het gesprek nog eens door, stilstaand bij de verschillende momenten waarop ze zich uit de tent had laten lokken. 'Niemand dwong je om bij het hardloopteam te gaan.'

'Weet ik. Ik had mijn mond moeten houden. Het is een eeuwigheid geleden.'

Het zat Sam nog steeds niet lekker. 'Dit gaat niet over hardlopen, hè?'

'Fuck.' Midden op straat bracht Charlie de auto tot stilstand. 'Culpeppers.'

Sam was al misselijk nog voor haar hersens hadden verwerkt wat de naam inhield.

Of wie, om precies te zijn.

'Dat is de pick-up van Danny Culpepper,' zei Charlie. 'Zachariahs jongste zoon. Hij is naar Daniel genoemd.'

Daniel Culpepper.

De man die haar had neergeschoten.

De man die haar levend had begraven.

Alle lucht verliet Sams longen.

Onwillekeurig volgde ze Charlies blik. Een opzichtige zwarte pick-up met spinners en gouden sierstrippen nam de enige twee parkeerplekken voor gehandicapten bij het politiebureau in beslag. Op het getinte achterraam stond in gouden spiegelschrift: DANNY. De auto had een dubbele cabine en bood plaats aan vier inzittenden. Twee jonge vrouwen hingen tegen de dichte portieren. Ze hadden beiden een sigaret tussen hun korte vingers. Rode nagellak. Rode lippenstift. Donkere oogschaduw. Vette eyeliner. Witgebleekt haar. Strakke zwarte broek. Nog strakker T-shirt. Hoge hakken. Onguur. Afstotelijk. Beledigend dom.

'Ik kan je ook achter het gebouw afzetten,' stelde Charlie voor.

Sam wilde niets liever. Als er een lijst was met redenen waarom ze Pikeville had verlaten, stonden de Culpeppers bovenaan. 'Denken ze nog steeds dat we hebben gelogen? Dat het één groot complot was om die twee erbij te lappen?'

'Uiteraard. Ze hebben zelfs een Facebookpagina aangemaakt.'

Toen Charlie eindexamen had gedaan, had Sam zich nog niet helemaal losgemaakt van het leven in Pikeville. Ze werd maandelijks bijgepraat over de verraderlijke Culpeppermeiden en over de onwankelbare overtuiging van de familie dat Daniel op de avond van de aanval thuis was geweest, dat Zachariah in Alabama had gewerkt en dat de meisjes Quinn, van wie de één een leugenaar en de ander geestelijk gestoord was, hen erin hadden geluisd omdat Zachariah voor bijna twintigduizend dollar bij Rusty in het krijt stond.

'Zijn dat dezelfde meiden van school?' vroeg Sam. 'Ze lijken te jong.'

'Dochters of nichtjes, maar het is allemaal één pot nat.'

Sam huiverde, alleen al door hun nabijheid. 'Je komt ze elke dag tegen, hoe hou je dat vol?'

'Er zijn ook dagen dat ik ze niet tegenkom. Ik zet je achter wel af,' bood Charlie nogmaals aan.

'Nee, ik laat me niet door hen intimideren.' Sam klapte haar stok in en stopte hem in haar tas. 'En ze mogen me ook niet met dit stomme ding zien.'

Langzaam reed Charlie het parkeerterrein op. De meeste plekken werden bezet door patrouillewagens, recherchebusjes en zwarte ongemarkeerde Town Cars. Ze moest een eind naar achteren rijden en parkeerde de auto op ruim tien meter van het gebouw.

'Kun je dat hele stuk lopen?' vroeg ze nadat ze de motor had uitgezet.

'Ja.'

Charlie verroerde zich niet. 'Niet om lullig te doen –'

'Doe maar lullig.'

'Als je valt waar die teven bij zijn, lachen ze je uit. En als ze iets ergers proberen te doen, moet ik ze doden.'

'In dat geval gebruik je mijn stok maar. Die is van metaal.' Sam opende het portier, klemde de armleuning vast en hees zich naar buiten.

Charlie liep om de auto heen, maar niet om Sam te helpen. Om met haar mee te lopen. Om schouder-aan-schouder op de Culpeppermeiden af te stappen.

De wind trok aan toen ze het parkeerterrein overstaken. Even was Sam doordrongen van de bespottelijke indruk die ze maakte. Bijna hoorde ze sporen rinkelen toen ze over het asfalt liepen. De Culpeppermeiden knepen hun ogen halfdicht. Charlie hief haar kin. Dit had een western kunnen zijn, of een film van John Hughes, als John Hughes ooit over gekrenkte vrouwen van bijna-middelbare leeftijd had geschreven.

Het politiebureau was gevestigd in een lomp overheidsgebouw uit de jaren zestig, met smalle ramen en zo'n dak uit *The Jetsons*, dat naar de bergen wees. Charlie had de auto op de achterste parkeerplek gezet. Om de stoep te bereiken moesten ze zo'n vijftien meter over licht glooiend terrein afleggen. Het hooggelegen gebouw had geen hellingbaan, alleen drie brede betonnen treden naar een met buxus omzoomd pad van zo'n vijf meter, dat uiteindelijk naar de glazen voordeur voerde.

De afstand was geen probleem voor Sam. Op de trap zou ze Charlies hulp nodig hebben. Of misschien zou de metalen reling volstaan. De truc was om erop te steunen terwijl ze deed alsof ze er alleen haar hand op liet rusten. Eerst zou ze haar linkerbeen omhoog moeten zwaaien, dan haar rechterbeen optrekken, en dan maar hopen dat het rechterbeen het gewicht kon dragen terwijl ze haar andere been weer omhoog probeerde te zwaaien.

Ze streek door haar haar.

Ze voelde de harde richel boven haar oor.

Ze versnelde haar pas.

De wind veranderde van richting. Ze hoorde de stemmen van de Culpeppermeiden. De langste van de twee schoot haar sigaret in de richting van Charlie en Sam. Op luide toon zei ze tegen haar vriendin: 'Lijkt erop dat iemand die bitch eindelijk te grazen heeft genomen.'

'Allebei de ogen. Wou na één keer zeker nog niet luisteren,' kakelde de ander. 'Als jullie weer eens gaan stappen, haal dan een bak ijs voor dat schatje daar.'

De spieren in Sams rechterbeen begonnen te trillen. Ze stak haar hand door Charlies arm alsof ze een wandelingetje in het park gingen maken. 'Ik was het dialect van de inboorlingen helemaal vergeten.'

Charlie moest lachen. Ze legde haar hand over die van Sam.

‘Wat zei ze?’ vroeg het lange meisje. ‘Waar schold ze je voor uit?’

De glazen deuren vlogen met een klap open.

Ze schrokken allemaal van het geluid.

Een nogal dreigend uitziende jongeman liep stampend het pad af. Niet groot, maar wel één bonk spieren. Hij was de bron van het gerinkel: aan zijn zij zwaaide een ketting waarmee zijn portefeuille aan zijn riem vastzat. Zijn tenue bevestigde alle redneckclichés, van de bezwete honkbalpet en de afgescheurde mouwen van zijn rood-zwart geblokte hemd tot zijn rafelige, smerige spijkerbroek.

Danny Culpepper, de jongste zoon van Zachariah.

Het evenbeeld van zijn vader.

Zijn werkschoenen raakten met een zware plof de grond toen hij drie treden naar beneden sprong. Hij richtte zijn smalle oogjes op Charlie. Van zijn hand maakte hij een wapen, en hij deed alsof hij haar in het vizier nam.

Sam klemde haar kiezen op elkaar. Ze probeerde in de gedrongen gestalte niet Zachariah Culpepper te zien. Dat hedonistische loopje. Het gesmak van zijn dikke lippen toen hij een tandenstoker uit zijn mond trok.

‘Wie hebben we hier?’ Met zijn armen iets opzij ging hij voor hen staan en versperde hun de doorgang. ‘Je komt me bekend voor, dame.’

Sam klemde Charlies arm steviger vast. Ze weigerde bang te zijn voor dit beest.

‘Ik weet het.’ Hij knipte met zijn vingers. ‘Van je foto van dat proces tegen mijn pa, maar je hele kop was opgezwollen, want de kogel zat d’r nog in.’

Sam sloeg haar nagels in Charlies arm. Ze hoopte vurig dat haar been het niet begaf, dat haar lichaam niet trilde, dat ze in haar drift deze walgelijke figuur niet met de grond gelijkmaakte, hier pal voor het politiebureau.

‘Aan de kant,’ zei ze.

Hij ging niet aan de kant, maar begon in zijn handen te klappen en met zijn voeten te stampen en zong: ‘Deze twee Quinnwijven staan d’r samen mooi op. De een is verkracht, de ander heeft een kogel in d’r kop.’

De meiden hikten van het lachen.

Sam wilde om hem heen lopen, maar Charlie greep haar hand en dwong haar te blijven staan. 'Best moeilijk om een meisje van dertien te neuken als je pik het niet doet,' zei ze.

De jongen snoof. 'Shit.'

'Maar je vader krijgt hem vast wel overeind voor zijn vriendjes in de bak.'

De belediging trof doel. Danny priemde zijn vinger in Charlies gezicht. 'En als ik m'n geweer nou eens pak en je lelijke kutkop d'r af schiet, hier voor het politiebureau?'

'Zorg dan dat je dichtbij staat,' zei Sam. 'Culpeppers staan niet bekend om hun rake schot.'

De stilte was oorverdovend.

Sam tikte tegen de zijkant van haar hoofd. 'Heb ik even geluk gehad.'

Charlie lachte enigszins geschokt. Ze bleef lachen, tot Daniel Culpepper rakelings langs haar liep en tegen haar schouder stootte.

'Vuile hoeren.' Tegen de twee meiden zei hij: 'Instappen, godverdomme, naar huis met jullie.'

Sam probeerde Charlie mee te trekken, bang dat ze geen genoegen nam met haar overwinning en Danny Culpepper met een sarcastische opmerking rechtsomkeert zou laten maken.

'Kom,' fluisterde ze, en ze trok nog iets harder. 'Genoeg.'

Pas toen Danny achter het stuur van zijn pick-up zat, liet Charlie zich meevoeren.

Gearmd liepen ze naar de trap.

Sam had helemaal niet meer aan de trap gedacht.

Achter zich hoorde ze het dieselgeronk van Danny Culpeppers pick-up. Hij liet de motor stationair draaien. Zich kapot laten rijden zou minder moeite kosten dan de trap beklimmen.

'Ik weet niet...' zei ze.

'Ik heb je vast.' Charlie weigerde Sam te laten stilstaan. Ze schoof haar arm onder haar elleboog, als een soort plankje waarop ze kon steunen. 'Eén, twee...'

Sam zwaaide haar linkerbeen omhoog, leunde op Charlie om haar rechterbeen op te hijsen, waarna haar linkerbeen het weer overnam en ze boven stond.

De show was niet aan het publiek besteed.

Achter hen gierden banden. Rook vulde de lucht. De pick-up scheurde weg in een kakofonie van motorgeronk en rapmuziek.

Sam bleef even staan om te rusten. Het was nog een paar meter naar de voordeur. Ze kreeg bijna geen adem meer. 'Wat kwamen ze hier doen? Is het vanwege papa?'

'Als ik het onderzoek leidde naar wie papa heeft neergestoken, zou ik als eerste Danny Culpepper oppakken.'

'Denk je dan niet dat de politie hem voor verhoor heeft meegenomen?'

'Volgens mij maken ze er niet serieus werk van, omdat ze hun handen vol hebben aan die schietpartij op school of omdat het hun niets kan schelen dat iemand papa wilde vermoorden.' Ze voegde eraan toe: 'Over het algemeen laat de politie je niet in je eigen auto en met je nichtjes naar het bureau rijden als ze je willen verhoren wegens poging tot moord. Dan trappen ze je deur in, grijpen je bij de kraag en proberen je doodsbang te maken zodat je weet dat je diep in de shit zit.'

'Dus Danny was hier toevallig?'

Charlie haalde haar schouders op. 'Hij is dealer. Hij is hier kind aan huis.'

Sam zocht in haar tas naar een tissue. 'Rijdt hij daarom in zo'n lompe bak?'

'Zo'n goeie dealer is hij nu ook weer niet.' Charlie keek de pick-up na, die tegen het verkeer in over de eenrichtingsweg scheurde. 'Ik snap het ook niet helemaal. Je betaalt tegenwoordig een kapitaal voor een lompe bak.'

'Dat las ik in de *New York Times*.' Sam depte het zweet van haar gezicht. Ze snapte niet waarom ze überhaupt iets tegen Danny Culpepper gezegd had, en ze had in nog geen honderd jaar aan hem kunnen uitleggen wat ze met haar woorden had bedoeld. In New York deed ze altijd haar uiterste best om haar handicap te verbergen. Hier leek ze die als wapen te hanteren.

Ze stopte de tissue weer in haar tas. 'Ik ben zover.'

'Kelly had een jaarboek,' zei Charlie op zachte toon. 'Je weet wel, zo'n ding waar –'

'Ik weet wat een jaarboek is.'

Met een knikje wees Charlie naar de trap.

Eigenlijk had Sam haar stok nodig, maar ze liep zonder hulp de drie meter terug. Op dat moment zag ze de plaat van gebogen multiplex op het glooiende gras aan de andere kant van de trap. De hellingbaan voor gehandicapten, vermoedde ze.

'Wat een godvergeten oord,' mompelde ze. Ze leunde tegen de metalen reling. 'Wat doen we eigenlijk?' vroeg ze.

Charlie wierp een blik op de deur, alsof ze bang was te worden afgeluisterd. Half fluisterend zei ze: 'Er lag een jaarboek op Kelly's kamer, verstopt op de bovenste plank van haar kledingkast.'

Sam snapte het niet. De misdaad had de vorige ochtend pas plaatsgevonden. 'Heeft papa nu al inzage in de stukken gehad?'

Charlies opgetrokken wenkbrauw sprak boekdelen.

Sam slaakte iets wat het midden hield tussen een zucht en een kreun. Ze kende haar vaders trucs maar al te goed. 'Wat stond er in dat jaarboek?'

'Allemaal rottigheid, dat Kelly een hoer was en dat ze seks had met footballspelers.'

'Dat kun je nauwelijks opzienbarend noemen op een middelbare school. Meiden kunnen wreed zijn.'

'Het was in de onderbouw,' zei Charlie. 'Vier jaar geleden, toen Kelly veertien was. Het was meer dan wreed. Alle pagina's waren volgeschreven. Honderden leerlingen deden mee. De meesten kenden haar waarschijnlijk niet eens.'

'De Pikevilleversie van *Carrie*, maar dan zonder het varkensbloed.' Sam corrigeerde zichzelf. 'Nou ja, bloed is er wel vergoten.'

'Precies.'

'Het is een verzachtende omstandigheid. Ze werd gepest, waarschijnlijk buitengesloten. Zo ontkomt ze misschien aan de doodstraf. Dat is mooi.' Sam hield een slag om de arm. 'Voor papa's zaak, bedoel ik.'

Charlie was nog niet uitgepraat. 'Kelly zei iets op de gang voor ze het wapen aan Huck gaf.'

'Wat?' Sams keel deed pijn, zo zacht probeerde ze te praten. 'Waarom vertel je dit nu pas, nu we voor een politiebureau staan, in plaats van daarnet in de auto?'

Charlie gebaarde naar de deur. 'Er zit daar alleen maar een of andere vetklep achter kogelwerend glas.'

'Geef antwoord, Charlotte.'

'Omdat ik net in de auto kwaad op je was.'

'Ik wist het.' Sam greep de reling. 'Waarom?'

'Omdat je voor míj bent gekomen, ook al heb ik gezegd dat ik je niet nodig heb, omdat je zoals altijd liegt vanuit een misplaatst plichtsgevoel naar Gamma toe, omdat je doet alsof het over de voorgeleiding van Kelly gaat, en omdat ik pas toen we de trap op liepen bedacht dat het eeuwige getouwtrek tussen ons er nu niet toe doet. Het gaat om Kelly's leven. Voor haar moet je op je best zijn.'

Sam verstrakte. 'Voor mijn cliënten ben ik altijd op mijn best. Ik neem mijn vertrouwenspositie heel serieus.'

'Dit is veel ingewikkelder dan je denkt.'

'Geef me dan de feiten. Stuur me niet zomaar dat gebouw in waar ik op het verkeerde been word gezet.' Ze keek naar haar been. 'Meer nog dan nu al.'

'Doe toch niet altijd zo gevat.'

Ergens had ze gelijk. 'Wat heeft Kelly gezegd op de gang?'

'Het was na de schietpartij. Ze zat daar, en ze probeerden haar over te halen het wapen af te geven. Ik zag Kelly's lippen bewegen, en Huck kon haar verstaan, maar hij heeft niets tegen het GBI gezegd. Er stond daar ook een agent die het haar heeft horen zeggen, en zoals ik al zei, heb ik het allemaal zien gebeuren, maar ik kon haar niet verstaan. Wat ze ook gezegd heeft, het raakte hem behoorlijk.'

'Doe eens even rustig! ' Sam werd overspoeld door alle flarden informatie. Charlie leek weer dertien, zo opgewonden was ze nu ze iets te vertellen had. 'Was deze informatie minder belangrijk dan je gezeur over dat je dertig jaar geleden tweede loper was bij de estafette?'

'Er is nog iets met Huck,' zei Charlie.

'Oké.'

Charlie keek weg. Vreemd genoeg stonden er opeens tranen in haar ogen.

'Charlie?' Ook Sams ogen schoten vol. Ze kon er niet tegen als haar zus verdriet had. 'Wat is er?'

Charlie sloeg haar blik neer. Ze kuchte. 'Volgens mij heeft Huck het moordwapen weggenomen van de plaats delict.'

'Wat?' Sams stem was schril van schrik. 'Hoe dan?'

'Het is gewoon een gevoel. Het GBI vroeg me –'

'Wacht even, heeft het Georgia Bureau of Investigation jou ondervraagd?'

'Ik ben getuige.'

'Had je een advocaat?'

'Ik bén advocaat.'

'Charlie…'

'Ik weet het, mijn cliënt is een dwaas. Rustig maar. Ik heb niks stoms gezegd.'

Sam wees haar niet op het tegenstrijdige van haar uitspraak. 'Heeft het GBI jou gevraagd of je wist waar het moordwapen was?'

'Indirect wel. De agent liet zich niet in de kaart kijken. Het wapen was een revolver, waarschijnlijk een zesschots. Toen ik Huck later aan de telefoon had, vertelde hij dat ze hem hetzelfde hadden gevraagd, alleen was het in zijn geval de FBI. "Wanneer hebt u het wapen voor het laatst gezien?" vroegen ze. "Wie had het? Wat is ermee gebeurd?" Maar op de een of andere manier kreeg ik het gevoel dat Huck het wapen had gepakt. Gewoon een gevoel. Ik kon dat niet tegen papa zeggen, want als die erachter kwam, zou hij Huck laten arresteren. En ik weet dat hij gearresteerd hoort te worden, maar hij probeerde het juiste te doen, en met de FBI erbij is het al snel een ernstig delict en…' Ze slaakte een diepe zucht. 'Dat is het.'

Er gingen bij Sam zoveel lampjes branden dat ze de tel kwijtraakte. 'Charlotte, je mag nooit meer met Mason Huckabee praten, niet telefonisch, niet anderszins.'

'Weet ik.' Charlie zette haar hielen een voor een op een traptree en rekte haar kuitspieren op, balancerend op twee gezonde benen. 'Voordat je erover begint: ik heb tegen Huck gezegd dat hij me niet mag zien en me ook niet mag bellen, en dat hij een goede advocaat moet nemen.'

Sam keek uit over het parkeerterrein. De patrouillewagens. De overige politiewagens. De recherchebusjes. De Town Cars. Hier moest Rusty het altijd tegen opnemen, en nu had Charlie zich er ook in laten meeslepen.

'Klaar?' vroeg Charlie.

'Mag ik even tot mezelf te komen?'

In plaats van een antwoord te formuleren knikte Charlie.

Het was hoogst uitzonderlijk dat Charlie alleen maar knikte. Evenmin als Rusty kon ze de drang weerstaan om iets te zeggen, om de knik te verklaren, om het op en neer bewegen van haar hoofd toe te lichten. Sam wilde net vragen wat ze verder nog verzweeg toen Charlie vroeg: 'Wat doet Lenore hier?'

Sam zag een rode personenwagen met een scherpe bocht het parkeerterrein op rijden. Het zonlicht spatte van de voorruit toen de auto op hen af scheurde. Weer een scherpe bocht, waarna ze met een schuiver tot stilstand kwam.

Het raampje ging naar beneden. Lenore gebaarde dat ze moesten opschieten. 'Ze wordt om drie uur voorgeleid.'

'Tering, dan hebben we nog anderhalf uur, hooguit.' Charlie hielp Sam snel de trap af. 'Wie is de rechter?'

'Lyman. Hij zei dat hij het naar voren heeft geschoven om de pers voor te zijn, maar de helft staat al in de rij voor zitplaatsen.' Ze gebaarde dat ze moesten instappen. 'Ook heeft hij Carter Grail aangesteld als vervanger van Rusty.'

'Shit, die knoopt Kelly eigenhandig op.' Charlie trok het achterportier open. 'Neem jij Sam mee,' zei ze tegen Lenore. 'Dan probeer ik Grail bij Kelly uit de buurt te houden en uit te zoeken wat er in jezusnaam aan de hand is. Als ik ren, ben ik sneller.'

'Sneller voor...' zei Sam, maar Charlie was al weg.

'Die Grail praat zijn mond altijd voorbij,' zei Lenore. 'Als Kelly iets tegen hem zegt, vertelt hij het door aan wie het maar horen wil.'

'Ik denk niet dat de rechter hem daarom heeft aangesteld.' Er zat voor Sam niets anders op dan bij Lenore in de auto te stappen. Het gerechtshof, een groot koepelgebouw, stond recht tegenover het politiebureau, maar vanwege het eenrichtingsverkeer moesten ze er met een omweg naartoe.

Dus doordat Sam minder mobiel was, moesten ze langs het verkeerslicht, om het gerechtsgebouw heen en vervolgens de straat weer in.

Sam zag Charlie langs een vrachtwagen stuiven en over een betonnen band springen. Ze had een prachtige loop: armen ingetrokken, hoofd recht, schouders naar achteren.

Sam kon er niet te lang naar kijken.

'Wat een vuile streek,' zei ze tegen Lenore. 'De zitting zou morgenochtend plaatsvinden.'

'Lyman doet waar hij zin in heeft.' Lenore ving haar blik in de spiegel. 'Boeven noemen Carter "de Heilige Graal". Als hij vóór je proces heeft gedronken, kun je op levenslang rekenen.'

'Het is trouwens een kelk. In de christelijke traditie.'

'Ik zal Indiana Jones een telegram sturen.' Lenore reed het parkeerterrein af.

Sam zag Charlie nu over het gazon voor het gerechtsgebouw rennen. Ze sprong over een haagje. Voor de deur stond al een rij, maar Charlie snelde erlangs en nam de steile trap met twee treden tegelijk. 'Mag ik je iets vragen?'

'Ga je gang.'

'Hoelang doet mijn zus het al met Mason Huckabee?'

Lenore tuitte haar lippen. 'Ik had een heel andere vraag verwacht.'

Sam had ook een heel andere vraag willen stellen, maar deze lag helaas het meest voor de hand. De afstand tussen Charlie en Ben. Charlie die in tranen was uitgebarsten toen ze het over Mason Huckabee had gehad.

'Heb je Charlie verteld wie hij is?' vroeg Lenore.

Sam knikte.

'Wat zal ze zich rot voelen,' zei Lenore. 'Nog rotter dan anders.'

'Ze heeft anders geen gebrek aan pleitbezorgers.'

'Je weet heel veel voor iemand die hier nog maar vijf minuten is.'

Lenore reed met een boog om het gerechtsgebouw, naar de achterkant, waar ze bij het laad-en-losterrein voor leveranciers stopte.

'Loop de hellingbaan op,' zei ze tegen Sam. 'De lift is rechts. Ga één verdieping lager naar het subsouterrain. Daar zitten de arrestanten. En nog iets.' Lenore keek Sam aan. 'Rusty heeft gisteren geen woord uit Kelly kunnen krijgen. Misschien praat ze makkelijker met een vrouw. Alles wat je uit haar loskrijgt, is beter dan wat we nu hebben, namelijk niks.'

'Begrepen.' Sam klapte haar stok uit. Toen ze uitstapte, voelde ze zich al wat steviger op haar benen staan. Adrenaline was altijd een bondgenoot geweest. Woede vormde een goede tweede toen ze de hellingbaan op marcheerde die bedoeld was voor grootverpakkingen toiletpapier en afvalemmers. Uit de vuilcontainers steeg de giftige stank van bedorven voedsel op.

Binnen leek het gerechtsgebouw op alle andere gerechtsgebouwen die Sam ooit had betreden, met als enige verschil dat er een oververtegenwoordiging was van knappe, voor de camera geklede mannen en vrouwen. Dankzij haar stok mocht Sam vooraan in de rij staan. Twee hulpsheriffs hadden zich bij het detectiepoortje opgesteld. Sam moest zich legitimeren, haar handtekening zetten, haar tas en stok laten scannen en haar juridische geloofsbrieven tonen zodat ze haar telefoon mocht houden. Daarna moest ze even wachten tot een agente haar had gefouilleerd, want de metalen plaat in haar hoofd liet het alarm overgaan toen ze door het detectiepoortje liep.

De lift was rechts. Het souterrain had twee verdiepingen, maar Lenore had gezegd dat ze één verdieping omlaag moest gaan, dus drukte Sam op de betreffende knop en wachtte. De lift stond vol mannen in pakken. Ze ging achterin staan en leunde tegen de muur om haar been te ontlasten. Toen de deuren opengingen, deden alle mannen een stap opzij zodat zij als eerste de lift kon verlaten.

Er waren bepaalde dingen in het Zuiden die Sam miste.

'Hé.' Charlie wachtte haar al op. Ze drukte een tissue tegen haar neus, die was gaan bloeden, waarschijnlijk van het rennen. Ze ademde diep in en stortte een woordenstroom over Sam uit. 'Ik heb tegen Coin gezegd dat je coadvocaat bent. Hij is superblij... niet dus. Dat geldt ook voor Lyman, dus probeer hem niet nog meer op de kast te jagen. Ik heb gehoord dat Grail niet de kans heeft gehad om met Kelly te praten, maar check dat toch maar even. Sinds ze hiernaartoe is gebracht, is ze al ziek. Het hele toilet is verstopt. Ik heb gehoord dat het er een grote puinzooi is.'

'Hoezo ziek?'

'Overgeven. Ik heb naar de gevangenis gebeld. Ze heeft haar ontbijt en lunch zonder probleem opgegeten. Verder is er niemand ziek, dus het is geen voedselvergiftiging. Ze is hier een halfuur geleden kotsend binnengebracht. Ze is ook niet aan het afkicken. Het zijn vast de zenuwen. Dit is trouwens Mo.' Ze wees naar een oudere vrouw achter een bureau. 'Mo, dit is mijn zus, Samantha.'

'Niet op mijn bureau bloeden, Quinn.' Mo keek niet op van haar toetsenbord. Met een vingerknip verzocht ze om Sams ID en geloofsbrieven. Ze rammelde op de toetsen, pakte haar telefoon en wees naar een presentielijst.

De lijst was bijna vol. Sam schreef haar naam op de laatste regel, vlak onder Carter Grail. Volgens het tijdstempel was hij nog geen drie minuten bij Kelly geweest.

'Lyman zit hier al ongeveer twaalf jaar,' zei Charlie. 'Hij is hier gekomen nadat hij in Marietta met pensioen was gegaan. Het is een echte regeltjesbeul. Heb je een jurk of een rok in je koffer?'

'Hoezo?'

'Doet er niet toe.'

'Nee hoor, helemaal niet.' Mo legde de telefoon neer. 'U hebt nog zeventien minuten,' zei ze tegen Sam. 'Grail heeft er drie opgesoupeerd. U moet in de groepscel met haar praten.'

Charlie sloeg met haar vuist op het bureau. 'Wat krijgen we nou, Mo?'

'Charlie, laat mij maar.' Sam richtte zich tot Mo. 'Als er nu geen kamer beschikbaar is, moet u de rechter laten weten dat we de zitting uitstellen tot ik voldoende tijd heb gehad om onder vier ogen met mijn cliënte te overleggen.'

Mo bromde. Ze keek Sam woedend aan in de verwachting dat ze zou inbinden. Toen dat niet gebeurde, zei ze: 'Ik dacht dat u de slimste van de twee was.' Ze reikte onder haar bureau en drukte op een zoemer. 'De kamer rechts,' zei ze met een knipoog. 'Zestien minuten.'

Charlie maakte een pompbeweging met haar vuist en rende naar de trap. Ze was zo lichtvoetig dat ze nauwelijks geluid maakte.

Sam schoof haar tas over haar andere schouder. Leunend op haar stok sleepte ze zich de deur door. Voor een tweede deur bleef ze staan. De eerste deur ging achter haar dicht, waardoor ze even was ingesloten. Na weer een zoem zwaaide de tweede deur open.

Ze had het heel lang niet meer geroken, maar nu sloeg de stank van een groepscel over haar heen: verschaald braaksel vermengd met zurig zweet, de ammoniaklucht van urine, de rioolgeur van dat ene toilet voor ruwweg honderd gedetineerden per dag.

Sam zette af met haar stok. Haar schoenen petsten door plasjes bruin water. Niemand had het overstroomde toilet schoongemaakt. Er zat nog maar één arrestant in de cel: een oudere, tandeloze vrouw die neerhurkte op een lange betonnen bank. Haar oranje overall hing als een deken om haar heen. Ze schommelde langzaam tussen haar voeten heen en weer. Met haar waterige blik volgde ze Sam toen die naar de gesloten deur aan de rechterkant liep.

Nog voor Sam had aangeklopt, werd de knop al omgedraaid. Een vrouwelijke hulpsheriff kwam naar buiten, een nors, potig mens. Ze sloot de deur en ging met haar rug tegen het matglas staan. 'Bent u de tweede advocaat?'

'Officieel de derde. Samantha Quinn.'

'Rusty is de eerste.'

Sam knikte, hoewel haar geen vraag was gesteld.

'De arrestant heeft het laatste halfuur een keer of vier gekotst. Ik heb haar een pakje crackers en een piepschuimen beker met cola gegeven. Ik heb gevraagd of er een dokter moest komen. Dat weigerde ze. U hebt een kwartier, dan kom ik weer binnen.' Ze tikte op haar horloge. 'Ik hoor wat ik hoor wanneer ik weer binnenkom. Begrepen?'

Sam pakte haar telefoon. Ze zette de timer op veertien minuten.

'Blij dat we elkaar begrijpen.'

De vrouw opende de deur.

Het was zo donker in de kamer dat Sams ogen zich maar langzaam aanpasten. Twee stoelen. Een metalen tafel, die met bouten aan de vloer was vastgeklonken. Een flakkerende tl-lamp, die scheef aan twee met kleverig stof bedekte kettingen hing.

Kelly Rene Wilson hing ineengedoken over de tafel. Haar hoofd lag in de cocon van haar gevouwen armen. Toen de deur openging, sprong ze overeind, met haar armen langs haar zij en haar schouders recht, alsof Sam een soldaat tot de orde had geroepen.

'Ga maar zitten,' zei Sam.

Kelly wachtte tot zij als eerste plaatsnam.

Sam nam de lege stoel bij de deur. Ze zette haar stok tegen de tafel. Uit haar tas diepte ze haar blocnote en een pen op. Ze verwisselde haar gewone bril voor haar leesbril. 'Ik ben Samantha Quinn. Tijdens de voorgeleiding treed ik op als je advocaat. Gisteren heb je Rusty ontmoet, mijn vader.'

'U praat raar,' zei Kelly.

Sam glimlachte. In de oren van New Yorkers klonk ze zuidelijk, en zuiderlingen vonden haar net een yankee. 'Ik woon in New York City.'

'Omdat u invalide bent?'

Bijna moest Sam weer lachen. 'Nee, ik woon in New York omdat ik dat fijn vind. Als mijn benen moe worden, pak ik mijn stok.'

'Mijn opa had ook een stok, maar die was van hout.' Het meisje klonk nuchter, maar het gerinkel van haar handboeien wees erop dat ze zenuwachtig met haar been zat te wippen.

'Je hoeft niet bang te zijn, Kelly,' zei Sam. 'Ik sta aan jouw kant. Ik ben hier niet om je onderuit te halen.' Boven aan haar blocnote schreef ze Kelly's naam en de datum. Ze zette er een dubbele streep onder. Ze kreeg een vreemd gevoel, een soort kriebel, in haar buik. 'Heb je met Mr. Grail gesproken, de advocaat die eerder bij je langs is geweest?'

'Nee, *ma'am*, want ik was misselijk.'

Sam keek eens goed naar het meisje. Ze sprak traag, alsof ze gedrogeerd was. De 'S' op haar overall betekende dat ze een maatje small had gekregen, maar het uniform slobberde desondanks om haar tengere lijf. Haar huid was mat, en haar vettige haar zat vol klontjes braaksel. Ondanks haar magere bouw had ze een rond, engelachtig gezicht.

Sam zei tegen zichzelf dat Lucy Alexander ook een engelachtig gezicht had gehad.

'Gebruik je medicijnen?' vroeg ze.

'Ze hebben me gisteren in het ziekenhuis vloeistof gegeven.' Ze liet Sam de gekneusde rode stip zien in de holte van haar rechterelleboog. 'Hierdoor.'

Sam schreef haar woorden letterlijk op. Rusty moest het ziekenhuisdossier van het meisje te pakken zien te krijgen. 'Dus je hebt alleen vloeistof gekregen, geen medicijnen?'

'Ja, *ma'am*, dat zeiden ze. Omdat ik schokkerig was.'

'In shock?' vroeg Sam voor de zekerheid.

Ze knikte. 'Ja, *ma'am*.'

'Je gebruikt momenteel geen drugs, en die heb je ook niet gebruikt?'

'Drugs?' vroeg het meisje. 'Nee, *ma'am*. Dat mag niet.'

Weer noteerde Sam haar woorden. 'Hoe voel je je nu?'

'Goed, geloof ik. Beter als eerst.'

Sam keek Kelly Wilson over haar bril heen aan. Ze hield haar handen nog steeds samengevouwen onder de tafel, en met haar schouders naar voren leek ze nog kleiner dan ze al was. Sam zag de leuning van de rode plastic stoel aan beide kanten van haar rug uitsteken. 'Vóél je je goed, of dénk je dat je je goed voelt?'

'Ik ben wel bang,' zei Kelly. 'D'r zijn hier een paar nare mensen.'

'Die kun je maar het beste negeren.' Sam maakte wat algemene aantekeningen over Kelly's verschijning, dat ze er ongewassen en onverzorgd uitzag. Haar vingernagels waren afgekloven. Op haar nagelriemen zat opgedroogd bloed. 'Hoe is het nu met je buik?'

'Die is altijd wat van streek rond deze tijd van de dag.'

'"Rond deze tijd van de dag,"' tekende Sam op, en ze noteerde het tijdstip. 'Was je gisteren misselijk?'

'Ja, *ma'am*, maar dat heb ik tegen niemand gezegd. Als ik last heb, gaat het meestal vanzelf over, maar die dame daar was heel aardig en heeft me crackers gegeven.'

Sam hield haar blik op haar blocnote gericht. Ze wilde niet naar Kelly kijken, want telkens als ze dat deed, raakte ze onwillekeurig vertederd. Het meisje paste niet bij het beeld van een moordenares, laat staan bij dat van een schoolschutter. Aan de andere kant: misschien hadden Sams vroegere ervaringen met Zachariah en Daniel Culpepper het verkeerde beeld in haar hoofd gevestigd. Iedereen was nu eenmaal tot doden in staat.

'Ik werk samen met mijn vader, Rusty Quinn, tot hij zich beter voelt,' zei ze. 'Hebben ze je verteld dat hij in het ziekenhuis ligt?'

'Ja, *ma'am*. De bewakers bij de politiecel hadden het erover. Dat Mr. Rusty neergestoken is.'

Sam betwijfelde of de bewakers iets goeds hadden gezegd over Rusty. 'Heeft Mr. Rusty je verteld dat hij voor jou werkt, niet voor je ouders? En dat alles wat je tegen hem zegt vertrouwelijk is?'

'Dat is de wet,' zei ze. 'Mr. Rusty mag tegen niemand zeggen wat ik heb gezegd.'

'Dat klopt,' zei Sam. 'En dat geldt ook voor mij. We hebben allebei gezworen dat we niks door zullen vertellen. Jij kunt met mij praten, en ik kan Mr. Rusty vertellen wat jij hebt gezegd, maar we mogen je geheimen met niemand anders delen.'

'Is het moeilijk om iedereens geheimen te weten?'

Het was een ontwapenende vraag. 'Soms wel, maar dat hoort bij mijn beroep. Ik wist dat ik geheimen zou moeten bewaren toen ik besloot advocaat te worden.'

'Daar moet je heel lang voor leren.'

'Inderdaad.' Sam keek op haar telefoon. Meestal rekende ze uren, en ze was het niet gewend om haar tijd in te korten. 'Heeft Mr. Rusty uitgelegd wat een voorgeleiding is?'

'Het is geen proces.'

'Dat klopt.' Sam besefte dat ze haar stem aanpaste, alsof ze het tegen een kind had. Maar het meisje was achttien, geen acht.

Lucy Alexander was acht.

Sam kuchte.

'In de meeste gevallen vereist de wet dat een arrestant binnen achtenveertig uur wordt voorgeleid,' legde ze uit. 'In feite gebeurt dat wanneer een zaak na onderzoek aan de rechter wordt overgedragen. Het komt neer op het officieel voorlezen van een aanklacht of tenlastelegging in aanwezigheid van de verdachte met als doel de verdachte, jou dus, op de hoogte te brengen van de aanklachten die tegen je zijn ingediend en om je in de gelegenheid te stellen je eerste verweer in het rechtbankverslag te laten opnemen. Het klinkt alsof het behoorlijk wat voorstelt, maar het hele gedoe duurt vaak nog geen tien minuten.'

Kelly knipperde met haar ogen.

'Begrijp je wat ik net gezegd heb?'

'U praat wel snel.'

Sam had er honderden uren aan gewerkt om haar spraak te normaliseren, maar nu moest ze haar best doen langzamer te spreken. Ze deed een poging: 'Tijdens de voorgeleiding worden er geen politieagenten of getuigen gehoord. Oké?'

Kelly knikte.

'Er wordt geen bewijs overlegd. Er wordt niet beoordeeld of bepaald of je schuldig of onschuldig bent.'

Kelly zweeg afwachtend.

'De rechter verzoekt om opname van je verweer in het verslag van de zitting. Ik zal hem vertellen wat je verweer inhoudt, namelijk dat je onschuldig bent. Als je wilt, kun je dat later wijzigen.' Sam wachtte even. Ze was weer sneller gaan praten. 'Vervolgens gaan de rechter, de aanklager en ik datums, verzoeken om rechterlijke uitspraak en andere juridische zaken vastleggen. Ik zal vragen of dat alles uitgesteld kan worden tot mijn vader, Mr. Rusty, weer beter is, waarschijnlijk ergens volgende week. Tijdens dat gedeelte van het proces hoef je niets te zeggen. Ik voer namens jou het woord. Begrijp je dat?'

'Uw vader zei dat ik met niemand mocht praten, en dat heb ik ook niet gedaan. Alleen tegen de bewakers om te zeggen dat ik misselijk was.' Ze trok haar schouders nog verder in. 'Maar ze waren aardig, dat zei ik al. Iedereen hier is heel aardig.'

'Behalve dan een paar nare mensen?'

'Ja, *ma'am*, er zijn ook een paar nare mensen.'

Sam keek naar haar aantekeningen. Rusty had gelijk gehad. Kelly was te meegaand. Ze leek niet te begrijpen hoe diep ze in de problemen zat. Haar geestelijke vermogens zouden onderzocht moeten worden. Sam dacht dat ze wel iemand in New York kon vinden die dat pro Deo wilde doen.

'Miss Quinn?' vroeg Kelly. 'Ik wou iets vragen: weten mijn papa en mama dat ik hier ben?'

'Ja.' Sam besefte dat Kelly de afgelopen vierentwintig uur over alles onkundig was gehouden. 'Je ouders mogen je pas bezoeken nadat je voorgeleid bent, maar ze willen je allebei heel graag zien.'

'Zijn ze boos over wat er gebeurd is?'

'Ze maken zich zorgen.' Sam kon alleen maar gissen. 'Maar ze houden heel veel van je. Jullie slaan je hier wel doorheen. Wat er ook gebeurt.'

Kelly's lip trilde. Tranen drupten uit haar ogen. 'Ik hou ook van hun.'

Sam leunde achterover. Ze dwong zichzelf aan Douglas Pinkman te denken, die haar bij elke hardloopwedstrijd had aangemoedigd, ook toen ze al in de bovenbouw had gezeten. Hij had meer wedstrijden van haar bijgewoond dan haar eigen vader.

En nu zat Sam tegenover het meisje dat hem had vermoord.

'Je ouders zitten straks in de rechtszaal, maar je kunt ze niet aanraken en ook niet met ze praten. Je mag ze alleen gedag zeggen.' Sam hoopte dat er geen camera's bij aanwezig waren. Ze moest zorgen dat Kelly's ouders van tevoren werden gewaarschuwd. 'Wanneer je weer terug bent in je cel, mogen ze bij je op bezoek, maar je moet goed onthouden dat alles wat je tegen je ouders of anderen zegt vastgelegd wordt. In de bezoekruimte of aan de telefoon, er luistert altijd iemand mee. Je moet niets zeggen over wat er gisteren gebeurd is. Oké?'

'Ja, *ma'am*, maar mag ik iets vragen: zit ik nou in de problemen?'

Sam speurde naar iets van slinksheid in haar blik. 'Kelly, weet je nog wat er gisterochtend gebeurd is?'

'Ja, *ma'am*. Ik heb die twee mensen gedood. Ik had de revolver in mijn hand.'

Sam probeerde haar emoties te peilen en zocht naar tekenen van spijt.

Die waren er niet.

Kelly had evengoed gebeurtenissen kunnen beschrijven die iemand anders waren overkomen.

'Waarom heb...' Ze probeerde de vraag anders te formuleren. 'Kende je Lucy Alexander?'

'Nee, *ma'am.* Ze zat vast nog op de basisschool, want ze leek heel klein.'

Sam nam een hap lucht. 'En Mr. Pinkman?'

'Eh... ik heb horen zeggen dat hij geen slechte man was, maar ik ben nooit naar de kamer van de directeur gestuurd.'

De willekeur waarmee de slachtoffers waren gekozen maakte het nog erger. 'Dus Mr. Pinkman en Lucy Alexander waren allebei toevallig op het verkeerde moment op de gang?'

'Ik denk het,' zei Kelly. 'Ik zei toch dat ik de revolver in mijn hand had en dat Mr. Huckabee hem toen in zijn broek schoof?'

Sams hart sloeg over. Ze wierp een blik op de timer van haar telefoon. Ze keek of er geen schim achter de deur stond. 'Heb je mijn vader ook verteld wat je mij zonet hebt verteld?' vroeg ze.

'Nee, *ma'am.* Ik heb gisteren niet veel tegen uw vader gezegd. Ik was overstuur want ze hadden me naar het ziekenhuis gebracht en ik had weer buikpijn, en ze zeiden dat ik er een nacht moest blijven en ik weet dat dat heel veel geld kost.'

Sam sloeg haar blocnote dicht en schroefde de dop op haar pen. Ze verwisselde haar leesbril voor haar gewone bril.

Ze bevond zich in een vrij unieke situatie. De advocaat van een verdachte mocht geen getuige oproepen als hij of zij wist dat de getuige ging liegen. Vanwege deze regel wilden advocaten niet dat hun cliënten de volledige waarheid vertelden. De volledige waarheid was vaak een obstakel voor een goede verdediging. Alles wat Kelly tegen Sam zei was in vertrouwen, maar Sam zou geen getuigen oproepen of een kruisverhoor afnemen, dus haar handen waren niet gebonden. Ze kon de schadelijke feiten weglaten als ze dit gesprek aan Rusty rapporteerde, en dan mocht hij de rest voor zijn rekening nemen.

'Mijn oom Shane is in het ziekenhuis overleden,' zei Kelly, 'en toen moesten zijn vrouw en zo hun huis uit door de hoge rekeningen.'

'Jij hoeft je verblijf in het ziekenhuis niet te betalen.'

Ze glimlachte. Haar tanden waren net kleine, witte kralen. 'Weten mijn ouders dat? Want dat zal wel een hele opluchting zijn.'

'Ik zal het aan hen doorgeven.'

'Dank u, Miss Quinn. Bedankt voor alles wat u en uw vader voor me gedaan hebben.'

Sam rolde de pen tussen haar vingers. Opeens dacht ze aan iets wat ze de vorige avond op het nieuws had gezien. 'Weet je of er in de onderbouwlocatie beveiligingscamera's zijn?'

'Ja, *ma'am.* Op elke gang is er één, alleen die op de gang bij de administratie is ergens door geraakt, en nu komt hij niet voorbij een bepaalde plek.'

'Hij heeft dus een dode hoek?'

'Dat zou ik niet weten, maar hij filmt niet alles voorbij ergens midden op de gang.'

'Hoe weet je dat?'

Ze hees haar magere schouders op en hield ze een paar tellen vast voor ze ze weer liet zakken. 'Gewoon, dat weet iedereen.'

'Heb je veel vrienden en vriendinnen op school, Kelly?' vroeg Sam.

'Kennissen, bedoelt u?'

Sam knikte. 'Ja.'

'Ik ken wel bijna iedereen. Ik zit al heel lang op school.' Weer glimlachte ze. 'Maar nog niet lang genoeg voor advocaat.'

Onwillekeurig glimlachte Sam terug. 'Is er iemand met wie je heel hecht bent?'

Kelly's wangen werden vuurrood.

Sam kende dat soort blos. Ze sloeg haar blocnote weer open. 'Vertel me zijn naam maar. Ik zal het tegen niemand zeggen.'

'Adam Humphrey.' Kelly wilde kennelijk graag over de jongen praten. 'Hij heeft bruine haren en ogen en hij is niet erg groot, maar hij rijdt in een Camaro. We hebben geen verkering, hoor. Niet officieel of zo.'

'Oké. En vriendinnen? Heb je die ook?'

'Nee, *ma'am.* Geen beste vriendinnen die ik mee naar huis neem.' Er schoot haar iets te binnen. 'Wel op de basisschool. Lydia Phillips, alleen die is verhuisd toen haar vader werd overgeplaatst vanwege de economie.'

Sam schreef alles nauwgezet op. 'Zijn er leraren met wie je een bijzondere band hebt?'

'Nou, Mr. Huckabee hielp me altijd met geschiedenis, maar dat doet-ie al een tijd niet meer. Mr. Jodie heeft gezegd dat hij me extra werk zou geven voor de gemiste lessen van vorige week, maar dat heeft-ie nog niet gedaan. En Mrs. Pinkman...' Snel boog Kelly haar hoofd.

Sam schreef haar zin af en legde de pen neer. Ze keek naar het meisje.

Kelly zweeg in alle talen.

'Hielp Mrs. Pinkman je met Engels?' vroeg Sam.

Ze antwoordde niet. Haar hoofd was nog steeds gebogen en haar haar viel voor haar gezicht. Sam hoorde haar sniffen. Haar schouders begonnen te schokken.

'Waarom ben je zo van streek, Kelly?' vroeg Sam.

'Omdat Mr. Pinkman best aardig was.' Ze snifte weer. 'En dat meisje was nog zo klein.'

Sam sloeg haar handen ineen en leunde met haar ellebogen op de tafel. 'Waarom was je gisterochtend in de onderbouwlocatie?'

'Daarom,' mompelde ze.

'Hoezo daarom?'

'Omdat ik de revolver uit mijn vaders handschoenenvakje had.' Ze snifte. 'En die had ik in mijn hand toen ik die twee mensen doodmaakte.'

De aanklager in Sam wilde doordrukken, maar ze was hier niet om het meisje te breken. 'Misschien vind je het vervelend dat ik het telkens herhaal, Kelly, maar het is belangrijk. Je mag tegen niemand zeggen wat je mij net hebt verteld. Oké? Je ouders niet, je vrienden niet, onbekenden niet, en de mensen die je hier in de gevangenis tegenkomt, al helemaal niet.'

'Dat zijn m'n vrienden niet, heeft Mr. Rusty gezegd.' Kelly klonk gedempt achter de waterval van dik haar. 'Die willen me misschien in de problemen brengen om zelf niet meer in de problemen te zitten.'

'Dat klopt. Niemand die je hier ontmoet is je vriend. De bewakers niet, de andere gedetineerden niet, de portier niet, helemaal niemand.'

Het meisje haalde haar neus op. Onder de tafel rinkelde de ketting aan haar handboeien. 'Ik heb met niemand gepraat. Ik hou gewoon mijn mond.'

Sam pakte de rest van de tissues uit haar tas en gaf ze aan Kelly. 'Ik ga met je ouders praten voor ze naar jou gaan, en dan zeg ik dat ze je niets mogen vragen over wat er gebeurd is.' Sam nam aan dat Rusty hun dat ook al verteld had, maar ze kregen het ook nog eens van haar te horen voor ze vertrok. 'Alles wat je me over gisteren verteld hebt, blijft onder ons. Oké?'

Weer snifte het meisje. 'Oké.'

'Snuit je neus maar.' Toen Kelly dat gedaan had, zei ze: 'Vertel eens over Adam Humphrey. Ken je hem van school?'

Kelly schudde haar hoofd. Sam kon haar gezicht nog steeds niet zien, alleen de bovenkant van haar hoofd.

'Ken je Adam soms van het uitgaan? Van de bioscoop bijvoorbeeld, of misschien wel van de kerk?'

Weer schudde Kelly haar hoofd.

'Vertel eens over het jaarboek in je kledingkast.'

Geschrokken keek Kelly op.

Nu zou ze wel woedend zijn, dacht Sam, maar ze zag alleen angst.

'Tegen niemand zeggen, alstublieft.'

'Dat doe ik ook niet,' beloofde Sam. 'Je weet dat alles hier vertrouwelijk is.'

Kelly hield de tissue in haar hand toen ze haar neus afveegde aan haar mouw.

'Kun je me vertellen waarom anderen dat soort dingen over je geschreven hebben?' vroeg Sam.

'Het waren slechte dingen.'

'Ik denk niet dat de dingen die ze beschreven slecht waren. Ik denk dat degenen die het opschreven niet aardig waren.'

Kelly keek beduusd. Sam kon het haar niet kwalijk nemen. Dit was niet het moment om een achttienjarige moordenares over het feminisme te onderhouden.

'Waarom schreven ze die dingen over je?'

'Ik weet het niet, *ma'am*. Dat moet u hun vragen.'

'Waren sommige van die dingen waar?'

Kelly keek weer naar de tafel. 'Niet zoals ze het zeiden, maar misschien wel een beetje.'

Sam vond het merkwaardig geformuleerd. Het meisje was wel degelijk tot versluierend taalgebruik in staat. 'Was je boos omdat ze het op jou hadden gemunt?'

'Nee,' antwoordde ze. 'Ik vond het wel erg, want dat zijn privédingen, en ik kende de meeste van die mensen niet. Maar het is alweer lang geleden. D'r zijn er vast al heel veel van school.'

'Heeft je moeder het jaarboek gezien?'

Kelly zette grote, angstige ogen op. 'Alstublieft niet aan mijn moeder laten zien.'

'Dat doe ik ook niet,' beloofde Sam. 'Weet je nog dat alles wat je me vertelt vertrouwelijk is?'

'Nee.'

Sam voelde een steek in haar linkerwenkbrauw. 'Toen ik de kamer binnenkwam, heb ik uitgelegd wie ik ben, dat ik samenwerk met mijn vader en dat we allebei een vertrouwenseed hebben afgelegd.'

'Nee, *ma'am*, dat laatste weet ik niet meer.'

'Vertrouwelijkheid betekent dat ik jouw geheimen moet bewaren.'

'O, nou, oké, dat zei uw vader ook, over die geheimen.'

Sam keek hoe laat het was. Er waren minder dan vier minuten over. 'Kelly, ik heb gehoord dat je gisterochtend vlak na die schietpartij, toen Mr. Huckabee je vroeg om de revolver aan hem te geven, iets gezegd hebt wat Mr. Huckabee en misschien een agent hebben gehoord. Weet je nog wat je gezegd hebt?'

'Nee, *ma'am*. Ik had na dat alles niet veel zin in praten.'

'Je hebt iets gezegd.' Sam deed een nieuwe poging. 'De agent heeft je gehoord. Mr. Huckabee heeft je gehoord.'

'Oké.' Kelly knikte traag. 'Ja, ik heb iets gezegd.'

Het verbaasde Sam hoe snel het meisje haar verhaal wijzigde. 'Weet je nog wat je gezegd hebt?'

'Nee, ik kan het me niet meer herinneren.'

Het was bijna verstikkend, zo graag wilde Kelly Sam een plezier doen. Sam probeerde het vanuit een andere invalshoek en vroeg: 'Kelly, heb je gisterochtend in de gang tegen Mr. Huckabee en de agent gezegd dat de kluisjes blauw zijn?'

'Ja, *ma'am*.' Kelly ging er onmiddellijk op in. 'Ze zijn blauw.'

Sam knikte. 'Ik weet dat ze blauw zijn. Maar heb je dat toen ook gezegd?

Heb je dat tegen hen gezégd, dat de kluisjes blauw zijn? Heb je dat tegen Mr. Huckabee en de agent gezegd? Dat de kluisjes blauw zijn?'

Kelly knikte nu ook. 'Ja, dat heb ik gezegd.'

Sam wist dat het meisje loog. Kelly Wilson had de vorige ochtend op dat tijdstip net twee mensen doodgeschoten. Haar voormalige leraar vroeg haar het moordwapen af te geven. Een agent hield haar onder schot. Kelly had zeker geen aandacht geschonken aan het schoolinterieur.

'Heb je tegen allebei gezegd dat de kluisjes blauw zijn?' vroeg Sam.

'Ja, *ma'am.*' Kelly leek zo overtuigd van haar antwoord dat ze een leugendetector nog om de tuin zou hebben geleid.

'Oké, dus Mr. Huckabee was erbij,' zei Sam, die zich afvroeg hoe ver ze kon gaan. 'Mrs. Pinkman was er ook. Was er verder nog iemand? Iemand die je niet kende?'

'Er was een vrouw in een duivel-T-shirt.' Ze wees op haar borst. 'De duivel had een blauw masker op en er stond DEVILS op.'

Sam wist nog dat ze Charlies spullen had ingepakt na haar rampzalige bezoek aan New York. Op elk T-shirt had een variant gestaan van het logo van de Duke Blue Devils.

'Die vrouw in dat Devilsshirt. Heeft ze iemand pijn gedaan?' vroeg ze.

'Nee, *ma'am.* Ze zat daar tegenover Mrs. Pinkman en keek naar haar handen.'

'Weet je zeker dat ze niemand pijn heeft gedaan?' Sam sloeg een strenge toon aan. 'Dit is heel belangrijk, Kelly. Je moet me vertellen of de vrouw in het Devilsshirt iemand pijn heeft gedaan.'

'Eh...' Kelly keek Sam hulpzoekend aan. 'Dat weet ik niet, want ik zat.'

Sam begon weer heel langzaam te knikken. 'Volgens mij heb je gezien dat de Devilsvrouw iemand pijn deed, ook al zat je. Volgens het bewijsmateriaal heb je haar gezien, Kelly. Liegen heeft geen zin.'

Opnieuw werd Kelly onzeker. 'Ik wil niet tegen u liegen. Ik weet dat u me wilt helpen.'

'Dan moet je de waarheid vertellen,' zei Sam streng. 'Je hebt gezien dat de vrouw in het Devilsshirt iemand pijn deed.'

'Ja, *ma'am.*' Kelly knikte. 'Nu ik erover nadenk, heeft ze misschien iemand pijn gedaan.'

'Heeft ze jou pijn gedaan?'

Kelly aarzelde. Weer tastte ze hulpzoekend Sams gezicht af. 'Misschien?'

'Met "misschien"' kan ik niets, Kelly.' Sam deed een nieuwe poging. 'Je hebt gezien dat de vrouw in het blauwe Devilsshirt iemand anders in de gang pijn deed.'

'Ja, *ma'am.*' Nu leek Kelly wat zekerder van zichzelf. Nog steeds knikte ze, alsof de beweging haar gedachten stimuleerde. 'Dat heb ik gezien.'

'Heeft de Devilsvrouw Mrs. Pinkman pijn gedaan?' Ze boog zich naar voren. 'Want Mrs. Pinkman was er ook bij, Kelly. Dat heb je een paar tellen geleden zelf gezegd. Denk je dat de Devilsvrouw Mrs. Pinkman pijn heeft kunnen doen?'

'Ik denk het wel.' Kelly bleef maar knikken, want dat hoorde bij het patroon. Eerst ontkende ze de uitspraak, dan bedacht ze dat de uitspraak misschien waar was, en ten slotte accepteerde ze de uitspraak als feit. Sam hoefde haar alleen maar met gezag toe te spreken, haar het antwoord te voeren, een paar keer te knikken en dan te wachten tot ze de leugen opgedist kreeg.

'Volgens ooggetuigen heb je heel goed gezien wat de Devilsvrouw gedaan heeft.'

'Ja,' zei Kelly. 'Dat heb ik gezien. Dat ze haar pijn deed.'

'Hoe heeft de Devilsvrouw Mrs. Pinkman pijn gedaan?' Sam gebaarde met haar handen in een poging voorbeelden te bedenken. 'Schopte ze haar? Stompte ze haar?'

'Ze gaf haar een klap met haar hand.'

Sam keek naar de hand waarmee ze had gebaard, ervan overtuigd dat dit Kelly op een idee had gebracht. 'Weet je zeker dat je gezien hebt dat de Devilsvrouw Mrs. Pinkman sloeg?'

'Ja, *ma'am*, het ging precies zoals u zei. Ze sloeg haar in het gezicht, en ik kon het een heel eind verderop in de gang horen.'

Sam besefte hoe buitensporig de leugen was. Zonder nadenken had ze haar eigen zus van geweld beticht. 'Dus jij zegt dat je met eigen ogen gezien hebt dat de Devilsvrouw Mrs. Pinkman in haar gezicht sloeg?'

Weer knikte Kelly. Haar ogen stonden vol tranen. Ze wilde Sam een plezier doen, dat was duidelijk, alsof dat de geheime sleutel was waarmee ze aan deze nachtmerrie kon ontsnappen.

'Het spijt me,' fluisterde Kelly.

'Geeft niet.' Sam drong niet verder aan, want haar gelijk was bewezen. Als een suggestieve vraag op de juiste toon werd gesteld, zou Kelly Wilson waarschijnlijk gezegd hebben dat Charlie Judith Pinkman eigenhandig had vermoord.

Het meisje leek wel gehypnotiseerd, zo beïnvloedbaar was ze.

Sam keek op haar telefoon. Ze had nog negentig seconden over, plus een buffer van een minuut. 'Heeft de politie gisteren met je gepraat vóór Mr. Rusty bij je kwam?'

'Ja, *ma'am*. In het ziekenhuis.'

'Hebben ze je op je rechten gewezen voor ze met je spraken?' Het was duidelijk dat ze het niet snapte. 'Zeiden ze: "Je hebt het recht om te zwijgen. Je hebt recht op een advocaat." Hebben ze zoiets tegen je gezegd?'

'Nee, *ma'am*, niet in het ziekenhuis, want dat zou ik nog geweten hebben van de tv.'

Sam boog zich weer over de tafel. 'Kelly, dit is heel belangrijk. Heb je iets tegen de politie gezegd voor je met mijn vader hebt gesproken?'

'Die ene ouwe man, die bleef maar tegen me praten. Hij reed met me mee in de ambulance naar het ziekenhuis, en toen bleef hij op mijn kamer om te zorgen dat alles goed met me was.'

Sam betwijfelde of de man zich om haar welzijn had bekommerd. 'Heb je zijn vragen beantwoord? Heeft hij je ondervraagd?'

'Dat weet ik niet.'

'Was je geboeid toen hij met je sprak?'

'Weet ik niet meer. In de ambulance, bedoelt u?'

'Ja.'

'Eh... Nee, toen niet. Niet dat ik nog weet.'

'Weet je nog wanneer je precies handboeien om kreeg?'

'Op een bepaald moment.'

Bijna had Sam haar pen door de kamer gesmeten. 'Kelly, het is heel belangrijk dat je het je probeert te herinneren. Ben je in het ziekenhuis ondervraagd voor mijn vader zei dat je geen vragen mocht beantwoorden?'

'Sorry, *ma'am*. Ik weet niet veel meer van gisteren.'

'Maar die oudere man bleef de hele tijd bij je?'

'Ja, *ma'am*, behalve als hij naar de wc moest, dan kwam er een agent bij me zitten.'

'Droeg de oudere man een politie-uniform?'

'Nee, *ma'am*. Hij droeg een pak met een das.'

'Heeft hij gezegd hoe hij heette?'

'Nee, *ma'am*.'

'Weet je nog wanneer je op je rechten... Toen ze zeiden dat je het recht had te zwijgen, dat je recht op een advocaat had?' Ze wachtte. 'Kelly, weet je nog wanneer ze dat tegen je zeiden?'

Kelly snapte blijkbaar dat dit belangrijk was. 'Misschien vanmorgen in de politieauto op weg naar de cel?'

'Maar niet in het ziekenhuis?'

'Nee, *ma'am*. Het was vanochtend, maar ik weet niet meer precies hoe laat.'

Sam leunde achterover. Ze dacht diep na. Als Kelly pas vanochtend op haar rechten was gewezen, mocht alles wat ze daarvoor had gezegd officieel niet in de rechtszaal gebruikt worden. 'Weet je zeker dat ze je vanochtend pas op je rechten hebben gewezen?'

'Eh... Ik weet dat het de oudere man was die dat vanochtend heeft gedaan.' Ze haalde haar magere schouders op. 'Als hij het eerder heeft gedaan, kunt u dat misschien zien op het filmpje.'

'Welk filmpje?'

'Dat ze van me gemaakt hebben in het ziekenhuis.'

ELF

Sam zat in haar eentje aan de tafel voor de verdediging. Haar tas met daarin haar opgevouwen stok stond op de vloer. Ze nam de aantekeningen door van haar gesprek met Kelly Wilson en deed alsof er niet minstens honderd mensen achter haar zaten. Het publiek bestond grotendeels uit inwoners van het stadje, dat was duidelijk. Het zweet liep over haar rug, zo witheet was hun woede.

Misschien bevond degene die Rusty had neergestoken zich onder de aanwezigen.

Te oordelen naar het furieuze gefluister vermoedde Sam dat menigeen ook haar met alle liefde zou neersteken.

Ken Coin hoestte in zijn hand. Als aanklager had hij een klein legertje om zich heen verzameld: een wat dikkige vicevoorzitter met een blozend gezicht, een oudere man met een borstelige snor, en de onvermijdelijke aantrekkelijke jonge blondine. In New York zou zo'n type een maatpakje en dure hoge hakken hebben gedragen. De Pikevilleversie had meer weg van een non.

Weer hoestte Ken, om Sams aandacht te trekken, maar ze weigerde te kijken. Ze had het contact beperkt tot een obligaat handenschudden. Alle dankbaarheid die ze Coin verschuldigd zou zijn omdat hij Daniel Culpepper had gedood, had hij verspeeld met zijn platvloerse gedrag. Sam woonde niet in Pikeville. Ze zou er nooit meer terugkeren. Ze hoefde geen enkele affiniteit voor te wenden met die achterbakse klootzak. Coin was het soort aanklager dat het beroep een slechte naam bezorgde. Niet alleen vanwege zijn kat-en-muisspel rond de voorgeleiding, maar vooral vanwege het filmpje dat in het ziekenhuis gemaakt was.

Wat er ook op stond, het kon Kelly Wilsons dood betekenen.

Sam had geen idee wat het meisje had gezegd. Ze had maar kort met haar gesproken, maar was ervan overtuigd dat Kelly Wilson zich zelfs zou laten aanpraten dat ze Abraham Lincoln had vermoord. Juridisch gezien – en misschien was dat het belangrijkste punt dat Rusty naar voren zou brengen – was het de vraag of het filmpje van Kelly als bewijsmateriaal kon worden toegelaten. Als Kelly niet op haar rechten was gewezen voor ze vragen beantwoordde die in het proces-verbaal opgenomen werden, of als duidelijk was dat ze niet begreep wat haar rechten waren, mocht het filmpje niet aan de jury vertoond worden.

Zo werkte het, in theorie.

Maar dit was een juridische kwestie. Er was altijd wel iets op te vinden.

Ken Coin zou aanvoeren dat het er niet toe deed dat Kelly niet op haar rechten was gewezen, omdat ze de gefilmde uitspraken vrijwillig had gedaan. Maar dan vond hij één gigantisch juridisch obstakel op zijn pad. Om de film als bewijsmateriaal te kunnen gebruiken, moest Coin bewijzen dat een redelijk persoon – gelukkig niet Kelly Wilson zelf – ervan uit zou kunnen gaan dat Kelly zich niet in hechtenis bevond toen haar uitspraken werden opgenomen. Als Kelly dacht dat ze onder arrest was, dat ze geboeid en gefotografeerd zou worden en dat haar vingerafdrukken zouden worden afgenomen, had ze op haar rechten gewezen moeten worden.

Dus: als ze niet op haar rechten was gewezen, kreeg de jury de film niet te zien.

Tenminste, zo hoorde het te gaan.

Er waren meer zwakke schakels, bijvoorbeeld de stemming van de rechter. Zelden was de persoon op de rechterstoel volkomen neutraal. Een rechter vertoonde meestal een lichte voorkeur voor de aanklager of voor de verdediging. Een rechter hield niet van hoger beroep, maar als een zaak voor een hogere rechter kwam, werd het steeds moeilijker voor de verdachte om te bewijzen dat er een fout was gemaakt.

Geen rechter die graag het vonnis van een lagere rechter herriep.

Sam klapte haar blocnote dicht. Ze keek even achterom. De Wilsons zaten bij Lenore. Sam had nog geen vijf minuten met hen gepraat voor het publiek in de rechtszaal was toegelaten. Camera's klikten toen Sam oogcontact zocht met de ouders van de moordenares. Kennelijk waren er geen filmcamera's toegestaan, maar er waren genoeg verslaggevers die elke seconde met hun pen vastlegden.

Dit was niet het geschikte moment voor een geruststellende glimlach, en daarom knikte Sam even naar Ava en vervolgens naar Ely. Ze knikten allebei terug, met gespannen gezichten en dicht tegen elkaar aan. Hun kleren waren stug van nieuwheid, en op hun armen en schouders waren de vouwen en de kreukels van hangers duidelijk te zien. Het eerste wat ze Sam gevraagd hadden nadat Kelly's toestand aan de orde was geweest, was wanneer ze naar huis konden terugkeren.

Daar had Sam geen definitief antwoord op kunnen geven.

De Wilsons aanvaardden het gebrek aan informatie met een gelatenheid die diep in hun ziel geworteld leek. Ze behoorden duidelijk tot de vergeten schare van arme plattelandslui. Ze waren gewend te wachten tot het systeem in actie kwam, hoewel meestal niet in hun voordeel. De holle blik in hun ogen deed Sam denken aan tijdschriftfoto's van vluchtelingen. Misschien waren er overeenkomsten. Ava en Ely Wilson waren volkomen verloren in de onbekende wereld die ze gedwongen hadden moeten betreden. Hun gevoel van veiligheid en rust was verdwenen, met alles wat hun dierbaar was in hun oude leven.

Weer hield Sam zichzelf voor dat Lucy Alexander en Douglas Pinkman ook verdwenen waren.

Lenore boog zich naar Ava toe en fluisterde iets in haar oor. De vrouw knikte. Sam keek hoe laat het was. De zitting kon elk moment beginnen.

De komst van Kelly Wilson werd aangekondigd door kettinggerinkel in de verte, alsof de Kerstman en zijn slee zich aan de andere kant van de muur bevonden. De bode opende de deur. Camera's klikten. Gemompel vulde de zaal.

Kelly werd binnengeleid door vier gewapende bewakers, stuk voor stuk zo fors dat het meisje verdween in een zee van mannenvlees. Ze kon alleen maar schuifelen, want ook haar voeten waren geboeid. De bewaker rechts van haar hield haar bij haar arm vast. Zijn duim werd volledig overlapt door zijn andere vingers. De man was zo gespierd dat hij Kelly met één hand had kunnen optillen en op haar stoel had kunnen zetten.

Sam was blij dat hij naast Kelly liep. Zodra ze haar ouders zag, begaven haar knieën het. De bewaker voorkwam dat ze op de vloer viel.

Kelly begon te jammeren. 'Mama…' Ze wilde haar armen uitstrekken, maar haar handen zaten vast aan een ketting om haar middel. 'Papa!' riep ze. 'Alsjeblieft!'

In een oogwenk stond Sam aan de andere kant van de zaal, verbaasd over haar eigen snelheid. Ze greep Kelly's handen. 'Kijk me aan.'

Maar het meisje hield haar blik op haar ouders gericht. 'Mama, het spijt me zo.'

Sam kneep nog harder in haar handen, net hard genoeg dat het pijn zou doen. 'Kijk me aan,' beval ze.

Kelly keek Sam aan. Haar gezicht was nat van de tranen. Ze had een loopneus. Haar tanden klapperden.

'Ik ben bij je.' Sam hield haar handen stevig vast. 'Rustig maar. Blijf me aankijken.'

'Gaat het?' vroeg de bode. Hij was al wat ouder, maar zijn hand rustte roerloos op het handvat van zijn taser.

'Ja hoor,' antwoordde Sam. 'Het gaat wel.'

De bewakers maakten de kettingen rond Kelly's enkels, polsen en middel los.

'Ik kan het niet,' fluisterde Kelly.

'Het komt goed,' drong Sam aan. 'Weet je nog dat we het over al die mensen hebben gehad die naar je zouden kijken?'

Kelly knikte. Met haar mouw veegde ze langs haar neus, maar ze bleef Sams handen stevig vasthouden.

'Je moet flink zijn,' zei Sam. 'Zorg dat je ouders niet verdrietig hoeven te zijn. Ze willen dat je flink bent. Afgesproken?'

Weer knikte Kelly. 'Ja, *ma'am.*'

'Het komt goed,' herhaalde Sam.

De kettingen vielen op de vloer. Een bewaker bukte zich en raapte ze met één hand op.

Sam leunde tegen de schouder van het meisje toen ze naar de tafel liepen. Ze ging zitten. De bewaker duwde Kelly op de stoel naast haar.

Kelly keek achterom, naar haar ouders. 'Het komt goed,' zei ze, maar haar stem trilde. 'Het komt goed.'

De deur naar de kamer van de rechter ging open.

'Rechter Stan Lyman,' zei de griffier.

Sam knikte naar Kelly, ten teken dat ze moest gaan staan. Terwijl de rechter naar zijn stoel liep, pakte Kelly Sams hand weer. Haar handpalmen waren klam van het zweet.

Stan Lyman leek van Rusty's leeftijd, maar hij miste Rusty's veerkrachtige tred en vriendelijke uitstraling. Rechters had je in soorten en maten. Sommigen hadden voldoende zelfvertrouwen om zonder poespas hun plaats in te nemen. Anderen probeerden hun gezag te laten gelden vanaf het moment waarop ze de rechtszaal betraden. Stan Lyman hoorde bij de laatste categorie. Met gefronst voorhoofd overzag hij de tribune en de overbezette tafel van de aanklager. Zijn blik bleef op Sam rusten. Bijna automatisch keurde hij elk onderdeel van haar lichaam, alsof hij haar door een MRI-scanner haalde. Sinds haar laatste medische controle was ze niet meer zo grondig door een man bekeken.

Met zijn blik nog steeds op Sam gericht, sloeg hij met zijn hamer. 'Neemt u plaats.'

Sam ging zitten en trok Kelly op de stoel naast zich. Weer kreeg ze dat onrustige gevoel. Ze vroeg zich af of Charlie vanaf de tribune toekeek.

'Dit is zaak nummer OA 15-925,' kondigde de griffier aan. 'Dickerson County versus Kelly Rene Wilson, die hier wordt voorgeleid.' Ze keerde zich naar Ken Coin toe. 'Wil de openbaar aanklager zijn naam noemen voor het proces-verbaal?'

Coin ging staan en richtte zich tot de rechter: 'Goedemiddag, edelachtbare. Kenneth C. Coin, met Darren Nickelby, Eugene "Cotton" Henderson en Kaylee Collins namens het district.'

Lyman knikte streng. 'Goedemiddag.'

Sam ging weer staan. 'Edelachtbare, Samantha Quinn namens Miss Wilson, die hier aanwezig is.'

'Goedemiddag.' Weer knikte Lyman. 'Deze voorgeleiding is een voorlopige zitting. Miss Quinn, wilt u samen met Miss Wilson gaan staan?'

Sam gaf met een knikje aan dat Kelly moest gaan staan. Weer trilde het meisje. Deze keer hield Sam haar hand niet vast. De komende jaren zou

Kelly de binnenkant van menige rechtszaal te zien krijgen. Ze moest op eigen benen leren staan.

'Miss Quinn.' Vanaf zijn stoel keek Lyman Sam strak aan. Hij week af van zijn script. 'U wordt verzocht uw zonnebril af te zetten in mijn rechtszaal.'

Even wist Sam niet hoe ze het had. Ze had al zo lang donkere glazen dat ze zich er nauwelijks meer bewust van was. 'Edelachtbare, het zijn glazen op sterkte. Ze zijn om medische redenen getint.'

'Komt u maar even hier.' Hij wenkte haar. 'Laat eens zien.'

Sams hart ging als een gek tekeer. Ze voelde honderd paar ogen in haar rug. Camera's klikten. Journalisten noteerden elk woord. Ken Coin hoestte weer in zijn hand, maar hij schoot haar niet te hulp.

Sam liet haar stok in haar tas. Brandend van vernedering strompelde ze naar de rechter. De camera's klonken als tientallen sprinkhanen die hun poten tegen elkaar wreven. De beelden zouden in kranten worden afgedrukt, gingen misschien online, waar Sams collega's ze konden zien. In de verhalen bij de foto's zou waarschijnlijk breed worden uitgemeten waarom ze die bril moest dragen. De plaatselijke bevolking op de tribune, de mensen die hier al jaren woonden, zouden de pers maar al te graag van bijzonderheden voorzien. Ze keken hoe Sam liep, wilden weten hoeveel schade de kogel had aangericht.

Ze was een freak in een circusvoorstelling.

Bij de rechterstoel aangekomen nam Sam met trillende hand haar bril af. Het harde tl-licht prikte in haar hoornvlies. 'Weest u alstublieft voorzichtig,' zei ze tegen de rechter. 'Ik heb geen reservebril bij me.'

Met een ruw gebaar nam Lyman de bril van haar aan en hield hem omhoog om hem beter te bekijken. 'Wist u niet dat u zich passend moest kleden in mijn rechtszaal?'

Sam keek naar haar kleren, een variant op de zwartzijden blouse en wijde zwarte broek die ze elke dag droeg. 'Pardon?'

'Wat hebt u aan?'

'Armani,' antwoordde ze. 'En mag ik nu mijn bril terug, alstublieft?'

Met een klap legde hij de bril op zijn lessenaar. 'U kunt gaan zitten.'

Sam controleerde de glazen op vegen en zette de bril weer op. Ze draaide zich om en zocht naar Charlie in het publiek, maar het enige wat ze zag, waren de vaag bekende gezichten van mensen die ze herkende uit haar jeugd, alleen waren ze ouder geworden.

Over de terugweg deed ze langer. Ze strekte haar hand naar de tafel uit. Op het laatste moment zag ze Ben op de tribune zitten, recht achter Ken Coin. Hij knipoogde naar haar en glimlachte bemoedigend.

Kelly pakte Sams hand toen ze weer naast elkaar stonden. Ze herhaalde Sams eigen woorden: 'Het komt goed.'

'Ja, dank je.' Sam was zo ontdaan dat ze het meisje haar hand liet vasthouden.

Rechter Lyman kuchte een paar keer. Dat hij besefte wat hij Sam had aangedaan, bood geen troost. De ervaring had haar geleerd dat sommige rechters een fout die ze hadden gemaakt verhaalden op de advocaat die er de aanleiding van was geweest.

'Miss Quinn,' zei hij, 'ziet u af van volledige lezing van de aanklachten tegen Miss Wilson?'

De verleiding was groot om nee te zeggen, maar elke afwijking van de norm zou de gang van zaken alleen maar vertragen. 'Daar zien wij van af.'

Lyman knikte naar de griffier. 'Dan mag u Miss Wilson in staat van beschuldiging stellen en haar op haar rechten wijzen.'

De griffier stond weer op. 'Kelly Rene Wilson, u bent gearresteerd op verdenking van twee moorden met voorbedachten rade. Miss Quinn, wat is uw pleidooi?'

Sam zei: 'Ik verzoek het hof te noteren dat mijn cliënte niet schuldig is.'

Het slecht geïnformeerde publiek reageerde geschokt en met een onderdrukt gegiechel. Lyman hief zijn hamer, maar het rumoer was al weggestorven voor hij hem liet neerkomen.

De griffier zei: 'Namens de verdachte wordt een pleidooi van nietschuldig aan alle aanklachten genoteerd.' De vrouw richtte zich tot Kelly. Haar ronde gezicht kwam Sam vaag bekend voor. Misschien ook een klasgenote van lang geleden. Zij was evenmin voor Sam opgekomen toen de rechter haar bril wilde zien.

'Kelly Rene Wilson,' vervolgde de griffier. 'U hebt recht op een openbaar, spoedig te houden proces ten overstaan van een jury. U hebt recht op een advocaat. U hebt het recht niet mee te werken aan uw eigen veroordeling. Deze rechten behoudt u gedurende de hele procesgang.'

'Dank u.' Lyman liet zijn hand zakken. Sam liet Kelly weer plaatsnemen. De rechter zei: 'Mr. Coin, de eerste kwestie die zich aandient is of de grand jury volgens u wijziging zal aanbrengen in de tenlastelegging?'

Sam maakte een aantekening terwijl Ken Coin naar het spreekgestoelte schuifelde. Weer een van zijn goedkope trucs, deze poging om zijn positie te laten gelden. Net als een kind kon je hem maar het beste negeren.

'Edelachtbare.' Coin steunde met zijn ellebogen op het spreekgestoelte. 'Die mogelijkheid is zeker aanwezig.'

'Hebt u een tijdschema?' vroeg Lyman.

'Nog niet definitief, edelachtbare. Naar schatting wordt de grand jury binnen twee weken bijeengeroepen.'

'Dank u, edelachtbare, u mag weer plaatsnemen.' Lyman was een wat oudere rechter. Hij kende de spelletjes die advocaten speelden. 'Welke voorzieningen zijn er getroffen ten aanzien van de verdachte in afwachting van het proces?'

Coin nam zijn plaats achter de tafel weer in en antwoordde: 'De verdachte zal worden vastgehouden in een politiecel of in de districtsgevangenis, afhankelijk van wat de veiligste plek voor haar is.'

'Miss Quinn?' zei de rechter.

Sam wist dat Kelly vrijlating onder borgtocht wel kon vergeten. 'Ik heb voorlopig geen bezwaar, edelachtbare,' zei ze. 'Hoewel, wat een eerdere kwestie betreft, zou ik afstand willen doen van het recht van Miss Wilson om de aanklachten gehoord te laten worden door de grand jury.' Kelly kon al rekenen op twee aanklachten wegens moord met voorbedachten rade. Sam wilde de kans niet vergroten dat er door het bijeenroepen van een grand jury nog meer aanklachten tegen haar zouden worden ingediend. 'Mijn cliënte wil de procesgang niet vertragen.'

'Heel goed.' Weer maakte Lyman een aantekening. 'Mr. Coin, is het uw voornemen inzage in de stukken te bieden, zonder iets achter te houden?'

Als een ware discipel spreidde Coin zijn handen. 'Te allen tijde, edelachtbare. Tenzij er juridisch bezwaar is, is inzage in de stukken altijd ons beleid geweest.'

Sams neusvleugels trilden. Ze zei tegen zichzelf dat het ziekenhuisfilmpje door Rusty in de strijd zou worden geworpen.

'Kunt u zich daarin vinden, Miss Quinn?' vroeg Lyman

'Voorlopig wel, edelachtbare. Ik treed vandaag op als coadvocaat. Zodra mijn vader daartoe weer in staat is, zal hij eventueel om een rechterlijke uitspraak verzoeken.'

Lyman legde zijn pen neer. Voor het eerst was zijn blik niet afkeurend toen hij haar aankeek. 'Hoe is het met uw vader?'

'Hij kan niet wachten tot hij de verdediging van Miss Wilson weer op zich kan nemen, edelachtbare.'

Lyman, die niet wist wat hij van haar woorden moest denken, trok een scheef gezicht. 'Bent u zich ervan bewust, Miss Quinn, dat dit een moordzaak betreft en dat de openbaar aanklager geheel volgens zijn recht wellicht om de doodstraf zal verzoeken?'

'Ja, edelachtbare, daarvan ben ik me bewust.'

'Ik weet niet hoe het gaat waar u vandaan komt, Miss Quinn, maar hier nemen we onze moordzaken buitengewoon serieus.'

'Ik kom van Winder Road, zo'n tien kilometer verderop, edelachtbare. Ik ben me bewust van de ernst van deze aanklachten.'

Het gegiechel op de tribune stond Lyman duidelijk niet aan. 'Waarom heb ik het gevoel dat u zich niet echt opstelt als coadvocaat naast uw vader?' vroeg hij. Hij maakte een breed handgebaar. 'Oftewel, u bent niet van plan uw werk tot aan het proces voort te zetten.'

'Volgens mij hebt u Mr. Grail in een vergelijkbare positie geplaatst, edelachtbare, maar ik verzeker u dat ik ten volle bij deze zaak betrokken ben en dat het mijn bedoeling is Miss Wilson bij te staan in de hoedanigheid die haar verdediging van me verlangt.'

'Heel goed.' Hij glimlachte, en het bloed stolde in Sams aderen, want ze was regelrecht in zijn val gelopen. 'Koestert u ook maar enige twijfel aan het vermogen van de verdachte om u bij te staan of om de aard van de procesgang te doorgronden?'

'Ik stel die kwestie op dit moment niet aan de orde, edelachtbare.'

Zo gemakkelijk kwam ze niet van Lyman af. 'Gewoon voor de aardigheid, Miss Quinn. Stel dat u als coadvocaat de kwestie in de toekomst wel aan de orde –'

'Dat zou ik alleen doen op basis van deskundigenonderzoek, edelachtbare.'

'Deskundigenonderzoek?' Hij keek haar schuin aan.

'Miss Wilson blijkt nogal vatbaar te zijn voor suggestie, edelachtbare, zoals de openbaar aanklager ongetwijfeld kan beamen.'

Coin sprong op. 'Edelachtbare, ik kan niet –'

Sam walste over hem heen. 'Voor een achttienjarige heeft Miss Wilson een zeer beperkte verbale intelligentie. Graag zou ik haar willen laten onderzoeken op het vermogen van haar geheugen tot codering van visuele non-verbale communicatie, op haar taalvaardigheid, op het vermogen verbale en gecodeerde informatie te reproduceren, en ik zou haar emotionele en intellectuele bereik willen laten vaststellen.'

Coin lachte smalend. 'En u verwacht dat het district dat alles betaalt?'

Sam keek hem aan. 'Ik heb begrepen dat moordzaken hier buitengewoon serieus worden genomen.'

Uit het publiek klonk onderdrukt gelach.

Lyman gaf een paar klappen met zijn hamer tot het weer stil was. Sam zag zijn mondhoeken trillen toen hij een glimlach onderdrukte. Voor een rechter viel er doorgaans weinig te lachen in de rechtszaal. Deze man zat al zolang op zijn rechterstoel dat hij meende alles meegemaakt te hebben.

'Edelachtbare,' zei Sam, die haar kans schoon zag. 'Mag ik een andere kwestie aan de orde stellen?'

Met een overdreven grootmoedige knik bood hij haar speelruimte. 'Waarom niet?'

'Dank u, edelachtbare,' zei Sam. 'De ouders van Miss Wilson willen graag naar huis terugkeren. Het wordt zeer op prijs gesteld als de openbaar aanklager een tijdpad geeft voor de vrijgeving van het huis van de Wilsons.'

Weer sprong Ken Coin op. 'Edelachtbare, voorlopig kan het districtsbureau nog niet inschatten wanneer voornoemd onderzoek van de woning van de familie Wilson voltooid zal zijn.' Kennelijk besefte hij dat hij niet kon tippen aan Sams formele taalgebruik. Met een grijns naar de rechter zei hij: 'Dit soort zaken zijn moeilijk te voorspellen, edelachtbare. We hebben tijd nodig voor grondig onderzoek, uitgevoerd volgens de richtlijnen van het aanhoudingsbevel.'

Sam kon zichzelf wel slaan omdat ze het aanhoudingsbevel niet gelezen had.

'U hebt uw antwoord, Miss Quinn,' zei Lyman. 'Voor wat het waard is.'

'Dank u, edelachtbare.' Sam zag hem naar zijn hamer reiken. Ze liet zijn woorden – *Voor wat het waard is* – even bezinken. Opeens wist ze het zeker, en haar intuïtie zei dat dit het juiste moment was. 'Edelachtbare?'

Lyman legde zijn hamer neer. 'Miss Quinn?'

'Wat betreft inzage in de stukken –'

'Dat is meen ik al aan de orde geweest.'

'Dat besef ik, edelachtbare. Maar er schijnt gistermiddag, toen Miss Wilson in het ziekenhuis werd vastgehouden, een filmpje van haar te zijn gemaakt.'

'Edelachtbare!' Coin schoot weer overeind. 'Vastgehouden?'

'In hechtenis,' lichtte Sam toe.

'O, kom op.' Coins stem droop van walging. 'U kunt niet –'

'Edelachtbare –'

Lyman legde hun allebei met opgestoken hand het zwijgen op. Hij leunde achterover en plaatste zijn vingers nadenkend tegen elkaar. Dit gebeurde vaker in de rechtszaal, dan laste de rechter een pauze in om een verzoek van alle kanten te bekijken. Meestal werd de zaak dan doorgespeeld, vroeg de rechter om een schriftelijk verzoek of zei simpelweg dat hij zijn besluit tot nader order zou uitstellen.

Soms kaatste de rechter de vraag terug naar de advocaten, wat betekende dat die erop voorbereid moesten zijn de zaak inhoudelijk beknopt toe te lichten omdat ze anders het risico liepen de rechter voor de rest van het proces tegen zich in te nemen.

Sam spande haar spieren, alsof ze in het startblok stond, met haar blik op de open baan gericht. Lyman had het al in een vroeg stadium over inzage van de stukken gehad, dus waarschijnlijk wist hij dat Ken Coin zich aan de letter, niet aan de geest, van de wet zou houden.

Lyman knikte naar Sam.

Ze begon: 'Miss Wilson was als arrestant aan een agent in burger toevertrouwd, die haar begeleidde van de school naar het ziekenhuis. Hij reed met haar mee in de ambulance. Hij is de hele nacht bij haar in het ziekenhuis gebleven. Hij is vanochtend met Miss Wilson in de patrouillewagen naar het cellenblok gereden en was aanwezig toen ze vanochtend op haar rechten werd gewezen. Als ik de woorden "vastgehouden" of "arrestant" gebruik, doe ik dat omdat ieder redelijk mens –'

'Edelachtbare,' zei Ken. 'Is dit een voorgeleiding of een speciale aflevering van *How to Get Away with Murder*?'

Lyman schonk Sam een ijzige blik, maar hij gaf haar ook ruimte. 'Miss Quinn?'

'Conform het door aanklager genoemde standpunt over inzage der stukken verzoeken we om een kopie van de ziekenhuisfilm, die met spoed aan Miss Wilson overhandigd zal worden zodat ze over de verdere voortgang kan oordelen.'

'Verdere voortgang,' herhaalde Coin, alsof het idee alleen al belachelijk was. 'Wat Kelly Wilson zei, was –'

'Mr. Coin.' Lyman sprak nu zo luid dat hij tot achter in de zaal verstaanbaar was. Het werd stil, en hij kuchte. 'Als ik u was zou ik mijn woorden uiterst zorgvuldig kiezen.'

'Uiteraard, edelachtbare,' zei Coin morrend. 'Dank u.'

Lyman pakte zijn pen. Hij draaide die langzaam rond, de tijd rekkend om zijn berisping dieper tot Coin te laten doordringen. Zelfs Kelly Wilson wist dat je tijdens een voorgeleiding geen bewijs overlegde.

'Mr. Coin,' vroeg Lyman, 'wanneer denkt u dat er een kopie van de ziekenhuisfilm beschikbaar is?'

'We moeten de film eerst converteren, edelachtbare,' zei Coin. 'Hij is gemaakt met de iPhone van sheriff Keith Coin.'

'Edelachtbare?' Sam klemde haar kiezen op elkaar. Keith Coin was een toonbeeld van mannelijk overwicht. Kelly zou voor hem van een rots zijn gesprongen. 'Voor alle duidelijkheid… zoals u weet ben ik hier al enige tijd weg. Is sheriff Coin de broer van aanklager Coin?'

'Alsof je dat niet weet, Samantha.' Coin boog zich naar de rechter toe en klemde de rand van zijn tafel vast. 'Edelachtbare, ik heb begrepen dat we iemand uit Atlanta moeten laten komen om de film op correcte wijze te converteren. Iets met een cloud of zo. Ik ben geen deskundige op dat gebied. Ik ben maar een ouwe knakker die de telefoons van vroeger mist, die dingen die tien kilo wogen en die je voor twee dollar per maand van Bell huurde.' Hij grijnsde naar de rechter, die ongeveer even oud was als hij. 'Dat soort zaken kost tijd en geld.'

'Geef er dan maar geld aan uit en zet er vaart achter,' zei Lyman. 'Miss Quinn, verder nog iets?'

Sam kreeg dat euforische gevoel dat ze altijd had wanneer ze wist dat een rechter naar haar kant neigde. Ze besloot het erop te wagen. 'Edelachtbare, over filmopnamen gesproken: we zouden willen verzoeken of we zo snel mogelijk over de beelden van de beveiligingscamera's in de school kunnen beschikken opdat onze experts de tijd hebben om die te analyseren.'

Coin voelde zich duidelijk opnieuw aangevallen, want hij sloeg met zijn knokkels op tafel. 'Ook dat gaat even duren, edelachtbare. Mijn eigen mensen hebben die beelden nog niet eens gezien. We zijn ook verantwoordelijk voor de privacy van derden die ten tijde van de schietpartij op school waren, en we moeten zorgen dat we alleen materiaal overdragen waarop de aangeklaagde recht heeft volgens de regels van de openbaarheid van stukken.'

Lyman toonde twijfel. 'U hebt nog steeds de opnamen niet bekeken die gisterochtend uit de school zijn meegenomen?'

Coin wist niet goed waar hij moest kijken. 'Mijn mensen niet, edelachtbare.'

'Moeten al uw mensen ernaar kijken?'

'De experts, edelachtbare.' Coin zocht vertwijfeld naar woorden. 'We moeten –'

‘Ik zal u uit uw lijden verlossen,’ zei Lyman, zichtbaar geïrriteerd. ‘Hebben uw mensen een week nodig om deze opnamen te bekijken? Twee weken?’

‘Ik waag me niet aan een schatting, edelachtbare. Het betreft zoveel aspecten…’

‘Aan het eind van de week verwacht ik uw antwoord op mijn vraag.’ Hij pakte de hamer en wilde de zitting beëindigen.

‘Als u mij toestaat, edelachtbare…’ zei Sam.

Hij draaide met de hamer om haar tot spoed te manen.

‘Zou de aanklager me kunnen vertellen of ik ook een deskundige op het gebied van auditieve analyse achter de hand moet houden? Het kost vaak veel tijd om ter zake kundige professionals te vinden.’

‘Het is u toegestaan een gerechtsdeskundige te zoeken,’ zei Lyman. ‘U hoeft alleen maar een honderddollarbriefje aan een touwtje over een universiteitsparkeerterrein te slepen.’ Hij glimlachte toen sommige journalisten moesten lachen om het afgezaagde grapje. ‘Mr. Coin?’

Coin sloeg zijn blik neer. Hij had zijn hand in zijn zij; zijn colbert hing open, en zijn das zat scheef. ‘Edelachtbare.’

Sam wachtte, maar dat was alles wat Coin te zeggen had.

‘Mr. Coin,’ drong Lyman aan. ‘Hoe luidt uw antwoord op de vraag over de audio?’

Coin tikte met zijn wijsvinger op tafel. ‘“Is de baby dood?”’

Niemand gaf antwoord.

‘“Is de baby dood?”’ Weer tikte Coin op de tafel, voor elk woord één keer. ‘“Is de báby dood?”’

‘Edelachtbare,’ zei Sam plichtmatig, maar zonder bezwaar aan te tekenen.

Lyman haalde verward zijn schouders op.

‘Dat wil Miss Quinn namelijk weten,’ zei Coin. ‘Ze wil weten wat Kelly Wilson heeft gezegd daar in de gang nadat ze in koelen bloede een man en een kind had gedood.’

Lyman fronste zijn voorhoofd. ‘Mr. Coin, dat is hier niet aan de orde.’

‘De Baby…’

'Mr. Coin.'

'Dat was de bijnaam van de Alexanders voor Lucy...'

'Mr. Coin.'

'Zo sprak Barbara Alexander over haar tegenover haar leerlingen. En Frank Alexander op de middelbare school –'

'Mr. Coin, dit is mijn laatste waarschuwing.'

'– waar Mr. Alexander Kelly Wilson voor haar examen zou laten zakken.' Coin richtte zich tot het publiek. 'Kelly wilde weten of de Baby dood was.'

Lyman gaf een klap met zijn hamer.

Coin richtte zich tot Kelly. 'Ja, de Baby is dood.'

'Bode.'

Nu keek Coin de rechter weer aan. 'Edelachtbare –'

'Bedoelt u mij?' Lyman veinsde verbazing. 'Ik dacht dat u niet van mijn aanwezigheid op de hoogte was.'

Er klonk geen nerveus gelach vanaf de tribune. Coins woorden hadden doel getroffen. De krantenkoppen voor de komende dagen lagen al klaar.

'Mijn welgemeende excuses, edelachtbare,' zei Coin. 'Ik ben zojuist bij de autopsie van de kleine Lucy geweest en –'

'Genoeg!' Lyman keek de bode aan. Die stond al klaar. 'Zoals u zelf hebt gezegd, Mr. Coin, dit is een voorgeleiding, niet *How to Get Away with Murder*.'

'Inderdaad, edelachtbare.' Coin zette zich schrap, met zijn vingertoppen op de tafel en zijn rug naar de zaal. 'Mijn excuses, edelachtbare. Ik was even door emotie overmand.'

'En ik door uw spel voor de bühne.' Lyman was laaiend.

'Edelachtbare,' drong Sam weer aan. 'Heb ik goed begrepen dat er audiomateriaal bij de beelden van de beveiligingscamera's hoort?'

'Volgens mij heeft iedereen hier in de rechtszaal dat begrepen, Miss Quinn.' Lyman legde zijn vuist tegen zijn wang. Hij liet de betekenis van wat er zojuist was gebeurd even bezinken. Lang hoefde hij niet na te denken. 'Miss Quinn, de aanklager heeft tot morgen, klokslag vijf uur, de tijd om de volgende tijdschema's op uw kantoor en bij de griffier af te leveren...'

Sam had haar blocnote en pen al paraat.

'De spoedige vrijgeving van de woning van de familie Wilson. De overhandiging van de volledige, onbewerkte film die in het ziekenhuis is opgenomen. De overhandiging van alle opnamen door de beveiligingscamera's in en om de onderbouwlocatie, de basisschool ernaast en de bovenbouwlocatie aan de overkant van de straat.'

Coin deed zijn mond open, maar bedacht zich.

'Mr. Coin,' zei Lyman. 'Ik twijfel er niet aan of de promptheid en accuraatheid van uw tijdschema's zullen me versteld doen staan. Zie ik dat juist?'

'Dat ziet u juist, edelachtbare.'

Eindelijk gaf de rechter een klap met zijn hamer.

'Wilt u allen opstaan!' riep de griffier.

Lyman sloeg de deur achter zich dicht.

De hele zaal slaakte een diepe zucht.

De bewakers kwamen Kelly halen. Op hun dooie gemak bevestigden ze de boeien, en zo gunden ze Kelly een paar minuten met haar ouders.

Coin liet het gebruikelijke handenschudden achterwege. Sam had het nauwelijks door. Ze was te druk met schrijven, noteerde voor Rusty wat hij de volgende middag kon verwachten, want het duurde nog minstens een week voor het rechtbankverslag beschikbaar was. De rechter had behoorlijk veel geëist, meer dan ze had durven hopen. Uiteindelijk moest ze om eerdere aantekeningen heen schrijven, gemaakt tijdens haar gesprek met Kelly.

Plotseling stopte ze.

Ze keek naar haar notities, en naar wat ze had onderstreept...

Die is altijd wat van streek rond deze tijd van de dag.

Sam sloeg het blad om. En toen nog een blad. Haar blik zocht naar wat Kelly Wilson had gezegd.

...Ik had weer buikpijn... Gaat meestal vanzelf over... Gisteren om dezelfde tijd misselijk... Voor de gemiste lessen van vorige week...

'Kelly.' Sam keerde zich naar het meisje toe. Ze had haar enkelboeien al om. De bewakers stonden op het punt haar handen te boeien, maar Sam deed een stap naar voren en trok haar naar zich toe voor een omhelzing. De oranje overall frommelde samen onder Kelly's armen. Haar buik drukte tegen die van Sam.

'Bedankt, Miss Quinn,' fluisterde Kelly.

'Het komt goed,' zei Sam. 'Niet vergeten wat ik gezegd heb: met niemand praten.'

'Nee, *ma'am.* Ik hou mijn mond.' Ze stak haar smalle polsen naar voren zodat de bewakers haar handen konden boeien. De ketting werd om haar middel geslagen.

Sam bedwong de neiging tegen hen te zeggen dat ze de ketting niet te strak mochten trekken.

Lucy Alexander was niet de baby om wie Kelly Wilson zich zorgen had gemaakt.

TWAALF

Voorzichtig liep Sam de steile laadhelling buiten het gerechtsgebouw af. De stank van bedorven eten was opgelost, of misschien was ze eraan gewend geraakt. Ze keek omhoog. De oranje zon schampte de bergtoppen in de verte. Over een paar uur viel de schemering. Ze had geen idee waar ze die nacht zou slapen, maar ze moest Rusty spreken voor ze de stad verliet.

Hij moest weten dat Kelly Wilson het motief voor haar daden met zich meedroeg. In haar buik.

Ochtendmisselijkheid diende zich niet alleen 's ochtends aan. Soms 's middags, maar wel elke dag rond dezelfde tijd, meestal tijdens het eerste trimester. Dat verklaarde waarom Kelly lessen miste op school. Het verklaarde ook waarom Sam iets bols had gevoeld toen ze het meisje tegen zich aan drukte.

Kelly Wilson was al een tijd zwanger.

Lenores auto kwam met een grote bocht aanrijden en stopte op een paar meter van de helling.

'Sammy!' Charlie sprong van de voorbank. 'Jezus, wat was je geweldig daarnet! O mijn god!' Ze sloeg haar hand om Sams middel. 'Kom, ik help je.'

'Even wachten,' zei Sam. Op dat moment ging staan haar gemakkelijker af dan zitten. 'Je had me wel voor die rechter mogen waarschuwen.'

'Ik zei toch dat het een keiharde was?' zei Charlie. 'Maar god, je hebt hem zelfs aan het lachen gekregen. Ik heb die man nog nooit zien lachen. En Coin stond te sputteren als een kapotte sproeier. Die domme lul presenteerde zijn zaak midden in de voorgeleiding.'

Lenore stapte uit.

Charlie straalde. 'Mijn grote zus heeft gehakt van Ken Coin gemaakt, of niet soms?'

'Ik was onder de indruk,' zei Lenore, niet geheel van harte.

'Die rechter.' Sam nam haar bril af en wreef in haar ogen. 'Ik was vergeten...'

'Dat je net een victoriaanse Dracula lijkt?'

'*Dracula* spéélde in de victoriaanse periode.' Sam zette haar bril weer op. 'Het eerste wat Rusty moet doen is een deskundige zoeken die Kelly beoordeelt. Of ze is geestelijk onbekwaam, of ze is zo slim dat ze doet alsof. Misschien houdt ze ons allemaal voor de gek.'

Charlie lachte spottend. 'Papa misschien, maar jou heus niet.'

'Zei jij niet dat ik te slim was om te beseffen hoe dom ik ben?'

'Je hebt gelijk. We hebben een deskundige nodig,' zei Charlie. 'Ook moeten we iemand vinden die verstand heeft van valse bekentenissen. Het zou me niks verbazen als dat ziekenhuisfilmpje aantoont dat er ten onrechte hoop bij haar is gewekt.'

'Misschien.' Sam was bang dat Ken en Keith Coin te uitgekookt waren om zich bloot te geven. Onterechte hoop wekken of valse verwachtingen kweken door bijvoorbeeld in ruil voor een bekentenis een minder zware aanklacht in het vooruitzicht te stellen, was tegen de wet. 'Ik vind wel een deskundige in New York. Die opnamen moeten worden nagekeken om te zien of er niet mee geknoeid is. Heeft Rusty een detective in dienst?'

'Jimmy Jack Little,' zei Lenore.

Sam liet zich niet afleiden door de dwaze naam. 'Jimmy Jack moet op zoek naar een jongeman genaamd Adam Humphrey.'

'Wat moet hij zien uit te vinden?' vroeg Lenore.

'Misschien heeft Kelly die Humphrey in vertrouwen genomen.'

'Neukte ze hem of probeerde hij haar te neuken?'

Sam haalde haar schouders op, want als ze meer zei, schond ze haar eed. 'Volgens mij zit hij niet bij Kelly op school. Misschien heeft hij al eindexamen gedaan. Ik weet alleen dat hij in een Camaro rijdt.'

'Chic,' zei Charlie. 'Zou hij in het jaarboek staan? Met zijn foto, of misschien heeft hij er iets in geschreven. Was hij haar vriendje, volgens Kelly?'

'Geen commentaar,' zei Sam. Misschien begreep Kelly Wilson de eed van geheimhouding niet helemaal, maar Sam nam deze niet lichtvaardig op. 'Weet Rusty dat de vader van Lucy Alexander Kelly's docent was?' De man zou weleens een tweede kandidaat kunnen zijn in de jacht op de vader van het ongeboren kind. Aan Lenore vroeg ze: 'Zou jij voor Rusty een lijst kunnen opstellen met alle docenten van Kelly...'

'Je weet dat ze het over die boeg gaan gooien,' zei Charlie. 'Kelly was kwaad omdat Mr. Alexander haar zou laten zakken, en daarom ging ze met een revolver naar school en schoot zijn dochter dood.'

Als de zwangerschapstest positief bleek te zijn, moesten ze dat scenario laten varen.

Charlie wilde nog iets zeggen.

'Sst.' Lenore knikte in de richting van het gebouw.

Ben liep de hellingbaan af, met zijn handen in zijn zakken en zijn haren in de wind. Hij lachte naar Sam. 'Later als je groot bent, moet je advocaat worden.'

Ze lachte terug. 'Ik zal erover nadenken.'

'Je was fantastisch.' Ben gaf haar een schouderkneepje. 'Wat zal Rusty trots op je zijn.'

Sams glimlach verflauwde. Rusty's goedkeuring was het laatste waarop ze zat te wachten. 'Dank je.'

'Ha schat,' zei Charlie. 'Wat een kanjer, hè, mijn zus?'

Hij knikte. 'Echt wel.'

Charlie stak haar hand op om Bens haar te fatsoeneren, maar hij deed een stap terug. Meteen stapte hij weer naar voren, maar ze liet haar hand al zakken. Het onbehagen was terug.

'Zullen we met z'n allen gaan eten, Ben?' vroeg Sam.

'Ik heb mijn handen vol aan mijn baas nu je hem in mootjes hebt gehakt, maar bedankt voor het aanbod.' Zijn blik ging even naar Charlie, toen keek hij Sam weer aan. 'Hoor eens, Sam. Van dat ziekenhuisfilmpje was ik niet op de hoogte. Ik ben gisteren de hele dag op het bureau geweest en hoorde pas een halfuur voor aanvang over de voorgeleiding.' Hij haalde zijn schouders op, net zoals Charlie dat altijd deed. 'Ik hou niet van dat soort streken.'

'Ik geloof je,' zei Sam.

'Ik ga maar weer eens.' Ben gaf Lenore een hand. 'Zorg dat ze veilig thuiskomen.'

Met zijn handen diep in zijn zakken liep hij de hellingbaan weer op.

Charlie kuchte. Er ging een steek door Sams hart toen ze zag hoe verlangend ze hem nakeek. Ze had haar zus die dag vaker zien huilen dan tijdens hun hele jeugd. Het liefst had ze Charlie bij de haren achter Ben aan gesleept om hem om vergeving te smeken. Maar ze was gewoon te koppig om ooit sorry te zeggen.

'Instappen.' Lenore kroop achter het stuur. Met een klap trok ze het portier dicht.

Sam keek Charlie vragend aan, maar die haalde haar schouders op en schoof over de achterbank om plek voor haar zus te maken.

Nog voor Sam het portier had gesloten, reed Lenore al weg.

'Waar gaan we naartoe?' vroeg Charlie.

'Naar kantoor.' Lenore pakte de hoofdweg en scheurde door oranje.

'Mijn auto staat bij het politiebureau,' zei Charlie. 'Gaan we om een bepaalde reden naar kantoor?'

'Ja,' was alles wat Lenore kwijt wilde.

Kennelijk nam Charlie daar genoegen mee. Ze liet zich onderuitzakken en keek naar buiten. Sam vermoedde dat ze aan Ben dacht. Ze moest de neiging bedwingen om Charlie heen en weer te schudden tot ze bij zinnen kwam. Waarom had haar zus haar huwelijk op het spel gezet? Ben was het enige goede wat ze nog had in haar leven.

Lenore sloeg een zijstraat in. Eindelijk wist Sam waar ze waren. Dit was het ongure deel van de stad, waar de toeristendollars ophielden. De gebouwen zagen er nog net zo vervallen uit als dertig jaar geleden.

Lenore hield een mini-Starship Enterprise omhoog. 'Van Ben gekregen.'

Sam had geen idee waarom Ben haar een speeltje had gegeven.

Blijkbaar wist Charlie het wel. 'Had hij niet moeten doen.'

'Maar hij heeft het toch gedaan,' zei Lenore.

'Gooi maar weg. Stop maar in de blender.'

'Kan iemand uitleggen –' begon Sam.

'Het is een USB-stick,' zei Charlie. 'En ik vermoed dat er iets op staat wat ons kan helpen met onze zaak.'

'Precies,' zei Lenore.

'Gooi dat kutding weg!' zei Charlie met klem. 'Daar krijgt hij gedonder mee. Straks wordt hij ontslagen. Of nog erger.'

Lenore stopte de USB-stick in haar bh.

'Ik weet hier niks van.' Charlie stak haar handen op. 'Als Ben door jouw toedoen geroyeerd wordt, vergeef ik het je nooit.'

'Zet maar op de lijst.' Lenore zwenkte een tweede zijstraat in. Het oude hoofdkwartier van de firma in kantoorartikelen was enigszins veranderd. De voorpui van vlakglas was dichtgetimmerd. Voor de overige ramen zaten dikke veiligheidstralies. Het hek voor de ingang was ook nieuw. Sam moest denken aan het safaripark in de dierentuin van San Diego toen het hek zoemend openging en ze het ommuurde heiligdom achter het gebouw in reden.

'Ga je de USB-stick openen?' vroeg Charlie.

'Ja, ik ga de USB-stick openen,' zei Lenore.

Charlie keek Sam smekend aan, maar die haalde haar schouders op. 'Hij vond dat wij hem moesten hebben.'

'Ik haat jullie allebei.' Charlie sprong uit de auto. Voor Sam nog iets kon zeggen, had ze de veiligheidsdeur en vervolgens de gewone deur al geopend.

'We kunnen het bestand in mijn kamer openen,' zei Lenore.

Met grote passen liep Charlie een hoek om. Onderweg deed ze alle lampen aan.

Sam wist niet of ze haar zus moest volgen of haar eerst moest laten uitrazen. Ze wist niet wat ze aan haar had. Charlie was zo wispelturig: het ene moment prees ze Sams optreden in de rechtszaal de hemel in, en vervolgens gaf ze op haar af omdat ze haar werk deed. Ze bespeurde een onderstroom van verdriet bij haar, die uiteindelijk alles met zich mee zoog.

'Deze kant op.' Lenore knikte naar de andere kant van het gebouw.

Sam volgde haar door een lange gang, die vaag naar Rusty's sigaretten rook. Ze probeerde zich de laatste keer te herinneren dat ze was blootgesteld aan tweedehands rook. Waarschijnlijk in Parijs, voor het rookverbod in openbare gebouwen was ingevoerd.

Ze passeerden een dichte deur met Rusty's naambordje erop. Alleen al door de stank had Sam kunnen raden dat het zijn kamer was. De nicotinegele strepen op de muur vormden een tweede aanwijzing.

'Hij heeft al jaren niet meer binnen gerookt,' zei Lenore, 'maar het zit in zijn kleren.'

Sam fronste haar voorhoofd. Er was zoveel mis met haar lichaam dat ze zich niet kon voorstellen waarom iemand zichzelf met opzet schade toebracht. Als twee hartaanvallen je niet op andere gedachten brachten, was niets daartoe in staat.

Lenore haalde een sleutelbos tevoorschijn, klemde haar tas onder haar arm en opende de deur. Ze deed de lampen aan.

Sam kneep haar ogen tot spleetjes tegen het plotselinge, felle licht. Toen haar pupillen zich hadden aangepast, zag ze een sfeervol, opgeruimd vertrek. Alles in Lenores kantoor was blauw. Lichtblauwe muren. Donkerblauw tapijt. Pastelblauwe bank met sierkussens in verschillende tinten blauw.

'Ik hou van blauw,' zei Lenore.

Sam ging naast de bank staan. 'Heel mooi.'

'Ga maar zitten.'

'Laat mij maar staan.'

'Wat jij wilt.' Lenore nam achter haar bureau plaats.

'Mijn been is –'

'Je hoeft het niet uit te leggen.' Ze boog zich voorover, stopte de USB-stick in haar computer en draaide de monitor naar Sam toe. 'Zal ik weggaan?'

'Beslis zelf maar,' zei Sam, die vond dat ze al bot genoeg was geweest.

'Dan blijf ik.' Lenore klikte op de USB-stick. 'Eén bestand. Alleen een reeks getallen. Kun je het zien?'

Sam knikte. De extensie luidde read.move, wat betekende dat het een videobestand was. 'Ga door.'

Lenore klikte het bestand aan.

De film verscheen.

Ze zette het beeld op volledig scherm.

Afgezien van de verspringende cijfers in de hoek – 07:58:47 – had het een foto kunnen zijn. Een typische schoolgang. Blauwe kluisjes. Lichtbruine tegelvloer. De camera was te laag afgesteld. Alleen de helft van de gang kwam in beeld, zo'n vijftien meter open ruimte. Op het verste punt wees een reepje licht op een openstaande deur. Aan de muren hingen posters. De kluisjes waren beklad met graffiti. De gang lag er verlaten bij. De opname was korrelig en de kleur wat verschoten, tegen sepia aan.

Lenore verschoof de volumeknop. 'Geen geluid.'

'Kijk.' Sam wees naar het scherm. Terwijl ze keken, viel een brok beton zomaar uit de muur.

'Een schot,' zei Lenore.

Sam keek naar het ronde kogelgat.

Een man rende de gang in.

Hij was vanachter de camera het beeld in gekomen, met zijn rug naar hen toe gekeerd. Wit overhemd. Donkere pantalon. Zijn haar was grijs en in zo'n echt herenkapsel geknipt: kort van achteren en met een zijscheiding.

Hij bleef abrupt staan, met zijn handen voor zich uit.

Nee, niet doen.

Lenore hapte naar lucht toen er een heftige schok door de man heen ging, en nog één en nog één.

Een nevel van bloed steeg op.

Hij stortte neer. Sam zag zijn gezicht.

Douglas Pinkman.

Eén kogel in zijn borst. Twee door zijn hoofd. Op de plek van zijn rechteroog zat een zwart gat. Rond zijn lichaam vormde zich een grote plas bloed.

Automatisch ging Sams hand naar haar mond.

'O god,' zei Lenore.

Om de hoek verscheen een tenger figuurtje, met haar rug naar de lens.

Vlechtjes dansten aan weerszijden van haar hoofd.

Disney-Princessrugzak, schoenen met lichtjes, zwaaiende armen.

Opeens bleef ze staan.

Mr. Pinkman. Dood op de vloer.

Lucy Alexander viel in één keer en landde op haar rugzak.

Haar hoofd hing achterover. Haar benen waren gespreid. Haar schoenen wezen naar het plafond.

Het meisje deed een vergeefse poging haar hoofd op te tillen. Haar hand ging naar de open wond in haar hals. Haar mond bewoog.

Judith Pinkman rende op de camera af. Op het scherm had haar rode shirt een doffe roestkleur. Haar armen hield ze schuin naar achteren, als een gevleugeld schepsel dat elk moment kon opvliegen. Ze rende langs haar man en liet zich naast Lucy op haar knieën vallen.

'Moet je kijken,' zei Lenore.

Nu kwam Kelly Wilson eindelijk in beeld.

Vanuit de verte. Wat onscherp. Het meisje bevond zich op de rand van het camerabereik. Ze was helemaal in het zwart. Haar vettige haar viel in slierten om haar schouders. Ze had haar ogen en haar mond wijdopen. In haar rechterhand hield ze de revolver.

Ik zei toch dat ik de revolver in mijn hand had?

Kelly ging op de vloer zitten. De linkerhelft van haar lichaam bleef buiten beeld. Ze zat met haar rug naar de kluisjes en staarde recht voor zich uit. De revolver liet ze naast zich op de vloer rusten.

'Alles binnen elf seconden vanaf het moment dat de kogel de muur in ging.' Lenore wees naar de tijdsaanduiding in de hoek van het scherm. 'Ik heb in totaal vijf schoten geteld. Eén in de muur. Drie voor Pinkman. Eén voor Lucy. Dat verschilt van die reconstructie op het nieuws. Daar werd gezegd dat er twee keer op Judith Pinkman was geschoten, beide keren mis.'

Sam dwong zichzelf weer naar Lucy te kijken.

Met wijdopen mond schreeuwde Judith Pinkman naar het plafond.

Sam las de wanhopige woorden van haar lippen.

Help me!

Ergens in het gebouw hoorde Charlie haar smeekbeden.

Lenore hield Sam een doos tissues voor.

Sam pakte er een paar, depte haar ogen en snoot haar neus. Ze zag hoe Judith Pinkman haar hand om Lucy's achterhoofd plooide. Vergeefs probeerde ze het bloed te stelpen dat uit de halswond van het meisje stroomde. Het sijpelde tussen haar vingers door, alsof ze een spons had uitgeknepen. Zo te zien snikte ze het uit, jammerde ze van verdriet.

Opeens sprong Charlie vanuit het niets in beeld.

Ze rende de gang door, naar de camera, naar Lucy en Mrs. Pinkman. Haar gezicht drukte totale paniek uit. Ze schonk Douglas Pinkman amper een blik. Haar knieën raakten de vloer. Nu zat ze met haar zijkant naar de camera en was haar gezicht duidelijk te zien. Ze klemde Lucy's hand vast. Ze zei iets tegen het meisje. Heen en weer schommelend probeerde ze hen allebei te troosten.

Sam had Charlie één keer eerder zo heen en weer zien schommelen.

'Dat is Mason,' zei Lenore. Ze snoot keihard haar neus.

Mason Huckabee stond met zijn rug naar de camera. Zo te zien zei hij iets tegen Kelly, probeerde hij haar over te halen het wapen af te staan. Het meisje zat nog steeds, maar ze was iets verder de gang op geschoven. Sam kon haar gezicht niet meer zien. Alleen haar rechterbeen en de hand waarmee ze de revolver vasthield, waren in beeld.

De kolf van het wapen rustte op de vloer.

Mason knielde bij haar neer. Hij boog zich naar voren en strekte zijn arm uit, met zijn handpalm naar boven. Stukje bij beetje schoof hij naar Kelly toe. Heel langzaam. In haar verbeelding hoorde Sam hem zeggen: *Geef mij die revolver maar. Geef maar. Je hoeft dit niet te doen.*

Mason kende Kelly Wilson. Hij was haar leraar geweest, haar mentor. Hij wist dat hij haar kon overhalen.

Op het scherm schoof hij steeds dichter naar haar toe, tot ze opeens de revolver richtte, maar buiten beeld.

Sams maag kromp ineen.

Mason vloog naar achteren om de afstand tussen hem en Kelly te vergroten.

'Ze heeft de revolver op zichzelf gericht,' zei Lenore. 'Daarom houdt hij zijn handen laag in plaats van hoog.'

Sam zocht weer naar Charlie. Die zat nog steeds naast Lucy, tegenover Mrs. Pinkman. De laatste had haar gesloten ogen op het plafond gericht en was overduidelijk aan het bidden. Charlie zat met gekruiste benen en haar handen op schoot op de vloer. Ze wreef haar vingers samen en keek naar het bloed alsof ze nog nooit zoiets had gezien.

Of misschien besefte ze juist dat ze zoiets al eens eerder had gezien.

Langzaam draaide Charlie haar hoofd. Ze keek weg van de camera. Een geweer gleed over de vloer en bleef op een paar meter afstand liggen. Charlie verroerde zich niet. Een seconde verstreek. Een agent raapte het geweer op. Hij rende de gang door, met zijn kogelwerend vest flapperend om zijn middel. Hij liet zich op zijn knie vallen en ramde de kolf van het geweer tegen zijn schouder.

Het wapen was op Mason Huckabee gericht, niet op Kelly Wilson.

Mason zat op zijn knieën, met zijn rug naar Kelly toe, en zo blokkeerde hij de schutter.

Dat alles ging aan Charlie voorbij. Ze keek naar haar handen en leek gebiologeerd door het bloed. Het geschommel was minder geworden, eerder een rilling die haar lichaam doortrok.

'Mijn arme kind,' fluisterde Lenore.

Sam kon niet langer naar Charlie kijken. Mason zat nog steeds met zijn rug naar Kelly Wilson toe. Het geweer was op zijn borst gericht.

Het geweer was op zijn borst gericht.

Sam keek weer naar Charlie. Ze had zich niet verroerd. Ze bleef zachtjes heen en weer schommelen. Het leek wel of ze in een fuguetoestand verkeerde. Ook toen een tweede agent langs rende, reageerde ze niet.

Met haar blik volgde Sam de agent de gang door. Evenals de eerste agent had hij zijn rug naar de camera gericht, maar ze zag het wapen in zijn hand. Op enkele meters van de agent met het geweer bleef hij staan.

Geweer en revolver.

Revolver en geweer.

Ondertussen had Mason Huckabee zijn open hand over zijn linkerschouder naar Kelly uitgestrekt. Hij praatte tegen haar, waarschijnlijk om haar over te halen de revolver af te geven.

De agenten zwaaiden met hun wapens. De agressie spatte van hen af. Ook zonder dat ze hun gezichten zag, wist Sam dat ze bevelen riepen.

Mason, daarentegen, was rustig en beheerst. Kalm bewoog hij zijn lippen. Zijn houding had iets katachtigs.

Sam richtte haar blik weer op Charlie, net toen die opkeek. Haar gezichtsuitdrukking was hartverscheurend. Het liefst was Sam in de film gekropen om haar in haar armen te nemen.

'Ze is naar achteren geschoven,' zei Lenore.

Ze doelde op Kelly. Het meisje was nu bijna uit beeld verdwenen, alleen de zwarte vlek van haar spijkerbroek gaf aan dat ze er nog was. Mason was met haar mee geschoven. Zijn hoofd, linkerschouder en linkerhand waren nu uit beeld. De hoek van de camera had een diagonale lijn over zijn romp getrokken.

De agenten verroerden zich niet.

Mason verroerde zich niet.

Uit de revolver van de agent steeg een rookpluimpje op.

Masons rechterarm sloeg terug.

De man had hem geraakt.

'O, mijn god,' zei Sam. Ze kon Masons gezicht niet zien, maar zijn romp was iets verdraaid.

De agenten leken al even verbijsterd als Sam. Secondelang bleven ze doodstil staan, toen lieten ze langzaam hun wapens zakken. Ze zeiden iets tegen elkaar. De man met het geweer klikte zijn schoudermicrofoon los. De ander draaide zich om, keek naar Charlie en draaide zich weer om.

Hij stak Mason zijn hand toe.

Mason stond op. De tweede agent stapte op Kelly Wilson af.

Opeens kwam het meisje weer in beeld. Ze lag met haar gezicht naar beneden en met de knie van de agent in haar rug. Ze was als een zak meel tegen de grond gegooid.

Sam zocht naar het moordwapen.

Kelly had het niet in haar hand of op haar lichaam.

Het lag ook niet naast haar op de vloer.

Ze zag het niet in de handen van de agent die zijn knie in haar rug had geplant.

Mason Huckabees lege handen hingen langs zijn zij terwijl hij sprak met de agent met het geweer. De mouw van zijn overhemd was bijna zwart van het bloed, maar hij stond met de agent te praten alsof ze het over een scheidsrechtersfout hadden tijdens een sportwedstrijd.

Sam speurde de vloer om hen heen af.

Niets.

Geen kluisjes die op een kier stonden.

Geen van de agenten leek de revolver in zijn broekband te hebben gestoken.

Niemand had het wapen over de vloer geschopt.

Niemand was op zijn tenen gaan staan om het achter een plafondtegel te verbergen.

Weer keek Sam naar Charlie. Haar handen waren leeg. Nog steeds zat ze met gekruiste benen op de vloer, nog steeds versuft. Ze had zich van de mannen afgewend. Sam zag een veeg bloed op haar wang waar ze haar gezicht had aangeraakt.

Haar neus was nog niet gebroken. Ze had nog geen blauwe ogen.

Een groep agenten met getrokken wapens en flapperende kogelwerende vesten rende de gang door, maar het leek niet tot Charlie door te dringen.

De monitor werd zwart.

Nog enkele seconden staarde Sam naar het lege scherm, ook al viel er niets te zien.

Lenore slaakte een diepe zucht.

Sam stelde de enige vraag die van belang leek: 'Gaat het wel goed met Charlie?'

Lenore tuitte haar lippen. 'Ooit had ik je alles over haar kunnen vertellen.'

'Maar nu?'

'Er is de afgelopen paar jaar veel veranderd.'

Rusty's hartaanvallen. Had het Charlie zwaar aangegrepen dat Rusty op een dag zomaar dood kon zijn? Het zou echt iets voor haar zijn om haar angst te verbergen of op een zelfdestructieve manier afleiding te zoeken. Zoals dat slippertje met Mason Huckabee. Of zoals ze Ben van zich had vervreemd.

'Je moet eten,' zei Lenore. 'Ik maak een broodje voor je.'

'Bedankt, maar ik heb geen trek,' zei Sam. 'Ik wil ergens zitten om aantekeningen voor mijn vader te maken.'

'Neem zijn kamer maar.' Lenore haalde een sleutel uit haar tas en schoof hem naar Sam. 'Ik ga het filmpje uitschrijven, kijken of we niets over het hoofd hebben gezien. En die zogenaamde reconstructie laat ik uit het nieuws verwijderen. Ik weet niet waar ze hun informatie vandaan halen, maar volgens dit filmpje zitten ze fout.'

'In de rechtszaal gaf Coin aan dat er ook audio was,' zei Sam.

'Hij heeft Lyman in elk geval niet gecorrigeerd,' zei Lenore. 'Ik vermoed dat er een externe bron is. De school kan de elektriciteitsrekening nauwelijks betalen. Die camera's zijn waarschijnlijk al honderd jaar oud. Ze gaan echt geen geld uitgeven aan een geluidssysteem.'

'Zou ook zinloos zijn gezien het aantal leerlingen op de gang. Het is een hele toer om in al die herrie één stem te isoleren. Zou het een mobiel zijn geweest?' opperde ze.

'Zou kunnen.' Lenore haalde haar schouder op en richtte zich weer op haar computer. 'Dat zoekt Rusty wel uit.'

Sam keek naar de sleutel op Lenores bureau. Het laatste waar ze zin in had was in Rusty's kamer gaan zitten. Haar vader was altijd een ziekelijke verzamelaar geweest, al ver voor de afwijking door de tv werd gepopulariseerd. Ze vermoedde dat er op de boerderij dozen stonden die niet waren uitgepakt sinds Gamma ze van de kringloop had meegebracht.

Gamma.

Charlie had gezegd dat de foto – dé foto van Gamma – op Rusty's bureau stond.

Sam liep naar zijn kamer. Ze kreeg de deur maar half open, zoveel troep stond ervoor. Het was een grote kamer, maar door alle rommel leek hij kleiner. Praktisch elk oppervlak was bedolven onder dozen, papieren en dossiers. Alleen een smal pad naar het bureau gaf aan dat het vertrek gebruikt werd. Het was er zo benauwd dat Sam moest hoesten. Ze stak haar hand al uit naar de lichtknop, maar bedacht zich. Ze had nog steeds behoorlijke hoofdpijn van toen ze in de rechtszaal haar bril had moeten afzetten.

Ze liet haar stok bij de deur staan. Voorzichtig baande ze zich een weg naar Rusty's bureau. Het had veel weg van een virtuele wandeling door zijn labyrintische brein, bedacht ze. Hoe hij hier in godsnaam kon werken was haar een raadsel. Ze knipte de bureaulamp aan en opende de jaloezieën voor het smerige, betraliede raam. Ze vermoedde dat hij de bovenkant van een stapel deposities als schrijftafel gebruikte. Een computer ontbrak. De enige concessie aan de moderne tijd was een klokradio die Gamma hem had gegeven toen Sam nog een kind was.

Het bureau was van notenhout, een immens vlak met een groen leren vloeiblad, zo herinnerde Sam zich. Onder de hopen rotzooi was het vloeiblad waarschijnlijk nog even smetteloos als op de dag dat het gemaakt was. Ze voelde even aan Rusty's stoel. Het ding hing wat opzij, hij was een onverbeterlijke opzijhanger. Als Sam zich haar vader zittend voorstelde, zag ze hem steunend op zijn rechterelleboog, met een sigaret in zijn hand.

Ze ging op Rusty's wiebelstoel zitten. Het verstelmechanisme piepte luid en volkomen overbodig. Een simpel spuitbusje smeermiddel en het probleem zou zijn verholpen. De armleuningen konden worden vastgezet met wat lijm op de bouten. Het vervangen van de frictieringen op de zwenkwieltjes zou de stabiliteit al een stuk verbeteren.

Of die ouwe gek ging even online en bestelde op Amazon een nieuwe stoel.

Sam schoof met papieren en stapels kopieën in haar zoektocht naar dé foto van Gamma. Het liefst had ze de hele zooi van het blad geveegd, maar ze wist zeker dat er methode in zijn waanzin school. Haar eigen bureau zag er in de verste verte niet zo uit, maar niemand moest het wagen haar spullen te verplaatsen.

Sam keek op het blad van het overvolle dressoir, waar naast allerlei andere spullen ook een pak ongeopende blocnotes lag. Ze opende de verpakking. Daarna haalde ze haar aantekeningen uit haar tas en wisselde van bril. Boven aan het eerste blad schreef ze Kelly Wilsons naam. Ze voegde er de datum aan toe. Vervolgens maakte ze een lijst van aandachtspunten voor Rusty.

1. Zwangerschapstest

2. De vader: Adam Humphrey? Frank Alexander?

3. Ziekenhuisfilmpje; beveiligingsopnamen (audio?)

4. Waarom was Kelly in de onderbouw? (slachtoffers waren willekeurig)

5. Lijst met mentoren/leraren/lesroosters

6. Judith Pinkman?

Sam trok de letters van Judiths naam na.

Toen ze zelf in de onderbouw zat, was de benedenverdieping ter hoogte van het administratiekantoor voor de sectie Engels. Judith Pinkman was docente Engels, dus dat verklaarde waarom ze ter plaatse was geweest toen het schieten was begonnen.

Sam dacht aan de beveiligingsopnamen.

Mrs. Pinkman was op de gang verschenen nadat Lucy in haar hals was geschoten. Sam schatte dat er nog geen drie seconden waren verstreken tussen het moment waarop het meisje op haar rug op de vloer viel en het moment waarop Judith Pinkman aan het eind van de gang verscheen.

Vijf kogels. Een in de muur. Drie in Douglas Pinkman. Een in Lucy.

Als er zes kogels in de revolver hadden gezeten, waarom had Kelly haar laatste schot dan niet op Judith Pinkman gelost?

'Ik denk dat ze zwanger was.' Charlie stond in de deuropening, in de ene hand een bord met een broodje, in de andere een flesje cola.

Sam keerde haar aantekeningen om. Ze probeerde zo neutraal mogelijk te kijken. 'Wat?'

'Toen ze in de onderbouw zat en al die shit over zich heen kreeg. Volgens mij was Kelly toen zwanger.'

Heel even was Sam opgelucht, maar toen drong tot haar door wat haar zus had gezegd. 'Waarom denk je dat?'

'Dat heb ik van Facebook. Ik ben vrienden geworden met een van die meiden van school.'

'Charlie.'

'Het is een nepaccount.' Charlie zette het bord voor Sam op het bureau neer. 'Die meid, Mindy Zowada, is een van die krengen die zo vals deden in het jaarboek. Ik heb haar een beetje zitten voeren, gezegd dat ik roddels had gehoord over Kelly, dat ze nogal losgeslagen was in de onderbouw.

Binnen twee tellen wist ik al dat Kelly op haar dertiende een abortus had gehad. Of een "abortie", zoals Mindy het noemde.'

Sam steunde met haar hoofd op haar hand. Dit wierp nieuw licht op Kelly Wilson. Als ze al eens eerder zwanger was geweest, herkende ze nu ongetwijfeld de signalen. Waarom had ze niets tegen Sam gezegd? Deed ze zich onnozel voor om haar sympathie te wekken? Kon ze haar hoe dan ook wel op haar woord geloven?

'Hé,' zei Charlie. 'Ik vertel je Kelly Wilsons duistere geheim, en in ruil daarvoor kijk je me een beetje wezenloos aan?'

'Sorry.' Sam ging rechtop zitten. 'Heb je het filmpje gezien?'

Charlie antwoordde niet, maar ze was van het audioprobleem op de hoogte. 'Ik ben niet zo zeker van die mobieletelefoontheorie. Het geluid moet ergens anders vandaan komen. In het geval van een schietpartij gaat de hele zaak op slot, dat is de vaste procedure. De docenten oefenen het één keer per jaar. Iedereen hoorde in zijn lokaal te zijn, met de deur op slot. Als iemand al 911 heeft gebeld, heeft de telefoon het gesprek op de gang niet kunnen oppikken.'

'Judith Pinkman hield zich niet aan de procedure,' zei Sam. 'Ze rende de gang op nadat Lucy was neergeschoten.' Sam draaide haar blocnote weer om, maar hield het schuin bij Charlie vandaan toen ze haar aantekeningen aanvulde. 'Ze rende ook niet naar haar man. Ze rende rechtstreeks naar Lucy.'

'Hij was dood, dat was duidelijk.' Charlie wees op de zijkant van haar gezicht. De kaak van Douglas Pinkman was er bijna volledig afgeschoten. Zijn oogkas was een kogelgat.

'Loog Coin toen hij suggereerde dat er een audio-opname was van Kelly die naar de baby vroeg?' wilde Sam weten.

'Hij is een leugenaar, en leugenaars liegen nou eenmaal.' Charlie liet het even bezinken. 'Misschien heeft die agent het tegen Coin gezegd. Hij stond vlakbij in de gang toen Kelly zei wat ze gezegd heeft. Het raakte hem, dat kon je zien. Hij werd nog kwader dan eerst, en hij was al over de rooie.'

Sam maakte haar aantekening af. 'Klinkt logisch.'

'En het moordwapen?' zei Charlie.

'Wat is daarmee?'

Charlie leunde tegen een stoelvormige stapel troep. Ze peuterde aan een draadje van haar spijkerbroek, hetzelfde draadje waaraan ze die ochtend had gepeuterd.

Sam nam een hap van het broodje en wierp een blik door het smerige raam. De dag had afmattend lang geduurd, maar de zon ging nu pas onder. Ze wees naar de cola. 'Mag ik een slokje?'

Charlie draaide de dop van de fles en zette die op Sams omgekeerde aantekeningen. 'Ga je papa over Huck en de revolver vertellen?'

'Wat kan het jou schelen?'

Weer maakte Charlie dat halve schoudergebaar.

'Wat speelt er tussen jou en Ben?' vroeg Sam.

'Geen commentaar.'

Sam spoelde de pindakaas weg met een slok cola. Nu zou ze Charlie over Anton kunnen vertellen. Dan kon ze zeggen dat ze wist hoe het ging in een huwelijk, dat ze begreep hoe al die kleine ergernissen zich soms opstapelden. Ze zou tegen Charlie kunnen zeggen dat het er niet toe deed. Als je van iemand hield, moest je al het mogelijke doen om je relatie te laten slagen, want degene van wie je zielsveel hield, kon de ene dag over een zere keel klagen en de volgende dag dood zijn.

In plaats daarvan zei ze: 'Je moet het weer goedmaken met Ben.'

'Weet je wat ik me afvraag?' zei Charlie. 'Of je nog veel zou zeggen als je de woorden "je moet" uit je woordenboek schrapte.'

Sam was te moe voor een discussie. Ze nam weer een hap van haar broodje en kauwde het langzaam weg. 'Ik was op zoek naar de foto van Gamma.'

'Die staat thuis op zijn bureau.'

Daarmee was de zaak afgedaan. Sam ging niet naar de boerderij.

'Heb je dit gezien?' Alsof het een spelletje jenga was, wurmde Charlie met haar duim en twee vingers een paperback onder een dossierdoos vandaan, zonder de papieren die erbovenop lagen te laten vallen.

Ze gaf het boek aan Sam.

Die las de titel hardop voor: '*Weather Prediction by Numerical Process.*'

Het boek zag er oud en beduimeld uit. Sam bladerde het door. Bepaalde alinea's waren met potlood gemarkeerd. De titel dekte de lading: het was een leidraad om het weer te voorspellen aan de hand van een bepaald algoritme dat uitging van luchtdruk, temperatuur en luchtvochtigheid. 'Van wie is deze berekening?'

'Ik was nog maar dertien,' zei Charlie.

'Dom was je niet.' Sam corrigeerde een vergelijking. 'Dat heb ik tenminste nooit gedacht.'

'Het was van Gamma.'

Sams pen stokte.

'Ze bestelde het boek vlak voor ze stierf. Het werd een maand later bezorgd,' zei Charlie. 'Achter de boerderij is een oude weertoren.'

'Je meent het.' Sam was bijna verdronken in de beek die onder de toren door stroomde, want ze was te verzwakt geweest om haar hoofd boven water te houden.

'Hoe dan ook,' zei Charlie. 'Rusty en ik waren dus van plan de instrumenten op de weertoren weer in orde te maken om Gamma te verrassen. We dachten dat ze het geweldig zou vinden om de gegevens bij te houden. De Meteorologische Dienst noemt dat een burgerwetenschapper. Er zijn in het hele land duizenden mensen die ze bijhouden, maar tegenwoordig wordt het werk door computers gedaan. Volgens mij bewijst dat boek dat ze ons een stap voor was. Zoals gewoonlijk.'

Sam nam vluchtig de grafieken en geheimzinnige algoritmen door. 'Je weet dat dit fysiek onrealistisch is. De atmosfeer kent een kwetsbaar dynamisch evenwicht tussen massa en beweging.'

'Ja, Samantha, dat weet iedereen,' zei Charlie. 'Papa en ik deden samen de berekeningen. Elke ochtend verzamelden we de gegevens van de meetapparatuur, daar lieten we dan het algoritme op los, en zo voorspelden we het weer van de volgende dag. Tenminste, dat probeerden we. Zo voelden we ons wat dichter bij haar.'

'Ze zou het prachtig hebben gevonden.'

'Ze zou woest zijn geweest omdat ik steeds de berekeningen verprutste.'

Sam haalde haar schouders op, want ook dat was waar.

Langzaam bladerde ze het boek door, zonder echt op de tekst te letten. Ze dacht aan Charlie toen ze klein was, hoe ze met gebogen hoofd en haar tong tussen haar lippen aan de keukentafel haar huiswerk had gemaakt. Ze neuriede altijd terwijl ze wiskundesommen maakte. Ze floot wanneer ze met een kunstproject bezig was. Soms zong ze hardop zinnen die ze in haar boeken tegenkwam, maar alleen als ze dacht dat ze alleen was. Sam hoorde vaak haar zachte, theatrale gekweel door de dunne wand die hun kamers van elkaar scheidde. 'Wees haar waardig, lief, en de liefde zal komen!' of 'God is mijn getuige, ik zal nooit meer honger lijden!'

Wat was er geworden van die neuriënde, fluitende, zingende Charlie?

De dood van Gamma en Sams letsel hadden uiteraard iets van haar levensvreugde getemperd, maar niettemin had Sam de vrolijke fonkeling in Charlies ogen gezien die laatste keer dat ze samen waren geweest, in New York. Ze had grapjes gemaakt, Ben geplaagd. Ze had lopen neuriën en zingen en zichzelf vermaakt met haar eigen lawaai. Haar gedrag destijds deed Sam denken aan Fosco en hoe ze hem soms alleen in een kamer aantrof, waar hij puur voor zijn eigen plezier zat te spinnen.

Wie was deze doodongelukkige vrouw die ooit haar zus was geweest?

Charlie peuterde weer aan het draadje van haar broek. Ze snufte en raakte haar neus aan. 'Jezus christus. Ik bloed alweer.' Ze bleef haar neus ophalen, maar het hielp niet. 'Heb je tissues?'

Kelly Wilson had Sams voorraad opgemaakt. Ze keek om zich heen in Rusty's kantoor en trok een paar laden open.

Weer snufte Charlie. 'Papa heeft echt geen tissues.'

In de onderste la vond Sam een rol toiletpapier. Ze gaf hem aan Charlie en zei: 'Je moet je neus recht laten zetten voor het te laat is. Je bent toch de hele nacht in het ziekenhuis geweest?'

Charlie depte het bloed. 'Het doet pijn.'

'Ga je me nog vertellen wie je geslagen heeft?'

Charlie keek op van het bebloede toiletpapier. 'In het grote geheel stelt het niet veel voor, maar op de een of andere manier is het tot iets uitgegroeid, en eigenlijk wil ik het je niet vertellen.'

'Mij best.' Sam keek in de la. Ze zag een lege dossierklem. Rusty had een stapel brieven boven op een beduimeld, drie jaar oud exemplaar van *Georgia Court Rules and Procedures* gegooid. Ze wilde de la al sluiten toen ze het retouradres op een van de enveloppen las.

Handgeschreven.

Boze, scherpe letters.

GEORGIA DIAGNOSTIC & CLASSIFICATION PRISON
po box 3877
jackson, ga 30233

Sam verstijfde.

De zwaarste gevangenis in Georgia.

De inrichting waar terdoodveroordeelden werden ondergebracht.

'Wat is er?' vroeg Charlie. 'Heb je een dood beest gevonden?'

Sam kon de naam boven het adres niet lezen. Een reclamefolder voor kerstversieringen onttrok die aan het zicht, op de helft van de eerste letter na.

Sam zag een gebogen lijn, mogelijk van een O of een haastig geschreven I, of misschien de rand van een hoofdletter C.

De rest van de naam ging schuil onder de folder.

'Zeg alsjeblieft dat het geen porno is.' Charlie liep om het bureau heen. Ze keek in de la.

Sam keek met haar mee.

'Dit alles is papa's privébezit,' zei Charlie. 'We hebben het recht niet ernaar te kijken.'

Sam stak haar pen in de la en schoof de felgekleurde reclamefolder weg.

CULPEPPER, ZACHARIAH GEDETINEERDE # 4252619

'Waarschijnlijk een doodsbedreiging,' zei Charlie. 'Je hebt de Culpeppers vandaag gezien. Telkens wanneer het ernaar uitziet dat Zachariahs executiedatum eindelijk bekend wordt gemaakt –'

Sam pakte de brief. Hij woog niets, hoewel ze het gewicht tot in haar botten voelde. De flap was al opengescheurd.

'Sam, dat is privé,' zei Charlie.

Sam haalde een blocnotevel uit de envelop. Twee keer dubbelgevouwen om erin te passen. Onbeschreven aan de achterkant. Zachariah Culpepper had de moeite genomen de rafelige rand waar het papier van de metalen spiraal was gerukt eraf te scheuren.

Met diezelfde vingers had hij haar oogleden aan flarden gereten.

'Sam,' zei Charlie. Ze keek in de la. Er lagen tientallen brieven van de moordenaar. 'We hebben het recht niet ze te lezen.'

'Wat bedoel je met "recht"?' wilde Sam weten. Haar keel kneep dicht rond het woord. 'Ik heb het récht te weten wat de man die mijn moeder heeft vermoord aan mijn vader schrijft.'

Charlie griste de brief weg. Ze gooide hem weer in de la en schopte die dicht.

'Nou wordt-ie mooi.' Sam liet de lege envelop op het bureau vallen. Ze gaf een ruk aan de la, maar er zat geen beweging in, aangezien Charlie het voorpaneel achter de lijst had geschopt. 'Maak open.'

'Nee,' zei Charlie. 'We hoeven niet te lezen wat hij te melden heeft.'

'We?' herhaalde Sam, want niet zíj was die dag zo gek geweest om ruzie te zoeken met Danny Culpepper. 'Sinds wanneer is het "wij" als het om de Culpeppers gaat?'

'Jezus, wat bedoel je daar nu weer mee?'

'Niks. Het is een zinloze discussie.' Sam stak haar hand naar beneden en gaf weer een ruk aan de la. Hij zat muurvast. Alsof haar vingers in veren waren veranderd.

'Ik wist dat je nog steeds kwaad op me was,' zei Charlie.

'Ik ben niet "nog steeds" kwaad op je,' wierp Sam tegen. 'Ik ben wéér kwaad op je omdat je je gedraagt als een kind van drie.'

'Ja hoor,' zei Charlie. 'Wat je zegt, Sammy. Ik ben een kind van drie. Prima.'

'Wat héb je toch?' Sam was al even kwaad als Charlie. 'Ik wil de brieven lezen van de man die mijn moeder heeft vermoord.'

'Je weet wat erin staat,' zei Charlie. 'Je bent nog maar één dag in de stad en je hebt het al van dat hoerenjong zelf gehoord: we hebben gelogen. Zijn vader is onschuldig. We willen hem dood vanwege een stomme advocatenrekening die papa toch nooit geïnd zou hebben.'

Sam wist dat ze gelijk had, maar dat bracht haar niet op andere gedachten. 'Charlie, ik ben moe. Wil je alsjeblieft die pokkenla openmaken?'

'Alleen als jij zegt waarom je vandaag bent gebleven. Waarom jij de voorgeleiding hebt gedaan. Waarom je hier nog steeds bent.'

Het was alsof er een aambeeld op Sams schouders rustte. Ze leunde tegen het bureau. 'Oké, wil je weten waarom ik vandaag ben gebleven? Omdat ik er niet bij kan dat je je leven zo verkloot hebt.'

Charlie snoof zo hard dat het bloed uit haar neus droop. Ze veegde het weg met haar vingers. 'Jouw leven is zeker volmaakt?'

'Je hebt geen idee wat...'

'Jij bent duizenden kilometers verderop gaan wonen. Papa's telefoontjes beantwoord je niet, Bens mailtjes evenmin, en je zal ons al helemaal nooit bellen. Het schijnt dat je de hele tijd naar Atlanta op en neer vliegt, nog geen twee uur rijden hiervandaan, maar je hebt nooit –'

'Je hebt zelf gezegd dat ik geen contact met je mocht opnemen. "Geen van ons tweeën zal ooit verder kunnen als we altijd achterom blijven kijken." Dat waren letterlijk jouw woorden.'

Charlie schudde haar hoofd, wat Sams ergernis alleen maar vergrootte.

'Charlotte, je bent de hele dag al op ruzie uit,' zei ze. 'Sta niet met je hoofd te schudden alsof ik gek ben of zo.'

'Je bent niet gek, je bent gewoon een dom wijf.' Charlie sloeg haar armen over elkaar. 'Ik zei dat we niet achterom moesten kijken. Ik heb niet gezegd dat we niet vooruit mochten kijken, of niet mochten proberen samen verder te gaan, zoals zussen dat doen.'

'Neem me niet kwalijk als ik niet tussen de regels door kon lezen van je armzalig geconstrueerde tirade over de status van onze mislukte relatie.'

'Tja, je hebt een kogel door je hoofd gekregen, dus er zit vast een gat op de plek waar tirades worden verwerkt.'

Sam sloeg haar handen ineen. Ze weigerde in woede uit te barsten. 'Ik heb de brief. Zal ik je een kopie sturen?'

'Ga jij maar lekker naar de copyshop, kopieer hem tweezijdig en steek hem dan in je krampachtige yankeereet.'

'Waarom zou ik een enkel beschreven blaadje dubbelzijdig kopiëren?'

'Jezus christus!' Charlie sloeg met haar vuist op het bureaublad. 'Je bent hier nog geen dag, Sam. Waarom is mijn ellendige, treurige leventje opeens zo belangrijk voor je?'

'Dat zijn niet mijn woorden.'

'Je zit gewoon op me in te hakken.' Charlie porde tegen Sams schouder. 'Hak, hak, hak, je lijkt wel een bijl.'

'Echt?' Sam negeerde de stekende pijn telkens wanneer Charlie haar schouder raakte. 'Ik zit op jou in te hakken?'

'Je vraagt naar Ben.' Weer een por, maar nu harder. 'Je vraagt naar Rusty.' Weer een por. 'Je vraagt naar Huck.' En nog een por. 'Je vraagt naar –'

'Ophouden!' riep Sam, Charlies hand wegmeppend. 'Waarom ben je zo fucking vijandig?'

'Waarom ben jij zo fucking irritant?'

'Omdat je gelukkig hoorde te zijn!' schreeuwde Sam, en de waarheid joeg een schok door haar zintuigen. 'Ik heb een nutteloos lijf! Mijn hersens zijn...' Ze wierp haar handen in de lucht. 'Weg! Alles wat ik had moeten zijn is weg. Ik kan niet zien. Ik kan niet rennen. Ik kom niet vooruit. Ik kan dingen niet verwerken. Ik heb nooit rust. Nooit troost... nooit. En elke dag zeg ik tegen mezelf – elke dag, Charlotte – dat het niet uitmaakt, omdat jij hebt kunnen ontsnappen.'

'Ik ben ontsnapt!'

'En waarvoor?' tierde Sam. 'Om de Culpeppers op de kast te jagen? Om een soort Rusty te worden? Om je op je bek te laten timmeren? Om je huwelijk naar de knoppen te helpen?' Sam veegde een stapel tijdschriften op de vloer. Ze hapte naar adem van de pijn in haar arm. Haar biceps verkrampte. Haar schouder zat vast. Buiten adem leunde ze tegen het bureau.

Charlie deed een stap naar voren.

'Nee.' Sam wilde geen hulp. 'Jij zou kinderen krijgen. Jij zou vrienden hebben die van je hielden, en je zou in je prachtige huis wonen met je fantastische man, en niet alles vergooien voor zo'n lamlul als Mason Huckabee.'

'Dat is –'

'Niet eerlijk? Niet waar? Is het dan niet zo gegaan met Ben? En is het niet zo gegaan op de universiteit? Is het niet zo gegaan telkens wanneer je weer eens het gevoel had weg te willen lopen omdat jíj het jezelf verwijt, Charlie, niet mij. Ik verwijt je niet dat je bent weggelopen. Gamma wilde dat je wegliep. Ik heb je gesmeekt om weg te lopen. Wat ik je verwijt is dat je je verschuilt... voor je leven, voor mij, voor je eigen geluk. Vind je mij gesloten? Vind je mij kil? Zelf word je verteerd door zelfhaat. Je stinkt ernaar. En je denkt dat je de brokstukken alleen bij elkaar kunt rapen door alles en iedereen in een apart vakje te stoppen.'

Charlie zweeg.

'Ik zit in New York. Rusty zit in zijn scheve windmolen. Ben is hier. Mason is daar. Lenore is weet ik veel waar. Dat is toch geen leven, Charlie? Je bent niet voor een dergelijk leven geboren. Je bent zo slim en ijverig, en je was altijd zo irritant, zo meedogenloos gelukkig.' Sam masseerde haar schouder. Haar spieren stonden in brand. 'Wat is er met die persoon gebeurd, Charlie? Je bent weggerend. Je bent ontsnápt.'

Charlie staarde naar de vloer. Haar kaak stond strak. Ze ademde zwaar.

Dat gold ook voor Sam. Ze voelde haar borst op- en neergaan. Haar vingers trilden als vastgelopen secondewijzers. Het was alsof de wereld dol draaide. Waarom bleef Charlie maar doordrammen? Wat probeerde ze te bereiken?

Lenore klopte op de openstaande deur. 'Alles goed hier?'

Charlie schudde haar hoofd. Bloed druppelde uit haar neus.

'Moet ik de politie bellen?' grapte Lenore.

'Bel maar een taxi.' Charlie greep het handvat van de la. Ze wrikte hem open. Het hout versplinterde. Zachariah Culpeppers brieven vlogen over de vloer. 'Ga naar huis, Samantha. Je had gelijk. Je wordt alleen maar vals van dit stadje.'

DERTIEN

Sam zat tegenover Lenore in het verder verlaten eettentje. Langzaam dompelde ze haar theezakje in het glas met heet water dat de serveerster had gebracht. Ze voelde de blik van Lenore, maar ze wist niet wat ze moest zeggen.

'Het is sneller als ik je naar het ziekenhuis rijd,' bood Lenore aan.

Sam schudde haar hoofd. Ze wachtte wel op de taxi. 'Je hoeft niet bij me te blijven.'

Lenore hield haar koffiebeker tussen haar handen. Haar nagels waren keurig verzorgd en transparant gelakt. Aan haar rechterwijsvinger droeg ze een ring. Toen ze Sam zag kijken, zei ze: 'Die heb ik van je moeder gekregen.'

Sam vond de ring typisch iets voor haar moeder: ongewoon, niet echt mooi, maar op een bepaalde manier opvallend. 'Vertel eens over haar,' zei ze.

Lenore hield haar hand omhoog en bestudeerde de ring. 'Mijn zus, Lana, werkte met haar samen bij Fermilab. Niet op dezelfde afdeling en ook niet op hetzelfde niveau, maar ze deelden een flat op de campus omdat vrijgezelle meiden destijds niet in hun eentje mochten wonen. Alleen onder die voorwaarde mocht Lana daar van mijn moeder gaan werken, zolang ze maar uit de buurt bleef van de op seks beluste mannelijke wetenschappers.'

Sam zweeg afwachtend.

'In de kerstvakantie nam Lana Harriet mee naar huis. Eerst negeerde ik haar, maar op een nacht toen ik niet kon slapen liep ik de achtertuin in voor wat frisse lucht, en daar stond ze.' Lenore trok haar wenkbrauwen op. 'Ze keek naar de sterren. Van beroep was ze natuurkundige, maar ze had een passie voor astronomie.'

Het speet Sam dat ze dat nooit had geweten.

'We hebben de hele nacht gepraat. Ik had zelden zo'n interessant iemand ontmoet. We begonnen min of meer te daten, maar er was nooit iets...' De details liet ze achterwege. 'We zijn ruim een jaar samen geweest, ook al was het een langeafstandsrelatie. Ik studeerde rechten, samen met Rusty. Waarom ik dat niet heb afgemaakt, is een ander verhaal. Maar tijdens een zomervakantie nam ik je vader mee naar Chicago, en ze was meteen verkocht.' Ze haalde haar schouders op. 'Ik trok me wijselijk terug. We waren toch al eerder vrienden dan geliefden.'

'Maar ze was altijd en eeuwig kwaad op je,' zei Sam. 'Dat hoorde ik aan haar stem.'

'Haar man zat tot laat op de avond met mij te drinken en te roken in plaats van dat hij tijd met zijn gezin doorbracht.' Weer dat schouderophalen. 'Ze wilde een normaal burgerleven.'

Dat kon Sam zich niet voorstellen. 'Mijn moeder was verre van burgerlijk.'

'Mensen verlangen altijd naar iets wat ze niet kunnen krijgen,' zei Lenore. 'Harry was altijd een buitenbeentje, ook bij Fermi. Ze was te anders. Het ontbrak haar aan sociale vaardigheden. Tegenwoordig zou ze ergens in het autistisch spectrum geplaatst worden, maar destijds was ze gewoon te slim, te getalenteerd, te vreemd. En al helemaal voor een vrouw.'

'Hoe zag een normaal leven er volgens haar dan uit?'

'Een huwelijk. Sociale structuur. Jullie. Jullie maakten haar gelukkiger dan wat ook ter wereld. Ze zag hoe jullie brein zich ontwikkelde. Ze bestudeerde jullie reacties op nieuwe prikkels. Ze schreef hele dagboeken vol.'

'Zo klink ik als een soort wetenschappelijk project.'

'Je moeder was dol op projecten,' zei Lenore. 'Maar Charlie was heel anders. Heel creatief. Heel spontaan. Harriet aanbad haar. Ze aanbad jullie allebei, maar van Charlie heeft ze nooit iets begrepen.'

'Dat hebben we dan gemeen.' Sam nam een slok thee. De melk smaakte bedorven. Ze zette haar beker neer. 'Wat heb je tegen me?'

'Je hebt Charlie gekwetst.'

'Charlie lijkt me heel goed in staat zichzelf te kwetsen.'

Lenore stak haar hand in haar tas en haalde de USB-stick tevoorschijn die ze van Ben had gekregen. 'Die moet jij meenemen.'

Sam deinsde terug, alsof het ding haar dreigde aan te vallen.

'Gooi maar weg, ergens in Atlanta.' Lenore schoof het Starship over de tafel. 'Doe het voor Ben. Je weet wat voor problemen hij hiermee kan krijgen.'

Voorlopig gooide Sam het ding in haar tas. Ze kon het niet meenemen in het vliegtuig naar New York. Ze zou iemand op het kantoor in Atlanta vragen of die het wilde vernietigen.

'Met mij kun je trouwens vrijuit over de zaak praten,' zei Lenore. 'Coin zal me nooit als getuige oproepen. De complete jury krijgt een hartstilstand als ze me in deze kleren zien.'

Sam wist dat ze gelijk had, hoe fout het ook was.

'Die kogels, daar zit ik mee,' zei Lenore. 'Die verdwaalde kogel in de muur, dat klopt gewoon niet. Kelly wist Pinkman drie keer te raken: één keer in zijn borst, twee keer in zijn hoofd. Dan heb je heel veel geluk, of je bent een verdomd goeie schutter.'

'Lucy.' Sam raakte de zijkant van haar hals aan. 'Dat schot was niet echt raak.'

'Nee, maar moet je horen. In Pikeville word je geen vrouw zoals ik zonder te weten hoe je een wapen moet vasthouden. Een dergelijk doel zou ik op de schietbaan niet eens kunnen raken, en dat is zonder druk, zonder dat er levens op het spel staan. We hebben het hier over een meisje van achttien dat in de gang staat te wachten tot de bel gaat. De adrenaline moet uit haar oren zijn gespoten. Of ze is de koelbloedigste moordenares die ooit in deze stad heeft rondgelopen, of er speelt iets anders.'

'En wat zou dat kunnen zijn?'

'Geen idee.'

Sam dacht aan Kelly's zwangerschap. Aan Adam Humphrey. Het jaarboek. Allemaal stukjes van een puzzel die ze hoogstwaarschijnlijk nooit compleet zou zien.

'Ik heb nog nooit mijn eed van geheimhouding geschonden,' zei ze.

Lenore maakte een achteloos gebaar.

Sam voelde zich schuldig nu ze overwoog de eed te schenden, en des te meer omdat ze haar zus niet in vertrouwen had genomen. Toch zei ze uiteindelijk: 'Kelly is misschien zwanger.'

Zwijgend nam Lenore een slok koffie.

'Toen ik met haar sprak, had ze het over Adam Humphrey. Die zou weleens de vader kunnen zijn. Of Frank Alexander. Blijkbaar is het Kelly's tweede zwangerschap,' voegde ze eraan toe. 'In de eerste klas is ze ook al eens zwanger geweest, maar toen is het volgens de geruchten weggehaald. Charlie is daarvan op de hoogte, maar ze weet niet dat Kelly misschien weer zwanger is.'

Lenore zette haar beker neer. 'Dan zegt Coin dat Frank Alexander de vader is en dat Kelly Lucy heeft vermoord uit wrok of uit jaloezie.'

'Met een simpele test kun je het vaderschap vaststellen.'

'Rusty kan dat laten uitstellen tot het kind is geboren. Onnodige belasting. Zo'n test is niet zonder risico,' zei Lenore. 'Denk je dat Adam Humphrey of Frank Alexander Kelly om de een of andere onbekende reden heeft overgehaald om met een wapen naar de school te gaan? Of denk je dat het haar eigen idee was?'

'Eén ding weet ik zeker: dat Kelly Wilson zo ongeveer de laatste persoon op aarde is die we op haar woord kunnen geloven.' Sam drukte met haar vingers tegen haar slaap in een poging iets van de spanning weg te nemen. 'Ik heb in het verleden opnamen gezien van valse bekentenissen – tijdens mijn studie, op tv, in documentaires. De West Memphis Three, Brendan Dassey, Chuck Erickson. Wij allemaal hebben ze gezien of erover gelezen, maar als je tegenover iemand zit die zo beïnvloedbaar is, die jou zo graag een plezier wil doen dat ze bereid is je overal te volgen, waar je ook gaat, ja, dat is ongelooflijk.'

Sam probeerde zich haar gesprek met Kelly weer voor de geest te halen, het te analyseren en te doorgronden wat er gebeurd was. 'Er zal wel een soort *confirmation bias* in het spel zijn, dat je in je mening bevestigd wilt worden. Je maakt jezelf wijs dat niemand zo traag van begrip kan zijn, dat je vast voor de gek wordt gehouden, maar de ander mist simpelweg de intellectuele scherpte om je te bedonderen. Voor dat soort trucs functioneert zo iemand op een te laag niveau, en als ze op een hoger niveau zou functioneren zodat ze je kon bedriegen, zou ze niet zo dom zijn om de verdenking op zichzelf te laden.' Sam besefte dat ze aan het doordraven was, zoals Charlie vaak deed. Ze probeerde zich beknopter uit te drukken. 'Ik heb Kelly Wilson laten zeggen dat ze gezien heeft dat Charlie Judith Pinkman in het gezicht heeft geslagen.'

'Mijn hemel.' Lenore bracht haar hand naar haar hart. Waarschijnlijk zei ze nu in gedachten een dankgebedje omdat ze een film in bezit hadden waarop het tegendeel werd bewezen.

'Het was zo gemakkelijk om haar dat te laten zeggen,' bekende Sam. 'Ik wist dat ze moe was, misselijk, ze was in de war en bang en eenzaam. En binnen vijf minuten had ik haar zover dat ze niet alleen mijn woorden herhaalde, maar ze ook bevestigde en zelfs nieuwe details verzon, bijvoorbeeld dat de klap zo luid was geweest dat ze hem aan de andere kant van de gang had kunnen horen, en dat alles om de leugen te onderbouwen die ik haar gevoerd had.' Sam schudde haar hoofd, want ze kon het nog steeds niet geloven. 'Ik heb altijd geweten dat mijn wereld anders is dan die van de meeste mensen, maar Kelly zit op de ondergrens. Dat is niet hard of arrogant bedoeld. Het is gewoon zo. Het is niet zonder reden dat dergelijke meisjes het spoor bijster raken.'

'Dat ze het verkeerde pad op worden gevoerd, bedoel je?' opperde Lenore.

Weer schudde Sam haar hoofd, want ze wilde zich niet aan de een of andere theorie verbinden.

'Ik heb Jimmy Jack al op die Humphrey gezet. Hij zal hem inmiddels wel opgespoord hebben.'

'De vader van Lucy Alexander kunnen we niet helemaal uitsluiten,' benadrukte Sam. 'Dat we Ken Coin zijn gelijk niet gunnen, betekent nog niet dat hij ongelijk heeft.'

'Als íémand tot op de bodem kan uitzoeken waarom dit gebeurd is, is het Jimmy Jack.'

Sam vroeg zich af of het net ver genoeg uitgegooid zou worden om ook Mason Huckabee erbij te betrekken, maar ze was zo wijs om de naam van Charlies minnaar niet tegenover Lenore te laten vallen. In plaats daarvan zei ze: 'Met het achterhalen van Kelly's motief krijgen we de slachtoffers niet terug.'

‘Nee, maar misschien hou je een derde slachtoffer uit de dodencel.’

Sam tuitte haar lippen. Ze was er niet helemaal van overtuigd dat Kelly Wilson zelf slachtoffer was. Zwakbegaafd of niet, ze was met een wapen de school binnengegaan en had de trekker vaak genoeg overgehaald om twee onschuldige mensen in koelen bloede te vermoorden. Sam was blij dat de verantwoordelijkheid voor het lot van het meisje niet op haar schouders rustte. Natuurlijk was het de bedoeling dat jury’s onpartijdig waren, toch was de kans absurd klein dat er binnen een straal van honderdvijftig kilometer van Pikeville een onpartijdige jury kon worden gevonden.

‘Je taxi komt zo.’ Lenore stak haar hand op om de aandacht van de serveerster te trekken.

Sam draaide zich om. De vrouw zat aan de bar. ‘*Madam?*’

De serveerster hees zich overeind en liep met zichtbare tegenzin naar hun tafel. Met een zucht vroeg ze: ‘Wat is er?’

Sam keek Lenore aan, maar die schudde haar hoofd. ‘Ik wil graag afrekenen.’

De vrouw sloeg de rekening met een klap op tafel. Ze pakte Lenores beker tussen haar duim en wijsvinger, alsof ze bang was besmet te zullen raken.

Sam wachtte tot het vreselijke mens weer weg was. ‘Waarom blijf je hier?’ vroeg ze. ‘In dit achterlijke gat.’

‘Het is mijn thuis. En er zijn hier ook goede mensen, die geloven in leven en laten leven.’ Ze voegde eraan toe: ‘Bovendien heeft New York tijdens de laatste presidentsverkiezingen het recht verloren om moreel zo hoog van de toren te blazen.’

Sam lachte wrang.

‘Ik ga bij Charlie kijken.’ Lenore haalde een dollarbiljet uit haar portefeuille, maar Sam wuifde haar weg.

‘Bedankt,’ zei Sam, die er slechts naar kon gissen wat Lenore allemaal voor haar familie had gedaan. Ze was zo opgegaan in de moeizame strijd om haar eigen herstel, dat ze niet echt had stilgestaan bij de vraag hoe het stond met de levens van Rusty en Charlie. Het was duidelijk dat Lenore de door Gamma achtergelaten leegte voor een deel had gevuld.

Sam hoorde de bel boven de deur rinkelen toen Lenore vertrok. De serveerster zei iets snerends tegen de kok. Even overwoog Sam haar terecht te wijzen, haar met een scherpe opmerking neer te sabelen, maar het ontbrak haar aan energie om nog een gevecht aan te gaan.

Ze liep naar het toilet. Ze ging voor de wasbak staan en waste zich vluchtig, onderwijl dromend van de douche in het Four Seasons Hotel in Atlanta. Er waren zestien uur verstreken sinds haar vertrek uit New York. Ze had bijna twee keer zo lang niet geslapen. Ze voelde een doffe pijn in haar hoofd, als van een rotte kies. Haar lichaam werkte niet mee. Ze keek naar haar vermoeide, uitgebluste gezicht in de spiegel en zag haar moeders bittere teleurstelling.

Sam dacht aan Charlie en hield op met hopen.

Ze had geen andere keuze. Charlie weigerde met haar te praten, had geweigerd de afgesloten deur van haar kantoor te openen toen Sam er herhaaldelijk op had geklopt. Dit was anders dan de vorige keer, toen Charlie er midden in de nacht vandoor was gegaan omdat haar veiligheid op het spel had gestaan. Nu smeekte Sam haar, bood haar verontschuldigingen aan – hoewel ze niet wist waarvoor – maar ze werd beloond met een ijzige stilte. Ten slotte aanvaardde Sam met pijn in haar hart wat ze al die tijd had moeten weten.

Charlie had haar niet nodig.

Met een stukje toiletpapier veegde ze haar ogen droog. Ze wist niet of ze huilde van uitputting of om de zinloosheid van haar reis. Twintig jaar geleden was het verlies van haar zus als een wederzijdse overeenkomst geweest. Sam was ontploft. Charlie was al even hard ontploft. Hun ruzie was fel en slopend geweest, en uiteindelijk hadden ze afgesproken uit elkaar te gaan.

Nu was de breuk sluipenderwijs gekomen. Sam dacht dat ze iets goeds, iets échts had gevonden, maar Charlie had het uit haar handen getrokken.

Kwam het door Zachariah Culpepper?

Sam had de brieven in haar tas. In elk geval een paar, want er waren er nog veel meer in Rusty's kantoorkamer. Ze had aan zijn bureau gestaan en de ene envelop na de andere geopend. In al die enveloppen zat hetzelfde dubbelgevouwen blocnoteblad, met telkens dezelfde zes woorden, in zo'n moeizaam handschrift dat het potlood door het papier was gedrukt:

JE BENT ME NOG IETS SCHULDIG.

Eén regel, honderden keren gepost, en eens per maand bezorgd op Rusty's kantoor.

Sams telefoon piepte.

Haastig rommelde ze in haar tas. Het was Charlie niet. Ben ook niet. Het was een bericht van het taxibedrijf. De chauffeur stond buiten te wachten.

Sam depte haar ogen. Ze streek door haar haar. Ze liep terug naar de tafel en legde er een dollarbiljet op. Ze rolde haar koffer naar de wachtende taxi. De chauffeur stapte uit om hem in de kofferbak te leggen. Ze ging achterin zitten en staarde uit het raam terwijl ze door het centrum van Pikeville reden.

Stanislav zou haar bij het ziekenhuis oppikken. Hoewel Sam niet veel zin had om haar vader te bezoeken, was ze het aan Rusty, aan Kelly Wilson verplicht om haar aantekeningen over te dragen, haar gedachten en vermoedens met hem te delen.

Het klopte wat Lenore over die kogels had gezegd. Kelly had zich in de gang een verbazingwekkend goed schutter getoond. Ze was erin geslaagd Douglas Pinkman en Lucy Alexander van een behoorlijke afstand te raken.

Dus waarom had Kelly Mrs. Pinkman niet neergeschoten toen die haar lokaal uit was gekomen?

Nog meer raadsels die Rusty moest oplossen.

Sam deed het autoraampje naar beneden. Ze keek op naar de sterren waarmee de hemel bezaaid was. In New York was zoveel lichtvervuiling dat Sam vergeten was hoe de nacht eruit hoorde te zien. De maan was slechts een blauw schijfje licht. Ze nam haar bril af, voelde de frisse lucht op haar gezicht en sloot haar ogen. Ze dacht aan Gamma, die naar de sterren had gekeken. Had die geweldige, briljante vrouw echt verlangd naar een burgerlijk leven?

Huisvrouw. Moeder. Een man die voor haar zorgde; de gelofte om voor hem te zullen zorgen.

Als Sam aan haar moeder dacht, dacht ze vooral aan het feit dat Gamma altijd op zoek was. Naar kennis. Naar informatie. Naar oplossingen. Een herinnering kwam boven aan een van die vele, naamloze dagen waarop ze bij thuiskomst uit school Gamma aan een project had zien werken. Charlie speelde bij een vriendinnetje. Ze woonden nog in het roodstenen huis. Sam opende de achterdeur, liet haar tas op de keukenvloer vallen en schopte haar schoenen uit. Gamma draaide zich om. Ze had een markeerstift in haar hand, waarmee ze op het grote raam had geschreven dat uitkeek op de achtertuin. Vergelijkingen, zag Sam, hoewel de betekenis haar ontging.

'Ik probeer te ontdekken waarom mijn cake is ingezakt,' had Gamma uitgelegd. 'Dat is het probleem met het leven, Sam. Wie niet oprijst, zakt in.'

De taxi schokte en Sam schrok wakker.

Gedurende één panische seconde wist ze niet waar ze was.

Ze zette haar bril op. Er was bijna een halfuur verstreken. Ze waren al in Bridge Gap. Koffiehuisjes met daarboven drie of vier kantoorverdiepingen. Reclameborden kondigden openluchtconcerten en familiepicknicks aan. Ze reden langs de bioscoop die Mary-Lynne Huckabee met haar vriendinnen had bezocht en waar ze op het toilet was verkracht.

Zoveel geweld in één district.

Sam legde haar hand op haar tas met daarin de brieven, die een bijna tastbare hitte afgaven.

JE BENT ME NOG IETS SCHULDIG.

Interesseerde het haar eigenlijk wel wat Zachariah Culpepper van Rusty wilde? Bijna dertig jaar geleden had Rusty gepleit voor het leven van de man. Zachariah stond bij Rusty in het krijt. En bij Sam. En Charlie. En zelfs bij Ben.

Sam ontgrendelde haar telefoon.

Ze maakte een nieuw mailbericht aan en typte Bens adres. Haar vingers aarzelden toen ze een tekst moest bedenken voor de onderwerpregel. Charlies naam? Verzoek om advies? Excuses omdat ze niet had kunnen lijmen wat kapot was?

Charlie was kapot, dat was het enige wat Sam haarscherp zag. Haar zus had Sam om een bepaalde reden naar huis laten komen. Sam had Charlie moeten dwingen tot een bekentenis, een onthulling, de waarheid aan haar moeten ontlokken over iets wat haar dwarszat. Een andere reden voor het aanhoudende provoceren, uitvallen en afstoten was er niet.

Sam kende de tactiek van haar zus maar al te goed. Zelf was ze zo licht ontvlambaar geweest nadat ze was neergeschoten, zo woedend om de zwakte van haar lichaam, zo razend omdat haar brein minder goed werkte dan vroeger, dat niemand voor haar opvliegendheid gespaard was gebleven. De steroïden, de antidepressiva en anticonvulsiva die de artsen haar hadden voorgeschreven, hadden haar emoties alleen maar verhit. Het grootste deel van de tijd was ze laaiend geweest, en haar woede had zich alleen laten temperen als ze die naar buiten richtte.

Charlie en Rusty hadden er het zwaarst onder moeten lijden.

Na de revalidatie had Sam een halfjaar op de boerderij gewoond en iedereen het leven zuur gemaakt. Niets was naar haar zin. Ze klaagde altijd. Ze kwelde Charlie, bezorgde haar het gevoel dat ze niets goed deed. Als iemand gedragstherapie aan haar voorstelde, ging ze als een helleveeg tekeer, beweerde dat haar niets mankeerde, dat ze herstellende was, dat ze godverdomme helemaal niet kwaad was... Ze was alleen moe, geïrriteerd, ze had alleen ruimte nodig, tijd, gelegenheid om alleen te kunnen zijn, om weg te kunnen, om haar gevoel van eigenwaarde terug te vinden.

Uiteindelijk had ze van Rusty staatsexamen mogen doen en werd ze vroegtijdig op Stanford University toegelaten. Pas tijdens haar studie, vierduizend kilometer van huis, had ze beseft dat haar woede geen monster was dat zich tot de boerderij beperkte.

Je zag iets pas echt als je er afstand van nam.

Sam was kwaad op Rusty omdat hij de Culpeppers in hun leven had gebracht. Ze was kwaad op Charlie omdat ze de keukendeur had geopend.

Ze was kwaad op Gamma omdat ze het geweer had gegrepen. Ze was kwaad op zichzelf omdat ze niet naar haar intuïtie had geluisterd toen ze in de badkamer stond, maar de bolhamer had gepakt en naar de keuken was gelopen in plaats van de achterdeur uit te rennen.

Ze was kwaad. Ze was kwaad. Ze was alle-fucking-jezus kwaad.

Toch had ze zichzelf pas op haar eenendertigste toegestaan de woorden hardop uit te spreken. Door de ruzie met Charlie was de korst opengebarsten, en alleen dankzij Anton en zijn gelijkmatige houding was de wond eindelijk gaan helen.

Sam was in zijn appartement. Het was oudejaarsavond. Ze keken tv, zagen het dalen van de bal op Times Square. Ze dronken champagne, of in elk geval deed Sam alsof.

'Het brengt ongeluk als je geen slokje neemt,' had Anton gezegd.

Sam had het weggelachen, want inmiddels werd ze al meer dan haar halve leven door het ongeluk achtervolgd. Toen had ze hem iets toevertrouwd wat ze nog nooit tegen iemand had gezegd: 'Ik ben altijd bang dat ik een toeval krijg als ik iets drink of gebruik of een verkeerde beweging maak, of een hersenbloeding, en dat het restant van mijn brein dan ook naar de knoppen is.'

Anton was niet met gemeenplaatsen aangekomen over de mysteries van het leven of met advies over hoe ze het probleem moest aanpakken. In plaats daarvan had hij gezegd: 'Je zult heel vaak hebben gehoord dat je blij mag zijn dat je nog leeft. Volgens mij had je pas blij mogen zijn als je niet was neergeschoten.'

Sam had bijna een uur gehuild.

Altijd weer kreeg ze te horen dat ze blij mocht zijn dat ze dat schot had overleefd. Niemand had ooit toegegeven dat ze het recht had woedend te zijn vanwege de manier waarop ze moest overleven.

'*Ma'am?*' De chauffeur gaf richting aan. Hij wees naar het witte bord vóór hen.

Het Dickerson County Hospital. Rusty lag waarschijnlijk in zijn kamer naar het nieuws te kijken, hopend een glimp van zichzelf op te vangen. Hij was vast al op de hoogte van Sams optreden in de rechtszaal. Dat rare gevoel in haar buik keerde terug, en meteen verweet ze zichzelf dat ze zich nog steeds liet raken door alles wat met Rusty te maken had.

Ze was alleen gekomen om haar aantekeningen te overhandigen. Ze zou afscheid van haar vader nemen, waarschijnlijk voor de allerlaatste keer, en naar Atlanta terugkeren, waar ze de volgende morgen wakker zou worden in haar echte leven, net als Dorothy uit *The Wizard of Oz* toen ze terug was in Kansas.

De chauffeur parkeerde onder de betonnen luifel. Hij tilde Sams bagage uit de kofferbak en trok het handvat uit. Toen Sam de koffer naar de ingang rolde, ving ze een vleug sigarettenrook op.

'"O, ik ben de nar van 't Lot,"' bulderde Rusty. Hij zat in een rolstoel, met zijn rechterelleboog op de armleuning en een sigaret in zijn hand. Twee infuuszakken hingen aan een paal achter aan zijn rolstoel. Zijn katheterzak bungelde als een sleutelketting naar beneden. Hij had zich onder een bord geïnstalleerd waarop rokers gemaand werden dertig meter afstand tot de deur te bewaren. Hij zat er hooguit zes meter vandaan.

'Die dingen worden nog eens je dood,' zei Sam.

Rusty glimlachte. 'Het is een heerlijke avond. Ik praat met een van mijn twee beeldschone dochters. Ik heb een nieuw pakje sigaretten. Nu nog een glas whisky, en ik kan als een gelukkig man sterven.'

Sam wapperde de rook weg. 'Zo heerlijk is de avond anders niet met die stank.'

Hij lachte en begon prompt te hoesten.

Sam rolde haar koffer naar de betonnen bank naast hem. De verslaggevers waren verdwenen, waarschijnlijk naar de volgende schietpartij. Ze ging aan het uiteinde van de bank zitten, uit de wind van de rook.

'Ik heb gehoord dat er punten zijn gescoord tijdens die voorgeleiding,' zei Rusty.

Sam trok een schouder op, een slechte gewoonte die ze van Charlie had overgenomen.

'"Is de baby dood?"' Hij liet zijn stem theatraal beven. '"Is de baby dood?"'

'Papa, er is een kind vermoord.'

'Dat weet ik, schat. Dat weet ik maar al te goed.' Hij nam een laatste hijs van zijn sigaret en drukte hem uit op de zool van zijn slof. De peuk liet hij in de zak van zijn badjas vallen. 'Een proces is simpelweg een wedstrijd in wie het beste verhaal vertelt. Wie de jury mee heeft, wint het proces. En Ken is met een verdomd goed verhaal op de proppen gekomen.'

Sam bedwong de neiging om de rol van cheerleader op zich te nemen en tegen haar vader te zeggen dat hij vast een beter verhaal kon bedenken om de zaak nog te redden.

'Wat vind je van haar?' vroeg Rusty.

'Van Kelly?' Sam dacht even na. 'Ik weet het niet. Misschien is ze slimmer dan we denken. Of ze is nog achterlijker dan we voor mogelijk houden. Je kunt haar alles wijsmaken, pap. Alles.'

'Ik heb ze liever gestoord dan dom. Dom is soms hartverscheurend.' Rusty keek achterom om er zeker van te zijn dat niemand meeluisterde. 'Ik heb over die abortus gehoord.'

In gedachten zag Sam haar zus in haar kantoor zitten en over de telefoon met Rusty kletsen. 'Je hebt met Charlie gepraat.'

'Nee.' Rusty steunde op zijn elleboog, met zijn hand omhoog en zijn vingers gespreid, alsof er nog steeds een sigaret tussen stak. 'Jimmy Jack, mijn detective, kwam er gistermiddag mee aanzetten. We hebben aanwijzingen uit Kelly's tijd in de onderbouw gevonden dat er iets akeligs aan de hand was. Alleen geruchten, hoor. De ene week is Kelly behoorlijk aan de maat, dan neemt ze een tijdje vrij en komt slank terug. Ik heb het gisteravond bij haar moeder nagevraagd. Die was er nog steeds kapot van. De vader van de baby zat in het footballteam en is allang verdwenen. Hij heeft de abortus betaald, of liever gezegd zijn familie. De moeder is met haar naar Atlanta gereisd. Dat dagje vrij heeft haar bijna haar baan gekost.'

'Kelly is misschien weer zwanger,' zei Sam.

Rusty trok zijn wenkbrauwen op.

'Elke dag rond dezelfde tijd moet ze overgeven. Ze heeft lessen gemist. Ze krijgt al een buikje.'

'De laatste tijd draagt ze donkere kleren,' zei Rusty. 'De moeder zei dat ze geen idee heeft waarom.'

Sam bedacht dat ze nog iets tegen Rusty moest zeggen. 'Mason Huckabee heeft ook een link met Kelly.'

'Inderdaad.'

Sam zweeg afwachtend, maar Rusty staarde slechts over het parkeerterrein.

'Lenore heeft je detective er al op gezet,' vervolgde ze, 'maar er is ook een jongen, een zekere Adam Humphrey, op wie Kelly verliefd is. En je zou je eens in Frank Alexander moeten verdiepen, de vader van Lucy.' Ze deed een nieuwe poging: 'Of in Mason Huckabee.'

Rusty krabde over zijn wang. Voor de tweede keer ging hij niet op de naam in. 'Dat ze zwanger is... dat is niet best.'

'Het zou gunstig kunnen zijn voor je zaak.'

'Mogelijk, maar we hebben het wel over een meisje van achttien met een baby in haar buik en levenslang in het vooruitzicht. Als ze geluk heeft.'

'Ik dacht dat ze je eenhoorn was.'

'Weet je hoeveel onschuldige mensen er in de gevangenis zitten?'

'Ik wil het liever niet weten. Waarom denk je dat ze onschuldig is?' vroeg Sam. 'Wat ben je nog meer te weten gekomen?'

'Ik ben niets te weten gekomen, niet in het algemeen en niets specifieks. Dit hier...' Hij wees naar zijn buik. 'Het mes heeft mijn intuïtie net gemist. Die is nog steeds intact en fluistert me in dat er meer achter steekt dan je op het eerste gezicht ziet.'

'Ik heb ondertussen al het een en ander gezien,' zei Sam. 'Heeft Lenore je verteld dat ze die cameraopnamen te pakken heeft gekregen?'

'En ik heb ook gehoord dat jij en je zus bijna op de vuist zijn gegaan op mijn kamer.' Rusty vouwde zijn handen over zijn hart. 'Dat de cirkel verbroken moge worden.'

Sam weigerde er luchtig over te doen. 'Papa, wat is er mis met haar?'

Rusty keek weer over het parkeerterrein. De auto's weerkaatsten het felle lamplicht. ' "Goed en kwaad bestaan niet. Mensen doen maar wat." '

Sam wist zeker dat Charlie het citaat zou herkennen. 'Ik heb jullie band nooit goed begrepen. Jullie kletsen de hele tijd, maar er komt nooit iets zinnigs uit.' In gedachten zag Sam twee hanen op een boerenerf om elkaar heen draaien. 'Daarom is ze zeker altijd je lievelingsdochter geweest.'

'Jullie waren allebei mijn lievelingsdochter.'

Daar trapte Sam niet in. Charlie was altijd de goede dochter geweest, die lachte om zijn grapjes, die zijn meningen aanvocht, de dochter die was gebleven.

'Het is de taak van een vader om elk van zijn dochters de liefde te geven die ze nodig heeft, ' zei Rusty.

Sam moest hardop lachen om het dwaze cliché. 'Waarom ben je nooit vader van het jaar geworden?'

Rusty grinnikte. 'De grootste teleurstelling van mijn leven is dat ik nooit zo'n vader-van-het-jaarbeker heb gekregen.' Zijn hand ging naar de zak van zijn badjas, waar hij zijn pakje sigaretten vond. 'Heeft Charlotte je verteld over haar persoonlijke betrekkingen met Mason?'

'Gaan we het daar eindelijk over hebben?'

'Op onze eigen indirecte wijze.'

'Ik heb haar trouwens over Mason verteld,' zei Sam. 'Ze had geen idee wie hij was.'

Bedachtzaam stak Rusty zijn sigaret op. Hij hoestte een paar rookwolkjes uit en plukte een stukje tabak van zijn tong. 'Ik heb daarna nooit meer een verkrachter kunnen verdedigen.'

Sam keek op van deze onthulling. 'En jij hebt altijd beweerd dat iedereen een kans verdient.'

'Dat is ook zo, maar ik hoef niet degene te zijn die ze die kans biedt.' Weer hoestte Rusty rook op. 'Toen ik de foto's van dat meisje bekeek – Mary-Lynne, zo heette ze – ging ik iets begrijpen over verkrachting waarvan ik me nooit bewust was geweest.' Hij liet zijn sigaret tussen zijn vingers rollen. Weer keek hij naar het parkeerterrein in plaats van naar Sam.

'Een verkrachter berooft een vrouw van haar toekomst,' zei hij. 'De persoon die ze zou worden, die ze hoorde te worden, is verdwenen. In veel opzichten is het erger dan moord, want hij heeft die potentiële persoon gedood, dat potentiële leven uitgewist, terwijl ze nog steeds leeft, nog steeds ademt en een andere manier moet vinden om te kunnen gedijen.' Hij maakte een handgebaar. 'In sommige gevallen lukt dat niet.'

'Heeft veel weg van een kogel door je hoofd.'

Rusty hoestte toen de rook in zijn keel bleef steken.

'Charlie is altijd een roedeldier geweest,' zei hij. 'Ze hoeft geen leider te zijn, maar ze heeft wel een groep nodig. Ben was haar groep.'

'Waarom heeft ze hem dan bedrogen?'

'Het is niet aan mij om je over je zus te vertellen.'

Voor dat soort gedraai had Sam geen tijd, ook al wist ze dat Rusty met liefde de hele nacht rondtolde. Ze haalde haar aantekeningen uit haar tas. 'Ik heb nog een paar dingen die je moet uitzoeken. Blijkbaar kent Kelly de slachtoffers niet. Ik weet niet of het daar beter of slechter van wordt.' Vanuit haar eigen perspectief werd het er slechter op, besefte ze. Ze was nooit gevoelloos geworden voor de willekeur van geweld. 'Van de afgevuurde kogels moet je de volgorde en het aantal vaststellen. Daar schijnt onduidelijkheid over te bestaan.'

Rusty nam de lijst met haar door: 'Zwangerschap: vraagteken. Vader van het kind: groot vraagteken. Film: hebben we, dankzij je-weet-welwie, maar het is de vraag of die ouwe slang van een Coin het bevel van de rechter opvolgt.' Hij tikte met zijn vinger op het papier. 'Inderdaad, waarom was Kelly in de onderbouwlocatie? Slachtoffers willekeurig.' Hij keek Sam aan. 'Weet je zeker dat ze ze niet kende?'

Sam schudde haar hoofd. 'Ze zei nee toen ik het vroeg, maar trek toch maar na.'

'Ik doe niets liever dan natrekken.' Hij keek naar het laatste punt op de lijst. 'Judith Pinkman. Ik heb haar vandaag op het nieuws gezien. Die heeft een hele bekering doorgemaakt met dat toekeren van de andere wang.' Hij vouwde de lijst weer op en stopte hem in zijn zak. 'Toen Zachariah Culpepper terechtstond, wilde ze het liefst de schakelaar zelf overhalen. In die tijd hadden we de elektrische stoel nog. Vergeet niet dat iedereen die voor mei 2000 een misdaad heeft gepleegd daar nog steeds voor in aanmerking komt.'

Sam had tijdens haar studie over de executiemethoden gelezen. Ze had het barbaars gevonden, tot ze voor zich had gezien hoe Zachariah Culpepper in afwachting van die eerste stroomstoot van 1.800 volt zichzelf onderpiste, zoals Charlie destijds had gedaan.

'Ze wilde Gamma's moordenaar geëxecuteerd zien, maar nu wil ze het leven sparen van degene die haar man heeft vermoord.'

'Mensen worden milder als ze ouder worden,' zei Sam schouderophalend. 'Sommige mensen.'

'Dat beschouw ik als een compliment,' zei Rusty. 'Wat Judith Pinkman betreft, zou ik willen zeggen: beter ten halve gekeerd dan ten hele gedwaald.'

Sam achtte het moment aangebroken om Rusty met Charlies probleem op te zadelen. 'Kelly heeft me verteld dat Mason Huckabee het moordwapen achter in zijn broek schoof. Ik neem aan dat hij ermee het gebouw uit is gelopen. Probeer uit te vinden waarom hij zo'n groot risico heeft genomen.'

Rusty antwoordde niet. Rokend staarde hij over het parkeerterrein.

'Pap,' zei Sam. 'Hij heeft het moordwapen van de plaats delict verwijderd. Of hij is er op de een of andere manier bij betrokken, óf hij is een idioot.'

'Zoals ik al zei: dom is hartverscheurend.'

'Die conclusie heb je snel getrokken.'

'Vind je?'

Sam had geen zin in een spelletje raadsels opgeven. Kennelijk wist Rusty iets wat hij niet met haar wilde delen. 'Je zult Mason moeten aangeven vanwege dat wapen. Afgezien van Judith Pinkman is hij waarschijnlijk Coins sterkste getuige.'

'Ik bedenk wel iets anders.'

Sam schudde haar hoofd. 'Pardon?'

'Ik bedenk wel een andere manier om Mason Huckabee te neutraliseren. Je hoeft een man niet de bak in te sturen omdat hij een domme fout heeft gemaakt.'

'Als dat het criterium is, kunnen we de helft van de gevangenen vrijlaten.' Sam wreef in haar ogen. Ze was te afgemat voor dit gesprek. 'Gaat dit om schuldgevoel? Is dit een soort boetedoening? Als je Mason ermee weg laat komen, weet ik niet of ik dat hypocriet of weekhartig moet vinden, want het is overduidelijk dat je Charlie probeert te beschermen ten koste van je cliënte.'

'Waarschijnlijk allebei,' gaf Rusty toe. 'Samantha, ik ga iets heel belangrijks zeggen: vergeving is een groot goed.'

Sam dacht aan de brieven in haar tas. Ze wist niet of ze wilde weten waarom de moordenaar van haar moeder, de man die haar zus had willen verkrachten en die had toegekeken terwijl zij een kogel door haar hoofd kreeg, contact zocht met Rusty. Eigenlijk was ze bang dat haar vader hem had vergeven en dat zij het Rusty nooit zou kunnen vergeven als hij het geweten van Zachariah Culpepper had ontlast.

'Heb je weleens een executie bijgewoond?' vroeg Rusty.

'Waarom zou ik in godsnaam een executie willen bijwonen?'

Rusty drukte zijn sigaret uit en liet de peuk in zijn zak verdwijnen. Hij strekte zijn arm naar Sam uit. 'Voel mijn pols eens.' Hij zag de blik in haar ogen. 'Doe je ouwe heer een plezier voor je weer in het vliegtuig naar huis stapt.'

Sam legde haar vingers op de binnenkant van zijn knokige pols. Eerst voelde ze alleen het dikke koord van de radiale handbuiger. Ze verschoof haar vingers tot ze het gestage tik-tik-tik had gevonden van het bloed dat door zijn aderen klopte.

'Hebbes,' zei ze.

'Als iemand geëxecuteerd wordt,' begon Rusty, 'zit je in de toeschouwersruimte, de familie zit beneden vooraan, met een geestelijke en een verslaggever, en aan de andere kant zit jij, degene die dit niet heeft kunnen voorkomen.' Rusty legde zijn hand op die van Sam. Zijn huid voelde ruw en droog. Ze besefte dat dit de eerste keer in bijna dertig jaar was dat haar vader en zij elkaar aanraakten.

Hij vervolgde zijn verhaal. 'Het gordijn wordt weggetrokken en daar is hij, een mens, een levend, ademend wezen. Is hij een monster? Misschien heeft hij monsterlijke daden gepleegd. Maar nu ligt hij aan een bed vastgesnoerd. Zijn armen en benen en zijn hoofd zijn gefixeerd zodat hij met niemand oogcontact kan maken. Hij staart naar het plafond, waarvan de tegels beschilderd zijn met witte wolken en een blauwe lucht. Als iets uit een stripverhaal, en waarschijnlijk door een andere gevangene gemaakt. Dat is het laatste wat deze veroordeelde zal zien.'

Rusty drukte haar vingers steviger tegen zijn pols. Zijn hart klopte nu sneller.

'Wat je opvalt is het op- en neergaan van zijn borstkas als hij zijn ademhaling onder controle probeert te houden. En dan voel je het.' Hij tikte op de bovenkant van haar vingers. 'Ta-dum. Ta-dum. Je voelt je eigen bloed door je lichaam pompen. Je voelt je eigen adem je longen in en uit zoeven.'

Zonder nadenken had Sam haar ademhaling aangepast aan die van haar vader.

'Dan wordt hem gevraagd of hij nog een laatste woord wil zeggen, en hij zegt iets over vergeving, of dat hij hoopt dat zijn dood de familie vrede brengt, of dat hij onschuldig is, maar zijn stem beeft, want hij weet dat dit het einde is. De rode telefoon aan de muur zal niet overgaan. Hij zal zijn moeder nooit meer zien. Hij zal zijn kind nooit meer in zijn armen houden. Dit is het. Zijn dood is nabij.'

Sam perste haar lippen op elkaar. Ze wist niet of haar hartslag gelijk opliep met die van Rusty of dat ze zich weer door zijn woorden had laten meeslepen.

'De gevangenisdirecteur geeft een toestemmend knikje,' zei Rusty. 'Er zijn twee mannen in de kamer. Ze drukken ieder op een knop om de medicijnencocktail toe te dienen. Zo weet niemand wie van de twee hem gedood heeft.' Rusty zweeg een paar tellen, alsof hij toekeek terwijl de knoppen werden ingedrukt. 'Je krijgt een bepaalde smaak in je mond, een chemisch smaakje, alsof je het spul proeft dat hem gaat doden. Hij verstrakt, en dan beginnen zijn spieren zich langzaam maar zeker te ontspannen tot hij volkomen roerloos is. Op dat moment voel je het, die vermoeidheid, alsof het middel door je eigen aderen stroomt. Je hoofd begint te knikken. Je bent bijna opgelucht, want je bent tijdens het wachten tot het uiterste gespannen geweest, maar nu is het bijna voorbij, nog een paar seconden.' Weer zweeg hij even. 'Je hart vertraagt. Je gaat steeds rustiger ademen.'

Sam wachtte op de rest.

Rusty zei niets.

'En dan?' vroeg ze.

'Dan is het voorbij.' Hij gaf haar een klopje op haar hand. 'Afgelopen. De gordijnen gaan dicht. Je loopt de ruimte uit. Je stapt in je auto. Je rijdt naar huis. Je drinkt iets. Je poetst je tanden. Je gaat naar bed, en de rest van je leven staar je naar het plafond, zoals de veroordeelde naar de plafondtegels boven zijn hoofd staarde.' Hij hield Sams hand stevig vast. 'Hier denkt Zachariah Culpepper elke seconde van zijn leven aan, en hij blijft eraan denken, elke dag, tot hij die kamer in wordt gereden en dat gordijn opengaat.'

Sam trok haar hand terug. Haar huid voelde strak, als verschroeid. 'Lenore heeft je verteld dat we de brieven hebben gevonden.'

'Ik heb jullie nooit uit mijn dossiers weg kunnen houden.' Hij klemde de armleuningen van zijn rolstoel vast en keek in de verte. 'Hij wordt al gestraft. Ik weet dat jij hem wilde laten lijden. Hij lijdt. Het is niet nodig meer werk van die man te maken. Ga terug naar New York en vergeet hem. Maak iets van je leven. Dat is je wraak.'

Sam schudde haar hoofd. Ze had dit kunnen zien aankomen. Ze kon zichzelf wel slaan omdat ze Rusty altijd toestond zich in haar blinde hoek te verschuilen.

'Als je het niet voor jezelf doet,' zei Rusty, 'doe het dan voor je zus.'

'Ik heb geprobeerd mijn zus te helpen. Ze wil geen hulp.'

Rusty greep haar arm. 'Luister, schat. Je moet luisteren, want het is belangrijk.' Hij wachtte tot ze hem aankeek. 'Als je Charlotte aansteekt met dat gedoe rond Zachariah Culpepper, komt ze nooit meer uit het zwarte gat waar ze nu in zit.'

'Wat bedoelt Zachariah Culpepper met "Je bent me nog iets schuldig"?'

Rusty liet haar los en leunde achterover. 'Om Churchill te citeren: het is een raadsel gewikkeld in een canard.'

'Een canard is een onbevestigd gerucht of verzinsel.'

'En ook een vleugelachtig uitsteeksel op een vliegtuig. Een eend in het Frans.'

'Rusty,' zei Sam, 'elke vrijdag van elke maand stuurt hij je een brief, altijd dezelfde brief met dezelfde boodschap.'

'O ja?'

'Dat weet je best. Het is op dezelfde dag dat je mij altijd belt.'

'Blij te weten dat je naar mijn telefoontjes uitkijkt.'

Sam schudde haar hoofd. Ze wisten allebei dat ze dat niet gezegd had. 'Waarom stuurt hij je telkens dezelfde brief, pap? Wat wil hij van je?'

'Ik ben hem niks schuldig. Ik zweer het.' Rusty stak zijn rechterhand op, alsof hij op een bijbel zwoer. 'De politie weet van die brieven. Het is gewoon iets wat hij doet. Die sneue zak heeft alle tijd van de wereld. Dan kun je je prima aan een vast schema houden.'

'Dus ik hoef niets achter die brieven te zoeken? Hij is gewoon een terdoodveroordeelde die denkt dat hij nog een appeltje met je te schillen heeft?'

'Dat denken mensen in die situatie wel vaker.'

'Zeg alsjeblieft niet dat het een groot goed is om hem te vergeven.'

'Het is een groot goed om hem te vergéten,' verduidelijkte Rusty. 'Ik ben hem vergeten, zodat ik verder kan met mijn leven. In mijn gedachten is zijn bestaan van geen enkel belang. Maar één ding vergeef ik hem nooit: dat hij mijn soulmate heeft weggenomen.'

Bijna had Sam met haar ogen gerold.

'Er was niets op de wereld waar ik zoveel van hield als van jullie moeder. Elke dag met haar was de mooiste dag van mijn leven, zelfs als we tegen elkaar tekeergingen.'

Sam kon zich de scheldpartijen beter herinneren dan de aanbidding. 'Ik heb nooit begrepen wat ze in je zag.'

'Een man die haar ondergoed niet wilde dragen.'

Sam moest lachen, maar voelde zich meteen schuldig.

'Lenny heeft ons aan elkaar voorgesteld. Wist je dat?' Rusty wachtte haar antwoord niet af. 'Hij sleepte me mee naar het noorden om een meisje te ontmoeten met wie hij min of meer aan het daten was, en zodra ik haar zag, was het alsof God een kei uit de hemel had laten donderen, recht op mijn kop. Ik kon mijn ogen niet van haar afhouden. Ze was het mooiste wat ik ooit had gezien. Benen waar geen einde aan kwam. En die prachtige welving van haar heup.' Hij grijnsde. 'En voor het geval je je vader een geile bok vindt, er was ook nog het mysterie van haar geest. Mijn god, wat zij allemaal wist... Ik was er ondersteboven van, zo diep en ver reikte haar kennis. Zo'n vrouw had ik nog nooit ontmoet. Ze was net een kat.' Hij wees naar Sam. 'Is dat nooit over jou gezegd?'

'Niet dat ik weet.'

'Honden zijn dom,' zei Rusty. 'Dat is bekend. Maar een kat... Elke dag moet je het respect van een kat opnieuw winnen. Als je dat verliest...' Hij knipte met zijn vingers. 'Zo was je moeder voor mij. Ze was mijn kat. Ze hield mijn kompas op het noorden gericht.'

'Je haalt je metaforen door elkaar.'

'De Vikingen namen katten mee aan boord.'

'Om ratten te doden. Niet om te navigeren,' zei Sam. 'Mama vond het vreselijk wat je deed.'

'Ze vond de risico's vreselijk die mijn werk met zich meebracht. Het overwerk, dat ook. Maar ze begreep dat ik het moest doen, en ze had altijd respect voor mensen die zich nuttig maakten.'

Sam hoorde Gamma's stem doorklinken in zijn woorden.

'De stad Portland versus Henry Alameda,' zei Rusty.

Er ging een schok door Sam heen.

Haar eerste zaak.

'Ik zat achterin met zulke blikkerende tanden dat ik een kat had kunnen wijzen hoe hij een schip bij een rotsige kust vandaan moest navigeren.'

'Maar, pap –'

'Je was een natuurtalent, kind. Wat een fantastische aanklager. Je stak de hele rechtszaal in je zak. Ik ben nog nooit zo trots geweest.'

'Waarom heb je niet –'

'Ik wilde je alleen maar aan het werk zien, weten of je je plek had gevonden.' Hij schudde weer een sigaret uit zijn pakje. 'Clinton Cable Corp. versus Stanley Mercantile Limited.' Hij knipoogde, alsof het niets voorstelde dat hij de eerste octrooizaak aanhaalde waarin ze helemaal zelfstandig het pleidooi had gehouden. 'Dat is je plek, Samantha. Je hebt ontdekt hoe je je nuttig kunt maken op deze wereld, en je bent zonder enige twijfel de beste in je vak.' Hij floepte de sigaret in zijn mond. 'Ik kan niet zeggen dat ik die richting zou hebben gekozen voor je opmerkelijke brein, maar je bent helemaal in je element wanneer je het over de trekvastheid van een versterkte kabel hebt.' Naar voren leunend richtte hij zijn vinger op haar borst. 'Gamma zou trots zijn geweest.'

Sam vocht tegen de opkomende tranen. Ze probeerde het beeld van de rechtszaal op te roepen, probeerde het moment voor zich te zien waarop ze zich omdraaide en haar vader op de achterste rij zag zitten, maar de herinnering weigerde te komen. 'Ik heb nooit geweten dat je er was.'

'Nee, dat wist je ook niet. Ik wilde jou zien. Jij wilde mij niet zien.' Hij stak zijn hand op om haar de moeite van een verontschuldiging te besparen. 'Het is de taak van een vader om zijn dochter de liefde te geven die ze nodig heeft.'

Deze keer maakte Sam geen grapje, maar veegde haar tranen weg.

'Op mijn kantoor heb ik een foto van Gamma die ik aan jou wil geven.'

Sam was verbaasd. Rusty kon onmogelijk weten dat ze vandaag aan die foto had gedacht.

'Je hebt die foto nooit eerder gezien,' zei hij. 'Dat spijt me. Ik ben altijd van plan geweest hem uiteindelijk aan jullie te laten zien.'

'Heeft Charlie hem ook niet gezien?'

Rusty schudde zijn hoofd. 'Nee.'

Sam kreeg een vreemd licht gevoel nu hij haar iets vertelde waar Charlie niets van wist.

'Goed.' Rusty nam de nog niet aangestoken sigaret uit zijn mond. 'Toen die foto werd genomen, stond Gamma in een veld. In de verte was een weertoren. Niet van metaal, zoals die bij de boerderij. Deze was van hout, een oud, krakkemikkig ding. En onze Gamma keek ernaar terwijl Lenny zijn camera tevoorschijn haalde. Ze droeg een korte broek.' Hij grijnsde. 'Mijn god, de tijd die ik aan die benen heb gewijd...' Hij liet een zacht, wat gênant gebrom horen. 'Goed, de foto die jullie kennen, die is op dezelfde dag genomen. We picknickten en hadden alles op het gras uitgestald. Ik riep haar, en ze keek achterom, met haar wenkbrauw opgetrokken, want ik had iets verbijsterend intelligents gezegd.'

Onwillekeurig moest Sam lachen.

'Maar er is een tweede foto. Mijn privéfoto. Gamma staat met haar gezicht naar de camera, maar heeft haar hoofd iets afgewend, want ze kijkt naar mij, en ik kijk naar haar. Toen Lenny en ik weer thuis waren en het filmrolletje hadden laten ontwikkelen, zag ik de foto en zei: "Op dat moment werden we verliefd."'

Sam vond het verhaal te mooi om waar te kunnen zijn. 'Was Gamma het met je eens?'

'Mijn beeldschone dochter.' Rusty stak zijn arm uit. Hij nam Samantha's kin in zijn hand. 'In alle oprechtheid verklaar ik dat volgens mijn interpretatie van dit beslissende moment het de enige keer in ons leven was dat je moeder en ik het volledig met elkaar eens waren.'

Sam knipperde nog meer tranen weg. 'Ik wil die foto graag zien.'

'Ik stuur hem naar je op zodra ik daartoe in staat ben.' Rusty hoestte in zijn hand. 'En ik blijf je bellen, als je het niet erg vindt.'

Sam knikte. Ze kon zich haar leven in New York niet voorstellen zonder zijn telefoontjes.

Weer hoestte Rusty, een gerochel dat diep uit zijn longen kwam, maar toch deed hij een poging zijn sigaret aan te steken.

'Je weet dat hoesten kan duiden op congestief hartfalen,' zei ze.

Weer hoestte hij. 'Het kan ook op dorst duiden.'

Sam snapte de hint. Ze liet haar koffer naast de bank staan en liep het ziekenhuis in. De cadeauwinkel was vlak bij de hoofdingang. Ze pakte een flesje water uit de koeling en ging achter een oudere vrouw staan die van plan was haar aankoop te betalen met al het wisselgeld dat onder in haar tas lag.

Sam ademde diep in en weer uit. Ze kon Rusty buiten zien. Hij leunde weer op zijn rechterelleboog, met de brandende sigaret tussen zijn vingers.

De vrouw vóór Sam viste nog steeds naar losse centen. Ondertussen kletste ze met de caissière over haar zieke vriendin die ze boven ging bezoeken.

Sam keek om zich heen. De rit terug naar Atlanta kostte haar straks twee uur. Eigenlijk moest ze iets te eten meenemen, want in het koffietentje was ze te aangeslagen geweest om iets te bestellen. Op zoek naar mueslirepen zag ze achter in de winkel een verzameling bekers staan. MOEDER VAN HET JAAR. BESTE VRIENDIN VAN DE WERELD. STIEFVADER VAN HET JAAR. DE BESTE VADER VAN DE WERELD.

Sam pakte de BESTE VADER-beker. Ze draaide hem om in haar hand.

Ze ging op haar tenen staan om Rusty te kunnen zien.

Hij zat nog altijd opzijgeleund in zijn rolstoel. Rook kringelde om zijn hoofd. Ze zette de beker terug en nam die met STIEFVADER, want dat vond Rusty vast grappig.

De cententelster stond niet meer bij de kassa. Sam haalde haar creditcard tevoorschijn en wachtte tot de chiplezer het bedrag had verwerkt.

'Gaat u bij uw stiefvader op bezoek?' vroeg de caissière.

Sam knikte, want een normaal iemand zou de grap niet snappen.

'Ik hoop dat hij gauw beter wordt.' Ze scheurde het bonnetje af en gaf het aan Sam.

Ze liep door de hal terug. De deuren schoven open. Rusty zat nog steeds naast de bank. Sam hield de beker omhoog. 'Kijk eens wat ik heb.'

Maar Rusty draaide zich niet om.

'Papa?' zei Sam.

Rusty zat niet gewoon opzijgeleund op zijn stoel, maar hing helemaal scheef. Hij had zijn hand laten zakken. Zijn brandende sigaret was op de grond gevallen.

Sam kwam dichterbij en keek naar haar vaders gezicht.

Rusty's mond stond open. Zijn ogen staarden wezenloos in het felle licht van het parkeerterrein. Zijn huid was wasachtig bleek, bijna wit.

Sam legde haar vingers op zijn pols. Tegen zijn hals. Ze drukte haar oor tegen zijn borst.

Ze sloot haar ogen. Ze luisterde. Ze wachtte. Ze bad.

Uiteindelijk kwam ze overeind en ging op de bank zitten.

Tranen vertroebelden haar ogen.

Haar vader was er niet meer.

VEERTIEN

Sam werd wakker op Charlies bank. Ze staarde naar het witte plafond. Sinds ze uit New York was vertrokken, had ze al hoofdpijn. De vorige avond had ze niet eens de trap naar de logeerkamer op gekund. Het stoepje van twee treden naar de voordeur was al bijna te veel geweest. Haar lichaam had het laten afweten, en haar brein was niet bereid of niet in staat geweest nog langer te vechten tegen de stress, de uitputting en de onverwachte wanhoop die haar hadden overvallen nadat ze Rusty dood in zijn rolstoel had aangetroffen.

Normaal zou ze aan het eind van een buitengewoon slechte dag met zichzelf hebben overlegd of ze nog meer medicijnen aan haar dagelijkse cocktail moest toevoegen: Celebrex tegen gewrichtspijn, Neurontin om toevallen te voorkomen, Paroxetine tegen chronische pijn en Cyclobenzaprine tegen spierkramp. Had ze echt nóg een ontstekingsremmer nodig? Zou ze kunnen slapen zonder een tweede spierverslapper? Was de pijn erg genoeg voor een halve OxyContin of een hele Percocet?

De vorige avond was de pijn zo hevig geweest dat ze zichzelf had moeten bedwingen om niet alles te nemen.

Sam draaide haar hoofd weg van het plafond. Ze keek naar de foto's op Charlies schoorsteenmantel. De vorige avond, voor de medicijnen begonnen te werken, had ze ze van dichtbij bekeken. Rusty op een schommelstoel, steunend op zijn elleboog, met een sigaret in zijn hand en zijn mond open. Ben met een mal petje op tijdens een basketbalwedstrijd van de Devils. Verschillende honden die waarschijnlijk al waren gestorven. Charlie en Ben samen aan de rand van wat een Caribisch strand leek. In skipakken onder aan een besneeuwde berg. Naast een pijler van een brug in het onmiskenbare rood van de Golden Gate.

Bewijs dat hun leven betere tijden had gekend.

Nog half gedrogeerd ging Sam rechtop zitten. Haar benen waren stijf. Haar hoofd bonkte. Haar ogen weigerden zich scherp te stellen. Ze keek naar Charlies gigantische tv-scherm, dat bijna de hele muur besloeg. Haar schimmige spiegelbeeld keek terug.

Rusty was dood.

Sam was er altijd van uitgegaan dat het nieuws haar zou bereiken wanneer ze in vergadering was of net in een vreemde stad was geland, in een andere wereld. Ze was ervan uitgegaan dat zijn dood haar verdrietig zou stemmen, maar tijdelijk, net als toen Charlie haar had verteld dat Peter Alexander, haar schoolvriendje, bij een auto-ongeluk was omgekomen.

Sam had niet kunnen vermoeden dat zij Rusty zou vinden. Dat zij haar zus op de hoogte zou moeten stellen. Dat ze verlamd van verdriet nog een halfuur naast Rusty op de bank zou blijven zitten voor ze het ziekenhuispersoneel waarschuwde.

Ze had gehuild om de vader die ze was verloren.

Ze had gehuild om de vader die ze nooit had gekend.

Sam nam haar bril van de salontafel. Ze spande haar benen aan, te beginnen bij haar enkels, daarna haar kuiten en ten slotte haar dijbeenspieren. Ze welfde haar rug. Ze duwde haar handen voor zich uit en strekte haar armen boven haar hoofd. Toen ze klaar was, ging ze staan. Ze deed nog enkele strekoefeningen, tot haar spieren warm waren en ze haar ledematen zonder al te veel ongemak kon bewegen.

Er lag geen kleed op de hardhouten vloer. Sam betwijfelde of Charlie een yogamatje had, dus installeerde ze zich in kleermakerszit op de bank en keek de achtertuin in. De schuifdeur stond op een kier om de ochtendbries binnen te laten. Het konijnenhok, dat Charlie lang geleden bij de scouting had gemaakt, was er nog steeds. De vorige avond was Sam te overmand door verdriet geweest om er iets over te zeggen, maar ze was blij dat Charlie en Ben hun huis op de plek hadden gebouwd waar ooit het roodstenen huis had gestaan.

Ben was trouwens niet gebleven. Hij was een paar minuten boven geweest. Sam had de vloerplanken horen kraken toen hij Charlies kamer binnen was gelopen. Er werd niet geschreeuwd. Niet gehuild. Ben was de trap af geslopen en het huis uit gegaan zonder afscheid van haar te nemen.

Ze rechtte haar rug. Ze legde haar handen met de palm naar boven op haar knieën. Net voor ze haar ogen wilde sluiten, kwam Charlie met een kruiwagen de tuin in lopen. Sam zag haar zus hooi in het konijnenhok strooien terwijl zwerfkatten rond haar benen miauwden. In de kruiwagen lagen zakken met voer. Kattenbrokjes, vogelzaad, pinda's. Naar Sams tranende ogen te oordelen had er ooit een hond in het huis gewoond.

Dus zo bracht Charlie haar tijd door: met het voeren van een menagerie.

Ze probeerde de problemen van haar zus van zich af te zetten. Ze was niet gekomen om Charlie erbovenop te helpen, en al zou dat wel zo zijn, dan liet haar zus dat toch niet toe.

Ze sloot haar ogen. Ze bracht haar vingers samen. Ze stond stil bij de geschonden delen van haar brein. De tere plooien in de grijze massa. De elektrische impulsen tussen synapsen.

Rusty onderuitgezakt in zijn rolstoel.

Sam kreeg het beeld niet uit haar gedachten. Zijn linkermondhoek die naar beneden hing. De totale afwezigheid van zijn geest, van de vonk die er altijd was geweest. De droefheid die haar had overvallen toen ze had beseft dat hij er niet meer was.

Haar behoefte aan troost.

Haar behoefte aan Charlie.

Sam had geen telefoonnummer van Charlie, maar uit schaamte had ze dat niet tegen het ziekenhuispersoneel gezegd. Ze had Ben een mail gestuurd en gewacht tot hij terugmailde. Weer had hij Charlie het slechte nieuws moeten brengen. Haar zus was niet naar het ziekenhuis gekomen, zoals Sam had verwacht. Ze had Ben gestuurd om haar op te halen. Ze was niet naar beneden gekomen toen Sam bij haar thuis arriveerde. Sam had net zo goed een onbekende kunnen zijn, hoewel Charlie beslist niet zo bot zou doen tegenover iemand die geen familie was.

'Je krijgt toch geen beroerte?' Charlie stond in de deuropening. Haar ogen waren opgezwollen van het huilen. De blauwe plekken onder haar ogen waren nu helemaal zwart.

'Ik probeerde te mediteren,' zei Sam.

'Dat heb ik ook eens geprobeerd. Wat was dat irritant, zeg.' Ze trok haar laarzen uit. Ze had hooi in haar haar en stonk naar kat. Sam herkende het logo op haar T-shirt. Het was van de wiskundeclub: het pi-teken, met een slang eromheen gekruld. De Pikeville Pythons.

Sam zette haar bril goed. Die stond scheef sinds de rechter hem in handen had gehad. Ze kwam overeind, wat soepeler ging dan ze had verwacht. 'Er heeft de hele nacht een buidelrat naar me geloerd door de kier in de deur,' zei ze.

'Dat is Bill.' Charlie zette de reuze-tv aan. 'Mijn minnaar.'

Sam zocht steun tegen de armleuning van de bank. Dat soort schokkende uitspraken had Charlie ook gedaan toen ze nog maar tien was. 'Buidelratten brengen de ziekte van Weil over, E.coli en salmonella. In hun uitwerpselen zit soms een bacterie waar je vleesetende zweren van krijgt.'

'Aan kinky doen we hier niet.' Charlie zapte langs de zenders.

'Wat een scherm,' zei Sam.

'Ben noemt haar Eleanor Roosevelt, want ze is groot en lelijk, maar toch aanbidden we haar.' Ze had CNN gevonden en zette het geluid zacht. Onder in beeld trokken tekstbalken voorbij. Sam zag Charlies blik langs de woorden vliegen.

'Waarom kijk je daarnaar?'

'Ik wil weten of er iets over papa wordt verteld.'

Sam observeerde Charlie terwijl ze naar het nieuws keek. Er viel niets te melden wat Sam haar niet ook had kunnen vertellen. Ze wist ongetwijfeld meer dan de verslaggevers. Wat hun vader had gezegd. Wat hij waarschijnlijk had gedacht. Dat de politie erbij was geroepen. Dat Rusty's lichaam ruim een uur in de rolstoel had gezeten. Omdat hij was neergestoken en zijn verwondingen waarschijnlijk aan zijn dood hadden bijgedragen, was de politie van Bridge Gap erbij gehaald.

Gelukkig had Sam haar lijstje over Kelly Wilson uit de zak van haar vaders kamerjas kunnen verwijderen voor de politie ter plaatse was geweest. Anders zouden de geheimen van het meisje in handen van Ken Coin zijn gevallen.

'Shit.' Charlie zette het geluid harder.

Een voice-over klonk: '...exclusief interview met Adam Humphrey, een oud-leerling van Pikeville High School, die samen met Kelly Rene Wilson op school heeft gezeten.'

Sam zag een dikkige, puisterige jongeman voor een afgeragde oude Camaro staan. Hij had zijn armen over elkaar geslagen en was gekleed alsof hij naar de kerk ging: in een wit overhemd met zwarte veterdas en een zwarte broek. Pluizige plukjes haar op zijn kin moesten een sik voorstellen. Op zijn brillenglazen zaten vingerafdrukken.

'Ik vond Kelly wel oké,' zei Adam. 'Er werden onaardige dingen over haar gezegd. Maar ze was... tja, ze was wat traag, snapt u? Hiero.' Hij tikte tegen de zijkant van zijn hoofd. 'Maar dat geeft toch niet? Niet iedereen haalt tienen. Ze was gewoon een aardig meisje. Niet echt slim. Maar ze deed haar best.'

De interviewer kwam in beeld, met de microfoon onder zijn kin. 'Vertel eens waar je haar van kent.'

'Tja, wat moet ik daarover zeggen? Van de basisschool? De meesten hier kennen elkaar. Dit is een klein stadje. Je kunt hier de straat niet over zonder bekenden tegen te komen.'

'Was je in de onderbouw bevriend met Kelly Rene Wilson?' De verslaggever keek als een roofdier dat vers vlees had geroken. 'Er gaan geruchten dat zich destijds onbetamelijke zaken hebben voorgedaan. Ik vroeg me af of je –'

'Nee, man, daar ga ik het niet over hebben.' Hij spande zijn gekruiste armen. 'Weet u, er zijn altijd mensen die slechte dingen zeggen, bijvoorbeeld dat ze gepest werd of zo, en misschien waren er figuren die lelijk tegen haar deden, maar zo gaat dat nou eenmaal. Op school tenminste. Kelly weet dat. En toen wist ze dat ook al. Ze is niet dom. Mensen zeggen dat ze dom is. Oké, erg slim is ze niet, dat heb ik al gezegd, maar ze is niet achterlijk. Zo gaat dat nou eenmaal als je op school zit. Die jonge gasten zijn gemeen. Soms blijven ze gemeen en soms houdt het op wanneer ze van school zijn, maar je moet ermee leven. Kelly kon ermee leven. Ik weet dus niet waardoor ze over de rooie is gegaan, maar niet daardoor. Niet door wat u zegt. Dat is gewoon een leugen.'

De verslaggever zei: 'Maar heb je misschien met Kelly Rene Wilson –'

'Hou daar eens mee op, ze is John Wayne Gacy niet, oké? Ze is gewoon Kelly. Kelly Wilson. En het is niet mooi wat ze heeft gedaan. Ik weet niet waarom ze het heeft gedaan. Ik ga d'r niet over speculeren of zo. Dat kan niemand, en dat hoort ook niet, en als mensen dat toch doen, zijn het leugenaars. Wat gebeurd is, is gebeurd, en alleen Kelly weet waarom, maar jullie, jullie tv-mensen, jullie moeten onthouden dat ze gewoon Kelly is. Ook die lui die bij haar op school hebben gezeten. Gewoon Kelly.'

Adam Humphrey liep weg. De interviewer liet zich echter niet uit het veld slaan. Tegen de presentator in de studio zei hij: 'Zoals ik al gezegd heb, Ron, is een schutter volgens het gangbare profiel een man, een eenling, vaak gepest, geïsoleerd, iemand die zijn gram wil halen. In het geval van Kelly Rene Wilson dient zich een andere mogelijkheid aan en hebben we te maken met een meisje dat werd buitengesloten vanwege haar losse seksuele moraal en dat volgens bronnen uit de directe omgeving van de familie Wilson een ongeplande zwangerschap had laten afbreken, wat in een klein stadje...'

Charlie zette het geluid weer zacht. 'Ongeplande zwangerschap. Ze zat in de eerste klas. Jezus, alsof ze er een vruchtbaarheidskalender op na hield.'

'Adam Humphrey zou een goede karaktergetuige zijn,' zei Sam. 'Hij wilde haar duidelijk niet zwart maken, zoals sommigen van haar andere vrienden.'

'Vrienden maken je niet zwart,' zei Charlie. 'Wedden dat je zelfs Mindy Zowada zo gek kunt krijgen dat ze op tv over liefde en vergeving begint, maar als je de shit leest die ze op Facebook post, zou je verwachten dat ze in staat is elk moment met een hooivork en een brandende fakkel naar de gevangenis te gaan om met het monster af te rekenen.'

'Natuurlijk vinden mensen haar een monster. Ze vermoordde –'

'Ik weet wie ze heeft vermoord.' Charlie keek naar handen, alsof ze Lucy's bloed nog kon zien. 'Ik zou een goede advocaat nemen, als ik die Humphrey was. Dat femme fatale-verhaal gaat snel de ronde doen. Hij wordt aan Kelly gekoppeld, ongeacht of hij iets met haar te maken heeft gehad.'

Sam zag af van commentaar. Ze voelde zich schuldig omdat ze de vorige avond in het eethuisje wel tegenover Lenore haar hart had gelucht, terwijl ze haar eed niet voor haar eigen zus wilde verbreken. Maar in tegenstelling tot Lenore zou Charlie als getuige worden opgeroepen, en Sam wilde haar niet voor de keuze stellen meineed te plegen of het bewijs te leveren dat de jury tot de doodstraf zou kunnen doen besluiten.

Alleen daarom al had Sam niet voor het strafrecht gekozen. Ze wilde niet dat haar woorden het verschil maakten tussen leven en dood.

'Wat nu?' vroeg ze, van onderwerp veranderend. 'We zullen iets moeten regelen voor papa.'

'Dat heeft hij zelf al gedaan. Hij heeft alles vooraf betaald en tegen de begrafenisondernemer gezegd hoe hij het wil hebben.'

'Dus dat kon hij wel, maar een testament of een niet-reanimerenverklaring opstellen kon hij niet?'

'Rusty is altijd voorstander geweest van een fatsoenlijke exit.' Charlie keek op de klok aan de muur. 'De dienst begint over drie uur.'

Sam wist niet wat ze hoorde. Ze was ervan uitgegaan dat ze die dag een hotel zou moeten zoeken. 'Waarom zo snel?'

'Hij wilde niet gebalsemd worden. Dat vond hij beneden zijn waardigheid.'

'Eén dag extra maakt toch niet uit?'

'Het moest zo snel omdat hij niet wilde dat jij het gevoel had dat je moest komen of je schuldig zou voelen omdat het je niet lukte op tijd te zijn.' Charlie schakelde de tv uit. 'En het was niks voor hem om dingen eindeloos te rekken.'

'Behalve dan zijn stomme verhalen.'

In plaats van haar venijnig van repliek te dienen, haalde Charlie slechts haar schouders op.

Sam volgde haar naar de keuken. Ze ging aan de bar zitten en keek toe terwijl Charlie de vaatwasser inruimde en de werkbladen schoonmaakte. 'Volgens mij heeft hij niet geleden,' zei ze.

Charlie pakte twee bekers uit de kast. In de ene schonk ze koffie, de andere vulde ze met water voordat ze hem in de magnetron zette. 'Je kunt na de dienst wel vertrekken. Of daarvoor. Het maakt eigenlijk niet uit. Papa weet het toch niet en jou boeit het niet wat de mensen hier ervan zeggen.'

Sam liet de bitse opmerking passeren. 'Ben deed heel aardig tegen me voor hij gisteravond wegging,' zei ze.

'Waar heb je je thee?' Charlie pakte Sams tas van de bank naast de deur. 'Hierin, toch?'

'In het zijvak.'

Charlie haalde het Ziploczakje tevoorschijn en schoof het over de bar. 'Kunnen we vaststellen dat Ben hier niet meer woont, zonder dat we er verder over hoeven te praten?'

'Dat hadden we toch al gedaan?' Sam pakte een theezakje en gooide het naar Charlie. 'Heb je melk?'

'Waarom zou ik melk moeten hebben?'

Hoofdschuddend haalde Sam haar schouders op. 'Ik weet dat je niet tegen lactose kunt, maar ik dacht dat Ben misschien...' Verdere uitleg was zinloos. 'Laten we proberen vandaag geen ruzie te maken. Of de ruzie van gisteren niet voort te zetten. Of hoe het ook mag heten.'

De magnetron piepte. Met een pannenlap haalde Charlie de beker eruit en zette die op de keukenbar. Daarna pakte ze een schoteltje uit de kast. Sam bekeek de achterkant van haar T-shirt. Charlie had er met opstrijkbare letters de naam van haar wiskundeclub op gezet: LOIS COMMON DENOMINATOR.

'Wat gaat er met Kelly Wilson gebeuren?' vroeg Sam. 'Denk je dat die zatlap van een Grail haar krijgt toegewezen?'

Charlie draaide zich om en zette de beker voor Sam neer. Om onbekende redenen had ze het schoteltje erbovenop geplaatst. 'Ik ken iemand in Atlanta, Steve LaScala. Waarschijnlijk wil hij de zaak wel overnemen als ik het hem vraag. Misschien belt hij je om naar je indruk te vragen.'

'Ik zal je mijn nummer geven.'

'Dat heeft Ben.'

Sam zette het schoteltje onder de beker. Ze dompelde het theezakje in het water. 'Als die LaScala het niet pro Deo doet, betaal ik hem wel.'

Charlie snoof. 'Dat gaat je meer dan een miljoen kosten.'

Opnieuw haalde Sam haar schouders op. 'Dat zou papa van me verwacht hebben.'

'Sinds wanneer doe jij wat papa van je verwacht?'

Het vredesbestand begon alweer barstjes te vertonen, merkte Sam. 'Papa hield van je. Dat was een van de laatste dingen die hij gezegd heeft.'

'Niet over beginnen.'

'Hij maakte zich zorgen om je.'

'Ik ben doodziek van alle mensen die zich zorgen om me maken.'

'Namens al die mensen: wij zijn er ook doodziek van.' Sam keek op van haar beker. 'Charlie, ik weet niet wat je dwarszit, maar het is het niet waard. Al die woede. Al dat verdriet.'

'Mijn vader is dood. Mijn man heeft me verlaten. De afgelopen paar dagen waren de ellendigste uit mijn leven sinds mama stierf en jij werd neergeschoten. Sorry dat ik niet zo blij en vrolijk ben, Sam, maar mijn wat-kan-mij-het-schelenknop is kapot.' Charlie dronk van haar koffie. Ze keek naar buiten. Rond de voedertafel fladderden vogels.

Dit was het moment en misschien wel de laatste kans voor Sam om haar zus over Anton te vertellen. Ze wilde Charlie laten weten dat ze wist wat liefde was en ook wat een verpletterende verantwoordelijkheid liefde soms kon zijn. Dan konden ze geheimen uitwisselen, zoals vroeger, toen ze jong waren. *Ik zeg op welke jongen ik verliefd ben als jij zegt waarom Gamma je drie dagen huisarrest heeft gegeven.*

In plaats daarvan zei ze: 'Volgens Rusty stelden die brieven van Zachariah Culpepper niets voor. De politie is ervan op de hoogte. Hij is gewoon wanhopig. Hij probeert ons op de kast te jagen. Laat hem niet winnen.'

'Volgens mij valt er niks meer te winnen als je in de dodencel zit.' Charlie zette haar beker neer en sloeg haar armen over elkaar. 'Vertel op. Wat heeft hij nog meer gezegd?'

'Hij heeft het over de doodstraf gehad.'

'Moest je je vingers op zijn pols leggen?'

Weer voelde Sam zich beetgenomen. 'Dat hij nooit de stad uit is gejaagd met al zijn kletspraatjes...'

'Ik mocht van hem niet bij de executie van Culpepper aanwezig zijn. Als de staat al ooit zijn plicht nakomt.' Charlie schudde haar hoofd, alsof de dood van de man hooguit een licht ongemak was. 'Ik weet niet of ik er wel bij wil zijn. Maar wat Rusty ook zegt, of gezegd heeft, ik laat me er niet door beïnvloeden.'

Sam hoopte dat dat niet waar was. 'Hij had het over een foto van mama.'

'Dé foto?'

'Een andere, eentje die we volgens hem geen van beiden hebben gezien.'

'Dat geloof ik niet,' zei Charlie. 'We doorzochten altijd al zijn spullen. Hij had helemaal geen privacy.'

Sam haalde haar schouders op. 'Hij zei dat de foto thuis op zijn werkkamer was. Ik wil hem graag hebben voor ik vertrek.'

'Ben neemt je na de afscheidsdienst wel mee naar de Schots en Scheef.'

De boerderij. Sam wilde er niet naartoe, maar ze ging de stad niet uit zonder in elk geval een stukje van haar moeder mee terug te nemen naar New York. 'Zal ik je helpen dat te camoufleren?' Ze wees naar de blauwe plekken op Charlies gezicht. 'Voor de dienst.'

'Waarom zou ik het willen camoufleren?'

Sam kon geen goede reden bedenken. Waarschijnlijk kwam er niemand naar het afscheid, in elk geval niemand die Sam graag wilde zien. Rusty was niet bepaald geliefd geweest in de stad. Ze zou hooguit haar gezicht laten zien. Vervolgens zou ze naar de boerderij gaan, waar ze zou wachten tot Stanislav uit Atlanta arriveerde, waarna ze dit gat zo snel mogelijk achter zich zou laten.

Tenminste, als ze energie overhad om rechtop te blijven staan. De spierverslapper was nog niet uitgewerkt. Het middel bezorgde haar een loodzwaar gevoel. Ze was nog geen kwartier wakker en zou zo weer in slaap kunnen vallen.

Ze pakte de beker met thee.

'Niet opdrinken.' Charlies wangen kleurden rood. 'Er zit tietenzweet in.'

'Er zit –'

'Tietenzweet,' zei Charlie. 'Ik heb het theezakje onder mijn bh door gehaald toen je niet keek.'

Sam zette de beker neer. Eigenlijk had ze kwaad moeten worden, maar ze lachte. 'Waarom doe je zoiets?'

'Ga ik niet uitleggen,' zei Charlie. 'Ik weet niet waarom ik me weer als een kind gedraag en je pest en irriteer, waarschijnlijk alleen om je aandacht te trekken. Ik zie het mezelf doen, en ik haat het.'

'Stop er dan mee.'

Ze zuchtte kreunend. 'Ik wil geen ruzie, Sam. Dat zou papa niet willen, vooral vandaag niet.'

'Papa was anders gek op discussies.'

'Niet van het pijnlijke soort.'

Sam nam een slok thee. Ze had zo'n behoefte aan cafeïne dat het haar niet uitmaakte wat erin zat. 'En wat nu?'

'Ik denk dat ik onder de douche een potje ga janken, en daarna maak ik me klaar voor het in allerijl georganiseerde afscheid van mijn vader.'

Charlie spoelde haar koffiebeker om en zette hem in de vaatwasser. Nadat ze haar handen had afgedroogd, wilde ze de keuken uit lopen.

'Mijn man is overleden.' De woorden tuimelden zo snel naar buiten uit dat Sam niet wist of Charlie ze gehoord had. 'Hij heette Anton. We zijn twaalf jaar getrouwd geweest.'

Charlies mond viel open van verbazing.

'Hij is dertien maanden geleden gestorven. Aan slokdarmkanker.'

Charlies lippen bewogen terwijl ze naar een passende reactie zocht. 'Wat erg voor je,' zei ze uiteindelijk.

'Het kwam door tannine,' zei Sam. 'In wijn. Dat is –'

'Ik weet wat tannine is. Ik dacht dat dat soort kanker door HPV werd veroorzaakt.'

'De uitslag van de test op zijn tumor was negatief,' zei Sam. 'Ik wil je het onderzoeksrapport wel toesturen.'

'Hoeft niet. Ik geloof je zo ook wel.'

Sam wist niet of ze zichzelf nog geloofde. Het liefst ging ze een probleem met logica te lijf, maar net als het weer kenmerkte het leven zich door een subtiel dynamisch evenwicht tussen massa en beweging.

Het kwam erop neer dat dingen soms gewoon klote waren.

'Ik ga wel met jou naar de aula, maar ik denk niet dat ik blijf,' zei ze tegen Charlie. 'Ik wil de mensen niet zien die eropaf komen. De hypocrieten. De nieuwsgierigen. Mensen die de straat overstaken als ze pa zagen en nooit hebben gesnapt dat hij goed probeerde te doen.'

'Hij wilde geen dienst,' zei Charlie. 'Niks officieels. Alleen een bijeenkomst voor genodigden en daarna met zijn allen naar Shady Ray's.'

Sam was haar vaders lievelingsbar helemaal vergeten. 'Ik ga echt niet naar een stel oude zuiplappen zitten luisteren die rechtbankverhalen uitwisselen.'

'Zelf deed hij niets liever.' Charlie leunde tegen de keukenbar. Ze keek naar haar voeten. Er zat een gat in haar sok. Sam zag haar grote teen naar buiten steken.

'We hebben het die laatste keer over zijn begrafenis gehad,' zei Charlie. 'Vóór zijn openhartoperatie. Alleen papa en ik. Toen heeft hij dit alles gepland. Mensen moesten blij zijn, zei hij, ze moesten het leven vieren. Dat klonk mooi, toch? Maar nu ik er middenin zit, vind ik hem een domme eikel omdat hij dacht dat er voor mij iets te vieren viel als hij dood was.' Ze veegde haar tranen weg. 'Ik weet niet of ik in shock ben of dat het normaal is wat ik voel.'

Sam kon zich niet op ervaring beroepen. Anton was een wetenschapper geweest, afkomstig uit een cultuur waarin de dood niet geromantiseerd werd. Sam had bij de oven gestaan toen zijn houten kist de vlammen in was gegleden.

'Ik kan me Gamma's begrafenis nog herinneren,' zei Charlie. 'Over shock gesproken. Het was zo onverwacht, en ik was doodsbang. Bang dat Zachariah zou ontsnappen. Dat hij me zou komen halen. Dat zijn familie iets zou doen. Dat jij dood zou gaan. Dat ze jou zouden vermoorden. Ik geloof dat ik de hele tijd Lenores hand heb vastgehouden.'

Sam had nog in het ziekenhuis gelegen toen haar moeder werd begraven. Ze wist zeker dat Charlie haar over de begrafenis had verteld, maar ze wist ook dat haar brein de informatie niet had vastgehouden.

'Papa was geweldig die dag,' zei Charlie. 'Hij was aanwezig. Hij hield voortdurend in de gaten hoe het met me ging, probeerde mijn blik te vangen en kwam tussenbeide als de verkeerde persoon de verkeerde dingen zei. Het was een beetje zoals jij net zei. Er waren hypocrieten. Nieuwsgierigen. Maar ook andere mensen, zoals Mrs. Kimble van de overkant, en Mr. Edwards van het makelaarskantoor. Ze vertelden verhalen, over merkwaardige dingen die Gamma had gezegd of over hoe ze een bizar probleem had weten op te lossen, en het was heel fijn om over die andere kant van haar te horen. De volwassen kant.'

'Ze heeft er nooit helemaal bij gehoord.'

'Er is overal en altijd wel iemand die er niet bij hoort, en juist dát zorgt ervoor dat ze erbij horen.' Charlie keek op de klok. 'We moeten ons klaarmaken. Hoe sneller we dit doen, hoe sneller het voorbij is.'

'Ik wil wel blijven.' Sam voelde Charlies achterdocht. 'Voor de begrafenis. Ik wil wel blijven als –'

'Er is niets veranderd, Sam.' Charlie maakte weer dat halve schoudergebaar. 'Ik moet hoe dan ook bedenken wat ik ga doen met mijn vergooide, ongelukkige leven, en jij moet hoe dan ook weg.'

VIJFTIEN

Sam keek naar Charlie, die door de foyer van het uitvaartcentrum liep te ijsberen. Aan de buitenkant was het een modern gebouw, maar vanbinnen leek het ingericht door een pietluttige oude vrouw. Wat de twee kanten gemeen hadden was efficiëntie. Er vonden twee rouwdiensten plaats in de aula's aan weerszijden van de foyer. Buiten wachtten twee identieke zwarte lijkwagens op hun passagiers. Sam dacht aan het logo van het uitvaartcentrum, dat ze op een billboard had gezien toen ze Pikeville binnen was gereden. Het bord toonde een zorgeloze tiener naast de onheilspellende tekst MINDER VAART! WE ZITTEN NIET OP KLANTEN TE WACHTEN.

Met zwaaiende armen en samengeknepen mond liep Charlie weer langs Sam. Ze droeg een zwarte jurk en hoge hakken. Haar haar was opgestoken. Ze had geen make-up op en had ook verder geen enkele moeite gedaan om haar verdriet te verhullen. 'Dat geloof je toch niet, dat je op je beurt moet wachten in een uitvaartcentrum?' mompelde ze.

Sam wist dat haar zus geen antwoord verwachtte. Nog geen tien minuten geleden was hun verzocht nog even te wachten. Vanachter de gesloten deuren aan weerszijden van de foyer bonden twee verschillende soorten muziek de strijd met elkaar aan. De ene dienst leek ten einde te lopen terwijl de andere pas begon. Nog even en ze werden onder de voet gelopen door een rouwstoet.

'Ongelooflijk,' mopperde Charlie in het voorbijgaan.

Sams telefoon trilde. Ze keek op het scherm. Voor ze Charlies huis verliet, had ze Stanislav een bericht gestuurd met het verzoek haar bij de boerderij op te pikken. De chauffeur kreeg een ruime vergoeding voor elke rit, maar toch proefde ze iets afgemetens in zijn antwoord: Rij zsm terug.

Dat 'zsm' deed het hem. Opeens kon Sam de neiging nauwelijks bedwingen om tegen hem te zeggen dat hij alle tijd mocht nemen. Toen ze in Dickerson County was gearriveerd, had ze het liefst meteen weer weg gewild, maar nu ze hier was, verkeerde ze in de greep van willoosheid.

Of misschien was 'halsstarrigheid' een beter woord.

Hoe meer Charlie erop aandrong dat ze moest vertrekken, hoe meer Sam zich in dit vervloekte stadje vast voelde zitten.

Een zijdeur ging open. Sam was ervan uitgegaan dat er een kast achter zat, maar er kwam een oudere heer in een net pak naar buiten, die zijn handen afdroogde aan een papieren handdoekje. Hij leunde half naar binnen en gooide het in de afvalbak.

'Edgar Graham.' Hij schudde eerst Sams hand en toen die van Charlie. 'Sorry dat we u hebben laten wachten.'

'We zijn hier al bijna twintig minuten,' zei Charlie.

'Nogmaals, mijn oprechte verontschuldigingen.' Edgar wees naar de gang. 'Deze kant op, dames.'

Sam ging voorop. Haar been werkte mee, alleen een zweempje pijn herinnerde haar eraan dat het waarschijnlijk een tijdelijke verlichting was. Achter zich hoorde ze Charlie mopperen, maar ze sprak zo zacht dat Sam haar niet verstond.

'Uw man heeft vanochtend de gewenste kledij gebracht,' zei Edgar.

'Ben?' Charlie klonk verrast.

'Deze kant op.' Edgar liep hen voorbij om de deur open te houden. Het bordje vermeldde ROUWBEGELEIDING. Er stonden vier fauteuils en een salontafel, en achter potplanten waren discreet dozen met tissues neergezet.

Charlie wierp een woedende blik op het bordje op de deur. Sam voelde een ijzige hitte van haar zus afslaan. Meestal waren ze olie op elkaars vuur en kwam elke emotie van Charlie versterkt terug in Sam, maar nu hadden Charlies paniek en woede eerder een kalmerende werking.

Daarom was ze hier. Ze kon Charlies problemen niet oplossen, maar hier en nu kon ze haar zus geven wat ze nodig had.

'Gaat u hier maar rustig zitten,' zei Edgar. 'Het is druk vandaag. We hadden u niet verwacht, waarvoor mijn verontschuldigingen.'

'U had ons niet verwacht voor de uitvaart van onze vader?' vroeg Charlie.

'Charlie.' Sam probeerde haar in te tomen. 'We zijn hier onaangekondigd gekomen. De uitvaart is pas over twee uur.'

'Over het algemeen laten we de gasten een uur voor de dienst binnen,' legde Edgar uit.

'We houden geen dienst,' zei Charlie. 'Voor wie is de dienst in de andere aula? Voor Mr. Pinkman?'

'Nee, *ma'am.*' Edgars glimlach was verdwenen, maar zijn gezicht stond onverstoorbaar. 'De dienst voor Douglas Pinkman staat morgen op het programma. Die voor Lucy Alexander is de dag erop.'

Sam was tot haar verbazing opgelucht. In gedachten was ze zo met Rusty bezig geweest dat ze was vergeten dat er nog twee lichamen begraven moesten worden.

Edgar bood Sam een stoel aan, maar ze ging niet zitten. 'Op dit moment ligt uw vader nog beneden,' zei hij. 'Wanneer de dienst in onze Memory Chapel is afgelopen, brengen we hem naar boven en plaatsen hem op het podium voor in de zaal. Ik verzeker u dat –'

'Ik wil hem nu zien,' zei Charlie.

'Hij is nog niet zover.'

'Heeft hij zijn huiswerk niet af of zo?'

Sam legde haar hand op Charlies schouder.

'Sorry als ik niet duidelijk genoeg ben geweest.' zei Edgar. Zijn handen rustten op de rugleuning van de stoel en zijn abnormale kalmte vertoonde geen enkel barstje. 'Uw vader ligt in de kist die hij zelf heeft uitgekozen,' legde hij uit, 'maar we moeten hem naar het podium verplaatsen, de bloemen klaarzetten, de aula gereedmaken. Als u hem straks ziet, wilt u dat hij –'

'Niet nodig.'

Sam kneep in Charlies schouder om haar tot stilte te manen. Ze wist wat haar zus dacht: *jij hoeft me niet te vertellen wat ik wil.* Ze zei: 'Ik twijfel er niet aan dat u er iets prachtigs van maakt, maar we willen hem nu graag zien.'

Edgar knikte beheerst. 'Uiteraard, dames. Uiteraard. Eén moment alstublieft.'

Nog voor de deur dicht was, zei Charlie: 'Wat een arrogante lul.'

'Charlie –'

'En nu niet zeggen dat ik net als mama klink. Jezus.' Ze plukte aan de hals van haar jurk. 'Het lijkt wel veertig graden hierbinnen.'

'Charlie, zo gaat het met verdriet. Je wilt dingen naar je hand zetten omdat je de controle kwijt bent.' Sam deed haar best niet prekerig te klinken. 'Je moet hiermee leren omgaan, want wat je nu voelt is na vandaag niet opeens verdwenen.'

'Je móét,' herhaalde Charlie. Ze nam een tissue uit de doos naast de stoel en wiste het zweet van haar voorhoofd. 'Met al die dooie mensen hier zou je toch verwachten dat ze het wat koeler hielden.' Hoofdschuddend en druk gebarend liep ze het kleine vertrek op en neer, alsof ze met zichzelf in gesprek was.

Sam ging zitten. Het was alsof ze naar zichzelf keek nu ze moest toezien hoe de manische, uitzinnige energie van haar zus zich in woede uitte. Charlie had gelijk: ze klonk inderdaad als hun moeder. Gamma was altijd fel tekeergegaan als ze zich bedreigd voelde, net als Sam, net als Charlie nu.

'Ik heb valium in mijn tas,' bood ze aan.

'Neem zelf maar.'

Sam deed een nieuwe poging. 'Waar is Lenore?'

'O, moet zij me soms kalmeren?' Charlie liep naar het raam. Ze bukte zich om de metalen jaloezieën te openen zodat ze naar het parkeerterrein kon kijken. 'Ze komt niet. Dan zou ze iedereen hier willen vermoorden. Wat smeer jij op je hals?'

Sam raakte haar hals aan. 'Wat?'

'Ik weet nog dat Gamma's hals wat rimpelig werd. Haar huid werd minder glad. Ook al was ze maar drie jaar ouder dan ik nu.'

Sam kon niet veel anders dan in het gesprek meegaan. 'Ze was altijd buiten in de zon. Ze gebruikte nooit zonnebrandcrème. Dat deed die generatie niet.'

'Maak jij je daar geen zorgen over? Niet dat je nu al iets ziet, maar...' Charlie keek in de spiegel naast het raam. Ze trok aan het vel van haar hals. 'Ik smeer het elke avond in met lotion, maar volgens mij moet ik maar eens crème kopen.'

Sam opende haar tas. Het eerste wat ze zag, was het briefje dat ze aan

Rusty had gegeven. De geur van sigarettenrook kleefde nog aan het papier. Ze bedwong de neiging iets melodramatisch te doen, zoals het briefje voor haar gezicht houden om te kunnen onthouden hoe haar vader rook. Haar handcrème lag naast Bens USB-stick. 'Alsjeblieft.'

Charlie keek naar het etiket. 'Wat is dit?'

'Wat ik gebruik.'

'Maar er staat "voor de handen" op.'

'We kunnen wel iets googelen.' Sam pakte haar telefoon. 'Wat denk jij?'

'Ik denk…' Charlie ademde kort in. 'Ik denk dat ik het niet meer trek.'

'Volgens mij heb je een paniekaanval.'

'Ik ben niet in paniek,' zei Charlie, maar de trilling in haar stem deed anders vermoeden. 'Ik ben duizelig. Bibberig. Misschien moet ik overgeven. Is dat een paniekaanval?'

'Ja.' Sam hielp haar op haar stoel. 'Adem een paar keer diep in.'

'Jezus.' Ze hield haar hoofd tussen haar knieën. 'O, jezus.'

Sam wreef over Charlies rug. Ze probeerde iets te bedenken wat de pijn zou wegnemen, maar verdriet spotte met alle logica.

'Ik geloofde niet dat hij zou sterven.' Charlie greep in haar haar. 'Ik wist natuurlijk dat het ooit zou gebeuren, maar ik dacht van niet. Zo ongeveer het tegenovergestelde van als je een lot koopt. Je zegt: "Natuurlijk win ik niks", maar je denkt dat je misschien toch wel iets gaat winnen, want waarom zou je anders zo'n stom lot kopen?'

Sam wreef nog steeds over haar rug.

'Ik weet dat ik Lenore nog altijd heb, maar papa was…' Charlie ging rechtop zitten. Bibberend ademde ze in. 'Ik wist dat ik altijd met een probleem naar hem toe kon gaan, wat het ook was. Dat hij niet over me zou oordelen, dat hij er een grapje over zou maken zodat het minder pijn deed, en dat we dan samen een oplossing zouden bedenken.' Ze sloeg haar handen voor haar gezicht. 'Ik vind het vreselijk dat hij niet goed voor zichzelf heeft gezorgd. Aan de andere kant vind ik het geweldig dat hij zijn leven volgens zijn eigen regels heeft geleefd.'

Sam kon zich in haar gevoelens verplaatsen.

'Ik wist niet dat Ben zijn kleren heeft gebracht.' Geschrokken keerde Charlie zich naar Sam toe. 'Stel dat hij clownskleren aan wilde?'

'Charlie, doe niet zo gek. Dan had hij eerder iets uit de Renaissance gekozen.'

De deur ging open. Charlie stond op.

'De mensen verlaten nu onze Memory Chapel,' zei Edgar. 'Als u nog één moment geduld heeft, kan ik uw vader in een wat natuurlijker setting plaatsen.'

'Hij is dood,' zei Charlie. 'Niets van dit alles is natuurlijk.'

'Zoals u wilt.' Edgar boog zijn hoofd. 'We hebben hem tijdelijk in onze showroom opgebaard. Ik heb twee stoelen klaargezet, voor een rustig moment van reflectie.'

'Dank u.' Sam keek naar Charlie, in de verwachting dat ze over de stoelen zou gaan klagen of een bitse opmerking zou maken over dat 'reflectie'. Maar in plaats daarvan huilde haar zus.

'Ik ben bij je,' zei Sam, hoewel ze geen idee had of dat een troost was.

Charlie beet op haar lip. Ze had haar handen nog steeds tot vuisten gebald. Ze trilde.

Sam trok Charlies vingers los en hield haar hand vast.

Op haar knikje naar Edgar liep deze naar de andere kant van de kleine kamer. Nu pas zag Sam de deur die discreet in de houten lambrisering was weggewerkt. Edgar draaide aan de deurknop en de felverlichte showroom verscheen.

Charlie bleef staan waar ze stond, tot Sam haar met zachte hand naar de deur leidde. Hoewel Edgar het over een showroom had gehad, had Sam geen echte showroom verwacht. Langs de muren stonden glanzende kisten, geschilderd in donkere aardetinten. Ze waren schuin opgesteld, in een hoek van zo'n vijftien graden, en met het deksel open zodat je de zijden bekleding kon zien. Spotjes verlichtten zilver- en goudkleurige handgrepen. Er stond een draairek met een keur aan kussens. Sam vroeg zich af of nabestaanden voelden hoe zacht ze waren voor ze een keuze maakten.

Charlie wankelde op haar hoge hakken. 'Was het ook zo toen jouw –'

'Nee,' zei Sam. 'Anton is gecremeerd. In een grenen kist.'

‘Waarom heeft papa daar niet voor gekozen?’ Charlie keek in een gitzwarte showkist, bekleed met zwart satijn. ‘Alsof we in een verhaal van Shirley Jackson zijn beland.’

Sam keerde zich naar Edgar toe. *Bedankt*, mimede ze.

Met een lichte buiging verliet hij de showroom en trok de deur achter zich dicht.

Sam keek weer naar Charlie, die roerloos was blijven staan. Alle bravoure was verdwenen. Ze staarde naar de voorkant van de showroom. Twee klapstoelen met pastelblauwe hoezen. Een witte kist met goudkleurige handgrepen op een roestvrijstalen rijtafel met grote zwarte wielen. Het deksel was open. Rusty’s hoofd lag iets verhoogd op een kussen. Sam zag zijn peper-en-zoutkleurige haar, het puntje van zijn neus en een stukje lichtblauw van zijn pak.

‘Dat is papa,’ zei Charlie.

Sam wilde haar hand weer pakken, maar Charlie stapte al op hun vader af. Haar doelbewuste pas werd algauw aarzelend en toen bleef ze staan. Ze sloeg haar hand voor haar mond, en haar schouders begonnen te schokken.

‘Dat is hij niet,’ zei ze.

Sam begreep wat ze bedoelde. Het was hun vader, dat was duidelijk, maar het was al even duidelijk dat hij het níét was. Rusty’s wangen waren te rood. Zijn woeste wenkbrauwen waren gefatsoeneerd. Zijn haar, dat normaal alle kanten op stak, was nu in een soort pompadour gekamd.

‘Hij zou er knap uitzien, dat heeft hij me beloofd,’ zei Charlie.

Sam sloeg haar arm om haar middel.

‘Toen we het erover hadden,’ vervolgde Charlie, ‘zei ik dat ik geen open kist wilde, maar hij beloofde me dat hij er knap uit zou zien. Dat ik juist zou willen zien hoe goed hij eruitzag. Hij ziet er helemaal niet goed uit.’

‘Nee,’ beaamde Sam. ‘Hij lijkt niet eens op zichzelf.’

Ze keken allebei naar hun vader. Sam kon zich niet herinneren dat ze Rusty ooit roerloos had gezien. Hij was altijd in beweging. Stak een sigaret op. Maakte een theatraal gebaar. Tikte met zijn tenen. Knipte met zijn vingers. Knikte al neuriënd met zijn hoofd, klakte met zijn tong of floot een deuntje dat ze niet kende, maar dat wel in haar hoofd bleef zitten.

'Zo mag niemand hem zien,' zei Charlie. Ze strekte haar hand al naar het deksel uit.

'Charlie!' zei Sam, zachtjes maar dwingend.

Ze trok aan het deksel, maar er zat geen beweging in. 'Help eens dit dicht te doen.'

'We kunnen vragen –'

'Die creepy slijmbal hoef ik niet meer te zien.' Nu trok Charlie met beide handen aan het deksel. Het zakte een klein eindje, maar bleef toen steken. 'Help me dan.'

'Ik ga je echt niet helpen.'

'Hoe ging je lijstje ook alweer? Je kunt niet zien, je kunt niet rennen, je kunt niks verwerken? Ik kan me niet herinneren dat je met dat nutteloze lijf niet eens die klotekist van je eigen vader dicht kunt doen.'

'Het is een *casket*. Een gewone kist loopt taps toe bij het hoofd- en voeteneind.'

'Jezus.' Charlie liet haar tas op de vloer vallen. Ze schopte haar schoenen uit. Met beide handen trok ze aan het deksel; ze hing er bijna aan.

Er klonk wat protesterend gekraak, maar de kist bleef open.

'Hij gaat niet gewoon dicht,' zei Sam. 'Dat zou om veiligheidsredenen zijn.'

'Bedoel je dat het zijn dood kan worden als het deksel met een klap dichtvalt?'

'Het zou tegen jouw hoofd kunnen slaan of je vingers kunnen breken.' Sam boog zich over Rusty heen om de koperen inboorscharnieren te bestuderen. Een met stof bedekte riem-en-beugelconstructie voorkwam dat het deksel te ver openging, maar ze kon geen mechanisme ontdekken dat het sluiten regelde. 'Er moet iets zijn om het te ontgrendelen.'

'Jezus christus.' Charlie ging weer aan het deksel hangen. 'Kun je niet gewoon helpen?'

'Ik probeer –'

'Ik doe het zelf wel.' Charlie liep om de kist heen en duwde van achter tegen het deksel. De rijtafel bewoog. Een van de voorwielen stond niet op de rem. Charlie duwde nog iets harder. Weer bewoog de rijtafel.

'Wacht even.' Sam inspecteerde de buitenkant van de kist op zoek naar een hendel of knop. 'Straks stoot je hem nog –'

Charlie sprong op om het deksel met haar volle gewicht naar beneden te drukken.

'Straks stoot je hem nog van de tafel,' zei Sam.

'Prima.' Weer duwde Charlie. Er zat geen beweging is. Ze sloeg met haar open hand op het deksel. 'Fuck!' Ditmaal sloeg ze met haar vuist. 'Fuck! Fuck! Fuck!'

Sam streek met haar vingers langs de binnenkant van de zijden bekleding tot ze op een knop stuitte.

Er klonk een luide klik.

De pneumatische pomp siste terwijl het deksel langzaam sloot.

'Shit.' Buiten adem steunde Charlie met haar handen op het dichte deksel en sloot haar ogen. Hoofdschuddend zei ze: 'Hij verlaat ons met een metafoor.'

Sam ging op de stoel zitten.

'Zeg je niks?'

'Ik denk na.'

Charlies lach ging over in een snik. Haar schouders beefden terwijl ze huilde. Haar tranen dropen op de kist. Sam zag ze langs de zijkant naar beneden glijden, met een bochtje om de roestvrijstalen tafel heen glibberen en op de vloer vallen.

'Shit,' herhaalde Charlie, met de rug van haar hand haar neus afvegend. Achter het rek met handgrepen vond ze een doos tissues. Ze snoot haar neus en droogde haar tranen. Toen liet ze zich op de stoel naast Sam vallen.

Ze keken allebei naar de kist. Naar de opzichtige gouden handgrepen en het filigraan van het hoekbeslag. De helderwitte verf had een glinsterende afwerking, alsof er glitter door de coating was gemengd.

'Ongelooflijk, wat een lelijk ding,' zei Charlie.' Ze gooide de gebruikte tissue weg en rukte een nieuwe uit de doos. 'Daar had je Elvis in kunnen begraven.'

'Weet je nog dat we naar Graceland gingen?'

'Die witte Cadillac.'

Rusty had net zolang op de suppoost ingepraat tot hij achter het stuur mocht zitten. De lak op de Fleetwood was even felwit geweest als die op de kist. Diamantstof had voor de schittering gezorgd.

'Papa kreeg altijd alles van iedereen gedaan.' Weer veegde Charlie haar neus af. Ze leunde achterover, met haar armen over elkaar.

Sam hoorde ergens een klok tikken, een soort metronoom die gelijk opging met het slaan van haar hart. In haar vingertoppen voelde ze nog steeds het tap-tap-tap van Rusty's bloed dat door zijn aderen stroomde. Twee dagen lang had ze Charlie gesmeekt van haar hart geen moordkuil te maken, maar haar eigen zonden drukten nog zwaarder op haar.

'Ik kon hem niet laten sterven,' zei ze. 'Mijn man. Ik kon hem niet laten gaan.'

Zwijgend speelde Charlie met de tissue in haar hand.

'Hij had een niet-reanimerenverklaring, maar die heb ik niet aan het ziekenhuis gegeven.' Sam probeerde diep in te ademen, maar het gewicht van Antons dood drukte haar borst dicht. 'Hij kon niet voor zichzelf opkomen. Hij kon zich niet verroeren. Hij kon alleen zien en horen, en wat hij zag en hoorde was zijn vrouw, die niet wilde dat de artsen de apparaten uitschakelden die zijn lijden rekten.' Ze voelde haar schaamte kolken in haar buik. 'De tumoren hadden zich tot in zijn hersenen uitgezaaid. De ruimte in de schedel is beperkt. Zijn hersenen werden in zijn ruggengraat geduwd. De pijn was ondraaglijk. Eerst kreeg hij morfine, toen fentanyl, en ondertussen zat ik naast zijn bed en zag de tranen uit zijn ogen rollen, maar ik kon hem niet laten gaan.'

Zwijgend wikkelde Charlie de tissue om haar vinger.

'Bij papa zou ik hetzelfde hebben gedaan. Dat had ik je vanuit New York kunnen vertellen. Ik was de verkeerde persoon om om hulp te vragen. Ik kon mijn eigen behoeften, mijn wanhoop, niet opzijzetten voor de enige man van wie ik ooit heb gehouden. En dat had ik zeker niet voor papa kunnen doen.'

Charlie plukte nu de laagjes tissue uit elkaar.

De klok tikte door.

De tijd kroop voort.

'Ik wilde je gewoon hier hebben,' zei Charlie.

Het was niet Sams bedoeling om Charlies schuldgevoel aan te wakkeren. 'Probeer me maar geen beter gevoel aan te praten.'

'Dat doe ik ook niet,' zei Charlie. 'Ik vind het vreselijk dat ik je hier heb laten komen. Dat ik je dit alles heb aangedaan.'

'Je hebt me nergens toe gedwongen.'

'Ik wist dat je zou komen als ik het vroeg. Dat weet ik al twintig jaar, en ik heb papa als excuus gebruikt, omdat ik het niet meer aankon.'

'Wat kon je niet meer aan?'

Charlie maakte een prop van de tissue en klemde hem vast. 'Toen ik studeerde, heb ik een miskraam gehad.'

Sam herinnerde zich het vijandige telefoontje van al die jaren geleden. Charlie die op boze toon om geld had gevraagd.

'Ik was zo opgelucht toen het gebeurde,' zei Charlie. 'Als je zo jong bent, besef je niet dat je ooit ouder wordt. Dat er een tijd komt wanneer je niet meer opgelucht bent.'

Sam voelde tranen opwellen bij het schrille leed achter de woorden van haar zus.

'De tweede miskraam was erger,' zei Charlie. 'Ben denkt dat het de eerste was, maar het was de tweede.' Ze haalde haar schouders op. 'Het was aan het eind van het eerste trimester. Ik zat in de rechtszaal en opeens voelde ik pijn, een soort kramp. Ik moest nog een uur wachten voor de rechter de zitting schorste. Ik rende naar het toilet en ging zitten. Opeens stroomde het bloed uit mijn lijf.' Ze slikte even. 'Ik keek in de pot, en het was… het was niets. Het leek nergens op. Een zware ongesteldheid, een soort klodder. Maar ik kon het niet doorspoelen, dat voelde verkeerd. Ik kon het niet achterlaten. Ik kroop onder de deur van de cabine door zodat ik de deur op slot kon laten. Ik belde Ben. Ik huilde zo hard dat hij me niet kon verstaan.'

'Charlie,' fluisterde Sam.

Charlie schudde haar hoofd, want dat was nog niet alles. 'De derde keer, voor Ben dus de tweede keer, was het nog erger. Ik was al achttien weken zwanger. We waren buiten, blad aan het harken in de tuin. We waren de babykamer al aan het inrichten, weet je. We hadden de muren geverfd. Naar wiegjes gekeken. Weer voelde ik die kramp. Ik zei tegen Ben dat ik water ging drinken, maar ik haalde de badkamer al bijna niet meer. Het kwam gewoon naar buiten, alsof mijn lichaam niet kon wachten om zich ervan te ontdoen.' Met haar vingertoppen veegde ze tranen weg. 'Ik zei tegen mezelf dat dit me niet nog eens zou overkomen, dat ik het niet nog eens ging riskeren, maar toen gebeurde het toch.'

Sam pakte Charlies hand en hield die stevig vast.

'Het was drie jaar geleden. Ik was gestopt met de pil. Heel stom. Ik had het niet tegen Ben gezegd, wat het bedrog alleen maar erger maakte. Binnen een maand was ik zwanger. Er ging een tweede maand voorbij, en toen was ik voorbij de driemaandengrens, en opeens was het zes maanden, zeven, en we waren zo opgetogen. Papa was in de zevende hemel. Lenore begon stiekem al over namen.'

Charlie drukte haar vingers op haar oogleden. Tranen stroomden over haar wangen. 'Er bestaat zoiets als het Dandy Walkersyndroom. Het klinkt heel stom, als een ouderwetse dans, maar in wezen is het een groep aangeboren hersenafwijkingen.'

Sams hart trok zich samen.

'We kregen het laat op een vrijdag te horen. Ben en ik hebben vervolgens het hele weekend op internet zitten lezen. Het ene moment stuitten we op een geweldig verhaal over een kind dat lachte, een leven had, de kaarsjes op zijn verjaardagstaart uitblies, en dan zeiden we: "Oké, nou, dat is... dat is fantastisch, een geschenk, dat kunnen we wel." Maar het volgende moment lazen we over een baby die doof en blind was, die een openhartoperatie had gehad en een hersenoperatie en nog voor zijn eerste verjaardag was gestorven, en dan hielden we elkaar vast en huilden.'

Sam kneep in Charlies hand.

'We vonden dat we het niet op mochten geven. Het ging om onze baby, toch? Dus gingen we naar een specialist in het Vanderbilt. Hij maakte een paar scans en nam ons mee naar een kamer. Er hing niets aan de muur. Dat weet ik nog goed. Overal hingen foto's van kleine kinderen. Foto's van gezinnen. Maar niet in deze kamer.'

Charlie zweeg even om haar ogen te drogen.

Sam wachtte.

'De dokter zei dat we niets konden doen,' vervolgde Charlie. 'Het hersenvocht lekte. De baby had geen... organen.' Ze ademde bevend in. 'Mijn bloeddruk was veel te hoog. Er bestond kans op sepsis. De dokter gaf ons vijf dagen, hooguit een week voor de baby zou sterven of ik, en ik... ik kon gewoon niet wachten. Ik kon niet naar mijn werk gaan, eten, tv-kijken in de wetenschap dat...' Ze klemde Sams hand vast. 'We besloten naar Colorado te gaan. Dat was de enige plek die we konden vinden waar het legaal is.'

Dit ging over abortus, wist Sam.

'Het kostte vijfentwintigduizend dollar. Plus de vlucht. Plus de hotelkamer. Plus vrije dagen. We hadden geen tijd om een lening aan te vragen, en niemand mocht weten waarvoor we het geld nodig hadden. We verkochten Bens auto. Papa en Lenore gaven ons geld. De rest vulden we aan met onze creditcards.'

Sam werd bevangen door schaamte. Ze had erbij moeten zijn. Ze had hun het geld kunnen geven. Ze had met Charlie mee kunnen vliegen.

'De avond voor we zouden vertrekken, nam ik een slaappil, want nu gaf het toch niet meer. Maar even later werd ik wakker van een brandende pijn. Het was anders dan toen met die krampen. Het was alsof ik uit elkaar werd gereten. Ik ging naar beneden omdat ik Ben niet wakker wilde maken. Maar nog voor ik bij de badkamer was, moest ik overgeven. Alles zat onder het bloed. Het leek of er een moord was gepleegd. Ik zag stukken. Brokken van...' Charlie schudde haar hoofd, niet in staat om door te gaan. 'Ben belde een ambulance. Ik heb een litteken, van een soort keizersnede, maar dan zonder baby om trots te laten zien. En toen ik uiteindelijk weer thuiskwam, was het kleed weg. Ben had alles schoongemaakt. Het was alsof het nooit was gebeurd.'

Sam dacht aan de kale vloer in Charlies woonkamer. Ze hadden het kleed al drie jaar niet vervangen. 'Heb je er met Ben over gepraat?' vroeg ze.

'Ja. We hebben erover gepraat. We zijn in therapie geweest. We hebben het achter ons gelaten.'

Dat geloofde Sam niet.

'Het was mijn schuld,' zei Charlie. 'Dat heb ik nooit tegen Ben gezegd, maar het was elke keer mijn schuld.'

'Dat geloof je zelf niet.'

Met de rug van haar hand wreef ze in haar ogen. 'Ik heb papa eens een afsluitend betoog horen houden. Hij had het erover dat mensen altijd geobsedeerd zijn door leugens. Stomme leugens. Maar niemand begrijpt dat het echte gevaar in de waarheid schuilt.' Ze keek naar de witte kist. 'De waarheid kan je van binnenuit doen wegrotten. Die laat geen ruimte voor iets anders.'

'Zelfverwijt heeft niets met waarheid te maken. De natuur trekt haar eigen plan.'

'Over dat soort waarheid heb ik het niet.'

'Zeg het dan, Charlie. Wat is die waarheid?'

Charlie boog voorover. Ze nam haar hoofd in haar handen.

'Alsjeblieft,' smeekte Sam. Ze haatte haar eigen nutteloosheid. 'Zeg het dan.'

Charlie haalde diep adem, zoog de lucht op door de spleet tussen haar handen. 'Iedereen denkt dat ik mezelf verwijt dat ik ben weggerend.'

'Dat is toch ook zo?'

'Nee,' zei ze. 'Ik verwijt mezelf dat ik niet harder heb gerend.'

Wat er echt met Charlie gebeurde

'Rennen!' Sam duwde haar weg. 'Wég, Charlie!'

Charlie viel weer op de grond. Ze zag de felle flits uit het geweer, hoorde de plotselinge explosie waarmee de kogel de loop verliet.

Sam tolde door de lucht en smakte met een salto in het gapende gat van het graf.

'Shit,' zei Daniel. 'Godver. Jezus christus.'

Charlie krabbelde weg, op handen en voeten, tot ze met haar rug tegen een boom stootte. Ze duwde zichzelf overeind. Haar knieën trilden. Haar handen trilden. Haar hele lijf trilde.

'Rustig maar, popje,' zei Zach. 'Blijf daar maar op me wachten.'

Charlie staarde naar het graf. Misschien verstopte Sam zich, kon ze elk moment overeind springen en wegrennen. Maar ze sprong niet overeind. Ze bewoog niet, ze sprak niet, ze schreeuwde niet, ze was niemand aan het commanderen.

'Als jij die bitch begraaft,' zei Zach tegen Daniel. 'Dan hou ik me even met het kleintje bezig.'

Als Sam op dat moment had kunnen praten, had ze het uitgeschreeuwd, was ze woest geweest op Charlie omdat ze gewoon bleef staan, omdat ze deze kans niet greep, omdat ze niet deed wat Sam altijd tegen haar zei.

Niet achteromkijken… vertrouw erop dat ik er ben… hoofd laag houden en…

Charlie rende.

Haar armen zwaaiden. Haar blote voeten zochten naar houvast. Takken zwiepten in haar gezicht. Ze kreeg geen lucht. Haar longen voelden alsof er met naalden in haar borst werd gestoken.

Ze hoorde Sams stem…

Erdoorheen ademen. Langzaam en gelijkmatig. Wacht tot de pijn wegtrekt.

'Kom terug!' riep Zach. De lucht schudde van het gestage doenk-doenk-doenk dat tot in Charlies borst doortrilde.

Zachariah Culpepper kwam achter haar aan.

Ze trok haar armen in. Ze dwong de spanning uit haar schouders. In haar verbeelding waren haar benen zuigers in een machine. Ze schonk geen aandacht aan de dennenappels en scherpe stenen die in haar blote voeten sneden. Ze dacht aan de spieren die haar vooruithielpen.

Kuitspieren, dijspieren, hamstrings. Versterk je core, bescherm je rug.

Zach kwam dichterbij. Alsof er een stoommachine op haar af denderde.

Charlie sprong over een omgevallen boom. Vlug keek ze naar links, toen naar rechts, in het besef dat ze niet in een rechte lijn moest rennen. Ze moest de weertoren zien te vinden, zorgen dat ze in de goede richting liep, maar als ze achteromkeek, zag ze Zach, en als ze hem zag, raakte ze nog meer in paniek, en als ze nog meer in paniek raakte, struikelde ze, en als ze struikelde, viel ze.

En dan zou hij haar verkrachten.

Charlie zwenkte naar rechts, haar tenen klauwden in de aarde toen ze van richting veranderde. Op het laatste moment zag ze een tweede omgevallen boom. Ze wierp zich eroverheen, maar kwam verkeerd terecht. Haar voet verdraaide, en ze voelde dat haar enkelbot de grond raakte. Pijn sneed langs haar been naar boven.

Ze bleef rennen.

Haar voeten waren plakkerig van het bloed. Zweet droop langs haar lichaam. Ze speurde voor zich uit, op zoek naar licht, naar een teken van veiligheid.

Hoeveel langer hield hij het vol? Hoeveel verder kon ze rennen?

Weer hoorde ze Sams stem...

Neem de eindstreep in gedachten. Daar moet je nog harder naar verlangen dan degene achter je.

Zachariah wilde iets. Charlie wilde iets anders, en ze wilde het nog liever: ontsnappen, hulp halen voor haar zus, Rusty zoeken zodat hij kon bedenken hoe dit alles weer goed kwam.

Opeens ging haar hoofd met een ruk naar achteren.

Haar voeten vlogen naar voren.

Ze smakte met haar rug op de grond.

Ze zag haar adem uit haar mond puffen, als iets tastbaars.

Zach zat boven op haar. Zijn handen waren overal. Hij graaide naar haar borsten. Trok haar broekje naar beneden. Zijn tanden sloegen tegen haar dichte mond. Charlie krabde naar zijn ogen. Ze probeerde hem een knietje te geven, maar ze kon haar been niet buigen.

Zachariah ging schrijlings op haar zitten. Hij trok zijn riem uit de gesp. Hij was te zwaar. Hij perste alle lucht uit haar lijf.

Charlies mond ging open, maar ze had geen adem meer om te schreeuwen. Ze was duizelig. Braaksel brandde in haar keel.

Haar broekje werd nog verder naar beneden gerukt. Hij draaide haar om alsof ze niets woog. Weer probeerde ze te schreeuwen, maar hij duwde haar gezicht tegen de grond. Haar mond vulde zich met aarde. Hij klemde haar haren in zijn vuist. Ze voelde iets scheuren diep in haar lichaam toen hij in haar drong. Zijn tanden beten zich vast in haar schouder. Knorrend als een varken verkrachtte hij haar van achteren. Ze rook bederf, uit de aarde, uit zijn mond, uit wat hij in haar duwde.

Ze kneep haar ogen dicht.

Ik ben hier niet. Ik ben hier niet. Ik ben hier niet.

Telkens wanneer ze zichzelf wijsmaakte dat dit niet gebeurde, dat ze in de keuken van het roodstenen huis haar huiswerk zat te maken, dat ze op school over de atletiekbaan rende, dat ze zich in Sams kast verstopte om haar af te luisteren terwijl ze met Peter Alexander belde, deed Zachariah iets nieuws en dwong de pijn haar terug naar de werkelijkheid.

Hij was nog niet klaar.

Charlottes armen zwaaiden krachteloos rond toen hij haar omdraaide. Nu drong hij van voren bij haar naar binnen. Uiteindelijk raakte ze verdoofd. Haar geest werd leeg. Ze was zich bewust van dingen, maar als van op een afstand: haar lichaam dat heen en weer schoof onder zijn gebeuk. Haar mond die openhing. Zijn tong die hij in haar keel stak. Zijn vingers die zich in haar borsten sloegen alsof hij ze van haar lichaam wilde rukken.

Ze keek op. Voorbij zijn lelijke, verwrongen kop.

Voorbij de gebogen bomen. Voorbij hun kromme takken.

De nachthemel.

De maan was blauw tegen het donkere uitspansel.

Sterren waren vage, verspreide speldenprikken.

Charlie sloot haar ogen. Ze verlangde naar duisternis, maar ze zag Sam door de lucht tuimelen. Ze hoorde de doffe klap waarmee het lichaam van haar zus in het graf viel, alsof het allemaal opnieuw gebeurde. En toen zag ze Gamma. Op de keukenvloer. Met haar rug naar het kastje.

Helderwit bot. Stukjes hart en long. Strengen pees, slagaderen, aderen en leven stroomden uit haar gapende wonden.

Gamma had gezegd dat ze moest rennen.

Sam had haar bevolen het op een lopen te zetten.

Dit hadden ze vast niet gewild.

Ze hadden hun leven voor Charlotte opgeofferd, maar niet voor dít.

'Nee!' gilde Charlotte, haar handen tot vuisten ballend. Ze beukte op Zachs borst, haalde zo hard uit naar zijn kaak dat zijn hoofd opzij zwiepte. Bloed spoot uit zijn mond, grote kwakken bloed, niet de fijne druppeltjes van Gamma.

'Vuile teef.' Hij zwaaide zijn hand naar achteren om haar te slaan.

Op dat moment zag Charlotte iets vaags vanuit haar ooghoek.

'Ga van d'r af!'

Daniel sprong door de lucht en sloeg Zach tegen de grond. Zijn armen maaiden van achteren naar voren toen hij met zijn vuisten zijn broer afranselde.

'Klootzak!' schreeuwde hij. 'Ik vermoord je, godverdomme!'

Charlotte krabbelde naar achteren. Ze drukte haar handen in de aarde en dwong zichzelf overeind. Bloed stroomde langs haar benen. Ze kromp ineen. Ze struikelde. Ze tolde in de rondte, even blind als Sam. Ze kon zich niet oriënteren. Ze wist niet welke kant ze op moest rennen. Het enige wat ze wist, was dat ze in beweging moest blijven.

Haar enkel begaf het bijna van de pijn toen ze het bos weer in rende. Ze zocht niet naar de weertoren. Ze luisterde niet of ze de beek kon horen, ze deed geen poging Sam te vinden of de weg terug naar de Schots en Scheef. Eerst rende ze, toen liep ze, en ten slotte was ze zo uitgeput dat ze alleen nog wilde kruipen.

Uiteindelijk gaf ze eraan toe en liet zich op haar handen en knieën vallen.

Ze luisterde of er voetstappen naderden, maar ze hoorde alleen haar eigen zwoegende ademhaling, haar hijgende mond.

Bloed droop tussen haar benen door. Zijn spul zat daar, het etterde en verrotte haar vanbinnen. Ze moest overgeven. Gal sloeg op de grond en spatte weer tegen haar gezicht. Ze wilde gaan liggen, haar ogen sluiten, in slaap vallen en dan over een week wakker worden, wanneer alles voorbij was.

Maar dat kon ze niet.

Zachariah Culpepper.

Daniel Culpepper.

Broers.

Ze moesten allebei dood. Ze zou toekijken wanneer de beul ze aan de houten stoel vastbond en de metalen hoed op hun hoofd zette met een spons aan de onderkant zodat ze niet in brand vlogen, en ze zou tussen Zachariah Culpeppers benen kijken wanneer hij zijn plas liet lopen op het moment dat hij besefte dat hij geëlektrocuteerd werd.

Charlotte stond op.

Ze strompelde, begon toen te lopen, ging op een drafje over en opeens, als door een wonder, zag ze licht.

De tweede boerderij.

Charlotte stak haar hand uit, alsof ze hem kon aanraken.

Ze slikte een snik weg.

Haar enkel kon haar gewicht amper dragen toen ze over het pas geploegde land hinkte. Ze hield haar blik op het verandalicht gericht, als op een baken, een vuurtoren die haar bij de klippen wegloodste.

Ik ben hier. Ik ben hier. Ik ben hier.

Het trapje naar de veranda aan de achterkant telde vier treden. Charlotte keek ernaar en probeerde niet aan het trapje bij de Schots en Scheef te denken en hoe ze nog maar een paar uur geleden met twee treden tegelijk naar boven was gerend, haar schoenen had uitgeschopt, haar sokken had afgestroopt en Gamma had horen schelden in de keuken.

'Flut,' fluisterde Charlie. 'Flut.'

Haar enkel klapte dubbel op de allereerste tree. Ze klemde zich aan de gammele reling vast en keek knipperend in het verandalicht, dat felwit was, als een vlam. Bloed was in haar ogen gedropen. Met haar vuisten wreef ze het weg. Op de welkomstmat stond een dikke rode aardbei met een lachend gezicht, armen en benen.

Haar voeten maakten donkere afdrukken op de mat.

Ze stak haar hand omhoog.

Haar pols voelde elastisch, als het rubberen touwtje aan een paddle ball.

Charlotte moest haar ene hand met de andere vasthouden om op de deur te kunnen kloppen. Haar knokkels lieten een bloederige, natte afdruk op het witgeschilderde hout achter.

Binnen hoorde ze een stoel schrapen. Lichte voetstappen. Een opgewekte vrouwenstem die vroeg: 'Wie is dat zo laat nog?'

Charlotte zweeg.

Ze hoorde geen sloten openklikken, geen ketting die naar achteren werd geschoven. De deur ging open. In de keuken stond een blonde jonge vrouw. Haar haren zaten losjes in een paardenstaart. Ze was ouder dan Charlotte. Knap. Ze zette grote ogen op. Haar mond viel open. Bevend sloeg ze haar hand tegen haar borst, alsof ze door een pijl was geraakt.

'O...' zei de vrouw. 'O god. O mijn god. Papa!' Ze stak haar hand naar Charlotte uit, maar wist blijkbaar niet waar ze haar kon aanraken. 'Kom binnen! Kom binnen!'

Charlotte zette eerst één stap, toen nog één, en toen stond ze in de keuken.

Ze huiverde, ook al was het binnen warm.

Alles was zo schoon, zo helder verlicht. Het behang was geel, met rode aardbeien. Een bijpassende rand liep langs de bovenkant van de muren. Over het broodrooster zat een gebreid hoesje met aan de zijkant een opgestikte aardbei. De ketel op het fornuis was rood. De klok aan de muur – een kat met bewegende ogen – was rood.

'Grote god,' fluisterde een mannenstem. Hij was ouder en had een baard. Zijn ogen achter de brillenglazen waren vrijwel rond.

Charlotte week terug tot ze met haar rug tegen de muur stond.

'Wat is er in godsnaam gebeurd?' vroeg hij aan de vrouw,

'Ze klopte net aan.' De vrouw huilde. Haar stem trilde als een piccolo. 'Ik weet het niet. Ik weet het niet.'

'Dat is er een van Quinn.' Hij trok de gordijnen open en keek naar buiten. 'Zijn ze daar nog ergens?'

Zachariah Culpepper.

Daniel Culpepper.

Sam.

De man reikte naar de bovenkant van de kast. Hij haalde een geweer naar beneden en een doos met kogels. 'Geef me de telefoon.'

Charlotte begon weer te beven. Het geweer was lang, met een loop als een zwaard dat haar open kon snijden.

De vrouw nam de draadloze telefoon van de muur, maar liet hem op vloer vallen. Ze pakte hem weer op, nog steeds met trillende handen, chaotisch en ongecontroleerd. Ze trok de antenne uit en gaf de telefoon aan haar vader.

'Ik bel de politie,' zei hij. 'Doe de deur achter me op slot.'

De vrouw gehoorzaamde en draaide met stroeve vingers het slot om. Ze sloeg haar handen ineen, keek Charlotte aan en hapte naar adem. Ze keek de keuken rond. 'Ik weet niet wat...' Toen zag ze de vloer en sloeg haar hand voor haar mond.

Charlotte zag het ook. Bloed vormde een plas rond haar voeten. Het kwam uit haar binnenste, sijpelde langs haar benen, over haar knieën en enkels, traag en gestaag, als het straaltje uit de kraan in de boerderij als je er niet hard genoeg met de hamer tegenaan sloeg.

Ze bewoog haar voet. Het bloed bewoog mee. Ze dacht aan wat ze over slakken had geleerd, dat ze een glibberig slijmspoor achterlieten.

'Ga zitten,' zei de vrouw. Ze klonk nu beheerster, zekerder. 'Rustig maar, schat. Ga maar zitten.' Voorzichtig legde ze haar vingers op Charlottes schouder en voerde haar mee naar de stoel. 'De politie komt zo,' zei ze. 'Je bent nu veilig.'

Maar Charlotte ging niet zitten. De vrouw keek alsof ze zich helemaal niet veilig voelde.

'Ik ben Miss Heller.' Ze knielde voor Charlotte neer en streek haar haar naar achteren. 'Jij bent toch Charlotte?'

Charlotte knikte.

'O, liefje.' Miss Heller bleef haar haren strelen. 'Wat verschrikkelijk. Wat er ook met je gebeurd is. Verschrikkelijk.'

Charlotte voelde haar knieën verslappen. Ze wilde niet zitten, maar ze moest wel. De pijn was als een mes dat in haar ingewanden stak. Haar achterste deed pijn. Ze voelde iets warms uit haar voorkant stromen, alsof ze haar plas weer liet lopen.

'Mag ik ijs?' vroeg ze aan Miss Heller.

Eerst zei de vrouw niets. Toen stond ze op en pakte een kom, een bak vanille-ijs en een lepel en zette dat alles op tafel.

Bij de geur steeg een golf gal naar Charlottes keel. Ze slikte hem weer in en pakte de lepel. Vervolgens begon ze aan het ijs, dat ze met een noodvaart haar mond in lepelde.

'Rustig,' zei Miss Heller. 'Straks word je misselijk.'

Charlotte wilde ook misselijk worden. Ze wilde hem uitkotsen. Ze wilde weer schoon zijn. Ze wilde dood.

Mama, wat gebeurt er als ik twee kommen ijs opeet? Heel grote kommen?

Dan barsten je darmen en ga je dood.

Charlotte verslond een tweede kom ijs. Ze at met haar handen, want de lepel was niet groot genoeg. Ze wilde de bak weer pakken, maar Miss Heller hield haar tegen. Ze keek verbijsterd.

'Wat is er met je gebeurd?' vroeg ze.

Charlotte was buiten adem, zo snel had ze gegeten. Ze hoorde de lucht door haar neus fluiten. Haar broekje was nat van het bloed. Het aardbeienkussen op de stoel was doorweekt. Ze voelde het druipen tussen haar benen, maar ze wist dat het niet alleen bloed was. Híj was het. Zachariah Culpepper. Hij had zijn spul in haar achtergelaten.

Weer kwam er braaksel naar boven, maar deze keer kon ze het niet inhouden. Ze sloeg haar hand voor haar mond. Miss Heller tilde haar bij haar middel op en rende de gang door, naar de badkamer.

Charlotte moest zo hevig overgeven dat ze bang was dat ze haar maag uit zou kotsen. Ze klemde zich vast aan de koude rand van het toilet. Haar ogen puilden uit. Haar keel stond in brand. Het was alsof haar ingewanden vol scheermesjes zaten. Ze rukte haar broekje naar beneden en ging op de toiletpot zitten. Een vloedgolf stroomde haar lichaam uit. Bloed. Ontlasting. Híj.

Charlotte schreeuwde het uit van de pijn. Ze klapte dubbel. Ze opende haar mond en schreeuwde, jammerde met lange uithalen.

Ze wilde haar moeder. Ze had haar moeder nodig.

'O, lieve schat.' Miss Heller zat aan de andere kant van de deur, op haar knieën, want Charlotte hoorde haar stem door het sleutelgat. ' "Hij zeide tot hen: Laat de kinderkens tot Mij komen, en verhindert ze niet; want derzulken is het Koninkrijk Gods." '

Charlotte kneep haar ogen dicht. Haar tranen stroomden. Ze ademde door haar open mond. Ze hoorde de dikke bloeddruppels in het water spatten. Er kwam geen einde aan. Hier kwam nooit meer een einde aan.

'Lieve, kleine schat,' zei Miss Heller. 'Laat God deze last dragen.'

Charlotte schudde haar hoofd. Haar met bloed doorweekte haren zwiepten tegen haar gezicht. Ze hield haar ogen dicht en zag Sam met een salto door de lucht tuimelen.

De nevel toen de kogel haar hersenen binnendrong.

De dikke straal bloed toen Gamma's borst openbarstte.

'Mijn zusje,' fluisterde Charlotte. 'Ze is dood.'

'Wat zeg je daar, schat?' Miss Heller had de deur op een kier opengedaan. 'Wat zei je daarnet?'

'Mijn zusje.' Charlotte klappertandde. 'Ze is dood. Mijn moeder is dood.'

Met haar hand aan de deurknop zakte Miss Heller op de vloer.

Ze zei niets.

Charlotte keek naar de witte tegels aan haar voeten. Ze zag zwarte vlekken. Bloed droop uit haar open mond. Ze trok een stuk toiletpapier van de rol en dat hield ze tegen haar neus. Het bot voelde gebroken.

Nu kwam Miss Heller de badkamer binnen. Ze draaide de kraan open.

Charlotte probeerde zich schoon te vegen. Ze voelde flarden huid tussen haar benen hangen. Het bloed bleef maar stromen. Er kwam nooit meer een eind aan. Ze trok haar broekje op, maar toen ze wilde staan, werd ze door duizeligheid bevangen.

Ze ging weer op de wc zitten en staarde naar een ingelijst plaatje van een aardbeienbed aan de muur.

'Rustig maar.' Miss Heller veegde met een vochtige doek Charlottes gezicht af. Haar handen trilden, net als haar stem. ' "Ulieden daarentegen, die Mijn Naam vreest, zal de Zon der gerechtigheid opgaan, en er zal genezing zijn onder Zijn vleugelen; en gij zult uitgaan, en toenemen, als..." '

De achterdeur schudde, zo hard werd erop geklopt. Er klonk gebeuk. Geschreeuw.

Miss Heller legde haar hand op Charlottes borst zodat ze bleef zitten.

'Judith!' riep de oude man. 'Judith!'

De achterdeur versplinterde.

Miss Heller pakte Charlotte vast en tilde haar bij haar middel op. Charlotte voelde haar voeten van de grond gaan. Ze zette zich schrap tegen Miss Hellers schouders, want haar ribben werden geplet toen de vrouw met haar de gang door rende.

'Charlótte!'

Het klonk gekweld, als het geluid van een stervend dier.

Miss Heller kwam met een schuiver tot stilstand.

Ze draaide zich om.

Langzaam verslapte ze haar greep om Charlies middel.

Aan het einde van de gang stond Rusty. Hij leunde met zijn hele lijf tegen de muur. Zijn borst ging op en neer. Hij klemde een zakdoek in zijn hand.

Charlottes voeten raakten de vloer weer, maar haar knieën klapten dubbel onder haar gewicht.

Rusty wankelde de gang door. Hij stootte met zijn schouder tegen de ene muur en toen tegen de andere, waarna hij op zijn knieën zakte en Charlotte in zijn armen nam.

'O, liefje.' Huilend drukte hij haar tegen zich aan. 'Mijn schat.'

Ze voelde hoe haar spieren langzaam ontspanden. Haar vader was als een drug. Ze hing als een lappenpop in zijn armen.

'Liefje,' zei hij.

'Gamma...'

'Ik weet het!' jammerde Rusty. Ze voelde zijn borst schokken toen hij zijn verdriet probeerde te beteugelen. 'Ik weet het, schat. Ik weet het.'

Charlotte begon te snikken, niet van pijn, maar van angst, want ze had haar vader nog nooit zien huilen.

'Ik heb je vast.' Hij wiegde haar. 'Papa is er. Ik heb je vast.'

Ze huilde nu zo hard dat ze haar ogen niet meer kon openen. 'Sam...'

'Ik weet het,' zei hij. 'We gaan haar zoeken.'

'Ze hebben haar begraven.'

Rusty jankte van wanhoop.

'Het waren de Culpeppers,' zei Charlotte. Dat ze hun namen wist en dat ze die aan Rusty zou vertellen, was het enige wat haar had voortgedreven. 'Zach en zijn broer.'

'Het geeft niet.' Hij drukte zijn lippen op haar hoofd. 'We hebben een ambulance gebeld. Straks word je geholpen.'

'Papa.' Charlotte hief haar hoofd. Ze bracht haar mond tot vlak bij zijn oor en fluisterde: 'Zach heeft zijn ding in me gestopt.'

Langzaam liet Rusty zijn armen zakken. Het was alsof alle lucht uit hem liep. Zijn mond viel open. Hij zakte op de vloer. Met een wilde blik bekeek hij Charlottes gezicht. Zijn keel verstrakte. Hij wilde iets zeggen, maar het enige wat eruit kwam was een zacht gejammer.

'Papa,' fluisterde ze opnieuw.

Rusty bracht zijn vingers naar haar mond. Hij beet op zijn lip, alsof hij niet wilde zeggen wat hij zeggen moest.

'Heeft hij je verkracht?' vroeg hij.

Charlotte knikte.

Rusty's hand viel als een steen naar beneden. Hij wendde zijn blik af en schudde zijn hoofd. Zijn tranen leken wel twee rivieren die over zijn wangen naar beneden stroomden.

Charlotte voelde de schaamte die in zijn zwijgen lag besloten. Haar vader wist wat mannen als Zachariah Culpepper deden. Hij kon haar niet eens aankijken.

'Sorry,' zei Charlotte. 'Ik heb niet hard genoeg gerend.'

Rusty keek Miss Heller aan en ten slotte ging zijn blik weer heel langzaam naar Charlie. 'Het is jouw schuld niet.' Hij hoestte. Weer zei hij: 'Het is jouw schuld niet, schat. Hoor je me?'

Charlotte hoorde hem, maar ze geloofde hem niet.

'Wat er met jou is gebeurd,' zei Rusty, en zijn stem klonk schril, 'dat is jouw schuld niet, maar we mogen het tegen niemand zeggen, begrepen?'

Charlotte keek hem alleen maar aan. Als iets jouw schuld niet was, hoefde je niet te jokken.

'Het is iets tussen ons tweetjes,' vervolgde hij, 'en we zeggen het tegen niemand, oké?' Hij keek Judith Heller weer aan. 'Ik weet wat advocaten doen met verkrachte meisjes. Die hel wil ik mijn dochter besparen. Ik wil niet dat ze behandeld wordt alsof ze beschadigd is.' Met de rug van zijn hand veegde hij langs zijn ogen. Zijn stem werd krachtiger. 'Hiervoor zullen ze hangen. Die twee zijn moordenaars, en dat wordt hun dood, maar laat ze alsjeblieft mijn dochter niet met zich meenemen. Alsjeblieft. Het is te veel. Het is gewoon te veel.'

Hij wachtte, zijn ogen op Miss Heller gericht. Charlie draaide zich om. Miss Heller keek op haar neer. Ze knikte.

'Dank je. Dank je.' Rusty legde zijn hand op Charlottes schouder. Hij keek weer naar haar gezicht, zag het bloed en het bot en de takjes en bladeren die aan haar lichaam zaten geplakt. Hij raakte de gescheurde zoom van haar broekje aan. Zijn tranen begonnen weer te stromen. Hij dacht aan wat haar was aangedaan, aan wat Sam en Gamma was aangedaan, en nam zijn gezicht in zijn handen. Zijn gesnik ging in gejammer over. Verteerd door verdriet liet hij zich tegen de muur zakken.

Charlotte probeerde te slikken, maar haar keel was te droog. Ze kreeg de zuremelksmaak niet weg. Vanbinnen was ze verscheurd. Ze voelde nog steeds bloed langs de binnenkant van haar been stromen.

'Papa,' zei ze. 'Het spijt me.'

'Nee!' Hij greep haar beet, schudde haar heen en weer. 'Je mag nooit meer zeggen dat het je spijt, Charlotte. Hoor je me?'

Hij keek zo kwaad dat Charlotte haar mond niet durfde te openen.

'O… sorry,' stamelde Rusty. Hij hees zich op zijn knieën. Hij sloeg zijn hand om haar achterhoofd en drukte zijn gezicht tegen het hare, neus tegen neus. Ze rook sigaret en zijn muskusachtige aftershave. 'Luister, Charlie Bear. Luister je?'

Charlotte keek in zijn ogen. Rode lijntjes verspreidden zich straalsgewijs vanuit de blauwe irissen.

'Het is jouw schuld niet,' zei hij. 'Ik ben je papa en ik zeg dat niets van dit alles jouw schuld is.' Hij zweeg even. 'Oké?'

Charlotte knikte. 'Oké.'

Weer ademde Rusty zacht jammerend uit. Hij slikte iets weg. Nog steeds huilde hij voluit. 'Weet je al die dozen nog die mama van de kringloopwinkel mee naar huis heeft genomen?'

Charlotte was de dozen helemaal vergeten. Er was toch niemand meer om ze uit te pakken. Alleen zij en Rusty waren overgebleven. Verder zou er nooit meer iemand zijn.

'Nu moet je goed luisteren, schat.' Rusty legde zijn handen om haar gezicht. 'Wat die lelijke man met je gedaan heeft, dat moet je in zo'n doos stoppen, oké?'

Hij wachtte gespannen af of ze ermee zou instemmen.

Charlotte knikte.

'Mooi,' zei hij. 'Mooi. Dan pakt je vader een rol tape en dan plakken we die doos samen dicht, schat.' Zijn stem werd weer onvast. Wanhopig zocht hij haar blik. 'Hoor je me? We sluiten die doos en dan plakken we hem dicht.'

Weer knikte ze.

'En daarna zetten we die ouwe rotdoos op een plank. En daar laten we hem staan. En pas als we er helemaal klaar voor zijn, denken we er weer aan en kijken we er weer naar, oké?'

Charlotte bleef maar knikken, want dat verwachtte hij kennelijk.

'Goed zo.' Rusty kuste haar op haar wang en trok haar dicht tegen zich aan. Charlottes oor klapte dubbel tegen zijn overhemd. Onder het vel en het bot voelde ze zijn hart bonken. Hij had zo radeloos geklonken, zo bang.

'We gaan het redden, hè?'

Hij hield haar zo stevig vast dat ze niet eens kon knikken, maar ze snapte wat haar vader wilde. Ze moest haar knop omzetten, maar deze keer was het menens. Gamma was er niet meer. Sam was er niet meer. Ze moest sterk zijn. Ze moest de goede dochter zijn die voor haar vader zorgde.

'Oké, Charlie Bear?' Weer kuste Rusty het topje van haar hoofd. 'Kunnen we dat?'

In gedachten zag Charlie de lege kast voor zich in de slaapkamer van de oude boer. De deur hing open. Ze zag de doos op de vloer staan. Bruin karton. Verzegeld met verpakkingstape. Ze zag het etiket. TOPGEHEIM. Ze zag hoe Rusty de doos op zijn schouder hees en hem op de bovenste plank schoof. Hij duwde hem naar achteren tot hij door schaduwen werd opgeslokt.

'Kunnen we dat, schat?' vroeg hij smekend. 'Kunnen we die doos gewoon sluiten?'

Charlie zag zichzelf de kastdeur dichtdoen.

'Ja, papa,' zei ze.

Ze zou de doos nooit meer openen.

ZESTIEN

Charlie kon Sam niet aankijken. Ze verborg haar gezicht in haar handen en bleef voorovergebogen op haar stoel zitten. Al tientallen jaren had ze niet meer aan haar belofte aan Rusty gedacht. Ze was de goede dochter geweest, de gehoorzame dochter, die haar geheim op een kastplank wegzette en de herinneringen verborg achter de donkere schaduwen van de tijd. Hun duivelspact had nooit als een wezenlijk onderdeel van het verhaal gevoeld, maar nu zag ze dat het bijna belangrijker was dan al het andere.

'De moraal van het verhaal zal wel zijn dat ik gangen beter kan mijden,' zei ze tegen Sam.

Charlie voelde Sams hand op haar rug. Het enige wat ze nu wilde was zich tegen haar zus aan vlijen, haar hoofd op haar schoot leggen en zich door Sam laten vasthouden terwijl ze huilde.

In plaats daarvan stond ze op. Ze pakte haar schoenen. Met haar heup tegen Rusty's kist trok ze ze aan. 'Het was Mary-Lynne. Ik dacht altijd dat Lynne haar achternaam was. Niet Huckabee.' Charlie werd misselijk bij de gedachte aan Hucks reactie toen hij had vernomen dat ze Rusty Quinns dochter was. 'Kun je je de foto's van haar nog herinneren, in die schuur?'

Sam knikte.

'Haar hals was wel dertig centimeter uitgerekt, weet ik nog. Ze leek net een giraffe. En haar gezicht...' Charlie vroeg zich af of zijzelf er even gekweld had uitgezien toen Rusty haar in de gang had aangetroffen. 'We dachten dat je dood was, we wisten dat mama dood was. Hij heeft het nooit gezegd, maar ik weet dat hij bang was dat ik mezelf zou opknopen, me op de een of andere manier van kant zou maken, net als Mary-Lynne.' Charlie haalde haar schouders op. 'Waarschijnlijk had hij gelijk. Het was gewoon te veel.'

Sam zweeg nog even. Ze was nooit een nerveus type geweest, maar nu bleef ze over haar broekspijp strijken. 'Dachten de artsen dat dat de oorzaak van je miskramen was?'

Charlie moest bijna lachen. Sam was altijd op een wetenschappelijke verklaring uit. 'Na de tweede miskraam, dus eigenlijk de derde, ben ik naar een vruchtbaarheidsspecialist in Atlanta gegaan. Ben dacht dat ik een conferentie had. Ik vertelde de dokter wat er gebeurd was... wat er écht gebeurd was. Ik sloeg geen detail over, dingen die papa niet eens wist. Dat hij zijn handen had gebruikt. Zijn vuisten. Zijn mes.'

Sam kuchte. Zoals altijd ging haar blik schuil achter haar donkere bril. 'En?'

'Ze deed allerlei testjes en maakte scans en toen zei ze iets over een dunne wand of littekenweefsel op een eierstok, en ze tekende het uit op een vel papier, maar ik zei: "Zeg nou maar gewoon hoe het zit." En dat deed ze. Ik heb een ongastvrije baarmoeder.' Charlie lachte wrang om de uitdrukking, die klonk als iets wat je las op een site met reisrecensies. 'Mijn baarmoedermilieu is niet geschikt voor een foetus. De dokter was verbaasd dat het de laatste keer tot in de zevende maand heeft geduurd voor het misging.'

'Kwam het volgens haar door wat er gebeurd was?' vroeg Sam.

Charlie haalde haar schouders op. 'Ze zei dat het mogelijk was, maar dat het niet met zekerheid viel vast te stellen. Tja, als het heft van een mes in je pruim wordt geramd, is het ergens logisch dat je geen kinderen kunt krijgen.'

'Over de laatste keer,' zei Sam, die altijd op zoek was naar de denkfout in een redenering. 'Je zei dat Dandy-Walker een syndroom is, niet het gevolg van een misvormde baarmoeder. Zou het iets genetisch kunnen zijn?'

Dit was voor Charlie een brug te ver. 'Best mogelijk. Dat was de laatste keer. Ik ben nu te oud. Een zwangerschap zou sowieso een te groot risico zijn. De klok heeft doorgetikt.'

Sam nam haar bril af en wreef in haar ogen. 'Ik had er voor je moeten zijn.'

'En ik had je nooit moeten vragen om hier te komen.' Ze glimlachte toen ze dacht aan iets wat Rusty twee dagen geleden had gezegd. 'Onze vertrouwde impasse.'

'Je moet het Ben vertellen.'

'"Je moet", daar heb je het weer.' Charlie snoot haar neus. Al die jaren had ze dat bazige van Sam-de-oudere-zus niet gemist. 'Ik ben bang dat het voor Ben en mij te laat is.' Het klonk luchtig, maar na haar rampzalige verleidingspoging moest ze rekening houden met de mogelijkheid dat haar man niet terug zou komen. De vorige avond had ze niet eens de moed kunnen opbrengen om hem te vragen te blijven slapen, zo bang was ze geweest dat hij weer nee zou zeggen.

'Ben was een engel toen het gebeurde,' zei ze. 'Al die keren. Dat meen ik echt. Ik snap gewoon niet waar al die goedheid vandaan komt. Niet van zijn moeder. Niet van zijn zussen. God, wat waren die afschuwelijk. Ze wilden alles tot in detail weten, alsof het om een roddel ging. Het scheelde niet veel of ze hadden een eigen hotline opgezet. Je weet niet hoe het is om zwanger te zijn, de babykamer in te richten, ouderschapsverlof te regelen terwijl je zo dik bent als een Mack Truck, en een week later naar de supermarkt te gaan, waar al die mensen die eerst naar je glimlachten je niet eens meer durven aan te kijken. Jij weet niet hoe dat is, hè?'

Sam schudde haar hoofd.

Het verbaasde Charlie niet. Haar zus zou de fysieke tol niet aankunnen die een kind van haar lichaam zou eisen.

'Ik veranderde in een megabitch,' vervolgde Charlie. 'Dan hoorde ik mezelf – ik hoor mezelf trouwens nog steeds, nu, tien minuten geleden, gisteren en zowat alle dagen daarvoor – en dacht: hou je mond en laat het los. Maar dat doe ik niet. Ik kan het niet.'

'En adoptie?'

Charlie probeerde zich in te houden. Haar baby was gestorven. Het was anders dan met een hond. Als die doodging, haalde je na een paar maanden een nieuwe om het leed te verzachten. 'Ik bleef maar wachten tot Ben erover begon, maar hij zei steeds dat hij gelukkig met me was, dat we een team waren, dat hij het een prachtige gedachte vond dat we samen oud zouden worden.' Ze haalde haar schouders op. 'Misschien verwachtte hij dat ik erover begon. Zoiets als in *Het geschenk van de wijzen* van O. Henry, maar dan met een giftige baarmoeder.'

Sam zette haar bril weer op. 'Je zegt dat het voorbij is met Ben. Wat heb je te verliezen als je hem vertelt wat er gebeurd is?'

'Het gaat om wat ik te winnen heb,' zei Charlie. 'Ik wil zijn medelijden niet. Ik wil niet dat hij uit plichtsbesef bij me blijft.' Ze legde haar hand op de gesloten kist, en nu richtte ze zich al evenzeer tot Rusty als tot Sam. 'Ben is vast gelukkiger met iemand anders.'

'Wat een bullshit,' zei Sam afgemeten. 'Je hebt het recht niet voor hem te beslissen.'

Charlie had het gevoel dat Ben zijn besluit al had genomen. Ze kon het hem niet kwalijk nemen. Het ging er bij haar niet in dat een man van eenenveertig zijn geluk niet kon vinden bij een ranke zesentwintigjarige. 'Hij is fantastisch met kinderen. Echt dol op ze.'

'Net als jij.'

'Maar híj is niet de oorzaak van het feit dat ik geen kinderen heb.'

'En als dat wel zo was?'

Charlie schudde haar hoofd. Zo werkte het niet. 'Wil je even alleen met hem zijn?' Ze wees naar de kist. 'Om afscheid te nemen?'

'Tegen wie zou ik dan moeten praten?' vroeg Sam fronsend.

Charlie sloeg haar armen over elkaar. 'Mag ik dan even alleen met hem zijn?'

Sam trok haar wenkbrauw op, maar deze keer hield ze haar mening voor zich. 'Ik wacht buiten.'

Charlie keek haar zus na. Ze liep minder mank. Dat was in elk geval een opluchting. Ze vond het vreselijk haar weer in Pikeville te zien, waar ze zo misplaatst was, zo kwetsbaar. Sam kon geen hoek om gaan, geen straat door lopen zonder dat iedereen precies wist wat er gebeurd was.

Op rechter Stanley Lyman na.

Als Charlie een mogelijkheid had gezien om naar de stoel van de rechter te rennen en die klootzak een klap in zijn gezicht te geven omdat hij haar zus had vernederd, had ze de kans op arrestatie voor lief genomen.

Sam had altijd zo haar best gedaan om alles te verbergen wat er mis aan haar was, maar je hoefde haar maar een paar minuten te observeren om de afwijkingen te zien. Haar houding, die altijd te stram was. Zoals ze liep, met haar armen strak tegen haar zij in plaats van losjes zwaaiend. Zoals ze haar hoofd iets schuin hield, zich altijd bewust van haar blinde hoek. En haar nauwgezette, irritant belerende manier van praten. Sams toon was altijd al scherp geweest, maar sinds ze was neergeschoten, was het alsof er in elk woord een scherpe vouw zat. Soms hoorde je haar aarzelen als ze naar de juiste uitdrukking zocht. En heel soms hoorde je haar adem als ze met behulp van haar middenrif een klank uitstootte, zoals de spraaktherapeut het haar geleerd had.

De artsen. De therapeuten. Sam was door een heel team omringd geweest. Ze hadden allemaal een mening gehad, hadden haar raad gegeven, gewaarschuwd, maar geen van hen had begrepen dat Sam hun het nakijken zou geven. Ze was geen normaal mens. Dat was ze niet geweest voor ze werd neergeschoten, en dat was ze al helemaal niet tijdens haar herstel.

Charlie herinnerde zich dat een arts tegen Rusty had gezegd dat de schade aan Sams hersenen haar wel tien IQ-punten kon kosten. Charlie had bijna moeten lachen. Voor een normaal mens zou tien punten eraf rampzalig zijn geweest. Voor Sam betekende het dat ze van geniaal overging in ongelooflijk intelligent.

Op haar zeventiende, twee jaar na die kogel, had ze een volledige beurs aan Stanford University aangeboden gekregen.

Was ze gelukkig?

Charlie hoorde Rusty's vraag weergalmen in haar hoofd.

Ze draaide zich om en keek naar de afgrijselijke kist van haar vader. Ze legde haar hand op het deksel. In de hoek was de verf afgebladderd, maar dat kon gebeuren als iemand er als een gestoorde, vloekende aap aan ging hangen.

Sam maakte geen gelukkige indruk, maar ze leek tevreden.

Achteraf gezien had Charlie tegen haar vader moeten zeggen dat tevredenheid een prijzenswaardiger einddoel was. Sam had een bloeiende carrière als advocaat. Haar ooit zo stormachtige driftbuien leek ze onder controle te hebben. De woede die ze als een baksteen met zich mee had gezeuld, was verdwenen. Uiteraard was ze nog steeds pedant en irritant, maar ze was niet voor niets het kind van haar moeder.

Charlie roffelde met haar vingers op de kist.

Het ironische was dat zowel Charlie als haar zus gruwelijk had gefaald als het om leven en dood ging. Sam was niet in staat geweest het lijden van haar man te verzachten. Charlie had haar kind geen veilig plekje kunnen bieden.

'En daar zijn ze weer,' mompelde Charlie toen haar ogen zich vulden met tranen. Ze had genoeg van al dat gejank. Ze wilde het niet meer. Ze wilde geen bitch meer zijn. Ze wilde niet meer verdrietig zijn. Ze wilde niet meer zonder haar man zijn.

Hoe moeilijk het ook was om dingen vast te houden, het was nog moeilijker om ze los te laten.

Ze trok een reflectiestoel naar zich toe en rukte de pastelblauwe satijnen hoes eraf, want dit was geen verjaardagsfeestje van een zestienjarig meisje.

Ze ging op het harde plastic zitten.

Ze had Sam haar geheim verteld. Ze had de doos geopend.

Waarom voelde ze zich nog steeds dezelfde? Waarom was alles niet op wonderbaarlijke wijze veranderd?

Jaren geleden, op haar zestiende, had Rusty haar meegesleept naar een therapeut. Sam woonde destijds in Californië. Charlie was zich op school gaan misdragen, ging met de verkeerde jongens om, neukte met de verkeerde jongens, sneed de banden door van de auto's waarin die verkeerde jongens reden.

Rusty had waarschijnlijk verwacht dat Charlie de waarheid zou vertellen over wat er gebeurd was, terwijl Charlie had gedacht dat Rusty van haar verwachtte dat ze erover zweeg.

Hallo, vertrouwde impasse.

De therapeut, een ernstige man in een gebreid vest, had geprobeerd Charlie mee terug te voeren naar die dag, naar de keuken in de boerderij, naar de vochtige ruimte waar Gamma een ketel water op het fornuis had gezet voor ze de gang in was gelopen om Sam te zoeken.

Charlie had van de man haar ogen dicht moeten doen en zich moeten verbeelden dat ze aan de keukentafel zat en van het papieren bord een vliegtuig probeerde te vouwen. In plaats van dat ze een auto op de oprit hoorde, moest ze zich verbeelden dat Jezus de deur door liep.

Het was een christelijke therapeut. Hij bedoelde het goed, was zonder meer oprecht, maar hij dacht dat Jezus het antwoord op zo ongeveer alles was.

'Hou je ogen dicht,' had hij gezegd. 'Verbeeld je dat Jezus je optilt.'

In plaats van dat Gamma het geweer greep. In plaats van dat Sam werd neergeschoten. In plaats van dat Charlie door het bos naar het huis van Miss Heller rende.

Charlie had braaf haar ogen dichtgeknepen. Ze had op haar handen gezeten om ze stil te houden. Ze wist nog dat ze met haar benen had gewiebeld en had gedaan alsof ze het spelletje meespeelde, maar ondertussen zag ze Lindsay Wagner, niet Jezus Christus, die haar kwam redden. Met haar superkracht sloeg de Bionische Vrouw Daniel Culpepper in zijn gezicht. Zachariah kreeg een karateschop in zijn ballen. Ze bewoog in slow motion, haar lange haren zwaaiden heen en weer, en het bionische *tsjoe-tsjoe-tsjoe*-geluid klonk op de achtergrond.

Charlie was nooit heel goed geweest in het opvolgen van aanwijzingen.

Aan de andere kant gloeide ze van schaamte bij de gedachte dat die slonzige maatschappelijk werker met haar diploma en slechte kapsel naar wie Ben haar jaren later had meegesleept op minstens één punt gelijk had gekregen: een vreselijke gebeurtenis van bijna dertig jaar geleden richtte haar leven nu te gronde.

Hád het al te gronde gericht, want haar man was vertrokken, haar zus vloog over een paar uur terug naar New York en zij kwam straks thuis in een leeg huis.

En ze had deze week niet eens de hond.

Charlie staarde naar de kist van haar vader. Ze wilde niet aan Rusty denken zoals hij daar in die koude, metalen doos lag. Ze wilde zich hem lachend herinneren. Knipogend. Tikkend met zijn voeten. Staccato trommelend op de dichtstbijzijnde tafel. Wilde zich hem herinneren zoals hij keek wanneer hij voor de zoveelste keer een van zijn bullshitverhalen vertelde.

Ze had meer foto's van hem moeten maken.

Ze had zijn stem moeten opnemen, om zijn intonatie niet te vergeten, zijn irritante gewoonte om de verkeerde woorden te beklemtonen.

Er waren momenten in haar leven geweest dat ze wanhopig had gewenst dat Rusty in godsnaam zijn bek zou houden, maar het enige wat ze nu wilde was zijn stem horen. Naar zijn oeverloze verhalen luisteren. Zijn obscure citaten herkennen. Dat heldere moment ervaren waarop ze besefte dat het verhaal, de rare zin, de schijnbaar onbenullige opmerking in werkelijkheid een advies was, en dat het advies, hoe irritant ook, gewoonlijk de moeite van het opvolgen waard was.

Charlie strekte haar arm naar haar vader uit.

Ze legde haar hand plat tegen de zijkant van de kist. Hoe stom ze het ook vond, toch moest ze het vragen: 'Wat moet ik nu doen, papa?'

Ze wachtte.

Voor het eerst in eenenveertig jaar bleef Rusty haar het antwoord schuldig.

ZEVENTIEN

Charlie liep met een glas wijn in haar hand door de Memory Chapel. Het was weer typisch haar vader om te bepalen dat er op zijn begrafenis alcohol moest worden geserveerd. Aan de bar werd sterkedrank geschonken, maar rond het middaguur was dat voor de meesten nog iets te vroeg, en dat was meteen het eerste probleem met Rusty's overhaaste begrafenisplannen. Het tweede probleem was iets wat Sam al had voorspeld: de nieuwsgierigen, de schijnheiligen.

Charlie vond het vervelend dat ze bepaalde vroegere vrienden nu in hetzelfde licht zag. Ze kon het hun niet kwalijk nemen dat ze Bens kant hadden gekozen. Zelf zou ze ook Bens kant hebben gekozen. Over een week of een maand of misschien volgend jaar zouden hun stille aanwezigheid, hun vriendelijke knikjes en glimlachjes weer iets betekenen, maar op dit moment had ze alleen oog voor de klootzakken.

De mensen van dit stadje die op Rusty hadden afgegeven vanwege zijn ruimdenkendheid waren in groten getale komen opdagen. Judy Willard, die Rusty een moordenaar had genoemd omdat hij een abortuskliniek had verdedigd. Abner Coleman, die hem voor hufter had uitgescholden omdat hij een moordenaar had verdedigd. Whit Fieldman, die hem als verrader had neergezet omdat hij een hufter had vertegenwoordigd. En zo had Charlie nog wel even door kunnen gaan als ze er niet zo van gewalgd had.

De ergste van het stel was Ken Coin. Die puistige eikel stond te midden van een groepje kontlikkers van het kantoor van de officier van justitie. Kaylee Collins was prominent aanwezig. De jonge vrouw, met wie Charlies man waarschijnlijk vreemdging, begreep kennelijk niet dat ze hier niet gewenst was. Aan de andere kant, die hele kliek lokale rechtsvertegenwoordigers beschouwde dit als een gezellig uitje. Coin was duidelijk een verhaal over Rusty aan het vertellen, over een of andere streek die haar vader in de rechtszaal had uitgehaald, want Charlie zag hoe Kaylee haar hoofd in haar nek wierp en luidkeels lachte. Ze zwiepte haar lange blonde haren uit haar ogen en raakte met een heel intiem gebaar, waarvan alleen een echtgenote wist dat het onbehoorlijk was, Bens arm even aan.

Charlie nam een slok wijn, die van haar bijtend zuur had mogen zijn, want dan had ze het Kaylee in haar gezicht kunnen smijten.

Haar telefoon ging. Ze trok zich terug in een hoek en nam op net voor de voicemail het overnam.

'Met mij,' zei Mason Huckabee.

Charlie ging met haar rug naar de zaal staan. Schuldgevoel sloeg om in schaamte. 'Ik zei toch dat je niet moest bellen.'

'Sorry, maar ik moest je spreken.'

'Nee,' zei ze, 'dat hoef je niet. Nu moet je goed luisteren: wat er tussen ons is gebeurd, was de grootste vergissing van mijn leven. Ik hou van mijn man. Ik ben totaal niet in jou geïnteresseerd. Ik wil niet met je praten. Ik wil niks met je te maken hebben, en als je me nog één keer belt, sla ik je met een contactverbod om de oren en zorg ik ervoor dat de onderwijsinspectie te weten komt dat je een strafblad hebt wegens het lastigvallen van een vrouw. Wil je dat?'

'Nee zeg. Jezus. Draai het terug, alsjeblieft.' Hij klonk wanhopig. 'Charlotte, ik moet je onder vier ogen spreken. Het is heel belangrijk. Het is belangrijker dan wij tweeën. Belangrijker dan wat we gedaan hebben.'

'Nu vergis je je,' zei ze. 'Het belangrijkste in mijn leven is mijn relatie met mijn man, en daar laat ik jou niet tussenkomen.'

'Charlotte, luister nou –'

Charlie verbrak de verbinding voor hij met nog meer bullshit kwam aanzetten.

Ze liet de telefoon weer in haar tas vallen. Ze streek haar haar glad en dronk haar glas leeg, waarna ze aan de bar een nieuw glas haalde. Het was al halfleeg toen het trillen stopte. Godzijdank had Mason alleen maar gebeld. Als hij naar de afscheidsdienst was gekomen, als de hele stad hen samen had gezien, als Ben hen had gezien, zou ze zijn weggesmolten in een poel van zelfverachting en zelfhaat.

'Charlotte.' Newton Palmer, ook zo'n lamlendige advocaat van wie er hier veel te veel waren, schonk haar een geoefend meelevende blik. 'Hoe gaat het?'

Charlie sloeg haar wijn achterover om de verwensingen weg te spoelen. Newton was het prototype van de oudere blanke man die het doorgaans voor het zeggen had in de kleinere stadjes van Amerika. Ooit had Ben gezegd dat ze alleen maar hoefden te wachten tot al die racistische, seksistische oude klootzakken zoals Newton de pijp uit gingen. Hij was even vergeten dat er aan de lopende band nieuwe werden geproduceerd.

'Ik heb je vader vorige week nog bij een Rotaryontbijt gezien,' zei Newton. 'Vitaal als altijd, en wat hij zei was zo geestig.'

'Typisch mijn vader. Geestig.' Terwijl Charlie deed alsof ze naar het stomme Rotaryverhaal luisterde, zocht ze in de menigte naar haar zus.

Ook Sam werd in beslag genomen, door Mrs. Duncan, haar lerares Engels uit de tweede. Sam stond te knikken en te glimlachen, hoewel Charlie zich niet kon voorstellen dat ze geduld kon opbrengen voor al dat loze geklets. Tussen zoveel andere mensen viel des te meer op hoe anders Sam was. Niet vanwege haar handicaps, maar omdat ze hier duidelijk niet thuishoorde, niet op deze plek en misschien niet eens in deze tijd. De zonnebril. Het trots geheven hoofd. Ook met haar kleding onderscheidde ze zich van de rest, zelfs op een begrafenis. Ze was in het zwart, maar het was het verkeerde zwart. Het soort zwart dat maar één procent van de bevolking zich kon veroorloven. Naast haar bejaarde lerares leek Sam net een raspaard naast een boerenknol.

'Alsof ik je moeder zie.' Lenore droeg een strakke zwarte jurk met hakken die nog hoger waren dan die van Charlie. Ze glimlachte naar Newton. 'Mr. Palmer.'

Newton verbleekte. 'Charlotte, als je me wilt excuseren.'

Lenore negeerde hem, net als Charlie. Schouder aan schouder keken ze samen naar Sam. Mrs. Duncan praatte nog steeds honderduit.

'Harriet wilde zo graag een band opbouwen met anderen,' zei Lenore, 'maar ze had niet zo goed door hoe dat moest.'

'Ze had wel een band met papa.'

'Je vader was de uitzondering. Het waren twee individuen die het best functioneerden als ze samen waren.'

Charlie leunde nog dichter tegen haar aan. 'Ik had niet verwacht dat je zou komen.'

'Ik kon de verleiding niet weerstaan deze rotzakken nog één keer te treiteren. Moet je horen...' Lenore ademde diep in, alsof ze zich op iets moeilijks voorbereidde. 'Ik overweeg in Florida te gaan wonen. Te midden van mijn eigen mensen: verbitterde oude blanke vrouwen met een vast pensioen.'

Charlie perste haar lippen op elkaar. Ze mocht niet weer huilen. Lenore mocht zich niet schuldig voelen vanwege iets wat ze simpelweg moest doen.

'O, lieverd.' Lenore sloeg haar arm om Charlies middel en bracht haar mond naar haar oor. 'Ik zal je nooit in de steek laten. Ik ben straks alleen ergens anders. Dan kom je bij me logeren. Ik richt een speciale slaapkamer voor je in, met paardenplaatjes aan de muren, en jonge katjes en buidelratten.'

Charlie lachte.

'Ik moet verder met mijn leven,' zei Lenore. 'Ik heb lang genoeg de goede strijd gestreden.'

'Papa hield van je.'

'Natuurlijk hield hij van me. En ik hou van jou.' Lenore drukte een kus op de zijkant van haar hoofd. 'Over houden van gesproken.'

Ben baande zich een weg naar hen toe. Met opgestoken handen schoot hij langs een oude man die hem blijkbaar iets wilde vertellen. Hij deelde links en rechts een groet uit, maar bleef in beweging en maakte zich moeiteloos los van de volhouders. Mensen glimlachten altijd als ze Ben zagen. Charlie betrapte zichzelf ook op een glimlach.

'Hoi.' Hij streek zijn das glad. 'Is dit een dameskransje?'

'Ik wilde net je baas op de kast gaan jagen.' Met een laatste kus voor Charlie glipte Lenore op Ken Coin af.

De kring rond de officier van justitie loste in het niets op, maar Lenore wist Coin klem te zetten, als een jachtluipaard met een pasgeboren wrattenzwijntje.

'Lenore gaat met pensioen, en naar Florida,' zei Charlie tegen Ben.

Het leek hem niet te verbazen. 'Ze heeft hier niet veel meer nu je vader er niet meer is.'

'Alleen mij.' Charlie moest er niet aan denken dat Lenore wegging. Het was te pijnlijk. 'Heb jij papa's pak uitgekozen?' vroeg ze.

'Dat heeft Rusty allemaal zelf gedaan. Hou je hand eens op.'

Charlie deed wat hij vroeg.

Hij stak zijn hand in zijn zak en haalde er een rood balletje uit dat hij in haar hand legde. 'Alsjeblieft.'

Bij het zien van de rode clownsneus schoot Charlie in de lach.

'Kom eens mee naar buiten,' zei Ben.

'Waarom?'

Ben wachtte zwijgend, geduldig als altijd.

Charlie zette haar wijnglas neer. Ze stopte de clownsneus in haar tas en volgde hem naar buiten. Het eerste wat haar opviel was de dichte nevel van sigarettenrook. Het tweede wat haar opviel was dat ze omringd was door criminelen. Hun slecht zittende pakken konden de gevangenistattoos niet verhullen, of de tanige spieren van al dat gewichtheffen op de luchtplaats. Ze zag tientallen mensen, mannen en vrouwen, misschien wel vijftig.

Dit waren degenen die echt om Rusty rouwden, en nu stonden ze buiten te roken, als opstandige pubers achter de gymzaal op school.

'Charlotte.' Een man greep haar hand. 'Ik wou alleen even zeggen hoeveel je vader voor me betekend heeft. Door hem heb ik m'n kind terug.'

Glimlachend schudde Charlie zijn ruwe hand.

'Hij heeft me aan werk geholpen,' zei een andere man. Zijn voortanden waren verrot, maar te oordelen naar de dunne kamstrepen in zijn vette haar had hij zijn best gedaan voor Rusty.

'Het was een goeie vent.' Een vrouw tikte haar sigaret naar de overvolle asbak naast de deur. 'Dankzij hem betaalt die lul van een ex nu alimentatie voor mijn kinderen.'

'Kom op zeg,' zei iemand anders, waarschijnlijk de lul van een ex.

Met een knipoog naar Charlie ging Ben weer naar binnen. Een hulpofficier van justitie was niet bepaald populair bij dit soort lieden.

Charlie schudde meer handen. Ze probeerde niet te hoesten van alle rook. Ze luisterde naar verhalen over Rusty, die mensen had geholpen aan wie verder niemand zijn vingers wenste te branden. Het liefst was ze naar binnen gegaan om Sam te halen, want haar zus wilde vast horen wat deze mensen te vertellen hadden over hun gecompliceerde, heetgebakerde vader. Of misschien wílde Sam dat niet. Misschien móést ze dit horen. Sam, die zich doorgaans tot zwart-wit aangetrokken had gevoeld. De grijze gebieden, waarin Rusty leek te gedijen, waren altijd een raadsel voor haar geweest.

Charlie lachte heimelijk. Hoe paradoxaal het ook was nu ze Sam haar diepste, duisterste geheimen had toevertrouwd, ze had het gevoel dat ze haar niets beters mee kon geven dan het besef dat hun vader een goed mens was geweest.

'Charlotte?' Jimmy Jack Little viel niet op tussen de bajesklanten. Hij had meer tattoos dan de meesten, waaronder een sleeve die hij had laten zetten tijdens een verblijf in de gevangenis wegens een bankoverval. Met zijn zwarte gleufhoed hoorde hij thuis op een andere plek, in een andere tijd. Hij wekte de indruk altijd kwaad te zijn, alsof hij diep teleurgesteld was niet bij de goodguys te horen uit een roman noir uit de jaren veertig, mannen die door een slechte vrouw in het ongeluk waren gestort.

'Fijn dat je gekomen bent.' Charlie sloeg haar arm om zijn hals, iets wat ze nog nooit had gedaan en waarschijnlijk ook nooit meer zou doen. 'Dat zou mijn vader fijn hebben gevonden.'

'Tja. Nou ja.' Hij leek overdonderd door het lichaamscontact en stak met veel omhaal een sigaret op, om zijn imago van rauwe macho te herstellen. 'Het spijt me van die ouwe smeerlap. Ik ging er altijd van uit dat hij in een kogelregen ten onder zou gaan.'

'Blij dat dat niet gebeurd is,' zei Charlie. Haar vader was twee dagen geleden neergestoken. Hij had evengoed neergeschoten kunnen worden, en daar wilde ze geen grapjes over maken.

'Die gast, Adam Humphrey.' Jimmy Jack plukte een draadje tabak van zijn lip. 'Ik kan hem niet goed peilen. Zou kunnen dat-ie het met haar deed, maar tegenwoordig kunnen die jongens en meiden gewoon met elkaar bevriend zijn zonder dat het van dattum gaat.' Vol onbegrip haalde hij zijn schouders op, alsof het over zelfrijdende auto's of draadloze speakers ging. 'Maar die Frank Alexander, die ken ik nog van een paar jaar terug. Rusty heeft hem toen van een veroordeling wegens rijden onder invloed afgeholpen.'

'Heeft mijn vader voor de familie Alexander gewerkt?' Charlie besefte dat ze te hard praatte. 'Wat was er aan de hand?' fluisterde ze.

'Handje contantje, wat die ouwe Russ betrof. Doodgewoon akkefietje. Het zat zo: Frank zat in het verkeerde mollengat te peuren. Iets te veel drank met een meid in het motel zonder naam, en toen hij naar huis ging, naar zijn vrouw, stonk hij naar iemand anders d'r parfum. Of eigenlijk, toen hij naar huis wilde gaan. De politie gaf hem een bon omdat hij iets te veel ophad.'

Charlie begreep dat de uitslag van Frank Alexanders ademtest onder de wettelijke limiet had gezeten, maar dat hij toch op de bon was geslingerd omdat de agent vond dat zijn rijvaardigheid was aangetast.

'Die vriendin, was dat een leerlinge?' vroeg ze.

'Een makelaar, en een stuk ouder dan moeder de vrouw, wat nergens op slaat, want waarom zou je zoiets doen? Ze had geld, dat wel, maar wijven zijn geen oldtimers, zoals auto's. Je wilt toch een lekker vers eitje bij je ontbijtje, of niet?'

Charlie had geen zin in een discussie over de finesses van het vreemdgaan. 'En hoe is het met Frank Alexander afgelopen?'

'Hij heeft een taakstraf gekregen en moest naar zo'n cursus dat-ie niet meer rijdt onder invloed. De rechter heeft de aanklacht van zijn strafblad gehaald, zodat hij kon blijven lesgeven. Volgens sommige bronnen zat hij thuis pas echt in de problemen. Zijn vrouw was helemaal niet blij met die ouwe vriendin. Zeg nou zelf, waarom zou je voor een oudje gaan?'

'Is er sprake geweest van een scheiding?' vroeg Charlie.

Jimmy Jack haalde zijn schouders op. 'Misschien hadden ze geen keuze. Voor rijden onder invloed moet je rijk zijn: advocaatkosten, cashgeld voor de drankcursus, de boetes, de honoraria. Voor je het weet ben je acht- of negenduizend dollar lichter.'

Charlie besefte dat dat voor iedereen veel geld was, maar de Alexanders werkten beiden in het onderwijs en hadden een jong kind. Ze betwijfelde of ze een dergelijk bedrag voor het grijpen hadden liggen.

'Echte liefde, dat is als je weet dat je de rest van je leven samen noedelsoep zult moeten eten,' zei Jimmy Jack.

'Of misschien houden ze gewoon van elkaar en wilden ze aan een oplossing werken vanwege hun kind.'

'En dat uit jouw mond, snoes.' Hij had zijn sigaret tot aan het filter opgerookt en gooide de peuk in een plantenbak naast de deur. 'Maar dat maakt allemaal niet meer uit. Rusty gaat me echt niet over het graf heen betalen om die shit uit te zoeken.'

'Degene die de zaak overneemt zal toch iemand in het veld moeten hebben.'

Hij trok een gekweld gezicht, alsof alleen al de gedachte pijn deed. 'Ik weet niet of ik wil werken voor een andere advocaat dan je vader. Huidig gezelschap uitgezonderd. Die gasten betalen nooit hun rekeningen en je kan ook niet zeggen dat het fijne mensen zijn.'

Daar was Charlie het wel mee eens.

Hij knipoogde. 'Oké, scheet, ga jij maar weer luisteren naar die lamstralen daarbinnen. Die etterbakken hebben je vader niet eens gekend. Nog te min om zijn gat te mogen afvegen, als je het mij vraagt.'

Charlie glimlachte. 'Dank je.'

Jimmy Jack klakte met zijn tong en knipoogde weer. Charlie keek hem na terwijl hij zich door de menigte bewoog. Op weg naar de deur en waarschijnlijk naar de open bar sloeg hij hier en daar iemand op zijn rug en wisselde links en rechts een boks uit. Met een tikje tegen zijn hoed begroette hij de vrouw wier ex nu alimentatie voor de kinderen betaalde. Ze zette haar hand in haar zij, en Charlie kreeg de indruk dat ze die nacht geen van beiden alleen zouden zijn.

Er klonk een claxon.

Alle blikken richtten zich op het parkeerterrein.

Ben zat achter het stuur van zijn pick-up. Sam zat naast hem.

De laatste keer dat een jongen naar Charlie had getoeterd, had Rusty haar huisarrest gegeven omdat ze midden in de nacht uit haar slaapkamerraam was gekropen.

Weer toeterde hij, en nu wenkte hij haar ook.

Ze verontschuldigde zich tegenover de mensen om haar heen, hoewel ze ervan uitging dat de meesten ooit weleens naar een stationair draaiende pick-up op een parkeerterrein waren gerend.

Sam stapte uit en liet haar hand op het open portier rusten. Al op tien meter afstand kon Charlie de uitlaat gas horen uitbraken. Bens Datsun was twintig jaar oud, het enige wat ze zich hadden kunnen veroorloven na het geannuleerde tripje naar Colorado. Om de lening te kunnen afbetalen hadden ze zijn SUV verkocht. Een week later was de koper niet bereid geweest de auto weer terug te verkopen. Van Rusty en Lenore hadden ze het geleende geld mogen houden, maar dat had Charlie geweigerd. De kliniek in Colorado had het overgemaakte bedrag binnen enkele dagen teruggestort. Het probleem zat hem in de overige rekeningen: de geannuleerde vlucht en het hotel, toeslagen op hun creditcards voor opgenomen cashgeld, vervolgens de ziekenhuisrekeningen na de miskraam, rekeningen voor de operatie, rekeningen van specialisten, voor anesthesie en radiologie, voor artsen en medicijnen, en tonnen aan eigen bijdragen en bergen gederfde inkomsten. Destijds waren hun schulden zo torenhoog geweest dat ze blij waren de aftandse pick-up contant te kunnen betalen.

Ze waren een heel weekend bezig geweest om de gigantische sticker met de confederatievlag van het achterraam te verwijderen.

'Ben wilde me helpen ontsnappen,' zei Sam. 'Ik hield het niet veel langer uit tussen die lui.'

'Ik ook niet,' zei Charlie, hoewel ze liever nog een tijdje met het gajes had doorgebracht dan dat ze zich overgaf aan de slappe verzoeningspoging die Sam waarschijnlijk bedacht had.

Even had Charlie een wat gênant moment met de versnellingspook, die uit de bult op de vloer omhoogstak. Ze wilde er al met opgetrokken jurk schrijlings op gaan zitten, maar bedacht toen dat Ben er de vorige avond geen twijfel over had laten bestaan dat hij zijn pook niet tussen haar benen wilde hebben.

'Alles goed?' vroeg hij.

'Ja hoor.' Uiteindelijk installeerde Charlie zich in dameszit, met haar knieën stijf tegen elkaar en haar benen schuin opzij, als Bonnie Blue Butler voor ze van haar paard viel.

Het portier kreunde op zijn roestige scharnieren toen Sam het dichttrok. 'Een beetje kruipoliespray en je bent van dat lawaai af.'

'Ik heb WD-40 geprobeerd,' zei Ben.

'Dat is een oplosmiddel, geen smeermiddel.' Tegen Charlie zei ze: 'Ik vond dat we nog even samen op de boerderij moesten zijn.'

Charlie wist niet wat ze hoorde. Ze kon zich niet voorstellen dat haar zus ook maar twee seconden in dat afschuwelijke huis wilde doorbrengen. De avond voor Sam naar Stanford was vertrokken, had ze bij wijze van half geslaagd grapje uitgelegd hoe je het gebouw het beste tot op de grond kon laten affikken.

Ben schakelde en reed met een strakke U-bocht om een kluit geparkeerde auto's heen. BMW's, Audi's, Mercedessen. Charlie hoopte dat geen van Rusty's treurende cliënten er met eentje vandoor ging.

'Shit,' mompelde Ben.

Op de middenberm bij de uitgang stonden twee patrouillewagens. Charlie herkende Jonah Vickery, Greg Brenner en bijna alle andere agenten die in het schoolgebouw aanwezig waren geweest. Rokend en leunend tegen hun auto's wachtten ze op de begrafenisstoet, die ze zouden escorteren.

Ze hadden Charlie ook herkend.

Jonah maakte rondjes van zijn vingers en hield die voor zijn ogen. De rest van de club volgde zijn voorbeeld. Lachend als hyena's staken ze de draak met Charlies blauwe ogen.

'Klootzakken.' Ben greep de hendel en draaide zijn raampje naar beneden.

'Niet doen, schat,' zei Charlie geschrokken.

Hij leunde uit het raampje, met zijn vuist in de lucht. 'Klootzakken!'

'Ben!' Charlie probeerde hem weer naar binnen te trekken, maar hij schreeuwde het uit. Wat was er in godsnaam in haar anders zo passieve man gevaren? 'Ben, wat doe –'

'Krijg de tyfus.' Hij stak twee middelvingers naar hen op. 'Sukkels.'

Het lachen was de agenten inmiddels vergaan. Ze keken Ben na toen hij de pick-up de weg op stuurde.

'Ben je gek geworden?' zei Charlie. Als iemand zich hier gestoord mocht gedragen, was zíj het. 'Ze hadden je helemaal verrot kunnen slaan.'

'Laat maar komen.'

'Het had je dood kunnen worden! Jezus, Ben. Die lui zijn gevaarlijk. Net haaien. Met stiletto's.'

'Stiletto's?' herhaalde Sam. 'Die zijn verboden.'

Charlie smoorde een kreun.

Ben draaide het raampje weer omhoog. 'Ik heb het zo gehad met dit klotegat.' Met een ruk schakelde hij naar de derde, toen naar de vierde en scheurde ervandoor.

Charlie staarde naar de verlaten weg vóór hen.

Hij had zich nooit eerder zo over dit stadje uitgelaten.

'Hm.' Sam kuchte. 'Ik vind het heerlijk in New York. Al die cultuur. De kunst. De restaurants.'

'Ik zou niet in het noorden kunnen wonen,' zei Ben, alsof hij er serieus over had nagedacht. 'Misschien in Atlanta.'

'Ze willen je daar vast graag als pro-Deoadvocaat hebben.'

What the fuck? mimede Charlie woedend.

Sam haalde haar schouders op. Haar gezicht stond ondoorgrondelijk.

Ben trok aan zijn das. Hij maakte het knoopje van zijn boord los. 'Ik heb lang genoeg voor het grotere goed gewerkt. Tijd om de duistere kant op te zoeken.'

Het duizelde Charlie. 'Wat?'

'Ik denk er al een tijd over na,' zei Ben. 'Ik heb geen zin meer om een arme ambtenaar te zijn. Ik wil geld verdienen. Ik wil een eigen boot.'

Charlie perste haar lippen op elkaar, net als toen Lenore had gezegd dat ze naar Florida ging verkassen. Doorgaans was Ben heel meegaand, maar als hij eenmaal een besluit had genomen, kwam hij daar niet op terug. En nu had hij dus het besluit genomen een carrièreswitch te maken. Misschien had hij besloten weg te gaan. Iets aan hem was veranderd. Hij maakte een ontspannen, bijna lichtzinnige indruk, alsof er een zware last van zijn schouders was gegleden.

Charlie nam aan dat zíj die last was.

'In strafrechtzaken werken we samen met een paar kantoren in Atlanta,' zei Sam. 'Ik wil wel wat aanbevelingsbrieven voor je schrijven.'

Weer wierp Charlie haar zus een woedende blik toe.

'Dank je. Ik laat het weten nadat ik me er wat in verdiept heb.' Ben maakte de knoop in zijn das los. 'Fjjjjt,' zei de stof toen hij die door zijn boord trok. Hij wierp de das achter zijn stoel. 'Kelly heeft bekend op dat ziekenhuisfilmpje.'

'Jezus!' Charlie had met haar stem glas kunnen breken. 'Ben, dat mag je ons niet vertellen.'

'Als echtgenote geniet je nog steeds onschendbaarheid, en...' Hij lachte. 'God, Sam, je hebt Coin de stuipen op het lijf gejaagd. Ik hoorde hem bijna in zijn broek schijten toen je aan je steekspel met de rechter begon.'

Charlie pakte zijn arm. 'Wat is er met je? Je kunt ontslagen worden als je –'

'Ik heb gisteravond mijn ontslag ingediend.'

Charlie liet haar hand zakken.

'Dat filmpje...' begon Sam.

'Shit,' fluisterde Charlie.

'Wat denk je?' vroeg Sam. 'Is ze schuldig?'

'Ze is schuldig, zonder enige twijfel. Dat blijkt ook uit het forensisch onderzoek. Ze testte positief op kruitsporen op haar hand, op de mouw van haar shirt, rond haar boord en rechterborst, overal waar je die zou verwachten.' Ben beet op het puntje van zijn tong. In elk geval was hij zich er nog van bewust dat wat hij deed ethisch niet door de beugel kon. 'De manier waarop ze die bekentenis uit haar hebben gekregen staat me helemaal niet aan. Heel veel dingen die ze doen staan me trouwens niet aan.'

'Je kunt Kelly van alles aanpraten,' zei Sam.

Ben knikte. 'Ze hebben haar niet op haar rechten gewezen. En al hadden ze het gedaan, dan is het de vraag of ze begrijpt wat zwijgrecht inhoudt.'

'Volgens mij is ze zwanger.'

Met een ruk keerde Charlie zich naar Sam toe. 'Waarom denk je dat?'

Sam schudde haar hoofd. Ze richtte zich tot Ben. 'Weet je wat er met die revolver is gebeurd?'

'Nee,' zei Ben. 'Jij?'

'Ja, ik wel,' zei Sam. 'Heeft Kelly gezegd dat ze de slachtoffers kende?'

'Ze wist dat Lucy Alexander de dochter was van Frank Alexander,' zei Ben, 'maar ik vermoed dat ze dat pas na afloop heeft opgepikt.'

'Wat de Alexanders betreft,' mengde Charlie zich in het gesprek, 'Ik heb van Jimmy Jack gehoord dat Frank een paar jaar geleden op een slippertje is betrapt. Hij werd aangehouden wegens rijden onder invloed, en toen kwam dat verhaal naar buiten.'

'Aha,' zei Sam. 'Dus hij heeft het al eens eerder gedaan. Was het met een leerlinge?'

'Nee, een makelaar. Rijk, maar al wat ouder, en dat schijn je niet te moeten doen,' antwoordde Charlie. 'Papa verdedigde Frank wegens dat rijden onder invloed. Volgens Jimmy Jack was het een routineklus.'

'Inderdaad,' beaamde Ben. 'Coin heeft er al naar gekeken. Hij concentreert zich op het feit dat Frank Kelly's wiskundeleraar was. Ze zou een onvoldoende krijgen. Die theorie heb je gisteren gehoord. Coin denkt dat een meisje met het IQ van een voederbiet uit schaamte voor een onvoldoende voor wiskunde met een wapen naar school gaat en twee mensen doodt. Het verkeerde gebouw ook nog eens.'

'Dat is interessant,' vond Sam. 'Waarom was Kelly op de onderbouwlocatie?'

'Ze kreeg bijles van Judith Pinkman voor een of andere vaardigheidstoets bij Engels.'

'Aha,' zei Sam, alsof bepaalde puzzelstukjes eindelijk op hun plek vielen.

'Maar volgens Judith zou ze Kelly die week geen bijles geven,' zei Ben. 'Ze wist niet eens dat Kelly op de gang was, tot ze de schoten hoorde.'

'Wat heeft Judith je nog meer verteld?' wilde Sam weten.

'Niet veel meer. Ze was behoorlijk van streek. Dat is natuurlijk niet zo vreemd, want haar man was dood, en Lucy ook, en waarschijnlijk heeft ze Charlie gezien...' Ben keek even naar Charlie en toen weer op de weg. 'Judith was helemaal van de kaart. Ze moest gesedeerd worden, alleen al om haar de ambulance in te krijgen. Toen drong het tot haar door, denk ik, toen ze het gebouw uit liep. Ze werd hysterisch, maar... in de werkelijke betekenis van het woord. Gewoonweg kapot van verdriet.'

'Waar was Judith toen het schieten begon?'

'In haar lokaal,' zei Ben. 'Ze hoorde het wapen afgaan. Eigenlijk had ze de deur op slot moeten doen en zich moeten verstoppen in een hoek achter in haar lokaal, maar ze rende de gang op, want ze wist dat de eerste bel elk moment kon gaan en ze wilde de leerlingen waarschuwen niet binnen te komen. Ze had niet aan haar eigen veiligheid gedacht, zei ze.' Hij keek Charlie weer aan. 'Daar waren er meer van.'

'Boten zijn erg duur in onderhoud,' zei Sam.

'Ik hoef geen jacht.'

'Verzekering, een ligplaats, belasting.'

Charlie weigerde te luisteren nu haar zus van wie ze vervreemd was over boten kletste met de man van wie ze vervreemd was. Met een lege blik staarde ze naar de weg. Ze probeerde te begrijpen wat er zojuist was gebeurd. Ben die ontslag had genomen... dat kon ze er nu niet bij hebben. Daarom concentreerde ze zich op zijn gesprek met Sam. Hij had zitten kakelen als een informant in de bajes. Sam had zich wat behoedzamer opgesteld. Een zwangere Kelly. Het verdwenen wapen. Charlie was in het gebouw geweest toen de schietpartij plaatsvond. Ze was getuige geweest van een deel van de gebeurtenissen, maar ze wist minder dan die andere twee.

Ben boog zich naar Sam toe. 'Als jij Kelly Wilsons zaak nu eens overneemt.'

Sam lachte. 'Ik kan me de achteruitgang in salaris niet veroorloven.'

Hij minderde vaart voor een tractor op de weg. De boer nam met zijn combine beide rijbanen in beslag. Ben drukte twee keer op de claxon, waarop de man net genoeg ruimte maakte om de auto over de middenberm te laten passeren.

Ben en Sam begonnen weer over boten te kletsen. In gedachten keerde Charlie terug naar Sams vragen, in een poging te ontdekken waartoe ze leidden. Sam was altijd sneller geweest in het oplossen van puzzels. Sneller in de meeste dingen, eerlijk gezegd. Ze was in elk geval beter in de rechtszaal. Charlie was de vorige dag diep onder de indruk geweest, ook van de manier waarop ze meteen haar gelijk had gehaald. Ze was op en top de victoriaanse Dracula geweest, van haar stijlvolle kleren en het aura van privilege dat haar omringde tot het moment waarop ze haar kaak had laten zakken en Ken Coin als een vette rat had verslonden.

'Hoeveel kogels zijn er afgevuurd?' vroeg Sam.

Charlie wachtte op Bens antwoord, maar toen besefte ze dat Sam het tegen haar had. 'Vier? Vijf? Zes? Ik weet het niet. Ik ben een vreselijk slechte getuige.'

'Op dat filmpje hoor je er vijf,' zei Ben. 'Eén in –'

'De muur, drie in Pinkman, één in Lucy.' Ze draaide zich naar Ben toe. 'En bij het lokaal van Mrs. Pinkman? Bij haar deur bijvoorbeeld?'

'Ik heb geen idee,' gaf hij toe. 'De zaak is nog maar twee dagen oud. Het forensisch onderzoek is nog niet afgerond. Maar er is nog een getuige. Hij zei dat hij zes schoten had geteld in totaal. Hij heeft bij een gevechtseenheid gezeten en is dus behoorlijk betrouwbaar.'

Mason Huckabee.

Charlie sloeg haar blik neer.

'En de audio?'

'Er is een heel zwakke oproep vanaf een mobiele telefoon, vanuit het administratiekantoor, maar dat was nadat het schieten gestopt was. De audio waar jij op doelt is afkomstig van een open microfoon van de agent op de gang. Zo komt Coin aan "de baby".' Ben voegde eraan toe: 'Geen van de schoten is opgenomen. We hebben het rapport van de patholoog nog niet, ik tenminste niet. Er zou nog een kogel in een van de slachtoffers kunnen zitten.'

'Ik wil dat filmpje graag nog een keer zien,' zei Sam.

'Ik kan er niet bij. Ik ben nogal eerlijk geweest in mijn ontslagbrief,' zei Ben. 'Van hen hoef ik niets meer te verwachten.'

Het liefst was Charlie in haar bed weggekropen en gaan slapen. Ze hadden een hypotheek, een auto op afbetaling, ziekteverzekeringspremies, een autoverzekering, onroerendezaakbelasting. En alle rekeningen van drie jaar geleden.

'Ik zal je wel helpen.' Sam stak haar hand diep in haar tas. Die was van leer en van het bedrag dat ze ervoor had neergeteld hadden ze waarschijnlijk al hun rekeningen kunnen betalen. Ze haalde Bens Enterprise-USB tevoorschijn. 'Heeft papa een computer?'

'Hij heeft een fantastische tv,' zei Ben. Ze hadden voor Rusty hetzelfde model gekocht als dat ze thuis hadden staan. Dat was vijf jaar geleden, vóór Colorado. Vóór de boot.

Ben minderde vaart. Ze waren bij de Schots en Scheef, maar hij reed de oprit niet in. De rode klei was vettig zwart van het bloed. Hier was haar vader in elkaar gestort, die avond toen hij de oprit was af gelopen om de post te halen.

'Ze vermoeden dat de oom Rusty heeft neergestoken,' zei Ben.

'Faber?' vroeg Sam.

'Rick Fahey.' Charlie herinnerde zich Lucy Alexanders oom nog van de persconferentie. 'Waarom denken ze dat hij het is?'

Ben schudde zijn hoofd. 'Daar weet ik dus helemaal niets van. Ik heb wat roddels opgepikt op kantoor, en later klaagde Kaylee erover dat ze laat op de avond werd opgeroepen, toen Rusty was neergestoken.'

'Dus ze hadden iemand nodig om met een mogelijke verdachte te praten,' zei Charlie, die deed alsof ze geen dolk in haar ribben had gevoeld toen hij tussen neus en lippen door de naam had laten vallen van de vrouw met wie hij waarschijnlijk vreemdging. 'Volgens mij heeft papa gezien wie het gedaan heeft.'

'Dat denk ik ook,' zei Sam. 'Tegen mij stak hij een verhaal af over vergeving, dat het een groot goed is.'

'Stel je voor,' zei Charlie. 'Als papa in leven was gebleven, zou hij zichzelf waarschijnlijk als advocaat van Fahey hebben opgeworpen.'

Niemand lachte, want ze wisten allemaal dat de kans groot was geweest.

Ben reed langzaam de oprit in, waarbij hij de sporen op het pad ontweek.

De boerderij kwam in zicht. De verf bladderde af, het hout rotte weg en de kozijnen waren verzakt, maar verder was er niets veranderd sinds de Culpeppers achtentwintig jaar geleden op de keukendeur hadden geklopt.

Charlie merkte dat Sam ging verzitten op haar stoel. Ze wapende zich, werd nog vastberadener. Charlie wilde iets zeggen om haar te troosten, maar het enige wat ze deed was haar hand vasthouden.

'Waarom zijn er geen beveiligingstralies en -hekken? Van het kantoor heeft hij een fort gemaakt.'

'Papa zei dat de bliksem nooit twee keer op dezelfde plek inslaat.' Charlie voelde weer een brok in haar keel. Ze wist dat de buitensporige beveiliging op het kantoor voor haar was geïnstalleerd, niet voor Rusty zelf. De paar keer dat ze in de loop der jaren naar de Schots en Scheef was gegaan, was ze altijd in haar auto blijven zitten en had ze luid getoeterd tot Rusty naar buiten kwam, want ze wilde niet naar binnen. Als ze vaker op bezoek was geweest, had haar vader misschien betere veiligheidsmaatregelen getroffen.

'Niet te geloven dat ik hier vorig weekend nog was,' zei Ben. 'Dat we samen op de veranda hebben zitten praten.'

Charlie wilde zich tegen hem aan vlijen, haar hoofd op zijn schouder leggen.

'Zet je schrap,' zei Ben. De wielen stuiterden door een gat, raakten een diep spoor en kregen weer grip. Hij parkeerde de auto naast de schuur.

'Loop maar naar de voordeur,' zei Charlie. Ze wilde niet via de keuken naar binnen.

'"Geiten neuker."' Sam las de graffiti. 'De dader kende hem.'

Charlie moest lachen.

Sam niet. 'Ik had nooit gedacht dat ik hier nog eens terug zou komen.'

'Dat hoef je ook niet,' zei Charlie. 'Dan laat je mij toch naar binnen gaan en die foto zoeken?'

Aan Sams strakke kaak te oordelen stond haar besluit vast. 'Die moeten we samen vinden.'

Ben reed met een boog naar de veranda aan de voorkant. Het gras was door onkruid overwoekerd. Een jongen van een paar huizen verderop werd geacht het te maaien, maar toen Charlie uitstapte, stond ze tot haar enkels in de paardenbloemen.

Sam pakte haar hand weer. Zelfs toen ze kinderen waren, hadden ze elkaar niet zo vaak aangeraakt.

Behalve die ene dag.

'Ik weet nog dat ik verdrietig was omdat het roodstenen huis weg was,' zei Sam, 'maar ik herinner me ook dat het een mooie dag was.' Ze keerde zich naar Charlie toe. 'Weet jij dat nog?'

Charlie knikte. Gamma had zich om de haverklap geërgerd, maar alles had gevoeld alsof er weer herstel intrad. 'Dit had ons thuis kunnen zijn.'

'Dat willen kinderen het liefst, hè?' zei Ben. 'Een veilige plek om te wonen.' Opeens was hij zich bewust van zijn woorden. 'Ik bedoel, veilig voordat, of...'

'Geeft niet,' zei Charlie.

Ben gooide zijn colbert in de pick-up en haalde zijn laptop vanachter zijn stoel vandaan. 'Ik ga binnen met de tv aan de slag.'

Sam legde de USB-stick in zijn hand. 'Ik wil hem wel terug, zodat ik hem kan vernietigen.'

Ben salueerde.

Charlie keek hem na toen hij het stoepje op rende. Hij tastte langs de bovenrand van het deurkozijn naar de sleutel en liet zichzelf binnen.

Zelfs vanuit de voortuin rook Charlie de vertrouwde geur van Rusty's ongefilterde Camels.

Sam keek op naar de boerderij. 'Nog even schots en scheef.'

'We zullen het huis moeten verkopen.'

'Heeft papa het gekocht?'

'Die oude boer bleek een gluurder te zijn. En een voetfetisjist. En hij had bergen lingerie gestolen.' Charlie moest lachen toen ze Sams gezicht zag. 'Bij zijn dood liet hij stapels onbetaalde advocatenrekeningen achter. De familie heeft het huis bij akte aan Rusty overgedragen.'

'Waarom heeft papa het jaren geleden niet verkocht en het roodstenen huis opnieuw laten bouwen?' vroeg Sam.

Charlie wist waarom. Er moesten rekeningen betaald worden voor

Sams herstel. De artsen, de therapeuten, de revalidatie. Charlie kende het verpletterende gewicht van een onverwachte ziekte. Dan bleef er niet veel tijd of energie over om wat dan ook opnieuw te bouwen.

'Volgens mij was het vooral luiheid,' zei ze tegen Sam. 'Je weet dat Rusty niet van verandering hield.'

'Jij mag het huis hebben. Niet dat je erom gevraagd hebt, hoor, maar ik heb het geld niet nodig. Ik wil alleen die foto van mama. Of een kopie. Uiteraard maak ik dan ook een kopie voor jou. Of voor mezelf. Jij mag het origineel hebben als –'

'Daar komen we wel uit.' Charlie lachte flauwtjes. Sam, die nooit van slag was, was nu duidelijk van slag. 'Laat mij dit maar voor je doen.'

'Kom, we gaan.' Sam knikte naar het huis.

Charlie hielp haar het trapje op, hoewel Sam het niet vroeg. Ben had de deur open laten staan. Ze hoorde hem overal ramen openen om het huis te luchten.

Ze hadden het beter hermetisch kunnen afsluiten, zoals Tsjernobyl.

In de voorkamer had zich het leeuwendeel van Charlies erfenis opgehoopt. Oude kranten. Tijdschriften. Nummers van de *Georgia Law Review*, die teruggingen tot de jaren negentig. Archiefdozen met oude zaken. Een kunstbeen dat Rusty ooit als betaling had geaccepteerd van een zuiplap die als Skip bekendstond.

'De dozen,' zei Sam, want van Gamma's kringloopbuit was lang niet alles uitgepakt. Ze trok het verdroogde plakband los van een doos met het opschrift ALLES 1$ PER STUK en haalde er een paars Church Ladyshirt uit.

Ben observeerde hen vanachter het tv-scherm. 'Er staat ook een doos in de hobbykamer,' zei hij. 'Die gaat jullie een fortuin opleveren op eBay.' Hij keek Charlie aan. 'Geen *Star Trek*. Alleen *Star Wars*.'

Ze vond het verbijsterend dat ze zelfs op haar dertiende haar man al had teleurgesteld. 'Gamma koos alles uit, niet ik.'

Hij dook weer weg achter het scherm, waar hij de onderdelen probeerde aan te sluiten die Rusty had losgekoppeld in de overtuiging dat hij toevallen kreeg van al die flikkerende lampjes.

'Oké,' zei Sam. 'Ik ben zover.'

Charlie begreep pas waarvoor toen ze Sam de lange gang in zag kijken die door het hele huis liep. De achterdeur met het matglazen raam was helemaal aan de andere kant. De keuken zat vooraan. Daar had Daniel Culpepper gestaan toen hij Gamma uit de badkamer had zien komen.

Charlie wist nog dat ze die gang door was gelopen op zoek naar het toilet en dat ze 'Flut!' had geroepen om haar moeder een plezier te doen.

Er waren vijf deuren, en er viel geen wijs uit te worden. Eén deur voerde naar de enge kelder. Een tweede naar de kledingkast. Een andere deur naar de voorraadkast. Weer een andere naar de badkamer. Een van de middelste deuren voerde vreemd genoeg naar het slaapkamertje waar de oude boer was gestorven.

Rusty had het kamertje als kantoor ingericht.

Sam ging voorop. Vanachter leek ze ongenaakbaar. Haar rug was kaarsrecht. Ze hield haar hoofd geheven. Zelfs de lichte aarzeling waarmee ze liep was verdwenen. Het enige waarmee ze zichzelf verried waren haar vingers tegen de muur, alsof ze zeker wilde weten dat ze ergens tegenaan kon leunen.

'De achterdeur.' Sam wees. Het matglas vertoonde een barst. Rusty had geprobeerd het met geel afplakband te repareren. 'Je weet niet half hoe vaak ik de afgelopen jaren wakker ben geschrokken uit een droom waarin ik door die deur wegrende in plaats van dat ik de keuken binnen ging.'

Charlie zweeg, hoewel ze maar al te vertrouwd was met dat soort dromen.

'Goed.' Sam sloeg haar hand om de deurknop naar Rusty's kantoor. Ze opende haar mond en ademde diep in, als een zwemster voor ze haar hoofd onder water steekt.

De deur ging open.

Meer van hetzelfde, maar hier kleefde aan alles de geur van verschaalde nicotine. De papieren, de dozen, de muren, zelfs de lucht had een geel waas. Charlotte probeerde een raam open te zetten, maar het was dichtgeverfd. Ze besefte dat ze haar pols had verstuikt toen ze op haar vaders kist had gebeukt. Het zat haar vandaag niet mee waar het levenloze voorwerpen betrof.

'Ik zie hem niet,' zei Sam gespannen. Ze stond bij Rusty's bureau, schoof wat met papieren en maakte een paar stapels. 'De foto is hier niet.' Ze keek naar de muren, maar die waren behangen met tekeningen van Charlies schoolprojecten. Alleen Rusty zou een brugklastekening van de anatomie van een mestkever aan zijn muur hangen.

'Hier.' Charlie had een dunne, zwartmetalen lijst gevonden met een oude foto van hun moeder. 'Shit, pap.' Rusty had het gezicht van hun moeder laten verbleken in de zon. Alleen de donkere gaten van haar ogen en mond waren nog zichtbaar onder de zwarte bos haar.

'Hij is verpest,' zei Sam onthutst.

Charlie was bijna misselijk, zo schuldig voelde ze zich. 'Ik had die foto lang geleden van hem moeten afpakken en moeten laten conserveren, of wat je er ook mee moet doen. Het spijt me verschrikkelijk, Sam.'

Sam schudde haar hoofd. Ze liet de foto op een dossier vallen. 'Dat is niet de foto die hij bedoelde. Hij zei toch dat er een andere foto was, een die hij ons nooit had laten zien?' Ze begon weer met papieren te schuiven en keek achter manuscriptdozen en ingebonden getuigenverklaringen. Ze maakte een aangeslagen indruk. De foto zelf was zonder meer belangrijk, maar het was bovendien een van de laatste dingen waarover Rusty met haar had gesproken.

Charlie trok haar schoenen uit om niet met haar hakken ergens achter te blijven haken en haar nek te breken. Het doorzoeken van al deze troep zou haar een jaar van haar leven kosten, dus ze besloot maar meteen te beginnen.

Ze tilde een paar dozen van een wankel klaptafeltje. Een rij losse rode damstenen kletterde op de vloer en kwam op een stuk smetteloos kaal hardhout terecht. Het klonk als een groep kauwtjes die alle kanten op vlogen.

'Zou hij hem in een archiefkast hebben bewaard?' vroeg Charlie.

Sam keek bedenkelijk. Er stonden vijf houten archiefkasten, allemaal met zware stangsloten. 'Hoe moeten we in deze puinzooi de sleutels vinden?'

'Die had hij waarschijnlijk bij zich toen hij naar het ziekenhuis werd gebracht.'

'Dan zijn ze als bewijsmateriaal in beslag genomen.'

'En we kennen niemand meer op het bureau van de officier van justitie nu mijn man blijkbaar gezegd heeft dat ze allemaal de klere kunnen krijgen.' Charlie dacht aan Kaylee Collins en voegde er in gedachten aan toe: *misschien niet allemaal.*

'Wist papa zeker dat jij en ik die foto nooit hebben gezien?' vroeg ze aan Sam.

'Dat heb ik al gezegd. Hij zei dat hij hem voor zichzelf had bewaard. Dat op die foto het moment is vastgelegd waarop Gamma en hij verliefd op elkaar werden.'

Charlie werd geraakt door haar vaders woorden. Hij had zich altijd zo irritant barok uitgedrukt dat ze de betekenis van wat hij zei soms uit het oog was verloren. 'Hij hield echt van haar,' zei ze.

'Ja,' beaamde Sam. 'Ik vergeet steeds dat ook hij haar is kwijtgeraakt.'

Charlie keek uit het raam. Ze had genoeg tranen vergoten voor de rest van haar leven.

'Ik kan hier niet weg voor ik die foto heb gevonden,' zei Sam.

'Misschien heeft hij het verzonnen,' bedacht Charlie hardop. 'Je weet hoe graag hij van alles bij elkaar verzon.'

'Hier zou hij nooit over liegen.'

Charlie zweeg. Ze had haar twijfels.

'Hebben jullie in de kluis gekeken?' vroeg Ben, die met een bundel gekleurde kabels over zijn schouder in de gang stond.

Charlie wreef in haar ogen. 'Sinds wanneer heeft mijn vader een kluis?'

'Sinds hij ontdekte dat Sam en jij alles lazen wat hij mee naar huis nam.' Met zijn voet schoof hij een stapel dozen opzij. Er kwam een vloerkluis tevoorschijn, die tot halverwege zijn dijbeen reikte. 'Weet je de combinatie?'

'Ik wist niet eens dat hij een kluis had,' zei Charlie. 'Hoe zou ik de combinatie dan moeten weten?'

Sam knielde neer en bestudeerde de draaischijf. 'Dat zou dan een reeks cijfers moeten zijn die voor papa een bepaalde betekenis hadden.'

‘Hoe duur is een slof Camel?’

‘Ik heb een idee.’ Sam draaide de schijf een paar keer rond. Ze stopte bij de twee, draaide terug naar de acht en toen naar de zesenzeventig.

Charlies geboortedatum.

Sam voelde aan de hendel.

De kluis ging niet open.

‘Probeer je eigen geboortedatum eens,’ zei Charlie.

Sam draaide weer aan de schijf en stopte telkens bij de juiste cijfers. Ze trok aan de hendel. ‘Nee.’

‘Gamma’s geboortedatum,’ stelde Ben voor.

Sam draaide. Weer niks. Ze schudde haar hoofd, alsof haar opeens een licht opging. ‘Rusty’s geboortedatum.’

Snel draaiend aan de schijf voerde ze Rusty’s geboortedatum in.

Ze voelde aan de hendel.

Weer niets.

Sam keek Ben aan. ‘Dan nemen we nu jouw geboortedatum.’

‘Probeer 16-3-89 eens,’ zei Charlie.

De dag dat de Culpeppers voor de keukendeur hadden gestaan.

Sam ademde langzaam uit. Ze keerde zich weer naar de kluis toe en draaide de schijf rechts, links, en toen weer rechts. Ze legde haar vingers op de hendel en keek op naar Charlie. Ze drukte de hendel naar beneden.

De kluis ging open.

Charlie knielde achter Sam neer. Het ding zat boordevol, net als alles in Rusty’s leven. Eerst rook ze alleen muf oud papier, maar toen ving ze een andere geur op, parfum leek het wel.

‘Dat is mama’s zeep,’ fluisterde Sam.

‘Rose Petal Delight,’ wist Charlie zich te herinneren. Gamma kocht het bij de drogist. De enige luxe die ze zich veroorloofde.

‘Volgens mij komt het hieruit.’ Met beide handen trok Sam aan een stapel enveloppen die klem zat tegen de bovenkant van de kluis.

Ze waren met rood lint samengebonden.

Sam rook aan de brieven. Ze sloot haar ogen, als een spinnende kat in de zon, en glimlachte verzaligd. ‘Dat is ze.’

Charlie rook ook aan de enveloppen. Ze knikte. De geur was vaag, maar onmiskenbaar van Gamma.

'Kijk.' Sam wees naar het adres. De brief was bestemd voor Rusty, p/a University of Georgia. 'Dat is haar handschrift.' Sam streek over het volmaakte schuinschrift van hun moeder. 'Het poststempel is van Batavia, Illinois. Daar zit Fermilab. Het zijn vast liefdesbrieven.'

'O,' zei Ben. 'Ja, dan moet je ze misschien niet lezen.'

'Waarom niet?'

'Omdat ze smoorverliefd op elkaar waren.'

Sam straalde. 'Maar dat is toch prachtig?'

'Vind je?' Bens stem bereikte een octaaf dat hij sinds zijn puberteit waarschijnlijk niet meer gehaald had. 'Wil je echt een stapel geparfumeerde brieven lezen die je vader met rood lint heeft samengebonden en die stammen uit de tijd dat hij en je moeder elkaar pas kenden en waarschijnlijk...' Met zijn vuist maakte hij een seksgebaar. 'Denk eens goed na. Je vader was soms een echte geilneef.'

Charlie voelde zich licht onpasselijk.

'Laten we daar later over beslissen,' zei Sam. Ze legde de brieven boven op de kluis, schoof haar hand weer naar binnen en haalde er een ansichtkaart uit.

Ze liet Charlie een luchtfoto zien van het Johnson Space Center.

Gamma had voor de NASA gewerkt voordat ze bij Fermilab in dienst was getreden.

Sam draaide de kaart om. Weer zag ze het onmiskenbaar keurige handschrift van hun moeder.

Charlie las hardop voor wat ze aan Rusty had geschreven: ' "Als je de dingen uit hun verband kunt zien, kun je ze ook in hun verband zien. Dr. Seuss." '

Sam schonk Charlie een veelbetekenende blik, alsof hun moeder vanuit het graf huwelijksadvies uitdeelde.

'Ze probeerde duidelijk op papa's eigen niveau met hem te communiceren,' zei Charlie.

'Duidelijk, ja.' Sam glimlachte, net als vroeger op kerstochtend. Ze had haar cadeaus altijd irritant langzaam uitgepakt, met commentaar op het cadeaupapier, op de hoeveelheid plakband die was gebruikt en op de grootte en vorm van de doos, terwijl Charlie zich op haar pakjes had gestort als een chihuahua aan de speed.

'We moeten dit alles heel zorgvuldig uitzoeken,' zei Sam. Ze nam een wat gemakkelijker houding aan op de vloer. 'Ik hoop dat we de foto vandaag vinden, maar zo niet, of eigenlijk sowieso, wil ik de hele handel graag meenemen naar New York. Goed? Er zijn heel dierbare dingen bij. Dan catalogiseer ik alles en –'

'Mij best,' zei Charlie, die wist dat Gamma en Sam altijd hun eigen ondoorgrondelijke taal hadden gehad.

En ook dat ze zelf nooit iets zou catalogiseren.

'Daarna breng ik alles terug,' beloofde Sam. 'Dan spreken we af in Atlanta, of ik kom hiernaartoe.'

Charlie knikte. Het was prettig dat ze haar zus weer zou zien.

'Niet te geloven dat papa dit bewaard heeft.' Sam hield een atletieklintje omhoog. 'Dat moet hij op zijn kantoor hebben gehad. Anders was het bij de brand verloren gegaan. O… kijk nou.' Ze had een stapel oude schoolopdrachten gevonden. 'Jouw opstel over transcendentalisme. Weet je nog, Charlie, dat Gamma wel twee uur met je leraar heeft zitten ruziën? Zo woedend was ze omdat hij Louisa May Alcott onbeduidend had genoemd. O, en kijk, mijn oude rapport. Dat had hij moeten tekenen.'

Ben floot, en Charlie keek op. Hij hield een leeg vel papier omhoog. 'Je vader heeft mijn tekening bewaard van een konijn in een sneeuwstorm.'

Charlie grijnsde.

'O, wacht.' Hij pakte een pen van het bureau en zette een zwarte stip in het midden van het vel. 'Het gat van een ijsbeer.'

Ze lachte, maar eigenlijk kon ze wel huilen omdat ze zijn humor zo miste.

'Charlie!' zei Sam opgetogen. 'Volgens mij hebben we de jackpot. Kun je je mama's schriften nog herinneren?' Haar hand verdween weer in de kluis. Deze keer haalde ze een groot, in leer gebonden schrift tevoorschijn. Ze sloeg het open.

In plaats van pagina's vol vergelijkingen zagen ze blanco cheques.

Charlie keek over Sams schouder. Een spiraalband. Drie rijen per vel, reçustrookjes van oudere, uitgeschreven cheques. Het betrof een rekening bij de Bank of America, maar de naam van het bedrijf herkende ze niet. 'Pikeville Holding Fund.'

Sam bladerde door de reçu's, maar de gebruikelijke informatie – datum, bedrag en degene aan wie de cheque was uitgeschreven – ontbrak. 'Waarom had papa een zakenrekening voor een holdingcompany?'

'Zijn escrowrekening staat op naam van Rusty Quinn.' zei Charlie. De meeste advocaten hadden een rentevrije rekening-courant waarop schikkingsbedragen werden gestort. De advocaat nam zijn deel en keerde de rest aan de cliënt uit. 'Maar dit slaat nergens op. Lenore doet de boekhouding voor papa. Die heeft ze overgenomen toen hij was vergeten de elektriciteitsrekening te betalen en de stroom werd afgesloten.'

Ben nam een stapel ongeopende post op Rusty's bureau door. Hij haalde er een envelop uit en hield die omhoog. 'Bank of America.'

'Maak eens open,' zei Charlie.

Hij haalde er een blaadje met een afschrift uit. 'Krijg nou wat. Meer dan driehonderdduizend dollar.'

'Mijn vader heeft nooit een cliënt gehad die een dergelijk bedrag kreeg uitbetaald.'

'Er is vorige maand één keer geld afgehaald,' zei Ben. 'Cheque nummer nul-drie-veertig-één. Tweeduizend dollar.'

'Gewoonlijk begint het eerste chequenummer van een rekening met drie nullen en dan een één,' zei Sam. 'Op welke dag is de laatste cheque uitgeschreven?'

'Dat staat hier niet, maar hij is vier weken geleden geïncasseerd.'

'De tweede vrijdag van elke maand.'

'Wat?' Charlie keek naar het chequeboek. 'Heb je iets ontdekt?'

Sam schudde haar hoofd. Ze sloot de leren band.

'Niet om detectiveje te spelen, maar zullen we die truc met het potlood eens uitproberen?' zei Ben. 'Dan wrijf je met de punt over de lege cheque onder de cheque die hij heeft uitgeschreven. Rusty drukte nogal hard als hij een pen in zijn hand had.'

'Briljant idee.' Charlie stond op om een potlood te zoeken op het bureau.

'We moeten aan officiële kopieën zien te komen,' zei Sam. 'Met potlood-wrijven schieten we niks op.'

'Zo komen we erachter aan wie hij die cheques uitschreef.'

Sam drukte het schrift tegen haar borst. 'Ik heb een aantal rekeningen bij de Bank of America. Ik wil ze morgen wel bellen en naar kopieën vragen. Daarvoor hebben we papa's overlijdensverklaring nodig. Charlie, weet je zeker dat hij geen testament had? Daar moeten we echt naar zoeken. Veel oudere mensen stellen een testament op zonder het tegen hun kinderen te zeggen.'

Charlie verstijfde. Het klamme zweet stond in haar nek. Een auto naderde het huis. De vertrouwde schok toen het voorwiel door het gat in de oprit reed. Het knerpen van rubber over de samengepakte rode klei.

'Dat zal Stanislav zijn, mijn chauffeur,' zei Sam. 'Ik heb gezegd dat hij me hier op moest pikken.' Ze keek op de klok op Rusty's bureau. 'Dat heeft hij dan snel gedaan. Ik ga een doos zoeken om dit alles in te stoppen.'

'Ben...' zei Charlie.

'Ik ga al.' Ben liep de gang door.

Charlie keek hem vanuit de gang na en zag hem de keuken in lopen. Hij wierp een blik uit het raam. Zijn hand sloot zich om de deurknop. Haar hart begon raar te trillen in haar borstkas. Ze wilde Ben niet in de keuken hebben. Hij mocht de deur niet openmaken.

Ben deed de deur open.

Mason Huckabee stond op de zijveranda. Verbaasd keek hij Ben aan. Hij droeg een zwart pak met een blauwe stropdas en een honkbalpet met camouflagemotief.

Zonder iets te zeggen draaide Ben zich om en liep de gang weer in.

Charlie werd misselijk. Ze rende op Ben af en versperde hem de weg door haar handen tegen beide muren te zetten. 'Het spijt me.'

Ben probeerde om haar heen te lopen.

Charlie ging niet opzij. 'Ben, ik heb hem niet gevraagd hiernaartoe te komen. Ik wil hem hier niet zien.'

Ben duwde haar niet aan de kant. Hij staarde haar aan, bijtend op het puntje van zijn tong.

'Ik stuur hem weer weg. Ik probeer de hele tijd al van hem af te komen.'

Vanuit het kantoortje riep Sam: 'Ben, kun je even helpen deze spullen in te pakken?'

Charlie wist dat Ben te veel een gentleman was om nee te zeggen.

Aarzelend liet ze hem erlangs. Toen rende ze naar de keuken, galoppeerde bijna de gang door.

Mason zwaaide naar haar, want hij kon helemaal naar de achterkant van het huis kijken. Hij was zo verstandig niet te glimlachen toen ze dichterbij kwam. 'Het spijt me,' zei hij.

'Reken maar dat het je spijt,' fluisterde Charlie schor. 'Dat van dat contactverbod was geen grapje. Binnen twee minuten heb ik je hele leven naar de kloten geholpen.'

'Dat weet ik,' zei hij. 'Hoor eens, het spijt me. Echt. Ik wil alleen met jou en je zus praten.'

Ze negeerde de wanhoop in zijn stem. 'Kan me niet schelen wat jij wilt. Weg hier.'

'Laat hem binnen, Charlie,' zei Sam.

Charlie draaide zich om. Sam stond in de gang. Weer raakte ze met haar vingers de muur aan. 'Kom mee,' zei ze tegen Mason, en voor Charlie kon protesteren, liep ze al naar de woonkamer.

Mason stapte de keuken in, maar bleef net voorbij de deuropening staan. Hij nam zijn pet af en draaide hem rond in zijn handen. Hij keek om zich heen, maar leek niet onder de indruk. Rusty had niets aan de keuken veranderd sinds de dag dat ze in de boerderij waren getrokken. De wankele stoelen, de afbladderende tafel. Het enige wat ontbrak was de airco die in het raam had gezeten. Ze hadden de stukjes Gamma met geen mogelijkheid uit de ventilator kunnen verwijderen.

'Deze kant op.' Charlie wierp een blik in de verlaten gang, maar zag Ben nergens. De deur naar Rusty's kantoortje was dicht. Bens pick-up stond nog op het erf. Hij had de achterdeur niet opengedaan. Nu vroeg hij zich daar in Rusty's kantoor vast af waarom zijn vrouw zo'n hoer was.

'Gecondoleerd met je vader,' zei Mason.

Met een ruk draaide Charlie zich om. 'Ik weet wie je bent.'

Mason keek geschrokken.

'Toen ik je ontmoette, wist ik dat natuurlijk niet, maar mijn zus heeft me over jouw zus verteld, en...' Met moeite zocht ze naar de juiste woorden. 'Ik vind het heel erg wat er met haar is gebeurd. En met jou en je familie. Maar wat jij en ik hebben gedaan, dat was een eenmalige vergissing, een gigantische vergissing. Ik hou van mijn man.'

'Dat heb je al eens gezegd. Ik begrijp het. Ik respecteer het.' Mason knikte naar Sam. Ze had ruimte vrijgemaakt op een stoel met een rechte rugleuning. Op de tv naast haar was het filmpje van de beveiligingscamera in de school op pauze gezet. Ben had uitgevogeld hoe alles werkte.

Mason staarde naar het enorme scherm. 'Wie moet Kelly nu verdedigen?'

'We gaan op zoek naar iemand uit Atlanta,' zei Sam.

'Ik betaal wel,' zei hij. 'Mijn familie heeft geld. Mijn ouders. Die hadden geld. Ze hadden een vervoersbedrijf.'

Charlie herinnerde zich de borden uit haar jeugd. 'Huckabee Hauling.'

'Ja.' Hij keek weer naar het stilgezette beeld. 'Is dat van de schietpartij?'

Charlie weigerde erop in te gaan. 'Wat kom je hier doen?'

'Ik wou alleen...' Hij onderbrak zichzelf. In plaats van uit te leggen waarom hij bleef hangen terwijl zijn aanwezigheid niet op prijs werd gesteld, zei hij: 'Kelly wilde zelfmoord plegen. Daarmee toonde ze spijt. Op internet heb ik gelezen dat spijt meetelt als iemand de doodstraf dreigt te krijgen. Dat zouden jullie kunnen aanvoeren tijdens haar proces, zodat de jury haar tot levenslang veroordeelt, of misschien tot levenslang met kans op voorwaardelijke vrijlating. Dat weten ze toch?'

'Wie weten dat?' vroeg Sam.

'De politie. De aanklager. Jullie soort mensen.'

'Ze zeggen vast dat het een hulpkreet was,' zei Charlie. 'Ze heeft het wapen afgegeven. Ze heeft de trekker niet overgehaald.'

'Dat heeft ze wel gedaan,' zei hij. 'Drie keer.'

'Wat?' Sam stond op van haar stoel.

'Daarover kun je niet liegen,' zei Charlie. 'Er waren anderen bij.'

'Ik lieg niet. Ze drukte de revolver tegen haar borst. Jij stond op een paar meter afstand. Je moet het hebben gezien, of in elk geval hebben gehoord.' Tegen Sam zei hij: 'Kelly drukte de loop tegen haar borst en haalde drie keer de trekker over.'

Charlie kon zich daar niets van herinneren.

'Ik heb het geklik gehoord,' zei hij. 'Ik wil wedden dat Judith Pinkman het ook heeft gehoord. Ik verzin dit niet. Ze heeft zichzelf echt van kant willen maken.'

'Waarom heb je haar die revolver dan niet afgepakt?' vroeg Sam.

'Ik wist niet of ze hem herladen had. Ik ben marinier. Je gaat er altijd van uit dat een wapen geladen is tenzij je duidelijk kunt zien dat de kamer leeg is.'

'Herladen,' herhaalde Sam, en ze gaf het woord extra gewicht. 'Hoeveel schoten heb je gehoord toen het schieten begon?'

'Zes,' zei hij. 'Eerst één, toen even niks, toen kwamen er drie snel achter elkaar, toen was er een kortere pauze, toen weer een schot, een korte pauze en weer een schot. Zes,' zei hij schouderophalend.

Sam ging weer zitten. Ze stak haar hand in haar tas. 'Weet je dat zeker?'

'Als je zo vaak onder vuur hebt gelegen als ik, leer je heel snel kogels tellen.'

Sam had haar notitieblok al op haar schoot. 'En in Kelly's revolver gaan zes kogels?'

'Inderdaad.'

'Was hij leeg toen je hem pakte?' vroeg Charlie.

Mason wierp een nerveuze blik op Sam.

Ze zei: 'Dit lijkt me een geschikt moment om uit te leggen waarom je hem achter in je broek hebt gestoken.'

'Intuïtie.' Weer haalde hij zijn schouders op, alsof het plegen van een misdrijf van geen enkel belang was. 'De agent wilde hem niet pakken, dus stopte ik hem tijdelijk achter in mijn broekband, zoals je net zei. Geen van de agenten heeft me ernaar gevraagd of me gefouilleerd, en ik was de deur al uit en zat in mijn pick-up voor ik besefte dat hij nog steeds in mijn broek zat.'

Sam deed geen poging het zwakke verhaal onderuit te halen. 'Wat heb je met het wapen gedaan?'

'Ik heb het uit elkaar gehaald en op verschillende plekken in het meer gegooid. Waar het het diepst is.'

Weer riep ze hem niet ter verantwoording. 'Kun je ook gewoon zien of een wapen geladen is?'

'Nee,' zei Mason. 'Bij een negen millimeter gaat de slede naar achteren, maar je kunt de pal indrukken en...'

Charlie onderbrak hem. 'Bij een revolver blijven de hulzen achter in de cilinder na het afschieten van de kogels.'

'Inderdaad,' beaamde Mason. 'Ze zaten alle zes nog in de cilinder, dus ze had hem niet opnieuw geladen.'

'Wat dus betekent dat ze wist dat het wapen leeg was toen ze de trekker drie keer liet klikken,' zei Charlie.

'Dat weet je niet,' vond Mason. 'Kelly dacht waarschijnlijk –'

'Loop het nog eens met me door, als je wilt.' Sam schoof haar pen uit het notitieblok. Al pratend begon ze te schrijven. 'Eén schot, lange pauze, dan drie snelle schoten, dan een korte pauze, dan weer een schot, dan weer een korte pauze, en dan weer een schot. Klopt dat?'

Mason knikte.

Ze zei: 'Er werd nog een schot gelost nadat Lucy Alexander in haar hals was geraakt.'

'Die ging de vloer in,' zei Mason. 'Dat neem ik tenminste aan.'

Sam trok haar wenkbrauw op.

'Ik heb een kogelgat in de vloer gezien,' legde hij uit. 'Hier ongeveer.' Hij wees naar de rechterkant van het scherm. 'Dat staat niet op het filmpje, vanwege de camerahoek. Het is meer naar de deur toe. Ongeveer waar Kelly uiteindelijk zat toen ze in de boeien werd geslagen.'

'Hoe zag dat gat eruit?' vroeg Charlie.

'Er was een stuk van de tegel af, maar ik zag geen kruitsporen, dus de kogel is waarschijnlijk van minstens twee meter afstand afgevuurd. Het gat was ook ovaal. Traanvormig, dus de kogel is in een schuine hoek naar beneden afgevuurd.' Hij strekte zijn hand, met zijn wijsvinger en duim in de vorm van een wapen. 'Dus misschien vanaf haar middel? Ze is kleiner dan ik, maar zo scherp was de hoek ook weer niet. Daarvoor zul je met draad aan de slag moeten.' Hij haalde zijn schouders op. 'Ik ben niet echt een expert. Tijdens mijn diensttijd heb ik een cursus gevolgd in het kader van mijn doorlopende training.'

'Ze wilde Judith Pinkman niet doden,' zei Sam, 'en daarom schoot ze de laatste kogel in de vloer.'

'Zou kunnen,' zei Mason. 'Hoewel, ze kende de Pinkmans al heel lang, toch heeft dat haar er niet van weerhouden Doug dood te schieten.'

'Kende ze hen?' vroeg Sam.

'Kelly was vroeger watermeisje voor het footballteam. Uit die tijd stammen de geruchten over haar en een van de spelers. Ik weet niet honderd procent zeker wat er gebeurd is, maar Kelly was ongeveer drie weken niet op school en de jongen ging de stad uit, dus...' Hij ging er verder niet op in, maar het was duidelijk dat het de geruchten betrof waardoor de halve school zich in haar jaarboek op Kelly Wilson had gestort.

'Douglas Pinkman was coach van het footballteam,' verduidelijkte Sam, 'dus hij kende Kelly Wilson van haar tijd als watermeisje.'

'Klopt. Ze heeft geloof ik twee seizoenen meegedraaid, samen met een ander meisje uit de groep dat speciaal onderwijs kreeg. Het districtsbureau had verordend dat deze leerlingen meer aan buitenschoolse activiteiten moesten meedoen: de schoolband, cheerleaders, basketbal, football. Het was een goed idee. Sommigen waren er echt mee geholpen. Kelly niet, dat is duidelijk, maar –'

'Dank je.' Sam richtte zich weer op haar aantekeningen. Al schrijvend sloeg ze de bladzijden langzaam om. Niet dat ze Mason wilde afkappen, maar ze had iets interessanters gevonden.

Mason keek Charlie vragend aan, maar die haalde ook al haar schouders op. 'Waar wilde je met ons over praten?' vroeg ze.

'Tja.' Hij draaide nog steeds aan zijn pet. 'Zou ik eerst van het toilet gebruik mogen maken?'

Het verbijsterde haar dat hij de zaak zo rekte. 'Dat is achter in de gang.'

Hij knikte voor hij wegliep, alsof ze in een Engelse salon zaten.

Charlie keerde zich naar Sam toe, die nog steeds in haar aantekeningen verdiept was. 'Waarom praat je met hem? Hij moet hier weg.'

'Wil je hier eens naar kijken en zeggen wat je ziet?' Sam wees naar de rechterkant van het scherm. 'Ik vertrouw mijn ogen niet. Vind je dit geen vreemde schaduw?'

Charlie hoorde Mason de badkamerdeur open- en dichtdoen. Godzijdank was hij niet per ongeluk Rusty's kantoortje binnengelopen.

'Help me alsjeblieft hem de deur uit te werken,' zei Charlie.

'Doe ik,' zei Sam. 'Maar kijk eens naar het filmpje.'

Charlie ging voor het gigantische scherm staan en bestudeerde de stopgezette opname. Ze zag dat de camera naar beneden was gericht en slechts de halve gang bestreek. De beruchte blinde hoek waarover Mason had verteld. De plafondlampen waren aan, maar een merkwaardige schaduw viel vanuit de rechterkant van de gang het beeld in. Smal, lang, net een spinnenpoot.

'Wacht eens,' zei Charlie, maar ze doelde niet op het filmpje. 'Hoe wist hij waar de badkamer is?'

'Wat?'

'Hij liep er recht op af en deed de deur open.' Charlie voelde een tinteling langs haar ruggengraat trekken. 'Niemand weet meteen wat de goede deur is, Sam. Er zijn er vijf, en je kunt er niet wijs uit worden. Dat weet jij ook. Het is een soort grapje geworden dat niemand weet hoe het zit.' Opeens klopte het hart haar in de keel. 'Zou Mason papa gekend hebben? Zou hij hier eerder zijn geweest? En dan heel vaak, zodat hij zelf de badkamer kan vinden?'

Sam opende haar mond en deed hem weer dicht.

'Jij weet iets,' vermoedde Charlie. 'Heeft papa je verteld –'

'Ga zitten, Charlie. Voorlopig weet ik nog niets zeker, maar ik ben bezig het uit te werken.'

Charlie werd zenuwachtig van Sams kalme toon. 'Waarom moet ik gaan zitten?'

'Omdat je als een militaire drone over me heen hangt.'

'Kan je niet iets lieflijkers bedenken, een kolibrie bijvoorbeeld?'

'Kolibries zijn anders behoorlijk kwaadaardig.'

'Chuck!' riep Ben.

Charlies hart sloeg over. Ze had hem nog nooit zo hard horen roepen.

'Chuck!' klonk het opnieuw.

Ben denderde de gang door, vloog voorbij de woonkamer en draaide zich razend weer om.

'Zijn jullie in orde?' Hij keek over zijn schouder de gang in. 'Waar is hij?'

'Ben, wat...' begon Charlie.

'Waar is hij, godverdomme?' Ben schreeuwde zo hard dat ze haar handen tegen haar oren drukte. 'Mason!' Hij sloeg met zijn vuist tegen de muur. 'Mason Huckabee!'

De badkamerdeur knerpte open.

'Klootzak!' Ben stormde de gang weer in.

Charlie rende achter hem aan, maar bleef abrupt staan toen Ben Mason tegen de grond tackelde.

Ben maaide met zijn vuisten. Mason stak zijn armen omhoog om zijn gezicht te beschermen. Vol afschuw keek Charlie toe terwijl haar man hem in elkaar sloeg.

'Ben!' Ze moest iets doen. 'Ben... stop!'

Sam sloeg haar armen om Charlies middel en hield haar tegen.

'Ik moet...' Charlie zweeg, niet wetend wat ze doen moest. Straks vermoordde Mason Ben nog. Hij was een getraind soldaat. 'Sam, we moeten –'

'Hij vecht niet terug,' zei Sam, alsof ze commentaar gaf bij een wedstrijd. 'Kijk maar, Charlie. Hij vecht niet terug.'

Ze had gelijk. Mason lag op de vloer, met zijn handen voor zijn gezicht elke klap tegen zijn hoofd, zijn hals, zijn borst incasserend.

'Lafbek!' schreeuwde Ben. 'Laat je klotekop eens zien!'

Mason haalde zijn handen weg.

Ben gaf hem zo'n harde stoot tegen zijn kaak dat Charlie zijn tanden hoorde kraken. Bloed spoot uit Masons mond. Hij lag daar, met zijn handen opzij, en onderging het pak slaag.

Ben wist van geen ophouden. Weer sloeg hij hem, en nog eens, en nog eens.

'Nee,' fluisterde Charlie.

Bloed spatte tegen de muur.

Met zijn trouwring haalde Ben Masons wenkbrauw open.

Zijn lip was gespleten.

Zijn wang lag open.

En ondertussen bleef Mason willoos liggen.

Weer sloeg Ben hem.

En nog eens.

'Het... spijt me,' stamelde Mason. 'Het spijt me.'

'Jij vuile...' Bens hele lijf draaide mee toen hij zijn elleboog naar achteren zwaaide en zijn vuist op Masons kaak liet neerdalen.

Charlie zag het vel op Masons wang rimpelen, als het kielzog achter een boot. Ze hoorde een scherpe knak, als van een knuppel tegen een bal. Masons hoofd schoot opzij.

Hij knipperde met zijn ogen.

Bloed sijpelde uit zijn mond en zijn neus.

Weer knipperde hij, maar hij verroerde zich niet. Zijn blik bleef op de muur gericht. Bloed droop langs de stoffige plint naar beneden en vormde een plasje op de hardhouten vloer.

Hijgend van inspanning ging Ben op zijn hurken zitten.

'Het spijt me,' zei Mason. 'Het spijt me.'

'Rot op met je spijt.' Ben spuugde in zijn gezicht. Toen viel hij opzij, waarbij zijn schouder tegen de muur sloeg. Hij liet zijn handen zakken. Bloed stroomde uit zijn knokkels. Hij schreeuwde niet meer. Hij huilde. 'Jij...' zei hij met brekende stem. 'Jij hebt hem mijn vrouw laten verkrachten.'

ACHTTIEN

Charlie kreeg een waas voor ogen. Paniek greep haar bij de strot. Ze hoorde alleen nog een schreeuw in haar hoofd.

Ben wist het.

'Heb jij het hem verteld?' vroeg ze aan Sam.

'Nee.'

'Niet liegen, Samantha. Zeg het nou maar.'

'Je focust op het verkeerde, Charlie,' zei Sam.

Er was hier maar één ding verkeerd. Haar man wist wat er met haar gebeurd was. Daarom had hij een ander bijna bewusteloos geslagen. Hij had op hem gespuugd, hij had tegen hem gezegd…

Jij hebt hem mijn vrouw laten verkrachten. Laten verkrachten.

Alle lucht verliet Charlies longen. Ze sloeg haar hand voor haar mond toen ze de gal voelde opborrelen.

'Hij was het,' zei Ben. 'Niet Daniel.'

'In het bos?' vroeg Charlie, en haar stembanden begaven het bijna. Ze zag het afschuwelijke gezicht van Zachariah Culpepper weer voor zich. Ze had hem zo hard geslagen dat zijn hoofd opzij was gevlogen. Bloed was uit zijn mond gestroomd. En toen had Daniel Culpepper hem tegen de grond gewerkt en hem even hard geslagen als Ben zojuist met Mason Huckabee had gedaan.

Alleen was het niet Daniel Culpepper geweest, daar in het bos.

'Je hebt Zachariah tegen de grond gesmeten,' zei Charlie. Ze slikte voor ze verderging. 'Je was te laat.'

'Ik weet het.' Mason rolde zich op zijn rug. Hij sloeg zijn hand voor zijn ogen. 'In het huis. In het bos. Ik was steeds te laat.'

Charlies benen waren als van elastiek. Ze zocht steun bij de muur. 'Waarom?'

Mason bewoog zijn hoofd heen en weer. Hij ademde moeizaam. Bloed borrelde uit zijn neus.

'Vertel het ze maar,' zei Ben met gebalde vuisten.

Met de rug van zijn hand veegde Mason langs zijn neus. Hij keek eerst Ben aan, toen Sam en toen Charlie. Ten slotte zei hij: 'Ik had Zach ingehuurd om met Rusty af te rekenen. Ik gaf hem al mijn gespaarde studiegeld. Ik wist dat hij Rusty geld schuldig was, maar...' Zijn stem sloeg over, en hij zweeg even. 'Jullie hadden op hardlooptraining moeten zijn. We zouden Rusty pakken, hem over de oprit afvoeren en hem van kant maken. Zach zou drieduizend dollar krijgen en in één klap van zijn probleem met de advocaatkosten af zijn. En ik zou mijn wraak hebben gekregen...' Hij keek Sam weer aan, en Charlie. 'Ik probeerde Zach tegen te houden toen jullie vader niet thuis was, maar hij –'

'Je hoeft ons niet te vertellen wat hij gedaan heeft.' Sam klonk zo gespannen dat ze bijna niet te verstaan was.

Mason bedekte zijn gezicht weer en begon te huilen.

Bij het horen van zijn droge gesnik had Charlie hem het liefst op zijn keel geramd.

'Ik zou de schuld op me nemen voor de moord op jullie moeder,' vervolgde Mason. 'Dat heb ik hardop gezegd in het bos. Minstens vijf keer. Jullie hebben me allebei gehoord. Ik heb dat alles nooit gewild.' Weer sloeg zijn stem over. 'Toen jullie moeder werd neergeschoten, leek ik wel verdoofd, ik kon het niet geloven. Ik was misselijk, ik trilde over mijn hele lijf, en ik wilde iets doen, maar ik was bang voor Zach. Jullie weten hoe hij is. We waren allemaal bang voor hem.'

Woede pompte door elke ader in Charlies lichaam. 'Hou eens op met dat "wij", sneue zak die je bent. Er was geen sprake van "wij" in de keuken, behalve Sam en ik. "Wij" werden ons huis uit gedreven. "Wij" werden met een geweer in onze rug het bos in gejaagd. "Wij" waren doodsbang. "Jij" hebt mijn zus door haar hoofd geschoten. "Jij" hebt haar levend begraven. "Jij" stond toe dat dat monster me dwars door het bos achternajoeg, me verkrachtte, me sloeg en alles – echt alles – van me afpakte. Dat was jij, Mason. Jij en niemand anders.'

'Ik probeerde –'

'Bek houden.' Charlie boog zich met gebalde vuisten over hem heen.

'Je maakt jezelf misschien wijs dat jij het probeerde tegen te houden, maar dat heb je niet gedaan. Je liet het gebeuren. Je hebt zelfs meegeholpen. Jíj hebt die trekker overgehaald.' Ze zweeg even om adem te halen. 'Waarom? Waarom heb je dat gedaan? Wat hebben we jou ooit aangedaan?'

'Zijn zusje,' zei Sam. Haar stem klonk dodelijk kalm. 'Dat bedoelde hij toen hij het over wraak had. Mason en Zachariah kwamen naar ons toe op de dag dat Kevin Mitchell werd vrijgesproken van verkrachting. We dachten dat het om Culpeppers advocatenkosten ging, maar in werkelijkheid ging het om Mason Huckabee, die woedend genoeg was om iemand te willen doden maar te schijterig om het zelf te doen.'

Charlies tong veranderde in lood. Weer leunde ze tegen de muur om niet te vallen.

Mason zei: 'Ik heb mijn zusje gevonden. Ze was in de schuur. Haar nek was...' Hij schudde zijn hoofd. 'Ze was kapotgemaakt door wat die klootzak met haar had gedaan. Ze kwam haar bed niet meer uit. Ze huilde alleen nog maar. Jullie weten niet hoe het is om je zo nutteloos, zo hulpeloos te voelen. Ik wilde iemand ervoor laten boeten. Er móést iemand voor boeten.'

'En daarom zocht je mijn vader op?' Charlie voelde de inmiddels vertrouwde trilling in haar handen, die zich langs haar armen tot in haar borst verspreidde. 'Je bent hiernaartoe gekomen om mijn vader te doden, en je –'

'Het spijt me.' Mason begon weer te huilen. 'Het spijt me zo.'

Charlie kon hem wel schoppen. 'Hou eens op met dat gejank. Je hebt mijn zus door haar hoofd geschoten.'

'Dat ging per ongeluk.'

'Dat doet er niet toe!' riep Charlie uit. 'Je hebt op haar geschoten! Je hebt haar levend begraven!'

Sams arm vloog naar voren. Ze hield Charlie tegen toen ze Mason te lijf wilde gaan, net zoals Ben hem even daarvoor te lijf was gegaan.

Ben.

Charlie keek naar haar man. Hij zat op de vloer, met zijn rug tegen de muur. Zijn bril stond scheef op zijn neus en zat onder de bloederige vegen. Hij deed zijn handen steeds open en dicht, zodat het bloed uit de wondjes bleef stromen.

'Waarom schreef Rusty cheques uit aan de zoon van Zachariah Culpepper?' vroeg Sam.

Charlie was zo geschokt dat haar lippen dienst weigerden.

'De nummers van de cheques,' legde Sam uit. 'Twaalf cheques per jaar, achtentwintig jaar en vier maanden lang, dat zijn in totaal driehonderdveertig cheques.'

'Dat is het nummer van de laatste cheque,' zei Charlie.

'Inderdaad,' beaamde Sam. 'En dan heb je de eindrekening nog. Jullie zijn begonnen bij een miljoen, klopt dat?'

Ze vroeg het aan Mason.

Mason knikte traag en aarzelend.

'Als je bij één miljoen begint,' zei Sam, 'en er ruim achtentwintig jaar lang elke maand tweeduizend dollar afhaalt, kom je uit op ongeveer driehonderdtwintigduizend dollar.' Ze zei tegen Mason: 'Alles viel op zijn plek toen je zei dat je ouders rijk waren. Destijds, in 1989, had verder niemand in Pikeville dat soort geld en zeker niet dat soort invloed. Ze kochten jouw vrijheid voor één miljoen dollar. Dat was in die tijd heel veel geld. Meer dan Culpepper ooit in zijn korte leven te zien zou krijgen. Hij verkwanselde zijn dode broer voor zijn ongeboren zoon.'

Mason keek naar haar op. Weer knikte hij traag.

'Wat was mijn vaders aandeel in dit hele verhaal?' wilde Sam weten. 'Heeft hij die deal geregeld tussen jou en Culpepper?'

'Nee.'

'Wat dan wel?' vroeg Sam.

Mason rolde op zijn zij en duwde zichzelf overeind. Hij ging met zijn rug naar de deur zitten. Het afplakband waarmee Rusty het raam had gerepareerd vormde een soort bliksemschicht boven zijn hoofd. 'Ik wist van dat alles niets af.'

Ben keek Mason woedend aan. 'Voor mijn part crepeer je omdat je Rusty in al je rampspoed hebt meegesleept.'

'Het was Rusty niet. Niet in het begin.' Mason raakte zijn kaak aan en kromp ineen. 'Mijn ouders hebben het geregeld. De avond dat het gebeurde liep ik naar huis. Zo'n tien kilometer. Zach nam mijn schoenen en mijn spijkerbroek mee, want daar zat zijn bloed op. Ik was halfnaakt, en tegen de tijd dat ik thuiskwam, zat ik onder het bloed. Ik heb het toen aan mijn ouders opgebiecht. Ik wilde naar de politie gaan, maar dat vonden ze niet goed. Later ontdekte ik dat ze een advocaat naar Zach hadden gestuurd om met hem te praten.'

'Rusty,' zei Ben.

'Nee, iemand uit Atlanta. Ik weet niet wie.' Mason bewoog zijn kaak. Het gewricht knakte. 'Het gebeurde buiten mij om. Ik had geen keuze.'

'Je was toen zeventien,' zei Sam. 'Je had vast al een auto. Je had zelf naar de politie kunnen rijden, of je had kunnen wachten tot je achttien werd.'

'Dat wilde ik ook,' benadrukte Mason. 'Maar ze sloten me op in mijn kamer. Toen kwamen er vier mannen en die namen me mee naar een militaire academie ergens in het noorden. Zodra ik oud genoeg was, ging ik bij de mariniers.' Hij veegde bloed uit zijn oog. 'Ik ben in Afghanistan geweest, in Irak en Somalië. Ik meldde me overal voor aan. Ik wilde het verdienen, snap je? Ik wilde mijn leven inzetten om anderen te helpen. Om mijn schuld te vereffenen.'

Charlie beet zo hard op haar lip dat ze de huid voelde scheuren. Deze schuld viel niet te vereffenen, ook al had hij nog zoveel landen op zijn stomme wereldkaart geprikt.

'Ik heb mijn twintig jaar uitgediend,' zei Mason. 'Toen ben ik naar huis teruggekeerd. Ik ben gaan studeren. Ik vond het belangrijk om iets terug te geven, aan deze stad, aan deze mensen.'

'Schoft.' Ben stond op. Hij had zijn handen nog steeds tot vuisten gebald. Hij liep de gang door. Charlie was bang dat hij door de achterdeur zou verdwijnen, maar hij bleef staan bij Masons iPhone. Hij zette zijn hak op het scherm en vermaalde het tot kleine stukjes.

Toen hij zijn voet optilde, viel het glas tinkelend van zijn schoenzool. 'Daniel Culpepper is vermoord vanwege jou,' zei hij.

'Dat weet ik,' zei Mason, maar hij vergiste zich.

Charlie had Ken Coin op Daniel afgestuurd.

'Hij noemde je "brother",' zei ze.

Mason schudde zijn hoofd. 'Hij noemde iedereen "brother". Dat doen mannen nou eenmaal.'

'Dat doet er niet toe,' zei Ben. 'Ze hoorden hier geen van beiden te zijn. Wat er daarna gebeurde, komt voor hun rekening.'

Mason was het met hem eens. 'Dat klopt. Het komt voor mijn rekening. Alles.'

'Hoe kwamen jouw kleren en je pistool in Daniels trailer terecht?' vroeg Sam.

Weer schudde Mason zijn hoofd, maar het antwoord liet zich raden. Ken Coin had het bewijsmateriaal daar achtergelaten. Hij had een onschuldige man erbij gelapt en een schuldige man laten lopen.

'Mijn moeder heeft me na de dood van mijn vader over die regeling verteld,' zei Mason. 'Ik was destijds in Turkije gestationeerd en probeerde daar mensen te helpen. Ik ging naar huis voor de begrafenis. Ze was bang dat er iets zou gebeuren en dat Zach zijn kant van de afspraak niet langer zou nakomen.'

'Even voor alle duidelijkheid,' zei Sam. 'De afspraak was dat Zach zou zwijgen over Daniels onschuld en jouw schuld in ruil voor tweeduizend dollar per maand die jouw ouders aan zijn zoon, Danny Culpepper, overmaakten?'

Mason knikte. 'Ik wist dat niet. Tot mijn moeder het me vertelde. Er waren acht jaar verstreken. Culpepper zat nog in de dodencel. Zijn executiedatum werd steeds uitgesteld.'

Charlie klemde haar kaken op elkaar. Acht jaar na de moord. Acht jaar nadat Sam zich uit haar graf had geklauwd. Acht jaar nadat zij kapot was gemaakt.

Sam was aan haar masterstudie aan Northwestern University begonnen. Charlie had zich opgegeven voor een rechtenstudie, met heel haar hart hopend dat ze een nieuwe start kon maken.

'Hoe heeft mijn vader zich hiervoor laten strikken?' vroeg Sam.

'Ik ben naar hem toe gegaan om alles op te biechten,' zei Mason. 'Hier in dit huis. We zaten in de keuken. Ik weet niet waarom, maar in zeker opzicht was het aan die tafel gemakkelijker om alles op te biechten. Op de plaats delict. Ik was misselijk toen ik alles vertelde, de hele waarheid, tot in detail. Ik vertelde hem dat ik helemaal kapot was van wat er met Mary-Lynne was gebeurd en dat ik Zach had betaald om me te helpen wraak te nemen. Als je zo jong bent, denk je alles heel scherp te zien. Je begrijpt nog niet hoe de wereld in elkaar steekt. Dat dingen onvoorspelbare gevolgen kunnen hebben. Dat slechte keuzes, slechte daden je te gronde kunnen richten.' Hij knikte, als om zijn eigen woorden te beamen. 'Ik wilde Rusty uitleggen wat er was gebeurd, waarom het was gebeurd, van man tot man.'

'Je bent geen man,' zei Charlie, die ziek werd bij de gedachte aan Mason en Rusty die in dezelfde keuken hadden gezeten waar Gamma was gestorven, dat de plek waar hij zat hem eerder verschoning dan pijn had gebracht. 'Je hebt een poging tot moord gedaan. Je bent medeplichtig aan verkrachting. Aan de moord op mijn moeder. Aan ontvoering. Kidnapping. Aan inbraak, godverdomme.' Ze weigerde te denken aan alle vriendinnen die hij had gehad, aan de feestjes die hij had bijgewoond, de verjaardagen, de nieuwjaarsvieringen, terwijl Sam zich elke ochtend uit bed sleepte in de vurige hoop dat ze nog kon lopen. 'Dat je bij de mariniers bent gegaan betekent nog niet dat je een goed mens bent,' zei ze. 'Het betekent dat je een lafaard bent omdat je ervandoor bent gegaan.' Ze sprak zo luid dat ze haar woorden hoorde weergalmen op de gang.

'Rusty heeft hem een bekentenis laten ondertekenen,' zei Ben. Hij keek Sam aan in plaats van Charlie. 'Die heb ik in de kluis gevonden.'

Charlie keek op naar het plafond. Ze liet haar tranen de vrije loop. Ze zou het zichzelf nooit vergeven dat Ben het op een stuk papier had moeten lezen.

'Ik wilde die bekentenis zelf ook ondertekenen,' zei Mason. 'Ik wilde open kaart spelen. Ik was ziek van alle leugens, van alle schuld.'

Sam klemde Charlies arm vast, alsof ze hen allebei aan de vloer wilde verankeren. 'Waarom heeft mijn vader je niet aangegeven?'

'Hij wilde geen nieuw proces,' zei Mason. 'Jullie hadden je eigen leven, probeerden het achter je te laten.'

'Het achter ons te laten,' mompelde Charlie.

'Rusty wilde het niet meer oprakelen,' vervolgde Mason. 'Hij wilde niet dat jij terug moest komen, dat Charlie weer moest getuigen. Hij wilde niet dat ze...'

'Loog,' vulde Sam hem aan.

De doos, die zo lang verzegeld hoog op een plank in de kast had gestaan. Rusty wilde Charlie niet dwingen te kiezen tussen liegen onder ede en het openen van die doos waar de hele wereld bij stond.

De Culpeppermeiden.

De marteling waaraan die valse teven haar hadden onderworpen, waaraan ze haar nog steeds onderwierpen. Wat zouden ze zeggen, wat zouden ze doen, als bewezen werd dat ze al die tijd gelijk hadden gehad wat Daniels onschuld betrof?

Ze hádden gelijk gehad.

Charlie had de verkeerde man aangewezen.

'Waarom nam mijn vader het uitschrijven van die cheques over?' vroeg Sam.

'Dat was een van Rusty's voorwaarden,' zei Mason. 'Zach moest weten dat hij het wist, dat iemand anders de hele deal kon opblazen, de geldstroom naar Danny kon afsnijden, als hij zijn mond niet hield.'

'En zo maakte hij zichzelf tot doelwit,' zei Charlie. 'Culpepper had hem kunnen laten vermoorden.'

Weer schudde Mason zijn hoofd. 'Dan zouden de cheques voor zijn zoon niet langer binnenkomen.'

'Denk je dat hij ook maar iets om zijn zoon gaf?' vroeg Sam. 'Culpepper treiterde Rusty. Wist je dat? Elke maand stuurde hij hem een brief met de tekst: *je bent me nog iets schuldig*. Gewoon om het hem in te wrijven. Om Rusty eraan te herinneren dat hij al onze levens kon vernielen, ons elk moment van onze rust kon beroven, van ons gevoel van veiligheid.'

Mason zweeg.

'Weet je wel hoeveel stress je onze vader hebt bezorgd?' zei Sam. 'Hij moest tegen ons liegen. De waarheid achterhouden. Dat soort bedrog was niets voor hem. En dat terwijl zijn vrouw was vermoord, zijn ene dochter bijna was gestorven en Charlie was...' Ze schudde haar hoofd. 'Rusty had al een zwak hart. Wist je dat? Besef je wel hoe zwaar je leugens, je schuld, je lafheid aan zijn slechte gezondheid hebben bijgedragen? Misschien dronk hij daarom zoveel, om de vieze smaak van zijn eigen medeplichtigheid weg te spoelen. Een medeplichtigheid die jij hem had opgedrongen. Daar moest hij elke dag mee leven, elke maand wanneer hij die cheque uitschreef, elke keer als hij me belde...' Uiteindelijk hield ze het niet meer. Ze nam haar bril af. Ze drukte haar vingers tegen haar oogleden en zei: 'Doordat hij ons heeft willen beschermen, ging jij al die jaren vrijuit.'

Mason liet zijn hoofd tussen zijn knieën hangen. Misschien huilde hij weer, maar dat boeide Charlie niet.

'Wat doe je hier eigenlijk?' vroeg Ben. 'Dacht je dat je hen kon overhalen je niet aan te geven?'

'Ik kwam een bekentenis afleggen,' zei Mason. 'Zeggen dat het me spijt. Dat ik sindsdien elke dag heb geprobeerd goed te maken wat ik heb gedaan. Ik heb medailles.' Hij keek Sam aan. 'Ik heb gevechtsonderscheidingen, een Purple Heart, een –'

'Dat interesseert me niet,' zei Sam. 'Je hebt achtentwintig jaar lang de kans gehad schuld te bekennen. Je had willekeurig welk politiebureau kunnen binnenlopen, een bekentenis kunnen afleggen en je straf kunnen ondergaan, maar je was bang dat je levenslang zou krijgen of de doodstraf, net als Zachariah Culpepper.'

Mason antwoordde niet, maar de waarheid sprak voor zich.

'Je wist dat we niemand hebben verteld wat er echt in het bos is gebeurd,' zei Charlie. 'Zo kreeg je mijn vader aan je kant, toch? Je chanteerde hem. Mijn geheim in ruil voor dat van jou.'

Mason veegde bloed van zijn mond. Hij zweeg nog steeds.

Charlie ging door: 'Je zat in de keuken waarin mijn moeder was vermoord en zei tegen mijn vader dat je je met het geld van je familie tegen een veroordeling wegens moord zou verzetten, ongeacht wie erdoor geraakt werd, ongeacht wat tijdens het proces aan het licht kwam. Sam had zich weer hiernaartoe moeten slepen. Ik had weer moeten getuigen. Je wist dat mijn vader ons dat niet wilde aandoen.'

'Wat gaan jullie nu doen?' wilde Mason weten.

'Wat ga jij doen, daar draait het om,' zei Sam. 'Je krijgt precies twintig minuten om naar het politiebureau te rijden en daar zonder advocaat een officiële bekentenis af te leggen, namelijk dat je tegen de politie hebt gelogen en dat je Kelly Wilsons revolver van de plaats van een dubbele moord hebt verwijderd, want reken maar dat ik anders rechtstreeks naar de commissaris van politie ga met je ondertekende bekentenis waarin je toegeeft dat je een poging tot moord hebt gedaan en medeplichtig bent aan een andere moord. Dit stadje vergeet niet, Mason. Je smoes dat je daar alleen maar stond, dat het per ongeluk ging, is nog steeds medeplichtigheid aan moord. Als je niet precies doet wat ik nu zeg, eindig je in een cel naast Zachariah Culpepper, waar je goedbeschouwd al achtentwintig jaar hoort te zitten.'

Mason veegde zijn handen af aan zijn broek en wilde zijn kapotte telefoon pakken.

Ben schopte het apparaat weg. Hij deed de achterdeur open. 'Opgerot.'

Mason stond op. Zonder nog iets te zeggen draaide hij zich om en liep het huis uit.

Ben sloeg de deur zo hard dicht dat een nieuwe barst zich over het raam verspreidde.

Sam zette haar bril weer op. 'Waar is die bekentenis?' vroeg ze aan Ben.

'Op de kluis, naast de brieven.'

'Bedankt.' Toch ging ze niet naar het kantoortje.

Ze liep de woonkamer in.

Charlie aarzelde. Ze wist niet of ze achter Sam aan moest gaan. Wat kon ze tegen haar zus zeggen om hun allebei een beter gevoel te bezorgen? De man die Sam door het hoofd had geschoten, die haar levend had begraven, was zojuist de achterdeur uit gelopen, met alleen een dreigement om hem te dwingen te doen wat hij moest doen.

Ben draaide de deur op het nachtslot.

'Gaat het?' vroeg Charlie.

Hij nam zijn bril af en veegde het bloed van de glazen. 'Ik heb nog nooit echt gevochten. Tenminste, ik heb nog nooit iemand kunnen raken.'

'Het spijt me zo. Het spijt me dat het je zo aangreep. Het spijt me dat ik heb gelogen. Het spijt me dat je moest lezen wat er is gebeurd in plaats van dat ik het je zelf vertelde.'

'In die bekentenis staat niets over wat Zachariah met jou heeft gedaan.' Ben zette zijn bril weer op. 'Dat heeft Rusty me verteld.'

Charlie was sprakeloos. Rusty had nog nooit iemands vertrouwen geschonden.

'Afgelopen weekend,' zei Ben. 'Hij zei niet dat Mason erbij betrokken was, maar al het andere heeft hij wel verteld. Hij zei dat de ergste zonde die hij ooit tegen iemand had begaan, was dat hij jou had gedwongen het geheim te houden.'

Charlie wreef over haar armen, zo koud had ze het opeens.

'Wat er met jou is gebeurd...' zei Ben. 'Sorry, maar dat maakt me niet uit.'

Charlie ervoer zijn onverschilligheid bijna als fysieke pijn.

'Nee, dat zei ik verkeerd.' Ben probeerde het uit te leggen. 'Ik vind het heel erg dat het is gebeurd, maar het is niet belangrijk. Het maakt me niet uit dat je gelogen hebt. Het maakt niet uit, Chuck.'

'Maar daarom...' Charlie keek naar de vloer. Het bloedspoor dat Mason Huckabee had achtergelaten toen hij het huis uit was gelopen, was wel heel toepasselijk.

'Maar daarom wat?' Ben ging voor haar staan. Hij pakte haar kin. 'Chuck, zeg het maar. Het is verkeerd om het allemaal voor je te houden.'

Hij wist het al. Hij wist alles. Toch kon ze nauwelijks woorden vinden voor haar eigen tekortkomingen. 'De miskramen. Dat kwam door wat er gebeurd is.'

Ben legde zijn handen op haar schouders. Hij wachtte tot ze hem aankeek en zei: 'Toen ik negen was, schopte Terri me in mijn ballen, en ik heb wel een week bloed geplast.'

Charlie wilde iets zeggen, maar hij schudde zijn hoofd.

'Toen ik vijftien was, werd ik door zo'n sportjongen in mijn kruis getrapt. Ik was zomaar wat aan het hangen met mijn clubje nerds toen hij me zo hard in mijn ballen schopte dat ik bang was dat ze in mijn gat waren verdwenen.'

Ben legde zijn vingers op haar lippen zodat ze hem niet kon onderbreken.

'Ik heb mijn mobiel altijd in mijn voorzak. Ik weet dat ik dat beter niet kan doen, want het verknalt je sperma, maar toch doe ik het. En ik kan niet tegen boxershorts. Je weet hoe vreselijk ik het vind als ze in een prop gaan zitten. En ik heb heel veel gemasturbeerd. Eigenlijk nog steeds wel af en toe, maar toen ik jong was, was ik van olympisch niveau. Ik was het enige lid van de Starfleet Club bij mij op school, ik verzamelde stripboeken en ik speelde triangel in de schoolband. Geen meisje dat naar me keek. Zelfs de meiden met puistjes niet. Ik trok mezelf zo vaak af dat mijn moeder me meenam naar de dokter omdat ze bang was dat ik blaren zou krijgen.'

'Ben.'

'Chuck, luister. In mijn laatste schooljaar trok ik voor het eindbal zo'n rood Star Trekshirt aan. Het was niet eens een thema. Ik was de enige jongen zonder smoking. Zelf vond ik het nogal ironisch.'

Eindelijk kon er bij Charlie een lachje af.

'Het is dus duidelijk niet de bedoeling geweest dat ik me ging voortplanten. Ik heb geen idee hoe ik zo'n geweldige vrouw als jij aan de haak heb geslagen, of waarom we niet…' Hij maakte zijn zin niet af. 'We hebben gewoon de verkeerde kaart getrokken, schat. We weten niet of het komt door iets wat er met jou is gebeurd of door iets wat er met mij is gebeurd of dat het simpelweg natuurlijke selectie is, maar zo is het nu eenmaal, en het maakt me allemaal niet uit.'

Charlie kuchte. 'Kaylee zou je kinderen kunnen geven.'

'Kaylee heeft me gonorroe gegeven.'

Charlie had zich gekwetst moeten voelen, maar haar eerste emotie was bezorgdheid. Ben was allergisch voor penicilline. 'Moest je naar het ziekenhuis?'

'Ik ben de afgelopen tien dagen op en neer gereden naar Ducktown, zodat niemand hier het te weten zou komen.'

Nu stak het pas echt. 'Dus dat was heel recent.'

'De laatste keer was bijna twee maanden geleden. Ik dacht dat ik alleen wat moeite had met plassen.'

'Maar je vond dat geen reden om naar de dokter te gaan?'

'Uiteindelijk wel natuurlijk,' zei hij. 'Maar daarom wilde ik niet... je weet wel, gisteravond. Volgens de test ben ik schoon, maar het voelde niet goed om het niet tegen je te zeggen. Ik kwam alleen maar langs omdat ik bezorgd om je was. Ik had helemaal geen dossier nodig. Er was geen schikking die fout dreigde te gaan.'

De leugen interesseerde Charlie niet. 'Hoelang heeft het geduurd?'

'Het heeft helemaal niet geduurd. Het is vier keer gebeurd. Eerst was het spannend, maar algauw werd het triest. Ze is nog zo jong. Ze denkt dat Kate Mulgrew debuteerde in *Orange is the New Black*.'

'Wauw.' Charlie probeerde het met een grapje af te doen, want anders ging ze huilen. 'Hoe heeft ze in godsnaam haar rechtenstudie kunnen afmaken?'

Ben deed ook een poging. 'Je had gelijk wat bovenop betreft. Het is keihard werken.'

Charlie werd onpasselijk. 'Bedankt voor het beeld.'

'Nog niks vergeleken met nooit meer kunnen niezen.'

Charlie beet op haar wang. Ze had hem de details moeten besparen. En die van hem had ze al helemaal niet willen horen.

'Ik ga die spullen inpakken voor Sam,' zei hij.

Charlie knikte, maar ze wilde niet dat hij wegging, niet eens naar de gang.

Hij kuste haar voorhoofd. Ze leunde tegen hem aan, rook zijn zweet en het verkeerde middel waarmee hij zijn overhemden waste.

'Ik zit in je vaders kantoortje,' zei hij.

Charlie keek hem na toen hij wegliep met zijn malle slungelpas.

Hij was het huis niet uit gegaan.

Dat was in elk geval iets.

Ze ging niet meteen naar Sam. Ze draaide zich om en keek de keuken in. De deur hing open. Ze voelde de wind die van buiten kwam. Ze probeerde het moment terug te halen waarop ze de deur had geopend in de verwachting Rusty te zullen zien en er twee mannen hadden gestaan, de een in het zwart, de ander in een Bon Jovishirt.

De een met een geweer.

De ander met een revolver.

Zachariah Culpepper.

Mason Huckabee.

De man die te laat was geweest om Charlies verkrachter tegen te houden, was dezelfde met wie ze woeste seks had gehad op het parkeerterrein bij Shady Ray's.

Dezelfde die haar zus door haar hoofd had geschoten.

Die Sam in een ondiep graf had begraven.

Die Zachariah Culpepper had geslagen, maar pas nadat die Charlie in duizend stukjes had gereten.

'Charlie?' riep Sam.

Ze zat in de stoel met de rechte rug toen Charlie de zitkamer binnenkwam. Ze smeet niet met dingen; ze zat zich niet op te vreten van ergernis of zichzelf langzaam op te fokken tot ze ontplofte. Ze had haar notities zitten bestuderen.

'Wat een dag, hè,' zei Sam.

Charlie moest lachen om het understatement. 'Hoe ben je er zo snel achter gekomen?'

'Ik ben je grote zus. Ik ben slimmer dan jij.'

Daar had Charlie niet van terug. 'Denk je dat Mason naar het politiebureau gaat, zoals je hem opgedragen hebt?'

'Dacht je soms dat ik mijn dreigement niet uitvoer?'

'Het leek er eerder op dat je hem dood zou hebben gestoken als iemand een mes in je hand had geduwd.' Charlie kromp ineen bij de gedachte, maar alleen omdat Sam dan letterlijk bloed aan haar handen zou hebben. 'Hij heeft niet alleen tegen het GBI gelogen, maar ook tegen een FBI-agent.'

'Degene die hem arresteert zal hem met liefde het verschil tussen een ernstige overtreding en een zwaar misdrijf willen uitleggen.'

Charlie glimlachte, want Sams handige truc kon leiden tot jaren in een federale gevangenis in plaats van proefverlof met weekenden in de politiecel. 'Waarom ben je eigenlijk zo kalm?'

Verbaasd schudde Sam haar hoofd. 'Shock? Opluchting? Ik heb altijd het gevoel gehad dat Daniel er te makkelijk af was gekomen, dat hij niet genoeg had geleden. Merkwaardig genoeg vind ik het een bevredigende gedachte dat Mason al die tijd onder schuldgevoel gebukt is gegaan. En ook dat hij voor minstens vijf jaar naar de gevangenis gaat. Tenminste, dat is de aanklagers geraden, als ze niet willen dat ik hun het leven zuur maak.'

'Denk je dat Coin doet wat hij moet doen?'

'Die man heeft nog nooit gedaan wat hij moest doen.' Er speelde een heimelijk lachje om haar lippen. 'Misschien is er een manier om hem van zijn troon te stoten.'

Charlie vroeg niet of ze wilde uitleggen hoe een dergelijk wonder tot stand werd gebracht. Een man als Coin wist zich altijd weer naar boven te wurmen. 'Ik heb destijds Daniel als schuldige aangewezen. Ik heb gezegd dat Zachariah de andere man "brother" noemde.'

'Doe dat jezelf niet aan, Charlie. Je was toen dertien. En Ben had gelijk. Als Mason en Zachariah niet hier waren geweest, zou niets van dat alles zijn gebeurd.' Na even te hebben gezwegen voegde ze eraan toe: 'Bovendien was Ken Coin degene die Daniel erin heeft geluisd en hem heeft vermoord. Dat mag je niet vergeten.'

'Coin staakte ook het onderzoek naar de echte schutter.' Charlie werd misselijk bij de gedachte aan de rol die ze onbewust had gespeeld bij deze hele doofpotaffaire. 'Zo moeilijk was het toch niet om te bedenken dat de rijke jongen die opeens midden in de nacht naar de militaire academie werd afgevoerd erbij betrokken was geweest?'

'Je hebt gelijk. Zonder externe prikkel zou Zachariah Mason verraden hebben,' zei Sam. 'Eigenlijk zou ik me druk moeten maken om Daniel, zelfs om Mason, maar ik kan het niet. Het voelt alsof ik het achter me heb gelaten. Is dat vreemd?'

'Ja. Nee. Ik weet het niet.' Charlie ging op de plek zitten die Rusty op de bank had vrijgemaakt voor zichzelf. Ze probeerde haar emoties te peilen, te ontdekken wat ze vond van alles wat Mason hun had verteld. Ze werd zich bewust van een licht gevoel in haar borst. Ze had verwacht dat ze zich bevrijd zou voelen nadat ze Sam had verteld wat er echt in het bos was gebeurd, maar dat gevoel was uitgebleven.

Tot op dit moment.

'En papa?' zei Charlie. 'Hij heeft het voor ons verborgen gehouden.'

'Hij wilde ons beschermen. Zoals altijd.'

Charlie keek verbaasd nu haar zus zich plotseling aan Rusty's kant had geschaard.

'Vergeving is een groot goed,' zei Sam.

Daar was Charlie niet zo zeker van. Ze liet zich achterover op de bank zakken en keek op naar het plafond. 'Ik ben doodmoe. Zo voelt een misdadiger zich nadat hij bekend heeft. Dan gaat hij slapen. Ik heb ik weet niet hoe vaak meegemaakt dat zo iemand midden in een verhoor opeens begint te snurken.'

'Het is opluchting,' zei Sam. 'Is het slecht van me als ik me niet schuldig voel over het feit dat Daniel al evenzeer slachtoffer was als wij?'

'Als jij slecht bent, ben ik ook slecht,' bekende Charlie. 'Ik weet dat Daniel zo'n dood niet verdiende. Nu kan ik mezelf wel wijsmaken dat hij een Culpepper was en uiteindelijk toch wel achter de tralies of onder de grond zou verdwijnen, maar hij had de luxe moeten hebben zelf te kunnen kiezen.'

'Blijkbaar had papa het ook achter zich gelaten,' zei Sam. 'Hij heeft zijn hele leven keihard gewerkt om schuldige mensen vrij te pleiten, maar Daniel heeft hij nooit van alle blaam gezuiverd.'

' "Niets is bedrieglijker dan de schijn van nederigheid." '

'Shakespeare?'

'Mr. Darcy tegen Bingley.'

'Zul je net zien.'

'Als het zijn trots niet was, waren het wel zijn vooroordelen.'

Sam moest lachen, maar toen werd ze weer ernstig. 'Ik ben blij dat papa ons niet over Mason heeft verteld. Nu zou ik het wel aankunnen, maar toen?' Ze schudde haar hoofd. 'Ik weet hoe vreselijk het klinkt, want dat besluit heeft papa duidelijk altijd achtervolgd, maar als ik bedenk hoe ik er acht jaar na die schietpartij geestelijk aan toe was, zou het geloof ik mijn dood zijn geworden als ik terug had moeten komen om te getuigen. Of is dat al te theatraal?'

'Het klopt wel, ook wat mij betreft.' Charlie wist dat een proces haar eigen neergang zou hebben versneld. Dan was ze geen rechten gaan studeren. Ze zou Ben niet hebben ontmoet. Sam en zij zouden in dat geval nu niet met elkaar praten. 'Waarom heb ik het gevoel dat ik het nu beter aankan? Wat is er veranderd?'

'Dat is een ingewikkelde vraag met een al even ingewikkeld antwoord.'

Charlie lachte. Dat was Rusty's ware erfenis: dat ze de rest van hun leven een dode zouden citeren die doden citeerde.

'Papa heeft vast geweten dat we die bekentenis in de kluis zouden vinden,' zei Sam.

Gelijk bedacht Charlie dat Rusty zijn hand weer eens had overspeeld. 'Wedden dat hij dacht dat hij Zachariah Culpeppers executiedatum nog zou halen?'

'Wedden dat hij dacht dat hij zelf wel een oplossing zou vinden?'

Ze hadden waarschijnlijk allebei gelijk, meende Charlie. Rusty hield het liefst alle ballen in de lucht. 'Toen ik klein was, dacht ik altijd dat papa zich vanuit een intens rechtvaardigheidsgevoel geroepen voelde mensen te helpen. Maar toen ik ouder werd, besefte ik dat het was omdat hij zichzelf graag als de strijdlustige, heldhaftige etterbak zag die voor de goede zaak streed.'

'En nu?'

'Volgens mij wist hij dat slechte mensen slechte dingen deden, maar toch vond hij dat ze een kans verdienden.'

'Dat is wel een heel geromantiseerde kijk op de wereld.'

'Ik had het over papa, niet over mezelf.' Het stemde Charlie treurig dat ze in de verleden tijd over Rusty spraken. 'Hij was altijd op zoek naar zijn eenhoorn.'

'Blij dat je daarover begint,' zei Sam. 'Volgens mij heeft hij er een gevonden.'

NEGENTIEN

Charlie stond bijna met haar neus tegen het tv-scherm. Ze tuurde zo lang naar de rechterhoek van het gepauzeerde beveiligingsfilmpje dat er af en toe een waas voor haar ogen trok. Ze deed een stap naar achteren en knipperde even om beter te kunnen zien. Nu bekeek ze het hele beeld. De lange, verlaten gang. Het felblauw van de kluisjes dat door de oeroude camera als marineblauw werd weergegeven. De lens was schuin naar beneden gericht en besloeg de gang tot ruwweg het midden. Ze keek weer naar de hoek. Er was een deur, mogelijk gesloten en net uit beeld, maar hij was er wel. Het licht uit het raampje wierp een schaduw op iets wat zich een stukje de gang in strekte.

'Is dat Kelly's schaduw?' vroeg Charlie. Ze wees voorbij de tv, alsof ze allebei in de gang stonden in plaats van in Rusty's woonkamer. 'Dan had ze ongeveer hier moeten staan, toch?'

Sam hield haar mening nog even voor zich. Ze had haar hoofd iets gedraaid om met haar goede oog het beeld te bestuderen. 'Wat zie jij?'

'Dit.' Charlie wees naar de schaduw die de gang in viel. 'Een wazige, harige streep, net een spinnenpoot.'

'Er is iets vreemds mee.' Sam kneep haar ogen samen en zag blijkbaar iets wat Charlie was ontgaan. 'Vind je ook niet?'

'Ik kan proberen het beeld te vergroten.' Charlie liep naar Bens laptop, maar bedacht toen dat ze geen idee had wat ze moest doen. Ze drukte op willekeurige toetsen. Er moest een manier zijn.

'Laten we Ben om hulp vragen,' zei Sam.

'Ik wil niet dat Ben ons helpt.' Charlie boog zich voorover om de menu-icoontjes te lezen. 'We hebben het echt goed –'

'Ben!' riep Sam.

'Moest jij geen vlucht halen?'

'Dat vliegtuig vertrekt niet zonder mij.' Met haar handen omlijstte Sam het rechterbovengedeelte van de opname. 'Het klopt niet. De hoek is verkeerd.'

'Welke hoek?' vroeg Ben.

'Hier.' Charlie wees naar de schaduw. 'Ik vind het net een spinnenpoot, maar Sherlock Holmes daar ziet er de Hond van de Baskervilles in.'

'Eerder *Een studie in rood*,' zei Sam, zonder zich nader te verklaren. 'Ben, kun jij de rechterbovenhoek vergroten?'

Met een paar magische handelingen isoleerde Ben de hoek van de opname op de laptop en vergrootte die tot het hele tv-scherm ermee werd gevuld. Helaas was hij geen whizzkid uit een Jason Bournefilm, en het beeld werd waziger in plaats van scherper.

'O, ik zie het.' Ben wees naar de harige spinnenpoot. 'Ik dacht dat het een schaduw was, maar –'

'Het kan geen schaduw zijn,' zei Sam. 'Op de gang brandt licht. En ook in het lokaal. Zonder een derde lichtbron wordt een schaduw vanuit de deur naar achteren geworpen, niet naar voren.'

'Oké, juist.' Ben knikte. 'Ik dacht dat hij uit de open deur kwam, maar zo te zien wijst hij naar binnen.'

'Klopt,' zei Sam. Ze was altijd goed geweest in puzzels. Deze keer had ze de oplossing blijkbaar al gevonden nog voor Charlie doorhad dat er een puzzel moest worden opgelost.

'Ik zie niks,' gaf Charlie toe. 'Vertel het nu maar gewoon.'

'Het lijkt me beter als jullie allebei onafhankelijk van elkaar mijn vermoeden bevestigen,' zei Sam.

Charlie had haar het liefst als een zak stront het raam uit gegooid. 'Vind je dit echt het moment voor de socratische methode?'

'Sherlock of Socrates. Kies maar, de een of de ander.' Tegen Ben zei ze: 'Kun jij de kleuren corrigeren?'

'Ik denk het wel.' Ben opende een nieuw programma op zijn laptop, een illegale kopie van Photoshop, die hij twee jaar geleden had gebruikt om Captain Kirk in hun kerstkaarten te moffelen. 'Eens kijken of ik nog weet hoe het moet.'

Charlie sloeg haar armen over elkaar om haar zus duidelijk te maken dat dit haar totaal niet aanstond, maar Sam was te zeer op Ben geconcentreerd om het te merken.

Na het nodige getik en gesleep waren de kleuren op het scherm weer helder, bijna te helder. Het zwart was zo nachtzwart dat er grijze vlekjes uit opborrelden.

'Als je het blauw van de kluisjes eens als uitgangspunt neemt,' stelde Charlie voor. 'Het is bijna hetzelfde blauw als papa's begrafenispak.'

Ben opende de kleurenkaart. Hij klikte willekeurige vierkantjes aan.

'Dat daar,' zei Charlie. 'Die kleur blauw.'

'Ik kan het nog iets meer bijwerken.' Hij verscherpte de pixels. Trok de randen strak. Ten slotte zoomde hij zo ver mogelijk in zonder het beeld onherkenbaar te vervormen.

'Krijg nou wat,' zei Charlie. Eindelijk snapte ze het.

Het was geen poot, maar een arm.

Niet één arm, maar twee.

Een zwarte en een rode.

Een seksuele kannibaal. Een rode veeg. Een giftige beet.

Ze hadden niet Rusty's eenhoorn gevonden.

Ze hadden een zwarte weduwe gevonden.

Charlie zat in Bens pick-up, met haar zweterige handen aan het stuur. Ze keek op het radioklokje: 17.06 uur. Rusty's afscheidsdienst was nu zo ongeveer afgelopen. De dronkenlappen bij Shady Ray's hadden geen nieuwe verhalen meer. De achterblijvers, de nieuwsgierigen, de schijnheiligen gaven via hun telefoon gefluisterde roddels door, postten vinnige hommages op Facebook.

Rusty Quinn was een prima advocaat, maar…

Charlie vulde de zin aan met dingen die alleen de mensen die Rusty echt hadden gekend zouden begrijpen:

Hij had van zijn dochters gehouden.

Hij had zijn vrouw aanbeden.

Hij had geprobeerd het goede te doen.

Hij had zijn mythische schepsel gevonden.

Een harpij, had Sam gezegd, doelend op de half vrouw, half vogel uit de Griekse en Romeinse mythologie.

Charlie bleef bij haar spinnenvergelijking, want dat paste beter bij de situatie. Kelly Wilson was verstrikt geraakt in een zorgvuldig gesponnen web.

De verwarming stond aan, toch rilde Charlie van de kou. Ze reikte naar het contact en zette de motor uit. Schuddend kwam de auto tot stilstand.

Ze draaide het spiegeltje naar zich toe om haar gezicht te bestuderen. Sam had haar geholpen de blauwe plekken te camoufleren. Ze had goed werk geleverd. Niemand zou vermoeden dat Charlie twee dagen geleden in haar gezicht was geslagen.

Bijna had Sam haar nog een klap verkocht.

Ze wilde niet dat Charlie dit deed. En Ben wilde het al helemaal niet.

Toch deed ze het.

Bij het uitstappen streek ze haar begrafenisjurk glad. Leunend op het stuur trok ze haar hoge hakken aan. Ze pakte haar telefoon van het dashboard, deed het portier zachtjes dicht en luisterde of ze het slot hoorde klikken.

Ze had de pick-up op enige afstand van de boerderij geparkeerd, achter een bocht. Ze begon voorzichtig te lopen en meed de gaten in de rode klei. Het huis kwam in zicht. Het leek in vrijwel niets op de Schots en Scheef. In de voortuin stonden kleurige planten en groene struiken. De potdekselplanken waren helderwit geverfd, met een strakke zwarte rand. Het dak leek nieuw. Aan een draaiende houder naast de voordeur hing een Amerikaanse vlag.

Charlie liep om het huis heen naar achteren. Ze zag de oude veranda, waarvan de vloer helderblauw was geverfd. De keukengordijnen zaten dicht. Ze waren niet meer geel met rode aardbeien, maar van wit damast.

Het trapje naar de veranda telde vier treden. Charlie keek ernaar en probeerde het beeld te verdringen van het trapje bij de Schots en Scheef, en hoe ze er al die jaren geleden met twee treden tegelijk over naar boven was gerend, haar schoenen had uitgeschopt, haar sokken had afgestroopt en Gamma vloekend in de keuken had aangetroffen.

Flut.

Op de eerste tree bleef haar hak in een noestgat haken. Ze klemde zich aan de stevige leuning vast en knipperde tegen het licht van de verandalamp, dat ondanks de vallende schemering felwit was, als een vlam. Zweet was in haar ogen gedropen. Ze veegde het weg met haar vingers. De deurmat had een rasterpatroon, en de rubber-met-kokosvezels deden haar denken aan het gras op de velden achter de boerderij. In het midden stond een cursieve *P*.

Charlie hief haar hand.

Haar verstuikte pols was nog gevoelig.

Ze klopte drie keer op de deur.

Binnen hoorde ze een stoel schrapen. Er klonken lichte voetstappen. Een vrouwenstem vroeg: 'Wie is daar?'

Charlie antwoordde niet.

Ze hoorde geen sloten klikken, geen ketting die werd teruggeschoven. De deur ging open. In de keuken stond een oudere vrouw. Grijsblond haar, in een losse paardenstaart. Ze was nog altijd mooi. Toen ze Charlie zag, zette ze grote ogen op. Haar mond viel open. Haar hand ging bevend naar haar borst, alsof ze door een pijl was getroffen.

'Sorry dat ik niet eerst gebeld heb,' zei Charlie.

Judith Pinkman perste haar gesprongen lippen op elkaar. Haar gerimpelde gezicht was rood verweerd van het huilen. Haar ogen waren opgezwollen. Ze kuchte. 'Kom binnen,' zei ze. 'Kom binnen.'

Charlie stapte de keuken in. Het was er koud, ijskoud. Het aardbeienthema was verdwenen. Werkbladen van donker graniet. Roestvrijstalen apparatuur. Muren in gebroken wit. Geen vrolijk dansend fruit meer langs het plafond.

'Ga zitten,' zei Judith. 'Ga zitten, alsjeblieft.'

Een mobiel lag naast een glas ijswater op de tafel. Donker notenhout, met zware, bijpassende stoelen. Charlie ging tegenover Judith zitten. Ze legde haar eigen telefoon met het scherm naar beneden op tafel.

'Kan ik je iets aanbieden?' vroeg Judith.

Charlie schudde haar hoofd.

'Ik wilde net theezetten.' Haar blik schoot naar het waterglas op tafel, maar niettemin vroeg ze: 'Wil je ook?'

Charlie knikte.

Judith nam de ketel van het fornuis. Roestvrijstaal, net als de rest. Ze vulde hem bij de spoelbak. 'Gecondoleerd met je vader,' zei ze.

'Gecondoleerd met Mr. Pinkman.'

Judith wierp een blik over haar schouder en hield Charlies blik even vast. Haar lippen trilden, en haar ogen glinsterden, alsof haar tranen net zo onuitputtelijk waren als haar verdriet. Ze draaide de kraan dicht.

Charlie keek toe terwijl ze de ketel weer op het Wolffornuis zette en de knop omdraaide. Na een paar klikjes ging het gas met een 'woesj!' aan.

'En?' zei Judith aarzelend voor ze ging zitten. 'Wat brengt je hiernaartoe?'

'Ik wilde weten hoe het met je gaat,' zei Charlie. 'Ik heb je niet meer gezien na die toestand met Kelly.'

Judith wreef haar lippen weer over elkaar en legde haar gevouwen handen op tafel. 'Dat moet heel zwaar voor je zijn geweest. Bij mij kwamen ook weer bepaalde herinneringen boven.'

'Ik waardeer het zeer wat je die avond voor me gedaan hebt,' zei Charlie. 'Dat je voor me gezorgd hebt. Dat ik me weer veilig kon voelen. En dat je voor me hebt gelogen.'

Judith glimlachte met trillende lippen.

'Daarom ben ik hier gekomen,' zei Charlie. 'Ik heb er nooit over gepraat toen mijn vader nog leefde.'

Judith opende haar mond. De spanning verdween uit haar ogen, en ze glimlachte vriendelijk. Dit was de zorgzame, grootmoedige vrouw die Charlie zich herinnerde. 'Uiteraard, Charlotte. Uiteraard. Je kunt over alles met me praten.'

'Destijds had mijn vader een bepaalde zaak,' begon Charlie, 'een verkrachter die hij bijstond. De man werd vrijgesproken, maar het meisje hing zichzelf thuis in de schuur op.'

'Dat weet ik nog.'

'Wat ik me afvraag: denk je dat mijn vader het daarom geheim heeft willen houden? Was hij bang dat ik ook zoiets zou doen?'

'Ik...' Ze schudde haar hoofd. 'Ik weet het niet. Het spijt me, maar daar kan ik geen antwoord op geven. Misschien omdat hij net zijn vrouw had verloren en dacht dat zijn oudste dochter dood was, en toen zag hij wat er met jou was gebeurd en...' Haar stem stierf weg. 'Men zegt dat God je niet meer geeft dan je kunt dragen, maar soms denk ik dat dat niet waar is. En jij?'

'Ik weet het niet.'

'Het staat in Korintiërs: "God is getrouw. Die u niet zal laten verzocht worden boven hetgeen gij vermoogt, maar Hij zal met de verzoeking ook de uitkomst geven, opdat gij ze kunt verdragen." Bij het tweede deel heb ik mijn vragen. Hoe wéét je wat de uitkomst is? Misschien is die er wel, maar wat als je hem niet herkent?'

Charlie schudde haar hoofd.

'Sorry,' zei Judith. 'Ik weet dat je moeder niet in God geloofde. Daar was ze te intelligent voor.'

Charlie wist dat Gamma die uitspraak als een compliment zou hebben opgevat.

'Ze was heel slim,' zei Judith. 'Ik was een beetje bang voor haar.'

'Volgens mij waren veel mensen bang voor haar.'

'Tja.' Judith nam een slok ijswater.

Charlie keek naar haar handen, speurde naar een lichte trilling die haar zou verraden, maar ze zag niets.

'Charlotte.' Judith zette haar glas neer. 'Ik zal eerlijk tegen je zijn over die avond. Ik heb nooit een man gezien die zo kapot was als jullie vader. En zoiets hoop ik ook nooit meer te zien. Ik weet niet hoe hij erin slaagde door te gaan. Echt niet. Maar ik weet wel dat hij onvoorwaardelijk van je heeft gehouden.'

'Daar heb ik ook nooit aan getwijfeld.'

'Dat is fijn.' Judith veegde condens van het glas. 'Mijn eigen vader, Mr. Heller, was een vroom man, een liefhebbend man. Hij zorgde voor me en steunde me, en reken maar dat een schooljuf in haar eerste jaar steun kan gebruiken.' Ze grinnikte zachtjes. 'Maar na die avond besefte ik dat mijn vader me niet koesterde, niet zoals jouw vader dat deed. Dat verwijt ik Mr. Heller niet. Rusty en jij hadden iets bijzonders. Dus wat ik eigenlijk wil zeggen is dit: wat je vader er ook toe bewoog je te vragen om te liegen, het kwam voort uit diepe, onwankelbare liefde.'

Charlie verwachtte tranen in haar ogen te voelen opkomen, maar die bleven uit. Eindelijk had ze al haar tranen vergoten.

'Ik weet dat Rusty er niet meer is,' zei Judith, 'en dat er bij de dood van een ouder veel door je heen gaat, maar je mag niet boos zijn op je vader omdat hij je gevraagd heeft het geheim te houden. Dat deed hij met de beste bedoelingen.'

Charlie knikte, want het was waar.

De ketel begon te fluiten. Judith stond op en draaide het gas uit. Ze liep naar een grote kast die Charlie zich nog van vroeger herinnerde. Hij was hoog, reikte bijna tot aan het plafond. Bovenop had Mr. Heller vroeger zijn geweer liggen, dat door de kroonlijst aan het zicht werd onttrokken. Het witte hout was nu blauw geverfd. Judith opende de deurtjes. Siermokken hingen aan haakjes onder de planken. Ze nam er aan weerszijden twee af, sloot de deurtjes en liep weer naar het fornuis.

'Ik heb munt en kamille.'

'Is allebei goed.' Charlie keek naar de gesloten kastdeurtjes. Onder de lijst stond in schuinschrift een zin, in lichtblauwe verf, die niet voldoende met het donkerblauw contrasteerde om de woorden te laten opvallen. Hardop las ze: '"De kinderloze vrouw laat hij wonen in het huis, een moeder van vrolijke kinderen."'

Judith legde haar handen op het werkblad. 'Uit Psalmen: 113:9. Maar dat is niet de King Jamesversie.' Ze schonk heet water in de mokken.

'Hoe gaat de King Jamesversie?' vroeg Charlie.

'"Hij doet de onvruchtbare vrouw wonen met een huisgezin, een blijde moeder van kinderen. Hallelujah!"' Ze pakte twee lepels uit een la. 'Ik ben niet onvruchtbaar, dus ik geef ik de voorkeur aan de andere versie.'

Het klamme zweet brak Charlie uit. 'In zeker opzicht ben je de moeder van je leerlingen.'

'Precies.' Judith ging zitten en schoof een mok naar Charlie. 'Doug en ik hebben ruim de helft van ons leven gewijd aan de zorg voor de kinderen van anderen. Niet dat we daar niet van genieten, maar als we thuis zijn, genieten we nog meer van de rust.'

Charlie draaide aan het oortje van de mok, maar ze pakte hem niet op.

'Ik ben wel onvruchtbaar,' zei ze, en het woord was als een steen in haar keel.

'Wat erg.' Judith stond weer op van tafel en haalde een pak melk uit de koelkast. 'Gebruik je suiker?'

Charlie schudde haar hoofd. Ze was niet van plan van de thee te drinken. 'Heb je nooit kinderen gewild?'

'Ik hou van de kinderen van anderen.'

'Ik heb gehoord dat je Kelly hielp met de voorbereiding voor een of ander examen.'

Judith zette de melk op tafel en ging weer zitten.

'Wat zul je je verraden hebben gevoeld,' zei Charlie. 'Toen ze dat deed.'

Judith keek naar de damp die uit de thee opsteeg.

'En ze kende Mr. Pinkman,' zei Charlie, niet omdat Mason Huckabee dat had gezegd, maar omdat Sam Charlie haar aantekeningen had laten lezen waarin ze Kelly Wilson had geciteerd:

Ik heb horen zeggen dat hij geen slechte man was, maar ik ben nooit naar de kamer van de directeur gestuurd.

Kelly had Sams vraag listig weten te omzeilen. Ze had niet gezegd dat ze Douglas Pinkman niet kende. Ze had gezegd dat hij niet als een slecht man bekendstond.

'Ik heb de beveiligingsbeelden van de school gezien,' zei Charlie.

Met een ruk keek Judith op, waarna ze haar blik weer op de mok richtte. 'Er is een reconstructie op het nieuws geweest.'

'Nee, dit waren echte opnamen, van de camera boven het administratiekantoor.'

Judith pakte haar mok, blies op de thee en nam een slok.

'Op zeker moment is de camera naar beneden geduwd, in een hoek die op ruim een halve meter voor je lokaal stopt.'

'O?'

'Denk je dat Kelly dat wist, van die camera?' vroeg Charlie. 'Dat wat er pal voor je deur gebeurde niet werd opgenomen?'

'Daar heeft ze nooit iets over gezegd. Heb je de politie ernaar gevraagd?'

Charlie had het aan Ben gevraagd. 'De leerlingen wisten dat de camera niet tot aan het eind van de gang reikte, maar ze wisten niet waar het bereik precies stopte. Vreemd genoeg wist Kelly het wel. Ze stond net buiten het bereik van de camera toen ze begon te schieten. Wat raar is, want hoe kon ze weten waar ze moest staan tenzij ze in het vertrek was geweest waar de camera's stonden opgesteld?'

Schijnbaar verward schudde Judith haar hoofd.

'Jij bent in dat vertrek geweest, hè? Of je hebt er in elk geval naar binnen gekeken.'

Weer deed de vrouw alsof ze nergens van wist.

'De monitoren stonden in een kast naast de kamer van je man. De deur was altijd open, dus iedereen die binnenkwam, kon ze zien.' Charlie noemde nog een detail. 'Kelly zei dat ze nog nooit naar de kamer van de directeur was gestuurd. Vreemd dat ze wist waar de blinde hoek was zonder dat ze de monitoren ooit had gezien.'

Judith zette haar mok neer. Ze legde haar handen plat op tafel.

'"Gij zult niet liegen,"' zei Charlie. 'Dat is toch een Bijbelvers?'

Judith opende haar lippen. Ze ademde uit, toen weer in en uiteindelijk zei ze: 'Het staat in de Tien Geboden. "Gij zult geen valse getuigenis spreken tegen uwe naaste." Maar volgens mij doel je op Spreuken.' Ze sloot haar ogen en sprak: '"Deze zes haat de Heere; ja zeven zijn Zijn ziel een gruwel: hoge ogen, een valse tong, en handen, die onschuldig..."' Ze slikte. '"...die onschuldig bloed vergieten."' Ze zweeg even en vervolgde toen: '"Een hart, dat ondeugdzame gedachten smeedt; voeten, die zich haasten om tot kwaad te lopen; een valse getuige, die leugenen blaast; en die tussen broederen krakelen inwerpt."'

'Dat is me nogal een lijst.'

Judith keek naar haar handen, die nog steeds plat op tafel lagen. Haar nagels waren kort geknipt. Haar vingers waren lang en dun. Ze wierpen een smalle schaduw op het gewreven notenhout.

Net als de spinnenpoot die Sam het kader van de camera in had zien schuiven.

Toen Ben eenmaal door had gehad waarnaar ze keken, had hij nog wat kunstgrepen op zijn laptop uitgevoerd. Het leek net optisch bedrog. Zodra je snapte wat je ogen zagen, was je niet meer in staat het beeld anders te zien.

In het gepauzeerde kader stond Kelly Wilson afgebeeld met de revolver in haar hand, precies zoals ze tegenover Sam had bekend, maar zoals met veel van Kelly's uitspraken was dat niet het hele verhaal.

Kelly had die dag zwart gedragen.

Judith Pinkman had iets roods aangehad.

Charlie wist nog dat ze had gedacht dat de blouse van de vrouw doordrenkt was met het bloed van Lucy Alexander.

Door het sepia van de opname waren de twee donkere tinten bijna samengesmolten, maar toen Ben klaar was met zijn laptop, was de waarheid duidelijk zichtbaar.

Naast de arm in de zwarte mouw was een arm in een rode mouw.

Twee armen die wezen naar de deur van het lokaal.

Twee vingers om de trekker.

Ik had de revolver in mijn hand.

Tijdens de ondervraging had Kelly Wilson minstens drie keer tegen Sam gezegd dat ze de revolver in haar hand had gehad toen Douglas Pinkman en Lucy Alexander werden vermoord.

Het meisje had er niet bij gezegd dat Judith Pinkmans hand hem had vastgehouden.

Charlie zei: 'Kelly is in het ziekenhuis op kruitsporen getest. Die zaten op haar hand en overal op haar shirt. Behalve waar je ze zou verwachten.'

Judith leunde achterover. Ze hield haar blik nog steeds op haar handen gericht.

'Die sporen lijken op talkpoeder, als je daarover inzit,' zei Charlie. 'Je kunt ze met water en zeep wegwassen.'

'Dat weet ik, Charlotte.' Haar stem klonk krasserig, als het geluid van een grammofoonplaat wanneer de naald op het vinyl valt. 'Dat weet ik.'

Charlie zweeg. Ergens hoorde ze een klok tikken. Tocht trok langs de randen van de gesloten keukendeur.

Ten slotte keek Judith op. Haar ogen glinsterden in het licht van de plafondlamp. Ze keek Charlie aandachtig aan en vroeg toen: 'Waarom jij? Waarom is de politie niet gekomen?'

Charlie besefte pas dat ze al die tijd haar adem had ingehouden toen ze de druk op haar longen voelde. 'Had je liever de politie gezien?'

Judith keek omhoog. Haar tranen dropen naar beneden. 'Het doet er eigenlijk niet toe. Niet meer.'

'Ze was zwanger,' zei Charlie.

'Voor de tweede keer,' zei Judith. 'In de eerste klas heeft ze abortus laten plegen.'

Charlie bereidde zich al voor op een verhandeling over de onschendbaarheid van het leven, maar daar zag Judith van af.

Ze stond op, trok een stuk papier van de rol en veegde haar gezicht af. 'De vader was een jongen van het footballteam. Het scheen dat verschillende jongens zich met haar hadden vermaakt. Ze was ook zo naïef. Ze had geen idee wat ze met haar deden.'

'Wie was deze keer de vader?'

'Wil je echt dat ik het zeg?'

Charlie knikte. Ze had zich sinds kort tot de onverholen waarheid bekeerd.

'Doug,' zei Judith. 'Hij neukte haar in mijn lokaal.' Kennelijk reageerde Charlie op dat 'neukte', want Judith voegde eraan toe: 'Sorry voor mijn taal, maar als je ziet dat je man seks heeft met een zeventienjarig meisje in het lokaal waar jij lesgeeft aan onderbouwleerlingen, is dat het eerste woord dat bovenkomt.'

'Zeventien,' herhaalde Charlie. Douglas Pinkman had deel uitgemaakt van de schoolleiding. Kelly Wilson was een leerling in hetzelfde schoolsysteem. Hij had zich schuldig gemaakt aan ontucht met een minderjarige. Het had niets met neuken te maken.

'Daarom wees die camera naar beneden,' zei Judith. 'Doug had het slim aangepakt. Hij pakte het altijd slim aan.'

'Deed hij het ook met andere leerlingen?'

'Met alles waar een gat in zat.' Ze propte de papieren handdoek samen. Nu was ze zichtbaar kwaad. Voor het eerst bedacht Charlie dat Sam en Ben weleens gelijk konden hebben en dat ze zich in een gevaarlijke situatie bevond.

'Dus daarom is dit alles gebeurd?' vroeg ze. 'Omdat Kelly zwanger was?'

'Niet om wat jij denkt. Sorry, Charlotte. Jij hebt duidelijk kinderen gewild, maar ik niet. Nooit. Ik hou van ze, ik vind het prachtig hoe ze denken, hoe grappig en boeiend ze kunnen zijn, maar het allerheerlijkste vind ik het als ik ze op school achterlaat, thuiskom en in alle rust een boek kan lezen.' Ze smeet de prop in de afvalbak. 'Ik ben geen wanhopige vrouw die geen kinderen kon krijgen en toen doordraaide. Kinderloosheid was een keuze. Een keuze waarover Doug en ik het eens waren, dacht ik, maar...' Ze haalde haar schouders op. 'Je weet pas hoe slecht je huwelijk is wanneer het voorbij is.'

'Wilde hij scheiden?' vroeg Charlie.

Judith lachte bitter. 'Nee, en dat wilde ik ook niet. Ik had leren omgaan met zijn eeuwige midlifecrisis. Hij was geen pedofiel. Hij had het niet op de kleintjes voorzien.'

Charlie verbaasde zich over het gemak waarmee de vrouw over het feit heen walste dat Kelly Wilson de emotionele intelligentie van een kind bezat.

'Doug wilde dat wij het kind hielden,' zei Judith. 'Kelly zou toch al van school gaan. Het eindexamen kon ze met geen mogelijkheid halen. Hij wilde dat we haar wat geld gaven, ervoor zorgden dat ze vertrok, en dan konden wij samen het kind opvoeden.'

Van alle mogelijke redenen die Judith had kunnen noemen, zou Charlie nooit hebben geraden dat dit haar uiteindelijk had opgebroken. 'Waarom wilde hij opeens wel een kind?'

'Het besef van zijn eigen sterfelijkheid? De wens om iets na te laten? Gewoon omdat hij zo verdomd arrogant, egoïstisch en dom was?' Boos ademde ze uit. 'Ik ben zesenvijftig. Doug was bijna zestig. We hadden plannen moeten maken voor ons pensioen. Het kind van een ander – van een tiener – opvoeden, was wel het laatste wat ik wilde.' Nog steeds woedend schudde ze haar hoofd. 'Om nog maar te zwijgen van Kelly's geestelijke tekortkomingen. Doug verwachtte niet alleen dat ik de komende achttien jaar een kind zou opvoeden. Hij wilde ons er voor de rest van ons leven mee opzadelen.'

Als Charlie al een greintje sympathie voor haar had gevoeld, loste dat bij die woorden op.

'Wat heeft Kelly je nog meer verteld?' vroeg Judith. Weer schudde ze haar hoofd. 'Doet er ook niet toe. Ik was van plan de martelares te spelen, de arme weduwe die door een kille, simpele ziel van medeplichtigheid werd beschuldigd. Wie zou haar eerder geloven dan mij?'

Charlie zei niets, maar ze wist dat zonder het beeldmateriaal niemand het meisje zou hebben geloofd.

'Goed.' Met een woest gebaar veegde Judith haar tranen weg. 'En is dit dan het moment waarop ik je vertel hoe ik het gedaan heb?' Ze wees naar Charlies telefoon. 'Zorg dat hij blijft opnemen.'

Charlie draaide het apparaat om, maar ze vertrouwde erop dat Ben alles goed had ingesteld. De telefoon nam niet alleen op, maar zond de audio ook rechtstreeks naar zijn laptop.

'Het begon een jaar geleden,' zei Judith. 'Ik zag ze door het raam van mijn lokaal. Doug dacht dat ik al weg was. Hij bleef achter om af te sluiten, tenminste, dat zei hij. Ik ging terug om wat papieren te halen. Zoals ik zei, neukte hij haar op een van de tafeltjes.'

Charlie schoof naar achteren. Judith leek met elk woord kwader te worden.

'Ik deed wat iedere gehoorzame echtgenote zou doen. Ik draaide me om en ging naar huis. Ik maakte het eten klaar. Doug kwam thuis. Hij zei dat een ouder hem had opgehouden. We keken samen tv en ondertussen was ik ziedend. Die hele nacht was ik ziedend.'

'Wanneer ben je Kelly bijles gaan geven?'

'Toen ze zich weer als een heks ging kleden.' Judith zette haar handen op het keukenblad. 'Dat deed ze de vorige keer ook. Ze begon zwart te dragen, als een goth, om haar buik te verbergen. Zodra ik haar op de gang zag, wist ik dat ze weer zwanger was.'

'Heb je Doug erop aangesproken?'

'Waarom zou ik? Ik ben zijn vrouw maar. Ik ben de vrouw die zijn eten kookt, zijn kleren strijkt en de vlekken uit zijn onderbroeken bleekt.' Haar stem kreeg iets schurends, als van een klok die te strak is opgewonden. 'Weet je hoe het is om er niet toe te doen? Om bijna je hele volwassen leven met een man onder één dak te wonen en te voelen dat je níéts betekent? Dat jouw wensen, jouw verlangens, jouw plannen volkomen onbelangrijk zijn? Dat elke last, hoe groot ook, op jou afgeschoven kan worden, en aangezien je een goede, godvruchtige, christelijke vrouw bent, aanvaard je die met een glimlach, omdat je echtgenoot, de man die jou hoort te beschermen, de baas is in huis.'

Nu vouwde Judith haar handen zo stijf samen dat haar knokkels wit werden. 'Natuurlijk weet je dat niet,' zei ze tegen Charlie. 'Je hele leven ben je vertroeteld en gekoesterd. En toen je je moeder verloor en je zus bijna stierf en zo ongeveer de hele staat over je vader heen viel, gingen de mensen alleen maar meer van je houden.'

Het hart bonkte Charlie in de keel. Ze besefte pas dat ze van haar stoel was opgestaan toen ze met haar rug tegen de muur stond.

Judith leek niet te merken wat voor effect haar woorden hadden. 'Je kunt Kelly alles aanpraten, wist je dat?'

Charlie verroerde zich niet.

'Ze is heel lief. En kwetsbaar. En tenger. Ze is net een kind. Echt. Maar hoe meer tijd ik met haar doorbracht, hoe meer ik haar ging haten.' Ze schudde haar hoofd. Haar haren raakten los. Ze had een wilde blik in haar ogen. 'Weet je hoe dat voelt, een onschuldig kind haten? Als je al je woede op iemand richt die niet weet wat ze doet of wat er met haar gebeurt, alleen omdat je je eigen domheid weerspiegeld ziet in haar gedrag? Als je ziet dat je man haar in zijn macht heeft, haar bedriegt, haar gebruikt, haar misbruikt, net zoals hij dat met jou doet?'

Charlie speurde de keuken rond. Ze zag de messen in het houten blok, de laden vol keukengerei, de kast met Mr. Hellers geweer er waarschijnlijk nog bovenop.

'Het spijt me,' zei Judith, die zichtbaar moeite deed om weer kalm te worden. Ze volgde Charlies blik naar de bovenkant van de kast. 'Ik dacht dat ik een verhaal zou moeten verzinnen over hoe Kelly het gestolen had.

Of dat ik haar geld zou moeten geven zodat ze er zelf een kon kopen, tenminste als ze in staat was de instructies op te volgen.'

'Haar vader had een revolver in zijn auto,' zei Charlie.

'Ze zei dat hij daar eekhoorns mee schoot. Die eten ze soms daar in de Holler.'

'Het vlees is vet,' zei Charlie, in de hoop haar rustig te houden. 'Ik heb een cliënt die er stoofpot van maakt.'

Judith klemde de rug van de stoel vast. Haar knokkels waren weer wit. 'Ik zal je niets doen.'

Charlie lachte moeizaam. 'Dat zeggen mensen toch altijd voor ze iemand iets aandoen?'

Judith maakte zich los van de stoel. Ze leunde weer tegen het keukenblad. Hoewel ze nog steeds kwaad was, probeerde ze haar woede te temperen. 'Ik had niet moeten beginnen over de ramp die je heeft getroffen. Sorry.'

'Geeft niet.'

'Dat zeg je omdat je me aan de praat wilt houden.'

Charlie haalde haar schouder op. 'En, werkt het?'

Judith lachte vol walging.

Ben had gezegd dat Judith Pinkman hysterisch was geweest toen het ambulancepersoneel haar had willen meenemen, het schoolgebouw uit. Ze hadden haar moeten sederen om haar in de ambulance te krijgen. Ze was de hele nacht in het ziekenhuis gebleven. Ze had voor de camera gesmeekt om Kelly's leven te sparen. Ook nu nog had ze dikke ogen van het huilen. Haar gezicht was hol van verdriet. Ze vertelde Charlie de waarheid, de keiharde, onverbloemde waarheid, ook al wist ze dat haar woorden werden opgenomen.

Ze onderhandelde niet, ze smeekte niet, ze probeerde geen deal te sluiten. Zo gedroeg iemand zich die diep berouw voelde voor haar daden.

'Kelly wilde niet zelf de trekker overhalen,' zei Judith. 'Ze had me beloofd dat ze het zou doen, maar ik wist dat ze het niet in zich had. Ze was te lief, te goed van vertrouwen, en bovendien zou ze niet kunnen schieten, en daarom ging ik achter haar staan in de gang, ik sloeg mijn hand om die van haar en schoot in de muur om Dougs aandacht te trekken.' Ze tikte met haar vingers op haar mond, als om haar stem in te tomen. 'Hij kwam naar buiten rennen, en ik schoot drie keer op hem. En daarna...'

Charlie zweeg.

Judith drukte haar hand tegen haar borst. Haar woede was als ijs.

'Ik wilde Kelly doden,' bekende ze. 'Zo zag mijn plan eruit: eerst schiet ik Doug dood, dan vermoord ik Kelly en zeg ik dat ik wilde voorkomen dat ze nog meer leerlingen van kant zou maken. De heldin van de stad. Ik zou Dougs pensioen krijgen, zijn verzekeringspakket. Geen scheidingstoestanden. En meer tijd om mijn boeken te lezen, toch?'

Charlie vroeg zich af of ze van plan was geweest Kelly in haar buik te schieten om ook haar baby te doden.

'Ik heb Doug precies goed weten te raken,' zei Judith. 'De patholoog zei dat elk van de drie schoten fataal is geweest. Hij dacht vast dat me dat tot troost zou zijn.' Weer glinsterden haar ogen. Ze slikte hoorbaar. 'Maar Kelly wilde het wapen niet loslaten. Ik denk niet dat ze de rest van mijn plan doorhad, dat ik haar wilde doden. Ik denk dat ze in paniek raakte toen ze zag dat Doug dood was. Er ontstond een worsteling. De trekker ging over. Ik weet niet of ik het deed of zij, maar de kogel sloeg de vloer in.'

Judith ademde door haar mond. Haar stem was schor.

'We waren allebei in shock omdat het wapen was afgegaan,' vervolgde ze. 'Kelly draaide zich om en ik... ik weet het niet. Ik weet niet wat er gebeurde. Ik raakte in paniek. Vanuit mijn ooghoek zag ik iets bewegen, en weer haalde ik de trekker over en...' Haar woorden gingen in zacht gejammer over. Haar lippen waren wit weggetrokken. Ze trilde. 'Ik zag haar. Ik zag haar toen... terwijl... mijn vinger de trekker overhaalde. Het gebeurde heel langzaam, opeens drong het tot me door en ik weet nog dat ik dacht: *Judith, je schiet een kind dood.* Maar ik kon niet stoppen. Mijn vinger ging steeds verder naar achteren, en...'

De woorden weigerden te komen, en daarom zei Charlie het.

'Lucy Alexander werd doodgeschoten.'

Judiths tranen vloeiden als water. 'Ik werk nauw met haar moeder samen. Ik zag Lucy vaak bij vergaderingen, dan danste ze rond achter in het lokaal. Of ze zong in zichzelf. Ze had zo'n lief stemmetje. Ik weet het niet, misschien was het anders geweest als ik haar niet had gekend, maar ik heb haar gekend.'

Het schoot door Charlie heen dat de vrouw Kelly Wilson ook had gekend.

'Charlotte,' zei Judith, 'ik vind het verschrikkelijk dat ik jou hierbij heb betrokken. Ik had geen idee dat je in het gebouw was. Dan had ik het de volgende dag of de volgende week gedaan. Ik zou je nooit bewust in een dergelijke situatie hebben geplaatst.'

Charlie peinsde er niet over haar te bedanken.

'Kon ik maar uitleggen wat me bezielde. Ik dacht altijd dat Doug en ik... Ik weet het niet. Hij was niet de liefde van mijn leven, maar ik dacht dat we om elkaar gaven. Dat we elkaar respecteerden. Maar na zoveel jaar is alles met elkaar verweven. Dat zul je wel merken als jij zover bent. Geld, pensioen, uitkeringen, auto's, dit huis, spaarrekeningen, tickets die we hadden gekocht voor een cruise die we deze zomer zouden maken.'

'Geld,' zei Charlie. Rusty kende duizenden citaten over het destructieve verlangen van de mens naar seks en geld.

'Het ging niet alleen om geld,' zei Judith. 'Toen ik Doug aansprak op die zwangerschap en hij met zijn briljante voorstel kwam om geriatrische ouders te worden, alsof een dergelijke verplichting niets voorstelde... en het stelde ook niets voor, niet voor hem. Hij zou echt niet om drie uur 's nachts zijn opgestaan om luiers te verschonen. Ik weet het, het klinkt ongelooflijk dat daardoor uiteindelijk de knop bij me omging, maar ik kón het gewoon niet meer.'

Ze tastte met haar ogen Charlies gezicht af, alsof ze instemming verwachtte.

'Ik dwong mezelf Kelly te haten, want alleen zo kon ik me mezelf ertoe brengen. Ik wist dat ze volgzaam was. Ik hoefde het haar alleen maar in te fluisteren: het was toch slecht van haar dat ze Doug dat alles liet doen? Wist ze niet dat ze naar de hel ging vanwege wat er in de eerste klas was gebeurd? Moest ze Doug niet straffen voor zijn zonden? Moest ze niet zorgen dat hij andere meisjes niets aandeed? Het verbaasde me hoe snel ik een ander ervan kon overtuigen dat ze niets waard was. Niets. Net als ikzelf.'

Het zweet stond in Charlies handen. Ze veegde ze af aan haar jurk.

'Er is nog een Bijbelvers dat je waarschijnlijk kent, Charlotte. Je zult het vast weleens in een film hebben gehoord of in een boek hebben gelezen. "Alle dingen dan, die gij wilt, dat u de mensen zouden doen, doet gij hun ook alzo; want dat is de wet en de profeten."'

'De Gulden Regel,' zei Charlie. 'Behandel anderen zoals je door hen behandeld wilt worden.'

'Ik heb Kelly behandeld zoals Doug mij behandelde. Dat zei ik tegen mezelf. Zo praatte ik mijn eigen daden goed, maar toen zag ik Lucy en ik besefte...' Judith stak haar wijsvinger op, als om te tellen. '*Hoge ogen* door het raam van mijn kamer.' Een tweede vinger ging omhoog terwijl ze haar zonden opsomde: 'Een *valse tong* tegenover mijn man, tegenover Kelly.' En een derde vinger. '*Ondeugdzame gedachten* over hoe ik ze allebei zou vermoorden. *Voeten die zich haasten om tot kwaad te lopen* toen ik die revolver in haar hand legde. *Valse getuigenis* tegenover de politie over wat er gebeurd was. *Het inwerpen van krakelen* tegenover jou, tegenover Mason Huckabee, tegenover de hele stad.' Ze stopte met tellen en stak al haar vingers op. '*Handen die onschuldig bloed vergieten.*'

Judith stond met haar handen in de lucht, haar handpalmen naar voren en haar vingers gespreid.

Charlie wist niet wat ze moest zeggen.

'Wat gaat er met haar gebeuren?' vroeg Judith. 'Met Kelly?'

Charlie schudde haar hoofd, hoewel ze wist dat Kelly Wilson naar de gevangenis zou gaan. Niet naar de dodencel, en waarschijnlijk niet voor de rest van haar leven, maar ondanks haar lage IQ had het meisje gelijk: zij had het wapen in haar hand gehad.

'Je moet nu weg, Charlotte,' zei Judith.

'Ik –'

'Neem je telefoon mee.' Ze wierp het apparaat naar Charlie. 'Stuur de opname naar die vrouw van het GBI. Zeg maar dat ze me hier kan vinden.'

Charlie kon de telefoon nog net opvangen. 'Wat ga je –'

'Weg.' Judith reikte naar de bovenkant van de kast. Ze pakte niet haar vaders geweer. Ze pakte een Glock.

'Jezus.' Charlie strompelde achteruit.

'Ga alsjeblieft weg.' Judith liet het lege magazijn uit het wapen vallen. 'Zoals ik heb gezegd, zal ik jou niets doen.'

'Wat ben je van plan?' Charlie voelde haar hart trillen bij die vraag. Alsof ze niet wist wat de vrouw van plan was.

'Charlotte, ga nu.' Judith pakte een doos kogels en schudde die op tafel leeg. Ze begon het magazijn te laden.

'Jezus,' herhaalde Charlie.

Judith stopte even. 'Ik weet hoe belachelijk het klinkt, maar wil je alsjeblieft de naam van de Heer niet ijdel gebruiken?'

'Oké,' zei Charlie. Ben luisterde. Waarschijnlijk was hij al onderweg, rende hij door het bos, sprong over boomstammen, duwde takken opzij in zijn poging Charlie te vinden.

Zolang ze Judith maar aan de praat hield.

'Alsjeblieft,' smeekte Charlie. 'Doe dit niet. Ik heb nog allerlei vragen over die dag, over wat – '

'Dat moet je nu vergeten, Charlie. Je moet doen wat je vader zei, het in een doos stoppen en met rust laten, want neem van mij aan dat je nooit meer wilt denken aan wat die vreselijke man je heeft aangedaan.' Judith ramde het magazijn in het pistool. 'En nu moet je gaan.'

'O, Judith, doe dit alsjeblieft niet.' Charlies stem beefde. Dit mocht niet gebeuren. Niet in deze keuken. Niet met deze vrouw. 'Alsjeblieft.'

Judith trok de slede naar achteren en laadde een kogel in de kamer. 'Weg, Charlotte.'

'Ik kan niet...' Charlie strekte haar handen naar Judith uit, naar het wapen. 'Doe het niet, alsjeblieft. Dit mag niet. Ik kan je niet...'

Helderwit bot. Stukjes hart en long. Strengen pees, slagaderen, aderen en leven stroomden uit haar gapende wonden.

'Judith!' riep Charlie. 'Alsjeblieft.'

'Charlotte.' Ze klonk streng, als een docente voor de klas. 'Je gaat nu naar buiten, onmiddellijk. Je stapt in je pick-up, rijdt naar je vaders huis en belt de politie.'

'Judith, nee.'

'Zij zijn dit soort dingen gewend, Charlotte. Ik weet dat jij dat ook van jezelf denkt, maar dat wil ik niet op mijn geweten hebben. Dat kan ik niet.'

'Judith, alsjeblieft. Ik smeek je.' Charlie was nu vlak bij het pistool. Ze kon er een greep naar doen. Ze was jonger, sneller. Ze kon dit voorkomen.

'Niet doen.' Judith legde het wapen achter zich op het keukenblad. 'Ik zei dat ik je niets zal doen. Zorg dat ik niet op mijn woorden terugkom.'

'Ik kan het niet!' Charlie snikte het uit. Het was alsof er scheermessen door haar hart sneden. 'Ik kan je hier niet zomaar zelfmoord laten plegen.'

Judith opende de keukendeur. 'Dat kun je best.'

'Judith, alsjeblieft. Leg niet zo'n last op mijn schouders.'

'Ik neem die last juist van je af, Charlotte. Je vader is er niet meer. Ik ben de laatste die het weet. Je geheim sterft met mij.'

'Het hoeft niet te sterven!' riep Charlie uit. 'Het kan me niet schelen! Anderen weten het ook al. Mijn man. Mijn zus. Het kan me niet schelen. Judith, alsjeblieft, alsjeblieft, doe het niet...'

Zonder te waarschuwen stormde Judith op haar af. Ze greep haar rond haar middel, en Charlie voelde haar voeten van de grond gaan. Ze zette zich schrap tegen Judiths schouders, want haar ribben werden geplet toen ze door de keuken werd gedragen en de veranda op werd gesmeten.

'Judith, nee!' Charlie krabbelde overeind om haar tegen te houden.

De deur sloeg voor haar neus dicht.

Het slot klikte.

'Judith!' schreeuwde Charlie, beukend met haar vuist op de deur. 'Judith! Doe open...'

Een luide knal weergalmde door het huis.

Het was geen uitlaat.

Geen vuurwerk.

Charlie viel op haar knieën.

Ze drukte haar hand tegen de deur.

Wie ooit van dichtbij een ander mens neergeknald heeft zien worden, zal het geluid van een schot nooit meer voor iets anders houden.

Hoe het verderging met Sam

Afwisselend met de ene en de andere arm doorkliefde Sam het warme water van het zwembad. Bij elke derde slag draaide ze haar hoofd en ademde diep in. Haar voeten gingen op en neer. Ze telde tot ze weer mocht inademen.

Links-rechts-links-ademen.

Met haar blik op de zwarte streep die haar baan markeerde, voerde ze een perfecte draai uit tegen de muur van het zwembad. Ze had de rust en de eenvoud van de borstcrawl altijd heel prettig gevonden. Ook fijn was dat het zwemmen net genoeg concentratie vergde om haar alle gedachten aan de buitenwereld te doen vergeten.

Links-rechts-links-ademen.

Sam zag het teken aan het eind van de baan. Ze liet zich uitdrijven tot haar vingers de muur raakten. Hijgend knielde ze op de vloer en keek op haar zwemhorloge: 2,4 kilometer in 154,2 seconden per 100 meter, dus 38,55 seconden per 25 meter.

Niet slecht. Minder goed dan de vorige dag, maar ze moest zich erbij neerleggen dat haar lichaam er zijn eigen tempo op na hield. Ze probeerde zichzelf ervan te overtuigen dat acceptatie van dat feit vooruitgang betekende. Maar toen ze uit het water kwam, knaagde haar prestatiedrang aan de randen van haar zelfvoldoening. Het verlangen om weer in het water te springen en haar tijd te verbeteren werd alleen getemperd door het doffe kloppen van haar heupzenuw.

Snel spoelde ze onder de douche het zoute water af. Toen ze zich afdroogde, bleven haar gerimpelde vingers haken aan het Egyptische katoen van de handdoek. Ze bestudeerde de groeven in haar vingertoppen: de reactie van haar huid na zo lang ondergedompeld te zijn geweest.

Ze hield haar zwembril op in de lift. Op de begane grond stapte een oudere man in. Hij had een krant onder zijn arm en een natte paraplu in zijn hand. Hij grinnikte toen hij Sam zag.

'Een beeldschone zeemeermin!'

Ze probeerde zijn stralende glimlach te evenaren. Ze raakten aan de praat over het slechte weer, over de storm die langs de kust raasde en in de loop van de middag nog zwaardere regenbuien over New York zou uitstorten.

'Bijna juni!' zei hij, alsof de maand hem op de een of andere manier had overvallen.

Sam keek er zelf ook van op. Ze kon amper geloven dat er nog maar drie weken waren verstreken sinds ze uit Pikeville was vertrokken. Sindsdien had ze haar oude leven weer moeiteloos opgepakt. Haar dagritme was nog hetzelfde. Ze werkte met dezelfde mensen, zat dezelfde bijeenkomsten en telefonische vergaderingen voor, en ter voorbereiding van het proces bestudeerde ze dezelfde tekeningen van dezelfde sanitaire afvalsystemen.

En toch voelde alles anders. Voller. Rijker. Zelfs iets alledaags zoals 's ochtends opstaan ging met een zekere lichtheid gepaard die ze niet meer ervaren had sinds... eerlijk gezegd sinds ze achtentwintig jaar geleden in een ziekenhuisbed wakker was geworden.

De liftbel klonk. Ze waren op de verdieping van de oudere man.

'Veel zwemplezier, schone zeemeermin!' Hij zwaaide met zijn krant.

Sam keek hem na toen hij de gang door liep. Hij had een zwierige pas, die haar aan Rusty deed denken, en al helemaal toen hij begon te fluiten en vervolgens luid met zijn sleutels op de maat van de melodie rammelde.

Terwijl de liftdeuren zich sloten, fluisterde Sam: '"Exit, achtervolgd door een beer."'

In het golvende chroom rond de deuren zag ze een vrouw met een belachelijke zwembril op, die in zichzelf glimlachte. Slank. Zwart badpak. Ze streek door haar korte grijze haar om het sneller te laten drogen. Haar vinger raakte de rand van het litteken waar de kogel haar hersenen was binnengedrongen. Ze dacht zelden meer aan die dag. Wel dacht ze aan Anton. Ze dacht aan Rusty. Ze dacht aan Charlie en Ben.

De liftdeuren gingen open.

Achter de plafondhoge ramen van haar penthouse zag ze donkere wolken. Ze hoorde claxons, kranen en het gebruikelijke bedrijvige kabaal dat gedempt werd door het driedubbele glas.

Onderweg naar de keuken deed ze de lampen aan. Ze verruilde haar zwembril voor haar gewone bril. Ze pakte eten voor Fosco. Ze vulde de ketel. Ze zette haar thee-ei, beker en lepel klaar, maar voor ze het water kookte, liep ze naar de yogamat in haar zitkamer.

Ze nam haar bril af. Haastig verrichtte ze haar strekoefeningen, want ze wilde aan haar dag beginnen. Ze deed een meditatiepoging, maar het lukte haar niet haar hoofd leeg te maken. Fosco had zijn ontbijt inmiddels op en probeerde misbruik te maken van de wijziging in haar routine. Hij dook met zijn kop onder haar arm tot ze hem zijn zin gaf. Ze krabbelde onder zijn kin, luisterde naar zijn troostende gespin en vroeg zich voor de zoveelste keer af of ze nog een kat zou nemen.

Fosco beet zachtjes in haar hand, ten teken dat hij er genoeg van had.

Hij slenterde weg en liet zich voor het raam op zijn zij ploffen.

Sam zette haar bril weer op. Ze liep terug naar de keuken en stak het gas onder de ketel aan. Buiten viel de regen schuin naar beneden en doordrenkte de zuidpunt van Manhattan. Met gesloten ogen luisterde ze even naar het blikkerige gespetter van duizenden regendruppels tegen het glas. Toen ze haar ogen weer opende, zag ze dat Fosco ook uit het raam keek. Hij had zich in een omgekeerde C gedraaid, met zijn voorpoten naar het glas, genietend van de warme vloertegels in de keuken.

Zo keken ze allebei naar de stromende regen, tot de ketel zacht begon te fluiten.

Sam schonk haar beker vol. Ze zette de kookwekker op drieënhalve minuut om de theeblaadjes te laten trekken. Ze pakte yoghurt uit de koelkast en mengde er met een lepel uit de la muesli doorheen. Ze verwisselde haar gewone bril voor haar leesbril.

Ze zette haar telefoon aan.

Er waren verschillende berichten die met haar werk te maken hadden, maar eerst opende ze de mail van Eldrin. Ben was volgende week jarig. Sam had haar assistent gevraagd iets grappigs te bedenken wat haar zwager leuk zou vinden. Eldrin had een paar voorstellen:

That's the tribble with getting older!

Tribble in Paradise!

Yesterday, all my tribbles seemed so far away…

Sam fronste haar voorhoofd. Ze had geen idee of 'tribble' ongeschikt of te jong was als verjaardagswens van een vierenveertigjarige vrouw aan de man van haar zus.

Ze tikte op de browser van haar telefoon om het woord op te zoeken. Charlies Facebookpagina verscheen. Twee keer per dag bezocht Sam de pagina van haar zus, want zo hield ze bij wat Charlie en Ben uitspookten. Samen huizen kijken in Atlanta. Sollicitatiegesprekken voeren. Op zoek naar iemand die wist of het wel verstandig was om konijnen van de bergen naar de stad te verkassen.

In plaats van naar 'tribble' te zoeken, herlaadde Sam Charlies pagina. Hoofdschuddend bekeek ze de nieuwe foto die haar zus had gepost. Ze hadden weer eens een zwerfhond gevonden. Het mormel was gevlekt als een Bluetick Coonhound, maar hij had de worstenpootjes van een teckel. Hij stond tot aan zijn buik in het gras van de achtertuin. Een van Charlies Facebookvriendinnen, iemand met de dubieuze naam Iona Trayler, had kribbig opgemerkt dat Charlies man nodig het gras moest maaien.

Arme Ben. Urenlang had hij samen met Charlie Rusty's werkkamers en de twee verdiepingen van de Schots en Scheef uitgemest, tijdschriften en kleren in dozen gepakt en weggegeven of op eBay gezet. Er had bizar genoeg zelfs een kunstbeen bij gezeten dat voor zestien dollar was verkocht aan een man in Canada.

De foto van Gamma hadden ze niet gevonden. Er was die andere foto, het vervaagde, door de zon verbleekte portret dat Rusty in het niets had laten oplossen op zijn bureau, maar de foto waarover hij Sam had verteld en waarop het moment was vastgelegd dat Gamma en hij verliefd op elkaar waren geworden, was onvindbaar. Hij was niet in de kluis. Niet tussen Rusty's dossiers. Niet in de kasten. Nergens in het kantoor in de stad of in de Schots en Scheef.

Uiteindelijk hadden Sam en Charlie geconcludeerd dat het mythische beeld waarschijnlijk aan Rusty's fantasie was ontsproten, verfraaid om zijn gehoor te behagen, maar nauwelijks op een feit gebaseerd.

Toch had het verlies van deze fantoomfoto een wond in Sam opengereten. Jarenlang had ze de academische en wetenschappelijke wereld afgespeurd op zoek naar de voortbrengselen van haar moeders briljante geest. Pas drie weken geleden had ze beseft hoe dwaas het was dat ze nooit naar haar moeders gezicht had gezocht.

Als Sam in de spiegel keek, zag ze de overeenkomsten. Met Charlie kon ze herinneringen delen. Maar met uitzondering van twee gortdroge academische papers hadden ze geen enkel bewijs dat hun moeder ooit een vitaal, levenslustig mens was geweest.

De NASA-ansichtkaart die ze in Rusty's kluis hadden gevonden, had Sam op een idee gebracht. Het Smithsonian Institution bewaarde in samenwerking met het Johnson Space Center gedetailleerde informatie over elk stadium van de ruimtewedloop. Sam had al enkele pogingen gedaan een onderzoeker of historicus te vinden die bereid was de archieven in te duiken op zoek naar foto's van Gamma. Ze had al een aantal reacties ontvangen. Kennelijk was er in de bètahoek een beweging op gang gekomen die streed voor erkenning van de vergeten bijdragen van vrouwen en minderheden aan de wetenschappelijke vooruitgang van de mensheid.

Het was zoeken naar de spreekwoordelijke speld in een hooiberg, maar Sam voelde met heel haar wezen dat er ergens in de annalen van NASA of Fermilab een foto van Gamma moest zijn. Voor het eerst in haar leven betrapte ze zichzelf op de gedachte dat het lot misschien toch bestond. Wat er bijna dertig jaar geleden in de keuken was gebeurd, was niet het einde. Sam wist dat ze haar moeders gezicht weer zou zien. Er was alleen tijd en geld voor nodig, en beide bezat Sam in overvloed.

De kookwekker zoemde.

Sam schonk melk in haar hete thee. Ze keek uit het raam, zag de regen tegen het glas kletteren. De lucht was nog donkerder geworden. De wind was aangetrokken. Sam voelde een lichte trilling door het gebouw gaan toen het zich schrap zette tegen de naderende storm.

Vreemd genoeg vroeg ze zich af wat voor weer het was in Pikeville.

Rusty zou dat geweten hebben. Ze hadden ontdekt dat hij het weerproject dat hij samen met Charlie was begonnen, achtentwintig jaar lang had bijgehouden. Ben had in de schuur stapels formulieren gevonden waarop Rusty achtentwintig jaar lang bijna dagelijks windrichting en -snelheid, luchtdruk, temperatuur, luchtvochtigheid en neerslag had genoteerd. Ze hadden geen idee waarom hij de informatie al die tijd had ingevoerd. Het weerstation dat Ben op de toren had geïnstalleerd gaf de gegevens draadloos door aan de meteorologische dienst. Misschien kwam het simpelweg doordat Rusty een gewoontedier was. Sam had altijd gedacht dat ze meer op haar moeder leek, maar in dit ene opzicht leek ze zonder meer op haar vader.

De dagelijkse baantjes in het zwembad. De mok thee. De yoghurt en muesli.

Er waren veel kleine dingen waar Sam spijt van had, en een ervan was dat ze het laatste bericht niet had bewaard dat Rusty op haar verjaardag had ingesproken. De luidruchtige begroeting. De toestand van het weer. Het mysterieuze stukje geschiedenis. Het einde dat nergens op sloeg.

Het meest miste ze zijn lach. Hij was altijd onder de indruk geweest van zijn eigen slimheid.

Sam was zo in gedachten verzonken dat ze haar telefoon niet hoorde. Het stotterende getril van het apparaat bracht haar met een schok terug naar het heden. Ze schoof de balk over het scherm en bracht de telefoon naar haar oor.

'Ze heeft de deal getekend,' zei Charlie bij wijze van groet. 'Ik heb tegen haar gezegd dat we konden proberen er nog een paar jaar af te halen, maar de ouders van Lucy Alexander hebben behoorlijk veel druk uitgeoefend en de Wilsons willen ervanaf zijn, dus ze krijgt tien jaar in een halfopen inrichting en komt over vijf jaar voorwaardelijk vrij als ze zich goed gedraagt, wat ze uiteraard zal doen.'

Sam moest Charlies woorden in gedachten nog eens herhalen voor ze ze volledig begreep. Haar zus had het over Kelly Wilson. Sam had een advocaat uit Atlanta ingehuurd om een schikking te helpen opstellen. Nu Ken Coin van de ene op de andere dag zijn ontslag had ingediend en de opname die Charlie van Judith Pinkman had gemaakt als een sterfbedbekentenis werd beschouwd, had de openbare aanklager de zaak-Kelly Wilson zo snel mogelijk willen afsluiten.

'Coin zou nooit met die deal akkoord zijn gegaan,' zei Charlie.

'Wedden dat ik hem zover had gekregen?'

Charlie lachte instemmend. 'Ga je me nog eens vertellen hoe je hem zover hebt gekregen ontslag te nemen?'

'Dat is een interessant verhaal,' zei Sam, maar ze ging er verder niet op in. Charlie weigerde nog steeds te vertellen hoe ze aan die gebroken neus kwam, en daarom weigerde Sam nog steeds om uit te leggen hoe ze met behulp van Masons bekentenis Coin had gedwongen ontslag te nemen.

'Voorwaardelijke vrijlating over vijf jaar is mooi,' zei Sam. 'Kelly is dan nog voor in de twintig, en haar kind is dan nog jong genoeg om een band met haar te krijgen.'

'Toch knaagt het,' zei Charlie, en Sam wist dat ze het niet over Kelly Wilson of haar ongeboren kind en zelfs niet over Ken Coin had. Ze had het over Mason Huckabee.

De FBI had frontaal de aanval geopend op Mason, wegens liegen tegen een federaal agent, knoeien met bewijsmateriaal, belemmering van de rechtsgang en medeplichtigheid achteraf aan een dubbele moord. Ondanks zijn vrijwillige bekentenis tegenover de politie van Pikeville had het niemand verbaasd dat Mason Huckabee een zeer goede, zeer dure advocaat in de arm had genomen, die de eis had weten te verminderen tot zes jaar gevangenisstraf zonder kans op voorwaardelijke vrijlating. De federale gevangenis in Atlanta was geen plezierige plek om je straf uit te zitten, maar de afgelopen paar weken hadden Charlie en Sam zich allebei afgevraagd of ze Sams dreigement moesten uitvoeren en Masons geschreven bekentenis moesten vrijgeven.

Sam zei wat ze altijd zei: 'Het is beter voor ons om dit achter ons te laten, Charlie. Papa zou niet hebben gewild dat we de komende vijf, tien of twintig jaar van ons leven Mason Huckabee najagen door het rechtssysteem. We moeten verder met ons leven.'

'Dat weet ik,' beaamde Charlie, hoewel met tegenzin. 'Ik kan het alleen niet uitstaan dat hij maar één jaar meer heeft gekregen dan Kelly. Dat is ongetwijfeld een goede les voor iemand die heeft gelogen tegen een federaal agent. Maar we kunnen hem altijd nog te grazen nemen tegen de tijd dat hij wordt vrijgelaten. Wie weet waar we over zes jaar staan. Er is geen wettelijke limiet aan –'

'Charlie.'

'Oké,' zei ze. 'Misschien wordt hij neergestoken onder de douche of stopt iemand glas in zijn eten.'

Sam liet haar zus kletsen.

'Niet dat hij vermoord moet worden of zo, maar stel dat hij een nier kwijtraakt of dat zijn maag aan repen gaat of nog mooier, dat hij de rest van zijn leven in een zakje moet schijten.' Ze zweeg even om adem te halen. 'Oké, de levensomstandigheden in de gevangenis zijn abominabel, gezondheidszorg is er een lachertje en het eten bestaat er uit niet veel meer dan rattenkeutels, maar vind jij het ergens geen prettig idee dat hij zomaar een ontstoken kies kan krijgen en dan een ellendige, pijnlijke dood sterft?'

Sam wachtte tot ze was uitgepraat. 'Als Ben en jij eenmaal in Atlanta wonen en een nieuw leven beginnen, is het niet zo belangrijk meer. Dat is je wraak. Geniet van je leven. Waardeer wat je hebt.'

'Dat weet ik,' herhaalde Charlie.

'Maak jezelf nuttig, Charlie. Dat zou mama gewild hebben.'

'Dat weet ik,' verzuchtte ze voor de derde keer. 'Ander onderwerp, graag. Nu ik je toch bijpraat over de stand van de misdaad in Pikeville: ze hebben Rick Fahey vrij moeten laten.'

De rouwende oom van Lucy Alexander. De man die hoogstwaarschijnlijk Rusty had neergestoken.

Sam verwoordde wat Charlie ongetwijfeld ook wist. 'Zonder een bekentenis hebben ze geen enkel bewijs tegen hem.'

'Ik zeg steeds tegen mezelf dat papa hem die avond gezien heeft, dat hij wist dat het Fahey was, maar dat hij besloot het erbij te laten, en dat wij dat dus ook moeten doen.'

Sam koos ervoor haar zus niet met Rusty's stelling over het grote goed van de vergeving om de oren te slaan. 'Dat is toch precies wat je graag wilde? Leren om dingen los te laten?'

'Ja, nou, en ik dacht dat jij wilde afleren me aan mijn kop te zaniken.'

Sam glimlachte. 'Ik zal je een cheque sturen voor het schoonmaken –'

'Stop.' Charlie was te koppig om Sams geld aan te nemen. 'Hoor eens, we denken erover op vakantie te gaan voor we aan onze nieuwe banen beginnen. Een paar dagen naar Florida om te kijken of Lenore al een beetje gewend is, en dan misschien naar het noorden om jou te bezoeken?'

Sams glimlach kreeg iets gespannens. 'Je weigert mijn geld aan te nemen, maar je wilt wel gratis kost en inwoning?'

'Precies.'

'Dat zou leuk zijn.' Sam keek rond in haar appartement. Opeens voelde het zo steriel. Ze moest dingen kopen, kussens en zo, wat kunst ophangen en misschien een kleurtje aanbrengen voor Charlie hier arriveerde. Haar zus moest kunnen zien dat dit haar thuis was.

'Oké,' zei Charlie, 'dan ga ik er nu bij Ben over zeuren tot ik erbij neerval. Je moet je mail even checken. We hebben in de kelder iets krankzinnigs gevonden.'

Sam kromp ineen. De kelder was het domein van de oude boer geweest. 'Weer iets bizars waar ik de rillingen van krijg?'

'Check je mail nou maar.'

'Heb ik net gedaan.'

'Dan doe je het nog eens, maar nadat we hebben opgehangen.'

'Ik kijk wel terwijl we –'

Charlie had de verbinding verbroken.

Sam rolde met haar ogen. Dat ze haar zusje weer terug had in haar leven had ook zijn nadelen.

Ze drukte op de homeknop van haar telefoon, opende haar mail en swipete met haar duim over het scherm. Het cirkeltje draaide rond terwijl de berichten opnieuw werden geladen.

Bovenaan verscheen niets nieuws. Weer laadde Sam de berichten.

Weer niets.

Ze nam haar bril af en wreef in haar ogen. Alle verontrustende verrassingen die ze in de kelder van de oude vrijgezel hadden aangetroffen, liet ze de revue passeren: een keur aan lingerie, allerlei schoenen, maar alleen linkerexemplaren, en een klok met een naakte vrouw en een heel pervers Tweety-Birdeffect.

Fosco sprong op de keukenbar. Teleurgesteld rook hij aan de lege yoghurtkom. Sam krabbelde achter zijn oren. Hij begon te spinnen.

Haar telefoon gaf een piepje.

Charlies mail was eindelijk binnengekomen.

Sam nam de lijst door: dit bericht heeft geen inhoud.

'Charlie,' mompelde ze. Ze opende de mail en bereidde in gedachten al een kribbige reactie voor toen ze zag dat het bericht niet leeg was.

Onderaan was een bestand bijgevoegd.

Tik om te downloaden.

Sams duim zweefde boven het icoon.

De naam van het bestand stond boven haar nagel.

In plaats van op het icoon te tikken legde ze de telefoon op de bar.

Ze boog zich voorover en drukte haar voorhoofd tegen het koude marmer. Ze sloot haar ogen. Ze vouwde haar handen op haar schoot. Ze ademde langzaam in, vulde haar longen met lucht en ademde weer uit. Ze luisterde naar het gekletter van de regen. Ze wachtte tot het weer rustig werd in haar buik.

Fosco stootte tegen haar wang. Hij spon vol overgave.

Weer ademde Sam diep in. Ze ging rechtop zitten. Ze krabbelde achter Fosco's oren tot hij er genoeg van had en naar beneden sprong.

Ze zette haar bril op en pakte haar telefoon. Ze keek naar het bericht en naar de naam van het bestand.

Gamma.jpg

Charlie was het kind van Rusty geweest, terwijl Sam altijd het gevoel had gehad dat ze helemaal van Gamma was. Als kind had ze haar moeder urenlang geobserveerd, bestudeerd, en ze had net als zij willen zijn: interessant, intelligent, goed, iemand die altijd gelijk had. Maar toen Sam na Gamma's dood had geprobeerd zich haar moeders gezicht voor de geest te halen, was ze niet in staat geweest de juiste uitdrukkingen erbij te denken: een glimlach, verbazing, onzekerheid, twijfel, nieuwsgierigheid, bemoediging, verrukking.

Tot op dit moment.

Sam tikte op het bestand. Ze zag het beeld laden op haar telefoon.

Ze sloeg haar hand voor haar mond. Ze deed niets om haar tranen te stelpen.

Charlie had de foto gevonden.

Niet dé foto, maar de mythische foto van Rusty's liefdesverhaal.

Sam keek minutenlang naar de afbeelding, urenlang, zo lang als nodig was om haar herinneringen compleet te maken.

Zoals Rusty had beschreven, stond Gamma in een veld. De rode picknickdeken lag op de grond. In de verte was een oude weertoren, van hout, niet van metaal zoals thuis. Gamma stond naar de camera toe gekeerd. Haar handen rustten op haar slanke heupen. Haar ene been, dat inderdaad heel mooi was, was bij de knie gebogen. Ze probeerde duidelijk niet te lachen om iets geks wat Rusty had gezegd. Ze had één wenkbrauw opgetrokken. Haar witte tanden waren zichtbaar. Haar bleke wangen waren bezaaid met sproeten. Ze had een kuiltje in haar kin.

Sam kon niet ontkennen dat haar vader het kritieke moment dat op de foto was vastgelegd goed had ingeschat. Gamma's helderblauwe ogen toonden de blik van een vrouw die verliefd werd, maar er was nog iets: een bepaalde trek om haar mond, een besef van de uitdagingen die haar te wachten stonden, een bereidheid om te leren, hoop op een conventioneel leven, op kinderen, op een gezin, op een vol en nuttig leven.

Sam wist dat Gamma zo herinnerd wilde worden: met haar hoofd geheven, haar schouders naar achteren, haar kiezen op elkaar, voor eeuwig het geluk najagend.

DANKWOORD

Allereerst wil ik Kate Elton bedanken, redacteur en vriendin, die me al vanaf mijn tweede boek begeleidt, en Victoria Sanders, agent en vriendin, die me sinds onheuglijke tijden bijstaat. Dan is er het Team Slaughter, dat zorgt dat de zaken op rolletjes lopen: Bernadette Baker-Baughman, Chris Kepner, Jessica Spivey en de Grote Oz: Diane Dickensheid. En laat ik mijn filmagent niet vergeten: Angela Cheng Caplan, pleitbezorgster en vriendin.

Bij William Morrow gaat mijn grote waardering uit naar Liate Stehlik, Dan Mallory, Heidi Richter en Brian Murray.

Bij de Harpervestigingen overal ter wereld zijn te veel medewerkers om op te noemen, maar ik wil vooral de mensen in Noorwegen, Denemarken, Finland, Zweden, Frankrijk, Ierland, Italië, Duitsland, Nederland, België en Mexico bedanken met wie ik het genoegen heb gehad veel tijd te mogen doorbrengen.

En dan wil ik nu de deskundigen bedanken: dr. David Harper, die mijn medische vragen altijd geduldig beantwoordt (met illustraties!) zodat ik slimmer klink dan ik in werkelijkheid ben.

Aan de juridische kant: Alafair Burke, afgestudeerd aan Stanford Law School, voormalig openbaar aanklager in Portland, tegenwoordig docent recht en daarnaast een opmerkelijk begaafd auteur, die ondanks de duizenden ballen die ze in de lucht moet houden er toch in is geslaagd mijn dringende mails over juridische procedures te beantwoorden. Ook de volgende personen wil ik bedanken voor hun gratis juridisch advies: Aimee Maxwell, Don Samuel, Patricia Friedman, rechter Jan Wheeler en Melanie Reed Williams. Ik ben blij dat ik jullie nummers heb, maar doodsbang dat ik ze ooit nodig zal hebben.

Bij het GBI was plaatsvervangend directeur Scott Dutton zo vriendelijk om procedures met me door te nemen, en zoals altijd waren plaatsvervangend directeur b.d. Sherry Lange en assistent leidinggevend special agent b.d. Dona Robinson geweldig behulpzaam, evenals brigadier b.d. Vickye Prattes van het Atlanta Police Department. Ik voel me altijd een beetje schuldig als ik over politiemensen schrijf die hun boekje te buiten gaan, want ik beschouw het als een grote eer om zoveel goede te kennen. Directeur Vernon Keenan, ik hoop dat u hebt gezien dat ik uw mensen altijd de goodguys laat zijn.

Mijn vriendin en collega-auteur Sara Blaedel heeft me geholpen met de Deense dingen. Brenda Allums en haar vrolijke coaches hebben me geholpen met het berekenen van tijden en afstanden en allerlei andere zaken waarvan ik geen verstand heb.

Ik ben Claire Schroeder eeuwig dankbaar voor haar vriendschap en haar diensten met betrekking tot mijn reizen. Bedankt Gerry Collins en Brian omdat jullie me Dublin hebben laten zien. Anne-Mary Diffley heeft me een fantastische rondleiding door Trinity College in Dublin gegeven. Ms. Antonella Fantoni in Florence en Ms. MariaLouisa Sala in Venetië hebben de geschiedenis voor me tot leven gebracht met hun aanstekelijke enthousiasme voor deze prachtige steden – en ook met hun aanstekelijke enthousiasme voor wijn.

Vanuit de grond van mijn hart bedank ik de standvastige vrouwen die me zo welwillend in hun verhalen en hun leed hebben laten delen. Jeanenne English heeft me over traumatisch hersenletsel verteld. Margaret Graff is met enige tegenzin de natuurkunde weer ingedoken om me met bepaalde passages te helpen. Chiara Scaglioni van HarperCollins Italy heeft me geholpen een chique wijnnaam te bedenken. Melissa LaMarche heeft een ruimhartige donatie gedaan aan de openbare bibliotheek van Gwinnett, en in ruil daarvoor verschijnt haar naam in dit boek. Bill Sessions heeft me geattendeerd op het citaat van Flannery O'Connor, dat volgens mij het dilemma van de talentvolle vrouw zo perfect samenvat. Helaas moet ik hem postuum bedanken. Hij was een begenadigd verteller en een fantastische leraar.

Weather Predictions by Numerical Process, geschreven door Lewis Fry Richardson en gepubliceerd in 1922, bleek een nuttig naslagwerk. Het voorwoord bij de tweede editie uit 2007, geschreven door Peter Lynch, hoogleraar meteorologie aan University College, Dublin, heeft me een nog groter inzicht in het werk verschaft. Eventuele fouten zijn uiteraard geheel voor mijn rekening.

Ten slotte wil ik zoals altijd mijn vader bedanken, die zorgt dat ik tijdens het schrijven niet omkom van honger en kou, en DA, mijn liefste, die me altijd verwelkomt wanneer ik terugkeer naar het vredige land aan de voet van Mount Clothey.

Dit verhaal is voor Billy: soms staat je wereld op zijn kop en dan heb je iemand nodig die je leert op je handen te lopen tot je je voeten hebt teruggevonden.

BRONVERMELDING

De dichtregels in het hoofdstuk 'Wat er met Charlotte gebeurde' komen uit het gedicht:

Hoop is het ding met veren, in: Verzamelde gedichten; Emily Dickson, vertaling: Peter Verstegen, Amsterdam, Uitgeverij Van Oorschot, 2011.

Voor de bijbelcitaten is gebruik gemaakt van www.statenvertaling.net